Alexander Goldenweiser
Entlasse mich aus deinem Herzen

aufbau

ALEXANDER GOLDENWEISER

ENTLASSE MICH AUS DEINEM HERZEN

Tolstois letztes Jahr

Aus dem Russischen
von Alfred Frank
Mit einem Vorwort von Margit Bräuer

aufbau

Die Originalausgabe unter dem Titel

Вблизи Толстого
Воспоминания

erschien 2002 bei Sacharow, Moskau.

Mit einem Namenregister von Alfred Frank

Dieses Buch wurde gefördert von der Mikhail Prokhorov Foundation, Krasnoyarsk, TRANSCRIPT: the support program for promotion of Russian literature and culture throughout the world.

Mikhail
Prokhorov
Fund

ISBN 978-3-351-03311-8

Aufbau ist eine Marke der Aufbau Verlag GmbH & Co.
1. Auflage 2010

Einbandgestaltung hißmann, heilmann, hamburg
Satz: Dörlemann Satz, Lemförde
Druck und Binden: CPI – Clausen & Bosse, Leck
Printed in Germany

www.aufbau-verlag.de

Vorwort

Am 20. November 1910 in aller Frühe geht eine Nachricht um den Erdball: Lew Tolstoi ist tot. Der große Dichter und Schöpfer genialer Kunstwerke, der tiefreligiöse Denker, rigorose Sozialethiker und das Gewissen des Jahrhunderts lebt nicht mehr, Russland hat seine moralische Instanz verloren.

Doch nicht nur die Todesnachricht selbst, sondern auch die Tatsache, wie und wo der greise Schriftsteller gestorben war, berührte und bewegte die Menschen auf der ganzen Welt.

Am Ende seines Lebens, schon von Krankheit gezeichnet, hatte der Zweiundachtzigjährige, heimlich, nur von seinem Leibarzt begleitet, zehn Tage zuvor gegen sechs Uhr früh sein Heim verlassen und war in Astapowo, einer kleinen Bahnstation zirka hundertfünfzig Kilometer von seinem Landsitz Jasnaja Poljana entfernt, wo er die meiste Zeit seines Lebens verbracht hatte, einer Lungenentzündung erlegen.

Die erschütternden Einzelheiten seiner spektakulären Flucht boten Stoff für Erinnerungs- und Abrechnungsbücher, wobei die Frage der »Schuld« bis heute gestellt und sehr unterschiedlich beantwortet wird. Doch es wäre wohl zu einfach, die Ursache für Tolstois Weggang nur in dem »Ehedrama« zu sehen und als Alleinschuldige seine Frau, Sofja Andrejewna, zu benennen, deren besitzorientierter Familien- und Realitätssinn Tolstois radikalem Wahrheits- und Gerechtigkeitsstreben diametral entgegengesetzt war und die Tragödie letztendlich heraufbeschwor.

Dieser Eindruck mag entstehen, wenn man die Tagebuchaufzeichnungen Alexander Goldenweisers liest, die in der vorliegenden Ausgabe nur das letzte Lebensjahr Tolstois umfassen, in dem die Geschehnisse eskalierten.

Goldenweiser war im Januar 1896 von einer damals berühmten Moskauer Sängerin in das Haus der Tolstois eingeführt worden, um ihre Darbietungen auf dem Klavier zu begleiten. Der knapp einundzwanzigjährige Musikstudent und spätere Pianist, Komponist und Professor am Moskauer Konservatorium verkehrte seitdem bei den Tolstois, in deren Moskauer Haus und vor allem auf dem gräflichen Besitz in Jasnaja Poljana, und gehörte schließlich zum engeren Freundeskreis der Tolstoi-Familie, wobei er sich zu Lew Nikolajewitsch besonders hingezogen fühlte, ihn bewunderte und verehrte und bei den in dem geschilderten Zeitraum immer stärker auseinanderdriftenden Interessen der Ehegatten stets dessen Partei ergriff.

Dabei hatte Tolstoi in der Ehe, die letztendlich zu seinem Verhängnis werden sollte, achtundvierzig Jahre zuvor seine Rettung erblickt. »Vielleicht wäre ich schon damals von der Verzweiflung befallen worden, die mich mit fünfzig Jahren befiel«, schreibt er rückblickend in seiner »Beichte«, »hätte es nicht einen Bereich gegeben, den ich noch nicht kennengelernt hatte und der mir Rettung zu verheißen schien: das Familienleben ... Die neuen Umstände eines glücklichen Familienlebens lenkten mich nun völlig vom Suchen nach dem allgemeinen Sinn des Lebens ab. Mein ganzes Leben konzentrierte sich in dieser Zeit auf meine Familie, meine Frau und die Kinder ...«

»Vierunddreißig Jahre bin ich alt geworden und habe nicht gewusst, dass man so glücklich sein kann«, schreibt er am 28. September 1862, also nur fünf Tage nach seiner Heirat, an seine »liebe verehrte Freundin« Alexandrine Tolstaja, »jetzt ist mir ständig, als hätte ich ein unverdientes, unerlaubtes und nicht für mich bestimmtes Glück gestohlen.« Und auch sein Tagebuch aus dieser Zeit spricht von »unvorstellbarem Glück«. Doch neben den wiederholten Glücksbeteuerungen schleichen sich in die Tagebuchaufzeichnungen beider Ehegatten wie drohende Wolken am Horizont von Anbeginn auch Andeutungen des Zweifels an der Echtheit des Liebesgefühls ein, gegenseitige Enttäuschungen, ein dauernder Wechsel von Hochstimmung und Niedergeschlagenheit, von »Flut und Ebbe«, und »Risse«, die »gekittet« werden müssen. So etwa berichtet Tolstoi schon im März 1863 seiner Schwägerin Tanja seinen allegorischen, in das verhüllende Gewand der Dichtung gekleideten »Traum« von der schönen, aber kalten, glatten Porzellanpuppe, in die sich seine Frau Sonja verwandelt, sobald sie beide allein sind, während diese ihrem Tagebuch klagend anvertraut: »Schrecklich, wie wichtig für ihn die körperliche Liebe ist! Für mich trifft eher das Gegenteil zu.« (25. April 1863) Und noch fast dreißig Jahre später, nach 16 Schwangerschaften und 13 Geburten, gesteht sie, nach einer »leidenschaftlichen Liebeserklärung« ihres Mannes, ihrem Tagebuch: »Dabei ist alles rein *körperlich,* und darin liegt das Geheimnis unseres Zwistes. Seine Leidenschaftlichkeit hat auch von mir Besitz ergriffen, aber ich *will das nicht*, mit meinem ganzen sittlichen Empfinden will ich das nicht, und wollte es auch nie, mein Leben lang habe ich sentimental von idealen Beziehungen geträumt und mich um mancherlei Gemeinschaft bemüht, doch nicht um *diese*.« (27. Juli 1891)

Aber »die Zwietracht, die sich seit den ersten Ehetagen meiner Eltern fast unmerklich einschlich, blieb dank einer sie verbindenden großen Liebe etwa zwanzig Jahre lang latent, bis zu dem Augenblick, den man gemeinhin die Umkehr oder die religiöse Krise Tolstois zu nennen pflegt und die er selbst seine Wiedergeburt nannte. Die ersten zwanzig Jahre ihrer Ehe waren glücklich.« Dieses Urteil stammt von der ältesten Tochter Tolstois, Tatjana, die fünfunddreißig Jahre, bis zu ihrer Heirat, im Hause ihrer Eltern lebte, bis zu deren Tod ihre Vertraute war und beiden, ihrem Vater, aber auch ihrer Mutter, in ihren Erinnerungen Gerechtigkeit widerfahren lassen will.

Und ganz offensichtlich waren die Jahre nach seiner Eheschließung für Tolstoi – trotz »Flut und Ebbe« – eine Zeit des inneren Friedens, in der er eine unvorstellbare Betriebsamkeit entfaltete: Er kümmerte sich nicht nur um die Verwaltung des Gutes in Jasnaja Poljana, wo er einen Birkenhain pflanzte, eine Apfelplantage anlegte, sich der Bienenzucht widmete, eine Schnapsbrennerei einrichtete und sich in der Viehzucht versuchte, er kaufte auch Güter und Ländereien an der Wolga hinzu und vergrößerte seinen Besitz kontinuierlich; und ebenso kontinuierlich vergrößerte sich seine Familie, in der »mit schöner Regelmäßigkeit in einem Rhythmus zwischen achtzehn Monaten und zwei Jahren« dreizehn Kinder zur Welt kamen, das erste 1863, das letzte 1888. Vor allem aber entstanden in dieser Zeit seine beiden Romanepopöen »Krieg und Frieden« (1864–1869) und »Anna Karenina« (1873–1877), die ihn an die Spitze der zeitgenössischen Schriftsteller aufsteigen ließen und ihm unvergänglichen Weltruhm bescherten.

Und an alldem war nicht unwesentlich seine Frau beteiligt, Sofja Andrejewna, seine Sonja, die zur »Hüterin seines Herdes« und zur »wahren Amme seines Talents« wurde.

Zwar fiel der Wechsel aus dem unbeschwerten und fröhlichen Leben in dem vielköpfigen und geselligen Moskauer Elternhaus in das entlegene Gutshaus, in dem nur eine alte Tante und die Dienerschaft lebte, der gerade erst achtzehnjährigen Sonja nicht leicht. »Es ist schrecklich, allein zu sein«, schreibt sie am 11. Oktober 1862 in ihr Tagebuch. »Bei uns zu Hause war immer so viel Leben, hier ist alles tot, wenn Ljowotschka nicht da ist. Und er begreift das nicht, weil er fast immer allein war ... Jetzt sind nirgends fröhliche Stimmen zu hören, alles ist wie ausgestorben.« Doch sie war jetzt Gräfin und Gutsherrin an der Seite eines geliebten Mannes und wusste: »Das ist jetzt mein Leben, und hier werde ich meine *Aufgabe* finden ... Träume und Phantasien müssen der Arbeit weichen, das Leben in der Phantasie muss vom Leben in der Gegenwart abgelöst werden.« (3. März/1. April 1863)

So versuchte sie nicht nur, dem junggesellenhaft-spartanischen Lebensstil ihres Mannes ihren Stempel aufzuprägen, indem sie ihn etwa veranlasste, Bettlaken und Kopfkissen anstatt einer Decke und eines Lederkissens zu benutzen – sie kontrollierte auch den Haushalt vom Keller bis zum

Boden, führte die Wirtschaftsbücher und zahlte die Tagelöhner aus, und sie nahm die etwas zu lasche Dienerschaft an die kurze Leine. Zu den Pflichten der Haushaltsführung kam mit der Geburt des ersten Kindes, nur zehn Monate nach der Hochzeit, eine neue Pflicht hinzu: die Mutterpflicht. »Wie stark ist die Mutterliebe in mir!«, schreibt sie am 14. Juli 1863. »Es ist ja Ljowotschkas Kind, deshalb habe ich es so lieb.« Und nachdem bald auch das zweite Kind da war, notierte sie in ihrem Tagebuch: »Die Kinder sind mein ganzes Glück.« (25. Februar 1865) Trotz gesundheitlicher Risiken und entgegen allen ärztlichen Ratschlägen brachte sie – als gehorsame Ehefrau sich dem Willen ihres Mannes beugend – noch elf weitere Kinder zur Welt, die sie selbst nährte, mit denen sie spielte, die sie in mehreren Fächern unterrichtete und deren Kleidung sie eigenhändig nähte. Sie war eine »aufopferungsfreudige« Mutter, die ihrem Gatten »das Beste ihrer selbst schenkte: all ihre Kräfte und ihre uneingeschränkte Liebe«, resümiert die älteste Tochter Tatjana rückblickend. Und Tolstoi selbst notiert – gleichsam in prophetischer Ahnung – schon 1863 in seinem Tagebuch: »Bisweilen peinigt mich auch jetzt noch die Furcht, sie sei zu jung und könne vieles an mir nicht verstehen und lieben, unterdrücke meinetwegen viele Sehnsüchte und rechne mir all diese Opfer instinktiv an.« (23. Januar 1863) Und wenn Tolstoi zu sagen pflegte, dass er Tag für Tag ein Stück seiner selbst in seinem Tintenfass lassen müsse, damit seine Arbeit ertragreich sei, so könnte man von Sofja Andrejewna wohl mit Recht sagen, dass sie dieses Stück ihrer selbst im Kinderzimmer ließ. »Ich leide fast unter der übermäßig starken Liebe zu meinen Kindern.« (27. August 1866)

Zu den Pflichten einer Ehefrau, Hausherrin und Mutter, die ihr nicht nur Glück und Freude, sondern häufig auch Enttäuschung, Schmerz und Leid bereiteten, kam schließlich noch eine weitere Pflicht hinzu: Helferin ihres Mannes bei seinem schöpferischen Tun zu sein und »sein Talent zu fördern« – eingedenk der Mahnung des Schriftstellers Wladimir Sollogub an die junge Ehefrau: »Sie sind die wahre

Amme des Talents ihres Mannes, widmen Sie auch weiterhin ihr Leben diesem Ziel.«

Schon als junges Mädchen hatte sich Sofja Bers für Tolstois Frühwerk »Kindheit« begeistert und ganze Passagen daraus abgeschrieben und auswendig gelernt; und von seinem schriftstellerischen Talent überzeugt, tat sie als seine Ehefrau nun alles, um ihren Teil zu dem Werk ihres Mannes beizutragen, dessen Hüterin und Beförderin zu werden. »Das Bewusstsein, einem Genie und großen Menschen zu dienen, gab mir Kraft zu allem«, heißt es in ihrer »Kurzen Autobiographie«. Sie hielt nicht nur alle Störungen und Ablenkungen von ihm fern, sie übernahm auch noch die Verwaltung des Gutes, sorgte allein für die Erziehung der Kinder und wachte eifersüchtig über ihren Ehemann und sein Werk. Und so schrieb sie – meist nachts, nach Erfüllung aller anderen Pflichten – in ihrer schönen und gut lesbaren Schrift ab, was ihr Mann am Tage verfasst hatte, wobei er beim abermaligen Durchlesen häufig so viele Korrekturen vornahm, dass sie das Ganze wieder und wieder abschreiben musste. So hat sie die beiden gewaltigen Epen »Krieg und Frieden« und »Anna Karenina« in großen Teilen bis zu siebenmal abgeschrieben – immer »mit großer Freude« und oft »zu Tränen gerührt«. Und wenn sie sich auch manchmal »wie eine Arbeitsmaschine fühlt« (10. November 1878), so erinnert sie sich später dieser Zeit doch als der »glücklichsten Jahre« ihres Ehelebens. »Oft weinte ich beim Abschreiben besonders poetischer und bezaubernder Stellen in den Werken meines Mannes, nicht allein, weil es mich berührte, sondern aufgrund des künstlerischen Hochgenusses, den ich mit dem Schriftsteller zusammen durchlebte … Ich erinnere mich, wie Lew Nikolajewitsch mich in sein Arbeitszimmer rief und mir das soeben verfasste Kapitel vorlas; wir lachten und waren glücklich.«

Tolstoi hatte zu dieser Zeit also alles erlangt, wovon er in jungen Jahren geträumt hatte: literarischen Ruhm, ein wechselvolles, aber dennoch glückliches Familienleben mit einer liebenden Frau und zahlreichen Kindern sowie finanzielle

Unabhängigkeit, die es ihm erlaubte, sein künstlerisches Schaffen keinen äußeren Zwängen unterwerfen zu müssen. »So lebte ich dahin, aber vor fünf Jahren geschah mit mir etwas höchst Merkwürdiges: mich überkamen Augenblicke der Fassungslosigkeit, in denen das Leben stillstand und ich gleichsam nicht wusste, wie ich weiterleben, was ich tun sollte, ich wusste nicht mehr ein noch aus und verzagte … Der Stillstand meines Lebens äußerte sich stets in den gleichen Fragen: Wozu? Und was dann?«, schreibt er in der »Beichte«. »Mein Leben stand still. Ich konnte atmen, essen, trinken, schlafen oder nicht; doch Leben war nicht in mir, denn ich hatte keine Wünsche, deren Befriedigung ich als vernünftig angesehen hätte … Nicht einmal die Wahrheit zu erfahren, konnte ich mir wünschen … denn die Wahrheit lautete, das Leben ist sinnlos … Ich führte ein Scheinleben, lief immer weiter, gelangte an einen Abgrund und sah deutlich, vor mir liegt das Verderben … Und das geschah mir zu einer Zeit, da ich in Verhältnissen lebte, die als vollkommenes Glück gelten konnten: Ich war damals noch nicht fünfzig Jahre alt. Ich hatte eine gütige, liebende und geliebte Gattin, wohlgeratene Kinder und ein großes Gut, das ohne mein Zutun gedieh und größer wurde. Meine Verwandten und Bekannten verehrten mich, Freunde priesen mich mehr denn je, und ich konnte ohne übermäßiges Eigenlob sagen, ich war berühmt. Dabei war ich körperlich und geistig keineswegs krank, sondern erfreute mich im Gegenteil einer geistigen und körperlichen Rüstigkeit, wie ich sie bei meinen Altersgenossen nur selten traf. Was meine Körperkraft anlangte, so konnte ich beim Mähen ohne weiteres mit den Bauern mithalten; geistig arbeitete ich acht bis zehn Stunden hintereinander, ohne von einer solchen Anstrengung irgendwelche Folgen zu spüren. Und unter diesem Umstand kam es mit mir dahin, dass ich nicht leben konnte und aus Furcht vor dem Tode gezwungen war, gegen mich selbst List zu gebrauchen, um nicht Selbstmord zu begehen.«

Die vermeintliche Sinnlosigkeit des Lebens quälte ihn, brachte ihn immer wieder zur Verzweiflung, und die Frage:

»Wozu soll ich leben?« verlangte unabweisbar nach einer Antwort.

Die Antwort auf die ihn bedrängende Frage suchte Tolstoi vergebens in der Wissenschaft, in den Philosophien und Religionen der verschiedenen Völker – doch er fand sie schließlich im Glauben. Aber nicht in dem Glauben, wie ihn die orthodoxe Kirche predigte und praktizierte und die Tolstoi nach eingehendem Studium einer Verfälschung der Lehre Christi beschuldigte und sie ebenso wie alle staatlichen Institutionen verwarf. Er fand sie im Evangelium, wo ihm das Gebot Jesu: »Du sollst deinen Nächsten lieben wie dich selbst« die Wahrheit erschloss: dass die Liebe zu den Mitmenschen, die Liebe, in der alle Menschen gleich sind, das anzustrebende Lebensziel sei. Er erkannte, dass der Mensch gehalten sei, zum Glück der anderen beizutragen, anstatt nur an das persönliche Glück zu denken. Und diese neu gefundene Wahrheit führte ihn wieder zurück zu den einfachen Menschen, zum Volk, dem er schon einmal, vor seiner Heirat, so nahe gewesen war.

Sofja Andrejewna konnte und wollte ihren Mann und seine neu gefundene Wahrheit nicht verstehen; sie sah in seinem jetzigen Verhalten zunächst eine Art Krankheit, die hoffentlich bald vorübergehen würde. So nahm sie es hin, dass Tolstoi seine Lebensweise änderte, indem er Vegetarier wurde, das Rauchen, das Weintrinken und schließlich auch die geliebte Jagd aufgab, ja dass er sogar im Winter das Wasser vom Brunnen holte, sein Zimmer selbst aufräumte, seine Schuhe eigenhändig nähte, Holz hackte und das Feld pflügte und dass er sich oft und gern unters Volk mischte, ob dies nun die Bauern von Jasnaja Poljana oder vorbeikommende Pilger, Bettler und Gottesnarren waren, an die er Geld verteilte und die er mitunter auf ihrem Pilgerweg begleitete. Ein gottgefälliges Leben, das bedeutete den Verzicht auf alle irdischen Güter, ein Leben in Armut, ein Leben von eigener Hände Arbeit.

Doch der Widerspruch zwischen seiner Lehre, die er in immer neuen Schriften und Traktaten der ganzen Welt verkündete und in denen er Reichtum und Privatbesitz als Sünde und die soziale Ungleichheit als ein gesellschaftliches Grundübel anprangerte, und zwischen seinem eigenen Leben blieb – trotz der vorgenommenen Änderungen seiner Lebensweise – eklatant, was ihm besonders nach der Übersiedlung der Familie nach Moskau im Jahre 1881 bewusst wurde, als er im Jahr darauf an der Volkszählung teilnahm und die ärmsten und übelsten Kloaken, Spelunken und Nachtasyle kennenlernte, wo ein menschenwürdiges Dasein nicht mehr möglich war. Wenn er dann in seinem neu erworbenen Haus mit den teppichbelegten Treppen am damastgedeckten Tisch neben seiner Familie und den diversen Hauslehrern, Gouvernanten, Sekretären und den immer zahlreicher werdenden Gästen Platz nahm und von weißbehandschuhten Dienern aus silbernen Schüsseln bedient wurde, dann konnte es ihn auch nicht von seinen Gewissensqualen und Schuldgefühlen befreien, dass er sich weigerte »zu essen, kaum schlief, seufzte und weinte«. Und je berühmter seine Moralphilosophie und seine Soziallehre wurden, je größer die Zahl seiner Anhänger und »Jünger«, desto unhaltbarer wurde seine jetzige Lage.

Während Tolstoi nach einem Ausweg aus dem Dilemma suchte, sich immer wieder in sich selbst, seine Theorien und in das einfachere und gesündere Leben von Jasnaja Poljana zurückzog, war Sofja Andrejewna mit der Sorge um die Familie, die allein auf ihr lastete, vollauf beschäftigt. Sie, die sich immer mehr von der geistigen Übermacht ihres Mannes emanzipiert hatte, gründete – nach dem Beispiel der Witwe Dostojewskis – einen eigenen Verlag, wo sie das künstlerische Gesamtwerk Tolstois in umfangreichen Ausgaben publizierte und vertrieb, da seine jetzigen, in Russland meist verbotenen religiösen und philosophischen Schriften nicht den Bruchteil dessen einbrachten, was Tolstoi als Romanautor verdient hatte, und das standesgemäße Leben der immer größer werdenden Familie in Moskau und in Jasnaja Poljana, das zum Wallfahrtsort von Pilgern aus aller Welt geworden war, sowie die Ausbildung der heranwachsenden

Kinder allmählich unbezahlbar wurden. Daneben kümmerte sie sich um das schulische Leben der älteren Kinder, führte sie in die Gesellschaft ein, unterhielt ein herrschaftliches Haus mit allen gesellschaftlichen Verpflichtungen und gebar ihrem Mann weiterhin »mit schöner Regelmäßigkeit« Kinder. Und den Streitigkeiten und Zwistigkeiten der Gatten wegen ihrer auseinanderdriftenden Lebensvorstellungen folgten wie eh und je Versöhnungen, nur dass die »Risse«, die Tolstoi schon kurz nach der Eheschließung in seinem Tagebuch beklagt hatte, nun immer tiefer wurden und immer schwerer zu »kitten« waren. »Beide verteidigten etwas, das ihnen wichtiger war als ihr Leben: *sie* das Wohl ihrer Kinder und – von ihrem Gesichtspunkt aus – ihr Glück; *er* verteidigte seine Seele«, schreibt die Tochter Tatjana.

Zwar kam Sofja Andrejewna seinen Lebensvorstellungen insofern entgegen, als sie im Sommer ihren Töchtern erlaubte, den Bauern bei der Ernte zu helfen und sie bei Krankheiten zu heilen, während die Söhne mit dem Vater auf den Feldern mähten; und sie nahm auch selbst aktiv und sehr effizient an der Hilfe während der Hungersnot 1891 teil und sammelte aus der ganzen Welt Tonnen von Nahrungsmitteln für die Hungernden, während ihr Mann zwei Jahre lang in den Hungergebieten Garküchen unterhielt; und sie stand an der Seite ihres Ehemannes – obwohl selbst überzeugte orthodoxe Christin und gehorsame Untertanin des Zaren –, als Tolstoi im Februar 1901 vom Heiligen Synod mit dem kirchlichen Bannfluch belegt wurde, indem sie sich in einem flammenden öffentlichen Appell vor den Exkommunizierten stellte und die ganze Menschheit zu seiner Verteidigung aufrief. Und neben ihren zahllosen Kämpfen mit der Zensurbehörde um die Freigabe der verbotenen Werke ihres Mannes erwirkte sie in einer persönlichen Audienz beim Zaren die Aufhebung des Druckverbots für eins der großen Spätwerke Tolstois, »Die Kreutzersonate«, trotz des eigenen Unmuts über diese Erzählung.

Doch in einer Frage kannte sie kein Nachgeben und kein Einlenken: in der Frage des Besitzes. Tolstoi, der immer öfter und immer konsequenter darüber nachdachte, seinen Grundbesitz an die Bauern und die Werknutzungsrechte für seine Bücher an die gesamte Menschheit abzutreten, stieß in diesem Punkt bei Sofja Andrejewna auf Granit. Sie, die sich in all den Jahren sowohl um die Verwaltung der Güter als auch um das Werk Tolstois mit großer Sachkenntnis und unermüdlichem Eifer gekümmert hatte, weigerte sich entschieden, diese Rechte aufzugeben und ihre Kinder und Kindeskinder des väterlichen Erbes und damit einer gesicherten Zukunft zu berauben, sie »an den Bettelstab zu bringen«.

Erst als Tolstoi drohte, für immer fortzugehen und seine Frau und die Familie ein für alle Mal zu verlassen, und diese Drohung mit einem ersten Fluchtversuch auch wahrzumachen schien, lenkte Sofja Andrejewna ein: Man beschloss, Tolstois Besitztümer schon zu seinen Lebzeiten auf seine Frau und seine Kinder aufzuteilen. So war Tolstoi die Sünde des Eigentums, die ihn marterte, los, und die Familie brauchte keine Einschränkungen ihres gewohnten Daseins hinzunehmen. Ein Kompromiss, aber keine Lösung. Denn der »Apostel der Armut«, als der Tolstoi durch seine religiösen und sozialethischen Schriften und Appelle inzwischen weltweit verehrt wurde und eine immer anwachsende Zahl von Anhängern gefunden hatte, besaß zwar juristisch keine Reichtümer mehr, de facto aber hatte sich an seinen Lebensumständen, zumindest äußerlich, nichts verändert. Und so schreibt er am 2. Juli 1908 in sein »Geheimes Tagebuch« mit Bitternis und Sarkasmus: »Würde ich über mich reden hören, einen Menschen, der im Luxus lebt, von Wächtern umgeben ist, die Bauern ausnimmt, wie er nur kann, sie hinter Gitter bringt, der sich zum Christentum bekennt und es predigt, kümmerliche Almosen verteilt und sich mit seinen Schandtaten hinter dem Rücken seiner lieben Frau versteckt, ich stünde nicht an, ihn einen Schuft zu nennen!«

Dieser Widerspruch zwischen seiner Lehre und seinem Leben lastete nicht nur schwer auf seinem Gewissen, er wurde ihm auch von seinen Gegnern immer wieder hämisch ins Bewusstsein gerufen und – was noch schmerzhafter war – auch und besonders von seinen »Jüngern« selbst.

Sein getreuester Anhänger und »Lieblingsjünger« Wladimir Tschertkow war nicht nur der klügste, sondern auch der fanatischste Verfechter des »Tolstojanertums«, der über die Einhaltung der Lehre Tolstois mitunter strenger wachte und urteilte als sein »Meister« selbst. Der Abkömmling der Petersburger Hocharistokratie und steinreiche Gardeoffizier hatte aus religiöser Überzeugung seine Karriere aufgegeben und sich ganz dem »Tolstojanertum« verschrieben, und er hatte, als er wegen Verbreitung und Propagierung des tolstoischen Gedankengutes für zehn Jahre nach England ausgewiesen wurde, von London aus die in Russland verbotenen und nur in illegalen Abschriften kursierenden religiösen und sozialethischen Werke Tolstois übersetzen und in der ganzen Welt verbreiten lassen und so nicht unwesentlich zum Rufe und Ruhme Tolstois als moralischem Denker und Erneuerer und als »Gewissen der Menschheit« beigetragen.

1907 nach Russland zurückgekehrt, stand Tschertkow nun als Tolstois personifiziertes Gewissen zwischen ihm, seinem Lehrer und »Meister«, und Sofja Andrejewna, in der er nicht nur seine Rivalin um die Gunst Tolstois, sondern auch das größte Hindernis bei der Durchsetzung seines Einflusses auf Tolstoi sah.

Sofja Andrejewna, die Tschertkow anfangs freundlich aufgenommen hatte und ihm, ebenso wie ihr Mann, dankbar war für alles, was er für Tolstois Werke getan hatte, erkannte nur zu bald die Gefährlichkeit Tschertkows für sich und ihre eigenen, angestammten Rechte. Tschertkow stahl sich nicht nur unversehens in das »Herz« ihres Mannes und ihrer jüngsten Tochter Sascha, er verdrängte sie auch mehr und mehr aus der Arbeit an dem Werk Tolstois, das Tschertkow mit Hilfe ebenjener Sascha und anderer »Jünger« unter seine Fittiche zu bringen trachtete. Das betraf insbesondere die »Tagebücher« Tolstois, die nun nicht mehr, wie bisher, Sofja Andrejewna als Erste zur Kenntnis erhalten sollte, sondern auf die Tschertkow Besitzansprüche erhob und –

zum Kummer und Ärger von Sofja Andrejewna – auch immer öfter erhielt. Diese Rivalität zwischen Ehefrau und »Lieblingsjünger« artete zu einem Kampf auf Leben und Tod aus, in dem derjenige, um den der Streit ging, zerrieben zu werden drohte. »Tschertkow hat mich in einen Kampf hineingezogen«, heißt es in Tolstois »Tagebuch nur für mich« vom 30. Juli 1910, »und dieser Kampf ist mir sehr schwer, und er widerstrebt mir.«

Dieser Kampf eskalierte, als Tschertkow Tolstoi dazu gebracht hatte, auf die Urheberrechte an seinem Werk testamentarisch zu verzichten und als Erbin und Vollstreckerin seines Willens seine jüngste Tochter Sascha einzusetzen. Dieses Testament, das Sofja Andrejewna nicht nur der Rechte an den nach 1881, dem Jahr seiner »geistigen Wiedergeburt«, geschriebenen Werken – womit sie sich nolens volens bereits abgefunden hatte –, sondern an dem gesamten Werk ihres Mannes berauben sollte, wurde – unter dem Diktat Tschertkows – heimlich auf die von Goldenweiser beschriebene unwürdige Weise auch tatsächlich Tolstoi mehr oder minder aufgezwungen; insbesondere dass er es seiner Frau und seinen Kindern verschwieg und es hinter ihrem Rücken tat, bedrückte und belastete ihn schwer. »Ich hätte alle Erben versammeln und meine Absicht verkünden, nicht aber ein Geheimnis daraus machen sollen. Habe das Tschertkow geschrieben. Er nahm es sehr übel.« Und als Folge dieses Streits notiert Tolstoi am 24. September 1910: »Sie zerreißen mich in Stücke. Bisweilen denke ich: Nur fort von allen.«

Sofja Andrejewna, die achtundvierzig Jahre lang die engste und einzige Vertraute ihres Mannes gewesen war, vor der er nie ein Geheimnis gehabt hatte, sie, die nicht nur die erste Leserin, Kritikerin und die unermüdliche Kopistin seiner großen künstlerischen Werke gewesen war, sondern die ebenso seine täglichen Tagebuchaufzeichnungen, in denen es ja auch um die ihr so überaus wichtige Vermittlung ihres eigenen Bildes an die Nachwelt ging, als Erste gelesen, abgeschrieben und aufbewahrt hatte, sah sich auf einmal durch einen Fremden aus dieser Rolle verdrängt. In ihrem eigenen Haus fühlte sie sich von einer Atmosphäre des Misstrauens und Argwohns, von Feindseligkeit und Geheimniskrämerei umgeben. Sie sah sich vor die Alternative gestellt: auf ihr bisheriges Dasein, den Besitz und das Erbe für sich und die Kinder zu verzichten und mit ihrem Mann ein Leben nach seinen jetzigen Vorstellungen zu führen oder ihren Mann für immer zu verlieren. Beides schien ihr unmöglich, an beides klammerte sie sich mit aller Kraft und allen Möglichkeiten, die ihr zu Gebote standen, und scheute in ihrer maßlosen Verzweiflung und Erbitterung auch nicht vor Selbstmorddrohungen zurück. »Meine Waffe ist mein Tod«, schreibt sie am 24. Juli 1910. »Und es wird meine Rache an ihm und an Tschertkow sein, dass sie mich gemordet haben. Es wird heißen: diese Verrückte! Wer aber hat mich um den Verstand gebracht?«

Von Natur aus hypersensibel und empfindsam, neigte sie im Laufe der alles andere als beschaulichen Jahre an der Seite ihres genialen, aber auch höchst komplizierten Mannes immer mehr zu Neurosen, Nervenkrisen und Hysterie, und Ereignisse wie der Tod ihres über alles geliebten letztgeborenen Kindes – nachdem sie schon zuvor drei Söhne und eine Tochter im frühesten Kindesalter verlor – hatten die nicht mehr junge Mutter an den Rand des Wahnsinns getrieben. »Die Verzweiflung meiner Mutter war so heftig, dass sie fast den Verstand verlor«, dokumentiert die Tochter Tatjana.

So mögen die Vorkommnisse, die Goldenweiser in seinen Erinnerungen mit geradezu naturalistischer Unbarmherzigkeit und eindeutiger Parteinahme gegen Sofja Andrejewna schildert und die eben in jenem, dem letzten Lebensjahr Tolstois eskalierten, unentschuldbar erscheinen, aber sie werden nachempfindbar und begreiflich, wenn man sich in Sofja Andrejewna hineinversetzt und die ganze Vorgeschichte dieses »Ehedramas« kennt.

»Ein Drama ist dann ein echtes Drama, wenn es keinen Schuldigen gibt, sondern die Situation einen in die Ausweglosigkeit treibt. Unsere Familie befand sich in einer tragischen Situation, die keinen Ausweg darbot«, schreibt die älteste Tolstoi-Tochter, die bereits mehrfach als zuverlässige Zeugin und Beteiligte an dem Geschehen zitiert wurde.

Zum Verständnis der letztendlichen Entscheidung Tolstois sei schließlich noch ein Brief angeführt, den Tolstoi am 8. Juli 1897 geschrieben hatte, als er schon einmal seine Familie und sein Heim verlassen wollte, der aber erst nach seinem Tode in Sofja Andrejewnas Hände gelangte.

»Teure Sonja,

schon lange quält mich das Missverhältnis zwischen meiner Lebensweise und meinen Glaubensansichten. Euch dahin zu bringen, dass Ihr Euer Leben und Eure Gewohnheiten ändert, die ich Euch selbst ja gelehrt habe, vermochte ich nicht; Euch zu verlassen, vermochte ich bislang ebenfalls nicht, weil ich glaube, dadurch die Kinder, solange sie klein waren, zumindest jenes geringen Einflusses zu berauben, den ich auf sie haben konnte, und Euch zu kränken; so weiterzuleben, wie ich diese sechzehn Jahre gelebt habe, bald mit Euch ringend und Euch erbitternd, bald selbst den Verlockungen erliegend, an die ich gewöhnt und von denen ich umgeben bin, vermag ich ebenfalls nicht länger, und ich habe jetzt beschlossen, zu tun, was ich schon lange tun wollte, nämlich fortzugehen, erstens, weil mir diese Lebensweise mit zunehmendem Alter immer schwererfällt und mich immer mehr nach Einsamkeit verlangt, und zweitens, weil die Kinder groß sind, mein Einfluss im Hause nicht mehr benötigt wird und Ihr alle ja Interessen habt, die für Euch aktueller sind und die Euch meine Abwesenheit weniger spüren lassen.

Das Wichtigste aber ist, so wie die Hindus mit sechzig in die Wälder gehen, wie es jeden religiösen alten Menschen danach verlangt, die letzten Jahre seines Lebens Gott zu weihen und nicht Späßen, Wortspielereien, Klatsch und dem Tennisspiel, so sehne auch ich, der ich in mein siebzigstes Jahr trete, mich mit allen Kräften meiner Seele nach dieser Ruhe und Einsamkeit und einem Leben, das mit meinen

Glaubensansichten und meinem Gewissen vielleicht nicht völlig übereinstimmt, aber doch wenigstens nicht in schreiendem Widerspruch dazu steht.

Täte ich dies offen, gäbe es Bitten, Verdammung, Streit und Klagen, und ich würde möglicherweise schwach werden und meinen Entschluss nicht ausführen, er muss aber ausgeführt werden. Und daher bitte ich Euch, vergebt mir, wenn dieser mein Schritt Euch weh tut, und das gilt vor allem Dir, Sonja, entlasse mich freiwillig aus Deinem Herzen und suche mich nicht, grolle mir nicht und verurteile mich nicht.

Wenn ich Dich verlassen habe, so beweist dies nicht, ich wäre unzufrieden mit Dir gewesen. Ich weiß, Du hast es *nicht vermocht*, buchstäblich nicht vermocht und vermagst es nicht, so zu sehen und zu fühlen wie ich, und deswegen vermochtest und vermagst Du Dein Leben nicht zu ändern und Opfer für etwas zu bringen, das Du nicht erkennst. Und daher verurteile ich Dich nicht, sondern erinnere mich im Gegenteil mit Liebe und Dankbarkeit der langen fünfunddreißig Jahre unseres Lebens, besonders der ersten Hälfte dieser Zeit, als Du mit der Deiner Natur eigenen mütterlichen Opferbereitschaft so energisch und entschlossen getragen hast, wozu Du Dich berufen hieltest. Du hast mir und der Welt gegeben, was Du zu geben vermochtest, hast viel mütterliche Liebe und Opferbereitschaft aufgebracht, und das muss Dir hoch angerechnet werden. In der letzten Zeit unseres Lebens jedoch, in den letzten fünfzehn Jahren, sind wir auseinandergekommen. Ich kann nicht glauben, dass ich schuld bin, denn ich weiß, nicht um meinetwillen und nicht um der Menschen willen habe ich mich verändert, sondern weil ich nicht anders kann. Auch Dir kann ich keinen Vorwurf machen, dass Du mir nicht gefolgt bist, sondern bin voll des Dankes und werde immer mit Liebe all dessen gedenken, was Du mir gegeben hast. Lebe wohl, teure Sonja.

Dein Dich liebender

Lew Tolstoi.«

Noch dreizehn Jahre zögerte Tolstoi – von Gewissensqualen geplagt, zwischen der Liebe zu den Seinen und seiner Liebe zu Gott und einem gottgefälligen Leben hin- und hergerissen –, ehe er seinen lange gehegten Plan in die Tat umsetzte: die Flucht in die Wahrheit ... Und seinem Willen gemäß wurde er im Walde von Jasnaja Poljana, unter einem kleinen Hügel, im Schatten alter Eichen begraben, dort, wo in der Kindheit sein ältester Bruder Nikolenka das »grüne Stäbchen« vergrub, in das er angeblich die Formel der Weltliebe eingeritzt hatte, die den Menschen das Glück bringen, sie von allen Übeln befreien und zu Brüdern machen sollte.

Sofja Andrejewna Tolstaja hat ihren Mann um neun Jahre überlebt und ist in treuem Gedenken an ihn und versöhnt mit ihrer jüngsten Tochter Sascha in Jasnaja Poljana am 4. November 1919 gestorben.

Margit Bräuer

*8. Januar**. Brief Lew Nikolajewitschs an mich: »Vielen Dank für Ihren Brief, lieber Alexander Borissowitsch. Was ich aus ihm herausspürte, hat mich zutiefst bewegt. Ja, mit mir steht es gut, allerdings könnte es besser stehen, wenn mein Befinden besser wäre. Mit Ihnen verbindet mich etwas Bedeutsameres als die Musik. Deshalb ist mir unser Umgang lieb und teuer. Grüßen Sie Ihre Frau. Ihr Sie liebender Lew Tolstoi.«

4. Februar. Aus dem Brief der Gräfin Olga Tolstaja: »Lew Nikolajewitsch ist von einer geradezu jugendlichen Lebhaftigkeit und verblüffend rege. Wir alle können mit ihm kaum mithalten …«

9. Februar. Aus dem Brief Alexandra Lwowna Tolstajas: »Bei uns ist alles beim Alten. Papa arbeitet intensiv an der Zusammenstellung seiner Publikation ›Für jeden Tag‹. Er ist gesund und munter …«

20. Februar. Aus dem Brief Olga Tolstajas: »Fast zufällig erfuhr ich, dass Sascha sterbenskrank ist. Ich machte mich unverzüglich auf den Weg und traf in Jasnaja Poljana alle sehr niedergeschlagen an. Zwei Tage lang hatte Sascha 40° Fieber, dazu heftigsten Darmkatarrh als Komplikation der Masern und fürchterlichen Husten. Doch während meines Aufenthalts ging das Fieber bereits auf 39° zurück, und sie begann

* Die Datumsangaben Goldenweisers entsprechen dem Julianischen Kalender, der in Russland bis zur Einführung des Gregorianischen Kalenders im Februar 1918 galt. Nach dieser Datierung stirbt Tolstoi am 7. November 1910. (Hier und im Folgenden Anm. d. Übers.)

zu schwitzen. Einen Tag später waren es nur noch 37°. Lew Nikolajewitsch nahm Saschas Krankheit schrecklich mit, er machte sich auf einen schlimmen Ausgang gefasst ...«

4. März. Jasnaja Poljana. Ich fand Lew Nikolajewitsch unwohl vor. Während Ilja Sidorkow sein Zimmer aufräumte, ruhte er auf dem Liegesofa im kleinen Empfangsraum. Als er von meinem Eintreffen erfuhr, ließ er mich durch den Arzt Dušan Petrowitsch Makovický zu sich bitten. Nach der üblichen Begrüßung und der Erkundigung nach unser beider Befinden sagte ich, ich hätte ihm die von meiner Frau besorgte Übersetzung des Buches »Die Greuel der christlichen Zivilisation«* mitgebracht. Lew Nikolajewitsch wollte sie sich gern ansehen. Ich holte die Übersetzung und entfernte mich, um ihn nicht weiter durch das Gespräch anzustrengen, da er sich offensichtlich schlecht fühlte. Inzwischen trank ich im Speisezimmer Tee.

Nach einer Weile kam auch Lew Nikolajewitsch in das Speisezimmer und setzte sich zu mir. Er berichtete, tags zuvor sei der Schriftsteller Sch-w bei ihm gewesen. Auf meine Frage, was für einen Eindruck er auf ihn gemacht habe, charakterisierte er ihn knapp als einen Literaten, bevor er hinzufügte: »Der Unterschied zwischen einem Literaten und einem Denker besteht darin, dass der Denker für sich denkt, wie ein Schopenhauer, während es einen Literaten vor allem drängt, anderen etwas zu sagen, bevor er dann auch für sich denkt. Wladimir Solowjow ist auch mehr ein Literat gewesen.«

Lew Nikolajewitsch erkundigte sich nach meinem Ergehen und meiner Gesundheit. Ich sagte, ich hätte fast den ganzen Winter gekränkelt, und klagte, dass sich das Kranksein auf die Stimmung auswirke.

* Von Karl Bernhard Seidenstücker unter dem Pseudonym Bruno Freydank veröffentlichtes Buch »Die Greuel der christlichen Zivilisation: Briefe eines buddhistischen Lama aus Tibet«, Buddhistischer Missionsverlag, Leipzig 1903.

»Ja, das kenne ich aus eigener Erfahrung«, bestätigte Lew Nikolajewitsch. »Wenn ich Leibschmerzen habe und morgens spazieren gehe, sehe ich unterwegs überall Hundekot, bin ich dagegen gesund und guter Stimmung, funkeln im Schnee Brillanten. Die Leute glauben, Krankheit sei verlorene Zeit. ›Wenn ich erst gesund bin, ja dann …‹, bekommt man zu hören. Dabei ist Kranksein die wichtigste Zeit. Man ist versucht, sich aufzuregen, etwas zu verurteilen, muss es sich aber versagen.«

Er erzählte mir, ein als völlig harmlos zu bezeichnender Anlass habe ihn dazu gebracht, etwas zu schreiben (worum es ging, ist mir leider entfallen), was keine Zensur passieren werde und deshalb nicht in Russland erscheinen könne.

»Ich verstehe mich nicht darauf, der Zensur Genehmes zu schreiben. Oder zu schildern, wie sich eine Dame verliebt. Selbst wenn ich so etwas schreiben wollte, gelänge es mir nicht zensurgerecht.«

Vor dem Frühstück erschien Lew Nikolajewitsch wieder im Speisezimmer, die Übersetzung in der Hand. Er las ein paar Textstellen vor, die ihm besonders gut gefielen, und lobte die Übersetzung sehr. Zum Gegenstand des Buches äußerte er: »Dem Buddhismus ist ein ungleich höherer Stellenwert einzuräumen als dem von der Kirche praktizierten Christentum. Die Buddhisten haben eine wenn auch irrationale Vorstellung vom künftigen Leben, und die steht weit über allen läppischen Märchen des kirchlichen Christentums.«

Gegen Mittag wurde Lew Nikolajewitschs Befinden ganz passabel, und er schlug mir vor, ihn zu Maria Alexandrowna Schmidt nach Owsjannikowo zu begleiten. Als wir auf die Vortreppe hinaustraten, um loszufahren, demonstrierte mir Lew Nikolajewitsch im Schnee, auf wie scharfsinnige Weise die Inder, nach dem, was er irgendwo gelesen hatte, den Nachweis des pythagoreischen Lehrsatzes führten.

Es herrschte leichter Frost. Unterwegs sagte Lew Nikolajewitsch, der den kleinen Schlitten selbst lenkte: »Ich habe eine Erzählung geschrieben, sie aber gar nicht erst abtippen lassen. Wozu sich etwas vormachen? Wenn ein Bauer sie läse, würde er fragen: ›Ist das wirklich alles so gewesen?‹«

Er erzählte mir von dem Buch Jarozkis, das er gerade liest. Der Autor hat es ihm geschickt und erbittet seine Einschätzung. Es geht darin wohl um Physiologie und Hygiene.

»Ich wollte meine Einwände vorbringen«, sagte Lew Nikolajewitsch, »habe aber davon Abstand genommen. Seine Gedankengänge sind schwer fassbar. Michail Sergejewitsch [Suchotin] meint, er, Jarozki, sei ein religiöser Mensch. Möglich, aber er getraut sich nicht, das in seiner wissenschaftlichen Welt zuzugeben.«

Als wir dann das winzige Häuschen Maria Schmidts erreichten, bekam diese vor Aufregung und Freude einen Hustenanfall und wusste nicht recht, wo sie uns hinsetzen sollte. Ein Hündchen kläffte uns kurz an und trollte sich.

»Wie geht es Ihnen, Maria Alexandrowna?«, erkundigte sich Lew Nikolajewitsch.

»Ganz fabelhaft, Lew Nikolajewitsch. Bei mir steht es mit allem so gut, so gut! Danke, dass Sie mich besuchen kommen. Wie geht es Ihnen?«

Bald erschien auch Pawel Boulanger, der Lew Nikolajewitsch und Maria Schmidt von seiner neuen Erzählung berichtete. »Ich habe noch drei, vier solche Themen«, fügte er hinzu, »aber sie bereiten mir Pein, ich kann das nicht mehr. Vielleicht findet sich noch eine neue Form, etwas Ernsthaftes …«

Wir blieben nicht lange. Lew Nikolajewitsch beeilte sich, um vor dem Mittagessen noch ruhen zu können. Auf dem Rückweg sprachen wir zunächst wieder über den Buddhismus, dann sagte er:

»In meinem Tagebuch habe ich mich dazu genauer geäußert, jedenfalls denke ich darüber folgendermaßen: Es gibt nur das Eigentliche, Zeitlose, dessen wir uns an der Grenze zwischen Vergangenheit und Zukunft bewusst werden, und das ist unser zur Selbsterkenntnis gelangendes Ich. Alles, was wir in seinem Wesen begreifen, steht außerhalb von Zeit und Raum. Wenn wir uns der sich bewegenden Zeit bewusst werden, dann können wir diese Bewegung nur erkennen, sofern sie auf etwas Unbewegliches bezogen ist. Und dieser unbewegliche Punkt ist mein zeitloses Ich. Wenn es ihn nicht gäbe, könnte ich keine Vorstellung von der Zeit haben. In diesem zeitlosen Leben werden Fragen der Verfassungen und dergleichen völlig belanglos, ja überflüssig.«

Lew Nikolajewitsch erkundigte sich nach Moskau und Sergej Tanejew. Er erzählte von dem Aufsatz oder Buch irgendeines Krasnow unter dem Titel »Chodynka«, das er gelesen hat (diese Lektüre veranlasste ihn offenbar, seine Erzählung zu schreiben), und gab den Inhalt des Schauspiels »Die Barrikade« von Paul Bourget wieder, auf das er aufmerksam geworden war.

Vor dem Haus warteten Bettler. Lew Nikolajewitsch gab ihnen Geld und unterhielt sich mit einigen. Das war für ihn wie immer qualvoll. Als er die Treppe hinaufstieg, machte er halt und sagte: »Fortzugehen in eine Einsiedelei oder ein Kloster – was wäre das für ein Glück!«

Beim Mittagessen erfreute er sich am Anblick der ihm gegenübersitzenden Tanetschka Suchotina, der Tochter seiner ältesten Tochter Tatjana.

»Kinder muss man einfach liebhaben«, sagte er. Um dann leise hinzuzufügen: »So schwer es mir auch fällt, ein Kind zu lieben, dazu kann ich mich einfach nicht zwingen.«

»Wen? Wen?«, wollte Sofja Andrejewna sofort wissen. Als sie es dann erraten hatte, sagte sie so laut, dass viele es hören konnten: »Ein Mädchen.«

Lew Nikolajewitsch reagierte nicht darauf. Er war bedrückt. Sowohl wegen seiner Äußerung als auch weil alle am Tisch Sitzenden, darunter völlig Fremde, sie mitbekommen hatten.

Am Abend signierte Lew Nikolajewitsch eine Photographie für den Schriftsteller Iwan Nashiwin und sagte zu mir und Bulgakow, seinem Sekretär: »Sie dürfen nicht denken, dass ich mich spreize – wirklich Belangvolles schreibt Strachow, bei mir dagegen sieht es genauso aus wie bei Andrejew, Andrej Bely und so weiter. Diese Photos, diese Reputation zeugen davon, dass ich nichts wert bin.«

Später spielte ich ziemlich lange Klavier. Die Musik bereitete Lew Nikolajewitsch anscheinend großes Vergnügen. Nach einem der Stücke, ich glaube, es war sein geliebter Chopin, rief er aus: »Wenn unsere ganze Zivilisation zum Teufel ginge, würde ich es nicht bedauern, doch um die Musik täte es mir leid!«

5. April. Brief Lew Nikolajewitschs an mich: »Über Ihren Brief habe ich mich sehr gefreut. Froh machte er mich besonders deshalb, weil ich Ihnen noch meinen Eindruck von Ihrer Erzählung schuldete. Ich befürchtete, mein Schweigen könnte Ihnen Missbehagen bereiten, doch dann überlegte ich mir, dass Sie darüber erhaben sein dürften. Die Erzählung hat mir nicht gefallen. Sie lässt eine eigene neue Melodie vermissen, und der Bearbeitung fehlt vieles zur Vollkommenheit. Aber so etwas haben Sie auch gar nicht nötig. Ihre Stärke liegt woanders. Das Buch des fiktiven Lama werden wir ganz bestimmt herausbringen. Ich habe dafür bereits einen Platz vorgesehen, mit Schlusskapitel.

Kommen Sie, wann immer es Ihnen möglich ist; ich bin Ihnen unverändert zugeneigt und wünsche mir, dass es Ihnen ebenso ergeht. Richten Sie Ihrer Frau einen schönen Gruß von mir aus. Lew Tolstoi.«

13. April. Alexandra Lwowna hat sich im Februar bei Dorik Suchotin mit Masern angesteckt. Die Krankheit nahm bei ihr einen so schweren Verlauf, dass sie dem Tod nahe war. Als Komplikation kam noch eine aggressive, hartnäckige Bronchitis hinzu. Bei der Untersuchung ihres Auswurfs wurden Tuberkelbazillen gefunden. Die Ärzte bestanden auf einem unverzüglichen Aufenthalt im Süden. Als uns die Nachricht erreichte, dass sie am 13. mit Warwara Feokritowa die Reise auf die Krim antrete, ritt ich für diesen Tag mit meiner Frau nach Jasnaja Poljana, um mich von ihr zu verabschieden.

Kürzlich erhielt ich von Lew Nikolajewitsch einen Brief, in dem er mir mitteilte, dass ihm meine Erzählung nicht gefallen habe. Aus irgendeinem Grund hatte er angenommen, dass mich das sehr betrüben würde, und als er mich begrüßte, erkundigte er sich sofort, ob ich seinen Brief erhalten und ob er mich nicht zu sehr getroffen habe. Überhaupt nicht, sagte ich ihm, da ich dieser Erzählung keinerlei Bedeutung beimesse.

»Na, dann ist es ja gut«, sagte Lew Nikolajewitsch, »ich hatte so etwas befürchtet.«

Bis ein Uhr mittags arbeitete Lew Nikolajewitsch, ohne sein Zimmer zu verlassen. Beim Frühstück sagte er: »Ich schreibe für Tschertkows Sohn Dima eine Komödie. Um Wiederholungen zu vermeiden, habe ich mir meine völlig vergessenen ›Früchte der Bildung‹ wieder vorgenommen, und ich muss gestehen, das Stück hat mir großes Vergnügen bereitet. Ich habe so gelacht! Sehr schön fand ich die Stelle, wo alles bereits geklärt ist – ›Na, und die steigende Temperatur?, und das Bibbern Grosmans ...‹ Schlecht ist bloß am Schluss das mit Tanja als Grisette und auch der ironische Ton, mit dem alle behandelt werden, besonders die Bauern.«

Nach dem Essen, als das Fruchtkonfekt gereicht wurde, sagte Lew Nikolajewitsch lachend: »Zur Säuberung!«

Überhaupt fielen ihm immer wieder diverse Ausdrücke aus »Früchte der Bildung« ein, über die er lachen musste. Es war rührend, zu sehen, wie herzhaft er lachte, als habe er völlig vergessen, dass das Werk von ihm stammt.

Auch Iwan Iwanowitsch Gorbunow vom Verlag Posrednik hielt sich heute in Jasnaja Poljana auf. Nach dem Frühstück saß er mit Lew Nikolajewitsch im Arbeitszimmer zusammen, etwas später gesellte ich mich zu ihnen. Das Gespräch drehte sich um die Erarbeitung eines Lexikons für den Volksgebrauch. Lew Nikolajewitsch hat deswegen sogar mit jemandem – aus Charkow, wenn ich mich nicht irre – im Schriftwechsel gestanden. Dieser Gedanke beschäftigt ihn ernsthaft, er meint, ein solches Lexikon wäre für das Volk notwendig und sehr nützlich. Er spricht davon, dass er selbst gern ein paar Beiträge dafür schreiben würde.

Zum Brief eines gewissen Sokolow, der ihn um Zusendung einer Bücherliste gebeten hat, stellte Lew Nikolajewitsch fest: »Irgendwie unterteilt er die Menschen in Wölfe und Schafe. Natürlich belehrt er mich. Ich hatte große Lust, ihm zu antworten: Ihre Lektion habe ich aufmerksam gelesen.«

Zu den Briefen, die er erhält, bemerkte er: »Besonders häufig schreiben mir junge Leute, die wenig wissen. Ihnen kommen Fragen in den Sinn, und naiverweise denken sie, dass sie die Ersten sind, die sie stellen; dabei handelt es sich um höchst schwierige, fundamentale Fragen, mit denen sich die besten und klügsten Menschen aller Zeiten beschäftigt haben, und nun soll ich, Lew Nikolajewitsch, sie ihnen mit knappen Worten beantworten.«

Der Schriftsteller Wladimir Korolenko hat eine Antwort auf Lew Nikolajewitschs Brief zu seinem Artikel »Eine alltägliche Erscheinung« geschickt, in dem er über ein Militärgericht schreibt, das ein Todesurteil verhängt hat. Lew Nikolajewitsch sagte dazu: »Wenn ich jung wäre, würde ich einen guten Roman schreiben und ihn ›Es gibt keine Schuldigen in der Welt‹ betiteln.«

Bei diesen Worten standen ihm Tränen in den Augen.

Lew Nikolajewitsch erzählte, er habe von Masaryk, dem tschechischen Schriftsteller und Politiker, ein interessantes Buch über den Selbstmord erhalten. »Für Selbstmord fehlt mir das Verständnis«, erklärte er. »Ich interessiere mich für die Psychologie der Menschen und glaube sie eigentlich zu verstehen, doch Selbstmord war und bleibt mir unbegreiflich.«

Gorbunow erinnerte ihn an seine »Beichte«, in der er davon spreche, selbst dem Selbstmord nahe gewesen zu sein. Lew Nikolajewitsch schwieg ziemlich lange, bevor er seufzte und leise sagte: »Ja, es steht wahrhaftig geschrieben: Wer aber ärgert dieser Geringsten einen, dem wäre besser, dass ein Mühlstein an seinen Hals gehängt würde.«

Mir wurde nicht ganz klar, warum er das sagte. Seine Überlegung war möglicherweise die, dass er mit seiner Darstellung, wie nahe er dem Selbstmord gewesen sei, jemanden erst auf den Selbstmordgedanken gebracht haben könnte.

Lew Nikolajewitsch beabsichtigte auszureiten. Für gewöhnlich begleitete ihn Bulgakow. Sofja Andrejewna sagte ihm, sein Enkel Mischa (Ilja Lwowitschs Sohn), der gerade in Jasnaja Poljana zu Besuch war, würde gern mitkommen, doch Lew Nikolajewitsch erwiderte, er möchte mich mitnehmen. Unterwegs sprachen wir wenig. Lew Nikolajewitsch erkundigte sich nach meiner Gesundheit. Er findet, meine Beschwerden seien die gleichen wie die seinen.

»Ein schlechter Gesundheitszustand wirkt sich übel auf die Arbeitsfähigkeit aus«, sagte er. »Doch ist mir diese Zeit teuer, denn wenn ich Leibschmerzen habe, neige ich dazu, die Leute schlecht zu behandeln – obwohl es gerade dann darauf ankommt, sich unter Kontrolle zu haben, um Fehlverhalten auszuschließen. Auf die Arbeitsfähigkeit jedenfalls wirkt sich Kranksein schlecht aus.«

Und dann fügte er hinzu: »Ich würde gern etwas Belletristisches schreiben, zumal ich fühle, dass mein Unvermögen nicht von Dauer ist. Augenblicklich fehlt mir die Kraft, aber ich hoffe, dass sich das gibt.«

Alexandra Lwowna reiste am Vormittag ab. Lew Nikolajewitsch verabschiedete sich in seinem Zimmer von ihr, wobei er geweint haben soll. Danach legte er sich hin und war nicht dabei, als sie losfuhr. Während des Mittagessens suchte er seine Fassung wiederzugewinnen. Er war sanft und freundlich zu allen. Maria Schmidt erzählte über die Bauern aus dem Nachbarort Rudakowo, wie sie sich über Purischkewitsch und das Duma-Geschwätz empörten:

»Verschwenden unser schönes Geld für ihre Schamlosigkeiten.«

»Alle wundern sich«, sagte Lew Nikolajewitsch, »dass es, nachdem eben noch Winter war, plötzlich in einer Woche warm geworden ist – wo ist der Winter abgeblieben? Das hier aber finde ich noch viel verwunderlicher. Vor zehn Jahren wäre es in ganz Russland keinem Bauern eingefallen, so über die Duma zu sprechen, in dem Bewusstsein, dass ›unser schönes Geld‹, wie sie sich ausdrücken, vergeudet wird. Jetzt dagegen gibt es keinen Menschen, der das nicht begreifen würde. Dabei glauben sie, alles könne rückgängig gemacht werden!«

Beim Mittagessen befragte mich Lew Nikolajewitsch über die neue Musik. Gesprächsgegenstand war auch die zeitgenössische Dichtung und überhaupt die neue Literatur.

»Ich sprach vorhin davon, dass mir für Selbstmord das Verständnis fehlt«, sagte Lew Nikolajewitsch, »doch so etwas kann ich noch viel weniger begreifen. Nehmen Sie ›Wechi‹* – und wenn Sie mich totschlagen, ich begreife nicht, was sie eigentlich sagen wollen.«

Er erzählte, er habe von einem gewissen Petroshizki einen Brief über die Todesangst erhalten; dieser wollte wissen, was man tun müsse, um den Tod nicht zu fürchten. Bevor er ihm antworten konnte, sei die Nachricht von dessen plötzlichem Tod gekommen.

Nach dem Mittagessen spielten wir zwei Partien Schach.

Lew Nikolajewitsch sagte meiner Frau, er habe für sie zwei Bücher zum Übersetzen: ein englisches (welches, habe ich mir nicht gemerkt) und das von Masaryk über den Selbstmord. Er lobte ihre Übersetzung und meinte scherzhaft, sie könne von »Vegetarianskoje obosrenije« (»Vegetarische Umschau«) ein Honorar verlangen.

* Deutsch »Wegmarken«: 1909 von einer Gruppe religiöser Philosophen und Publizisten veröffentlichter Sammelband mit Aufsätzen über die russische Intelligenz.

»Ich stelle mir manchmal vor«, sagte er zu mir, »ein Marsmensch suche mich auf und ich erzähle ihm über das Leben auf der Erde – dass ein Zehntel der Menschheit oder noch weniger eine Religion, Wissenschaft und Kunst habe und der Rest von achtzig bis neunzig Prozent nichts von alledem. Ich denke mir, dass er, ohne danach zu fragen, was das für eine Religion, eine Wissenschaft und eine Kunst sei, sagen wird, dass sie zu nichts taugen.«

Lew Nikolajewitsch bat mich, etwas zu spielen. Bevor ich anfing, stellte er mir Fragen zur Technik des Klavierspiels. Wieder verblüffte mich sein Vermögen, selbst bei Dingen, über die er möglicherweise noch nie nachgedacht hat und ziemlich wenig Bescheid weiß, sofort den Kern der Sache zu erfassen. Er meinte, der Klang des Klaviers lasse sich durch nichts außer mehr oder weniger kraftvolles Spiel verändern – eine Auffassung, die in den neuesten Fachbüchern wie dem von Steinhausen und anderen vertreten wird.

Ich teile diese Ansichten nicht und stritt mit ihm. »Ich dachte immer, nur Damen sprächen vom *Tusch* der Klavierspieler«, sagte er und setzte scherzhaft hinzu: »Man sollte Ihnen eigentlich beipflichten, um Ihnen eine Freude zu machen, aber ich verstehe mich nicht darauf.«

Nach meinem musikalischen Vortrag sagte Lew Nikolajewitsch: »Obwohl ein Marsmensch mir sagen könnte, dass das eine schlechte Kunst sei, tut es mir leid um die Musik. Ich mag Puschkin und Gogol, aber von keiner Kunst würde ich mich mit solchem Bedauern verabschieden wie von der Musik. Der Grund ist möglicherweise, dass ich mich so in sie hineingelebt habe, so sehr mit ihr verwachsen bin; jedenfalls hat sie eine starke Wirkung auf mich.«

Maria Schmidt und Tatjana Lwowna brachten das Gespräch auf Owsjannikowo, wo Letztere einige neue Häuser errichten lässt.

»Irgendein Mädchen kommt auf die Idee, dreißig Mann beginnen zu bauen, und schon ist das Haus fertig«, stellte Lew Nikolajewitsch fest.

Dann war die Rede von Einkäufen, die Tatjana Lwowna in Tula tätigen müsse. »Ach, hört auf damit«, sagte Lew Nikolajewitsch, »ganz Tula zu kaufen, alle Häuser zu bauen und alle Röcke nähen zu wollen, das schafft ihr sowieso nicht!«

Ich fragte Lew Nikolajewitsch, was ich Tschertkow ausrichten solle, wenn ich ihn sehe. »Sagen Sie ihm, dass ich gern schreiben würde, was er haben möchte (etwas Belletristisches), aber körperlich nicht auf der Höhe bin. Die Nerven sind zerrüttet, es geht nicht mit dem Arbeiten. Dabei bin ich ganz erfüllt von dieser Sache. Manchmal muss man sich zum Arbeiten zwingen, während ich mich jetzt kaum bezähmen kann, so drängt es mich, zu schreiben, nur fühle ich mich zu schwach dazu.«

Als wir aufbrachen, scherzte Lew Nikolajewitsch wieder mit meiner Frau wegen des Honorars und meinte lachend, für dieses Geld könne sie sich ein Samt- oder ein Seidenkleid nähen lassen.

»Grüßen Sie Ihren Vater und Ihren Bruder«, sagte er zum Abschied zu mir.

21. April. In der Karwoche fuhr ich am Mittwoch wieder mit meiner Frau für einen Tag nach Jasnaja Poljana, wo wir den Schriftsteller Leonid Andrejew antrafen, der anscheinend gestern Abend angekommen ist und morgen gegen elf Uhr abreisen will.

Nachdem Lew Nikolajewitsch uns begrüßt und ein paar Worte gewechselt hatte, zog er sich in sein Zimmer zurück. Wir saßen beim Kaffee und unterhielten uns. Andrejew wusste interessant über Schriftsteller – Arzybaschew, Kuprin, Gorki und andere – zu erzählen, unangenehm war jedoch sein abschätziger Ton. Bei allen, selbst wenn er mal jemanden lobte, kehrte er das Negative hervor. Im Großen und Ganzen aber machte er in der kurzen Zeit, die wir miteinander verbrachten, einen sympathischen Eindruck.

Während wir vor dem Balkon im Garten standen, trat

Lew Nikolajewitsch aus dem Haus, einen Brief in der Hand. Es war die erste Nachricht Alexandra Lwownas aus Jalta.

Der Brief machte Lew Nikolajewitsch sehr froh. »Ich vertraue den Ärzten nicht; Altschuller ist zwar ein überaus netter Mensch, trotzdem glaube ich, dass sie nichts wissen«, sagte er. Dann äußerte er noch zu Alexandra Lwownas Krankheit: »Einerseits kann ihr starker Organismus helfen, die Krankheit zu bezwingen, doch andererseits bringt sie häufig gerade so starke Menschen besonders schnell um.« Und zu ihrer Fahrt auf die Krim: »Schwer zu sagen, ob sie von Nutzen sein wird, deshalb ist es sinnvoller, von solchen Reisen Abstand zu nehmen.«

Jemand bemerkte, wenn man genau wüsste, dass einem eine solche Reise von Nutzen wäre, dann müsste man sie unternehmen.

»Das ist es ja gerade, dass wir in der materiellen Welt die Ergebnisse niemals absehen können«, sagte Lew Nikolajewitsch, »während das in der geistigen Welt immer und mit Sicherheit möglich ist.«

Lew Nikolajewitsch hat das Reiten aufgegeben und angeordnet, Delir die Hufeisen abzunehmen und ihn zur Herde zurückzulassen. Es heißt, Auslöser sei der Besuch eines Obersten aus Schwarzhunderter*-Kreisen gewesen, der hergekommen sei, um Lew Nikolajewitsch auf den rechten Weg zurückzuführen, und in Koslowka selbstverfasste tolstoifeindliche Broschüren verteilt habe.

Tatjana Lwowna erzählte auf höchst komische und zugleich anrührende Weise, wie dieser Oberst, nachdem er ziemlich lange in Lew Nikolajewitschs Arbeitszimmer gesessen habe, um ihn mit seinen Anschuldigungen zu konfrontieren, weich gestimmt, geradezu mit Tränen in den Augen herausgekommen sei. Im Eifer des Gefechts habe er Lew Nikolajewitsch das Reiten zum Vorwurf gemacht, und

* Schwarzhunderter: ursprünglich Angehörige monarchistischer Organisationen wie »Bund des russischen Volkes« sowie der paramilitärischen »schwarzen Hundertschaften«, die Pogrome inszenierten.

da es diesen die ganze Zeit schon gequält habe, sich solchen »Luxus« zu erlauben, hätten die Worte des Obersten das Fass zum Überlaufen gebracht.

Lew Nikolajewitsch nahm Andrejew mit zu einem kleinen Spaziergang. Sie kehrten bald zurück, und Lew Nikolajewitsch zog sich in sein Zimmer zurück, um zu arbeiten. Andrejew holte vor der Abfahrt seinen Photoapparat, und jemand von den Anwesenden machte zwei, drei Aufnahmen von uns allen. Ich weiß nicht mehr, ob Andrejew mit Lew Nikolajewitsch photographiert wurde, aber es war wohl so.

Eine Frau suchte Lew Nikolajewitsch mit der Bitte auf, ihr einen Rat in einer gerichtlichen Angelegenheit zu geben. Er konnte ihr nichts Bestimmtes sagen und wollte sie an den Tulaer Rechtsanwalt Tolstoi verweisen.

In solchen Fällen schickt er die Leute entweder zu Goldenblat oder zu Tolstoi, die sich beide sehr bereitwillig und unentgeltlich für die Bauern einsetzen.

Er bot mir an, zum Förster an der Chaussee mitzukommen, von wo aus er mit dem Tulaer Rechtsanwalt telephonieren wollte. Gegen drei gingen wir los. Die Frau folgte uns in einigem Abstand. Unterwegs erkundigte ich mich bei Lew Nikolajewitsch nach seinem Eindruck von Andrejew.

»Er ist ein netter, angenehmer Mensch, der ständig über ernste, wichtige Dinge nachdenkt«, sagte Lew Nikolajewitsch. »Doch irgendwie geht er falsch an die Sache heran – ihm fehlt ein echtes religiöses Gefühl. Vielleicht braucht es noch seine Zeit. Aber nett ist er, es war sehr angenehm mit ihm.«

Unterwegs überholte uns in einem Pferdewagen eine Frau mit zwei halbwüchsigen Mädchen. »Diese unglückliche Dame ist schon vor einiger Zeit hierhergekommen«, erzählte mir Lew Nikolajewitsch, »und hat mit ihren Töchtern im Dorf gewohnt. Sie hat ein ziemlich schwieriges Verhältnis zu ihren Kindern: Die eine Tochter machte sich, mit irgendetwas unzufrieden, eines Nachts davon zur Bahnstation. Die

Frau war in der Hoffnung hergekommen, ich könnte auf ihre Töchter Einfluss nehmen. Sie tat mir sehr leid, aber trotzdem ist das lächerlich. Sie glauben, dass ich alles vermag. Ich werde zu allem Möglichen benutzt: mal soll ich dem schlechten Charakter eines Mädchens abhelfen, mal den Landamtmann umstimmen, der ungerecht gegen einen Bauern entschieden haben soll. Nun noch diese Frau [die hinter uns herging]. Ich vermag alles«, wiederholte er und lachte.

Als wir uns der Chaussee näherten, fiel Lew Nikolajewitsch angesichts des herrlichen Frühlingswetters ein Vers ein, der ihm sehr gefällt, er konnte sich jedoch nicht erinnern, von wem er ist: von Tjutschew oder von Fet. Ich kam auch nicht darauf. Ich bemerkte, Fet sei ein großer, wahrer Dichter gewesen, der bedauerlicherweise wenig geschätzt werde.

»Wie sollte es anders sein!«, rief Lew Nikolajewitsch aus. »Das Ansehen der Schriftsteller entspricht allgemein nicht ihrer tatsächlichen Bedeutung. Mir fällt momentan das Arbeiten schwer, und so nehme ich mir oft Zeitungen vor. Über Schtschedrin las ich kürzlich, was für einen schweren Tod er hatte und was für Sorgen er sich um die Veröffentlichung seiner Werke machte. Seltsam, das zu lesen: Man schreibt über ihn als großen Schriftsteller, aber wer liest ihn denn heute noch? Ja, so ist es mit uns bestellt, und überhaupt: Wenn man es mit der Öffentlichkeit zu tun hat, darf man nie auf Kritik achten, weder auf negative noch auf lobende, sondern muss machen, was zu machen ist. ›Du bist selbst dein höchster Richter.‹*«

Wir traten bei dem Förster Morosow ein. Lew Nikolajewitsch wechselte ein paar Worte mit ihm und seiner Familie und rief dann den Rechtsanwalt an. Der war nicht zu Hause, er konnte nur mit einem seiner Angehörigen sprechen.

Ich ging hinaus, um etwas von unseren Gesprächen zu notieren.

* Zitat aus Alexander Puschkins 1830 entstandenem Gedicht »An den Dichter«. (Deutsch von Hiller von Gaertringen.)

Auf dem Rückweg sagte Lew Nikolajewitsch: »Ich als Provinzler habe ein wenig Scheu vor dem Telephonieren, für mich grenzt das immer noch an ein Wunder.«

Er erzählte mir die Geschichte mit der Grußbotschaft, die er an den Schriftstellerkongress in Petersburg geschickt hatte. Sie war ihm anscheinend sehr unangenehm. »Ich schickte eine Grußbotschaft«, sagte er, »in der ich schrieb, dass ich zwar die Idee der Schriftsteller, zusammenzukommen, um sich auszutauschen und gemeinsame Fragen zu erörtern, von ganzem Herzen befürworte, aber angesichts der gegenwärtigen Verhältnisse in Russland – für eine derartige Zusammenkunft müsse die Genehmigung der Regierung eingeholt werden, die vorschreibe, worüber erwachsene Leute reden dürften und worüber nicht – auf keinen Fall an dem Kongress teilnehmen könnte, selbst wenn ich gesund und jünger wäre. Diese Grußbotschaft schickte ich an Stachowitsch und schrieb ihm, ich sei mit ihrer Verlesung nur einverstanden, wenn sie ohne jede Kürzung erfolge. Die Strippenzieher des Kongresses missachteten jedoch mein Schreiben und verlasen vor den Versammelten lediglich die erste Hälfte, die scheinbar meine volle Übereinstimmung mit dem Kongress zum Ausdruck brachte, während sie die zweite seinen Teilnehmern verheimlichten.«

Lew Nikolajewitsch nannte es »skrupellos und empörend«, wie jene, die diese Geschichte zu verantworten hatten, mit ihm umgesprungen waren.

Im Zusammenhang mit der Krankheit Dmitri Alexejewitsch Miljutins, Kriegsminister unter Alexander II., fiel Lew Nikolajewitsch wieder ein, wie dessen Bruder, Wladimir Miljutin, ihm und seinen halbwüchsigen Altersgenossen in Kasan einmal eine wichtige Neuigkeit mitgeteilt hatte, die er gerade im Gymnasium erfahren hatte: dass es keinen Gott gebe. »Dmitri war wesentlich älter als Wladimir«, sagte Lew Nikolajewitsch, »ich habe ihn kaum gekannt, erinnere mich nur, wie er als junger Offizier aus dem Kaukasus kam und mit seiner Uniform und bedeckt mit frühem kriegerischem Ruhm bei uns Ehrfurcht und Neid erregte.«

Lew Nikolajewitsch fragte mich, wie es um mein Privatleben stehe, und sagte von meiner Frau: »Sie gehört zu den Menschen, die wenig reden, aber viel tun.«

Dann erzählte er mir über weitere Bücher, die sein Interesse gefunden hatten: das eine stammte von dem Inder Vivekananda, das zweite hatte diesen Autor zum Gegenstand.

Beim Mittagessen fiel es sehr schwer, sich anhören zu müssen, wie Sofja Andrejewna nicht davon abließ, Alexandra Lwownas Krankheit als eingebildet zu bezeichnen – das alles sei Unsinn und diese Reise völlig überflüssig, da sie überhaupt keine Tuberkulose habe.

Während des Essens sagte Lew Nikolajewitsch: »Es ist mir etwas genant, darüber zu reden, aber ich freue mich über die Autorität Tolstois. Ihr verdanke ich meine radialartigen Verbindungen mit den entferntesten Ländern: dem Fernen Osten, Indien, Amerika, Australien.« Am Abend fügte er dem hinzu: »Ich verdiene es ja nicht, aber in Jasnaja Poljana sitzend, erhalte ich von allen Seiten Sympathiebekundungen für meine Ansichten, und das ist eine große Freude.«

Als wir Schach spielten, sagte Lew Nikolajewitsch: »Wie sonderbar es ist so ohne Sascha.«

Er ist froh über jede Gelegenheit, anderen etwas zu sagen, was ihnen wohltut. Bei Sofja Andrejewna wohnte eine Zeitlang eine junge Abschreiberin mit ihrer vier- bis fünfjährigen Tochter Nina. Als sie abfuhr, verabschiedete sich Lew Nikolajewitsch sehr herzlich von ihr, sagte, es habe ihn gefreut, ihre Bekanntschaft zu machen, und setzte lächelnd hinzu: »Mütter betrachten das nicht als Kränkung – noch mehr hat es mich gefreut, Ihr Töchterchen kennenzulernen.«

Kürzlich waren Filmleute in Jasnaja Poljana, die eine Vorstellung für die Bauern und die Familie Tolstoi gaben. Lew Nikolajewitsch zeigte sich sehr aufgeschlossen und meinte, der Film könne einen guten Zweck erfüllen. Er sprach sogar davon, dass der Film in gewissen Fällen »nützlicher als das Buch« sein könne.

Dem Schriftsteller Leonid Andrejew riet Lew Nikolajewitsch, sich mit einem guten Stück für den Film zu versuchen, diese Idee interessiere ihn selbst auch.

1. Mai. Jasnaja Poljana. Aus einem Brief der Gräfin Olga Tolstaja: »Lew Nikolajewitsch war nach Ihrer Abreise zwei Tage schwach, aß kaum, ging nicht spazieren. Dann gab sich das. Gestern hat er zum ersten Mal in dieser Woche einen Ausritt mit einem einfachen Pferd unternommen. Sofja Andrejewna ist am Dienstag nach Moskau gefahren ... Bei uns ist es still, manchmal freilich kommen Besucher – allesamt angenehm, Gleichgesinnte Lew Nikolajewitschs.«

23. Mai. Gestern sind wir zu unserem Sommeraufenthalt in Teljatinki eingetroffen, und heute Abend bin ich mit Alexej Sergejenko und Tschertkows Sohn Dima nach Jasnaja Poljana geritten.

Auf dem Balkon waren Sofja Andrejewna, Andrej Lwowitsch mit Frau, Dmitri Obolenski und der kleine Serjosha (Sergej Lwowitschs Sohn) versammelt. Die Atmosphäre war stickig. Nach ein paar Begrüßungsworten begann sich Sofja Andrejewna über Lew Nikolajewitschs Besucher zu verbreiten und darüber, wie er sie »hassen gelernt« (?) habe. Da es auf dem Balkon unmöglich sei, sich der Bittsteller zu erwehren, habe er darum gebeten, das Essen im Haus einzunehmen.

»Ich würde einen Wächter anstellen«, erklärte sie, »und ihn dafür bezahlen, dass niemand außer willkommenen Besuchern durchgelassen wird oder dass ich Visitenkarten geschickt bekomme und entscheide, wer hereindarf und wer nicht, aber *er* wird das nicht gestatten.«

Eine eingetretene Pause machte ich mir zunutze, um aufzustehen und, gefolgt von Sergejenko, ins Haus zu gehen. In Makovickýs Zimmer herrschte eine ganz andere Atmosphäre – nichts von stickig. Lew Nikolajewitsch saß im Gespräch mit Sergej Bulygin, Bulgakow, Makovický, dem schwindsüchtigen Skipetrow, der sein Studium aufgegeben hat und den Militärdienst zu verweigern gedenkt, und einem mir unbekannten jungen Mann, der einigermaßen intelligent aussieht und ebenfalls ein Militärdienstverweigerer ist. Bei meinem Anblick rief Lew Nikolajewitsch aus: »Ah! Wo kommen Sie her? Sind Sie schon lange hier?«

»Seit gestern.«

»Bereits zum Sommeraufenthalt? Mit Ihrer Frau?«

»Ja.«

»Und mir hat es keiner gesagt.«

Als er in der Tiefe des Zimmers Sergejenko gewahrte, ohne ihn zu erkennen, fragte er: »Entschuldigen Sie, ich kann Sie schlecht sehen. Wer sind Sie?«

»Ich bin Alexej Sergejenko.«

»Ach ja, hier ist es dunkel, ich habe Sie nicht erkannt, entschuldigen Sie. Sie sind zusammen hergekommen – wie das?«

Wir erklärten es ihm.

Lew Nikolajewitsch erzählte gerade von Molotschnikow*, der im Gefängnis sitzt und ihm kürzlich einen Brief geschickt hat.

»In einer Zelle mit ihm sitzt ein Tischler, der, wenn neue Häftlinge eingeliefert werden, sagt: ›Das ist ja eine endlose Gerichtsverhandlung.‹ Und weiter: ›Wenn es keinen Tischler außer mir gibt, habe ich genug Arbeit, wenn wir unser aber elf sind, dann reicht die Arbeit nicht für alle. So ist es auch mit den Richtern: Sie sind ihrer viele, aber Leute, die vor Gericht zu stellen wären, gibt es kaum, da lassen sie sich eben etwas einfallen.‹ Und in der Tat, man muss sich nur vor Augen führen, dass sie Gehaltsempfänger sind – da hat man die Erklärung. Schließlich heißt es für sie, zu tun, wofür sie bezahlt werden und was sie und ihre Familien ernährt. So hängt eins am andern.«

* Molotschnikow war 1908 in Nowgorod zu zwölf Monaten Festungshaft verurteilt worden, weil man in seinem Haus Schriften Tolstois gefunden hatte.

Über den Bildhauer Trubezkoi, der in Jasnaja Poljana erwartet wird, sagte Lew Nikolajewitsch: »Er ist ein sehr interessanter und origineller Mensch. Als Sofja Andrejewna ihn fragte, ob er ›Krieg und Frieden‹ gelesen habe, kauderwelschte er: ›M'ai jamais rien lou.‹« (Trubezkoi ist in seinem Geburtsland Italien aufgewachsen, seine Mutter ist Italienerin. Er spricht sehr schlecht Französisch und Russisch und liest überhaupt nichts.)

Lew Nikolajewitsch stand lachend auf und trat auf den Balkon. Als wir uns bald darauf verabschiedeten, sagte er zu Dima Tschertkow: »Ich strenge mich an für dich.« (Er meinte die Komödie »Ein Dienst ist des anderen wert«, die er Dima für die in Teljatinki stattfindenden Volksvorstellungen zu schreiben versprochen hat.)

24. Mai. Heute habe ich bei Tschertkows Lew Nikolajewitschs Komödie gelesen. Es sind zwei noch unfertige Akte. Vieles ist sehr lebhaft dargestellt, aber deutlich spürbar ohne sonderliche Hingabe geschrieben.

Am Abend bin ich wieder mit Sergejenko nach Jasnaja Poljana geritten. Während Lew Nikolajewitsch in seinem Zimmer war, saßen wir bei Bulgakow zusammen. Als Sofja Andrejewna hereinkam, bat ich sie um die Aufzeichnungen Gradowskis (über seinen Aufenthalt in Jasnaja Poljana). Sie brachte sie mir. Sergejenko bat Bulgakow, der zu Lew Nikolajewitsch hineinging, ihm Bescheid zu geben, dass wir eingetroffen seien. Bulgakow kam mit der Nachricht zurück, Lew Nikolajewitsch möchte sich ein wenig ausruhen.

Durch das ganze Haus war sein Gähnen zu hören. Wenn er so gähnt, ist das in der Regel ein Zeichen entweder äußerster Ermüdung oder von Unwohlsein, meistens des Letzteren.

Nach einer Weile trat Lew Nikolajewitsch zu uns ins Zimmer und sagte zu Sergejenko: »Nun, kommen Sie.«

In der Annahme, dass er Aufträge für Tschertkow habe, blieb ich zurück. Als ich zehn Minuten später ins Speisezimmer hinüberging, sah ich, dass die Tür zu Lew Nikolajewitschs Arbeitszimmer offen stand. Ich fragte, ob ich hereinkommen dürfe.

»Bitte«, sagte Lew Nikolajewitsch.

Er trat auf den Balkon hinaus und ließ mich wissen: »Ich setze mich hierhin. Holen Sie sich einen Stuhl, der Sessel passt nicht durch die Tür.«

Ich trug einen Stuhl auf den Balkon. Sergejenko, der mir gefolgt war, bat Lew Nikolajewitsch, etwas für die Volksbibliothek in Chabarowsk aufzuschreiben. Pljusnin war von dort nach Teljatinki gekommen und hatte um ein Autograph ersucht. Lew Nikolajewitsch war auf Bitte Tschertkows dem nachgekommen, hatte jedoch einen – von diesem angeregten – zu abstrakten und dem Volk unverständlichen Gedanken aus seinem Tagebuch herausgeschrieben und außerdem in seiner Unterschrift das »s« weggelassen. Jetzt erklärte er sich gern bereit, etwas anderes aufzuschreiben. Sergejenko schlug ihm mehrere Aussprüche vor. Lew Nikolajewitsch wählte einen aus und wollte ihn schon zu Papier bringen, beschloss dann aber, ihn abzuwandeln, was ziemlich viel Zeit in Anspruch nahm. Schließlich schrieb er ihn neu und sagte: »So, nun können Sie das mitnehmen.«

Sergejenko dankte ihm. »Ich mache ihnen gern eine Freude«, entgegnete Lew Nikolajewitsch, »aber alle diese Äußerlichkeiten sind mir völlig unverständlich. Wozu das?«

Tschertkow hat der Chabarowsker Bibliothek ein großes Porträt Lew Nikolajewitschs zum Geschenk gemacht, das mit dem darunter aufgeklebten Autograph in der Bibliothek aufgehängt werden soll.

Beim Schreiben des Textes sagte Lew Nikolajewitsch zu Sergejenko: »Den Auftrag mit den Papieren haben Sie aber schlecht ausgeführt.«

»Wieso?«, fragte ich, »gab es Beanstandungen?«

»Nein, aber Andrej, müssen Sie wissen <…>* Bestellen Sie Tschertkow, dass er für diese Dinge keinen schlechteren

* Bezeichnet Auslassungen Goldenweisers.

Ort auswählen konnte als Jasnaja Poljana«, trug Lew Nikolajewitsch Sergejenko auf.

»Ich hatte heute einen Disput mit Sergej Popow«, erzählte ihm Sergejenko. »Er sagte, wenn man etwas tue, dürfe man niemals darüber nachdenken, wie es – gut oder schlecht – auf die Menschen wirken werde, sondern müsse einzig und allein seinem Gewissen folgen; ich habe das in Abrede gestellt.«

»Für mich ergeben sich hier zwei Überlegungen«, sagte Lew Nikolajewitsch, »eigentlich aber kommt eine ganze Reihe in Frage. Erstens, wenn ich mit mir zu Rate gehe, wie ich zu handeln habe, muss ich mit Gott, der in mir ist, allein sein. Und wenn ich, allein mit Gott, entschieden habe, dass ich so und nicht anders handeln muss, dann darf es keine weiteren Überlegungen geben. Und zweitens – was beinahe auf dasselbe hinausläuft – darf man, wenn man im Einklang mit seinem Gewissen zu handeln beschlossen hat, nie über die Konsequenzen dieses Handelns nachdenken.«

»Popow erinnerte sich, wie er einmal – es war wohl im Kaukasus – in eine Kontrolle geraten war, ohne seinen Pass dabeizuhaben, und von einem Polizisten gefragt wurde: ›Wer bist du?‹ Er antwortete: ›Ich bin ein Sohn Gottes, die Welt ist das Haus Gottes.‹ Der Polizist versetzte darauf: ›Das verstehen wir, aber trotzdem, so von Mensch zu Mensch – wie heißt du?‹ Er wieder: ›Ich bin ein Sohn Gottes, die Welt ...‹ Was sie ihm auch sagten, was sie ihn auch fragten, er antwortete ein und dasselbe, so dass er sie in Harnisch brachte. Wäre es nicht besser gewesen, ihnen einfach zu sagen, wie er hieß, und eventuell irgendwelche Gedanken hinzuzufügen, die er für nötig hielt?«

»Ja, selbstverständlich«, erwiderte Lew Nikolajewitsch, »aber hat er das etwa aus seelischem Antrieb, Gottes wegen wiederholt? Er hat es doch getan, weil er ihnen eine Lehre erteilen wollte. Seiner selbst wegen hätte er nicht immer wieder ein und dasselbe geredet. Das ist also kein Widerspruch, sondern eine Bestätigung meines Gedankens ... Über die Leute und darüber nachzudenken, wie sie zu einem stehen, ist sehr gefährlich. Ich mit meinen zweiundachtzig Jahren, mit meiner Bekanntheit – was habe ich es nötig, sollte man meinen, mir Gedanken darüber zu machen, wie die Leute mich sehen, aber nehmen wir meine gestrige Unterhaltung mit Dmitri Obolenski – ich spreche mit ihm und möchte in ihm ein Gefühl der Zuneigung zu mir wecken. Man ist versucht, es sehr gut zu finden, wenn sich einer darum bemüht, dass die Menschen ihn lieben und besser werden, dabei ist es von Übel. Über die Konsequenzen sollte man überhaupt nicht nachdenken. Was meinen Sie dazu, Alexander Borissowitsch?«

»Ich teile völlig Ihre Ansicht, bloß ist das nur schwer praktikabel.«

»Ja, aber das ist das einzig Notwendige. Und das sind keine abstrakten Überlegungen, sondern ein wirklicher, zweifelsfreier Weg. Genauso zweifelsfrei wie die Wirkung von Rizinusöl.«

Sergejenko fand, völlige Gleichgültigkeit gegenüber dem, wie die Leute zu einem stehen, sei unerreichbar.

»Ich sage immer: Das Ideal ist deswegen das Ideal, weil es unerreichbar ist, und das ewige Streben nach diesem Ideal macht den Inhalt des Lebens aus«, erwiderte Lew Nikolajewitsch darauf. »Wenn es mitunter gelingt, die Menschen zu vergessen, verspürt man ein Gefühl unendlicher Freiheit. Am leichtesten ist das natürlich für einen Einzelnen erreichbar; schwerer, aber noch möglich, ist es zu zweit, kommt ein Dritter hinzu, dann wird es nahezu unmöglich … Wenn ich so spreche, überlege ich, dass Alexander Borissowitsch aufmerksam zuhört und sich dazu seine Gedanken macht …

Nun, kommen Sie Schach spielen, Alexander Borissowitsch! Obwohl ich mich eigentlich ja mit Ihnen nicht mehr messen kann. Sie sind ein gar zu starker Spieler geworden.«

Wir gingen ins Speisezimmer. Lew Nikolajewitsch setzte sich auf das Liegesofa, wir rückten ein Tischchen (ein Geschenk von Sergejenko senior) heran und begannen unsere

Partie. Sergejenko und der Erzieher von Tolstois Enkel Serjosha, ein junger Schweizer, sahen uns zu. Ich spielte mit den weißen Figuren, wählte das Muzio-Gambit und verlor beim Angriff an Tempo. Lew Nikolajewitsch erzwang den Abtausch der Damen. Der Verlust einer Figur brachte mir zwei Mehrbauern ein. Mit Müh und Not gelang es mir, ein ziemlich interessantes Remis zu erreichen. Lew Nikolajewitsch schien zufrieden, nicht verloren zu haben.

Während wir Schach spielten, saß Sofja Andrejewna in der Bibliothek und arbeitete Bücher in den Katalog ein. Plötzlich seufzte sie und sagte nicht sehr laut: »Ach, wenn alle, die Bücher herschicken, wüssten, wie ich sie verfluche, dann würden sie es sein lassen!« Lew Nikolajewitsch bekam es mit und lachte auf.

Anschließend tranken wir Tee: Sofja Andrejewna, Lew Nikolajewitsch, Andrej Lwowitsch mit Frau, ich, Sergejenko, Makovický, Bulgakow, später auch Skipetrow, der von dem Übersetzer Nikolajew kam.

Lew Nikolajewitsch hatte großen Durst und trank vier Tassen. Sofja Andrejewna versuchte ihn zu bremsen, doch er widersprach: »Wenn man Durst hat, weshalb sollte man nicht noch mehr trinken?«

»Du kriegst es fertig, achtzehn Tassen zu trinken!«

Als Lew Nikolajewitsch sich zum Schluss noch eine halbe Tasse aus dem Samowar eingoss, sagte er lachend: »So, Sonja, das ist die achtzehnte Tasse!«

Lew Nikolajewitsch erzählte, in Kotschety, auf dem Gut der Suchotins, seien zwei Skopzen* zu ihm gekommen. Der eine war ein hochinteressanter alter Mann (Andrej Grigorjew).

Ich wollte von Lew Nikolajewitsch wissen, ob dieser Skopze eine Familie gehabt habe.

»Ja, er hatte eine schlimme Geschichte hinter sich: Seine Frau ließ sich mit seinem Bruder ein, und das nahm ihn so

* Anhänger einer Ende des 18. Jahrhunderts entstandenen schwärmerischen russischen Sekte (»skopzy« – Verschnittene).

mit, dass er unter die Skopzen ging. Er erzählte mir, wie dieser Vorgang abläuft. Die Skopzen sind stets leicht zu erkennen an besonderen Gesichtsfalten. Doch ist er mit über sechzig noch ein sehr rüstiger, stattlicher Mann.«

Zu den Verirrungen der Skopzen führte Lew Nikolajewitsch aus: »Das ist wie mit dem Ideal, über das wir gesprochen haben. Auch wenn sich volle Reinheit nicht erreichen lässt, muss man darum ringen und nicht meinen, wenn du vor dem Traualtar gestanden hast, dann ist dir alles erlaubt und es hört auf, von Übel zu sein. Sich künstlich der Möglichkeit des Sündigens zu berauben ist natürlich eine grobe Verirrung.«

Jemand fragte Lew Nikolajewitsch, ob er darüber mit dem Skopzen gesprochen habe.

»Sie berufen sich jedes Mal auf dieselben Bibelstellen, die sie wörtlich nehmen. Außerdem haben sie ihr Leben in der Überzeugung verbracht, einen notwendigen, moralischen Schritt getan zu haben, und im Alter fällt es schwer, sich zu sagen, dass das ganze Leben eine einzige Verirrung war.«

Skipetrow erzählte von einem sonderbaren alten Mann, dem er seinerzeit, als er noch Materialist und Student der Tomsker Universität war, in einem Eisenbahnwaggon begegnet sei. Der Mann habe ihm die ganze Geschichte seiner Familie anvertraut und ihm dann einen Brief geschickt mit dem Eingeständnis, alles Erzählte sei unwahr, er lebe allein und habe nie eine Familie gehabt. Der Brief sei ein leidenschaftliches Plädoyer für die Keuschheit gewesen. Er, Skipetrow, habe ihm »von der hohen Warte seines Materialismus« geantwortet, ohne sich der starken Wirkung der Worte des Alten entziehen zu können; seine Adresse habe er damals verlegt, um die Verbindung abzubrechen, weshalb er gar nicht wisse, was der Mann nun eigentlich gewesen sei. Skipetrow ist jetzt ein überzeugter Anhänger völliger Enthaltsamkeit.

Lew Nikolajewitsch sagte über den von der Renaissance des Katholizismus handelnden französischen Roman »L'immolé« von Baumann, den er geschickt bekommen hat: »Der

Roman ist ausgezeichnet geschrieben und sehr interessant, bloß fahren da Kranke nach Lourdes und kehren geheilt zurück, und das wird ganz ernsthaft dargestellt.«

Aus »Les religions des peuples non-civilisés« von Albert Réville las er uns einen brillanten Auszug vor, fügte jedoch hinzu: »Das ist das einzig Gute, was ich aus dem ganzen Buch entnehmen konnte. Er beschreibt die Religionen der Völker von oben herab, leicht verächtlich, und bemerkt nicht die tiefwurzelnde Grundlage aller ihrer vermeintlich groben Glaubensbekenntnisse.«

Ich erzählte Lew Nikolajewitsch von Révilles Buch über Christus und sagte, es sei in gewisser Hinsicht besser als die von Strauß und Renan, vieles an Christus habe er verstanden; was er jedoch absolut nicht begreifen könne, sei die Idee, dem Bösen nicht mit Gewalt zu widerstehen.

»Das ist doch das Wichtigste!«, rief Lew Nikolajewitsch aus, »darin liegt alles begründet!«

»Die Idee der Staatlichkeit ist ihm gar zu teuer«, bemerkte ich.

»Ja, diese Idee der Staatlichkeit nimmt häufig eine gänzlich religiöse Bedeutung an. In der altchinesischen Religion vor Konfuzius zum Beispiel wurde der Staat schlicht als religiöse Grundlage betrachtet.«

»Bei uns ist es auch heutzutage so, dass nicht der Staat religiös-moralischen Forderungen zum Opfer gebracht wird, sondern umgekehrt.«

Lew Nikolajewitsch bekam meine Worte zunächst akustisch nicht mit, und als ich sie wiederholte, sagte er: »Ja, so verhält sich das.«

Skipetrow fand, die Religiosität einfacher Menschen habe kaum einen Bezug zum Leben. »Nehmen wir meine Großmutter – sie geht in die Kirche, stellt Kerzen auf und spricht: ›Wie können wir denn nach Gottes Gebot leben, wir sind doch sündige Menschen.‹«

»Ja, aber gut daran ist immerhin ihre Demut«, meinte Lew Nikolajewitsch. »Was bei so einer einfachen Frau zählt, ist dieser wahre Glaube an den lebendigen Gott, egal ob sie ihn in der Himmelskönigin oder in der Ikone sieht. Schließlich ist das der lebendige Gott, und auf jeden Fall steht sie Gott näher als ein Professor.«

»Was für einer?«, wollte Andrej Lwowitsch wissen.

»Jeder beliebige.«

»In Kotschety lebt ein gutes ungebildetes Volk«, sagte Lew Nikolajewitsch weiter, »aber religiöse Menschen habe ich dort nicht gesehen.«

»Im Unterschied dazu gab es in Krjokschino viele«, bemerkte Sergejenko.

»Nun, das liegt im Gouvernement Moskau«, sagte Lew Nikolajewitsch, »näher an Moskau dran. Seltsamerweise leben die meisten religiösen Menschen unter dem einfachen Volk in Petersburg. Das weiß ich aus Briefen. Von dort bekomme ich viele gute Briefe.

Sie, Alexander Borissowitsch, sollten sich einmal in Moskau bei den Brüdern umtun«, sagte er zu mir. (Er meinte die »Abstinenzler« in der Gemeinde, die ein gewisser Iwan Nikolajewitsch Koloskow – »Bruder Iwanuschka« – in Moskau gegründet hat.) »Ja, wenn ich jünger wäre, aber auch für einen anderen Schriftsteller könnte es ein lohnenswertes, bedeutsames Sujet sein: einen Geistlichen zu beschreiben, wie er zunächst, ohne den nötigen Glauben zu haben, seiner Familie wegen diesen Weg geht, seinen Kampf mit sich selbst und wie er schließlich nicht mehr weiterkann und seinen Dienst aufgibt. Dieses Thema ist sehr wichtig.«

Ich weiß, dass Lew Nikolajewitsch diese Arbeit im Sinn hatte und dass er wohl sogar versucht, sie zu beginnen.

Makovický erzählte von einem französischen Drama über einen Geistlichen (»Ecce sacerdos«). Lew Nikolajewitsch reagierte interessiert.

Sergejenko kam auf Kotschetygow zu sprechen, der im letzten Herbst einen Tag vor seiner Abreise aus Moskau nach Chamowniki gekommen war. Dieser Tage ist er bei Tschertkows gewesen und hat auch einen Besuch in Jasnaja Poljana gemacht, wo er wieder allerhand zusammenfaselte.

Offenbar ist er nicht ganz richtig im Kopf. Lew Nikolajewitsch hat seine Sprechweise in seiner neuen Komödie »Der Passant« verarbeitet. »Er hat hier endlos gelabert«, sagte er, »und wir mussten alle lachen, während Sergej Popow sich in Schweigen hüllte. Schließlich wurde es mir peinlich.«

Sergejenko machte eine Bemerkung über Kotschetygows wunderliche Sprache.

»Ja, eine wunderliche Sprache!«, sagte Lew Nikolajewitsch. »Ich bekomme oft ironische Bemerkungen zu hören, die mir gefallen. In Kotschety ritt ich einmal an einer Menschenmenge vorbei, und mir wurde etwas nachgerufen, was ich nicht ganz verstand. Iwan Jegorowitsch, ein ehemaliger Hauswart, stand auch dabei und gebot den Leuten Einhalt: ›Das ist doch der Graf.‹ Hier komme ich einmal angeritten, und da sagt doch so ein Alter: ›Sieh an, er reitet! Im Jenseits suchen sie schon lange mit der Laterne nach ihm, und er reitet immer noch!‹

Ich lese den Bauernschriftsteller Semjonow und genieße seine Sprache. Eine herrliche Volkssprache schreibt er. In ihr gibt es den scherzhaften, ironischen oder den sachlichen Ton, aber auch eine richtig blutvolle Ausdrucksweise.«

Über sein neues Stück sagte Lew Nikolajewitsch zu Sergejenko: »Ich gebe mir alle Mühe, doch es wird nichts. Diese Arbeit ist uninteressant für mich. Andere, wichtigere Sachen bieten sich an. Ich habe den Freunden von Dima Tschertkow den Text zu lesen gegeben und um ihre Bemerkungen über den Bauernalltag gebeten – haben Sie vielleicht davon gehört?«

»Ich kenne das Stück nicht, aber Alexander Borissowitsch hat es gelesen.«

»Ich habe es für mich allein gelesen und von den anderen nichts gehört«, sagte ich. »Waren in Kotschety eigentlich viele Leute dabei?«

»Viele. Und woher nicht alles. Kommen auf feurigen Rössern dahergeritten. Als einer von ihnen – sein Name mag ungenannt bleiben – weg war, haben wir numidische Reiterei gespielt. Gestern hatten wir übrigens auch so einen hier …« (In der Familie Tolstoi pflegte man sich, wenn ein langweiliger oder unangenehmer Gast das Haus verlassen hatte, im Kreis aufzustellen, sich bei den Händen zu fassen und Drehungen und Hüpfer zu vollführen. Das wurde aus irgendeinem Grund »numidische Reiterei« genannt.)

»N. N.!«, beeilte sich Sofja Andrejewna rasch einzuwerfen.

Ich las Lew Nikolajewitschs Brief an eine mir unbekannte Frau, die ihm die Adresse irgendwelcher Ugrimows mitgeteilt und mit »M. N.« unterschrieben hatte. Sie war schon früher mit ihm in Verbindung getreten und während seines Aufenthalts in Kotschety nach Jasnaja Poljana gekommen, wo sie ihn natürlich nicht antraf. Er hat ihr ausführlich geantwortet und sein Bedauern ausgedrückt, sie nicht gesehen zu haben. Sie trägt sich anscheinend mit der Absicht, im Herbst wiederzukommen. Beim Tee erzählte Lew Nikolajewitsch von ihr: »Manchmal spürt man sofort, dass jemand nicht bloß Fragen stellt, sondern mit diesen Fragen lebt. Man spürt in ihr eine künftige Maria Schmidt. Sie ist in ihrer Familie Anfeindungen ausgesetzt und wurde zum Gespräch mit Nowossjolow [Gymnasiallehrer in Moskau und seinerzeit Gleichgesinnter Lew Nikolajewitschs, war er zum überzeugten Orthodoxen und entschiedenen Gegner Lew Nikolajewitschs geworden und hatte die Priesterweihe empfangen] geschickt. Kennen Sie Nowossjolow?«, fragte Lew Nikolajewitsch, zu mir gewandt. »Sie beschreibt dieses Gespräch sehr gut. Ich würde sie gern sehen.«

26. Mai. Am Abend war ich in Jasnaja Poljana, wo ich erst spät eintraf, kurz vor neun. Ich las und spielte dann mit Sergej Lwowitsch Schach. Lew Nikolajewitsch nahm ein Bad (beim Schneiden der Fingernägel verletzte er sich, es blutete, und Makovický verband ihm die Wunde) und erschien nach zehn Uhr. Er sah uns ein bisschen bei unserer Partie zu, dann tranken wir Tee.

Über den Aufsatz des Historikers Robert Wipper, den er in »Russkoje Bogatstwo« (»Russischer Reichtum«) gelesen hatte, sagte Lew Nikolajewitsch: »Ein guter Aufsatz, eigentlich eine Vorlesung. Er beschreibt zwei Epochen, zwischen denen hundert Jahre liegen: das Ende der Republik und das Imperium. Mit der heutigen Lage bei uns findet er viele Gemeinsamkeiten. Ich würde nur eines dazu sagen: dass in seinem Aufsatz nicht immer klar ersichtlich ist, wann er sich auf Dokumente stützt und wann er der Phantasie freien Lauf lässt.«

Heute Nacht um halb fünf wird Alexandra Lwownas Ankunft aus Jalta erwartet. Lew Nikolajewitsch sagte: »Wenn ich mich, statt Tee zu trinken, gleich um zehn hingelegt hätte, wie ich es eigentlich tun wollte, könnte ich Sascha bei ihrer Ankunft begrüßen.«

»Das würde sie nur aufwühlen«, meinte Sofja Andrejewna.

»Ich sage ja gar nichts, ich habe mich einfach nicht hingelegt. Mir reichen fünf Stunden Nachtschlaf völlig – dazu kommen noch die anderthalb Stunden am Tag. Seltsam, wenn ich viel schlafe, bedeutet das, dass ich nicht auf der Höhe bin. Mir ist es lieber, wenig zu schlafen. Man fühlt sich in besonders munterer, angeregter Verfassung, was sehr angenehm ist.«

Bevor ich aufbrach, erkundigte sich Lew Nikolajewitsch, womit ich zurzeit beschäftigt sei. Ich sagte, ich arbeite an Schumann (zu der Zeit war ich mit der Herausgabe von Schumanns Klavierwerken beschäftigt). Voraussichtlich in drei Tagen werde mein Klavier hergebracht, dann könne ich mit der Arbeit beginnen und auch für ihn spielen.

»Darum ging es mir gar nicht«, sagte Lew Nikolajewitsch, der es wie stets feinfühlig vermied, mich zu bitten, dass ich ihm etwas vorspielte. Umso schwerer ist es für mich, mir sagen zu müssen, dass ich nicht jederzeit bereit bin, für ihn zu spielen.

Als wir uns voneinander verabschiedeten, bemerkte Lew

Nikolajewitsch: »Ich wollte heute bei Ihnen vorbeikommen, befürchtete aber, es könnte zu heiß werden, und dann war es überhaupt nicht heiß.«

28. Mai. Heute suchten uns Alexandra Lwowna und Nikolai Gay auf, und am Abend ritt ich mit meiner Frau nach Jasnaja Poljana.

»Ich heiße Sie willkommen, mein Freund«, sagte Lew Nikolajewitsch zu mir.

Auf dem Balkon sitzend, erzählte er von einem Mann, der gerade bei ihm gewesen war: »Er ist Bauer und kam her, um mir Gedichte vorzutragen. Das ist etwas Fürchterliches: weder Sinn noch Versmaß noch Rhythmus – eine bloße Anhäufung von Wörtern. Dabei sagt er mir: ›Ich kann es auch in Prosa ausdrücken.‹ Wenn man bedenkt, wie viele solche Leute herkommen, nicht wahr, Valentin Fjodorowitsch [zu Bulgakow gewandt], jeden Tag gibt es so einen Brief mit Versen. Man spricht es aus und erhält jedes Mal zur Antwort: ›Und was ist mit Kolzow?‹ Ich frage den Mann: ›Was hat Sie bewogen, zu mir zu kommen?‹ – ›Mir wurde gesagt, ich sei ein Genie und solle zu Ihnen gehen.‹ Stellen Sie sich das vor – über hundert Werst* ist er gegangen, hat alles aufgebraucht. Bettelarm ist er nicht, solche weise ich im Allgemeinen ab, aber offensichtlich braucht er etwas, um sich wenigstens Brot kaufen zu können. Ich sehe mir ihre Gedichte trotz allem immer an und denke: Womöglich ist es ja ein Kolzow? Aber irgendwie war bisher keiner darunter.«

Lew Nikolajewitsch sagte meiner Frau, in zwei Heften von »Vegetarianskoje obosrenije« seien von ihr aus dem Deutschen übersetzte Briefe eines buddhistischen Lama veröffentlicht worden. »Wie gut sind die fünf buddhistischen Gebote. 1. Du sollst nichts Lebendes bewusst töten. 2. Du sollst nichts an dich bringen, was ein anderer als sein Eigentum betrachtet. 3. Du sollst nicht ehebrechen. 4. Du sollst

* Altes russisches Längenmaß, 1 Werst = 1,067 km.

nicht lügen. 5. Du sollst keine Rauschmittel benutzen. Das ist das Allerwichtigste! Besonders bemerkenswert ist das zweite Gebot formuliert – statt das Eigentumsrecht zu bekräftigen, lehnt es lediglich Gewalt gegen den Willen eines anderen ab.«

Wir gingen nach oben Schach spielen. Ich gewann (Muzio-Gambit). Danach zog sich Lew Nikolajewitsch für lange in sein Zimmer zurück, bevor er zum Teetrinken wieder erschien.

Er erzählte von Chirjakow (einem Journalisten und alten Bekannten von ihm): »Er sitzt im Gefängnis und hat mir von dort geschrieben: ›Jetzt sitzen alle anständigen Menschen im Gefängnis. Ich habe es noch nicht verdient und sitze als Vorleistung ein.‹ Aus Langeweile denkt er sich dort Witze aus. Zum Beispiel den hier von einem Armenier. Vielleicht haben Sie ihn gehört? Ein Armenier hat vom Arzt ein Pulver verschrieben bekommen. Er hat eine Dosis eingenommen, sitzt da und gibt merkwürdige Laute von sich. Seine Frau kommt herein und fragt: ›Karapet, was ist mit dir?‹ – ›Was soll sein? Hier steht: Jeweils eine Dosis einnehmen, danach piepsen*.‹«

Lew Nikolajewitsch erzählte Nikolai Gay und Sergej Lwowitsch die Geschichte mit dem Telegramm an den Schriftstellerkongress und äußerte sich befremdet und entrüstet darüber.

Sergej Lwowitsch und ich erklärten Gay die Wirkungen der Erdumdrehung: wie es sich mit der Zeit verhält, dass man, je nachdem ob man nach Westen oder nach Osten geht, entweder Zeit gewinnt oder verliert. Er konnte es nicht recht begreifen.

»Es ist völlig klar, dass Nikolai Nikolajewitsch das nicht verstehen kann«, sagte Lew Nikolajewitsch, »weil Sie beide von der Zeit wie von etwas objektiv Existierendem sprechen, während sie nichts weiter als eine Illusion ist.«

* Wortspiel. Der Armenier hat mit falscher Betonung gelesen: »posle pischtschí« – »danach piepse« statt »posle píschtschi« – »nach dem Essen«.

»Wir leben ja nur in dieser Illusion«, sagte Sergej Lwowitsch.

»Nein, wir leben in Wahrheit weder in der Vergangenheit noch in der Zukunft, die existieren beide nicht für uns, sondern nur in der Gegenwart, die ein Berührungspunkt von Vergangenheit und Zukunft ist – ein unendlich kleiner. Raum und Zeit sind bloße Übereinkünfte, lediglich Formen unseres Denkens. Dieser bedeutsamen Entdeckung Kants wollen die Wissenschaftler einfach nicht Rechnung tragen … Als ich heute aufwachte und meine Beule befühlte, fiel mir ein, wie mich der Bär gezaust hat, dabei war mir, als wäre das nicht mir, sondern jemand anderem passiert.«

Gay sagte, dass die Erinnerungen an Zurückliegendes für uns immerhin hilfreich seien.

»Ja, aber das wahre Leben liegt allein in der Gegenwart«, widersprach Lew Nikolajewitsch.

Als wir noch auf dem Balkon saßen, erzählte Lew Nikolajewitsch, dass ihm Tschertkow über den Schauspieler X. geschrieben habe, der mit seiner Truppe über die Dörfer fahre und für das Volk spiele. Er habe die Absicht, auch nach Jasnaja Poljana zu kommen. »Das ist sehr interessant«, sagte er, »ich würde gern die Gelegenheit nutzen und ihm etwas von mir Geschriebenes geben, aber es geht nicht; etwas für einen bestimmten Zweck zu verfassen liegt mir nicht, das wird nichts bei mir.«

Später, im Speisezimmer, schnitt Lew Nikolajewitsch das Thema Film an, darüber müsse er mit X. reden. Er hatte schon früher davon gesprochen, dass es gut wäre, ein Volksstück speziell für den Film zu schreiben.

Schlecht sei dabei, sagte ich, dass nicht das Leben, sondern das Spiel schwacher Schauspieler gefilmt werde.

»Ja, das ist schlecht«, bestätigte Lew Nikolajewitsch, »verlogenes Spiel, übertriebene dramatische Gestik.«

Sergej Lwowitsch erzählte eine grässliche Geschichte, wie in Warschau durch die Stadt geführte Häftlinge versucht hatten zu fliehen. Zweien gelang die Flucht, während ein Dritter von einem die Straße entlangkommenden Soldaten mit Gewehr eingeholt wurde. Dieser durchbohrte ihn mit dem Bajonett, zog es heraus und ging davon. Das verfolgte ihn später aber so, dass er den Verstand verlor.

Lew Nikolajewitsch zeigte für diesen Vorfall großes Interesse, er bat, alle Einzelheiten in Erfahrung zu bringen. Sergej Lwowitsch versprach es.

Über den Vegetarismus äußerte Lew Nikolajewitsch: »Die Ärzte vergessen, dass der menschliche Organismus anpassungsfähig ist, und wie er sich an Fleisch gewöhnt, so gewöhnt er sich mit Leichtigkeit auch daran, ohne Fleisch auszukommen. Ich weiß das aus eigener Erfahrung: Der Anblick von Fleisch ist mir, ohne Übertreibung gesagt, zuwider geworden. Schinken zum Beispiel kann ich einfach nicht mehr sehen.«

30. Mai. Gegen acht Uhr abends ritt ich nach Jasnaja.

Lew Nikolajewitsch saß in seinem Zimmer und las ein französisches Buch: »La vie d'un simple« von Emile Guillaumin. Es war eine Empfehlung von Gay, der sich mit der Absicht trug, den Roman für den Verlag Posrednik zu übersetzen.

Ich saß allein im Speisezimmer und las Zeitschriften. Erst kam Makovický dazu und später Larissa Nikolajewa, Vorsitzende der Moskauer Vegetariergesellschaft. Wir plauderten ziemlich lange zu dritt. Im Eckzimmer saßen Sofja Andrejewna, Alexandra Lwowna, Warwara Feokritowa, Nadeshda Iwanowa, eine Tulaer Bekannte Alexandra Lwownas, und Sofja Stachowitsch, auf dem Balkon Sergej Lwowitsch, Trubezkoi, dessen Frau, Gay und der Schweizer Erzieher von Sergej Lwowitschs Sohn Serjosha.

Als Lew Nikolajewitsch zum Teetrinken erschien, sagte er zu mir: »Sind Sie schon lange da? Ich hörte, dass jemand geritten kam, dachte dabei aber nicht an Sie. Ich hatte Sie früher erwartet.«

Über das Buch Guillaumins sagte er zu mir und Sofja Stachowitsch: »Ein nichtswürdiges Buch, ich habe es nicht weggelegt, ehe ich alles überflogen hatte. Einige Stellen habe ich sogar angestrichen. Zum Beispiel die hier ...« Er las einen Auszug vor und meinte: »Stellt ein Bauer vielleicht solche Betrachtungen an?«

Dem eintretenden Gay eröffnete er: »Nun, ich habe mir Ihr Buch angesehen und muss Ihnen sagen, dass es schauerlich und unaufrichtig ist. Ein offenkundig konstruiertes Bauernmilieu. Und überhaupt – es ist unerträglich langweilig.«

»Mir hat es gefallen. Schade«, sagte Gay.

Nach einer Weile wandte sich Lew Nikolajewitsch wieder an ihn: »Es tut mir leid, Sie betrübt zu haben, aber das Buch ist wirklich schlecht. Zum Beispiel die Naturbeschreibungen – ist es vielleicht vorstellbar, dass ein Bauer so über die Natur spricht?! Ich habe extra ein paar besonders schlechte Stellen notiert; sehen Sie sich Seite 9 oder 156 an.«

»Und die Beschreibung des Bauernalltags?«

»Nun, da hat er alles hineingepackt – wie die Schweine gefüttert werden und dergleichen, aber für eine einfache Alltagsbeschreibung ist das zu lang. Und es fehlt das Eigene. All das ist schon tausendfach beschrieben worden, und diese Frau, die, aus der Stadt kommend, fast zur Herrin wird – auch das ist schon da gewesen. Ich lese das und sehe den Verfasser vor mir mit seiner Weltsicht, spüre seine Intentionen. Sie verweisen auf Wilhelm Polenz*. Was für ein Vergleich?! Sein Buch ist ganz wunderbar, während hier alles ausgedacht ist.«

Trubezkoi machte beim Teetrinken eine Bleistiftskizze von Lew Nikolajewitsch. Gegen Ende der Teestunde war sie fertig. Begeistert von seiner Kunst, sagte Lew Nikolajewitsch zu ihm: »C'est admirable!«

* Schrieb mit starkem psychologischem Einfühlungsvermögen Romane über bäuerliches Leben und wirtschaftliche Not der Gründerjahre.

Trubezkois Frau bat Lew Nikolajewitsch, die Zeichnung zu signieren. Er schrieb »Leon Tolstoy, 12 join 1910« und stellte fest: »Auf der ganzen Welt ist heute der 12. Juni, nur wir Barbaren haben Mai.«

»Das ist ein ganz erstaunlicher Mann!«, sagte er zu mir. »Ich habe mit Trubezkoi Ausritte gemacht und Gespräche geführt. Er hat nie etwas gelesen und keinerlei Ausbildung genossen. Deshalb hat er einen frischen Kopf und eigene Gedanken. Es ist ja wirklich so: Wenn man vor der Wahl steht, irgendwelche Bücher, die man zufällig in die Finger kriegt, zu lesen oder gar nichts, dann ist es natürlich tausendmal besser, nichts zu lesen. Eine Bildhauerausbildung hat er auch nicht vorzuweisen, und als er das Angebot bekam, an der Moskauer Lehranstalt für Malerei und Bildhauerei zu unterrichten, sind ihm alle Schüler davongelaufen, bis auf vier – die waren allerdings die begabtesten.«

Wir sprachen über die Volksbibliothek von Jasnaja Poljana. Lew Nikolajewitsch fand keine sehr lobenden Worte für den Buchbestand. Er riet, sich an das Verzeichnis Pawel Birjukows zu halten, das er als sehr gut einschätzt, nannte unter anderem »Johannes Chrysostomos« und bedauerte, dass das Buch nicht vorhanden sei. Dann befragte er Sofja Stachowitsch über den Schauspieler X. und sagte wieder, dass er ihm gern seine neue Komödie geben würde.

Ich erkundigte mich nach seiner Arbeit an den Bändchen zu »Für jeden Tag« und dem dazugehörigen Vorwort.

»Ach, dieses Vorwort! Ich habe mich damit so verheddert! Heute habe ich es noch einmal durchgearbeitet. Mein Fehler ist es, dass ich mich mit den dreißig Themen gebunden und der Freiheit beraubt habe. Für die ganze Edition [»Für jeden Tag«] wird es ein Gesamtvorwort geben, gewissermaßen die Darlegung meiner Weltsicht, und in den dreißig Bändchen je ein kurzes Geleitwort, das den jeweiligen Grundgedanken erläutert.«

Larissa Nikolajewa sprach mit Lew Nikolajewitsch über die Geschlechterfrage. Den Anfang bekam ich nur halb mit. Dann hörte ich Lew Nikolajewitsch sagen: »Aber für mich ist unvorstellbar, wie Sie mit Ihrem Sohn oder Ihrer Tochter darüber reden wollen. Das geht doch nicht.«

Nikolajewa fand, dass die sogenannte gesetzliche Ehe ein Hindernis für die Verwirklichung des Ideals sei.

»Da rennen Sie offene Türen ein«, sagte Lew Nikolajewitsch, »ich spreche ja von nichts anderem.«

»Aber was soll man tun? Sich trennen?«

»Auf keinen Fall. Schon gar nicht, wenn Kinder da sind, da ist Trennung völlig ausgeschlossen, aber auch ohne Kinder gilt das. Ich sage es immer wieder, ständig werde ich danach gefragt und bekomme dazu Briefe. Junge Leute wollen alles aufgeben und in Tolstoi-Kolonien gehen. Erstens gibt es derartige Kolonien überhaupt nicht, und selbst wenn es sie gäbe, wären die Bedingungen für die sittliche Vervollkommnung dort wesentlich ungünstiger.«

Zu mir gewandt, sagte Lew Nikolajewitsch: »Diese Worte richten sich an Sie, Sie wissen bestens darüber Bescheid und denken ebenso ...

Die christliche Lehre unterscheidet sich von anderen dadurch, dass es in ihr keine Gebote von solcher Art wie in anderen Lehren gibt, sondern Ideale. Das Ideal aber ist unerreichbar, und in der ständigen Annäherung liegt der Sinn des Lebens; die äußeren Bedingungen zu verändern, sich künstlich in eine Lage zu bringen, die den sittlichen Fall des Menschen ausschließt, ist der allergrößte Fehler. Nehmen wir den Eremiten in seiner Einsiedelei, der zwanzig Jahre gelebt hat, ohne sich der Fleischeslust hinzugeben, und den Mann, der mit seiner Frau sechs Monate enthaltsam lebt, so besitzt Letzterer selbstverständlich eine weitaus größere Sittlichkeit. Worum es primär geht, ist nicht die materielle Tatsache des Falls, sondern vielmehr die innere sittliche Arbeit, deren sich der Mensch befleißigt. Lebt der Mann unter schwierigen familiären Verhältnissen, darf er nicht darauf sinnen, von der Familie fortzugehen. Geht er fort, so beraubt er sich des Gegenstands für seine sittliche Arbeit. Bleibt er hingegen und bemüht sich um ein liebevolles Verhältnis, tut er nicht nur selbst einen Schritt vorwärts, sondern hilft ungewollt auch den anderen, übt er doch einen guten Einfluss auf sie aus.«

31. Mai. Heute kurz nach zwei Uhr kam Lew Nikolajewitsch zusammen mit Trubezkoi bei uns vorbei. Ich war nicht zu Hause. Er wechselte ein paar Worte mit meiner Frau und ritt weiter zu einer Stippvisite bei Tschertkows, wo gerade seine alte Freundin Olga Klodt zu Besuch ist.

Als ich etwas später hinüberging, traf ich beide nicht mehr an.

Gestern ist Alexandra Lwowna bei uns gewesen und hat berichtet, was sich tags zuvor bei ihnen ereignet hat: Sofja Andrejewna war in Lew Nikolajewitschs Zimmer erschienen und hatte sich beklagt, sie habe alles satt, sie könne sich nicht mehr um die Hauswirtschaft kümmern und so weiter und so fort. Er hatte sich das alles angehört und dann zu ihr gesagt: »Ich verstehe dich nicht, Sonja. Wer zwingt dich denn, das alles zu machen? Lass es sein.«

»Und was soll ich sonst tun?«

»Fahr doch irgendwohin.«

»Wohin denn?«

»Wohin du willst. Nach Odojew, nach …«

»Du jagst mich fort, du willst mich loswerden!«

Hysterie …

Anschließend ging Sofja Andrejewna zu Alexandra Lwowna, die von der Auseinandersetzung nichts mitbekommen hatte, um ihr die Schlüssel zu geben. Der nichtsahnenden Tochter fiel ihr merkwürdiger Gesichtsausdruck auf, und sie fragte: »Was ist mit dir?«

»Nichts, ich mache einen Spaziergang.«

Als Sofja Andrejewna fort war, wurde Alexandra Lwowna klar, dass etwas nicht stimmte, und sie erkundigte sich bei Sergej Lwowitsch. »Ich weiß von nichts!«, sagte der.

Daraufhin ging Alexandra Lwowna zu Lew Nikolajewitsch. Er erzählte ihr alles und fragte: »Wo ist denn Mama?«

»Sie ist fort.«

Lew Nikolajewitsch fasste sich an den Kopf. »Sie tut sich noch etwas an, und wir sind schuld.«

Starkes Herzstolpern setzte bei ihm ein.

Das ganze Gelände wurde abgesucht, von den einen zu Fuß, von den anderen zu Pferd. Als Sofja Andrejewna die »Tscherta« (die Grenze zwischen Jasnaja Poljana und dem »Sasseka«-Wald) erreicht hatte, wurde sie müde und setzte sich an den Rand eines Grabens. Hier entdeckte sie ein Kutscher mit Kabriolett und brachte sie nach Hause. Danach beruhigten sich alle wieder, doch Lew Nikolajewitschs Herzbeschwerden hielten den ganzen Tag an.

Heute kam ich erst spät nach Jasnaja Poljana. Mit Lew Nikolajewitsch spielte ich zwei Partien Schach. Er verliert fortwährend gegen mich, und das bedrückt ihn etwas.

In Jasnaja Poljana sind ziemlich viele Besucher. Sofja Stachowitsch und Nikolai Gay machten sich reisefertig. Etwas von besonderem Belang gab es nicht.

Beim Schachspielen sprach Lew Nikolajewitsch davon, dass ihm ein Motiv aus Chopins Polonaise A-Dur im Kopf herumgehe.

»Was ich auch mache, mit wem ich mich auch unterhalte, es will mir nicht aus dem Sinn. Sie dürfen das nicht als Wink mit dem Zaunpfahl verstehen, ich sage es einfach so.«

Es ist rührend, wie er sich scheut, mich in eine Lage zu bringen, dass er mich bittet, etwas zu spielen, und ich nicht nein sagen kann.

2. Juni. In Jasnaja Poljana traf ich kurz nach acht ein. Außer Trubezkois war noch Nadeshda Iwanowa da.

Ich ging nach oben, um am Klavier Zeitung zu lesen. Hufgeklapper wurde hörbar (es war Bulgakow), dann die Stimme Lew Nikolajewitschs, der durch den Empfangsraum auf die Treppe getreten war und fragte: »War das eben Dima?«

Ich blieb im Speisezimmer, während Lew Nikolajewitsch die Treppe hinunterstieg. Plötzlich vernahm ich, wie sich Warwara Feokritowa beim Stallknecht Filipp erkundigte: »Haben Sie vielleicht Alexander Borissowitsch gesehen? Lew Nikolajewitsch fragt nach ihm.«

Ich begab mich in sein Zimmer. »Kommen Sie, spielen wir«, sagte er, »obwohl ich gegen Sie nicht bestehen kann. Was macht Ihre Gesundheit? Ich frage deshalb, weil mir dasselbe zu schaffen macht, und möglicherweise kann Ihnen mein Mittel helfen.«

Lew Nikolajewitsch empfiehlt mir seinen Heidelbeertrunk und während der Mahlzeiten nichts zu trinken. Wir begannen zu spielen, und wieder gewann ich zwei Partien (Muzio-Gambit).

»Ein Glück, dass Sofja Andrejewna mir die Gesellschaft dieser Dame erspart hat«, sagte Lew Nikolajewitsch beim Schachspielen. »Dieser Unterhaltungen bin ich so überdrüssig geworden. Mit meinen zweiundachtzig Jahren finde ich sie einfach peinlich. Man müsste schweigen … Und weiß nicht, wie man sich verhalten soll. Sagt man nichts, wird es übelgenommen. Was ist besser? Fortgehen – das wäre gut!«

»Wie steht's, Papa?«, wollte die dazukommende Alexandra Lwowna wissen.

»Trübsal hat mich befallen.«

»Ja, das habe ich beim Essen bemerkt.«

»Beim Essen ging es noch. Ich habe einfach geschwiegen! Diese Dame hat mich arg strapaziert. Und was ist mit dir?«

»Ich bade jetzt, und ab ins Bett.«

»Warum so früh?«

»Ich bin ja noch nicht richtig gesund. Die Fahrt heute nach Tula hat mich völlig erschöpft.«

»Na, dann geh, aber vielleicht überlegst du es dir noch und kommst zurück?«

Als Alexandra Lwowna gegangen war, sagte Lew Nikolajewitsch wieder: »Ja, man müsste schweigen. Sich diese Gespräche anzuhören – das ist geradezu Versündigung am Wort …«

Nachdem die Dame fort war, sagte Lew Nikolajewitsch: »Nun, jetzt können wir die kleine numidische Reiterei tanzen.«

Warwara Feokritowa erzählte mir, Trubezkoi habe Lew Nikolajewitsch ein Loch in den Bauch geredet. Lew Nikolajewitsch reitet gern schweigend. Dabei denkt er nach oder erholt sich einfach. Wenn jemand mit ihm reitet, der das weiß, dann hält er sich hinter ihm und spricht ihn nur hin und wieder an, Trubezkoi aber reitet neben ihm oder voraus und redet pausenlos.

Zum Abschied schlug ich vor, noch etwas Klavier zu spielen, was Lew Nikolajewitsch sehr erfreut annahm. Ich spielte zwei Etüden von Chopin und hatte ein gutes Gefühl dabei. Als ich fertig war, fragte Trubezkoi auf Französisch: »Haben Sie am Konservatorium studiert?«

»Er ist Professor am Konservatorium«, erwiderte Lew Nikolajewitsch.

Alle schwiegen betreten. Mir war es kein bisschen genant oder unangenehm, während die anderen durch die Frage doch peinlich berührt waren. Mich amüsierte sie einfach.

3. Juni. Heute traf ich nach acht Uhr in Jasnaja Poljana ein. Wir aßen im Garten und blieben dort sitzen. Tatjana Lwowna ist zu Besuch gekommen.

Trubezkoi hat mit der Arbeit an einer Skulptur Lew Nikolajewitschs auf einem einfachen Pferd begonnen. Lew Nikolajewitsch saß da, und er modellierte ihn. Ein von außergewöhnlicher Begabung zeugendes Werk. Das Gesicht ist nicht ideal getroffen, doch die Gestalt, die Haltung, die Kopfform, das Pferd – wundervoll!

Lew Nikolajewitsch äußerte sich ganz begeistert über Trubezkois Talent: »Großartig, wie er arbeitet! Bei einem wahren Meister werden immer gleich die Hauptlinien entworfen – die richtigen Relationen hergestellt –, das ist in allen Künsten so. Dann erst geht es los mit den Details. Das Pferd ist für ihn zweitrangig, deshalb hat er sich für dieses entschieden.«

Lew Nikolajewitsch trat heran, warf einen Blick auf das entstehende Werk und sagte: »Richtig komisch, das zu sehen.«

Er ging ins Haus, während ich mit Nikolajew zurückblieb.

Bald erschien der Stallknecht und sagte, der »Graf« bitte mich zu sich.

Lew Nikolajewitsch hatte bereits die Schachfiguren aufgestellt und machte die Eröffnungszüge des Muzio-Gambits. Ich gewann. Die zweite Partie spielte Lew Nikolajewitsch Weiß (Zweiläuferspiel) – Remis. Alexandra Lwowna kam herein und setzte sich zu uns.

»Nun, wie geht es dir?«, wollte Lew Nikolajewitsch wissen.

»So lala, Papa. Gleich lege ich mich schlafen. Meine Temperatur ist heute leicht erhöht. Deine Aufsätze habe ich abgeschrieben.«

»Trubezkoi ist aber ein guter Bildhauer!«

»Ja, Papa.«

»Und ein außergewöhnlicher Mensch!«

»Ja, er gefällt mir sehr gut, aber du wirst mich rügen für das, was ich dir jetzt sage. Er gefällt mir, <...> dagegen gefällt mir gar nicht ...«

»Nun, was soll man dazu sagen, Gott braucht solche und solche ...« Schweigen. »Und wenn ich dir etwas sage – wirst du mir böse sein?«

In dem Moment füllte sich das Speisezimmer, und Lew Nikolajewitsch brachte seinen Gedanken nicht zu Ende.

Er forderte Sergej Lwowitsch auf, eine Partie gegen meinen »Muzio« zu spielen. Es entwickelte sich ein interessanter Kampf, aber wir unterbrachen die Partie immer wieder, um sie zu analysieren, deshalb zählte sie nicht. Lew Nikolajewitsch trat hin und wieder heran und sah zu.

Als ich bald danach aufbrach, sagte Lew Nikolajewitsch zu mir: »Wir erwarten Sie morgen.«

Ich versprach eine kleine Darbietung.

4. Juni. Ich habe versprochen, in Jasnaja Poljana Klavier zu spielen, komme heute aber gar nicht dorthin, weil das Pferd für einen Ritt zur Bahnstation gebraucht wird.

5. Juni. Ich traf nach acht Uhr ein. Trubezkoi bildhauerte. Wir gingen Schach spielen. Ich war gut aufgelegt und gewann rasch je zwei Partien gegen Lew Nikolajewitsch und Sergej Lwowitsch. Dann spielte ich ziemlich lange Klavier, es gelang mir alles sehr gut, aber irgendwie machte ich wenig Eindruck. Nun, das ist unwichtig.

Anschließend fragte mich Lew Nikolajewitsch: »Haben Sie, wenn Sie arbeiten, ein Ideal vor Augen?«

Ich erwiderte, anders könne man nicht arbeiten.

»Deshalb auch meine Frage. Nur mit einem Ziel, das man anstrebt, arbeitet es sich frohen Mutes. Ich habe Ihnen einmal gesagt, dass ich bei Ihnen bisweilen Gewolltheit spüre – zu starke Kontraste, Künstlichkeit. Doch jetzt hat sich bei Ihnen eine Art Gewohnheit entwickelt, als ergebe sich alles von allein, ganz unvermittelt.«

Er erkundigte sich, ob ich auch komponiere. Dann kam er auf das Schöpferische in der Kunst zu sprechen und sagte: »Auf einem ganz anderen Gebiet, bei Trubezkoi oder bei Ihnen [das richtete sich an den dabeisitzenden Schriftsteller Sergej Semjonow], ist zunächst die Herstellung der großen Proportionen am wichtigsten, innerhalb derer sich dann die kleineren Relationen herausbilden, die bis zur Endlosigkeit bearbeitet werden können. Jedenfalls hat jeder seine Grenzen, die er nicht überschreiten kann. Natürlich befinden sie sich auf jeweils unterschiedlichen Stufen. Doch gibt es bei der Arbeit Momente, in denen man fühlt, dass ein Weitergehen nicht möglich ist, und dann muss man es gut sein lassen.«

Lew Nikolajewitsch erzählte von dem finnischen Schriftsteller Arvid Järnefelt, der an seinem Drama (»Titus«) acht

Jahre gearbeitet habe. Semjonow wollte Genaueres über das Stück wissen. »Ja, so ist das jetzt mit meinem Gedächtnis!«, sagte Lew Nikolajewitsch, und zu Bulgakow gewandt: »Sie erinnern sich vielleicht, ob ich sein Drama gelesen habe?«

»Ja, Sie haben es gelesen, Lew Nikolajewitsch, aber sehr flüchtig, und außerdem fehlte ein Akt.«

»Er hat gute Gedanken. Es dürfte ein gutes Werk sein. Und vom Volk verstanden werden. Für das Volk begreiflich sind entweder Dinge aus seinem Leben oder solche, zu denen es einen großen Abstand hat.«

Semjonow pflichtete ihm bei und nannte als Beispiel die Bühnenfassung von Sienkiewiczs »Quo vadis«, die nach seinen Worten auf das einfache Publikum einen guten Eindruck mache.

»Ein fremdes Werk adaptieren? Etwas Gutes kann dabei nicht herauskommen«, bemerkte Lew Nikolajewitsch.

Lew Nikolajewitsch sagte, er habe wieder eine Einladung nach Stockholm zum Friedenskongress erhalten, der im August dieses Jahres stattfindet. Auf Semjonows Frage, ob er hinfahren werde, erwiderte er, das werde er auf keinen Fall tun.

Lew Nikolajewitsch sprach mit Alexandra Lwowna leise über einen ins Auge gefassten Besuch bei Tschertkow. Ich saß neben ihm auf dem Liegesofa und sie seitlich auf einem Stuhl. Lew Nikolajewitsch hätte es gern, dass sie ihn begleitet, doch sie befürchtet, dort nicht auf ihre Gesundheit achtgeben zu können.

»Ich dachte, wenn Sascha zurückkommt, bleibe ich eine Weile mit ihr zusammen hier und fahre dann zu ihm«, sagte Lew Nikolajewitsch.

»Falls ich im Herbst wieder auf die Krim muss und du jetzt wegfährst, werde ich sehr wenig Zeit mit dir verbringen können«, entgegnete Alexandra Lwowna. »Morgen kommt Nikitin, ich spreche mit ihm.«

»Mich zieht es sehr zu Tschertkow. Ich habe das Bedürfnis, mich zu erholen. Und außerdem steht er mir am nächsten …« Er schwieg einen Moment und fügte hinzu: »… von meinen Freunden.« Wahrscheinlich hatte er sich überlegt, dass seine Worte der Tochter weh tun könnten.

Lew Nikolajewitsch kümmert sich auf rührende Weise um meine Gesundheit. Versorgt mich mit seinem Heidelbeertrunk. »Ich möchte Ihnen helfen«, sagte er zu mir. Er versuchte mir die von Makovický erlernte Leibmassage beizubringen.

Sofja Andrejewna erklärte gestern beim Teetrinken, dass Alexandra Lwowna gar nicht krank sei, sie glaube nicht an ihre Tuberkulose, ihre Tochter habe einfach eine hypertrophe Wehleidigkeit entwickelt.

Während Lew Nikolajewitsch und ich Schach spielten, traf Bulgakow ein und brachte ein Telegramm von Molotschnikow mit, man habe ihn gegen Kaution auf freien Fuß gesetzt. Lew Nikolajewitsch freute sich sehr darüber. Er glaubt, das sei entweder Dmitri Olsufjew oder Anatoli Koni zu verdanken, da er beide gebeten hatte, sich für Molotschnikow zu verwenden.

6. Juni. Pfingsten. In Jasnaja Poljana wurden Frauen und Kinder mit Kränzen und Liedern erwartet. Alexandra Lwowna hatte für sie Geschenke gekauft. Zusammen mit Warwara Feokritowa holte sie am Vormittag meine Frau ab, während ich nach Jasnaja Poljana kam, als bereits zu Mittag gegessen wurde.

Was sich vor meinem Eintreffen dort zugetragen hat, schreibe ich auf, wie es mir meine Frau berichtete. Eine ziemlich große Zahl von Sommergästen stellte sich ein. Lew Nikolajewitsch ging mit ihnen spazieren und führte Gespräche. Sie erbaten sich von ihm Bücher, die sie auch bekamen. Eines der jungen Mädchen bemerkte das Buch »Über die Liebe« und bat darum. »Das ist nicht über die Liebe, an die Sie denken«, sagte Lew Nikolajewitsch zu ihr. »Ich hatte gute Gespräche mit ihnen«, erzählte er, »sie sind nett, aber schrecklich wirr. Überfüttert mit Andrejew und Arzybaschews ›Sanin‹*, im Kopf nicht ein vernünftiger Gedanke. Ich brachte die Rede auf den Schriftsteller Henry George. Stellen Sie sich vor, niemand hatte auch nur ihm gehört.«

Von Alexandra Lwowna erfuhr meine Frau, Lew Nikolajewitsch sei beim Spaziergang einem Bauern begegnet, der ihn nach einer angenehmen Unterhaltung gefragt habe: »Darf ich hier durch den Wald gehen?« – »Hindert dich vielleicht jemand daran?«, erwiderte Lew Nikolajewitsch verwundert. »Na, Ihr Tscherkesse** wird immer gleich rabiat.«

Lew Nikolajewitsch beklagte sich bei Alexandra Lwowna, das alles sei unerträglich schwer für ihn.

Beim Essen erzählte Sergej Lwowitschs Frau Maria von ihrem Onkel, Graf Olsufjew, der, als er kurz vor seinem Tod erkrankte, davon gesprochen habe, dass er sehr *gespannt* auf seinen Tod sei, er wolle erfahren, was danach komme.

Lew Nikolajewitsch sagte dazu aufs Neue: »Mir erscheint die Frage, was *nach* dem Tod kommt, sinnlos. Was den Tod angeht, das heißt das Aufhören des Lebens unter den Bedingungen von Raum und Zeit, kann es weder ein Davor noch ein Danach geben.«

Als wir uns nach dem Essen erhoben, erkundigte sich Lew Nikolajewitsch nach meiner Gesundheit. Ich sagte, damit stehe es nicht zum Besten.

»Lernen Sie, mit einer schwachen Gesundheit zu leben«, empfahl Lew Nikolajewitsch.

Wir gingen nach oben Schach spielen. Lew Nikolajewitsch gewann die erste Partie, in der er sich wirklich von seiner besten Seite zeigte. Froh sagte er: »Na, wie habe ich das gemacht?!« Zu Semjonow gewandt, der danebensaß, fügte er hinzu: »Komisch, aber dass ich gewonnen habe, darüber muss ich doch lächeln.«

* Höchst umstrittener Roman, der absolute sexuelle Freizügigkeit propagierte.

** Von Sofja Andrejewna Tolstaja zur Bewachung des Gutsgeländes angestellt.

Semjonow verabschiedete sich. Er wollte noch nach Owsjannikowo und dann nach Hause. Lew Nikolajewitsch küsste ihn und sagte: »Danke, dass Sie gekommen sind. Es hat mich gefreut, Sie zu sehen. Ich habe gar nicht gefragt, woran Sie jetzt schreiben.«

»Im Moment an gar nichts, Lew Nikolajewitsch.«

»Das ist gut.«

»Mir schwebt vor, mich an einem Theaterstück zu versuchen.«

»Nun, helfe Ihnen Gott.«

Dann ging Lew Nikolajewitsch in sein Zimmer, während ich mit Sergej Lwowitsch Schach spielte. Lew Nikolajewitsch brachte Trubezkoi ein ursprünglich für eine Dame bestimmtes Autograph (auf Französisch). Er hatte es verworfen und für sie ein neues geschrieben, und dieses gab er nun Trubezkoi, da es einen Bezug zu ihrem Gespräch hatte. Trubezkoi las es durch und zeigte es seiner Frau.

Als wir zum Teetrinken Platz nahmen, sagte Lew Nikolajewitsch über das Autograph: »Das berührt unser Gespräch. Trubezkoi meinte, die Tiere stünden über den Menschen, weil sie nicht solche Fehler hätten wie diese. In dem Autograph habe ich den Kern meiner Einwände dargelegt. Dem Menschen ist es wie dem Tier ein Bedürfnis, um seine materielle Existenz zu kämpfen, daneben aber lebt in ihm das Bedürfnis der Liebe zu den Menschen und das bewusste Bestreben, ihnen Gutes zu tun, das dem Tier fremd ist; in ähnlicher Weise lebt im Menschen wie im Tier ein leidenschaftliches sexuelles Gefühl, doch daneben zeichnet ihn das dem Tier unbekannte Streben nach Keuschheit aus.«

Zum Teetrinken nahm Lew Nikolajewitsch am Samowar Platz, neben ihm Larissa Nikolajewa. Ich saß auch dabei. In einem Zusammenhang, der mir entfallen ist, sagte Lew Nikolajewitsch: »Wo habe ich heute bloß gelesen, was ich für eine Angst vor Ratten gehabt habe? Irgendwo steht es gedruckt. Und es stimmt tatsächlich, nur wie das war, das habe ich gänzlich vergessen.«

Lew Nikolajewitsch ging in sein Zimmer, wahrscheinlich in der Hoffnung, das betreffende Buch oder die Zeitung zu finden und sich die Sache ins Gedächtnis zu rufen. Als er zurückkam, sagte er: »Nein, ich kann mich nicht erinnern.«

Dann entspann sich ein recht allgemeines Gespräch. Plötzlich rief Lew Nikolajewitsch »ah!« und verließ den Raum.

Er erschien mit dem ihm wieder eingefallenen französisch geschriebenen Buch »Les révolutionnaires« von Jean-Wladimir Bienstock. Es enthält Übersetzungen einiger Schriften Lew Nikolajewitschs: »Das Göttliche und das Menschliche«, »Kornej Wassiljew«, Briefe und anderes, darunter einen Auszug, in dem er eine Episode aus seinem Leben in Sewastopol erzählt. Niemand von den Anwesenden wusste, woher Bienstock den Text genommen hatte, Sofja Andrejewna wollte an Tschertkow schreiben in der Hoffnung, dass er es sagen konnte und dass Bienstock den Auszug von ihm erhalten hatte.

Lew Nikolajewitsch bat zunächst den Schweizer Kues (Serjoshas Erzieher), ihn vorzulesen, nahm ihm das Buch dann jedoch ab und las den Text selbst vor.

Er handelt davon, wie Lew Nikolajewitsch von der Bastion zum Ausruhen in den Unterstand ging und wie ihn dort zwei Ratten erschreckten. Er beschreibt sein panisches Entsetzen und wie er schließlich angsterfüllt zur Bastion rannte, ohne auf den feindlichen Beschuss zu achten.

Alle wussten Erzählungen über Ratten beizutragen. Sofja Andrejewna erinnerte sich, wie der Arzt G. in Jasnaja Poljana Ratten totgetreten hatte. Ich entsinne mich, dass Lew Nikolajewitsch ihn schließlich bat, mit dieser Jagd Schluss zu machen.

Dann kam die Rede darauf, wie eine Ratte in das Bett des kleinen Andrej Lwowitsch geklettert war, um ihm die mit etwas beschmierte Wange zu lecken, und wie Sofja Andrejewna sie gepackt und auf den Fußboden geschmettert hatte. Nikolajewa erzählte, was für ein scheußliches Gefühl es gewesen war, als sie versehentlich einen Frosch zertreten hatte.

»Wie gut hat es Schopenhauer ausgedrückt«, sagte Lew Nikolajewitsch: »dass der Mensch kein Tier töten kann, wenn er in ihm ebensolches Leben wie in sich selbst spürt. Und in der Tat, wenn wir nicht unsere Zusammengehörigkeit mit allem Lebenden spürten, wäre es furchtbar. Überlegen wir mal, wie schrecklich das Leben sein müsste, wenn es nichts als den Menschen gäbe. Keinerlei Bestrafungen des Ewigen Juden wären vergleichbar mit den Qualen einer solchen Einsamkeit.«

Zum Vegetarismus und der Idee des Nichtwiderstehens mit Gewalt sagte Lew Nikolajewitsch: »Ich habe heute wieder einen ellenlangen und sehr klugen Brief [er war wohl englisch geschrieben] erhalten, und wieder ging es darum, wie vor meinen Augen ein Kind getötet wird. Ich sage immer: Ich habe zweiundachtzig Jahre auf dem Buckel und nie im Leben dieses Kind gesehen, von dem mir alle erzählen, indessen ist die Welt voll von schrecklichen Gewalttaten, die Menschen an Menschen begehen. Wer hindert einen denn letzten Endes beim Anblick eines solchen Kindes daran, es mit seinem Körper zu beschützen? <…> Gegen den Vegetarismus wird immer der Einwand vorgebracht, dass wir ohnehin mit jedem Atemzug eine Vielzahl von Lebewesen vernichten, und deshalb könne man auch Fleisch essen. Wenn das volle Ideal unerreichbar ist, heißt das noch lange nicht, dass wir bewusst die Grenzen, in denen wir ohne die Vernichtung von Lebendem auskommen können, enger ziehen müssen. Unser Tun muss darauf gerichtet sein, diese Grenzen ständig auszuweiten und nicht umgekehrt.«

Zu Trubezkois Arbeit (Lew Nikolajewitsch auf dem Pferd) bemerkte Lew Nikolajewitsch: »Ihm ist ein Irrtum unterlaufen, er hat das Gesicht im Vergleich zu allem anderen zu genau herausgearbeitet, daraus resultiert das Missverhältnis. Ich habe ihm das gesagt, und er hat mir recht gegeben.«

»Alles andere lässt sich auch noch genauer herausarbeiten«, meinte jemand.

»Das schafft er nicht. Außerdem liegt hier schon der

Hauptfehler. Das Gleichgewicht ist gestört, und das lässt sich nicht mehr korrigieren. In allen Künsten ist das so.«

Als Lew Nikolajewitsch sich anschickte, in sein Zimmer zu gehen, verabschiedete sich Sergej Lwowitsch, der morgen früh abreist, und wollte wissen: »Fährst du bald zu Tschertkow?«

»Ich würde es gern. Das hängt von Sascha ab. Sie wartet auf Nikitin. Entweder fahre ich mit ihr oder mit Bulgakow.«

Als wir beide uns voneinander verabschiedeten, drückte mir Lew Nikolajewitsch lange und fest die Hand und sagte: »Wie könnte man Ihnen helfen? Wie alt sind Sie?«

»Ach, schon fünfunddreißig. Als ich heute zu Ihnen unterwegs war, ging mir durch den Kopf, dass die Jugend bereits vorbei ist.«

»Ja, aber das sind jetzt die besten, die wichtigsten Jahre.«

Lew Nikolajewitsch kam, nachdem er schon gegangen war, noch einmal zurück und sagte auf Französisch: »Trubezkoi, auf dem Fußboden ist noch eine terpentinfreie Stelle.«

Alle lachten laut, und Lew Nikolajewitsch entfernte sich wieder in Richtung seines Zimmers.

Die Sache verhielt sich so, dass Trubezkoi, als er sich darauf vorbereitete, Lew Nikolajewitsch zu malen, seine Pinsel ausgewaschen und dabei alles um sich herum mit Terpentinöl vollgespritzt hatte.

7. Juni. Da ich gesundheitlich nicht auf der Höhe war, brach ich schon eher nach Jasnaja Poljana auf, um Nikitin zu konsultieren. Ich traf zur Zeit des Mittagessens ein. Am Vormittag war Belenki auf seinem Weg von Jasnaja Poljana her vorbeigekommen und hatte berichtet, dass Lew Nikolajewitsch bis zehn Uhr geschlafen habe und dass die Stimmung gedrückt sei, wahrscheinlich liege es am Wetter. (Ich weiß nur zu gut, was für ein Wetter das ist!)

Als ich eintrat, sagte Lew Nikolajewitsch: »Sie sehen besser aus, oder trügt das Äußere?«

Ich erwiderte, Letzteres sei eher zutreffend.

»Ich muss Ihnen etwas erzählen«, ließ mich Alexandra Lwowna wissen.

Kurz vor Jasnaja Poljana hatte ich eine hinkende Dame – oder ein junges Mädchen – auf das Gut zugehen gesehen. Während des Mittagessens wurden unter den Fenstern von der Gartenseite her Rufe laut (sie stand auf dem steinernen Balkon):

»Ist Lew Nikolajewitsch zu Hause? Liebe Herrin, kann ich Lew Nikolajewitsch sehen?«

Makovický ging hinaus und kam mit der Mitteilung zurück, sie möchte Lew Nikolajewitsch sprechen. Lew Nikolajewitsch lachte und sagte: »Danach piepse. Kennen Sie den?«, fragte er Nikitin und erzählte ihm den Armenierwitz. »Lassen Sie uns anschließend spielen!«, sagte er zu mir. »Für Sie ist es bloß langweilig, mit mir zu spielen.«

Er ging zu der Dame und ich zu Nikitin, um mich mit ihm meiner Gesundheit wegen zu beraten.

Dann spielten wir Schach. Drei Partien, von denen Lew Nikolajewitsch eine gewann. Anfangs saß Sofja Andrejewna dabei und unterhielt sich mit ihrer Schwiegertochter Maria, dann entfernten sich alle. Ich erkundigte mich bei Lew Nikolajewitsch, was mit seiner Fahrt zu Tschertkow sei.

»Ich bin fest entschlossen, nur ist Sofja Andrejewna heute äußerst missgestimmt. Doch ich fahre ganz bestimmt. Für mich besteht kein Hinderungsgrund. Ich weiß nicht, wie es bei Sascha aussieht. Sie wollte mit Nikitin reden. Wenn sie nicht mitfährt, nehme ich Bulgakow mit.«

Von unten klang Gitarren- und Balalaikamusik herauf, das fröhliche Lachen von Alexandra Lwowna (da Nikitin ihre Gesundheit zufriedenstellend fand, hatte sie das aufgemuntert), Gesang ... Wir beendeten unser Schachspiel, und Lew Nikolajewitsch schickte sich an, in sein Zimmer zu gehen. Für alle Fälle verabschiedete ich mich von ihm und sagte: »Ich mache mich heute früher auf den Heimweg.«

»Nein, bleiben Sie. Wir sehen uns noch. Ich komme nach unten.«

Ich stieg die Treppe hinunter. Der inzwischen eingetroffene Nikolajew begab sich zu Lew Nikolajewitsch. Unten präsentierte sich Makovický mit einem Hocktanz. Es herrschte eine sehr angeregte Stimmung. Der Reihe nach wurden alle aufgefordert, Volkslieder zu singen. Trubezkoi sang Mailänder Lieder, Makovický slowenische und ungarische. Dann begannen sich alle zu sperren. Als ich an die Reihe kam, sagte ich, ich könne nicht singen und hätte meinen Beitrag längst mit Klaviermusik geleistet. Nikitin bat mich, trotzdem etwas zu spielen. Ich gab zu bedenken, dass bereits vorgestern alle meines Klavierspiels überdrüssig geworden seien.

»Ich bedränge Alexander Borissowitsch nie mit Bitten«, sagte Alexandra Lwowna. »Julia, die hat ihn immer bekniet. Mag ihn doch Dmitri Wassiljewitsch bitten«, fügte sie etwas spitz hinzu.

Ich erklärte mich schließlich zu einer kleinen Darbietung bereit, und bat, mir inzwischen mein Pferd zu bringen.

Alexandra Lwowna ging zu Lew Nikolajewitsch, und als sie zurückkam, sagte sie: »Wie Papa sich über die Nachricht gefreut hat!«

Ich spielte kleine Stücke von Schumann und Chopin. Lew Nikolajewitsch ging Sofja Andrejewna Bescheid sagen, und Alexandra Lwowna eilte ihm nach. Sie kamen ohne sie zurück.

Dann, mitten im Spiel, sagte er wieder: »Warten Sie, ich werde mal Sofja Andrejewna holen.«

Doch sie kam wieder nicht.

Lew Nikolajewitsch war sehr angetan von dem Prélude Fis-Dur von Chopin. Ich bestätigte, das sei tatsächlich ganz fabelhaft komponiert.

»Sie haben Ihre Sache vortrefflich gemacht«, sagte Lew Nikolajewitsch zu mir.

Als wir dann im Eckzimmer zusammensaßen, fragte ich Alexandra Lwowna, was sie mir zu erzählen habe.

Wie ich erfuhr, hatte Lew Nikolajewitsch am Morgen zu Sofja Andrejewna gesagt, er bitte darum, dass der Tscherkesse aus Jasnaja Poljana verschwinde. Ein Wort gab das andere, es kam zu einem hysterischen Anfall und so weiter.

Sofja Andrejewna wird Lew Nikolajewitsch wahrlich noch krank machen, sofern sie nicht gar seinen Tod herbeiführt.

Lew Nikolajewitsch war in seinem Zimmer. Alexandra Lwowna und ich sprachen im kleinen Empfangsraum über die Fahrt zu Tschertkows. Lew Nikolajewitsch kam zu uns herüber und erkundigte sich: »Worüber redet ihr?«

»Über die Fahrt zu Tschertkows.«

»Nun, kommst du mit?«

»Ich weiß nicht, Papa. Nikitin erlaubt es mir nicht.«

»Man wird dort für alles sorgen, was du brauchst.«

»Nun, alles geht nicht. Er hat mir verschiedene Dinge empfohlen.«

»Das sind Bagatellen. Er ist nett, aber ich glaube an nichts von alldem. Wie Mama auch. Ich habe nicht mit ihr gesprochen. Sie ist so gereizt heute. Mit ihr kann man über nichts reden. Sag du ihr morgen, falls es möglich und sofern sie besserer Stimmung ist, dass du mitkommst.«

»Wenn ich sage, dass ich mitkomme, kann es nur noch schlimmer werden. Dann verderbe ich das Ganze.«

»Ich dachte, du sagst es, damit überhaupt die Rede auf die Fahrt kommt.«

Lew Nikolajewitsch ging zu seiner Tür und fügte hinzu: »Ich hatte den Eindruck, dass sie <...> Wenn du nicht mitfährst, wird mir Bulgakow helfen. Er kommt ohnedies mit.«

»Fahren Sie für lange?«, wollte ich wissen.

»Für ein bis zwei Wochen, habe ich Tschertkow geschrieben.«

»Wenn ich gesund bin, komme ich ganz bestimmt für ein, zwei Tage hin.«

»Das wäre schön!«

»Nehmen Sie Ihre Frau mit«, empfahl Alexandra Lwowna.

»Ich werde dort Klavier spielen.«

»Sie werden sich auch so über Ihren Besuch freuen«, sagte Lew Nikolajewitsch. »Wladimir Grigorjewitsch mag Sie sehr.«

»Die Begegnungen mit ihm vermisse ich ungemein, ich habe mich so daran gewöhnt, ihn im Winter öfter zu sehen.«

»Ja, ich bin sehr froh, dass Sie beide ein gutes Verhältnis haben.«

Wir gingen ins Speisezimmer. »Darf ich Ihnen von dem Heidelbeertrunk anbieten?«, fragte Lew Nikolajewitsch.

»Nein, ich muss mich beeilen, ich wollte ja zeitig zurück sein und befürchte, dass meine Frau sich Sorgen machen wird.«

»Nun, dann leben Sie wohl, Danke für das Vergnügen, dass Sie uns bereitet haben. Möglich, dass ich morgen bei Ihnen vorbeikomme.«

»In Teljatinki soll übrigens der Schauspieler X. eingetroffen sein«, sagte Nikolajew.

»Na, das trifft sich gut«, meinte Lew Nikolajewitsch. »Erstaunlich, wie sich im Volk das Interesse für die Schauspielkunst ausbreitet. Heute habe ich diesbezüglich einen Brief bekommen: Der Mann arbeitet auf dem Feld, und danach eilt er zur Probe.«

»Sie werden sich erinnern, Lew Nikolajewitsch«, sagte Nikitin, »in Golizyno, das bei Krjokschino liegt, wird ständig Theater gespielt.«

»Aber gewiss, da ist doch, glaube ich, auch X. gewesen.«

»Ja, aber nur einmal – dort finden ständig Vorstellungen statt.«

»Das bietet enorme Möglichkeiten«, sagte Lew Nikolajewitsch, »und vor allem einen direkten Ansatz. Hier wird nichts konstruiert wie in der heutigen Kunst der Intellektuellen. Das wirkt unmittelbar. Und es ist entweder etwas, was wirklich gebraucht wird, oder es ist völlig untauglich.«

Ich bemerkte, anderseits sei das ein zweischneidiges Schwert.

»Ganz recht! Umso wichtiger ist es, dass man es zu handhaben versteht.«

»Wie sieht es aus, Lew Nikolajewitsch«, erkundigte ich mich, »haben Sie an Ihrem Theaterstück weitergearbeitet?«

»Nein, ich habe es aufgegeben. Es gefällt mir einfach nicht … Ich hatte den Eindruck, dass es auch Ihnen nicht gefallen hat.«

»Nein, Lew Nikolajewitsch, es erschien mir nur unfertig.«

»Ich habe danach ziemlich viel korrigiert. Vielleicht ließe sich ja … Nun, leben Sie wohl.«

Ich machte mich auf den Heimweg. Wie mir berichtet wurde, hat Nikolajew nach dem an diesem Abend bereits zweimal wieder aufgeflammten Streit über den Rechtsbegriff Lew Nikolajewitsch in einen neuerlichen Disput verwickelt. Lew Nikolajewitsch geriet in Erregung und sagte ziemlich scharf: »Sie wiederholen sich in einem fort und achten nicht darauf, dass ich Ihnen widerspreche.«

Seit zwei Jahren versucht Nikolajew vergeblich, Lew Nikolajewitsch von der Zweckmäßigkeit und Notwendigkeit des Rechtsbegriffs zu überzeugen. Es wird Zeit, sich damit abzufinden, dass er in dieser Frage nicht mit Lew Nikolajewitsch übereinstimmt.

8. Juni. Am Vormittag ließen Tschertkows mir ausrichten, dass X. eingetroffen sei. Ich konnte jedoch nicht fort. Bulgakow ritt nach Jasnaja Poljana los, um Lew Nikolajewitsch in Kenntnis zu setzen in der Hoffnung, dass er herkommen werde, zumal er davon gesprochen hatte, es tun zu wollen. Bulgakow kam zurück mit der Nachricht, Lew Nikolajewitsch fühle sich nicht wohl. Dima Tschertkow war schon am Vormittag in Jasnaja Poljana gewesen und hatte berichtet, Lew Nikolajewitsch habe bis elf Uhr geschlafen.

Über die Fahrt zu Tschertkow ist nichts bekannt. Es heißt, Lew Nikolajewitsch werde wegen Sofja Andrejewnas schlechter Verfassung und des zu erwartenden Besuchs der Mutter Tschertkows in Stolbowaja von seinem Vorhaben Abstand nehmen.

X. habe ich flüchtig gesehen, er machte einen merkwürdigen Eindruck auf mich: enganliegende Kleidung, Matrosenhemd, die Brust fast bis zum Bauch nackt.

Ungeachtet seines Unwohlseins wünschte Lew Nikolajewitsch den Schauspieler zu sehen und bat ihn für sieben Uhr zu sich. Zu dieser Zeit machte ich mich ebenfalls auf den Weg nach Jasnaja Poljana.

Am Pferdehof traf ich Trubezkoi mit seiner Frau, der mir sagte, Lew Nikolajewitsch sei krank, verlasse das Zimmer nicht und habe den ganzen Tag nichts gegessen.

Im Haus angekommen, ging ich in das vor kurzem noch von Lew Nikolajewitschs Sekretär Gussew bewohnte Zimmer, in dem Alexandra Lwowna und Warwara Feokritowa zusammensaßen. Erstere berichtete mir, in der Nacht sei Lew Nikolajewitsch wahrscheinlich ohnmächtig geworden, er habe nur mit Mühe aufstehen können, sei in den Garten gegangen, aber so schwach auf den Beinen gewesen, dass er bald umkehren musste; er habe nichts gegessen, schlafe viel oder stelle sich schlafend, damit Sofja Andrejewna ihn in Frieden lasse.

»Ich will Ihnen ein Geheimnis verraten«, sagte Alexandra Lwowna zu mir. »Sergejs Frau ist auf die Idee verfallen, zu arrangieren, was wir allesamt schon so viele Jahre nicht zuwege bringen. Sie schlägt vor, im Herbst auf die Krim zu fahren und die Verwaltung von Jasnaja Poljana den Brüdern zu übertragen. Sie wettet mit mir um ein Pfund Sahnebonbons, dass sie das regeln wird. Ich habe ihr gesagt, dass sie dafür von mir ein Pud* Sahnebonbons bekommt!«

Dann diktierte ich Alexandra Lwowna einen Brief Lew Nikolajewitschs zum Thema der Bittschreiben, den er abermals an die Presse zu verschicken beabsichtigt; allerdings glaubt sie nicht, dass er ihn absenden wird.

Sie klagte darüber, dass Sofja Andrejewna fortwährend in Lew Nikolajewitschs Zimmer aufkreuze und ihm mit ihren Reden keine Ruhe lasse. Er habe das nicht länger ausge-

* Altes russisches Gewichtsmaß = 16,38 kg.

halten und zu ihr gesagt: »Wie kann ich dich bloß loswerden?«

Dabei erzählt Sofja Andrejewna allen und auch mir, dass seine Krankheit ihn auf alle und vor allem auf sie »böse« gemacht habe. Sie will nicht einsehen, dass seine Krankheit schließlich durch sie verursacht wurde.

X. sei zusammen mit Dima Tschertkow hergekommen und zu Lew Nikolajewitsch hineingebeten worden. Nach einer Weile ertönte die Klingel. Als Alexandra Lwowna hinlief und wissen wollte, weshalb geklingelt wurde, antwortete ihr Lew Nikolajewitsch: »Ich wollte aufstehen.« (Er saß halb liegend im Sessel.)

X. begriff den Wink, erhob sich, sagte: »Ich wage nicht, Ihre Zeit länger in Anspruch zu nehmen«, verbeugte sich und ging.

Als er fort war, beschwerte sich Lew Nikolajewitsch seufzend: »Wie konnte sich Tschertkow nur so irren?! Dieser Mann ist mir völlig fremd. Was für eine Selbstzufriedenheit! Meint, mit seinen dreißigtausend [X. hatte dreißigtausend Rubel für Volksdarbietungen gespendet] eine außergewöhnliche Tat vollbracht zu haben. Mag ja sein, dass er gute Dinge tut, aber als Mensch ist er mir völlig fremd. Und er stinkt [nach Parfüm].«

Zu Dima Tschertkow äußerte er sich in ähnlicher Weise.

X. erklärte Dima, das Gespräch mit Lew Nikolajewitsch habe auf ihn nicht den geringsten Eindruck gemacht. »Er [das heißt Lew Nikolajewitsch] hat bloß zu mir gesagt: ›Eine gute, eine wirklich gute Sache haben Sie da in Angriff genommen.‹ Mehr nicht.«

Der kranke Lew Nikolajewitsch hatte offenbar nicht verhehlen können, wie unangenehm er von X. berührt war.

Alexandra Lwowna erzählte noch, als sie heute einmal bei Lew Nikolajewitsch vorbeigegangen sei, habe er sie gefragt: »Sascha, wirst du es mir sehr übelnehmen?«

»Was sollte ich übelnehmen, Papa?«

»Ich bin im Begriff zu sterben.«

Dann saß ich im Speisezimmer mit Sergej Lwowitschs

Frau Maria zusammen, die mir ihr Vorhaben erläuterte. Sie habe gestern Lew Nikolajewitsch gefragt: »Weshalb sind Sie so bedrückt?«

»Wie wohl es mir tut, dass du mich danach fragst«, habe Lew Nikolajewitsch gesagt und sei darauf zu sprechen gekommen, wie unerträglich er das Leben in Jasnaja Poljana finde. Er sei Zeuge geworden, wie der Tscherkesse einen alten Mann, einen Schüler von ihm, an den er sich gern erinnert und den er sehr mag, über den Boden schleifte. Er hatte ihn dabei erwischt, wie er einen Ast davontrug, und verprügelt, nun schleifte er ihn an seiner Knute hinter sich her. Lew Nikolajewitsch begegnete ihnen, und der Alte bat ihn weinend um seinen Beistand.

Als Maria ihm am Morgen ihre Krim-Idee nahezubringen versucht habe, sei seine Reaktion sehr freudig gewesen, allerdings möchte er nicht gern in einem so luxuriösen großen Haus wie dem wohnen, das sie schon einmal auf der Krim hatten. Sie hat ein Sommerhaus in Simeïs ins Auge gefasst.

Damit endete nach Alexandra Lwownas Worten das Gespräch. Sofja Andrejewna will von der Krim nichts hören, sie sagt, Lew Nikolajewitsch werde dort sterben. Hoffnung, dass sie sich umstimmen lässt, besteht kaum.

Bevor ich mich auf den Heimweg machte, ging ich kurz zu Lew Nikolajewitsch hinein. Er saß im Schlafrock im Sessel an seinem runden Tisch und las die Zeitung »Nowoje wremja« (»Neue Zeit«).

»Ich bin im Aufbruch und wollte mich von Ihnen verabschieden.«

»Danke, dass Sie vorbeigekommen sind. Es freut mich, Sie zu sehen. Was macht Ihre Gesundheit?«

»So lala. Krank sind ja Sie, während ich noch ein junger Mensch bin.«

»Ja, es ist gut, krank zu sein: Das ist sehr klug eingerichtet, dass die Menschen, bevor sie sterben, krank sind. Der Übergang wird auf diese Weise natürlich.« Über X. sagte Lew Nikolajewitsch wieder: »Er ist mir völlig fremd.«

Ich bemerkte, dass er bei Tschertkows in Teljatinki zunächst auch einen üblen Eindruck auf alle gemacht habe, mit der Zeit sei der aber besser geworden.

»Ja, wahrscheinlich.« Er schwieg eine Weile, bevor er sagte: »Schach spielen könnte ich heute nicht.«

»Ja, es würde Sie ermüden.«

»Nun, leben Sie wohl, ein schlechter Gesprächspartner bin ich heute.«

»Auf Wiedersehen, gute Besserung«, sagte ich und ging.

10. Juni. Als ich nach Jasnaja Poljana kam, saßen alle nach dem Essen im Speisezimmer im Kreis.

»Was macht Ihre Gesundheit?«, wollte Lew Nikolajewitsch wissen. »Ich hatte am 8. in der Nacht schreckliche Kopfschmerzen, und am 9. ging es mir sehr schlecht.«

»Nicht besonders, Lew Nikolajewitsch.«

»Ich fühle mich heute fabelhaft.«

Lew Nikolajewitsch erzählte Gay von den Babi*, über die er gerade ein englisches Buch liest. Er interessiert sich sehr für sie und korrespondierte wiederholt mit Mitgliedern dieser Sekte, die wohl auch Vertreter zu ihm entsandte.

Zu mir sagte er: »Ich lese ein hervorragendes englisches Buch über die Babi. Ihre Frau sollte es übersetzen.« Zu diesem Zweck will er ihr das Buch geben.

Dann ging er wieder zu jener Hinkenden hinaus, die am 7. bei ihm gewesen war – sie hat anscheinend vor, hier ansässig zu werden –, und anschließend zu einer Schriftstellerin, die ihm ihre Hervorbringungen zu lesen gegeben und der er vom Schreiben abgeraten hatte, da er sie offenbar für völlig unbegabt hält.

Im Schach gewann Lew Nikolajewitsch eine Partie, die andere endete remis. Gay und Trubezkoi malten Lew Nikolajewitsch beim Schachspielen. Dann setzte sich Gay in unsere Nähe.

* Muslimische Sekte im Iran.

»Koletschka, wo ist denn jetzt Väterchen Gay?«, fragte ihn Lew Nikolajewitsch.

»In unserem Gedächtnis.«

»Wenn ich Sie betrachte, erinnere ich mich jedes Mal voller Liebe an ihn und übertrage dieses Gefühl auf Sie. Sie sind immer noch derselbe!«

»Woher denn, derselbe, Lew Nikolajewitsch! Ganz alt geworden bin ich!«

Der kleine Serjosha (Sergej Lwowitschs Sohn) kam sich verabschieden.

»Leb wohl, Opa, wir fahren morgen nach Hause.«

»Tatsächlich? Ich dachte, ihr bleibt noch. Ich wollte immer mit dir reden, und nun ist es nichts geworden.«

»Worüber?«

»Über das Wichtigste: was du denkst, was für Ansichten und Vorstellungen du hast. Hättest du es mir gesagt?«

»Ja, Opa.«

»Schade, dass es nichts geworden ist. Wann fahrt ihr denn morgen?«

»Früh um sieben.«

Ich bekam nicht mit, wie das Gespräch auf den Maler P. kam, der anscheinend wieder einen Aufenthalt in Jasnaja Poljana vorhat. Er hat ein Porträt von Lew Nikolajewitsch gemalt (ich war zu der Zeit im Kaukasus und habe es nicht gesehen), das alle, auch Lew Nikolajewitsch, sehr loben.

Gay schimpfte auf P., sagte, er habe vielleicht ein schönes Porträt gemalt, sei aber ein schlechter Mensch. Als der alte Gay auf seinem Vorwerk lebte, hatte er des Öfteren die Kiewer Malschule besucht. Die Schüler mochten ihn sehr, und viele von ihnen waren auf seinem Vorwerk zu Gast, auch P. Eines Tages nahm er Studien des alten Gay mit, ohne sie zurückzubringen, unter anderem eine sehr interessante Studie zu einem Bild von Alexander I., das Gay dann doch nicht malte: Alexander sitzt, in die Bibel vertieft; durch eine Tür hinter ihm tritt Araktschejew und bleibt stehen; der Zar liest weiter, ohne ihn zu bemerken. P. kam erst nach ziemlich langer Zeit, wahrscheinlich nach Jahren, wieder auf das Vorwerk. Gay junior erkannte ihn nicht gleich, sein Vater schlief noch. Als er auf seine Frage hin erfuhr, wen er vor sich hatte, warf er ihm an den Kopf: »Ah, dann sind Sie der, der meinem Vater die Studien gestohlen hat?«

P. bat darum, ihm unverzüglich einen Pferdewagen zu besorgen, und fuhr davon.

Ich erkundigte mich bei Lew Nikolajewitsch, ob er denn zu Tschertkows fahren werde, und erhielt zur Antwort: »Ja, die Absicht habe ich, wahrscheinlich fahre ich übermorgen, und Sascha kommt mit.«

Als dann das Gespräch auf den Slawenkongress* kam, sagte Lew Nikolajewitsch: »Sie, Dušan Petrowitsch, haben mir ein ganzes Programm aufgeschrieben, was ich ihnen sagen soll; als ich mich heute vor dem Mittagessen hinlegte, habe ich über den Brief nachgedacht und bin zu dem Schluss gekommen, dass ich nur immer ein und dasselbe sagen kann: *Blanc bonnet, bonnet blanc*, dass eines allein wichtig und notwendig ist – religiöses Bewusstsein, darin liegt alles begründet.«

Makovický hat seinen Freund, den Juden Veleminský, Deutschlehrer an einer Realschule in Prag, mitgebracht. Er ist vor etwa drei Jahren schon einmal in Jasnaja Poljana gewesen.

Nach seinem Eintreffen verabschiedete ich mich sofort und brach auf.

11. Juni. Als ich nach Jasnaja Poljana kam, saßen Alexandra Lwowna, Warwara Feokritowa, Gay und Bulgakow im Eckzimmer und sprachen über Tschertkow. Gay mag ihn gar nicht und verurteilte sein Handeln. Alexandra Lwowna und Warwara Feokritowa ergriffen für ihn Partei. Bulgakow schwieg. Ich trat für Tschertkow ein – seine Mängel wolle

* Mit dem Aufkommen des Panslawismus wurden seit 1848 in verschiedenen Metropolen sogenannte Panslawische, Panslawistische, Allslawische oder Allgemeine Slawische Kongresse abgehalten. Der Slawenkongress von 1910 fand in St. Petersburg statt.

ich nicht negieren, davon habe jeder mehr als genug, doch dürfe man ihm die Anerkennung seiner vielen Verdienste, zumindest um Lew Nikolajewitschs Werk, nicht versagen.

Gay bemängelte, seit Tschertkow hier sei, bekomme man von Lew Nikolajewitschs Arbeiten nichts mehr zu lesen. Dem widersprachen sowohl ich als auch Alexandra Lwowna entschieden: eher sei ihm das Gegenteil anzulasten – dass er manchmal intime Sachen Fremde lesen lasse. Sie, Alexandra Lwowna, achte selbst darauf, dass in unvollendete Arbeiten Lew Nikolajewitschs nicht alle Welt Einblick erhalte.

»Früher kam es vor, dass Tanja und Mascha sich mit ihren Gästen an den runden Tisch setzten, da wurde mit Kavalieren geschwatzt, und neben ihnen auf dem Tisch lagen Vaters Manuskripte, ›Auferstehung‹ zum Beispiel – jeder greift danach, liest, schreibt etwas ab …«

Alle empörten sich darüber, dass Tschertkow sich erlaube, Lew Nikolajewitschs Werke zu zensieren. Ich glaube nicht, dass es grundsätzlich zu verurteilen ist, wenn er seine Bemerkungen zu Arbeiten von Lew Nikolajewitsch äußert und der sie zum Teil berücksichtigt, doch von »Zensur« zu sprechen – das ist doch Missachtung vor allem gegenüber Lew Nikolajewitsch selbst.

Gay erzählte, wie Tschertkow Briefe des Duchoborzen*-Führers Werigin in »Swobodnoje Slowo« (»Freies Wort«)** publiziert habe und dabei eigenmächtig zahlreiche Stellen wegließ, ohne dazu etwas anzumerken. Dadurch sei der Eindruck entstanden, Werigin beschreibe lediglich sein Leben in Sibirien, dabei habe er, wie sich herausstellte, als Bontsch-Brujewitsch diese Briefe vollständig veröffentlichte, auch dargelegt, dass er die Auswanderung nach Kanada ablehne, und sein Missfallen darüber zum Ausdruck

* (Russ. »Geistesstreiter«), Mitte des 18. Jh. gegründete, 1844/45 zwangsweise nach Transkaukasien umgesiedelte Sekte; 1888/89 wanderten ihre Mitglieder mit Unterstützung Tolstois zum großen Teil nach Kanada aus.

** 1901–1905 in London von Tschertkow herausgegebene Zeitung der Tolstoianer.

gebracht, dass sich fremde Leute in ihre Angelegenheiten einmischten. (Tschertkows Anliegen war es gar nicht gewesen, Werigins Briefe komplett zu veröffentlichen, er hatte nur einige Auszüge daraus als interessantes Material abgedruckt.) Mitten im Gespräch trat Sofja Andrejewna ein, und es brach ab.

Später kam Lew Nikolajewitsch mit dem Japaner Konishi dazu, der bei Tschelpanow in Moskau psychologische Studien betreibt. Konishi hatte Lew Nikolajewitsch vor langer Zeit mehrfach besucht, er stand mit ihm im Briefwechsel und war im vergangenen Herbst in Chamowniki gewesen, bevor er nach einem Aufenthalt in Krjokschino von Moskau nach Jasnaja Poljana weiterfuhr.

Lew Nikolajewitsch hatte das englische Buch über die Babi in der Hand. Als er mich bemerkte, fragte er: »Warum sind Sie denn nicht zu mir hereingekommen? Ich dachte eigentlich, Sie hätten Ihre Frau mitgebracht. Konishi hat mir erstaunliche Dinge über Formosa berichtet. Stellen Sie sich vor, die Chinesen essen dort Wilde.«

Beim Schachspiel erzählte er mir und Trubezkoi Genaueres: »Dort leben rothäutige wilde Eingeborene, und die Chinesen töten und essen sie vorwiegend zu medizinischen Zwecken. Als besonders heilkräftig gelten die Genitalien, die in getrockneter Form gegessen werden und sehr hoch im Kurs stehen. Für gewöhnlich ernähren sich diese Wilden nicht von Fleisch, sondern ausschließlich von pflanzlicher Kost, allerdings muss ich Sie enttäuschen: Bei Katzen machen sie eine Ausnahme. Sehr verbreitet ist bei ihnen das Tätowieren. Bei jedem männlichen Neugeborenen wird die Stirn mit einem Zeichen versehen, später tätowieren sie sich immer, wenn sie jemanden getötet haben, ein Zeichen auf ihre Stirn. Die Frauen ziehen sich ein paar Zähne und machen Tätowierungen vom Mund über die Wangen, so dass der Mund bis zu den Ohren zu reichen scheint. Doch sind sie rassig und haben einen sehr schönen Körper.«

Zum Tee erschien Veleminský. Er erzählte auf sehr rührende Weise, wie er bei Bjørnson gewesen sei, ein paar Monate vor dessen Tod, als er nach einem Gehirnschlag bereits ans Bett gefesselt war. Er habe mit einem tiefen Gefühl und voller Begeisterung von Lew Nikolajewitsch gesprochen. Lew Nikolajewitsch sagte, dass er Bjørnson schätze, sich seines schlechten Gedächtnisses wegen aber nur noch an wenig erinnern könne.

»Ich muss ihn unbedingt wiederlesen. Was würden Sie besonders empfehlen?«, wollte er wissen.

Veleminský empfahl »Über unsere Kraft« und noch etwas.

»War nicht er das mit diesen starken Augenbrauen?«, fragte Lew Nikolajewitsch. »Ein wunderschöner Kopf! Das wäre etwas für Trubezkoi. Ein wahres Gesicht für einen Bildhauer.«

Veleminský erzählte, Bjørnson habe neben diesem energischen Gesicht ungewöhnlich weiße schmale Hände gehabt, fast wie eine Frau.

»Das ist interessant«, sagte Lew Nikolajewitsch, »ich achte immer auf die Hände – in ihren Bewegungen spiegeln sich viele Charakterzüge des Menschen. Auch die Handschrift lässt auf den Charakter schließen. Nicht umsonst werden bei der Verbrecherjagd Fingerabdrücke abgenommen, weil sie bei allen verschieden sind.«

Die Rede kam auf den Arzt Škarvan.

»Ich habe ein schwaches Gedächtnis«, sagte Lew Nikolajewitsch zu Veleminský. »Er hat sich doch wohl von seiner ersten Frau getrennt, und seine zweite ist eine Italienerin?«

»Škarvans Lebensverhältnisse sind ziemlich schwierig«, erwiderte Veleminský. »Sie haben zwei Kinder. Seine Frau teilt seine Ansichten nicht, und das belastet ihn sehr. Er hat sich nicht bei mir beklagt, aber es ist zu spüren.«

»Immer tanzt der Schlechtere dem moralisch Höherstehenden auf dem Kopf herum … Er ist ein netter, interessanter Mann. Erinnern Sie sich an ihn?«, fragte Lew Nikolajewitsch mich.

Ich sagte, ich sei nicht sicher, ihn gesehen zu haben, wenn ja, dann im ersten Jahr (1896) meiner Bekanntschaft mit ihm, Lew Nikolajewitsch, als ich im Sommer zu Gast in Jasnaja Poljana gewesen sei.

Lew Nikolajewitsch befragte Veleminský nach der materiellen Situation Škarvans. Die sei ziemlich prekär. Makovický sagte, Škarvan habe kürzlich wieder als Arzt zu praktizieren begonnen.

Veleminský erzählte von einem nicht mehr jungen deutschen Schriftsteller (den Namen habe ich akustisch nicht mitbekommen), der das Christentum in einer sehr freien Art und Weise propagiere und zugleich ein Vertreter des deutschen Chauvinismus, ein ausgemachter Feind der Slawen sei – und über seine polemische Korrespondenz mit ihm, die diese merkwürdige Kombination zum Gegenstand habe.

Lew Nikolajewitsch erkundigte sich nach dem zahlenmäßigen Verhältnis von Deutschen, Slawen und anderen Völkern in Österreich. Veleminský und Makovický nannten ihm dazu Zahlen.

Auf seine Frage nach den Erwartungen, die an den Slawenkongress geknüpft würden, erhielt er zur Antwort: »Keine guten. Allenfalls besteht Hoffnung auf eine Verbesserung der russisch-polnischen Beziehungen.«

»Es heißt, die politischen Fragen seien von der Tagesordnung abgesetzt?«

»Nur in Worten, in Wirklichkeit wird alles sogleich in Politik umschlagen. Anders kann es gar nicht sein. Es wäre gut, wenn Sie ihnen etwas schrieben – das könnte von großer Wirkung sein.«

»Ach, das glaube ich nicht. Aber einen Brief hinschreiben werde ich. Makovickýhat ein ganzes Programm entworfen, doch ich denke, das Wichtigste, und zwar das einzig Wichtige, ist die Religionsfrage.«

Veleminský erzählte vom Hass der Polen gegen die Russen, nicht nur gegen die Regierung, was natürlich ist, sondern überhaupt gegen die Russen. Sie sagen: Einen Russen lieben, das ist genauso, als wollte man einen Affen lieben.«

Lew Nikolajewitsch war sehr erstaunt und äußerte sein Befremden über dieses scheußliche Phänomen.

Veleminský sagte, ein Freund von ihm habe Lew Nikolajewitsch über Repressionserscheinungen in den Schulen und zwangsweise erteilten Russischunterricht geschrieben, aber der Brief müsse wohl verlorengegangen sein, da Lew Nikolajewitsch nicht geantwortet habe.

»Wahrscheinlich hat er mich nicht erreicht. Sonst hätte ich geantwortet. Solche Briefe beantworte ich fast immer.«

Alexandra Lwowna war wegen der morgigen Fahrt zu Tschertkows missgelaunt. Ich wollte etwas auf dem Klavier spielen und bat Warwara Feokritowa, ihr Bescheid zu sagen, doch sie erschien nicht. Lew Nikolajewitsch bedeutete mir, dass man sie holen sollte. Warwara Feokritowa, die das mitgehört hatte, erklärte ihm, Alexandra Lwowna sei sehr verstimmt und könne nicht kommen.

»Ach, wie schwer das ist!«, seufzte Lew Nikolajewitsch. Dann legte er mir die Hand auf die Schulter und fügte hinzu: »Nun, Sie werden mich doch trösten?«

Warwara Feokritowa erzählte das wahrscheinlich Alexandra Lwowna, denn als sie später erschien, sprach sie kaum ein Wort mit mir und warf mir böse Blicke zu.

Als ich mein Klavierspiel beendet hatte, sagte Lew Nikolajewitsch zu mir:

»Sie sagen, Sie seien schwach. Nein, Sie waren heute sehr gut, nicht umsonst haben Sie mich im Schach geschlagen. Mehr als gut haben Sie gespielt!«

Konishi hat japanische Lieder mitgebracht, die ich mir ansah. Lew Nikolajewitsch wollte wissen, wie ich sie finde. Ich sagte, für mein Gehör sei das oft ein sinnloses Sammelsurium von Lauten.

»Stellen Sie sich vor, ich habe ihn gebeten, mir die Texte zu übersetzen, und ich gebe zu, ich empfand das genauso –

ein sinnloses Sammelsurium von Wörtern. Höchst seltsam!«

Lew Nikolajewitsch erkundigte sich bei Konishi, ob die europäische Volksmusik die Japaner auf irgendeine Weise beeindrucke. »Auf die allerangenehmste«, erwiderte er.

Später kam Alexandra Lwowna dazu und sagte, sie fahre morgen nicht mit zu Tschertkow. Daraufhin befand Sofja Andrejewna, man brauche doch nichts zu überstürzen, die Fahrt könne verschoben werden.

»Wir reden noch darüber«, sagte Lew Nikolajewitsch zu ihr. Und mir versicherte er, als ich mich verabschiedete, er werde morgen auf jeden Fall fahren.

12. Juni. Lew Nikolajewitsch ist abgereist. Alexandra Lwowna hat es sich im letzten Moment noch einmal anders überlegt und ist mitgefahren. Als Lew Nikolajewitsch ihr erklärte, wenn sie nicht mitkomme, dann bestehe auch keine Veranlassung, sie mit dem Beantworten der Briefe zu beauftragen, das werde alles Bulgakow erledigen, machte sie sich in wenigen Minuten fertig (das Gespräch fand kaum eine halbe Stunde vor dem Aufbruch statt) und fuhr mit.

18. Juni. Lew Nikolajewitsch ist nach wie vor bei Tschertkows. Wir werden gebeten, auch hinzukommen, aber ich bin immer noch nicht auf dem Posten und werde es wohl nicht tun.

Wir waren bei Sofja Andrejewna, die sichtlich darauf brannte, uns zu berichten, dass Lew Nikolajewitsch ihr einen liebevollen Brief geschrieben habe. Er nenne sie »meine alte Frau« und schreibe: »zu Besuch ist es schön, zu Hause aber ist es besser«.

Tatjana Lwowna hat ihr einen langen und, nach allem, was ich darüber erfahren habe, klugen Brief geschrieben (offenbar nachdem sie sich mit Sergej Lwowitschs Frau Maria getroffen hatte) und ihr geraten, alles stehen und liegen zu lassen und mit Lew Nikolajewitsch Jasnaja Poljana zu verlassen. Dieser Brief hat Sofja Andrejewna sehr aufgewühlt. Ich denke, aus allen diesen Vorhaben wird nichts werden. Der einzige Ausweg wäre die Krim, aber Sofja Andrejewna wiederholt in einem fort, die Krim werde Lew Nikolajewitsch das Leben kosten.

22. *Juni.* Lew Nikolajewitsch ist noch nicht wieder da. Allem Anschein nach wird er am 24./25. zurückkehren. Heute kam Dima Tschertkow vorbei und teilte mit, sein Vater habe die Erlaubnis erhalten, in Teljatinki zu wohnen, solange seine Mutter hier ist*. Sie werden voraussichtlich alle am 27. hierherkommen und auf unbestimmte Zeit bleiben.

25. *Juni.* Lew Nikolajewitsch ist in der Nacht zum 24. zurückgekehrt. Als ich heute in Jasnaja Poljana eintraf, waren Alexandra Lwowna und Warwara Feokritowa im Pferdestall. Sie berichteten, Sofja Andrejewna befinde sich seit Tagen in einer fürchterlichen Verfassung: habe hysterische Anfälle, werfe sich zu Boden, drohe mit Selbstmord. Sie weiche keinen Schritt von Lew Nikolajewitsch und schreie: »Ich werde ihn mit Tschertkow auseinanderbringen, ich bleibe an seiner Seite! Reitet er aus, folge ich ihm, geht er spazieren, tue ich's auch, ich fahre zu Sergej und nehme ihn mit.«

Am 22. früh war sie im bloßen Nachthemd zu Warwara Feokritowa gerannt, hatte geschrien, sie sterbe, und von ihr verlangt, in ihrem Namen ein Telegramm an Tschertkow zu schicken. Sie selbst hatte ein Telegramm verfasst, in dem sie darauf bestand, dass Lew Nikolajewitsch und Alexandra Lwowna unverzüglich heimkehrten. Es endete mit den Worten: »Wenn ihr nicht zurückkommt, bringe ich mich um.«

Warwara Feokritowa hatte es große Mühe gekostet, ihr auszureden, dass sie dieses Telegramm abschickte. Tags darauf schrieb sie noch ein paar Telegramme, eines schrecklicher als das andere, und setzte Warwara Feokritowas Na-

* Tschertkow war des Gouvernements verwiesen worden.

men darunter, der es mit knapper Not gelang, ihr Absenden zu verhindern.

Seit Lew Nikolajewitschs Rückkehr folgt ihm Sofja Andrejewna wie ein Schatten. Er macht sich große Sorgen um sie, heute unternahm er mit ihr einen Ausflug zu Maria Schmidt nach Owsjannikowo.

Am Morgen habe Sofja Andrejewna mit einem Glas Opium in der Hand dagestanden und in einem fort »Nur ein Schlückchen!« vor sich hin gesagt.

Das Opium habe sie zwar nicht getrunken, sich aber zu Boden geworfen. Da habe Alexandra Lwowna zu ihr gesagt, sie als jüngste Tochter könne die Verantwortung für das Ganze, was sich hier abspiele, nicht übernehmen und werde unverzüglich Sergej und Tanja telegraphieren. Diese Worte hätten gewirkt: Sofja Andrejewna beruhigte sich augenblicklich und verbrachte die zweite Tageshälfte in besserer Verfassung.

Auf dem Weg zum Haus begegneten wir am Anbau Sofja Andrejewna. Sie bietet einen schrecklichen Anblick und tut mir sehr leid, da sie zweifellos nicht bei klarem Verstand ist. Während wir weitergingen, erzählte mir Alexandra Lwowna, Lew Nikolajewitsch habe bei Tschertkows viel gearbeitet, unter anderem zwei kleine belletristische Werke geschrieben.

Als wir oben ankamen, ging Alexandra Lwowna zu Lew Nikolajewitsch, um ihm mein Eintreffen zu melden. Da erschien er auch schon, begrüßte mich und sagte: »Ich hatte Sie gestern bereits erwartet. Wie steht es um Ihre Gesundheit?«

»Nicht besonders.«

»Das ist schade, aber Sie sehen besser aus, nicht wahr, Sascha?«

Die Zeit bei Tschertkows sei sehr angenehm gewesen, sagte Lew Nikolajewitsch. »Unmittelbar vor unserer Abreise hielt sich dort Erdenko [der Geiger] auf, der mit seinem Spiel allen großes Vergnügen bereitete. Sie mögen ihn ja nicht. Es stimmt schon, dass er sich zu viele Virtuosenstückchen erlaubt, aber Bach hat er brillant gespielt.«

Ich gab zu bedenken, Erdenko sei gewiss eine hervorragende Begabung, gehe jedoch einen falschen Weg, der seinem Talent nicht gerecht werde. Nachdem ich ein Tischchen bereitgestellt hatte, wollten wir schon unsere Schachpartie beginnen, als Lew Nikolajewitsch sich plötzlich erhob, »einen Moment!« sagte und in sein Zimmer ging.

Er kam mit einem Schächtelchen zurück, das kleine, fein gearbeitete Schachfiguren enthielt, die, wie auf der Schachtel stand, ein Geistesgestörter angefertigt hatte, unter Verwendung einer Glasscherbe, einer alten Feder und noch eines Hilfsmittels, das mir entfallen ist.

Die weißen und schwarzen Figuren bestanden aus einer außerordentlich festen Masse, härter als Holz.

»Was meinen Sie, woraus sie gemacht sind?«, fragte Lew Nikolajewitsch.

Ich kam nicht darauf.

»Stellen Sie sich vor – aus Weißbrot, die schwarzen sind gefärbt.«

Diese Figuren verwendeten wir dann doch nicht, da sie sich auf dem Brett zu klein ausnehmen und einige schlecht auseinanderzuhalten sind. Wir spielten zwei Partien (Muzio-Gambit), die ich beide gewann.

Während wir noch am Schachbrett saßen, traf Larissa Nikolajewa ein. Alexandra Lwowna bat sie zu sich herein, kam aber leider bald zurück – lieber wäre ich noch eine Weile mit Lew Nikolajewitsch allein geblieben.

»Ich werde Ihnen gern allerlei erzählen«, versprach Lew Nikolajewitsch beim Schachspiel.

»Ich bedaure es, dass ich nicht zu Tschertkows kommen konnte«, sagte ich, »ich hatte große Lust dazu, bin aber immer noch nicht wieder auf der Höhe; außerdem ist es bei so einer kränklichen Verfassung in einem fremden Haus beschwerlich und etwas genant.«

»Ja, das verstehe ich. Sie hätten alles für Sie arrangiert, aber es ist einem peinlich. Ich bin ein alter Mann, und trotzdem ist es mir peinlich.«

Lew Nikolajewitsch erzählte mir, in Jasnaja Poljana lebe

jetzt Sutkowoi, und fragte: »Kennen Sie ihn? Er ist ein sehr guter Mensch.«

Nach dem Schachspiel nahm Lew Nikolajewitsch in einem Sessel an der Tür zum Empfangsraum Platz, und ich setzte mich zu ihm. »Was machen Sie, was lesen Sie?«, wollte er wissen.

Bevor ich antworten konnte, fuhr er fort: »Ich habe dort Alexander Kuprin gelesen, zunächst gefiel es mir sehr gut, aber dann wurde es wesentlich schlechter. Haben Sie ihn gelesen?«

Ich sagte, mir hätten die ersten Erzählungen auch wesentlich besser gefallen.

Lew Nikolajewitsch nannte die Erzählungen, die er gut fand: »Die Jüdin«, »Der ungebetene Gast« und noch eine.

Ich fügte hinzu: »<…>«

»Ja, so sagt man. Tschertkow hat seinerzeit Andrejew geschrieben und jetzt auch ihm mitgeteilt, dass er herkommen möchte. Offen gesagt, mir ist bange davor.«

»Haben Sie dort gearbeitet?«

»Ja, sehr viel. Mehr als je zuvor. Ich habe an den Slawenkongress geschrieben – das ist belanglos – und das Vorwort zu ›Für jeden Tag‹ fertiggestellt. Heute habe ich in meinem Tagebuch nachgesehen – ein halbes Jahr hat mich diese Arbeit beschäftigt. Zwei kleine Sachen, fast belletristisch zu nennen, sind auch noch entstanden.«

Larissa Nikolajewa, die gerade hereinkam, sagte: »Was für ein wunderschönes Vorwort!«

Dass Tschertkow die vorläufige Erlaubnis erhalten hatte, in Teljatinki zu wohnen, veranlasste Nikolajewa, auf die irrwitzigen Verfügungen der Regierung zu schimpfen.

»Ich bemühe mich jetzt, der Versuchung, die Regierung zu verurteilen, zu widerstehen«, sagte Lew Nikolajewitsch zu ihr. »Außerdem ist es einfach beschämend, darüber zu sprechen. Das ist genauso ein Gemeinplatz, wie über das Wetter zu reden.«

Über die Irrenanstalten, die er besucht hatte, berichtete Lew Nikolajewitsch: »Da gibt es gleich zwei riesige: in Meschtscherskoje und in Troïzkoje. In Meschtscherskoje werden für den Unterhalt der Insassen jährlich dreihunderttausend ausgegeben. Über Troïzkoje waren uns allerlei grausliche Sachen erzählt worden: dass es ein Gefängnis sei und dass die dort Untergebrachten zwischen zwei Mauern spazieren gehen müssen. Wir sind dort gewesen und fanden alles sehr gut eingerichtet und ungewöhnlich behaglich. Nach dem ersten Mal bekamen wir zu hören: ›Nun, das Schlimmste hat man Ihnen nicht gezeigt.‹

Doch dann stellte sich heraus, dass wir gerade in der Abteilung gewesen waren, wo die unter spezieller Beobachtung stehenden Insassen untergebracht sind; einer von ihnen, dessen Todesstrafe in zwanzig Jahre Zwangsarbeit umgewandelt worden war, wurde der Simulation verdächtigt. In dieser Anstalt gibt es das sogenannte Patronat. Auf dem Wege der Genesung befindliche oder besonders friedliche Patienten werden in den umliegenden Dörfern einquartiert. Für sie zahlt man jeweils neun Rubel pro Monat, was sehr günstig ist. Als wir uns einem dieser Bauernhäuser näherten, trat sofort der Arzthelfer heraus, der stets bei den Patienten wohnt. Einer von ihnen umkreiste unentwegt einen großen Baum, es war wohl eine Weide.

Einmal kamen wir bei einem Ausritt an dieser Stelle vorbei, ich ritt näher heran, und wir beide führten ein langes, angenehmes Gespräch. Er ist anscheinend ein Revolutionär. Anfangs murmelte er etwas Unverständliches und enthielt sich der Antwort auf meine Frage, weshalb er den Baum umkreise. Als ich dann mit ihm zusammen um den Baum herumzulaufen begann, gab er seine Schweigsamkeit auf: ›Gestohlen soll ich's haben! Was heißt gestohlen?! Nicht gestohlen – genommen hab ich's.‹ Das ist offenbar der Gedanke, der ihn nicht loslässt. Als ich das Gespräch auf den Tod brachte, sagte er: ›Wozu sterben? Leb doch!‹ Zum Abschied sagte ich zu ihm: ›Wir sehen uns in jener Welt wieder‹, worauf er erwiderte: ›Was heißt in jener Welt? Es gibt nur eine Welt!‹ Das hat mir sehr gefallen.

Ein andermal, als ich mich gerade mit ihm unterhielt, näherten sich uns zwei gutgekleidete Herren. Der eine stellte sich als Besitzer einer nahe gelegenen Seidenfabrik vor und bot mir an, seine Fabrik zu besichtigen. Ich hatte ihn nie zuvor gesehen, und falls doch, lag es lange zurück. Auf dem Weg dorthin kamen wir ins Gespräch. Er hat eine Industrielehranstalt absolviert und ist im Ausland gewesen – anscheinend ein einigermaßen gebildeter Mann. Als Altgläubiger* gehört er der Rogoshskaja-Gemeinde der Popowzen-Sekte an. Ich hatte vergessen, was ihre Besonderheit ausmacht, und fragte ihn deshalb danach. Er erklärte mir: ›Wir haben Priester, bekreuzigen uns mit zwei Fingern und so weiter.‹ Da ich meinte, mit ihm ein ernsthaftes Gespräch von Mensch zu Mensch führen zu sollen, fragte ich: ›Wie kann man heutzutage noch den Riten, dem Bekreuzigen mit zwei Fingern, solche Bedeutung beimessen? Religiosität gründet doch nicht auf diesen Riten, sondern auf etwas ganz anderem!‹ – ›Nun, das alles ist Logik und Anschauung, während die Religion eine Sache des blinden Glaubens ist! Doch darüber sprechen wir besser später.‹ Damit begann er, mir voller Leidenschaft seine Fabrik zu zeigen. Und es ist noch die Frage, wer verrückter ist – jener, der den Baum umkreist, oder dieser.

Ich schreibe jetzt an einem großen Aufsatz, und alle diese Beobachtungen waren sehr wichtig für mich. Sie erinnern sich gewiss, ich hatte meinen Zeitungstag. Dazu gibt es in diesem Aufsatz ein gesondertes Kapitel.«

»Sie kennen doch den Ausspruch Pascals: ›Hätten unsere Träume dieselbe Folgerichtigkeit wie das, was wir in der Realität erleben, dann wüssten wir nicht, was Traum und was Wirklichkeit ist.‹

* Die Altgläubigen lehnten die liturgischen Reformen des Patriarchen Nikon (17. Jh.) ab und wurden von der orthodoxen Staatskirche verfolgt.

Ich finde, dass das nur zum Teil und von außen betrachtet wahr ist, der Unterschied zwischen Wachsein und Traum ist weitaus größer. Im Traum entbehren wir des sittlichen Gefühls, zumindest schwächt es sich wesentlich ab. Im Tiefschlaf träumen wir auch nicht, und eine Grenze zwischen Traum und Traumlosigkeit lässt sich ebenso wenig ziehen wie zwischen Wahnsinn und Normalität. Auf jeden Fall tun wir im Traum oft schändliche Dinge, und selbst wenn wir dunkel ahnen, dass wir verwerflich handeln, können wir nicht anders, als damit fortzufahren. Im wachen Zustand hingegen kann ich, wenn ich erkenne, dass ich abscheulich handle, jederzeit innehalten. Und das macht den großen Unterschied aus.

Ich ziehe eine Parallele: Ein Wahnsinniger unterscheidet sich von den geistig Gesunden dadurch, dass sein Denken nicht ihren Gedankengängen entspricht. Wenn derselbe Wahnsinn sich aber vieler bemächtigt, dann sind sie von den geistig Gesunden nicht mehr zu unterscheiden. Doch nein: Das sittliche Gefühl ist beim Wahnsinnigen ebenso wie beim Schlafenden wenn nicht ganz geschwunden, so doch wesentlich geschwächt. Und das vor allem unterscheidet ihn von den geistig Gesunden.

Diese Überlegung leitet meinen Aufsatz ein. Sie ist auch deshalb wichtig, weil man, wenn man so denkt, andere Menschen nicht verurteilen oder ihnen mit Missgunst begegnen kann. Man kann einem Menschen nicht Dinge zur Last legen, deren er sich nicht bewusst ist.«

Lew Nikolajewitsch fiel der Ausspruch Schopenhauers ein, dass die Menschen, wenn sie einander verurteilen, sich wie der Hund verhalten, der sein eigenes Spiegelbild anbellt.

»Wir sehen bei anderen das Schlechte, das wir bei uns selbst nicht bemerken. Das werde ich unbedingt in ›Für jeden Tag‹ aufnehmen.«

»Man läuft hier nur Gefahr, den Schluss zu ziehen, dass bei ihnen Hopfen und Malz verloren ist und man sich alle Mühe sparen kann. Und überhaupt stellt sich die fundamentale philosophische Frage nach der Freiheit des Willens«, gab ich zu bedenken.

»Ganz sicher können wir nie sein: Der Mensch ist jederzeit frei, und unverhofft kann in ihm das sittliche Gefühl erwachen.«

Ich sagte, mehr oder weniger seien wir alle taub – der eine für dieses, der andere für jenes. Dazu bemerkte Lew Nikolajewitsch: »Aber es gibt Menschen, die so feinfühlig sind, dass ihre Seele sich sofort allem Guten öffnet. Der Umgang mit ihnen ist höchst erfreulich. Einem solchen Bauern bin ich bei Tschertkows begegnet.«

Zu den grässlichen Bedingungen, denen einige hundert junger Frauen in einer Weberei ausgesetzt sind, stellte er fest: »Sie arbeiten täglich zwölf Stunden mit einer Stunde Pause für Mittagessen und Teetrinken. Ich habe es mir angesehen: Das ist furchtbar anstrengend und sinnlos. Sie haben auf einer kleinen Fläche mehrere Webstühle zu überwachen, auf denen zwischen den gespannten Fäden ständig ein Querfaden eingeschossen wird, und wenn es einen Fadenbruch gibt, beheben sie ihn. Diese Arbeit ist durch ihre unerträgliche Monotonie einfach schrecklich und erfordert hohe Aufmerksamkeit. Sie verdienen gut, wohl 25–28 Rubel im Monat. Doch das Leben in der Fabrik verdirbt den Charakter, und die Bedürfnisse wachsen mit den Löhnen.«

Larissa Nikolajewa erzählte von ihren Bekannten R. und über deren familiären Konflikt. Der Vater möchte, dass die Kinder Lehranstalten besuchen, während die Mutter eine andere Auffassung vertritt.

Lew Nikolajewitsch sagte hierzu: »Wenn ich an einem unbekannten Ort spazieren gehe, verlaufe ich mich fortwährend. Dicht neben Tschertkows wohnen noch andere Sommergäste. Nach einem Spaziergang bog ich einmal in der Annahme, ich sei zu Hause angekommen, irrtümlicherweise bei ihnen ein. Ich sehe, da stehen ein Herr und zwei Damen, und denke, sie seien zu mir gekommen. Ich grüße sie und sage: ›Entschuldigen Sie, ich muss arbeiten, ich gehe in mein Zimmer.‹

Sie fragten mich etwas, und ich wieder: ›Nein, entschuldigen Sie mich, es geht jetzt nicht.‹ Und damit trat ich ins Haus. Sie erkannten mein Versehen, und der Herr sagte zu mir, dass ich mich geirrt hätte. Da fiel es mir wie Schuppen von den Augen, ich entschuldigte mich und lief weiter. Auf diese Weise wurde ich mit ihnen bekannt und machte dann einen Höflichkeitsbesuch bei ihnen. Sie haben zwei kleine Kinder. Die Ältere wollen sie auf eine höhere Lehranstalt geben, und die Mutter hatte den Wunsch, sich mit mir über die Erziehung der Kinder zu beraten. Bei ihnen lebt wohl eine Französin, von der ihr Dienstmädchen mir erzählte, dass sie ›in verschiedenen Sprachen unterrichtet‹. Ich riet der Dame, ihre Kinder auf keinen Fall auf Lehranstalten zu schicken. Selbstverständlich werden meine Worte nichts bewirken. Sie sagte auch, ihr Mann wolle unbedingt, dass die Kinder aufs Gymnasium gehen. Das ist eine Art Herdenwahn.«

Nikolajewa erzählte von dem Juristen Sutkowoi, der mit seiner Schwester hergekommen ist und in Jasnaja Poljana im Dorf Unterkunft in einem Schuppen gefunden hat. Er arbeitet so gut, dass er bei der Mahd immer allen voraus ist. Der Bauer, bei dem er in Jasnaja Poljana wohnt, ist außer sich vor Freude: »So eine Arbeitskraft hätte ich nicht mal für neun Rubel bekommen, und er arbeitet umsonst.«

Sutkowoi war mit seiner Schwester bei der Dobroljubow-Sekte im Gouvernement Samara, von der sie einen sehr guten Eindruck hatten. Dobroljubow selbst ist zur Zeit in Taschkent.

Auf meine Frage, was Dobroljubow nach Taschkent geführt habe, sagte Lew Nikolajewitsch: »Er hat dort Anhänger. Haben Sie Repin gesehen? Er ist hier gewesen, ein ehemaliger Offizier, ein sehr netter, guter Mensch. In Taschkent ist er unter Dobroljubows Einfluss geraten, und zum Teil deswegen gilt er als geistesgestört. Seine Frau ist bei mir gewesen.«

»Sutkowoi erzählt von Dobroljubow, dass er lehre, man müsse ständig beten«, sagte Nikolajewa.

»Ja, nur ist das Wort ›Gebet‹ gefährlich«, bemerkte Lew Nikolajewitsch, »wir haben uns zu sehr daran gewöhnt, unter dem Gebet die Bitte zu verstehen – worum aber will man bitten und wen?«

»Wissen Sie, Sofja Andrejewna ist sehr erregt, sie befindet sich in einer prekären nervlichen Verfassung; ich wollte Sie darauf hinweisen, damit Sie es berücksichtigen«, sagte Lew Nikolajewitsch zu mir und Nikolajewa.

Ich erwiderte, ich wisse bereits Bescheid. Nikolajewa meinte, Sofja Andrejewna habe anscheinend einen Herzanfall gehabt.

»Nein, das ist so ein hysterischer Zustand«, widersprach Lew Nikolajewitsch. Er erkundigt sich ständig bei allen, wo Sofja Andrejewna sei, und macht sich Sorgen um sie.

Als wir noch Schach spielten, fragte er den Stallknecht Filipp: »Ist Ilja Wassiljewitsch [Sidorkow] gekommen?«

»Noch nicht, Euer Erlaucht.«

»Ach, ach, wie ich um ihn bange!«

»Weshalb denn, Lew Nikolajewitsch?«, wollte ich wissen.

»Er ist in Tula.«

Er verfällt hin und wieder der Trunksucht, diesmal kam er jedoch schon bald und in ordentlicher Verfassung zurück.

Noch in Alexandra Lwownas Beisein hatte Lew Nikolajewitsch, im Sessel sitzend, erzählt: »Wie schön war es bei Tschertkows, dass Ilja Wassiljewitsch und überhaupt alle mit am Tisch saßen. Natürlich werden den Älteren – Wladimir Grigorjewitsch und mir altem Mann, versteht sich – die ersten Plätze eingeräumt; aber alle sitzen zusammen, und es wird ein gemeinsames Gespräch geführt – das ist so erfreulich!«

»Am ersten Tag kommt einem das etwas seltsam vor«, sagte Alexandra Lwowna, »aber dann gewöhnt man sich daran und findet es schön. Wie schade, dass sich das nicht bei uns in Jasnaja Poljana machen lässt.«

Lew Nikolajewitsch erzählte, dass sie an ein und demselben Tag zu Filmvorführungen in den beiden Irrenanstalten eingeladen worden seien. Er hatte sich sogar schon darauf eingestellt, zur einen wie zur anderen zu gehen, doch als man in Troïzkoje erfuhr, wie die Dinge lagen, wurde die Vorführung dort um einen Tag verschoben, so dass sie beide besuchen konnten.

Nach Alexandra Lwownas Aussage hatten die Ärzte erzählt, dass die Insassen besonders gern tanzten. Wenn russische Musik gespielt würde, verfielen alle in Hocktanz, und der ungewohnte Anblick sei richtig unheimlich. Einer habe sich, als seine Beine ermüdeten, hingesetzt und mit den Händen den Takt auf den Fußboden geschlagen.

Als Maria Schmidt hereinkam, wurde sie von Lew Nikolajewitsch mit den Worten begrüßt: »Ah, Sie sind hier, das wusste ich gar nicht. Wir sind ja heute erst bei Ihnen gewesen.«

Später, beim Teetrinken stellte er fest: »Maria Alexandrowna macht, wie eine gekrönte Persönlichkeit, Gegenbesuche noch am selben Tag.«

Als sie sich neben ihn setzte, sagte er zu ihr: »Mir kommen immerzu neue Gebete in den Sinn. Im Moment hilft mir das Dankbarkeitsgebet sehr: Ich danke für mein Wohlbefinden, und das wirkt sehr gut.«

»Lew Nikolajewitsch, erinnern Sie sich an das Gebet ›Gott, Herr meines Lebens‹?«, fragte sie ihn.

»Aber gewiss, das ist ein wundervolles Gebet, ich habe es immer schon gemocht.«

»Sicherlich erinnern Sie sich auch an den Schluss: ›Und verurteile nicht meinen Bruder‹?«

»Aber ja.«

Zum Teetrinken versammelten sich alle bis auf Sofja Andrejewna.

»Nun, Dušan Petrowitsch«, sagte Lew Nikolajewitsch, »wie wär's mit einem Wettlauf um den Tisch, und Maria Alexandrowna macht mit?«

»Das schlagen Sie sich mal aus dem Kopf«, entgegnete Makovický.

Bei Tschertkows in Meschtscherskoje gab es eine Außentreppe (eine ganz gewöhnliche Treppe), über die man, wenn die Hausherrin schlief, zum Obergeschoss hinaufgelangte, ohne sie stören zu müssen. Sidorkow prahlte, sie sogar mit einem Glas voll heißem Tee erstiegen zu haben. Einmal kam Lew Nikolajewitsch auf die Idee, auch hinaufzusteigen, doch der Diener sagte zu ihm: »Nein, Lew Nikolajewitsch, das schlagen Sie sich mal aus dem Kopf.«

Wir nahmen alle am Teetisch Platz, nur Lew Nikolajewitsch blieb noch in seinem Sessel sitzen und unterhielt sich leise mit Maria Schmidt. Einzelnen Worten, die an mein Ohr drangen, entnahm ich, dass er über Sofja Andrejewna sprach. Bald darauf erschien sie und nahm am Samowar Platz, während Lew Nikolajewitsch sich auf seinen gewohnten Stuhl setzte.

Maria Schmidt hielt beim Teetrinken Lobreden auf Sutkowoi und seine Schwester, auch seine Gelassenheit pries sie. Einmal musste bei ihr das Heu eingebracht werden, und Sutkowoi kam mit seiner Schwester, um ihr zu helfen. Regenwolken zogen auf, und Maria Schmidt begann sich Sorgen zu machen, ihr Heu könnte verderben. Doch Sutkowoi sagte zu ihr: »Warum beunruhigen Sie sich so? Dann muss es eben so sein.«

»So urteilen können nur Sie«, erwiderte ihm Maria Schmidt, »ich habe es noch nicht zu dieser Einstellung gebracht. Ich möchte, dass der Regen mein Heu nicht nass macht.«

Lew Nikolajewitsch aß Erdbeeren und bot auch mir welche an. »Sie als junger Mann dürfen Beeren essen«, sagte ich zu ihm, »ich auf meine alten Tage hingegen nicht.« Er lachte.

Über die Geisteskranken wusste Lew Nikolajewitsch noch zu berichten: »Die Ärzte behandeln sie sehr gut. Ich sagte zu ihnen, das lasse sich doch nur ertragen, wenn man die Insassen der Anstalt als Arbeitsmaterial betrachte, sehe man jedoch den Menschen in ihnen, dann sei das nicht lange auszuhalten.«

Sofja Andrejewna bemerkte, dass die Insassen das spüren müssten.

»Nein«, widersprach Lew Nikolajewitsch, »sie behandeln sie sehr gut. Ich fand das erstaunlich. Der Chefarzt in Meschtscherskoje – und dort haben sie über sechshundert Patienten – kennt alle mit Vor- und Vatersnamen, spricht jeden Einzelnen mit der Frage an: ›Wie geht es Ihnen heute, Marja Iwanowna?‹ Oder: ›Wie fühlen Sie sich, Nikolai Petrowitsch?‹

Die werden bei ihnen in die Kategorien Unruhige, Halbruhige und Stille eingeteilt. Außerdem gibt es noch das Patronat – ein Teil der Betreuten findet Aufnahme in den umliegenden Dörfern – und Pensionäre, die für ihre Zimmer bezahlen. Die Unruhigen werden niemals festgebunden, man hält sie nur mit den Händen und bringt sie in Zimmern unter, in denen alles gepolstert ist und die Fenster dicke Scheiben haben, die sich nicht zerschlagen lassen. Mitunter bekommen sie urplötzlich heftige Anfälle. Alle möglichen Werkstätten stehen zur Verfügung, und einmal passierte es ganz aus heiterem Himmel, dass ein Insasse jemanden vom Anstaltspersonal mit dem Beil erschlug. Anfangs wollte man es nicht riskieren, mich zu den Unruhigen zu lassen, dann wurden jedoch alle erforderlichen Vorsichtsmaßnahmen getroffen. Ich sah Pfleger im Kreis dastehen, bereit, den Patienten, sollte er sich auf mich werfen, sofort zu packen und festzuhalten.

Zusammen mit Tschertkow bin ich kurz zu den unruhigen Frauen hineingegangen. Eine stürzte auf uns zu und schrie: ›Tolstoi haben sie zu uns gebracht! Tolstoi!‹ Sie schrie noch etwas – man ergriff sie, und eine Zweite, bloß im Nachthemd, entblößte sich und begann schreckliche, zynische Gesten zu machen. Tschertkow und ich sahen schleunigst zu, dass wir wegkamen.

Am schwierigsten ist es in der Anstalt von Troïzkoje mit den unter spezieller Beobachtung Stehenden. Das sind größtenteils Verbrecher, überwiegend politische. Einer zum Beispiel war wegen Mord zum Tode verurteilt worden, dann wurde diese Strafe in zwanzig Jahre Zuchthaus umgewandelt. Sie stehen unter Beobachtung, weil unter ihnen Simulanten vermutet werden. Mit einem habe ich mich unterhalten. Er ist ein sehr kluger Revolutionär und anscheinend recht gebildet. In unserem Gespräch widerlegte er meine Argumente, er kennt sich bestens aus in dem, was ich geschrieben habe. Der Arzt sagte leise zu mir: ›Fragen Sie ihn, wer er ist.‹ Ich tat es. Widerwillig murmelte er: ›Ich bin Peter der Große.‹ Es war ihm offensichtlich peinlich, mir das zu sagen, denn es sieht ganz danach aus, dass er gesund ist und die Geisteskrankheit simuliert.«

Lew Nikolajewitsch erzählte von einem Skopzen aus Kotschety, der nach Meschtscherskoje gekommen war: »Wladimir Grigorjewitsch hatte ihm, akkurat, wie er ist, seine Adresse mit allen Einzelheiten aufgeschrieben. Trotzdem verschlug es ihn nach Koslowka, von wo er, fälschlicherweise ins Gouvernement Smolensk geschickt, auf Umwegen über Moskau völlig mittellos nach Meschtscherskoje gelangte. Sascha bot ihm Geld an, aber er hatte bereits welches von Tschertkows erhalten. Er ist ein sehr interessanter, guter, kluger Mann. Die Skopzen sind alle Vegetarier und trinken keinen Alkohol.«

Irgendwie kamen wir auf die Malerin Olga Klodt zu sprechen und lobten sie. Den Ausgangspunkt bildete eigentlich die Tschertkow'sche Kolonie. Nikolajewa war die junge P. eingefallen, die sich bei Lew Nikolajewitsch über ihre Verwandten und ihre schwierige Situation beklagt und ihn anscheinend um Unterstützung gebeten hatte. Sie war sehr enttäuscht von ihm weggegangen. Jetzt hält sie sich bei Tschertkows in Teljatinki auf. Nikolajewa nahm sie in Schutz.

»Sie klagte über ihre Verwandten, über ihre schwierige Lage – aber wer von uns hat es denn leicht?«, sagte Lew Nikolajewitsch. »Ich erinnere mich, wie mir Michail Suchotin einmal erzählte – ich werde es bloß nicht vollständig wiedergeben können –, also, man saß zusammen, und alle redeten von ihren Krankheiten. Einer davon, was er gegen Zahnschmerzen verwendet, ein anderer, dass er Wismut einnimmt; jeder sprach von *seiner* Krankheit und der Medizin, an die *er* sich hält. Julia Igumnowa lag auf der Couch und schwieg, dann stand sie auf und sagte mit ihrer derben Stimme langsam: ›Ich nehme niemals Wismut ein.‹ So hat jeder von uns sein Wismut, man darf sich damit bloß nicht anderen aufdrängen wollen.«

Über den Film sagte Lew Nikolajewitsch: »Mir steht der Film schon bis hier oben. Diese raschen unnatürlichen Bewegungen … Irgendein Neger lädt mit ungewöhnlicher Schnelligkeit Garben auf einen Leiterwagen.«

Maria Schmidt bemerkte, die Filmaufnahme von Lew Nikolajewitschs Abfahrt aus Jasnaja Poljana, die sie irgendwann sehen konnte, habe ihr sehr gefallen.

»In ihrem Programm dort hatten sie die Abfahrt aus Jasnaja Poljana und die Ankunft in Moskau vorgesehen«, sagte Lew Nikolajewitsch, »aber ich habe gebeten, darauf zu verzichten: Mir wäre es unangenehm gewesen, das zu sehen zu bekommen, und außerdem befürchtete ich, diese Bilder, verbunden mit meiner Anwesenheit, könnten die Insassen zu sehr aufregen.«

Im Zusammenhang mit der von Lew Nikolajewitsch geschilderten Szene mit dem Neger in dem Film erzählte ich ihm einen dazu passenden Vorfall, der mir gerade eingefallen war: Nach einem Boxkampf um ein Preisgeld von hunderttausend Dollar, der mit dem Sieg des Negers endete, waren in New York die Neger in der Stadt verprügelt worden.

»Ja«, sagte er, »das alles ist wie Wasser auf meine Mühle!«*

Nikolajewa erwähnte, dass ihr kleiner Ljowuschka angefangen habe zu sprechen.

* Im Original deutsch.

»Wieso haben Sie uns das Allerwichtigste vorenthalten?!«, sagte Lew Nikolajewitsch zu ihr »Von diesem Wismut zu erzählen ist immer interessant.«

»Ich kann jetzt nicht recht entscheiden, was besser unerwähnt bleiben sollte«, meinte Nikolajewa, »ich erzähle immer alles, und das Interessante habe ich weggelassen.«

Als ich mich anschickte aufzubrechen, sagte Lew Nikolajewitsch: »Na, das erzähle ich mal noch, und dann wird es Zeit, schlafen zu gehen – es ist elf Uhr. Also, der Skopze trat im selben Zug wie wir die Heimreise an. Ich wollte ihm einen Brief für Tanja mitgeben. Unterwegs versuchte ich zu schreiben, aber es rüttelte so, dass daraus nichts wurde. In Tula steht der Zug lange. Ich gehe ins Bahnhofsgebäude, um dort zu schreiben. Ich schreibe und bemerke plötzlich – da steht einer, dann ein Zweiter; es werden immer mehr, und allmählich spüre ich, dass der Stickstoff zunimmt und der Sauerstoff immer knapper wird. Eine ganze Schlange hat sich gebildet. Jemand schiebt mir ein Kärtchen hin, um ein Autogramm zu bekommen, nach ihm ein Zweiter, und hast du nicht gesehen, sind es an die zwanzig Kärtchen, die vor mir liegen, nicht wahr, Dušan Petrowitsch? Schließlich wurde es so eng um uns, dass wir uns beeilten, zum Zug zu kommen, und uns zu unserem Wagen durchzwängen mussten.«

26. Juni. Heute war Alexandra Lwowna bei uns und sagte, dass in Jasnaja Poljana alles ruhig geworden sei.

Als ich am Abend hinkam, sagten mir im Remingtonzimmer* Warwara Feokritowa und Alexandra Lwowna, dass es wieder zunehmend schlecht werde. Beide haben angefangen, die Geschehnisse aufzuschreiben. Sie erzählten mir so allerlei: Sofja Andrejewna habe Lew Nikolajewitsch während seiner Abwesenheit in Gesprächen mit Warwara Feokritowa einen Lügner genannt, der hinter ihrem Rücken Spargel esse und gummibereift fahre, statt ein einfaches

* Sekretärszimmer, so genannt nach der dort stehenden Schreibmaschine.

Pferdefuhrwerk zu nehmen. Seit er sie nicht mehr als Geliebte brauche, begegne er ihr mit Hass, und die Herausgabe seiner Werke werde ihr erst nach seinem Tod Einkünfte verschaffen, denn wenn ein Schriftsteller sterbe, beginne man seine Werke verstärkt zu kaufen und zu lesen. Sie habe von Warwara Feokritowa verlangt, ein in ihrem, Sofja Andrejewnas, oder auch in ihrem eigenen Namen geschriebenes Telegramm nach Meschtscherskoje zu schicken, in dem etwas stehen sollte wie: »So sterben tollwütige Hunde. Wenn Du nicht kommst, bringe ich mich um.« Ihrem Sohn Andrej habe sie geschrieben: »Ich sterbe durch die Schuld Tschertkows. Räche den Tod Deiner Mutter, töte Tschertkow! Du allein hast ihn durchschaut.«

Sie sei kopflos auf der Treppe hin und her gelaufen und habe davon geredet, dass sie sterbe. In Warwara Feokritowas Abwesenheit sei sie (so Verotschka, Sidorkows Tochter) ruhig gewesen, in ihrer Gegenwart aber immer wieder in Erregung geraten. Sie habe vorgetäuscht, die Sprache verloren zu haben, und damit begonnen, was sie von sich geben wollte, auf Zettel zu schreiben. Als Warwara Feokritowa das Haus verließ, habe sie nachgesehen, ob alles zur Nacht verschlossen sei, und festgestellt, dass alles offen stand und Filipp, der Stallknecht, zum Übernachten ins Dorf gegangen war. Darüber habe sie Sofja Andrejewna in Kenntnis gesetzt. Die habe den Verlust der Sprache sofort vergessen und sei schreiend über Filipp hergezogen: »Hat sich hier herausgefuttert! Das Einzige, was er kann, ist Essen wegschleppen! Wenn der Sommer vorbei ist, hole ich auf jeden Fall Wanja von Tatjana her.«

Unmittelbar vor Lew Nikolajewitschs Rückkehr hatte sie am Abend erklärt, sie sei krank: Sie zog sich aus, legte sich ins Bett und begann zu stöhnen. Fast die ganze Nacht ließ sie Lew Nikolajewitsch dann nicht schlafen, musste ihm partout sofort alle ihre Aufzeichnungen zeigen, in denen sie schrieb, dass er und Tschertkow sie ins Irrenhaus sperren wollten – »aber da mache ich nicht mit!« –, dass die Besichtigung der Irrenhäuser diesem Zweck gedient habe, dass er in Tschertkow verliebt sei, schon immer habe er die Neigung gehabt, sich in Männer zu verlieben, und so weiter. Über Tschertkow sagte sie: »Ich werde dafür sorgen, dass er hier verschwindet! Ich werde Lew Nikolajewitsch mit Tschertkow auseinanderbringen. Wo er ist, da bin auch ich.«

Während Alexandra Lwowna heute bei uns war, setzte Sofja Andrejewna Lew Nikolajewitsch, als er von einem Ausritt zurückkehrte, mit Fragen nach dem Verbleib seiner Tagebücher zu. (In seinem Auftrag habe ich sie schon im Oktober 1909 nach Moskau gebracht und in einem Safe der London Credit hinterlegt.) Lew Nikolajewitsch sagte, die Tagebücher seien nicht bei ihm. Sie wollte wissen, seit wann. Er könne sich nicht erinnern, erwiderte er. Daraufhin schrie sie: »Das ist gelogen!«

Das letzte Tagebuch hat Lew Nikolajewitsch in Meschtscherskoje abgeschlossen, es bei seiner Abreise jedoch bei Tschertkow gelassen.

Sofja Andrejewna lief bei Regen, bloß im Kleid, im Garten hin und her, bevor sie sich auf den Balkon setzte und laut zu stöhnen begann, so dass er zu ihr hinausging, sie zu beruhigen versuchte und so um seinen Schlaf vor dem Mittagessen kam.

Gestern früh war es passiert, dass sie sich oben in der Bibliothek auf dem Fußboden hin und her warf und, ein Fläschchen mit Opium an den Lippen, schrie: »Ich habe einen Schluck genommen, noch ein Schlückchen, und alles ist vorbei!«

Lew Nikolajewitsch strengte sich unter Aufbietung seiner ganzen Greisenkraft an, sie hochzukriegen. Alexandra Lwowna schrie, sie könne das nicht verantworten und werde Tatjana Lwowna und Sergej Lwowitsch herholen. Sofort erhob sich Sofja Andrejewna und sagte: »Ein Tässchen Kaffee könnte ich gebrauchen, ein Tässchen trinken!«

»Vater und ich versuchen doch schon seit früh, dich dazu zu überreden«, sagte Alexandra Lwowna.

»Sascha, Liebste«, beschwor Sofja Andrejewna sie, »ich höre ja auf, bloß hol Tanja und Serjosha nicht! Tanja wird mir eine Moralpredigt halten und mir vorwerfen, dass ich Vater quäle; sie wird mich mit genauso hasserfüllten Augen ansehen wie du!«

Während ich mit Alexandra Lwowna und Warwara Feokritowa zusammensaß, kam Sofja Andrejewna herein und erkundigte sich nach Lew Nikolajewitschs Manuskripten. Wir sagten ihr, für gewöhnlich bewahre Tschertkow alle Originale in England auf, hier gebe es nur Durchschriften.

»So ein Spitzbube!«, flüsterte sie.

Aus dem Empfangsraum trat Lew Nikolajewitsch auf den Treppenabsatz und sagte: »Wenn jemand nach mir fragt – ich gehe ein bisschen im Garten spazieren.«

Als er mich bemerkte, überlegte er es sich anders. »Ah! Na, dann gehe ich nicht. Lassen Sie uns Schach spielen.«

Ich sagte, ich werde ihn gern im Garten begleiten, wenn er einen Spaziergang machen möchte.

»Na wunderbar, gehen wir.«

Unverhofft tauchte Sofja Andrejewna auf und fragte: »Darf ich mitkommen?«

»Nun, das soll mir eine Freude sein«, sagte Lew Nikolajewitsch.

Sie folgte uns.

»Wir nehmen die Strachow-Allee [von Linden gesäumte Lieblingsallee von Nikolai Strachow, die an den Gewächshäusern vorbeiführt]«, entschied Lew Nikolajewitsch.

Noch im Haus auf der Treppe hatte er zu mir gesagt: »Wie froh ich bin, Sie zu sehen, wie gut in jeder Hinsicht, dass Sie gekommen sind.«

Alexandra Lwowna hatte mir erzählt, dass Lew Nikolajewitsch kurz vor meinem Eintreffen heftig geweint und bei einem von Sofja Andrejewnas Anfällen zu ihr gesagt habe: »Ich bin bereit, dich auf Knien zu bitten, mit alldem aufzuhören!«

Während unseres Spaziergangs brachte er in ihrem Beisein das Gespräch auf das Schachspiel: »Wie gern würde ich dieses Gambit gegen Sie gewinnen!« Dann sagte er zu mir:

»Ich lese die Fortsetzung der Aufzeichnungen Tschernyschewskis. Kennen Sie sie?«

»Ich habe darüber gelesen. Sind sie im ›Russkoje Bogatstwo‹ abgedruckt?«

»Ja, Sie können das Heft von mir haben. Eine hochinteressante Lektüre. Er hat viele sehr gute Gedanken von hohem moralischem Anspruch: über den Krieg, die Geschlechterfrage oder darüber, dass alles Moralische vernünftig und alles Vernünftige moralisch ist und so weiter. Sehr unangenehm ist jedoch dieser Dünkel. Er spricht von Schopenhauer, von Kant, als wären das alles Dummköpfe und allein er, Tschernyschewski, sei klug. Verzeihlich macht das nur, dass er es für seinen Sohn geschrieben hat, ohne an eine Veröffentlichung zu denken, also ohne es ganz konsequent zu durchdenken.«

Wir gingen auf der Allee auf und ab. Sofja Andrejewna war abgebogen; Lew Nikolajewitsch begann sich Sorgen zu machen, wo sie abgeblieben war. »Ach, wie schrecklich schwer das ist!«, sagte er.

Ich erzählte Lew Nikolajewitsch, mit welchem Genuss ich die Puschkin-Korrespondenz lese.

»Stellen Sie sich vor, wie merkwürdig das manchmal ist«, sagte Lew Nikolajewitsch, »mir ist heute im Traum aus irgendeinem Grund sein Epigramm eingefallen:

Geld Klarissa hat nur wenig,
Du bist reich – geh sie doch frei'n,
Denn dein Reichtum macht sie selig,
Kannst der Hörner sicher sein.

Wie kam mir das nur in den Sinn? In letzter Zeit habe ich nicht über Puschkin nachgedacht, und Larissa Dmitrijewna kann mich nicht darauf gebracht haben.«

Mein Hinweis, wie sehr die Akademie-Ausgabe der Puschkin-Briefe durch die Aufnahme von Briefen an ihn gewonnen habe, weckte Lew Nikolajewitschs Interesse an dieser Edition.

Er äußerte sich begeistert über Puschkins Verstand und fügte hinzu: »Und dann seine wunderbare Sprache, mit der er so kühn und frei umgeht, wie er es braucht, und stets trifft er den Nagel auf den Kopf.«

Ich sagte, diese Leichtigkeit sei ihm nicht in den Schoß gefallen – an jedem Vers habe er lange gefeilt, selbst Briefe stets zunächst ins Unreine geschrieben und mehrfach überarbeitet. Das fand bei Lew Nikolajewitsch großen Gefallen.

Er zitierte noch die Verszeilen »Solang den Dichter nicht Apoll / Zum Weiheopfer ruft ...«*

An der Ecke der Allee begegnete uns die einen schrecklichen Anblick bietende Sofja Andrejewna wieder. Sie ging mit uns die ganze Allee entlang und bog abermals ab. Lew Nikolajewitsch war entsetzt über ihr Verhalten: »Sie ist völlig unnormal. Diese Frage beschäftigt mich zurzeit sehr. Die Ärzte haben mir Korsakows umfängliches Buch ›Lehrgang der Psychiatrie‹ geschickt, und ich lese immer mal darin.«

»Es heißt, er sei ein sehr guter Wissenschaftler gewesen.«

»Ja. Aber ihre ganze Wissenschaft steht auf wackeligen Beinen. Was mich an der Sache interessiert: Sie sehen die Ursache ausschließlich in materiellen Veränderungen, während ich glaube, dass alles von der moralischen Verfassung des Menschen herrührt. Unter den Patienten dort gibt es Geisteskranke, die schwachsinnig, aber sehr friedlich sind, und geistig ziemlich Klare, die zur Reizbarkeit neigen. Wenn es eine moralische Grundlage gibt, dann kommt sie auch bei einem zerrütteten Verstand zur Geltung.

Tanja erzählt sehr aufschlussreich von Parascha (einer Schwachsinnigen aus Jasnaja Poljana). Irgendwann werde ich das verarbeiten, ich möchte das sehr gern darstellen. Wissen Sie davon?

Schwanger geworden, fing sie an, Brotstückchen und alle möglichen Speisereste für ihr Kind zu sammeln, um es dann

* Aus Alexander Puschkins 1827 entstandenem Gedicht »Der Dichter«. (Deutsch von Hiller von Gaertringen.)

ernähren zu können. Sie zerriss ihre Hemden, um Windeln daraus zu machen. Und als es sich in ihrem Leib zu bewegen begann, sagte sie: ›Wie es rumtobt, das Hündchen.‹ Dann kam sie mit der Entbindung nicht klar und erdrosselte das Kind bei der Geburt. Sie grämte sich deshalb sehr.«

Lew Nikolajewitsch sagte, er habe bei Korsakow über das Gedächtnis gelesen, bis zum Alter von dreißig Jahren gehe es beim Menschen damit aufwärts, danach aber lasse die Funktionsfähigkeit bereits nach.

Er wollte sich auf den Heimweg machen und rief nach Sofja Andrejewna. »Ich gehe noch ein bisschen spazieren«, sagte sie, »ich muss einiges durchdenken.«

Wir kehrten zum Haus zurück. Lew Nikolajewitsch bat, ein Auge auf Sofja Andrejewna zu haben, und Dušan Makovický und Warwara Feokritowa versprachen es.

Oben spielten wir Schach. Dabei wirkte Lew Nikolajewitsch etwas ruhiger. Er bat mich um die Gelegenheit, es noch einmal mit dem Muzio-Gambit zu versuchen, und als er verlor, sagte er: »Das war das letzte Mal in meinem Leben!«

Die zweite Partie gewann er und sagte: »Wie bin ich froh!«

Als Alexandra Lwowna sich dann bei ihm erkundigte, wer gewonnen habe, verkündete er, dass er die zweite Partie gewonnen habe, bemerkte jedoch, womit er mich meinte: »Er negligiert mich.«

Sofja Andrejewna setzte sich zu uns, mit dem Nähen einer Schirmmütze für Lew Nikolajewitsch beschäftigt. Sie weicht keinen Schritt von ihm. Gestern ist sie mit ihm zu Maria Schmidt gefahren.

Alexandra Lwowna hat beschlossen, durch ein Blitztelegramm Tatjana Lwowna herbeizuholen, bevor sie es abschickte, zeigte sie es Lew Nikolajewitsch. Er freute sich sehr darüber.

Den ganzen Abend blieb Lew Nikolajewitsch mit mir zusammen und war offenbar froh über die Möglichkeit, sich zu erholen. Kaum dass ich das Zimmer verlassen hatte, machte Sofja Andrejewna ihm den Vorschlag, mit ihm in ein Bauernhaus zu ziehen. Er sagte ihr, ohne Liebe lebe es sich auch in einem Bauernhaus schlecht.

Als Lew Nikolajewitsch hinausging, wandte sich Sofja Andrejewna an Warwara Feokritowa: »Da sehen Sie es – er benutzt mich als Schutzschild und isst gern hinter meinem Rücken Spargel! Ich mache ihm einen Vorschlag, und er lehnt ab. Ein alter Heuchler und Lügner ist er!«

Als wir uns verabschiedeten, bat mich Lew Nikolajewitsch, morgen unbedingt zu kommen.

27. Juni. Heute Vormittag sah Alexandra Lwowna, die Tatjana Lwowna abholen wollte, bei uns in Teljatinki vorbei. Zusammen suchten wir Tschertkows auf. Nachdem gestern Abend Tschertkows Frau und ihre Schwester Olga Tolstaja eingetroffen sind, wird heute Tschertkows Mutter erwartet. Sie hoffen, dass bald auch Tschertkow selbst kommt. Was Alexandra Lwowna und ich ihnen über die Vorgänge in Jasnaja Poljana berichteten, entsetzte sie. Tschertkows Sekretär Sergejenko fuhr mit Alexandra Lwowna nach Schtschokino, er will Tschertkow aufsuchen, da zu entscheiden ist, was mit den Tagebüchern geschehen soll. Möglicherweise werde ich sie aus Moskau zurückholen müssen.

Alexandra Lwowna sagt, Sofja Andrejewna sei von gestern Abend bis heute früh fünf Uhr aufgeblieben. Lew Nikolajewitsch schirmten sie vor ihr ab: Er legte sich in Makovickýs Wohnzimmer schlafen, und sie bewachten die Tür. Früh um acht war sie bereits wieder auf den Beinen.

Lew Nikolajewitsch soll sehr mitgenommen aussehen; am Morgen habe er zu Alexandra Lwowna gesagt: »Ich bin fix und fertig, habe überhaupt keine Kraft mehr.« Immer wieder erkundigt er sich, ob keine Antwort von Tatjana Lwowna gekommen sei. Unterdessen erklärt Sofja Andrejewna: »Ich werde meine Ansprüche durchfechten!« Anscheinend will sie Lew Nikolajewitsch über die alte Vollmacht hinaus zusätzliche Herausgaberechte abringen.

Unverhofft traf an diesem Tag Tschertkow ein, der seine Mutter nach Serpuchow begleitet hatte: hier fand er ein Telegramm vor, das ihm erlaubte, nach Teljatinki zu fahren. Bisher hat er die Genehmigung, für die Zeit des Aufenthalts seiner Mutter nach Teljatinki zu kommen, doch alle sind überzeugt, dass man ihm gestatten wird, auch nach ihrer Abreise hierzubleiben.

Er hat beschlossen, heute noch keinen Besuch in Jasnaja Poljana zu machen. Das bat er mich Lew Nikolajewitsch auszurichten.

Ich brach kurz nach sieben Uhr nach Jasnaja Poljana auf. Alexandra Lwowna, Warwara Feokritowa, Makovický und Sidorkow traf ich beim Knüttelspiel an. Ich berichtete ihnen von Tschertkows Ankunft. Wie ich von ihnen hörte, weicht Sofja Andrejewna nach wie vor nicht von Lew Nikolajewitschs Seite und hat sich einen Sessel auf seinen Balkon gestellt, um dort mit ihm zusammensitzen zu können. Als er sich heute anschickte auszureiten, stand für sie offenbar fest, dass er Tschertkows Frau aufsuchen wolle, und sie sagte: »Ich mag Anna Alexejewna [meine Frau] sehr und habe Nadeshda Afanassjewna [die Frau meines Bruders] noch nicht gesehen, ich fahre zu Goldenweisers.«

Für sie wurde angespannt. Als sie vor das Haus trat, um loszufahren, war Lew Nikolajewitsch bereits fort. Sie wollte wissen, wohin er geritten war, und als sie hörte, in Richtung Wald, sagte sie sofort, sie habe plötzlich Krämpfe bekommen, die so schmerzhaft seien, dass sie nicht fahren könne, und ordnete an, die Pferde in den Stall zurückzubringen.

Wir beschlossen, sie über Tschertkows Ankunft zunächst in Unkenntnis zu lassen. Lew Nikolajewitsch saß jetzt, in eine Lektüre vertieft, allein auf dem Balkon. »Gehen wir spielen«, sagte er zu mir.

»Tschertkow ist jetzt auch in Teljatinki«, ließ ich ihn wissen.

»So! Wie schön!«

Ich erzählte ihm, wie sich das ergeben hatte.

»Er hätte ruhig herkommen können«, sagte Lew Nikolajewitsch.

Kaum dass wir uns im Speisezimmer an den Tisch gesetzt und die Figuren aufgestellt hatten, erschien Sofja Andrejewna. Sie setzte sich zu uns, sah uns durch die Lorgnette zu, machte Bemerkungen und gab sogar Ratschläge, obwohl sie sich in den Spielregeln gar nicht auskennt.

»Zeitweise waren die Springer meine Lieblingsfiguren«, sagte sie.

»Sascha, lass uns zusammen Schach spielen!«, schlug sie ihrer Tochter vor, die gerade eintrat.

»Keine Zeit, Mama, ich habe noch eine Unmenge zu erledigen.«

»Na, wenn nicht jetzt, dann halt später.«

»Irgendwann später gern.«

Zu mir sagte Sofja Andrejewna: »Heute wäre ich fast zu Ihnen gekommen. Ich mag Ihre Frau sehr, sie ist so klug und nett. Und außerdem habe ich die Frau Ihres Bruders noch nicht gesehen. Das Gefährt stand schon bereit, aber plötzlich überfielen mich so schreckliche Schmerzen, dass ich nicht fahren konnte.«

Lew Nikolajewitsch behandelt Sofja Andrejewna erstaunlich sanftmütig, er gab ihr zu ihren Schachbemerkungen und -ratschlägen sogar Erläuterungen.

Während wir spielten, kam Bulgakow herein und sagte: »Tschertkow ist eingetroffen.«

Sofja Andrejewna schoss das Blut ins Gesicht. »Wann? Heute Vormittag? Hat Sascha das gewusst?«

Zum Glück fragte sie weder Lew Nikolajewitsch noch mich. Bulgakow erklärte ihr, wie sich die Sache verhielt, und sie schien ihm Glauben zu schenken. Sie sprang auf und eilte zu Warwara Feokritowa mit dem Schrei: »Tschertkow ist da! Ich hasse ihn!«

Wieder Hysterie und Gezeter: »Hier kann ich nicht bleiben!« und so weiter und so fort.

Sie lief in den Garten. Dann kam sie zurück und setzte sich mit puterrotem Gesicht zu uns.

»Ich werde jetzt gleich telegraphieren, dass ich zu Serjosha fahre. Du mach, was du willst, zwingen will ich dich nicht, ich jedenfalls fahre. Hierbleiben kann ich nicht. Makovický sagte mir gerade, dass es deiner Gesundheit schaden würde, bleib also da, ich fahre mit Nikolai Gay.«

»Aber warum denn? Ich komme mit«, sagte Lew Nikolajewitsch. »Ich habe dir bereits gesagt, dass ich mitkomme, natürlich komme ich mit.«

Ich bemerkte, die Fahrt könne Lew Nikolajewitschs Gesundheit tatsächlich abträglich sein.

»Wissen Sie, Alexander Borissowitsch«, sagte Sofja Andrejewna, »für einen Außenstehenden ist das nicht so klar erkennbar. Mag sein, dass ich verrückt bin, ich sehe es ein, jedenfalls habe ich mich nicht in der Gewalt. Wenn ich *ihn* zu Gesicht bekomme, kann mir wieder Gott weiß was passieren. Besser, ich fahre weg. Erhole mich ein paar Tage, komme auf andere Gedanken und kehre ruhiger zurück, jetzt kann ich einfach nicht dagegen an.«

Sie ging und schrieb zwei Telegramme, das eine an Tatjana Lwowna: dass sie führen, das zweite an Sergej Lwowitsch: dass sie zu zweit kämen.

Sie brachte uns die Telegramme, las sie vor und schickte sie ab.

Als sie gegangen war, sagte Lew Nikolajewitsch zu mir: »Genauso, wie es im Schach völlig unerwartete Konstellationen und zufällige Kombinationen gibt, geht es auch im Leben zu, nur mit noch größeren Unwägbarkeiten. Nehmen wir zum Beispiel meine in Angriff genommene Arbeit, in der ich den Gedanken entwickle, dass große Teile der Menschheit von einem allumfassenden und deshalb dem Einzelnen unbewussten Wahn befallen sind. Ich fahre zu Tschertkow und erfahre, dass es dort zwei riesige psychiatrische Kliniken gibt. Zu mir kommen Ärzte, laden mich in die Heilanstalten ein, zeigen mir alles, geben mir Bücher. Es interessiert mich ganz außerordentlich. Ich kehre heim und muss feststellen, dass Sofja Andrejewna ohne jeden Zweifel psychisch krank ist. Sie leidet an einer fixen Idee, die von Eitelkeit herrührt. Sie befürchtet, über sie könnte gesagt werden, sie habe mir das Leben verleidet, und legt sich ins Zeug, um das Gegenteil zu beweisen – alle sind Bösewichte, Lügner und Widerlinge, sie allein ist gut.

Ich lese das Buch von Korsakow. Sein Schwachpunkt ist, dass sie überall auf das fundamentale Bewusstwerden des eigenen Ichs stoßen, aus dem alles resultiert, während sie dieses Ich aus äußeren Gefühlen herleiten wollen. Das Bewusstsein definieren sie als Einwirken unserer subjektiven Empfindungen auf das Gehirn und vergessen dabei, dass es vor jeder subjektiven Empfindung das Subjekt selbst geben muss, das sich von nichts herleiten lässt.«

Ich sagte zu Lew Nikolajewitsch, Korsakow sei allem Anschein nach kein strenggläubiger Materialist gewesen. Zumindest hätten nach seinem Tod auf einer ihm gewidmeten Gedenkveranstaltung der Psychologischen Gesellschaft Lopatin und andere darauf verwiesen, wie sehr er sich in seinen persönlichen Überzeugungen bewusst gewesen sei, dass sich nicht alles aus Beobachtungen der materiellen Welt erklären lässt. Bernstein, Rot und andere Wissenschaftler hätten große Befürchtungen gehegt, Korsakow könnte unterstellt werden, gegen diese Neigung nicht gefeit zu sein.

»Das schließe ich nicht aus«, sagte Lew Nikolajewitsch, »da fast jeder Teil seines Buches mit dem Hinweis endet, dass die Wissenschaft noch nicht zum Wesen dieser Erscheinung vorgedrungen sei. Doch enthält dieses Buch für mich viele höchst nützliche Erkenntnisse. So habe ich aus ihm erfahren, dass sich diese Krankheiten, sofern überhaupt, nur im Anfangsstadium behandeln lassen, sobald die Symptome wiederholt auftreten und chronisch werden, besteht kaum eine Aussicht auf Heilung. Das ist schlimm, und ich denke darüber nach, wie ich es anstellen könnte, einen Psychiater herzuholen, damit er Sofja Andrejewna unter die Lupe nimmt.«

Unterdessen hatte sich Alexandra Lwowna zu uns gesellt. Ich sagte, eine Möglichkeit sei, Nikitin zu schreiben, dass er jemanden mitbringen möchte: um Sofja Andrejewna nicht zu verstören, könne dieser Arzt sagen, er habe davon erfahren, dass Lew Nikolajewitsch psychiatrische Heilanstalten besucht habe und sich für diese Fragen interessiere, deshalb sei er hergekommen, um seine Bekanntschaft zu machen und sich mit ihm zu unterhalten.

»Was sie jetzt wieder über Tschertkow von sich gegeben hat«, klagte Alexandra Lwowna, »das lässt sich gar nicht wiederholen!«

»Erzähl ruhig alles«, sagte Lew Nikolajewitsch.

»Dass er ein Bösewicht und Lügner sei, dass sie ihn hasse, dass er zwischen dir und ihr stehe ... immer dieselbe Litanei und mit Worten, die für mich unaussprechlich sind.«

Als Alexandra Lwowna uns wieder allein gelassen hatte, sagte Lew Nikolajewitsch zu mir: »Wie schwer, ach, wie schwer das ist! In einer schrecklichen Verfassung ist sie, jedes moralische Gefühl scheint ihr abhandengekommen zu sein – Scham, Mitgefühl, Wahrhaftigkeit. Sie ist imstande, etwas völlig ins Gegenteil zu verkehren und dabei zu behaupten, alle anderen seien Lügner und sagten die Unwahrheit. Ich bemühe mich, mit ihr zärtlich und sanft zu sprechen, sehe aber, dass nichts bei ihr fruchtet. Sie verdreht alles nach ihrer Lesart. Gestern, als sie wieder über Wladimir Grigorjewitsch herzog, sagte ich zu ihr: ›Sonja, Liebste, versuch es doch mal mit einer wohlmeinenden Einstellung zu den Menschen; du wirst sehen, wie viel leichter es für dich wird.‹ Sie erwiderte nichts darauf, kam dann jedoch in mein Zimmer gestürmt und schrie: ›Ich möchte dich bitten ...‹«

Sofja Andrejewna trat ein, und Lew Nikolajewitsch war gezwungen, das Thema zu wechseln.

In der Annahme, das könnte sie möglicherweise begütigen, bat er mich, etwas Klavier zu spielen.

Ich ging Alexandra Lwowna Bescheid sagen. Als ich zurückkam, sagte Lew Nikolajewitsch zu mir: »Einen Moment noch, Bulgakow hat mir einen Brief von Wladimir Grigorjewitsch mitgebracht. Ich möchte ihm antworten.«

Wir gingen beide zu Alexandra Lwowna. Während Lew Nikolajewitsch seinen Brief schrieb, war er die ganze Zeit darauf gefasst, dass Sofja Andrejewna aufkreuzen würde. Er schilderte, was bei ihnen vor sich ging, und riet Tschertkow, mit Rücksicht auf Sofja Andrejewnas Reizbarkeit bis zu ihrer Abreise nicht herzukommen.

Alexandra Lwowna schrieb einen Zusatz zu dem Brief, um Wladimir Grigorjewitsch mit der Nachricht zu beruhigen, dass in der Nacht Tatjana Lwowna erwartet werde und dass sie wahrscheinlich hierbliebe. Dass Tatjana Lwowna ihr Kommen telegraphisch angekündigt hatte, sagte Alexandra Lwowna ihrem Vater nicht, um ihm zu ersparen, das vor Sofja Andrejewna verheimlichen zu müssen, was ihm sehr schwergefallen wäre.

Kaum hatte Lew Nikolajewitsch den Brief geschrieben und das Zimmer verlassen, als ein neues Telegramm von Tatjana Lwowna gebracht wurde: »Unwohl, falls alles weitergeht, komme ich.« Die verzweifelte Alexandra Lwowna antwortete: »Alles unverändert, morgen bringt Papa sie zu Serjosha. Tschertkow eingetroffen.«

Sidorkow kam herein und sagte, Lew Nikolajewitsch bitte Alexandra Lwowna zu sich.

Sie kehrte mit einem Blatt Papier in der Hand zurück und berichtete Folgendes: Lew Nikolajewitsch beschreibe in der zweiten Kurzerzählung, die er bei Tschertkows verfasst habe, ganz am Anfang das Äußere einer (unsympathischen) Dame, und zwar so, dass man eine Ähnlichkeit mit Sofja Andrejewna vermuten könne. Sie habe sich unterdessen nach diesen Erzählungen erkundigt und auf Lew Nikolajewitschs Auskunft, sie seien bei ihm, erklärt, sie müssten unbedingt mitgenommen werden. Da Lew Nikolajewitsch daraufhin bewusst geworden sei, dass sie die Beschreibung auf sich beziehen könnte, habe er das Äußere der Dame kurzerhand geändert und gebeten, dieses Blatt rasch neu zu schreiben und auszuwechseln. Warwara Feokritowa erledigte die Abschrift. Ich bat, mir diese Änderung notieren zu dürfen.

»Sie schreiben das auf?«, fragte Alexandra Lwowna.

»Dann können Sie das Blatt haben. Kleben Sie es in Ihre Aufzeichnungen ein.«

Ich setzte mich ans Klavier, aber die Stimmung war so gedrückt, dass das Spielen keine Freude bereitete und die Musik niemandes Herz erreichte.

Sofja Andrejewna war die ganze Zeit mit Packen beschäftigt, und es soll so viel zusammengekommen sein, dass man befürchtet, sie beabsichtige, lange dortzubleiben.

Lew Nikolajewitsch saß auf dem Liegesofa. Ich setzte mich zu ihm, und er sagte zu mir: »Alle sind in einer so belasteten, unnatürlichen Verfassung – es ist, als dürfe über rein gar nichts gesprochen werden. Man ist gezwungen, Dinge vor ihr zu verheimlichen, sie stellt bohrende Fragen, und dann schreit sie, alle würden lügen. Grässlich! Ich habe in diesen Büchern gelesen, wenn so ein Kranker eine ihn unnachsichtig behandelnde Familie habe, dann leide er, weil er gekränkt und geschlagen werde; in einer verständnisvollen Familie dagegen bemüht man sich, ihn zu schonen und zu behüten, doch dabei wird das Leben für seine Umgebung völlig unerträglich.«

Er trat zum Tisch und schlug vor: »Nun, lassen Sie uns jetzt um den Tisch herumlaufen.«

»Na, das schlagen Sie sich auch diesmal aus dem Kopf«, erwiderte Makovický.

Zu Alexandra Lwowna sagte Lew Nikolajewitsch: »Sascha, was schmollst du? Bist mir ein richtiger Fedul*!«

»Worüber soll man sich freuen, Papa? Jetzt ist sie vollkommen gesund: hat ihr Ziel erreicht und packt eifrig. Bald werden wir noch nach Amerika fahren.«

»Na und – fahren wir eben nach Amerika.«

»Sie packt Gott weiß was nicht alles ein. Ich komme auf jeden Fall mit.«

Als Sofja Andrejewna das Zimmer betrat, sagte Alexandra Lwowna zu ihr: »Mama, ich fahre mit.«

* Märchengestalt.

»Ach nein! Was hast du dir da ausgedacht? Warwara Feokritowa hier allein lassen. Dass du mitkommst, ist völlig unnötig!«

»Wozu soll ich hierbleiben? In einem Monat fahre ich möglicherweise wieder auf die Krim. Ich will nicht ohne Papa dableiben. Ich werde ihm dort ja helfen.«

Lew Nikolajewitsch fragte Warwara Feokritowa leise nach dem Blatt. Sie sagte, es sei abgeschrieben und Alexandra Lwowna habe es einsortiert.

»Und das handgeschriebene?«

»Das hat Alexander Borissowitsch an sich genommen.«

»Na gut.«

Der Verwalter erschien und erklärte, auf seiner neuen Stelle würden ihm 45 Rubel pro Monat angeboten, und wenn Sofja Andrejewna nichts drauflege, werde er gehen.

»Wie denn das, gerade jetzt, wo am meisten zu tun ist?!«, rief Sofja Andrejewna erregt und lief nach unten.

Man brachte mir mein Pferd.

»Bitten Sie Wladimir Grigorjewitsch, er möchte mir dorthin schreiben«, sagte Lew Nikolajewitsch zu mir, »ich werde ihn auf jeden Fall von da über alles auf dem Laufenden halten.«

Nachdem wir beide uns umarmt hatten, verabschiedete ich mich auch von allen anderen.

»Danke, dass Sie gegen mich verloren und Klavier gespielt haben!«, sagte er zu mir.

Ich trat auf den Treppenabsatz hinaus. Er kam mir nach, und wir gingen zusammen ins Remingtonzimmer.

»Was Sie wohl noch nicht wissen, weil ich nicht ausreden konnte«, sagte er, »sie stürmte herein und schrie: ›Ich möchte dich bitten, mir beim nächsten Mal keine Moralpredigten zu halten.‹ Richten Sie Wladimir Grigorjewitsch aus, dass ich beschlossen habe und mich darum bemühe, möglichst gütig und zärtlich zu ihr zu sein. Aber das ist völlig nutzlos. Sie verdreht alles. In meinem Tagebuch habe ich festgehallten, dass ich mit Liebe gegen sie ankämpfen will. Sie hat das gelesen und gesagt: ›Also bin ich eine Missetäterin, dass man gegen mich ankämpfen muss.‹ Gestern kam sie zu mir und sprach davon, dass wir in ein Bauernhaus ziehen und dort wohnen sollten. Ich hörte mir das wortlos an, und dann gab ich ihr zu bedenken: ›Gut, aber das lässt sich nicht auf der Stelle machen. Du musst dich erst einmal aller deiner Angelegenheiten entledigen, und vor allem ist nichts ohne Liebe möglich; wenn keine Liebe dabei ist, kann nichts Gutes herauskommen.‹

Heute redet sie schon nicht mehr von dem Bauernhaus. Sie hat mir vorgeschlagen, in den Anbau umzuziehen. Ich sage ihr: ›Glaubst du wirklich, dass sich durch einen Ortswechsel etwas ändern kann?‹ Sie schweigt. Bestellen Sie Wladimir Grigorjewitsch, dass all das eine sehr gute Prüfung für mich ist. Das ist nicht so dahingesagt – ich empfinde das tatsächlich so. Sagen Sie ihm außerdem – es wird ihn sehr freuen –, dass Sofja Andrejewna mir fortwährend wegen der Tagebücher zusetzt; ich habe ihr mein Ehrenwort gegeben mitzukommen, und ich komme mit, aber es gibt eine Grenze, die ich nicht überschreiten kann. Wenn sie mich um die Tagebücher bittet, werde ich ihr sagen, dass das meine Sache vor Gott und den Menschen ist und dass ich diese Entscheidung auf keinen Fall ändern werde.«

»Wladimir Grigorjewitsch wird sehr froh sein, das zu hören«, sagte ich. »Wir haben so um die Tagebücher gebangt, denn Gott weiß, was damit geschieht, wenn sie in Sofja Andrejewnas Hände fallen. Ich mache mir Sorgen um Ihre Gesundheit«, fügte ich hinzu.

»Die Gesundheit? Ach, das ist das Allernichtigste.«

»Ja, Lew Nikolajewitsch, für Sie, aber uns ist Ihre Gesundheit sehr teuer und wichtig.«

Ich konnte mich nicht enthalten, ihm zum Abschied die Hand zu küssen.

Auf der Treppe traf ich Sofja Andrejewna, die vom Verwalter gelaufen kam.

Hier noch ein paar bezeichnende Details. Nach der Geschichte mit dem Blatt, als Sofja Andrejewna darauf bestanden hatte, dass Lew Nikolajewitsch die neuen Erzählungen mitnimmt, sah ich beim Betreten des Speisezimmers, wie sie, vom Empfangsraum kommend, an Makovický herantrat und zu ihm sagte: »Er hat die Erzählungen eingepackt. Er wird sie uns allen vorlesen. Sicherlich wird er sich dort sehr wohl fühlen.«

Nachdem sie Lew Nikolajewitsch das Ehrenwort abgenommen hatte mitzukommen, sagte sie zu ihm: »Wenn du nicht willst, dann brauchst du nicht mitzukommen, ich fahre auch allein.«

Und dann: »Wenn er nicht ganz auf dem Posten ist, lasse ich ihn auf keinen Fall mitfahren.«

Unten holte mich Alexandra Lwowna ein und fragte: »Was hat Ihnen Papa gesagt?«

»Warum fragen Sie danach?«

»Zu mir hat er gesagt: Frag Goldenweiser, was ich ihm gesagt habe – es wird dich freuen.«

Ich erzählte ihr von den Tagebüchern. Sie bat, Tschertkow zu bestellen, er möchte zu Sergej Lwowitsch kommen, falls man sie dort nach zwei Tagen noch nicht weglassen sollte.

Am späten Abend ritt ich bei Tschertkow vorbei. Er schlief, wurde aber geweckt, und ich ging zu ihm hinein. Wir sprachen ziemlich lange miteinander, und er war sich unschlüssig, wie am besten zu verfahren sei.

28. Juni. Heute früh machte sich Tschertkow zusammen mit Sergejenko auf den Weg nach Jasnaja Poljana. Er hat einen wohlmeinenden Brief an Sofja Andrejewna geschrieben.

Sie nahm diesen Brief recht gut auf und sagte, vorläufig komme eine Begegnung mit ihm für sie nicht in Frage, da sie befürchte, in Erregung zu geraten, später aber, wenn sie von Sergej Lwowitsch zurückgekehrt sei, werde es für sie eine Freude sein.

Lew Nikolajewitsch und Tschertkow kamen bei ihrem Wiedersehen die Tränen, und sie brachten kein Wort heraus. Dann sagte Lew Nikolajewitsch zu ihm, dass von Sofja Andrejewna jetzt anscheinend Verständnis zu erwarten sei. Sie habe erklärt, eigentlich habe sie nichts dagegen, Tschertkow zu sehen, könne ihm jedoch nicht verzeihen, dass er Lew Nikolajewitschs Tagebücher an sich genommen habe.

»Glaubst du wirklich, ich wüsste nicht, was ich mit meinen Schriften am besten anfange?«, hatte Lew Nikolajewitsch zu ihr gesagt. »Ich tue das vor Gott und den Menschen und werde diese Entscheidung nicht ändern.«

Sofja Andrejewna war verstummt.

Tschertkow und Lew Nikolajewitsch gingen voraus und schlugen aus Zerstreutheit die Richtung zum Dorf ein, bis ihnen plötzlich einfiel, dass sie nicht nach Schtschokino, sondern nach Koslowka mussten.

»Sie wird es nicht glauben und sagen, wir hätten das absichtlich getan«, sagte Lew Nikolajewitsch erschrocken.

Zeit blieb nur noch wenig. Tschertkows Pferd stand an der Allee, sie beeilten sich, dorthin zu gelangen, als sie kurz vor der Chaussee Sofja Andrejewna begegneten. Tschertkow ritt sofort davon, um ein Zusammentreffen zu vermeiden, obwohl sie angeblich nichts dagegen hatte, ihn zu sehen.

Am Vormittag war ich in Jasnaja Poljana bei Warwara Feokritowa. Sie berichtete mir, Sofja Andrejewna habe in der Hoffnung, dass Alexandra Lwowna es nicht rechtzeitig merken und sich verspäten würde, für sie nicht mit anspannen lassen. Auf der Bahnstation habe sie, auf Alexandra Lwownas Gepäck zeigend, dem Bahnwärter gesagt: »das in den anderen Wagen« und bezüglich der Sachen, die ihr selbst gehörten: »und das zu uns ins Coupé«. Warwara Feokritowa habe das mitbekommen und es Alexandra Lwowna gesagt, so dass sie noch dafür sorgen konnten, dass alles zusammen verstaut wurde.

Lew Nikolajewitsch bekam Herzbeschwerden. Sofja Andrejewna behauptete, sie habe ihn eindringlich gebeten, nicht mitzufahren. In Wirklichkeit hatte sie, als er ihr sagte, dass er sich nicht wohl fühle und nicht wisse, wie er die Fahrt überstehen solle, lediglich gesagt: »Nun, dann bleib da, ich fahre mit Gay allein!«

Auf dem Bahnhof erklärte sie laut: »Wie soll ich Tschertkow nicht hassen?! Er hat Lew Nikolajewitsch absichtlich in Richtung Dorf geführt. Sie mussten rennen, und jetzt wird er seinetwegen krank werden, ich kann nichts dafür.«

Zu Tschertkows Brief sagte sie: »Wer hat diesen Klatsch Tschertkow zugetragen: Goldenweiser oder euer Bulgakow? Vielleicht warst du das, Sascha?« Alexandra Lwowna überhörte die Frage.

Als Sofja Andrejewna behauptete, sie habe Lew Nikolajewitsch gebeten, nicht mitzufahren, und wenn er erkranke, werde sie sich umbringen, konnte Warwara Feokritowa sich nicht enthalten, ihr zu sagen: »Sehen Sie denn nicht, dass er nur Ihretwegen mitfährt, weil er Ihnen sein Wort gegeben hat?«

Sofja Andrejewna blieb die Antwort schuldig.

30. Juni. Gestern in der Nacht ist Lew Nikolajewitsch zurückgekehrt. Bulgakow berichtete – Alexandra Lwowna schrieb darüber auch an Tschertkow –, dass Lew Nikolajewitsch nicht erkrankt sei, Sofja Andrejewna ihn aber heute Nacht wieder nicht habe schlafen lassen. Kaum dass er sich hingelegt hatte – um zwei Uhr nachts –, war sie in sein Zimmer getreten unter dem Vorwand, seinen abhandengekommenen Kamm gefunden zu haben, wonach er bis zum Morgen nicht mehr einschlafen konnte, und in der Frühe hatte sie ihn wieder geweckt.

»Warum lässt du ihn nicht schlafen?«, hatte Alexandra Lwowna sie gefragt.

Sofja Andrejewna war verlegen geworden und wusste nichts darauf zu erwidern.

Tatjana Lwowna ist inzwischen bei Sergej Lwowitsch gewesen. Sie haben beschlossen, Festigkeit zu zeigen und Sofja Andrejewna alles ins Gesicht zu sagen, da man damit bei ihr die beste Wirkung erziele.

Tatjana Lwowna hat an Tschertkow einen freundlichen Brief geschrieben und versprochen, nötigenfalls unverzüglich zu kommen.

Am Abend wollen Tschertkow und ich nach Jasnaja Poljana reiten.

Heute Vormittag war Alexandra Lwowna bei Tschertkows und berichtete, Lew Nikolajewitsch sei schwach und Sofja Andrejewna habe ihn nicht schlafen lassen. Sie lobte Tatjana Lwowna sehr, während Sofja Andrejewna von ihr gesagt habe: »Wie leid mir Tanja tut, sie ist völlig verdummt! Mit Warenka [Warwara Valerjanowna Nagornowa] dagegen habe ich mir alles von der Seele reden können!«

Sofja Andrejewna möchte nicht, dass Tatjana Lwowna nach Jasnaja Poljana kommt, und hat ihr mitgeteilt, im Dorf seien die Kinder krank.

Am Freitag wird Lew Lwowitsch erwartet. Sergej Lwowitsch sagt, alles Vorgefallene sei Sache ihrer alten Eltern, sie müssten es unter sich klären.

Sofja Andrejewna hat Tschertkow gebeten, heute nicht zu kommen; trotzdem hat er sich zu einem Besuch bei Lew Nikolajewitsch entschlossen, und der meint, daran sollte er auch festhalten.

Zunächst wollten wir uns zusammen auf den Weg machen, aber dann beschloss ich, allein vorauszureiten, um Sofja Andrejewna nicht unnötigerweise gegen mich aufzubringen.

Als ich eintraf, lag Lew Nikolajewitsch im Schlafzimmer. Da er mich sehen wollte, ging ich zu ihm hinein. Er lag auf dem Bett. Im Zimmer war es fast dunkel. Er begrüßte mich mit den Worten: »Guten Tag, es freut mich, Sie zu sehen.«

»Sie sind unwohl?«

»Ja, ich habe es mit dem Magen, fühle mich schwach, habe nichts gegessen, bin immerzu schläfrig.«

Ich sagte, wahrscheinlich habe die Fahrt seine Erschöpfung noch vergrößert.

»Nein, das denke ich nicht ... Ach, dieses Gedächtnis! Sie sagten Fahrt, und ich musste erst einmal überlegen, wohin wir denn gefahren sind. Tanja war sehr lieb. Sie will jetzt unverzüglich herkommen, wenn sie verständigt wird.«

Ich sagte zu Lew Nikolajewitsch, dass ihn allem Anschein

nach die ganzen Aufregungen krank gemacht hätten, mir schlage sich die geringste Unannehmlichkeit auf den Magen.

»Ja, ja. Besser, es käme zu keinen Unannehmlichkeiten. Mir liegt so etwas fern, gut, wenn es so sein könnte!«

Ich richtete ihm aus, dass Tschertkow voraussichtlich noch kommen werde.

»Das ist gut. Darin muss man festbleiben. Wenn Sofja Andrejewna ihn nicht zu sehen wünscht, ist das ihre Sache; ich jedenfalls möchte ihn sehen und er mich auch, und angesichts des Charakters unserer Beziehungen kann es dafür keine Hindernisse geben.«

Lew Nikolajewitsch erkundigte sich nach Sutkowoi. Ich sagte, er sei da und warte unten. Makovický erbat sich Zeit, um den Leib Lew Nikolajewitschs abzuklopfen, doch der bestand darauf, dass ich Sutkowoi hole. Ich ging hinunter und sagte ihm, Lew Nikolajewitsch möchte ihn sehen. Obgleich Sutkowoi nicht lange bei ihm blieb, war Makovický sehr ungehalten, weil er befürchtete, der Besuch könnte Lew Nikolajewitsch zu sehr anstrengen.

Solange Sutkowoi bei Lew Nikolajewitsch war, stand Sofja Andrejewna mit mir auf dem Treppenabsatz und klagte, wie sie das bedrücke, sie würde sich ja gern zurückhalten, könne es aber nicht, sie habe es sehr übelgenommen, dass Lew Nikolajewitsch auf ihr Telegramm hin nicht gleich aus Meschtscherskoje zurückgekehrt sei.

Dann traf Tschertkow ein und begab sich sofort zu Lew Nikolajewitsch. Wir saßen im Remingtonzimmer. Als Warwara Feokritowa das Zimmer verließ, stellte sie fest, dass Sofja Andrejewna ihre Tür einen Spaltbreit geöffnet hatte und das Gespräch Lew Nikolajewitschs mit Tschertkow belauschte.

Sie griff nach Warwara Feokritowas Hand und beschwor sie: »Warwara, meine Liebe, verraten Sie mich nicht, sagen Sie nicht, dass ich gelauscht habe.«

Warwara Feokritowa kam wieder herein und erzählte es uns. Ich ging sofort in Lew Nikolajewitschs Arbeitszimmer, öffnete vorsichtig die Tür zum Schlafzimmer, rief Tschertkow heraus und wies ihn darauf hin, dass Sofja Andrejewna lausche.

Kaum war ich ins Remingtonzimmer zurückgekehrt, als Sofja Andrejewna schnellen Schrittes eintrat und erregt flüsterte: »Weshalb haben Sie Tschertkow herausgerufen? Worüber haben Sie mit ihm gesprochen?«

Teils aus Mitleid mit ihr fehlte mir der Mut, die Wahrheit zu sagen, und so entgegnete ich: »Unten hat jemand nach ihm verlangt.«

Sofja Andrejewna schien mir Glauben zu schenken, vielleicht tat sie aber auch nur so, und ging davon.

Tschertkow blieb nur kurz bei Lew Nikolajewitsch und machte sich auf den Rückweg.

Alexandra Lwowna erzählte mir, Lew Nikolajewitsch habe sein Missfallen darüber geäußert, dass G. sie Sascha nenne und duze, er wolle ihn darauf hinweisen. »Ich habe Sergejenko früher mit Aljoscha angeredet, aber seit er erwachsen ist, sieze ich ihn«, sagte er. »Er hat mich zwar gebeten, ihn mit Du anzureden, aber das kann ich nicht.«

Alexandra Lwowna sprach G. selbst darauf an.

Lew Nikolajewitsch betrübt es sehr, dass Tschertkow von Gay so schlechtgemacht werde, zum Teil liege es an ihm, dass Sofja Andrejewna gegen ihn so aufgebracht sei.

Lew Nikolajewitsch kam ins Speisezimmer herüber, wo wir zwei Partien Schach spielten, eine gewann ich, die zweite endete remis.

Heute ließ Lew Nikolajewitsch das Mittagessen aus und aß auch sonst nichts. Sofja Andrejewna verzichtete ebenfalls auf das Mittagessen, sie sagte, sie habe dasselbe wie Lew Nikolajewitsch und werde später zusammen mit ihm essen. Um sie zu veranlassen, etwas zu sich zu nehmen, aß er während des Schachspiels ein paar Happen, und sie folgte seinem Beispiel. Ihm hat es offensichtlich den Appetit verschlagen, er stocherte ein bisschen in seinem Essen herum, als er das Kompott probierte, wurde ihm sogar übel, und er brauchte lange, sich wieder zu fangen. Danach spielten wir die zweite Partie. Zum Teetrinken erschien niemand bis auf Makovický und Sofja Andrejewna. Lew Nikolajewitsch trank eine Tasse. Obwohl mein Pferd schon bereitstand, setzte ich mich mit an den Tisch.

»Tanja, die liebe«, sagte Lew Nikolajewitsch, »wie froh war ich, sie wiederzusehen.«

»Nein, ich fand es diesmal gar nicht schön mit ihr«, widersprach Sofja Andrejewna, »sie hat mich so schlecht behandelt, mir immerzu Vorwürfe gemacht.«

»Ich mag auch ihren alten Herrn sehr«, sagte Lew Nikolajewitsch weiter.

Ich erzählte, dass ich die Bekanntschaft von Tschertkows Mutter gemacht hätte.

»Hat sie nicht etwa versucht, Sie zu ihrem Glauben zu bekehren?«, erkundigte sich Lew Nikolajewitsch.

»Nein, ich habe sehr wenig mit ihr gesprochen.«

»Bloß gut, dass sie wenigstens irgendeiner Religion angehört«, sagte Lew Nikolajewitsch.

Ich verabschiedete mich.

»Kommen Sie morgen?«, wollte Sofja Andrejewna wissen.

1. Juli. Heute Abend muss ich nach Moskau fahren. Am Vormittag kam Alexandra Lwowna die Kinder Olga Tolstajas holen und brachte einen Brief Sofja Andrejewnas an Tschertkow mit, dazu einen zweiten, den sie ihm selbst geschrieben hatte. Sofja Andrejewna erklärt ihre Bereitschaft, sich mit Tschertkow zu versöhnen, aber nur unter der Voraussetzung, dass er die Tagebücher zurückgibt.

Tschertkow ist der Ansicht, dass sie Sofja Andrejewna zurückgegeben werden können, damit sie Lew Nikolajewitsch nicht weiter das Leben vergiftet, allerdings sollte man vielleicht einige gefährliche Stellen tilgen. Ich werde die Tagebücher aus Moskau mitbringen. Alexandra Lwowna spricht sich in ihrem Brief entschieden dagegen aus.

Am Abend ritt ich für eine halbe Stunde nach Jasnaja Poljana. Alexandra Lwowna empfing mich mit verdrießlichem Gesicht. Wie ich erfuhr, war Sofja Andrejewna am Vormittag zu Lew Nikolajewitsch gegangen, ihr hinterher Alexandra Lwowna. Sofja Andrejewna befragte Lew Nikolajewitsch wegen ihres Briefs an Tschertkow – ob er so gut sei.

»Sehr garstig«, erklärte er.

»Warum?«

»Du zürnst ihm, dabei habe ich sie [die Tagebücher] ihm übergeben.«

»Sascha, du siehst doch, dass ich mit Vater rede. Stör uns nicht«, sagte Sofja Andrejewna zu Alexandra Lwowna.

Als Alexandra Lwowna von einem Spaziergang mit Olga Tolstajas Kindern zurückkam, fand sie ihren Vater verstört vor. Er erzählte ihr, er habe Sofja Andrejewna versprochen, sie könne die Tagebücher zu sehen bekommen, wenn sie es wünsche. »Sie gibt mir noch den Rest«, sagte er zu Alexandra Lwowna.

Nachdem ich mit ihr gesprochen hatte, ging ich zu Lew Nikolajewitsch auf seinen Balkon, wo wir Schach spielten. Mitten in der Partie rief mich Alexandra Lwowna zu sich und bat, Tschertkow einen Brief zu übergeben, in dem sie ihn beschwört, die Tagebücher umgehend nach England zu schicken.

»Was ist denn passiert?«, fragte Lew Nikolajewitsch, als ich zurückkehrte.

Alexandra Lwowna habe mir einen Brief für Tschertkow mitgegeben, erwiderte ich.

»Das, worüber wir beide gesprochen haben, kann geschwärzt werden«, sagte Lew Nikolajewitsch zu der den Balkon betretenden Alexandra Lwowna.

Sie winkte nur ab.

Ich verlor die Partie gegen Lew Nikolajewitsch und verabschiedete mich, da ich zum Zug musste. Alexandra Lwowna begleitete mich bis zum Dorf (ich führte das Pferd am Zügel). Verzweifelt sprach sie davon, dass sie alles hinwerfen werde, dass sie zermürbt sei, für diese Sache habe sie schreckliche Opfer auf sich genommen, und wenn alles zusammenbrechen sollte, werde ihre Lage völlig unerträglich.

In Teljatinki zurück, traf ich Tschertkow vor seinem Aufbruch nach Jasnaja Poljana noch an und händigte ihm Alexandra Lwownas Brief aus. Er nahm die Wendung der Dinge ziemlich gelassen auf, sagte, er habe das kommen sehen, und bat mich, die Tagebücher aus Moskau mitzubringen. Damit machte er sich auf den Weg nach Jasnaja Poljana; noch ehe er zurück war, fuhr ich nach Moskau los.

2. Juli, 9 Uhr abends. Ich sitze in Moskau, habe die Tagebücher von der Bank geholt und nehme sie mit nach Jasnaja Poljana. Mit Grauen denke ich daran, was sich dort abspielt und was mit den Tagebüchern werden wird.

3. Juli. Am Morgen bin ich aus Moskau zurückgekehrt. Wie ich erfuhr, hatte Tschertkow gestern ein Gespräch mit Sofja Andrejewna. Alexandra Lwowna, die bei seiner Unterhaltung mit Lew Nikolajewitsch in dessen Arbeitszimmer dabei war, ging zwischendurch auf den Balkon und entdeckte hier die ohne Schuhe dastehende und lauschende Sofja Andrejewna. Bezeichnenderweise bezichtigte sie hinterher ihrerseits Alexandra Lwowna des Spionierens.

»Was ist das hier für eine Verschwörung?«, sagte Sofja Andrejewna, als sie in Lew Nikolajewitschs Arbeitszimmer trat. »Ich habe alles mitgehört.«

»Das ist keine Verschwörung«, erwiderte Tschertkow. »Wir hatten überhaupt nicht die Absicht, aus unserem Gespräch ein Geheimnis zu machen. Alles, was wir besprochen haben, können wir in Ihrer Gegenwart wiederholen. Sie selbst lehnen es doch ab, mit mir zu sprechen.«

Sofja Andrejewna verlegte sich aufs Bitten, er solle ihr schriftlich geben, dass sie die Tagebücher von ihm zurückbekomme. Daraufhin sagte er, sie könne nichts von ihm zurückbekommen, weil er von ihr nichts erhalten habe. Wenn Lew Nikolajewitsch zustimme, könne er ihm die Rückgabe bescheinigen. Und er brachte ungefähr Folgendes zu Papier: »Lieber Lew Nikolajewitsch, auf Ihre Bitte hin werde ich Ihnen Ihre Tagebücher zurückgeben, mit den Streichungen, die ich in Ihrem Auftrag vorgenommen habe.«

Sofja Andrejewna verlangte, Lew Nikolajewitsch solle seinerseits ihr eine Bescheinigung ausstellen.

»Aber Sonja«, sagte der verärgert »ich, dein Mann, soll dir irgendwelche Bescheinigungen geben?!«

In Jasnaja Poljana ist Lew Lwowitsch eingetroffen, den Tschertkow bat – egal wie er zu ihm stehe –, Lew Nikolajewitschs wegen seiner Mutter nicht gegen ihn aufzubringen. Bisher verhält er sich ziemlich friedfertig.

Am späten Nachmittag des 2. Juli hat die alte Tschertkowa zusammen mit ihrem Sohn Tolstois einen Besuch abgestattet. Sie sagte zu Sofja Andrejewna, sie glaube an keine Nervenkrankheiten, die meisten hysterischen Frauen, die sie gekannt habe, hätten sich einfach gehenlassen.

Am Vormittag desselben Tages ist Sofja Andrejewna bei uns gewesen. Natürlich wetterte sie gegen Tschertkow und ließ keinerlei Widerrede zu. An den Anschuldigungen, die sie gegen ihn erhob, ist kein Wort wahr. Ihr Besuch war äußerst belastend, und ich bin nur froh, dass er in meiner Abwesenheit stattgefunden hat.

Heute im Morgengrauen brach in Owsjannikowo ein Brand aus. Die Häuser Maria Schmidts und der Gorbunows brannten nieder. Iwan Gorbunow und Maria Schmidt hatten die Nacht in Jasnaja Poljana verbracht. Der gesamte Besitz Letzterer ist den Flammen zum Opfer gefallen, selbst das lahme Hündchen Schawotschka, das sie zu sich genommen hatte, ist umgekommen. Vor allem aber sind sämtliche Manuskripte vernichtet worden, die sie in einer Eisentruhe aufbewahrte. Dreißig Jahre lang hat sie alles von Lew Nikolajewitsch Verfasste abgeschrieben – stets in einer früheren, mitunter besseren Fassung. Außerdem sind viele Briefe Lew Nikolajewitschs an sie, von denen keine Abschriften existieren, unwiederbringlich verloren. Bei Gorbunows konnte alles gerettet werden.

Von dem Brand erfuhr Maria Schmidt durch Alexandra

Lwowna. Sie brach in bitterliches Weinen aus und machte sich unverzüglich auf den Weg nach Owsjannikowo. Dem Stallknecht Filipp, der sie fuhr, gab sie ein Fünfzehnkopekenstück, und als er es nicht annehmen wollte, sagte sie, das sei sowieso ihr letztes. Das Feuer hat ihr gesamtes Geld – zwölf bis dreizehn Rubel – verschlungen.

Als ich am Abend mit Tschertkow nach Jasnaja Poljana kam, war Lew Nikolajewitsch in seinem Zimmer. Tschertkow begab sich geradewegs zu ihm, während mich Sofja Andrejewna im Speisezimmer aufhielt. Sie schien sich zu freuen, mich zu sehen, sprach mich mit »mein guter Alexander Borissowitsch« an und erkundigte sich nach meiner Gesundheit. Lew Lwowitsch, der dabeisaß, ging indessen zu Lew Nikolajewitsch hinüber; ich folgte ihm bald.

»Weshalb kommen Sie so spät?«, wollte Lew Nikolajewitsch wissen. »Nun, wie war die Reise? Wir kennen übrigens Ihr Geheimnis – dass Sie einen Arztbesuch gemacht haben.«

»Vor meiner Abfahrt habe ich Ihnen gesagt, dass ich in Moskau meinen Arzt konsultieren werde, Lew Nikolajewitsch.«

»Bei mir sieht es schlecht aus. Mit der Gesundheit ist es besser, aber ich kann nicht arbeiten und bin mit mir sehr unzufrieden.«

Lew Nikolajewitsch und Tschertkow sprachen über einige Briefe, die dieser im Auftrag Lew Nikolajewitschs auf Englisch geschrieben hat, unter anderem einen an Booth, den führenden Kopf der Heilsarmee.

Lew Nikolajewitsch ist am Vormittag bei Maria Schmidt gewesen und berichtete, sie habe sich bereits in ihr Leid geschickt und sei vollkommen ruhig.

Wir gingen ins Speisezimmer Schach spielen. Lew Nikolajewitsch war matt und spielte schlecht. Beim Teetrinken sagte er zu mir: »Ich habe angefangen, die Briefe Puschkins zu lesen, und finde sie sehr interessant. Viele, von denen die Rede ist und denen er geschrieben hat, kannte ich gut, zum Beispiel Wjasemski. Nennen Sie mir noch jemanden.«

Was mit Pletnjow sei, wollte ich wissen.

»Ja, natürlich, an ihn erinnere ich mich auch gut. Er war sehr lieb zu mir.«

4. Juli. Als ich in Jasnaja Poljana eintraf, wieder sehr spät, waren im Remingtonzimmer Maria Schmidt, Alexandra Lwowna, Warwara Feokritowa und Nikolajewa um den Tisch versammelt. Sie erzählten mir gerade davon, dass das Hauptpaket mit der »Aussteuer« für Maria Schmidt, die Alexandra Lwowna in Tula gekauft habe (diverse Sachen, die sie für sie besorgt hatte, da ihre gesamte Habe verbrannt ist), unterwegs abhandengekommen und der Kutscher Adrian nach Tula zurückgefahren sei, um danach zu suchen, als Sofja Andrejewna mit der Nachricht hochgelaufen kam, das verlorengegangene Paket habe ein Bauer aus Korowji Chwosty gefunden und hergebracht.

Ich ging zu Lew Nikolajewitsch. Bei ihm saß Lew Lwowitsch.

»Na endlich!«, sagte Lew Nikolajewitsch, als er mich sah. »Warum so spät?«

Ich berichtete ihm, Maria Schmidts Sachen hätten sich angefunden. Er freute sich sehr darüber und ging nach unten, um sich den Bauern anzusehen, der sie hergebracht hatte. Er hatte sie in Tula bei Iwanows im Hof entdeckt: Sie lagen neben seinem Fuhrwerk. Er bekam zwei Rubel.

Sofja Andrejewna hat Maria Schmidt angeboten, sie könne nach Jasnaja Poljana umzuziehen, doch sie lehnte ab.

Wir spielten Schach. Ich spielte sehr schlecht und verlor zwei Partien. Das tat Lew Nikolajewitsch wohl.

Dann tranken wir Tee. Lew Nikolajewitsch wirkt die ganze Zeit irgendwie geschwächt: ganz offensichtlich fühlt er sich sehr bedrückt. Ich spielte Klavier, ziemlich gut, würde ich meinen, doch wie schon in letzter Zeit gewohnt, zeigte sich keiner sonderlich beeindruckt.

Als wir uns verabschiedeten, sagte Lew Nikolajewitsch

zu Tschertkow: »Wenn ich noch lebe, komme ich morgen ganz bestimmt zu Ihnen.«

Sofja Andrejewna will morgen Tschertkows Mutter besuchen.

5. Juli. Am Vormittag war Lew Nikolajewitsch bei Tschertkows und kam anschließend mit Bulgakow bei uns vorbei. Er nahm die Allee, die von der zur Gutsnachbarin Swegin-zewa führenden Straße abgeht, dort ist jetzt aber ein Graben, und er musste über das Kartoffelfeld zurückreiten.

»Weiß der Teufel, wo ich hingeraten bin!«, sagte er, als er endlich unser Haus erreichte. »Das ist nicht gut, dass bei Sascha diese Allee dort nirgends hinführt. Wie geht es Ihnen?«, erkundigte er sich bei meiner Frau und meinem Bruder, der mit seiner Frau aus dem Haus getreten war.

»Ich bereite für Sie eine Übersetzung vor. Haben Sie Zeit dafür?«, fragte er meine Frau. Sie hatte seine Worte nicht richtig verstanden und fragte zurück.

»Haben Sie Zeit dafür?«

»Ja, aber den englischen Text muss ich mir erst einmal ansehen, fürchte ich.«

»Ich habe zwei: einen in Englisch, den zweiten in Deutsch. Der deutsche ist ganz hervorragend … Sofja Andrejewna ist nicht hier bei Ihnen durchgekommen? Sie will zu Tschertkows und wird wahrscheinlich bei Ihnen vorbeisehen. Nun, leben Sie wohl.«

Alexandra Lwowna hat, als sie bei uns war, erzählt, alle seien überzeugt, dass Maria Schmidts Haus der geistesgestörte Repin in Brand gesteckt hat. Sobald Sofja Andrejewna davon erfuhr, erklärte sie, sie werde dem Gouverneur schreiben, dass man den Mann in die Verbannung schicken sollte; Maria Schmidt (das in ihrer Gegenwart) sei selbst schuld an dem Brand, sie habe Tatjana Lwowna finanzielle Verluste verursacht, man könne eben nicht alles mögliche Volk bei sich aufnehmen. Maria Schmidt brach in Tränen aus und ging ins Dorf zu Nikolajews. Sie sagte, sie werde auf gar keinen Fall ihre Zustimmung geben, dass Tatjana

Lwowna ihr ein neues Haus baut. Tatjana Lwowna hat ihr einen herzlichen Brief geschickt, in dem sie schreibt, sie werde ihr unverzüglich ein Ersatzhaus bauen lassen. (Was sie dann auch tat.)

Als ich am Abend nach Jasnaja Poljana kam, fand ich im Speisezimmer in einer Runde versammelt: Lew Nikolajewitsch auf dem Liegesofa, Sofja Andrejewna auf der Korbcouch, Maria Schmidt, Michail Bulygin, Gay, Makovický, Lew Lwowitsch. Das Gespräch drehte sich um das Eigentumsrecht.

»Dort, in Meschtscherskoje«, erzählte Lew Nikolajewitsch, »habe ich einen Geisteskranken gesehen – der redete immerzu vor sich hin: ›Gericht, vor Gericht – gestohlen soll ich's haben. Was heißt gestohlen! Nicht gestohlen – genommen hab ich's!‹ Und er hat völlig recht. Ihnen hat man ihr Grundrecht auf Bodennutzung gestohlen. Wenn sie sich von dem holen, was auf diesem Boden wächst, der ihnen, ihren Vätern, Großvätern und Urgroßvätern gewaltsam weggenommen wurde, spricht man von Diebstahl.«

»Mit diesen Worten kann man auch das Tun eines Müßiggängers rechtfertigen«, widersprach Bulygin. »Sagen wir, ich pachte Boden, ziehe darauf in mühsamer Arbeit Tomaten, und dann kommt der, reißt sie ab und sagt, er hätte genommen, was ihm zusteht.«

»Das ist natürlich schlecht«, sagte Lew Nikolajewitsch, »aber mir geht es darum, dass bei uns ständig die Rede ist von der Dieberei der Ausgeplünderten, doch von den Hauptdieben – von Ihnen, von mir, von uns allen – spricht keiner. Und wir richten auch noch über sie.«

Sofja Andrejewna wandte ein, wenn man davon rede, dass die Bauern während der Leibeigenschaft ausgeplündert worden seien, dürfe man nicht vergessen, dass ihre Herren sie dafür ernährt hätten und dass ein Vorfahr Lew Nikolajewitschs ein ganzes Gut verkauft habe, um seine hungernden Bauern mit Nahrung zu versorgen, jetzt würde keiner so etwas machen. Dem widersprach niemand.

»Nun, lassen Sie uns jetzt Schach spielen«, schlug Lew Nikolajewitsch mir vor, »und dann tragen Sie uns etwas von Brahms vor.«

Ich sagte, zu einer Schachpartie sei ich gern bereit, Klavier spielen aber könne ich heute nicht, da ich das gestern zweimal gemacht habe – für Tschertkows und für sie – und sehr müde sei, so dass ich das besser auf morgen verschiebe und es mir nachzusehen bitte.

»Ich wollte Ihnen etwas zeigen. Sehen Sie doch mal bei mir auf dem runden Tisch nach«, bat Lew Nikolajewitsch, »da liegen eine Broschüre und ein Brief.«

Ich fand beides und brachte es ihm. Die Broschüre war mit »Wissenschaftlicher Traum« (»Elektrizität und Phagozytose«) betitelt und stammte von einem gewissen Jossif Tschechowski aus Kiew – eine äußerst schwache Abhandlung, aber auf quasiwissenschaftlicher Grundlage. Lew Nikolajewitsch las seinen Brief und einige Auszüge aus der Broschüre vor. Er hatte sogar in Stichpunkten die Thesen des Autors aufgeschrieben, da ihm die Broschüre sehr bezeichnend erschien.

Dann spielten wir Schach. Ich verlor zwei Partien und gewann erst die dritte, in der ich auch schlecht gestanden hatte. Lew Nikolajewitsch war zufrieden.

Während er sich anschließend in sein Zimmer zurückzog, suchte ich das Remingtonzimmer auf. Als Maria Schmidt und Warwara Feokritowa dann ins Speisezimmer Tee trinken gingen, blieb ich mit Alexandra Lwowna allein. Sie klapperte auf der Schreibmaschine, und ich nahm mir Lew Nikolajewitschs neuen Aufsatz (»Über den Wahnwitz«) vor.

Nach einer Weile sah Lew Nikolajewitsch herein und fragte mich: »Was machen Sie?«

»Ich lese Ihren Aufsatz.«

»Na, dann lesen Sie mal!«

»Es macht doch nichts, dass ich ihn Alexander Borissowitsch gegeben habe?«

»Natürlich macht es nichts. Ihm ist alles erlaubt, er kennt alle meine Geheimnisse.«

Lew Nikolajewitsch entfernte sich. Wenige Minuten später kam Warwara Feokritowa herein und sagte, mit Sofja Andrejewna tue sich wieder etwas Bedenkliches. Als sich Tschertkow neben Lew Nikolajewitsch setzte, habe sie feuerrot auf der anderen Seite Platz genommen. Dann sei jemandem eingefallen, sich bei ihr wegen des Teetrinkens zu erkundigen, worauf sie schroff »Ich weiß nicht, hier gibt es Jüngere als mich!« entgegnete, ihren Stuhl zurückgestoßen habe, aufgestanden und hinausgegangen sei. Warwara Feokritowa verließ wieder das Zimmer, kam jedoch bald zurück, um mich zu holen: dort werde ein interessantes Gespräch geführt. Tatsächlich, man saß am Teetisch, und Lew Nikolajewitsch erzählte von den aberwitzigen Debatten um seinen Aufsatz und die Briefe über den Selbstmord.

Als auch Sofja Andrejewna hereinkam, sah sie Lew Nikolajewitsch neben Tschertkow sitzen; sie setzte sich mit an den Tisch, ich an den Samowar, neben sie. Sofja Andrejewna machte eine schroffe Bewegung.

»Ich störe dich nicht?«, fragte Lew Nikolajewitsch.

»Nein.«

Nach einer Weile gab sie mit halblauter Stimme gereizt von sich: »Immer ein und dasselbe!« Und ging abermals hinaus.

»Das Wort ›Wahnwitz‹, das Sie benutzen, kann auf Grund seines allgemein gebräuchlichen Sinns missverstanden werden«, sagte Tschertkow zu Lew Nikolajewitsch, »obwohl Ihr Gedanke im Gesamtzusammenhang der Überlegungen natürlich an Klarheit gewinnt; man muss den ganzen Aufsatz lesen, um etwas dagegen vorbringen zu können.«

Sofja Andrejewna kam zurück und setzte sich auf ihren Platz. Man schenkte ihr Tee ein. Das Gespräch ging weiter. Plötzlich sagte sie: »Lässt sich das Thema denn nicht wechseln? Immerfort Irrsinn, Wahnwitz, Selbstmord ... Ich kann das nicht mehr hören!«

»Aber ich bitte dich, Sonja, das versteht doch kein

Mensch! Wir sprechen über meinen Aufsatz«, sagte Lew Nikolajewitsch.

»Sobald ich hereinkomme, wird absichtlich über ein und dasselbe gesprochen. Ich bin dreimal hinausgegangen. Man kann doch Nachsicht mit einem Menschen üben.«

»Nicht doch, Mama«, sagte Lew Lwowitsch, »dies ist ein abstraktes philosophisches Gespräch, ein sehr interessantes. Was soll es für einen Bezug auf Sie haben?«

»Ich bitte aber, damit aufzuhören. Das ist herzlos. Sieh dir meine Hände an [sie wandte sich Lew Nikolajewitsch zu und legte eine Hand auf die seine], ich bin dreimal hinausgegangen, habe auf dem Balkon gesessen, und ihr redet absichtlich von ein und demselben. Man kann doch einen Funken Mitgefühl haben.«

Alle verstummten.

Nach kurzem Schweigen sagte Lew Nikolajewitsch zu Lew Lwowitsch: »Dein Buch über Pascal [ein Buch, das ihm Lew Lwowitsch gegeben hatte] ist nicht gut. Die Auszüge aus ›Pensées‹ sind hervorragend, der Rest aber taugt nichts.«

Ich ging ins Remingtonzimmer, Lew Nikolajewitschs Aufsatz zu Ende lesen. Danach machten Tschertkow und ich Anstalten aufzubrechen (es war noch nicht elf Uhr).

»Es ist schon spät, Zeit für dich, Ljowotschka, schlafen zu gehen«, sagte Sofja Andrejewna.

»Spielen Sie zum Abschied etwas Hinreißendes«, bat mich Lew Lwowitsch.

Ich sagte, heute könne ich nicht spielen.

Plötzlich schrie Sofja Andrejewna auf: »Nein, so werden meine Nerven noch mehr ruiniert! Ich zwinge auch niemanden zu etwas. Er hat gesagt, dass er müde ist; da muss er doch nicht spielen.«

Als wir den Raum verließen, schickte Sofja Andrejewna uns nach: »Das reicht ja wohl jetzt – zweimal am Tag sehen sie sich!«

Sie entfaltet eine große Betriebsamkeit wegen Maria

Schmidts »Aussteuer«, fragt in ihrem Beisein Alexandra Lwowna, wie viel Geld sie ausgegeben habe, und erklärt, die Hälfte übernehme sie. Der armen Maria Schmidt macht das alles furchtbar zu schaffen.

Maude (der englische Biograph Lew Nikolajewitschs) hat Sofja Andrejewna Spendengelder zur Verteilung an arme Bauern geschickt.

»Einen Teil dieses Geldes gebe ich Sascha für Maria Alexandrowna«, sagte sie zu Warwara Feokritowa. »Wer ist denn ärmer als sie?«

6. Juli. Heute Vormittag war Alexandra Lwowna bei uns und berichtete, dass Sofja Andrejewna Lew Nikolajewitsch angeschrien habe, wie Tschertkow es wagen könne, so dicht neben ihm zu sitzen.

Sofja Andrejewna ist zu Sweginzewa gefahren und war auch kurz bei Tschertkows, um sich nach dem Befinden der erkrankten Sonetschka (Andrej Lwowitschs Tochter aus erster Ehe) zu erkundigen.

Ihre erste Frage war: »Ist Lew Nikolajewitsch bei Ihnen gewesen?«

In Jasnaja Poljana kam ich kurz nach acht Uhr abends an. Auf dem Balkon saßen Lew Nikolajewitsch, Sofja Andrejewna, Lew Lwowitsch, Sutkowoi und Nikolajew. Ich bekam nur das Ende des Gesprächs mit.

»Das, was wir am besten kennen – ich betone jedes Wort«, sagte Lew Nikolajewitsch, »begreifen wir am wenigsten: uns selbst, unsere Seele, Gott. Sobald wir das mit Worten definieren wollen, bleibt nichts übrig.«

Alle erhoben sich, um nach oben zu gehen. Zuvor erzählte Sutkowoi Lew Nikolajewitsch noch, wie eindrucksvoll für ihn die Lektüre des Buches »Die Erziehung des Willens« von Payot gewesen sei.

»Der metaphysische Begriff des Willens stiftet nur Verwirrung«, sagte Lew Nikolajewitsch zu ihm. »Nicht vom Willen, sondern vom Bemühen sollte man sprechen, in der

Bibel steht, das Himmelreich werde mit Gewalt genommen.*«

Inzwischen war Tschertkow eingetroffen. Wir gingen nach oben, wo Lew Nikolajewitsch und ich dann Schach spielten, während Wladimir Grigorjewitsch wieder hinunterstieg, um mit Lew Lwowitsch zu sprechen.

»Wie langweilig«, sagte Sofja Andrejewna, »ich habe noch Korrektur zu lesen.« Und eine Minute später: »Man muss etwas tun, ich werde Maria Alexandrowna einen Rock nähen.«

Sie brachte ihre Näharbeit und setzte sich zu uns. Wieder versuchte sie, sich in unser Schachspiel einzumischen. Dann wurde sie zum Verwalter gerufen.

Als Tschertkow hereinkam, übergab ihm Lew Nikolajewitsch einen Brief und sagte: »Lesen Sie ihn später.« Er stand auf und fügte hinzu: »Ich fühle mich heute so, als wäre ich siebzig und nicht sechzig.«

Er ging mit Tschertkow in sein Arbeitszimmer. Lew Lwowitsch nahm mich am Arm und führte mich nach unten, um mir seine Arbeit zu zeigen. Er ist mit einer Plastik von Sidorkow beschäftigt und will noch Skulpturen von Sofja Andrejewna und Lew Nikolajewitsch anfertigen. Außerdem zeigte er mir Photos früherer Arbeiten.

Wir kehrten nach oben zurück. Lew Nikolajewitsch und Tschertkow waren bereits im Speisezimmer. Ich bot an, Klavier zu spielen. Lew Nikolajewitsch wollte gern Sofja Andrejewna dabeihaben. Ich ging sie holen. Sie sprach gerade mit dem Verwalter und bat, fünf Minuten zu warten.

Ich spielte die Beethoven-Sonate op.90, die Es-Dur-Rhapsodie von Brahms und die Ballade b-Moll von Chopin. Bis auf die Ballade kam bei meinen Zuhörern nichts so richtig an. (Allerdings sagte mir Tschertkow auf dem Rückweg, sehr gut habe ihm die Rhapsodie von Brahms gefallen.)

* Die russischen und deutschen Bibelfassungen sind nicht deckungsgleich, in der Übertragung von Martin Luther heißt es vollständig: »Aber von den Tagen Johannes des Täufers bis hierher leidet das Himmelreich Gewalt, und die Gewalt tun, reißen es weg.« (Matthäus, 11,12.)

Lew Nikolajewitsch erkundigte sich bei Sutkowoi, der einfache Musik mag und ernste kaum je gehört hat, wie er sie gefunden habe, und erzählte mir hinterher: »Wie ich es mir schon dachte, Beethoven hat auf ihn keinen Eindruck gemacht, Brahms fand er nicht übel, während die Wirkung von Chopin teilweise stark war.«

Anschließend kam es zu einem interessanten Gespräch, das ich sofort aufgeschrieben habe.

Sutkowoi sagte zu Lew Nikolajewitsch, neben dem Buch von Payot habe ihn auch das des Vegetariers und Arztes Seland sehr beeindruckt.

»Ich meide solche Begriffe wie den Willen: Sie sind schwer definierbar, führen auf das Feld der Metaphysik und stiften nur Verwirrung. Wenn man den Willen wie Schopenhauer versteht – bei ihm ist der Wille alles, die Grundlage des Lebens, Gott –, so bin ich damit einverstanden, im Übrigen ziehe ich es vor, von Bemühen zu sprechen.«

»Und was ist Bemühen?«

»Nun, Bemühen ist das Trainieren unserer geistigen Anlagen.«

»Dobroljubow«, sagte Sutkowoi, »spricht davon, dass man, statt seine kleinen Leidenschaften zu bekämpfen, besser Gott in sich befreie, und wenn die göttlichen Anlagen in mir zur Geltung kommen, so geben sich die kleinen Leidenschaften und Versuchungen von selbst.«

»Amen, amen ... Das ist, anders betrachtet, dasselbe wie das, wovon ich spreche.«

»Alle Definitionen sind generell gefährlich«, bemerkte ich, »selbst solche wie Bemühen oder Wachstum, denn sie entstammen dem materiellen Bereich und sind deshalb nicht auf die geistigen Anlagen übertragbar, die weder wachsen noch sich verändern können.«

»Versteht sich, aber Bemühen bezieht sich auch nicht auf die geistigen Anlagen. Die geistigen Anlagen sind konstant und können weder wachsen noch sich verändern; unser Wirken besteht jedoch darin, die Bereiche, in denen es zur

Geltung kommt, mehr und mehr zu erweitern. Wir müssen unser Bemühen darauf richten, alles zu beseitigen, was dieses Zurgeltungkommen behindert.«

»Sie können all das besser ausdrücken als ich«, sagte Tschertkow, »aber mir scheint, dass Bemühen in jedem Fall einem Zweck dienen muss. Vor allem muss ich die moralischen Anlagen in mir haben, denen das Bemühen dient, Bemühen an sich ist ohne Wert und auch gar nicht möglich.«

»Völlig richtig! Jedes Bemühen bringt Freude und Wohlbehagen. Selbst auf rein materiellem Gebiet: Je weniger man zu sich nimmt, desto größer die Freude am Essen – ganz zu schweigen von der sexuellen Enthaltsamkeit. Mohammeds vortrefflichen Ausspruch ›Das schmackhafteste Essen ist wie ein übles Wort, das man nicht ausspricht, sondern hinunterschluckt‹ mag ich sehr.«

Dem fügte Lew Nikolajewitsch hinzu: »Das Erkennen des eigenen Ichs ist das Erkennen der göttlichen Anlagen in gewissen Grenzen. Das Erkennen der göttlichen Anlagen außerhalb meines Ichs ist Gott.«

»Dobroljubow unterteilt die Menschen in solche, die auf religiösem Gebiet zu weit, und solche, die nicht weit genug gehen«, sagte Sutkowoi. »Erstere sind die Kleriker, zu Letzteren zählt er Sie, Lew Nikolajewitsch. Die Hauptsache ist bei Dobroljubow das Gebet.«

»Wieso das Gebet? Das ist Mystizismus.«

»Was macht den Mystizismus aus?«

»Dass er an etwas herummanipuliert, was die Grundlage des Lebens bildet.«

»Ich bin kein Dobroljubow-Jünger, ich interpretiere nur seine Lehre. Er und seine Anhänger sagen: Wenn wir miteinander kommunizieren, bedürfen wir möglicherweise gar keiner Worte, um uns zu verstehen.«

»Das ist wie die Heilung der Kranken?«, fragte Lew Nikolajewitsch.

»Nehmen Sie die Verliebten – sie verstehen einander durch einen Händedruck, einen bloßen Blick.«

»Das bedeutet bei ihnen lediglich, dass sie bereit sind zum Geschlechtsakt.«

»Warum? Es kann auch einfache Nähe sein.«

»Gleichwohl endet es immer damit«, sagte Lew Nikolajewitsch.

»Na schön, man kann einfach Liebende, Freunde nehmen.«

»Was folgt denn daraus? Dass es eine andere Situation ist als beim Freund, beim Kaufmann, der einen übers Ohr hauen will – ich sehe es ihm an den Augen an, und er mir, dass ich Bescheid weiß.«

»Worte reichen oft nicht aus, Gefühle auszudrücken«, bemerkte Sutkowoi.

»Ich sage: Es gibt metaphysische Begriffe, von denen man lassen sollte – von ihnen zu sprechen verbietet sich. Wie schon gesagt, das, was wir am besten kennen, begreifen wir am wenigsten.«

»Die Menschen verfügen für ihren Umgang miteinander über weniger grobe Mittel als Worte.«

»Aber wieso denn?«, entgegnete Lew Nikolajewitsch verwundert. »Wenn ich sage, das ist eine Zuckerdose, dann denkt doch niemand, dass dieses Wort Kuh bedeutet. Diese Genauigkeit des Wortes ist eine kostbare Sache.«

»Genauigkeit auf Kosten des Inhalts«, meinte Sutkowoi.

»Ich bin gezwungen, Ihnen dasselbe zu sagen wie denen, die Dogmen anerkennen: Ich brauche das nicht. Mag sein, dass andere es brauchen. Ich brauche kein Abendmahl, während der Pope es braucht. Genauso ist es mit Dobroljubow, und ich denke, dass das nicht der schönen Worte wegen gebraucht wird.«

»Weswegen dann?«

»Ich weiß nicht. Reliquien, Buße – das leuchtet mir ein. Mir ist klar, dass Buße den Glauben an das Seelenheil vermittelt; wozu jedoch Dobroljubow sein Schweigen braucht – ich nehme meine Worte zurück –, das weiß ich nicht.«

»Ich brauche Dobroljubows Lehre als Gegengift«, sagte Sutkowoi, »ich bin versackt in wissenschaftlichem Aberglauben und laufe deshalb Gefahr, in das Gegenteil zu verfallen.«

»Man muss lediglich begreifen: Egal wie viele materielle Erscheinungen wir auch in bestimmte Formen bringen, aus ihnen lassen sich keine geistigen Anlagen ableiten. Hat man erkannt, dass sich geistige Begriffe nicht aus der materiellen Welt ableiten lassen, wird alles klar. Bereits Kant hat nachgewiesen, dass Raum und Zeit lediglich Anschauungsformen sind. Und das ist Anlass genug, damit aufzuhören, an die Gesetze der Materie als Grundlage des Lebens zu glauben … Frappant, was Sie sagen: von einem Extrem ins andere.«

»Er ist schlau«, sagte Nikolajew. »Mir scheint, er sieht, dass wir schwach sind mit unseren freien Ansichten, und möchte herausfinden, wo die Quelle dieser Schwäche ist – warum die Freunde Dobroljubows einen so starken Einfluss ausüben.«

»Ganz recht«, bemerkte Lew Nikolajewitsch. »Die materialistische Anschauungsweise hat die Auswirkungen im Blick. Sie ist die schwächste Lehre. Einfluss! Ich soll für mich allein leben bis zum Tod, während ihm der materielle Einfluss auf die Menschen wichtig ist.«

»Wieso für mich allein?«, sagte Sutkowoi. »Kolesnitschenko, mit dem ich zusammengelebt habe – der hat sich vor meinen Augen unter Dobroljubows Einfluss rasch verändert.«

»Was kümmert Sie das? Sie, Sutkowoi, müssen leben. Sie sind nicht Kolesnitschenko, sondern Sutkowoi! Das versteht doch jedes kleine Kind.«

»Und was ist mit dem Glauben? Es geht darum, einem anderen seinen Glauben zu vermitteln.«

»Ich erkenne überhaupt keinen Glauben an. Was der Mensch braucht, ist das Bewusstsein, das Bewusstsein seiner Göttlichkeit. Der Glaube ist das, was ich unendlich fürchte. Ich messe ihm nicht nur keine Bedeutung bei, sondern möchte ihn zum Teufel wünschen! Weil der Aberglaube nicht nur im Abendmahl besteht, sondern auch darin, dass man zusammenkommt und schweigt oder betet. Was gebraucht wird, ist nicht der Glaube, sondern das Bewusstsein.«

»Dobroljubow sagt: Ich weiß, was ich in mir finde; und wenn man daran irrewird, dann ist es natürlich, außerhalb seiner selbst zu suchen.«

»Und ich sage: Es ist falsch, dass Sie nach äußeren Konsequenzen suchen: Kolesnitschenko, Dobroljubow ... Sagen Sie sich, dass Sie allein für Gott leben, dass Sie jetzt nicht mehr von diesem Stuhl aufstehen – oder, ganz egal, noch achtzig Jahre leben werden –, dass Sie auf der Stelle sterben werden. Es ist völlig unnötig, jemanden zu belehren und sich von jemandem belehren zu lassen.«

»Demnach kann man es sich zum Beispiel sparen, Mark Aurel zu lesen?«

»Nein, wieso? Ich lese ihn mit Freuden. Und erkenne bei ihm dasselbe wie bei mir selbst. Gut ausgedrückt hat das Angelus Silesius: Wer sich nicht selbst erkennt, erkennt nicht Gott.* Ich erkenne Lew Nikolajewitsch in Christus, und deshalb ist er mir teuer. Das ist keine Dünkelhaftigkeit. In Lew Nikolajewitsch ist Gott, und in Sutkowoi ist Gott.«

Sutkowoi fand noch etwas einzuwenden.

»Ich behaupte nicht, dass Mark Aurel, Schopenhauer oder Christus mir nichts geben könnten«, entgegnete Lew Nikolajewitsch. »Aber ich muss selbst suchen. Im Übrigen streiten wir in Worten.«

Nachdem Lew Nikolajewitsch eine Weile geschwiegen hatte, sagte er zu Sutkowoi: »Das Gespräch mit Ihnen hat mir vieles klargemacht. Die materialistische Sichtweise vermag nicht gleich zum Mittelpunkt vorzudringen, es verschlägt sie zwangsläufig zum entgegengesetzten Extrem. Manch einer wendet sich der Orthodoxie oder dem Katholizismus zu, Sie sind auch zu einer Art Katholizismus gelangt.«

* Genauer lautet der Ausspruch: »In Gott wird nichts erkannt: Er ist ein Einig Ein. / Was man in ihm erkennt, das muss man selber sein.«

»Mir scheint, dass Nikolai Grigorjewitsch [Sutkowoi] den Einfluss, den Dobroljubow und seine Anhänger auf die Leute haben, bedenklich findet«, bemerkte Nikolajew.

»Semjonow-Tjanschanski zum Beispiel [Leonid Dmitrijewitsch Semjonow-Tjanschanski, Enkel des bekannten Wissenschaftlers, ein begabter junger Mann, der unter dem Einfluss Dobroljubows das »Herrenleben« aufgab, um mit dem Volk zusammenzuleben; im Dezember 1917 wurde er bei der Zerstörung des Gutes seiner Eltern in der Nähe des Dorfes Murajewki, Kreis Dankow, Gouvernement Rjasan, umgebracht]«, sagte Sutkowoi wieder, »macht eine Arbeit, die er ohne seine Weltanschauung nicht leisten könnte. Wenn er darauf warten würde, bis die Anlage der Ewigkeit in ihm allmählich zur Geltung kommt, könnte er nicht so in seiner Arbeit aufgehen.«

»Wie kommt es, dass Sie Semjonow-Tjanschanskis Arbeit kennen, nicht aber die von Goldenweiser?«, fragte Lew Nikolajewitsch. »Möglicherweise ist in ihm zehnmal so viel Arbeit wie in uns allen? Ich sage das, weil er hier bei uns sitzt; dass ein Student Bastschuhe angezogen hat, bedeutet noch gar nichts. Und über die Konsequenzen können wir nichts sagen: Sie sind endlos und entziehen sich unserer Kenntnis. Wussten die Zeitgenossen Christi vielleicht um die Konsequenzen seiner Werke?«

»Mir imponiert die Kraft dieser Menschen.«

»Mich begeistert die Kraft Asefs auch: Er ist bereit, den Galgen Stolypins oder die Bomben der Revolutionäre in Kauf zu nehmen«, sagte Lew Nikolajewitsch.

»Er ist auf seinen Nutzen bedacht, während mir Uneigennützigkeit Bewunderung abnötigt.«

»Und die Revolutionäre! Sie bringen gänzlich uneigennützig Opfer. Die Motive für diese Kraft sind völlig unterschiedlich, an erster Stelle steht der Ruhm, dem man sich schwer versagen kann. Mich vermag jedoch nicht Einfluss von außen, sondern allein mein Bewusstsein zu überzeugen. Nur wenn *ich* zu der Erkenntnis gelange, dass *ich* so nicht weiterleben kann, dann werde ich, nicht den Weisungen

Dobroljubows oder, mit Verlaub gesagt, Tolstois, folgend, sondern aus mir selbst heraus, ich, Sutkowoi …«

»Dazu bin ich einstweilen nicht imstande.«

»Geb's Ihnen Gott.«

»Und wenn die eigene Natur zu armselig ist?«, fragte Sofja Andrejewna.

»In jedem lebt Gott.«

»In der Zeitung steht«, fuhr sie fort, »dass einer einem Priester ein paar Rubel gestohlen und hierfür fünf Leute umgebracht hat – was kann in ihm für ein Gott sein?«

»Wir alle kennen die Legende von dem Räuber am Kreuz.«

»Gestatten Sie noch eine Frage, Lew Nikolajewitsch«, sagte Nikolajew. »Was wird der Antrieb zu solcherart Bemühen sein?«

»Die Liebe. Gott ist Liebe. Bemühen ist etwas Geheimnisvolles, die Beseitigung der Hindernisse, die die Liebe nicht zur Geltung kommen lassen. Ein ganz einfaches Beispiel: Sie sehen eine Bettlerin mit einem Kind; Sie können vorbeigehen oder durch Ihr Bemühen das Kind und die zerlumpte Mutter wahrnehmen, Mitleid fühlen und in sich die Hemmschwelle beseitigen, damit die Liebe zur Geltung kommt.«

Als wir uns voneinander verabschiedeten, sagte Lew Nikolajewitsch zu mir: »Wie kommt es, dass wir in diesem Jahr noch nicht ein Mal zusammen ausgeritten sind? Wir sollten uns verabreden, und Sie holen mich dann ab.«

Auf dem Heimweg erzählte mir Tschertkow, dass sein Gespräch mit Lew Lwowitsch (während wir Schach spielten) ziemlich betrüblich ausgegangen sei. Er habe ihm geraten, sich nicht allein auf das zu verlassen, was ihm seine Mutter sage, sondern selbst Beobachtungen anzustellen und seine Schwester zu befragen, sonst riskiere er, dumm dazustehen. Das Gespräch sei in freundschaftlichem Ton geführt worden, doch als er den Ausdruck »dumm dastehen« wiederholte, sei Lew Lwowitsch wütend geworden und habe geschrien: »Dumm bist du! Alle wissen, dass du ein Idiot bist!« Er schien gar nicht mehr aufhören zu wollen mit seinem Geschrei: »Dummkopf! Dummkopf, Idiot!« und fuchtelte mit den Fäusten.

Im Hinausgehen habe er, Tschertkow, zu ihm gesagt, sein wüstes Geschimpfe könne ihn nicht beleidigen.

7. Juli. Gegen vier Uhr nachmittags kam Lew Nikolajewitsch in Begleitung von Makovický (auf dem Weg von Tschertkows) bei uns vorbeigeritten. Ich hatte mich nach dem Mittagessen hingelegt. Meine Frau und meine Schwägerin traten auf den Balkon (ich stand auf und blickte durchs Fenster des Schlafzimmers).

»Was für ein schönes Wetter!«, sagte Lew Nikolajewitsch. (Es war ein verhangener, warmer Tag – eine Wohltat nach der Hitze.)

Regen setzte ein. Meine Schwägerin trat näher an Lew Nikolajewitsch heran und fragte: »Macht es Ihnen denn nichts aus, bei Regen zu reiten?«

»Ich habe meinen ledernen Wettermantel an, aber Sie sind einfach so in den Regen herausgekommen.«

»Ist ja nur für einen Augenblick.«

Lew Nikolajewitsch richtete noch eine Frage (ich konnte sie nicht verstehen) an meine Frau, die auf dem Balkon stand, dann verabschiedete er sich und fügte hinzu: »Grüßen Sie Alexander Borissowitsch.«

Sobald sie losgeritten waren, ging ein heftiger Guss nieder.

Am Abend ritt ich mit Tschertkow nach Jasnaja Poljana. Er hatte Sofja Andrejewna einen Brief geschrieben, um das Missverständnis im Hinblick auf den von ihm verwendeten und von ihr übelgenommenen Ausdruck »das Leben sauer machen« auszuräumen. (In einem Gespräch mit ihr hatte er gesagt, seine wohlwollende Einstellung gegenüber ihrer Familie habe er hinlänglich bewiesen, wenn es also seine Absicht gewesen wäre, jemandem von ihnen das Leben sauer zu machen, dann hätte er es längst tun können, da er über die gesamte Familie zahlreiche intime Dokumente und Hinweise in den Händen habe. Sofja Andrejewna hatte daraus den Schluss gezogen, dass er sich mit einer solchen Absicht trage und drohe, ihr »das Leben sauer zu machen«. Tschertkow bat mich, ihr den Brief gleich nach unserer Ankunft zu übergeben, doch ich riet ihm, das bei unserem Aufbruch selbst zu tun, und er pflichtete mir bei.

Als wir eintrafen, wurden wir unten von Alexandra Lwowna und Warwara Feokritowa in Empfang genommen, die uns berichteten, Sofja Andrejewna sei sehr aufgebracht gewesen und habe Lew Nikolajewitsch ausgeschimpft, weil er bei Tschertkows gewesen und in den Regen gekommen sei. Während sie so schimpfte, habe Lew Nikolajewitsch die ganze Zeit Alexandra Lwowna am Arm gehalten, damit sie nicht wegging, und nur geraunt: »Kein Wort, kein Wort sage ich darauf.«

»Du treibst dich im Regen herum, um Tschertkow zu sehen, wie soll ich ihn nicht hassen?!«, hatte Sofja Andrejewna ihm vorgehalten. Dann war sie ins Remingtonzimmer gegangen und hatte davon gesprochen, dass man sie unausgesetzt quäle, das sei eine Verschwörung – zwischen Tschertkow und Alexandra Lwowna – und sie werde sterben.«

»Du wirst schon nicht sterben«, sagte Alexandra Lwowna zu ihr, »aber Vater binnen einem Monat zu Tode peinigen, wenn du so weitermachst.«

»Er ist seelisch längst für mich gestorben«, widersprach Sofja Andrejewna, »und körperlich ist mir alles gleichgültig.«

»Uns ist aber nicht alles gleichgültig, wir werden das nicht zulassen!«, entgegnete Alexandra Lwowna.

»Das kümmert mich wenig«, versetzte Sofja Andrejewna.

»Ich wiederhole dir: Auch wenn dir alles gleichgültig sein mag, uns ist es das nicht. Wir werden dir nicht erlauben, ihn zu Tode zu peinigen.«

Da ging Sofja Andrejewna schnurstracks zur Tür, hielt, bevor sie das Zimmer verließ, kurz inne und sagte: »Gar nichts könnt ihr!«

Vorher bereits hatte sie verkündet, dass ihr Revolver geladen sei: wenn sie Tschertkow umbringe, werde man sie für wahnsinnig erklären und freisprechen. Außerdem hatte sie geäußert: »Ich wundere mich, dass noch niemand von den Bauern Tschertkow hinter einer Ecke hervor abgeschossen hat.«

Alexandra Lwowna sagte zu Tschertkow und mir, Lew Nikolajewitsch lese Sofja Andrejewna und Lew Lwowitsch gerade im Speisezimmer etwas vor. Als wir hinübergingen, erfuhren wir, dass er ein Buch des französischen Schriftstellers Mille geschickt bekommen und die erste Erzählung, »La biche écrasée« (»Die zerquetschte Ziege«), vorgelesen hatte.

Lew Nikolajewitsch äußerte sich begeistert über diese Erzählung und machte eine kurze Inhaltsangabe (den Anfang las er auf Französisch vor): Ein Automobil mit zwei Insassen verlässt ein Landhotel, ein Scheinwerfer fällt aus, sie überfahren in der Dunkelheit eine Ziege und kehren zurück. Im Hotel gibt es eine Angestellte »für alle Fälle«, eine junge Bretonin, der sie es »aus Langeweile« besorgen. Sie fahren ab, und hinterher weiß sie nicht einmal, von wem ihr Kind ist. Lew Nikolajewitsch lobte die Erzählung sehr: »Wie gekonnt das geschrieben ist!«

Beim Schachspielen sagte er zu Tschertkow: »Ich habe ›Titus‹ [das Drama von Järnefelt] gelesen. Nein, nicht gut. Übrigens beurteile ich Theaterstücke sehr streng. Wie gern hätte ich daran Gefallen gefunden, doch nein: unnatürliche Situationen, zu viele Personen, Überladungen. Hat es Ihnen denn gefallen?«

»Mich hat diese Lektüre angerührt.«

»Nein, nicht gut«, wiederholte Lew Nikolajewitsch.

Gespräche von sonderlichem Belang gab es an diesem Abend nicht. Wir verabschiedeten uns und stiegen hinunter. Seinen Brief an Sofja Andrejewna hatte Tschertkow zuvor Makovický übergeben.

Wir waren bereits angezogen, als Lew Lwowitsch die Treppe heruntergeeilt kam und zu Tschertkow sagte:

»Mama möchte mit dir reden. Es ist wahrlich viel besser, wenn ihr euch aussprecht, statt diese Geschichte weiter hinzuziehen. Unser gestriges Gespräch tut mir sehr leid. Ich habe mich in Rage geredet. Das ist mir sehr unangenehm.«

»Wie froh ich bin, das von dir zu hören«, sagte Tschertkow. »Ich danke dir, das freut mich wirklich sehr.«

Er ging ins Remingtonzimmer zu Sofja Andrejewna, und ihr Gespräch dauerte ziemlich lange. Schließlich kam er heraus, gefolgt von ihr, und sagte in strengem Ton: »Wenn Sie eine Debatte darüber anfangen, welche Vor- und Nachteile es hat, Ihren Mann umzubringen, ist das Gespräch für mich beendet. Ich bin bereit, es fortzusetzen, wenn Sie in einer besseren Verfassung sind.«

Sofja Andrejewna fing wieder mit ihrer Kränkung an.

Tschertkow entgegnete, dass seine Worte ihr kränkend erschienen seien, tue ihm sehr leid, doch habe sie ihn falsch verstanden; und was seine Äußerung angehe, dass er sie längst verlassen hätte, wenn er ihr Mann wäre, so nehme er sie zurück und sei bereit, sich dafür zu entschuldigen.

»Ich danke Ihnen«, sagte Sofja Andrejewna.

Sie trennten sich verhältnismäßig friedlich.

Auf dem Heimweg erzählte mir Tschertkow ausführlich, wie sein Gespräch mit Sofja Andrejewna verlaufen war; etwas Neues bekam ich nicht zu hören.

8. Juli. Als ich in Jasnaja Poljana eintraf, erfuhr ich in der Diele von Makovický, dass Lew Nikolajewitsch bereits nach mir gefragt habe.

Er saß in seinem Zimmer zusammen mit Sutkowoi und Kartuschin (einem Gleichgesinnten), doch das hatte mir Makovický aus irgendeinem Grund nicht gesagt.

Ich ging ins Remingtonzimmer zu Alexandra Lwowna. Sie ist in sehr schlechter Verfassung. Nach dem Krimaufenthalt im Herbst beabsichtigt sie, nach Teljatinki umzuziehen. Ich gab mir alle Mühe, es ihr auszureden.

Lew Nikolajewitsch trat ein, begrüßte mich und fragte: »Warum sind Sie denn nicht zu uns hereingekommen?«

Wir gingen Schach spielen. Unterwegs sagte Lew Nikolajewitsch zu mir: »Schweigen muss man. Was für ein Luxus, schweigen zu können ... Wie gern würde ich ihn mir erlauben!«

Beim Schachspielen wiederholte er diese Worte, und Sofja Andrejewna, die dabeisaß (sie weicht ja jetzt nicht von seiner Seite), sagte: »Du bist sowieso ewig allein und schweigst, was bleibt dir noch zu wünschen?«

Der inzwischen eingetroffene Tschertkow sagte uns guten Abend und ging zu Alexandra Lwowna. Beim Tee las Lew Nikolajewitsch noch eine Erzählung von Mille vor und bedachte sie mit lobenden Worten.

In Bezug auf das Gespräch mit Sutkowoi sagte er zu mir: »Ich habe ihm unumwunden erklärt – er ist ein netter Kerl, ihm gegenüber kann man alles offen aussprechen –, er habe sich im Gymnasium und selbst in der Universität so daran gewöhnt, etwas beigebracht zu bekommen, dass er, wenn man ihn zu belehren beginnt, den Mund aufsperrt und lauscht, statt seinen eigenen Verstand zu bemühen. Er braucht immerfort Lehrer. Sobald jemand ans Pult tritt und anfängt, über irgendein ›Unsichtbares Buch‹ [die Lehre Dobroljubows] zu sprechen, ist er bereit, ihm sein Ohr zu leihen.«

9. Juli. Mitten am Tag erschien die verstörte Olga Tolstaja bei uns. Sie hatte heute mit den Kindern einen Besuch in Jasnaja Poljana gemacht. Lew Nikolajewitsch war mit Lew Lwowitsch ausgeritten. Während sie zusammen mit Sofja Andrejewna auf dem Balkon saß (die Kinder waren auch dabei), brachte diese das Gespräch darauf, dass Lew Nikolajewitsch ihr alles zum Trotz mache, ausgerechnet als sich Regen ankündigte, sei er ausgeritten, und so weiter und so fort. Olga Tolstaja widersprach vorsichtig, doch das endete damit, dass Sofja Andrejewna erklärte, sie könne das Verhältnis zwischen ihr und ihrem Mann nicht verstehen, weil sie selbst von dem ihrigen verlassen worden sei (das im Beisein der Kinder!). Daraufhin war Olga Tolstaja nach oben gegangen. Sofja Andrejewna hatte angefangen zu schreien, hier sei sie die Herrin im Haus, sie werde schon noch alle »kleinkriegen«. »Wen ich will, den nehme ich auf, wen ich will, den jage ich davon! Ständig darf ich für Lew Nikolajewitsch alles mögliche Gesindel und Pack empfangen!«

Als ich am Abend nach Jasnaja Poljana kam, spielten wir Schach. Dabei fragte ich Lew Nikolajewitsch, ob er gearbeitet habe.

»Ja, heute viel. Gorbunow hat mir Texte zur Korrektur geschickt, fünf Bändchen aus ›Weg des Lebens‹ habe ich heute druckfertig gemacht. Und ich gebe zu, ich hatte große Freude daran. Manchmal empfinde ich diese Arbeit als sehr unbefriedigend – nein, nicht sehr, aber es kommt vor, dass mir alles schlecht zu sein scheint.«

Ich verlor wieder zwei Partien.

»Ich habe durch Sie Schach spielen gelernt«, meinte Lew Nikolajewitsch.

Während des Spiels hatte er zu mir gesagt: »Bevor Sie kamen, haben wir hier ein sehr interessantes Referat Burzews auf einem Kongress in Amerika – über die zaristische Macht – gelesen.«

»Auf Russisch?«

»Nein, auf Englisch. Nehmen Sie es mit, Ihre Frau wird es Ihnen übersetzen.«

»Was gibt es Neues in den Zeitungen?«, erkundigte sich Lew Lwowitsch bei mir.

»Ich habe heute kaum etwas gelesen. Cholera überall.«

»Ich werde wohl an der Cholera sterben, weil ich nicht die geringste Angst davor habe, ich hatte noch nie welche.«

Nach dem Schachspiel ging ich zu Alexandra Lwowna, Wieder sprach sie davon, Jasnaja Poljana verlassen zu wollen. Letzte Nacht, berichtete sie, sei Lew Nikolajewitsch zu Sofja Andrejewna gegangen, habe ihr die Hände geküsst und gesagt, er habe sie immer geliebt und liebe sie nach wie vor. Sofja Andrejewna erzähle das allen.

»Mit Papa habe ich noch nicht darüber [ihre Absicht, Jasnaja Poljana zu verlassen] gesprochen«, sagte Alexandra Lwowna, »es ergibt sich nicht, dass wir miteinander reden. Heute kam er und legte sich hier bei uns [im Remingtonzimmer] hin. Warwara war nicht da. ›Ich kann jetzt nicht mit dir reden, ich bin zu böse‹, sagte ich zu ihm. ›Du brauchst es auch nicht‹, erwiderte er, ›wir werden uns wortlos verstehen.‹

Nikolajew kam herein und fragte: ›Haben Sie Geheimnisse?‹ – ›Nein‹, sagte Papa, ›aber selbst wenn wir unsere Geheimnisse ausbreiteten, würden Sie nichts verstehen.‹ – ›Ist das wie die geistige Kommunikation zwischen Sutkowoi und Dobroljubow?‹, wollte Nikolajew lächelnd wissen. ›Ja, ja‹, erwiderte Lew Nikolajewitsch lachend.«

Als Alexandra Lwowna mir all das berichtete, betrat Lew Lwowitsch das Zimmer und sagte: »Betreibt ihr hier wieder Geheimniskrämerei?«

Der inzwischen eingetroffene Tschertkow hatte das Büchlein seiner Mutter über seinen mit elf Jahren gestorbenen Bruder Mischa für Lew Nikolajewitsch, Sofja Andrejewna und Alexandra Lwowna bei sich, für Sofja Andrejewna außerdem noch ein Photoalbum.

Lew Nikolajewitsch hatte einer englischen Gesellschaft ein Autograph versprochen. Tschertkow und Alexandra Lwowna brachten eines seiner ins Englische übersetzten Bücher. Bei der Reinschrift des ausgewählten Textes verschrieb sich Lew Nikolajewitsch und stöhnte auf.

»Macht nichts, Lew Nikolajewitsch«, meinte Tschertkow lachend, »korrigieren Sie, so viel Sie wollen, sie werden die Verbesserungen eines genialen Menschen in Ehren halten.«

Lew Nikolajewitsch lachte ebenfalls und sagte: »Was erzählen Sie mir für garstige Sachen?«

Sofja Andrejewna ließ sich ziemlich lange nicht blicken, als sie dann erschien, sagte sie, sie sei eingeschlummert und habe die Zeit verschlafen, tagtäglich habe sie Fieber – jetzt 37,5 –, und ihr drehe sich alles.

Sie dankte Tschertkow für das Büchlein und sagte beim Betrachten der Photos: »Sascha hat auch so ein Album, sie hat es mir nicht einmal gezeigt. Ich brauche ja keine Photos: ich habe ihn lebend bei mir, kein Photo kann ihn mir ersetzen, ich werde sie dem Museum übergeben. Für andere wird es später eine Freude sein, ihn sich ansehen zu dürfen.«

Tschertkow bemerkte, dass sie die fehlenden Photos noch von ihm bekomme. Sofja Andrejewna bedankte sich auch dafür, fügte hinzu, eigentlich sei sie zu gar keinem Dank verpflichtet, weil die Photos nicht für sie, sondern für das Museum seien, und wiederholte ein paarmal: »Wie schade, dass sie nicht komplett sind.«

Tschertkow verabredete mit Lew Nikolajewitsch für morgen einen Ausritt.

Ich setzte mich ans Klavier und spielte »Warum?«.

»Und jetzt das rhythmische Stück«, sagte Lew Nikolajewitsch, »das höre ich immer gern danach.«

Ich spielte »Grillen« (ebenfalls von Schumann), dann das Prélude A-Dur von Chopin.

»Jetzt die Mazurka«, bat Lew Nikolajewitsch.

Ich spielte die kleine Mazurka e-Moll.

»Was für eine schöne, aufmunternde Musik!«, bemerkte Lew Nikolajewitsch. »Der Beginn ist so schlicht, aber die Durchführung – einfach herrlich!«

Als ich dann die Etüde As-Dur (opus 25) spielte, sagte Lew Nikolajewitsch: »Welch leise, wohltuende, sanfte, zärtliche, frohe Musik. Wie gut, dass Sie sie an den Schluss gesetzt haben!«

Ich fragte ihn, ob es ihm recht wäre, wenn ich ihm und Tschertkow bei ihrem morgigen Ausritt Gesellschaft leistete.

»Ausgezeichnet«, sagte Lew Nikolajewitsch, »dann bilden wir eine ganze Kavalkade.«

Wir verabschiedeten uns voneinander. Sofja Andrejewna gab sich leutselig. Wir standen bereits unten, als Lew Nikolajewitsch mir zurief: »Alexander Borissowitsch, warten Sie, gleich bringe ich sie Ihnen« und in sein Zimmer ging.

Es dauerte nicht lange, bis er zu uns herunterkam, die korrigierten Bändchen in der Hand, und sagte: »Ich wollte sie Ihnen beiden zeigen, sehen Sie, fünf Bändchen sind schon fertig.« Eines trug den Titel »Über den Glauben«.

»Was Sie zu Sutkowoi über den Glauben gesagt haben, war für mich neu«, sagte ich zu Lew Nikolajewitsch. »Sie sehen im Glauben stets ein Quäntchen Aberglauben und meinen, was der Mensch brauche, sei nicht der Glaube, sondern das Bewusstsein seiner göttlichen Anlagen.«

»Ja, ja. Wahrer Glaube – das ist dieses Bewusstsein, doch gehört zum Glauben stets Vertrauen oder Aberglauben, und wenn man mich um eine strenge Analyse bäte, würde ich immer sagen: Bewusstsein der göttlichen Anlagen in der eigenen Person; der Begriff ›Glaube‹ hingegen ist gefährlich.«

Auf dem Heimweg sprachen Tschertkow und ich über die großartige geistige Verfassung Lew Nikolajewitschs und dass er das ungute Gefühl gegen Sofja Andrejewna in sich bezwungen habe. Offenbar habe er das in der letzten Nacht besonders stark empfunden und sei deshalb zu ihr gegangen.

Tschertkow sagte, für gewöhnlich äußere sich Lew Nikolajewitsch nur unter vier Augen völlig frei und offenherzig, und da er sich gern mit ihm aussprechen wollte, entschieden wir, dass er den morgigen Ausritt mit ihm allein machen sollte, mir würde sich schon noch eine andere Gelegenheit bieten.

10. Juli. Wladimir Grigorjewitsch erzählte mir, Sofja Andrejewna sei über ihren Ausritt zu zweit äußerst verärgert gewesen. Was unsere Vermutung bezüglich der geistigen Verfassung Lew Nikolajewitschs betraf, so hatte er sich sehr gerührt gezeigt, dass Tschertkow ihn vollkommen verstanden hatte. Es war tatsächlich sein Wunsch gewesen, Sofja Andrejewna deutlich zu machen, welch gute Gefühle er für sie hege und wie froh er selbst darüber sei.

Am Abend fand ich in Jasnaja Poljana Charles Salomon (einen alten französischen Bekannten der Tolstois, der gut Russisch spricht), Gay und Nikolai Dawydow vor. Man saß im Speisezimmer zusammen, und Salomon las aus einem französischen Buch vor, das der Autor Lew Nikolajewitsch geschickt hatte. Da mich die Lesung langweilte, zumal ich nicht alles verstand, ging ich ins Remingtonzimmer, in dem ich neben Alexandra Lwowna und Warwara Feokritowa auch Larissa Nikolajewa und Bulgakow antraf. Letzterer diktierte Alexandra Lwowna einen langen Brief Lew Nikolajewitschs an die Arbeiter. Auf dem Tisch lag ein Brief, in dem er jemandem den Rat gab, Frau und Kinder nicht zu verlassen und alle üblen Neigungen seiner Frau zu ertragen. Ich las den Brief dieses Unglücklichen, dessen Frau eine haltlose Trinkerin war und der sich wahrhaftig in einer grässlichen Situation befand.

Alexandra Lwowna gab mir ihre Aufzeichnungen zu lesen, doch weit kam ich nicht damit. Sie versprach, sie mir morgen nach Teljatinki mitzubringen.

Lew Nikolajewitsch sah herein und bat mich ins Speisezimmer. »Schach werden wir nicht spielen«, sagte er. »Ich möchte Dawydow nicht allein sitzen lassen, das wäre zu unhöflich, doch bricht er bald auf.«

Wir gingen Tee trinken. Das Gespräch war allgemeiner Natur. Makovický kam herein und sagte zu Lew Nikolajewitsch, Sutkowoi und Kartuschin seien gekommen, sich von ihm zu verabschieden, sie säßen in seinem Zimmer und würden gern dortbleiben.

Als Lew Nikolajewitsch sich zu ihnen hinaufbegab, fragte ich, ob ich mitkommen dürfe.

»Kommen Sie«, sagte er.

Zunächst erkundigte er sich bei den beiden, wohin und wann sie führen. Dann sagte er zu Sutkowoi: »Ich war heute früh auf dem Weg zu Ihnen, bin aber aus Versehen falsch abgebogen und habe nicht hingefunden. Ich wollte mich mit Ihnen unterhalten; morgens funktioniert mein Kopf wesentlich besser.«

»Wir waren bei Tschertkows. Nikolajew sagte uns, dass Sie bei uns vorbeisehen wollten.«

»Also hätte ich Sie sowieso nicht angetroffen. Alexander Borissowitsch hat mich gestern daran erinnert, und ich habe das mit dem Glauben sogar aufgeschrieben.«

Lew Nikolajewitsch las aus seinem Notizbuch etwa Folgendes vor: »Der Glaube, jeder Glaube, ist nie fest, denn man kann ihn verlieren. Fest ist allein das Bewusstsein.«

Weiter sagte er: »Mit dem Glauben ist es im Grunde nicht getan, jeden Glauben kann man verlieren. Und was das Schlimmste ist: Da leben zwei Menschen, jeder glaubt auf seine Weise, mit diesem Glauben lebt und stirbt er. Und bei allen ist der Glaube verschieden. Das macht ihn so verhängnisvoll. Auf dem Glauben gründen alle Formen des Aberglaubens. So ist das allgemein. Bei mir hier war ein Freund, ein Skopze, ein lieber Mensch. Es hört sich so einfach an – sich des Glieds entledigen. Ich sage zu ihm: ›Als Ziel ist Keuschheit sehr wünschenswert, aber gut ist sie dann, wenn es Mühe erfordert, sie zu erreichen‹; er darauf: ›Wenn sie gut ist, wozu es dann mit sich herumtragen?‹«

»Wie kann man den Glauben vom Bewusstsein abgrenzen?«, wollte Sutkowoi wissen.

»Der entscheidende Unterschied besteht darin, dass das Bewusstsein selbständig ist, während der Glaube stets von jemandem übernommen wird. Das Bewusstsein besitzen alle gleichermaßen; zumindest das erste Ich. Darin bin ich eins mit einem Neger, einem Kind, ja selbst einem Wahnsinnigen; und auf der höchsten Stufe bin ich eins mit Buddha, mit Christus.«

»Unser Bewusstsein ist nicht mit unserem Wissen gleichzusetzen?«

»Natürlich nicht! Das Bewusstsein ist die Selbsterkenntnis des durch seinen Körper von der übrigen Welt losgetrennten Einzelwesens. Das Losgetrenntsein des geistigen Wesens ist das größte Geheimnis: Bin ich allein losgetrennt, oder verhält es sich bei den anderen genauso? Und dieses Bewusstsein beschränkt sich nicht auf das einfache Bewusstsein des Ichs, sondern zieht eine ganze Reihe von Fragen nach sich.«

»Ich glaube, dass mein Bewusstsein dem anderer Menschen gleicht«, sagte Sutkowoi.

»Was soll das für ein Glaube sein? Ein anderer leidet oder freut sich, und ich bin bereit, mit ihm zu weinen oder mich über seine Freude zu freuen; hier gibt es jedoch nichts zu glauben, der Glaube ist das, wovon im Katechismus die Rede ist, erinnern Sie sich?«

»Der Glaube ist nicht das Gleiche wie Vertrauen?«

»Für mich gibt es zwischen Glauben und Aberglauben eine große Nähe.«

»Und der Glaube daran, dass die Grundlage der Welt das Gute bildet?«

»Dieser Glaube bedeutet Vertrauen. Aber möglicherweise irre ich mich ... Diese Gedanken über den Glauben habe ich mir heute gemacht. Außerdem habe ich mir heute früh im Bett und auch gestern schon überlegt: Weshalb fragen Sie mich danach? Ich – bitte verstehen Sie mich richtig – habe mir Ansichten erarbeitet, mit denen ich lebe und zu sterben hoffe. Doch wozu mich fragen! Ich glaube nicht, dass ich eine Wahrheit besitze, die die Menschen kennen müssen. Durchaus möglich, dass ich gar nicht weiß ...«

Schweigen.

»Ich habe das letzte Mal nicht verstanden«, sagte Sutkowoi, »warum Sie meinten, dass ich mit aufgesperrtem Mund Belehrungen lausche.«

»Da habe ich Sie gekränkt, tut mir leid. Ich nehme meine Worte zurück. Sie stehen mir nahe, ich mag Sie und sage Ihnen deshalb offen: Mit zehn, elf Jahren wurden Sie zehn bis fünfzehn Jahre lang zwangsweise Unterweisungen ausgesetzt. Die Folge dessen kann nur sein, dass die Tatkraft geschwächt, ja zunichtegemacht wird. Das habe ich auch stets aus Ihren Briefen herausgespürt. Mag sein, dass ich mich aber auch irre. Entschuldigen Sie.«

»Lernen muss man ja wohl?«

»Kürzlich ist meine Broschüre über Erziehung erschienen, eine sehr lesenswerte Broschüre. Das sage ich, obwohl sie von mir stammt. Dawydow ist gerade hier, ein hervorragender Mann. Seinerzeit Staatsanwalt in Tula, hat er dieses Amt – ich gestehe es – unter meinem Einfluss aufgegeben. Jetzt leitet er in Moskau die Schanjawski-Universität*. Ich möchte ihm meine Broschüre vorlesen. Er wird uns gleich verlassen, gehen wir nach oben, damit ich es noch tun kann.«

Wir gingen hinauf. Lew Nikolajewitsch erläuterte, dass er diese Broschüre als Antwort auf einen Brief Valentin Bulgakows (er war bei dem Gespräch dabei) verfasst habe. Aus Zensurgründen sei einiges weggelassen worden. Lew Nikolajewitsch las die Broschüre vor und sagte: »Weggefallen sind sehr wichtige Stellen, in denen ich über verdrehte religiöse Begriffe spreche, die bei uns an allen Schulen zum obligatorischen Lehrstoff gehören, von den Grundschulen bis hinauf zur Universität. Das ist ein schreckliches Übel!«

Zum Abschied sagte er zu Sutkowoi: »Sie werden mich rügen.«

»Damit habe ich bereits angefangen«, erwiderte Sutkowoi leise.

»Das freut mich. Ich versuche mich darüber zu freuen. In einem meiner Gebete gibt es die Worte: Freue dich, wenn man dich rügt. Sie schreiben mir, ich mag Sie und freue mich, mit Ihnen Umgang pflegen zu können.«

Die ebenfalls anwesende Sofja Andrejewna sprach so laut, dass ich von dem Gespräch nicht alles mitbekam.

Alle erhoben sich. Dawydow fuhr los. Auch Sutkowoi und Kartuschin machten sich auf den Weg. Als sie weg waren, hörte ich, wie Sofja Andrejewna zu Warwara Feokritowa sagte: »Ich ärgere mich die ganze Zeit.«

»Was haben Sie für einen Grund, sich zu ärgern, Sofja Andrejewna?«, wollte Warwara Feokritowa wissen.

»Wie sollte ich mich nicht ärgern? Dieser Dummkopf hat seine Uhr verloren [Tschertkow hatte beim Ausritt mit Lew

* Volksuniversität, für die Schanjawski seinen in der sibirischen Goldgewinnung erworbenen Reichtum stiftete.

Nikolajewitsch seine Uhr verloren], und Lew Nikolajewitsch schleppt alle ehrwürdigen Leute durch die Umgebung, damit sie danach suchen. Wenn sie sich anfände, würde ich sie zertreten.«

»Nun, was wollen wir spielen? Schach oder Klavier?«, fragte mich Lew Nikolajewitsch.

Ich sagte, ich würde Schach vorziehen, aber es sei schon spät.

Alexandra Lwowna erinnerte daran, dass ich gesagt hätte, wenn ich täglich Klavier spiele, könne ich danach nicht schlafen, deshalb sei es besser, mich nicht darum zu bitten. Schließlich spielte ich doch noch zwei, drei Stücke. Lew Nikolajewitsch schienen sie großes Vergnügen zu bereiten.

Ich verabschiedete mich und trat den Heimweg an.

11. Juli. Heute wollte Sofja Andrejewna meinen Bruder und seine Frau abholen lassen, während ich mit meiner Frau Tschertkows aufzusuchen beabsichtigte. Alexandra Lwowna hatte versprochen, mir ihre Aufzeichnungen zu bringen. Sie traf mit Warwara Feokritowa kurz nach drei Uhr nachmittags ein.

Ihre Aufzeichnungen sind in einem schönen Ton geschrieben und werden künftig als wertvolles biographisches Dokument dienen.

Sie und Warwara Feokritowa erzählten mir, nachts, nachdem wir weg waren, sei Sofja Andrejewna wieder bei Lew Nikolajewitsch erschienen und habe ihn angeschrien, wozu er Tschertkows Uhr suchen gegangen sei.

Selbst Lew Lwowitsch habe zu ihr gesagt: »Sie sollten sich was schämen, Mama, schließlich haben Sie schon Urenkel!«

Mit einem Geschrei, von dem fast alle aufwachten, stürzte Sofja Andrejewna die Treppe hinunter und rannte in den Tschepysh (so heißt das Wäldchen gleich hinter dem Haus).

Eilends machte man sich auf die Suche nach ihr. Dabei half Marquis (Alexandra Lwownas Pudel), dem Makovický gesagt hatte: »Such Mama!« Marquis lief los und spürte sofort die auf der Erde sitzende Sofja Andrejewna auf.

Sie verlangte, dass Lew Nikolajewitsch sie holen komme. Lew Lwowitsch ging zum Vater, schrie ihn an, schimpfte, verstieg sich dazu, ihn als »Lumpen« zu bezeichnen. Der arme Lew Nikolajewitsch stand auf und zog sich an, um Sofja Andrejewna aus dem Tschepysh zurückzuholen. Sie konnte sich auch danach nicht beruhigen, schrie und versuchte noch einmal davonzulaufen. Das dauerte fort bis vier Uhr morgens.

Am Morgen reiste Sergej Lwowitsch an und führte ein ernstes Gespräch mit Lew Lwowitsch, der die Mutter verteidigte und sagte: »Sie ist doch unsere Mutter.«

»Du vergisst, dass er genauso unser Vater ist!«, hielt ihm Sergej Lwowitsch entgegen. Lew Lwowitsch erklärte unter anderem: »Papa braucht Tschertkow nur dazu, dass Photos von ihm gemacht werden, und darauf könnte er Mama zuliebe verzichten!«

Am Morgen übergab Lew Nikolajewitsch die gelesenen Briefe Alexandra Lwowna. Obwohl Sofja Andrejewna dabeistand, schaffte es Lew Nikolajewitsch, ihr mit den Briefen einen Zettel folgenden Inhalts zuzustecken:

»Macht Mama um Himmels willen keine Vorwürfe, seid alle lieb und sanft zu ihr. Lew Nikolajewitsch«

Ich schrieb diese Notiz von dem in meiner Hand befindlichen Original ab.

Abends traf ich in Jasnaja Poljana auf dem Balkon Sofja Andrejewna, Sergej Lwowitsch, Salomon, Gay und Lew Lwowitsch an. Auf der Vortreppe saßen Makovický und Gorbunow, die mir sagten, Lew Nikolajewitsch habe mit Letzterem die Korrekturen durchgesehen und jetzt gebeten, sich für eine halbe Stunde zum Ausruhen zurückziehen zu dürfen.

Sergej Lwowitsch und ich spielten im Speisezimmer Schach. Dann ging Gorbunow wieder zu Lew Nikolajewitsch. Etwas später betrat auch ich sein Zimmer. Lew Nikolajewitsch freute sich, mich zu sehen. Er zeigte mir den Erzählungsband von Mille und sagte: »Die restlichen Erzählungen sind wesentlich schlechter.«

In Bezug auf Tschertkow bat er mich: »Sagen sie ihm, er möchte morgen herkommen, sollte sich etwas ändern, gebe ich ihm Bescheid. Ich wollte ihm schreiben, bin aber heute zu schwach dazu.«

Etwas später kam Lew Nikolajewitsch ins Speisezimmer, um mit mir eine Partie Schach zu spielen. Gleich danach legte er sich schlafen. »Ich kann mich kaum noch auf den Beinen halten, so müde bin ich«, sagte er.

Damit verließ er das Zimmer. Obwohl mein Pferd noch nicht bereitstand, trat ich schon auf den Hof hinaus, um dort zu warten: im Haus zu bleiben war zu bedrückend.

12. Juli. Als ich mich heute nach dem Mittagsessen hingelegt hatte, kam Tschertkow bei uns vorbeigeritten und fragte nach mir. Meine Frau ging hinaus. Wie ich dann erfuhr, hatte mich Lew Nikolajewitsch zum gemeinsamen Ausritt erwartet, doch da er gestern unwohl war und mir nichts gesagt hatte, vermutete ich nicht, dass er mich erwarten würde. Als ich ausblieb, hatte er gebeten, mich zu holen. Sidorkow sagte es dem Kutscher Iwan und der seinerseits dem Stallknecht Filipp, doch dieser brachte alles durcheinander und ritt zu Tschertkow. Lew Nikolajewitsch machte sich auf den Weg zum Pferdestall, Sofja Andrejewna folgte ihm. Kaum dort angekommen, sah sie Tschertkow den Hügel heraufreiten – ihr entgegen. Sie bekam einen hysterischen Anfall. Lew Nikolajewitsch gab Tschertkow hastig Zeichen, er möge schleunigst verschwinden, und ritt mit Makovický los.

Wie mir am Abend erzählt wurde, hat Sofja Andrejewna ein regelrechtes Verhör veranstaltet in der Annahme, man habe sie hinters Licht führen wollen – sie verhörte die ganze Dienerschaft, bis Filipp, den Tränen nah, erschien, um seine Schuld zu gestehen. Das gesamte Gesinde war zutiefst empört über dieses Verhör.

An diesem Tag hatte uns die bei Olga Tolstaja wohnende Finnin aufgesucht und berichtet, Sofja Andrejewna sei bei Tschertkows, Tschertkows Mutter hatte sie zu sich gebeten unter dem Vorwand, zwei evangelische Pfarrer – Fetler und noch einer – seien bei ihr zu Besuch, in der stillen Hoffnung, auf ihr Verhältnis zu ihrem Sohn Einfluss nehmen zu können.

Es verging eine Viertelstunde. Plötzlich fuhr Sofja Andrejewna mit ihrer Kalesche bei uns vor. Sie wollte meinen Bruder und seine Frau mit nach Jasnaja Poljana nehmen, doch da mein Bruder sich nicht wohl fühlte, fuhren sie nicht mit. Sofja Andrejewna blieb nicht lange bei uns, sie erzählte die ganze morgendliche Geschichte und nannte Tschertkow einen ungehobelten Klotz. Während sie sich in ihre Kalesche setzte, erklärte sie mir, so laut, dass der Kutscher Iwan alles hören konnte, Tschertkow sei ein Bösewicht, er habe sie mit Lew Nikolajewitsch entzweit, er wolle ihr, wie er das nenne, das Leben sauer machen, er habe ihr gesagt, sie sei völlig gesund, und so weiter und so fort.

»Wenn Sie mir erklären würden, Sie seien nicht auf dem Posten und könnten nicht spielen, und ich würde Ihnen sagen: stimmt nicht, Sie sind gesund!, was würden Sie davon halten?«

Am Abend ritt ich mit meiner Frau nach Jasnaja Poljana. Lew Nikolajewitsch setzte sich mit mir in den Salon, um Schach zu spielen.

»Heute Morgen ist es in der Tat zu einer verhängnisvollen Vekettung von Zufällen gekommen, die Sofja Andrejewna irritieren konnten«, sagte er. »Ich fürchte, Tschertkow wird sich gekränkt fühlten. Wenn ich es schaffe, schreibe ich ihm.«

Sofja Andrejewna kam herein, zeigte sich besorgt um Lew Nikolajewitschs Befinden, bot ihm Borshomi* an und ging bald wieder.

Dann erschienen Gay und Salomon. Letzterer sagte, er fahre zu Tjutschews, zur verwitweten Schwiegertochter des Dichters.

* Georgisches Mineralwasser.

»An Tjutschews Sohn erinnere ich mich vage«, sagte Lew Nikolajewitsch, »ich habe ihn kaum gekannt; besser bekannt war ich mit dem Dichter selbst, an ihn erinnere ich mich gut. Seine Töchter traf ich des Öfteren. In Moskau gab es das Haus der Suschkows, in dem ich ein häufiger Gast war. Hier kam eine interessante Gesellschaft zusammen. Später, als meine Ansichten sich änderten, stellte ich meine Besuche dort ein. Ich erinnere mich an die Heirat einer Tochter Tjutschews, ich glaube, Annas, mit dem Schriftsteller Iwan Aksakow. Das war eine sehr sonderbare Ehe: er ein Slawophiler, während sie kaum Russisch sprach. Übrigens sprach auch der Dichter Tjutschew lieber Französisch als Russisch.«

Lew Nikolajewitsch fragte Salomon, welcher Herkunft Tjutschews zweite Frau gewesen sei. Salomon erwiderte, sie sei eine geborene Freifrau von Pfeffel, und fügte hinzu, dass auch Tjutschews Tochter Darja sehr schlecht Russisch gesprochen habe und ihr das von ihrem Bruder Iwan ständig vorgeworfen worden sei.

»Heute war ein sehr netter Mann bei mir«, sagte Lew Nikolajewitsch, »ein Handlungsgehilfe aus einer Moskauer Galanteriewarenhandlung, der gut bekannt ist mit zwei Balletttänzern, die vor einiger Zeit auch schon bei mir gewesen sind. Er ist ein wahrhaft religiöser, seriöser Mensch. Unter anderem beklagte er sich darüber, wie schwierig und peinlich es manchmal für ihn sei, den Damen seine Ware anzupreisen. Wenn man mit ihm über religiöse Fragen spricht, nimmt sein Gesicht einen so konzentriert-ernsthaften Ausdruck an, dass man förmlich sieht, wie angestrengt er nachdenkt.«

Gestern schon hatte Lew Nikolajewitsch zu den Erzählungen von Mille (einem Freund Salomons) festgestellt: »Die übrigen Erzählungen sind, wenngleich allesamt talentvoll, ja glänzend geschrieben, wesentlich schlechter. In einer ist die Rede von einer Wette, bei der jemand in England eine Ratte totbeißen soll. Sein Kopf wird bis zu den Ohren in eine Kiste gesteckt und in sie eine Ratte hineingesetzt, die er totzubeißen hat. Sie fährt ihm ins Gesicht, beißt es blutig; als er sie mit dem Kopf gegen die Kistenwand presst, schreien alle los, das sei regelwidrig, er dürfe nur seine Zähne benutzen. Die Sache endet damit, dass er sie totbeißt.«

Den Tee tranken wir unten. Dann fuhr Salomon los. In der Nacht werden Tatjana Lwowna und ihr Mann erwartet. Als wir uns auch anschickten, bald aufzubrechen, ging Lew Nikolajewitsch in Makovickýs Zimmer, um einen Brief an Tschertkow zu schreiben. Während er noch damit beschäftigt war, kam dieser angeritten. Bei seinem Anblick rannte Sofja Andrejewna vom Balkon in den Garten. Ich meldete Lew Nikolajewitsch die Ankunft Tschertkows. Er freute sich sehr, ihn zu sehen, und übergab ihm den nicht ganz fertig gewordenen Brief.

Wir gingen auf den Balkon. Tschertkow begann Lew Nikolajewitsch einen in seinem Auftrag auf Englisch geschriebenen langen Brief vorzulesen. Ich stieg die Treppe hinab in den Garten und entdeckte dicht am Balkon auf den Steinstufen die lauschende Sofja Andrejewna. Dann gesellte sich Lew Lwowitsch zu ihr. Sie blieb noch eine Weile sitzen, bevor sie durch den Garten ins Haus zurückging.

Die Gespräche waren von keinem sonderlichen Interesse. Lew Nikolajewitsch erzählte wieder von dem Handlungsgehilfen und gab dann eine weitere Erzählung Milles über einen Herrn wieder, der sich verliebt, aber nur über seine Einbildungskraft mit dem Objekt seiner Liebe kommuniziert. Ganze Tage verbringt er scheinbar mit ihr. Einmal kommen Freunde zu ihm und finden ihn wie gewohnt in Träume über sie versunken. Plötzlich greift er nach irgendetwas, wirft es mit aller Kraft von sich und schreit dabei auf. Auf seinem eben noch unverletzten Rücken wird eine Wunde entdeckt. Wie sich später herausstellt, hat es zur selben Zeit ein großes Eisenbahnunglück gegeben. Seine Angebetete fuhr in diesem Zug, und er stieß sie von der Plattform und rettete ihr so das Leben, während er selbst verletzt wurde; und das alles kraft seiner Phantasie. Lew Nikolajewitsch bezeichnete den Inhalt dieser Erzählung als Inbegriff der Absurdität.

Tschertkow blieb nicht lange, und wir machten uns gemeinsam auf den Heimweg. Als wir im Aufbrach waren, sagte man meiner Frau, Sofja Andrejewna sei in ihrem Zimmer. Sie ging sich verabschieden, fand sie jedoch nicht. Während wir die Treppe hinunterstiegen, tauchte Sofja Andrejewna unverhofft auf und lief rasch in Lew Nikolajewitschs Zimmer, wo es offenbar zu einer neuerlichen Szene kam.

13. Juli. Ich hatte mit Lew Nikolajewitsch einen gemeinsamen Ausritt verabredet. Als ich in Jasnaja Poljana eintraf, waren Tatjana Lwowna und Alexandra Lwowna schon im Begriff, mir entgegenzureiten, damit ich für Suchotin einen Kosakensattel und vor allem von Tschertkow den gestrigen Brief Lew Nikolajewitschs an ihn mitbrachte, denn Sofja Andrejewna hatte vom Garten her durchs Fenster beobachtet, wie Lew Nikolajewitsch ihn gestern Tschertkow übergab, und verlangt, ihn zu sehen, glaubt sie doch, Lew Nikolajewitsch schreibe darin über sie. Der Sattel war, wie sich herausstellte, beim Verwalter, und den Brief beschloss man später zu holen.

Alexandra Lwowna und Tatjana Lwowna berichteten mir, gestern (Lew Nikolajewitsch war zu Bett gegangen, ohne ihr Eintreffen abzuwarten) seien sie bis nach vier Uhr früh aufgeblieben und Tatjana Lwowna habe die ganze Zeit versucht, Sofja Andrejewna zu besänftigen. Sie hoffen, dass es fruchtet.

Wir ritten zu dritt aus – Lew Nikolajewitsch, Suchotin und ich – zur Sasseka und den Gräben, weiter zur Gebrannten Lichtung und zur Brücke an der Allee, auf dem Schlackeweg nach Koslowka und zurück nach Hause. Der Ausritt war sehr angenehm, aber sonderlich belangvolle, interessante Gespräche wurden nicht geführt.

Lew Nikolajewitsch versuchte sich an jemanden zu erinnern und sagte: »Ach, dieses Gedächtnis! Allerdings, täglich kommt bis zu einem Dutzend neuer Leute. Wie soll man sie sich alle merken?! Völlig unmöglich.«

Am Abend ritt ich nicht nach Jasnaja Poljana, da ich eine heftige Migräne hatte.

14. Juli. Heute Vormittag kam Sergejenko mit der Bitte zu uns, meine Frau möge eine Abschrift von Lew Nikolajewitschs Testament anfertigen, da er möglicherweise heute herkommen und für den Fall, dass er den Text nicht selbst abschreiben möchte, die von fremder Hand besorgte Abschrift unterzeichnen werde. Während meine Frau mit dem Testament beschäftigt war, ging ich zu Tschertkows hinüber, wo ich Alexandra Lwowna antraf. Sie war gekommen, um Tschertkow darauf vorzubereiten, dass Sofja Andrejewna sich wieder in einer entsetzlichen Verfassung befinde: Sie sei erneut in den Tschepysh gelaufen und verlange die Aushändigung der Tagebücher, so dass jeden Moment jemand erscheinen könne, sie zu holen. Lew Nikolajewitsch hat Tschertkow einen kurzen Brief geschickt, in dem er schreibt, er sei sogar bereit, von Treffen mit ihm Abstand zu nehmen, wenn das Sofja Andrejewna beruhigen könne. Alexandra Lwowna berichtete, Lew Nikolajewitsch habe einen Brief an Sofja Andrejewna geschrieben, dessen Annahme sie in unverändert gereiztem Ton ablehnte. Daraufhin übergab er ihn ihr, Alexandra Lwowna, damit sie ihn der Mutter bringe. Nach dieser Szene, als Sofja Andrejewna nichts hören wollte, den Brief zurückwies und mit ihrem Gezeter fortfuhr, sei Lew Nikolajewitsch schrecklich bleich und schwankend ins Remingtonzimmer gekommen. Michail Sergejewitsch und sie seien hinzugeeilt, um ihn zu stützen.

»Was ist das bloß!«, habe Lew Nikolajewitsch geschrien. »Geht zu Mama, weiß der Himmel, was das ist mit ihr!«

Nie habe sie ihn so schreien gehört, und überhaupt könne sie sich nicht erinnern, ihn jemals in einer so schlimmen Verfassung gesehen zu haben.

Ehe Alexandra Lwowna und Warwara Feokritowa die stenographische Aufzeichnung von Lew Nikolajewitschs Brief an Sofja Andrejewna ins Reine schreiben konnten, packte diese ihn, und es habe Tatjana Lwowna große Mühe gekostet, sie ein paar Minuten zurückzuhalten, damit die Abschrift zu Ende gebracht werden konnte.

Sofja Andrejewna las den Brief und legte ihn auf den

Tisch in ihrem Schlafzimmer. Bezeichnend sei, dass sie sich ungeachtet ihres Zustandes die Zeit genommen habe, in Lew Nikolajewitschs Brief die Abkürzung »Tsch.« auszuschreiben: Tschertkow. Solange sie im Tschepysh war, konnte Alexandra Lwowna ihre Abschrift mit dem Original vergleichen. Diesen Brief hatte sie Tschertkow jetzt mitgebracht. (Er liegt gedruckt vor in dem von Sofja Andrejewna herausgegebenen Buch »Briefe des Grafen Lew Nikolajewitsch Tolstoi an seine Frau«, 2. Aufl., Moskau 1915. Der darin enthaltene Text weicht in zahlreichen Details von Alexandra Lwownas Abschrift ab. Ohne die Möglichkeit zu haben, den Brief anhand des Originals zu prüfen, gebe ich ihn nach der mir von ihr zur Verfügung gestellten Abschrift wieder.)

Er lautet wie folgt:

»1. Die jetzigen Tagebücher werde ich niemandem übergeben, sie bleiben bei mir.

2. Die alten Tagebücher werde ich von Tsch. zurückholen, um sie wahrscheinlich auf der Bank zu verwahren.

3. Falls Dich der Gedanke beunruhigt, dass von meinen Tagebüchern – den Stellen, an denen ich aus momentanen Empfindungen heraus über unsere Meinungsverschiedenheiten und Auseinandersetzungen schreibe – künftige Dir nicht wohlgesinnte Biographen Gebrauch machen könnten, so bin ich, abgesehen davon, dass solche Äußerungen vorübergehender Gefühle sowohl in meinen wie auch in Deinen Tagebüchern in keiner Weise ein richtiges Bild unseres tatsächlichen Verhältnisses vermitteln können – falls Du das befürchtest, so bin ich froh über die Gelegenheit, im Tagebuch oder einfach in einer Art Brief meinem Verhältnis zu Dir und meiner Einschätzung Deines Lebens Ausdruck zu verleihen. Zu meinem Verhältnis zu Dir und zu meiner Einschätzung Deiner Person ist Folgendes zu sagen: So wie ich Dich von jung auf liebte, so habe ich, ungeachtet verschiedener Ursachen der Abkühlung, nicht aufgehört, Dich zu lieben, und liebe ich Dich bis heute. Diese Ursachen der Abkühlung waren – dabei spreche ich nicht von der Einstellung

der ehelichen Beziehungen, die konnte nur Schluss machen mit den trügerischen Äußerungen einer wahren Liebe – erstens meine zunehmende Abkehr von den Interessen des weltlichen Lebens und mein Abscheu gegen sie, wohingegen Du Dich nicht von ihnen lossagen wolltest und konntest, da Deiner Seele die Grundlagen fehlen, die mich zu meinen Überzeugungen geführt haben, was sehr natürlich ist und weswegen ich Dir keinen Vorwurf mache.

Verzeih mir, wenn Dich das, was ich zu sagen habe, unangenehm berühren wird, aber das, was jetzt zwischen uns vor sich geht, ist so wichtig, dass man sich nicht scheuen darf, die ganze Wahrheit auszusprechen und anzuhören. Zweitens wird Dein Charakter in den letzten Jahren mehr und mehr reizbar, despotisch und unbeherrscht. Das Manifestieren dieser Charakterzüge musste zwangsläufig dazu führen, dass zwar nicht das Gefühl selbst abkühlte, aber die Art und Weise, wie es sich äußerte.

Das Dritte ist eine verhängnisvolle Hauptursache, an der wir beide gleichermaßen keine Schuld tragen – unsere völlig gegensätzliche Auffassung vom Sinn und Zweck des Lebens. Alles in unserer Lebensauffassung war diametral entgegengesetzt: die Lebensweise ebenso wie das Verhältnis zu den Menschen und den Mitteln des Lebens, dem Eigentum, das ich für eine Sünde halte, Du dagegen für eine notwendige Voraussetzung des Lebens. Um mich nicht von Dir trennen zu müssen, habe ich mich in meiner Lebensweise schwer erträglichen Bedingungen unterworfen, was Du als Konzession an Deine Ansichten aufgefasst hast, und das Missverständnis zwischen uns wurde immer größer. Dazu kamen weitere Abkühlungsursachen, die an uns beiden lagen, aber da das nicht der Sache dienlich wäre, will ich nicht darauf eingehen. Denn ungeachtet aller unserer Missverständnisse habe ich nicht aufgehört, Dich zu lieben und zu schätzen. Zu Deinem Leben mit mir ist Folgendes zu sagen:

Ich, ein verderbter, in sexueller Hinsicht zutiefst lasterhafter, nicht mehr eben junger Mann, habe Dich, ein reines, gutes, kluges achtzehnjähriges Mädchen geheiratet, und trotz meiner schmutzigen, lasterhaften Vergangenheit hast Du fast fünfzig Jahre mich geliebt, mit mir zusammen ein tätiges, schweres Leben geführt, Kinder geboren und großgezogen, hast sie und mich umsorgt, hast jenen Versuchungen widerstanden, denen jede Frau in Deiner Situation – stark, gesund, schön – so leicht erliegen kann; Du hast so gelebt, dass ich Dir keinerlei Vorwurf zu machen wage. Ich kann Dir nicht zum Vorwurf machen, dass Du mir in meiner exzeptionellen geistigen Entwicklung nicht gefolgt bist, weil das geistige Leben eines jeden Menschen sein Geheimnis mit Gott ist und niemand von ihm etwas zu verlangen hat, und wenn ich etwas von Dir verlangt habe, so habe ich gefehlt und mich dessen schuldig gemacht.

So weit meine wahrheitsgetreue Beschreibung unseres Verhältnisses und meine Einschätzung Deiner Person; im Hinblick auf die Tagebücher weiß ich nur, dass sich darin nichts Brüskierendes und dem, was ich jetzt schreibe, Widersprechendes finden wird. Das wäre also das Dritte zu dem, was Dich bezüglich der Tagebücher beunruhigen könnte, aber nicht sollte.

4. Wenn Dir meine Beziehungen zu Tsch. im Moment so sehr zu schaffen machen, bin ich bereit, von Treffen mit ihm Abstand zu nehmen, wenngleich ich sagen muss, dass das weniger für mich als für ihn unangenehm ist, weiß ich doch, wie schwer ihn das ankommen wird. Doch wenn Du das möchtest, werde ich es tun.

5. Falls Du auf diese meine Bedingungen für ein gutes, friedliches Zusammenleben nicht eingehst, nehme ich mein Versprechen, nicht von Dir wegzugehen, zurück. Ich werde weggehen, und zwar wahrscheinlich nicht zu Tsch., ich werde mir sogar strikt ausbedingen, dass er seinen Wohnsitz nicht in meiner Nähe nimmt, doch weggehen werde ich ganz bestimmt, denn so weiterzuleben ist unmöglich. Ich könnte weiterhin so leben, wenn ich in der Lage wäre, Deine Leiden zu ertragen, doch das bin ich nicht.

Gestern bist du erregt, ja leidend weggegangen. Ich wollte schlafen und legte mich hin, und es war weniger, dass mir

Gedanken kamen, als dass ich Dich zu fühlen begann, und ich schlief nicht, sondern lauschte in die Nacht bis um eins, um zwei, und wieder wachte ich auf und lauschte, und im Schlaf oder im Halbschlaf sah ich Dich vor mir.

Überlege es Dir in Ruhe, liebe Freundin, hör auf Dein Herz, folge Deinen Empfindungen, und Du wirst alles so entscheiden, wie es sein muss. Von mir kann ich nur sagen: Ich habe entschieden, dass ich nicht anders kann, ich kann nicht. Hör auf, Liebes, nicht andere, sondern Dich selbst zu quälen, denn Du leidest hundertmal mehr als alle anderen. Das war es.

14. Juli morgens. Lew Tolstoi«

Ich kehrte nach Hause zurück und beeilte mich zusammen mit meiner Frau, die Prüfung der Abschrift eines Tagebuchheftes zu Ende zu bringen.

Anschließend gingen wir beide zu Tschertkows und blieben dort bis Viertel nach sieben Uhr abends.

Gegen sechs Uhr war Alexandra Lwowna wieder erschienen und hatte berichtet, Sofja Andrejewna habe erwartet, dass sie die Tagebücher mitbringen würde, doch in der Eile hatte Lew Nikolajewitsch vergessen, sie in seinem Brief an Tschertkow zu erwähnen. Alexandra Lwowna versteckte sich im Zimmer von Sidorkows Frau, bis Lew Nikolajewitsch von seinem Ausritt zurückkehrte. Heimgekommen, schrieb er ein paar Worte an Tschertkow, und Alexandra Lwowna ritt wieder nach Teljatinki die Tagebücher holen.

Tschertkow schrieb einen Brief an Lew Nikolajewitsch und übergab ihn Alexandra Lwowna, die ihn zusammen mit den Tagebüchern nach Jasnaja Poljana mitnahm.

Kurz darauf erschien aus Jasnaja Poljana Belenki und berichtete, dort sei man beunruhigt und warte auf Alexandra Lwowna, Sofja Andrejewna habe nicht zu Mittag gegessen, sie sitze im Remingtonzimmer und schreibe auf der Maschine.

Als ich gegen acht Uhr in Jasnaja Poljana ankam, spielten Lew Nikolajewitsch und Suchotin Schach. Sofja Andrejewna saß dabei, sah zu und sagte: »Wie interessant, das Schachspiel, und wie es Spaß macht, zuzusehen. Als Außenstehende kann ich dem Verlauf mühelos folgen.«

Ich ging ins Remingtonzimmer. Hier saßen Tatjana Lwowna, Alexandra Lwowna, Warwara Feokritowa und Maria Schmidt zusammen. Von ihnen erfuhr ich, dass Lew Lwowitsch auf Alexandra Lwownas Rückkehr an der Allee gewartet habe, während Sofja Andrejewna am Fenster wartete. Da Alexandra Lwowna das voraussah, ritt sie vom Tschepysh her an das Haus heran und ging zu Fuß zum Hinterhof. Sidorkows Frau bemerkte sie und machte ihr ein Zeichen, dass Sofja Andrejewna sie am Fenster abzupassen suche. Alexandra Lwowna versteckte sich und übergab die Tagebücher dann durch das Fenster ihres Zimmers Sidorkows Frau, die sie ins »Gewölbezimmer« trug.

Die herbeigeholte Tatjana Lwowna wollte die Tagebücher gerade versiegeln und in einen Schrank legen, als plötzlich Sofja Andrejewna hereinstürzte und sie an sich riss, um darin zu blättern und zu lesen. Tatjana Lwowna gebot ihr Einhalt und sagte, sie habe versprochen, sie nicht zu lesen. Beim Anblick Sofja Andrejewnas hatte Alexandra Lwowna schleunigst Suchotin zu Tatjana Lwowna geschickt. Sofja Andrejewna prüfte alle Terminangaben und die Zahl der Hefte, dann wurden die Tagebücher in Papier eingeschlagen, versiegelt und unter Verschluss im Schrank verwahrt; morgen soll Suchotin sie in Tula auf Lew Nikolajewitschs Namen bei der Bank hinterlegen.

»Ihr alle werdet mir noch dankbar sein«, habe Sofja Andrejewna zu Tatjana Lwowna gesagt.

»Nein, Mama, das werde ich Ihnen niemals verzeihen!«, habe Tatjana Lwowna erwidert.

Bei meinem Eintreffen war alles einigermaßen ruhig. Sofja Andrejewna aß wieder und sagte, sie habe vier Tage nichts zu sich genommen, sie könne beliebig lange ohne Essen auskommen, es verlange sie überhaupt nicht danach, nur einmal nachts habe sie Hunger bekommen. Sie erinnert sich immer wieder an irgendwelche verschütteten Bergleute, die vier Tage lang nichts gegessen hatten.

Zu dem an sie gerichteten Brief Lew Nikolajewitschs sagte sie beiläufig: »Ich habe immer gewusst, dass er ein guter Schriftsteller ist.«

Nach dem Schachspiel machte jemand den Vorschlag, Wint zu spielen, was Lew Nikolajewitsch erfreut annahm – offenbar hat er das Bedürfnis auszuspannen. Bevor ich mich verabschiedete, spielte ich noch Klavier. Beim Hinausgehen fragte ich Lew Nikolajewitsch, was ich Tschertkow ausrichten solle.

»Richten Sie ihm meinen herzlichen Dank für seinen wunderschönen Brief aus. Er hat mich zutiefst gerührt. Bestellen Sie ihm, dass Sofja Andrejewna, als ich mich bereit erklärt habe, mich nicht mehr mit ihm zu treffen, gesagt hat: ›Das verlange ich überhaupt nicht‹; ich möchte jedoch nicht, dass das von mir ausgeht, und werde deshalb abwarten, bis sie es von sich aus sagt.«

Als ich bereits auf dem Pferd saß, trat Lew Nikolajewitsch ans Fenster und rief mir zu: »Richten Sie ihm aus …« Seine Stimme brach ab, und er wandte sich vom Fenster weg.

Ich wartete noch eine Weile. Als ich glaubte, dass er sich nicht mehr zeigen würde, und schon losritt, trat er auf die Vortreppe und fragte: »Sind Sie hier?«

Ich ritt näher.

»Richten Sie ihm aus, dass es gut ist, solche Freunde zu haben … Ich kann nicht weitersprechen.«

Lew Nikolajewitsch schluchzte auf und ging ins Haus.

15. Juli. Wir hofften alle, dass es jetzt besser würde, doch kurz nach eins erhielt ich von Warwara Feokritowa die schriftliche Nachricht: »Bei uns hat wieder alles von vorn angefangen. Lew Nikolajewitsch ist schwach – Herzjagen.«

Ich weiß, dass Tatjana Lwowna und ihr Mann nach Tula gefahren sind und Alexandra Lwowna in Jasnaja Poljana geblieben ist. Sonst ist einstweilen nichts Genaues bekannt.

Bis zum Abend blieben wir im Ungewissen. Dann ritt ich nach Jasnaja Poljana. Tschertkow hatte mir einen Brief seiner Frau an Lew Nikolajewitsch mitgegeben, in dem sie wohl darum bittet, der Verbannung Tschertkows ein Ende zu setzen.

Tschertkow wollte am Abend nach Jasnaja Poljana kommen und jemand aus dem Haus bitten, um zu erfahren, ob der Brief etwas bewirkt habe. Vor dem Dorf begegnete ich Bulgakow, der zu Pferd unterwegs war, um ihn zu holen, da Sofja Andrejewna erklärt hatte, nichts gegen seinen Besuch zu haben.

In Jasnaja Poljana angekommen, traf ich Lew Nikolajewitsch unten auf der Vortreppe zusammen mit Sofja Andrejewna und Suchotin. Letzterem hatte er gerade eine Partie Schach angeboten. Da ich jetzt da war, spielte er mit mir. Beim Schach konnte ich nichts in Erfahrung bringen, doch fiel mir auf, dass die Atmosphäre verhältnismäßig ruhig war.

In Jasnaja Poljana hält sich ein Bezirksvolksschulinspektor aus Amerika auf, ein gewisser R. (er gibt sich als Verwandter Rockefellers aus), der einen Brief von dem amerikanischen Politiker William Jennings Bryan mitgebracht hat. Der Brief ist irgendwie fragwürdig: auf einer Remington geschrieben, aber mit Faksimileunterschrift. Allem Anschein nach ein völlig uninteressanter Mann.

Während wir Schach spielten, erzählte Lew Lwowitsch, in den »Russkije wedomosti« (»Russische Nachrichten«) sei Lew Nikolajewitschs bei Tschertkow geschriebene Erzählung »Aus einem Tagebuch. Gespräch mit dem Bauern« abgedruckt. Lew Nikolajewitsch sagte, gerade in der letzten Nacht habe er an diese Erzählung gedacht und mit seinem Leuchtbleistift (jemand, es war wohl Sofja Stachowitsch, hat Lew Nikolajewitsch einen Bleistift mit einem Glühlämpchen geschenkt, mit dem er manchmal ihm nachts in den Sinn kommende Gedanken notiert) einen neuen Schluss geschrieben.

Nach dem Schachspiel ging ich ins Remingtonzimmer.

Dort und im weiteren Verlauf des Abends erfuhr ich von Alexandra Lwowna und Warwara Feokritowa Folgendes:

Am Morgen war Sofja Andrejewna bei Lew Nikolajewitsch erschienen und hatte ihn gebeten, aus seinem Brief die Stelle zu streichen, an der er davon spricht, dass er von ihr weggehen werde. Er sagte, das könne er nicht tun, weil es sein fester Entschluss sei. Nach einer Weile kam sie wieder zu ihm und flehte ihn auf Knien an, ihr den Schlüssel zu den Tagebüchern zu geben. Er sagte, dass er auch das nicht tun könne und an dem ihr schriftlich mitgeteilten Entschluss nichts ändern werde. Nach diesem Gespräch verließ er sein Zimmer ganz erschöpft und rieb sich die Brust mit der Hand, sein Herz pochte schrecklich.

Er ging in den Garten. Als er an Sofja Andrejewnas Fenster vorbeikam, schrie sie hinunter, sie habe ihr ganzes Opiumglas ausgetrunken. Entsetzt lief er zu ihr hinauf, bekam jedoch gesagt, sie habe ihn getäuscht und gar nichts getrunken. Völlig entkräftet, stieg er wieder hinunter. Lew Lwowitsch eilte zu seiner Mutter. Lew Nikolajewitsch war in Tränen aufgelöst. Mit schluchzender Stimme sagte er wie zu sich selbst, aber so, dass Alexandra Lwowna und Warwara Feokritowa es hören konnten: »Jetzt fehlt nur noch, dass Lew Lwowitsch mich beschimpft!«

Von seinem Spaziergang zurückgekehrt, sagte er zu Alexandra Lwowna, sie möchte Sofja Andrejewna bestellen, sie verhalte sich so, als lege sie es darauf an, dass er weggehe. Er bat, ihr auszurichten, dass er fest entschlossen sei wegzugehen, wenn sie sich nicht beruhige.

Der restliche Tag verlief, abgesehen von dem unangenehmen Gespräch beim Mittagessen, verhältnismäßig ruhig.

In Tula war die Bank wegen eines Feiertags geschlossen, weswegen Suchotin die Tagebücher gegen Quittung beim Arzt Gruschezki hinterlegte, und da Suchotin heute abreist, wurde beschlossen, Alexandra Lwowna zu beauftragen, sie zur Bank zu bringen. Sofja Andrejewna sagte, sie werde mitkommen, woraufhin Alexandra Lwowna, die das als Misstrauen gegen sich wertete, erklärte, dann fahre sie nicht. Das

Gespräch nahm einen scharfen Ton an. Tatjana Lwowna erbot sich, Sofja Andrejewna zu begleiten, und alle beruhigten sich ein wenig.

Im Remingtonzimmer also fand ich Alexandra Lwowna, Sofja Andrejewna und Suchotin vor. Alexandra Lwowna schrieb etwas in ein Heft. Sofja Andrejewna erkundigte sich, was sie da habe.

»Mein Aufschreibbuch [so nennt Makovický das Tagebuch]«, sagte Alexandra Lwowna.

Sofja Andrejewna zeigte sich sehr erstaunt, dass sie Aufzeichnungen mache, und wollte wissen, was es denn aufzuschreiben gebe. Alexandra Lwowna sagte, sie halte alle Geschehnisse fest, selbst Tatjana Lwownas Bericht über die Bauernhochzeit bei ihnen in Kotschety habe sie aufgeschrieben.

Sofja Andrejewna verdross das offensichtlich sehr, sie sagte, in Zukunft werde keiner mehr herausfinden, wo die Wahrheit liege.

Später erschien Sofja Andrejewna wieder mit einer Bescheinigung Lew Nikolajewitschs für die Bank, die er ihr anscheinend diktiert hatte. Darin hieß es, dass das Kästchen, das er sich in der Bank aushändigen lasse, nur von ihm, Lew Nikolajewitsch, oder von Suchotin geöffnet werden dürfe.

Sofja Andrejewna bat Warwara Feokritowa, davon auf der Remington eine Abschrift zu machen und unten hinzuzufügen: »und im Falle meines Todes von meinen Erben«, was zu unterschreiben Lew Nikolajewitsch sicherlich nicht ablehnen werde.

Suchotin scherzte, er werde sich erlauben, alles zu lesen.

»Wieso genießt Michail Sergejewitsch solches Vertrauen?«, fragte Sofja Andrejewna daraufhin.

»Sie werden mich auch noch hassen, wie Tschertkow«, meinte er lachend.

Doch auch dieser Scherz half nichts. »Das hat es noch nicht gegeben«, sagte Sofja Andrejewna, »solche Sorge um Weltliches, solche Geschäftigkeit. Er hat in früheren Tagebüchern solche Dinge über sich zu Papier gebracht, dass ich mich wunderte, wie man so etwas über sich selbst schreiben kann; all das ist bei mir verwahrt. Und jetzt … Ich verstehe nicht, wo sein einstiger Edelmut geblieben ist.«

Sie ist sehr verärgert, dass Alexandra Lwowna sich geweigert hat, mit ihr nach Tula zu fahren, und redete davon, dass ihr alle das Leben vergällten.

Beim Tee knüpfte Lew Lwowitsch – nach seiner Unterhaltung mit dem Amerikaner – mit mir ein Gespräch über Reichtum an und darüber, dass geistige Entwicklung ohne günstige materielle Voraussetzungen nicht möglich sei.

Ich wandte ein, dass im Leben auf Schritt und Tritt das Gegenteil zu beobachten sei.

Mittendrin kam Lew Nikolajewitsch dazu und wollte wissen, worüber wir redeten. Ich gab ihm den Inhalt unseres Gesprächs wieder.

»Und wie ist das mit dem Mönch, den ich in Optina pustyn* gesehen habe?«, sagte er. »Zwanzig Jahre lag er danieder, konnte nur eine Hand bewegen. Und wie viel Gutes hat er mit diesem seinem Leben getan!«

Lew Lwowitsch tat, als habe er nichts gehört, und kam mit seinem Tischnachbarn auf etwas anderes zu sprechen.

Suchotin, der neben mir saß, sagte zu Lew Nikolajewitsch: »Ich bin etwas später im Heilig-Geist-Kloster gewesen und habe den Starzen** dort gesehen.«

»Und?«

»Nichts weiter; er ist rechts völlig gelähmt, macht aber einen sehr guten Eindruck.«

»Schade, dass ich nicht mitgekommen bin«, sagte Lew Nikolajewitsch.

Das Heilig-Geist-Kloster liegt unweit von Kotschety. Lew Nikolajewitsch interessierte sich dafür, und als er im

* Im 14. Jh. von Opta (Makari) gegründetes Mönchskloster im Gouvernement Kaluga.

** Starez: Mönch der höchsten asketischen Stufe, Beichtvater und Erzieher junger Mönche; im Volksglauben oft als wundertätig verehrt.

Frühjahr in Kotschety war, hatte er eigentlich hinfahren wollen.

»Wenn ich mit Bauern ins Gespräch komme«, sagte er, »und sie häufig auf die Popen schimpfen, gebiete ich ihnen jedes Mal Einhalt. Aber ich muss sagen – Sascha und Bulgakow wissen es –, täglich bekomme ich ein, zwei Briefe, in denen die Rede davon ist, wie jemand, seines sündhaften Lebens überdrüssig, Trost in der Religion suchte, alles aufgab, ins Kloster ging, es jedoch schon nach kurzer Zeit enttäuscht wieder verließ: so sehr verkommen ist dort alles und widerspricht den religiösen Bedürfnissen.«

Suchotin bestätigte, dass im Heilig-Geist-Kloster die jungen Mönche mit ihrem femininen Äußeren und ihren Locken einen abstoßenden Anblick böten.

»Es hat mich große Mühe gekostet, die Rückgabe der Tagebücher durchzusetzen«, sagte Sofja Andrejewna zu mir. »Alle werden mir dafür dankbar sein. Ich wäre gern bereit gewesen, dafür fünf Jahre, ja den ganzen Rest meines Lebens zu opfern!«

Als Tschertkow erschien, erfasste die Runde eine bedrückende, unnatürliche, gespannte Atmosphäre, Lew Nikolajewitsch und Tschertkow vermieden es sogar, nahe beieinanderzusitzen. Das Gespräch drehte sich um Briefe, um den Amerikaner. Lew Nikolajewitsch erzählte, ein Inder habe darum gebeten, ihn besuchen zu dürfen. Tschertkow riet ihm, nicht darauf einzugehen, es dürfte schwierig werden, ihn wieder loszuwerden, da er schreibe, seine Freunde wollten ihm behilflich sein, zu Lew Nikolajewitsch zu gelangen, wohlweislich jedoch unerwähnt lasse, ob sie auch beabsichtigten, ihn bei der Rückreise zu unterstützen.

»Ich gebe zu, mich reizt der Turban«, meinte Lew Nikolajewitsch lachend.

Tschertkow war mit seinem Sohn Dima und dessen Freund, dem Engländer Bob, hergekommen. Dima brachte den Engländer gerade nach Koslowka zum Zug und wollte auf dem Rückweg seinen Vater abholen.

Als Lew Nikolajewitsch das hörte, beeilte er sich festzustellen: »Um elf Uhr lege ich mich schlafen.«

Offenbar ging es ihm darum, Sofja Andrejewna zu beruhigen. Tschertkow sagte, er werde auf Dima in Makovickýs Zimmer warten. Gegen elf zog sich Lew Nikolajewitsch in sein Zimmer zurück, während wir uns nach unten begaben und noch lange im Garten unterhielten, zunächst zu dritt: Tschertkow, Alexandra Lwowna und ich, später kam Tatjana Lwowna dazu. Die Rede war unter anderem davon, dass Sofja Andrejewna dem Arzt Nikitin abgesagt hat. Eigentlich war es Lew Nikolajewitschs Absicht gewesen, ihm selbst ein Telegramm zu schicken, aber durch ein Missverständnis hatte Makovický es nicht übermittelt. Nun ist es fraglich, ob die Ärzte kommen werden. Als ich mich auf den Heimweg machte, setzten die drei ihr Gespräch noch lange fort.

16. Juli. Weder heute Vormittag noch im Laufe des Tages kamen Nachrichten. Am Abend ritt ich erst spät nach Jasnaja Poljana, um halb neun. In der Diele sagte mir Sidorkow, es sehe recht gut aus.

Lew Nikolajewitsch war in seinem Zimmer und legte eine Patience, Sofja Andrejewna saß dabei. Ich hatte ihm einen Druckbleistift »Koh-i-Noor« mitgebracht.

»Ich werde an Sie denken«, sagte er. Und fügte hinzu: »Gehen wir Schach spielen, ich werde bloß bald eine Vorgabe erbitten müssen.«

Sofja Andrejewna entfernte sich. Lew Nikolajewitsch seufzte.

»Was haben Sie?«, wollte ich wissen.

»Nichts weiter. Bei uns geht es ruhiger zu. Sofja Andrejewna ist heute in fast gut zu nennender Verfassung. Am Vormittag habe ich einen Brief von Wladimir Grigorjewitsch bekommen, den ich ihr nicht zeigte. Er schreibt, seine Mutter würde mich gern sehen. Ich befürchtete, Sofja Andrejewna könnte darin eine List argwöhnen, und beschloss, den Brief lieber vor ihr geheim zu halten, und wartete darauf, dass sie mir selbst eine Fahrt dorthin vorschlüge. Das hat sie nicht getan, sondern Tula vorgezogen, und so, ohne sie, mochte ich nicht fahren.«

»Man hat Sie dort heute erwartet.«

»Ja, ja, ich weiß. Nun, morgen, sofern nichts dazwischenkommt, fahre ich ganz bestimmt hin. Wird Wladimir Grigorjewitsch da sein? Haben Sie ihn gesehen?«

»Nein, das nicht, aber ich habe gehört, dass er herkommen wollte.«

»Ich erwarte ihn. Heute bin ich mit dem liebenswerten Bulgakow über Waldwege so schön kreuz und quer geritten.«

»Ich würde, wenn Sie gestatten, mit Ihnen auch gern wieder einen Ausritt machen, einfach so durch die Gegend.«

»Ja, ja, das machen wir, ich freue mich sehr darauf. Bei mir war heute ein hochinteressanter Mann, der Lehrer Komarowskich aus Wjatka mit seiner Frau. Ich habe sie am Vormittag vor dem Haus begrüßt, es sind so liebe Menschen. Ich bot ihnen Tee an, aber sie sagten: Danke, wir haben schon welchen getrunken. Eine Teekanne und Tee hatten sie bei sich. Sie besorgten sich heißes Wasser und tranken ihren Tee im Garten. Ein ganz außergewöhnlicher Mann ist das, und wie es häufig zu sein pflegt, lebt er mit seinen religiösen Gedanken für sich allein. Er hat das Bedürfnis, sie zum Ausdruck zu bringen, und schreibt sie auf. Ich habe es mir angesehen: alles höchst bemerkenswerte Gedanken, aber unbeholfen formuliert. Ohne es zu wissen, versucht er etwas zu artikulieren, was die besten Denker lange vor ihm in Worte gefasst haben. An den nötigen Fertigkeiten und dem Vermögen mangelt es ihm, aber seine Denkweise ist die allerbeste. Ich sagte ihm: Ihre Gedanken sind sehr gut, und bemühte mich, ihm behutsam klarzumachen, dass er das Schreiben besser lassen sollte, da er nicht dazu berufen sei; und er – ja, das gibt es manchmal – begriff sofort und war nicht im Geringsten gekränkt und betrübt. Sehr gute Menschen. Sie sind dann zu Tschertkows gegangen.«

Vor dem Gespräch mit Lew Nikolajewitsch, so erfuhr ich,

hatten sie ziemlich lange mit Lew Lwowitsch zusammengesessen, der ihnen gesagt habe, seinem Vater sei der Verstand abhandengekommen und mit ihm zu sprechen wenig lohnenswert.

»Hören Sie sich besser an, was *ich* Ihnen zu sagen habe!«, soll er ihnen erklärt haben.

Sie wussten nicht, was sie davon halten sollten, und waren vor dem Gespräch mit Lew Nikolajewitsch völlig irritiert.

»Habt ihr Geheimnisse?«, fragte die nach uns sehende Alexandra Lwowna.

»Ja«, erwiderte Lew Nikolajewitsch lachend. »Schon gut, Sascha, was kann es für Geheimnisse geben? Sieh mal, was für einen Bleistift Alexander Borissowitsch mir geschenkt hat.«

»Ich habe nach dir gesucht«, sagte Tatjana Lwowna im Hereinkommen zu Lew Nikolajewitsch. »Ich muss mit dir reden.« (Sie reist morgen früh ab.)

»Unter vier Augen?«

»Ja, aber es dauert nicht lange, fünf Minuten.«

Alexandra Lwowna und ich verließen das Zimmer. Lew Nikolajewitsch rief uns nach: »Danach werde ich Geheimnisse mit mir selbst haben.« Er lachte.

Ich ging mit Alexandra Lwowna ins Remingtonzimmer. Nach einer Weile kam uns Tatjana Lwowna Bescheid sagen, Lew Nikolajewitsch sei bereits im Salon. Sie erzählte, wie sie die Tagebücher zur Staatsbank gebracht hatten, wo sie in einem Safe verwahrt wurden; die Schlüssel des dazu verwendeten Kästchens sind in der Bank geblieben. Sie dürfen nur Lew Nikolajewitsch selbst oder seiner notariell beglaubigten Vollmacht entsprechend ausgehändigt werden.

Sofja Andrejewna hat Warwara Feokritowa und wohl auch Bulgakow erzählt, ihr sei in der Bank zugesagt worden: »Ihnen, Gräfin, händigen wir es selbstverständlich aus.«

Tatjana Lwowna meint, das entspreche nicht der Wahrheit, nichts dergleichen sei ihr zugesagt worden. Es gebe zu dem Kästchen zwei Schlüssel, Sofja Andrejewna habe zunächst einen an sich genommen und versucht, ihn zu verstecken, sie, Tatjana Lwowna, habe das jedoch gemerkt und ihr gesagt: »Mama, was für eine naive List? Wozu haben Sie den Schlüssel an sich genommen?«

»Ach, bloß so«, habe Sofja Andrejewna verlegen gesagt und den Schlüssel hergegeben.

Ich ging in den Salon. Lew Nikolajewitsch saß mit dem Amerikaner und Lew Lwowitsch zusammen. Wir begannen Schach zu spielen.

»Ich will mich bemühen, nicht so schlecht zu spielen wie gestern«, sagte Lew Nikolajewitsch.

Als wir die Figuren aufgestellt hatten, fügte er hinzu: »Nun, wenn ich zwei Partien gegen Sie verliere, werde ich ab jetzt mit einem Mehrbauern und einem Zug als Vorgabe spielen. Übrigens bekommen Sie ständig eine Vorgabe von mir, da sie dauernd Weiß spielen. Also je nachdem.«

Wir spielten zwei Partien, und ich gewann beide. Inzwischen waren Tschertkow und Maria Schmidt eingetroffen, um sich von Tatjana Lwowna zu verabschieden. Beim Tee sagte Tschertkow von Tapsel (dem englischen Photographen, der bei ihnen wohnte), er sei zerstreut und vergesse alles, und scherzhaft fügte er hinzu: »Für gewöhnlich meint man, die Tolstoianer seien alle zerstreut: ihr Blick sei immerfort himmelwärts gerichtet.«

»Nur himmelwärts?«, unterbrach ihn Sofja Andrejewna ironisch.

Tschertkow überging die Frage und erzählte weiter von Tapsel.

Schon vor dem Teetrinken war Lew Nikolajewitsch im Remingtonzimmer vorbeigekommen und hatte über Herzbeklemmung geklagt. Halb elf erkundigte sich Tatjana Lwowna, ob ich spielen werde. Ich sagte, ich befürchte, das könnte Lew Nikolajewitsch schaden. Etwas später fragte sie bei ihm nach, und er sagte, es würde ihn sehr freuen. Ich spielte zehn Mazurken von Chopin, was Lew Nikolajewitsch großes Vergnügen zu bereiten schien. Er sagte mir dann viel Gutes über mein Spiel:

»Bei jeder Note ist völlige Sicherheit zu spüren, dass das gerade so sein muss; nichts Überflüssiges oder Unvollkommenes. Genauso wie sich bei uns Schriftstellern das rechte Maß nur schwer finden lässt, so ist es auch auf Ihrem Gebiet. Sehr gut spielen Sie. Ich erinnere mich, dass ich Sie seinerzeit auf Ihre Unzulänglichkeiten hingewiesen habe. Jetzt ist davon nicht die Spur geblieben. Sehr, sehr gut!«

Das zu hören war mir teuer und zugleich peinlich, weiß ich doch, wie weit entfernt von dieser Einschätzung mein Spiel ist.

Wir fuhren los. Unterwegs kam es zu einem Zwischenfall. Es war ungewöhnlich finster, und ein starkes Gewitter entlud sich. Ich hatte mich mit Bulgakow in den geflochtenen Wagenkasten gesetzt, Tschertkow auf den Bock und Mischa Saizew (ein junger Bauer) auf mein Pferd. Auf halber Strecke zwischen dem Dorf und der ersten Anhöhe kippte unser Wagen um. Alle stürzten heraus; ich konnte gerade noch rechtzeitig abspringen, sonst wäre ich unter dem Fuhrwerk und seinen Insassen begraben worden. Ein Gabelarm war gebrochen. Das Pferd musste ausgespannt werden, und wir beschlossen, das Fuhrwerk bis zum Morgen stehenzulassen und zu Fuß weiterzugehen. Ich setzte mich auf meine Shutschka und ritt voraus. Es war etwas unheimlich, aber auch ungewöhnlich schön: strömender Regen, den Himmel durchzuckten grelle Blitze, Donnergrollen. Klitschnass kam ich zu Hause an und ließ bei Tschertkows Bescheid sagen, damit man den anderen mit Laternen entgegenging.

Alles nahm ein glückliches Ende.

17. Juli. Heute war wie schon an den zurückliegenden Tagen alles vorbereitet, da Lew Nikolajewitsch versprochen hatte, zu Tschertkows zu kommen, um das Testament neu zu schreiben, wobei für den Fall des Todes Alexandra Lwownas Tatjana Lwowna mitbenannt werden sollte. Hauptsächlich geschieht das deswegen, weil es ihm wie auch Alexandra Lwowna weh tun würde, wenn Tatjana Lwowna später auf den Gedanken käme, Lew Nikolajewitsch habe ihr misstraut.

Am Vormittag suchte ich mit meiner Frau Tschertkows auf, und kaum dass wir nach Hause zurückgekehrt waren, um zu Mittag zu essen, kam ein Bote, um uns Bescheid zu sagen, dass Lew Nikolajewitsch eingetroffen sei. Wir eilten hinüber. Lew Nikolajewitsch war bei Tschertkows Frau. Wir alle gingen nach oben, ich mit Tschertkow in dessen Zimmer, das neben dem lag, in dem von Lew Nikolajewitsch ein Farbphoto gemacht werden sollte. Für den Fall, dass Sofja Andrejewna aufkreuzte, konnte man gleich dorthin ausweichen.

Tschertkow führte Lew Nikolajewitsch herein, der mich mit einem doppelten kräftigen Händedruck begrüßte, sich an den Tisch setzte und mich bat, ihm nach dem Wortlaut des von Murawjow vorgelegten Textes zu diktieren, der mit dem alten identisch war, jedoch den Zusatz enthielt, dass, sollte Alexandra Lwowna vor ihm sterben, alles auf Tatjana Lwowna überging.

Lew Nikolajewitsch war sichtlich erregt, schrieb aber schnell und ohne dass ihm ein Fehler unterlief. Als er fertig war, sagte er zu mir: »Das hätten wir, wie gut!«

Zum Schluss kamen Tschertkow und Sergejenko dazu. Dann wurden Anatoli Radynski (ein Mitarbeiter Tschertkows) und Mischa Saizew hereingerufen. Lew Nikolajewitsch setzte in ihrem Beisein seine Unterschrift unter das Testament, sagte »Ich danke Ihnen« und ging hinaus.

Während die Zeugen das Testament unterschrieben, nutzte Tapsel die Zeit, um Lew Nikolajewitsch zu photographieren. Die Aufnahme gilt als misslungen: Lew Nikolajewitsch bewegte sich, und die Beleuchtung war schlecht.

Als ich hinunterstieg, stand Lew Nikolajewitschs Pferd schon bereit. Aus Jasnaja Poljana war Bulgakow gekommen, den Sofja Andrejewna ausgesandt hatte, da sie befürchtete, Lew Nikolajewitsch sei allein losgeritten.

Ein Gewitter hatte in der Luft gelegen, war jedoch vorbeigezogen.

Alle strömten auf den Hof, um Lew Nikolajewitsch zu verabschieden. Als ich mich hinzugesellte, unterhielt er sich mit Tschertkows Frau und meiner Frau. Als Begleiter brach Mischa Saizew mit Lew Nikolajewitsch auf.

Gegen fünf Uhr erschien Warwara Feokritowa und berichtete, die beunruhigte Sofja Andrejewna habe sie hergeschickt, sie argwöhne, Alexandra Lwowna sei nach Tula gefahren, um die Tagebücher zu holen. Sie habe Lew Nikolajewitsch mit der Uhr in der Hand empfangen und gesagt: »Du, Ljowotschka, bist zwanzig nach zwei losgeritten.«

»Um ganz genau zu sein, ich bin um halb drei losgeritten«, korrigierte sie Lew Nikolajewitsch.

»Im Übrigen hat man dort zur Vervollständigung der Sammlung Photos von dir gemacht, ich verstehe, dass du dadurch aufgehalten worden bist«, bemerkte Sofja Andrejewna ironisch.

Am Morgen schon hatte sie von Lew Nikolajewitsch Auskunft verlangt, wer denn die Tagebücher aus Jasnaja Poljana weggebracht habe. Er konnte sich nicht daran erinnern. Als er zurückgekehrt war, sprach sie ihn daraufhin an – er habe ihr zugesagt, sich zu erkundigen. Er sagte, es müsste Sergejenko gewesen sein, der sie im Dezember weggebracht habe, übergeben worden seien sie ihm von Alexandra Lwowna. (Lew Nikolajewitsch war es entfallen, dass ich die Tagebücher weggebracht hatte.)

Im Hinblick auf Tschertkow sagte Sofja Andrejewna zu Lew Nikolajewitsch: »Es genügt, sich einmal am Tag zu treffen! Ich möchte ihn heute nicht sehen.«

Sie schickte Warwara Feokritowa nach Teljatinki, um sie unter dem Vorwand, die Nichten seien angereist und Lew Nikolajewitsch möchte die Zeit mit ihnen verbringen, ausrichten zu lassen, Tschertkow solle heute nicht kommen. Lew Nikolajewitsch wollte offenbar Warwara Feokritowa noch bitten, Tschertkow etwas zu bestellen, doch gleich war Sofja Andrejewna bei ihnen, und er sagte nichts.

»Er hat ihn mir jetzt selbst ausgeliefert«, äußerte Sofja Andrejewna gegenüber Warwara Feokritowa, »wenn ich es will, wird es Tschertkow hier nicht mehr geben!«

Am Abend ritt ich ziemlich früh nach Jasnaja Poljana, da ich nicht ganz auf der Höhe bin und nicht so spät zurückkehren wollte.

Auf dem Balkon traf ich Lew Nikolajewitsch mit dem Amerikaner an. Als er mich erblickte, rief er freudig, wie mir schien: »Ah!« Er hatte Lust, auf dem Balkon Schach zu spielen, und ich brachte Brett und Figuren.

»Warum sind Sie so blass?«, wollte er wissen.

Ich sagte, ich sei heute nicht ganz auf dem Posten und hätte fast nichts gegessen.

»Sie sind sehr blass«, wiederholte Lew Nikolajewitsch, »ich fühle mich auch unwohl und habe fast nichts gegessen, also sind wir annähernd in derselben Verfassung und werden beide schlecht spielen.«

Als wir unsere Partie begannen, entfernte sich der Amerikaner.

»Ein seltsamer Mensch, dieser Amerikaner«, sagte Lew Nikolajewitsch, »man wird nicht klug aus ihm: er scheint sich für religiöse Fragen zu interessieren, ist aber irgendwie ohne Format, uninteressant, anscheinend ziemlich beschränkt.«

Ich erkundigte mich, ob bei ihnen alles ruhig sei.

»Ja, verhältnismäßig. Jetzt sieht es sogar ganz gut aus. Und was ist mit Wladimir Grigorjewitsch, hat ihn die Absage nicht zu sehr verstimmt?«

»Nein, er war aufgeregt wegen der Abreise seiner Mutter, so dass er die Absage ziemlich gelassen aufnahm.«

»Über jene Angelegenheit werden wir besser nicht reden«, sagte Lew Nikolajewitsch leise (offenbar meinte er das Testament).

Etwas später querte Lew Lwowitsch den Balkon, gefolgt von Alexandra Lwowna und Warwara Feokritowa, die bei uns stehen blieben.

»Wie sieht es aus, Sascha?«, fragte Lew Nikolajewitsch.

»Nicht gut, Papa. Wir haben uns gerade mit Lew Lwowitsch in die Wolle gekriegt.«

Entweder hatte Lew Nikolajewitsch ihre Antwort nicht ganz verstanden, oder er ignorierte sie bewusst. Alexandra Lwowna und Warwara Feokritowa gingen wieder.

Unsere Partie zog sich arg in die Länge, so dass es schon dunkel wurde und wir keine zweite spielten. Der Verlierer war ich.

»Diese Partie zählen wir nicht«, sagte Lew Nikolajewitsch, »Sie haben mir die ganze Zeit Unterricht erteilt.«

Tatsächlich hatte ich unsere Partie analysiert und ihn ein paarmal auf günstige Züge hingewiesen.

Als Lew Nikolajewitsch sich nach dem Schachspiel in sein Zimmer zurückzog, hätte ich gern noch mit Alexandra Lwowna gesprochen, bevor ich den Heimweg antrat. Da ich sie im Remingtonzimmer nicht vorfand, ging ich nach unten. Ich klopfte und sah beim Eintreten Jelisaweta Obolenskaja und Warwara Feokritowa zusammensitzen, während Alexandra Lwowna sich hinter dem Wandschirm versteckte, weil sie nicht richtig angezogen war.

Wir plauderten ein wenig. Jelisaweta Obolenskaja ging bald, und ich fragte Alexandra Lwowna, weshalb sie sich mit Lew Lwowitsch gestritten habe. Sie erzählte, er sei mit ihnen spazieren gegangen, und anfangs hätten sie sich ziemlich friedlich unterhalten, doch dann habe er sie gefragt: »Hat dir Papa gesagt, dass ich ihn als Lumpen bezeichnet habe?«

»Er hat mir gesagt, er glaube gehört zu haben, dass du ihn als Lumpen bezeichnet hast.«

»Gut, dass er es nicht richtig mitbekommen hat, ich habe ihm noch etwas viel Schlimmeres gesagt.«

Da sei sie außer sich geraten und habe ihm an den Kopf geworfen, sie verachte ihn und bedauere es, mit ihm noch geredet zu haben, nachdem er sich erlaubt habe, in Zeitungen auf unanständige Weise gegen seinen Vater zu polemisieren; ihr käme ein übles Wort über ihren Vater überhaupt nie in den Sinn und es sei ihr deshalb zuwider, mit ihm zu sprechen. Lew Lwowitsch sei offensichtlich auf so einen Ton nicht gefasst gewesen und habe sofort klein beigegeben.

Es klopfte an der Tür. Lew Nikolajewitsch war es. Er kam herein und erkundigte sich bei Alexandra Lwowna, was ihr in Tula Gruschezki (der Rechtsanwalt) gesagt habe. Dann setzte er sich in einen Sessel und fragte: »Habt ihr vielleicht etwas zu trinken?«

Warwara Feokritowa brachte eine Flasche Jessentuki No 20*.

Alexandra Lwowna sagte zu Lew Nikolajewitsch, sie sei immer noch ärgerlich, woraufhin er bemerkte: »Du solltest dir an Makovický ein Beispiel nehmen.«

»Makovický kriegt nur die Hälfte mit und lässt sich deshalb nicht aus der Ruhe bringen«, widersprach sie. Sie vertraue ihm als Arzt nicht mehr als Filka. In dem Moment erschien Makovický höchstpersönlich, fragte etwas und verließ gleich wieder das Zimmer.

»Schade, dass Tanja nicht bei uns ist«, sagte Alexandra Lwowna.

»Ach ja, Tanja, unsere liebe Tanja … Auch ihren alten Herrn mag ich sehr. Bei Pascal heißt es – ich möchte mir ein Eigenlob spenden: ›Je klüger ein Mensch ist, desto mehr unterschiedliche Charaktere sieht er.‹ Das ist wie im Schach: Ein guter Spieler überblickt die verschiedenartigsten Partien, während es einem schlechten scheint, als ob sie alle gleich seien. Suchotin zeichnet eine sonderbare Verbindung von Würde, Aristokratie und begrenzter Rücksichtnahme auf die öffentliche Meinung mit einer wahrhaft moralischen Grundhaltung aus. Dank dieser Begrenzung dürfte er kaum Zweifel haben, wie er in dem einen oder anderen Fall zu handeln hat. Er strebt nicht danach, die existierende Ord-

* Mineralwasser aus dem Norkaukasus.

nung der Dinge zu ändern, sondern bemüht sich, darin möglichst gut zu leben.«

Ich bemerkte, dass das auf jeden Fall besser sei als bloße Negation.

»Ja, ja. Seine Redlichkeit und Wahrheitsliebe sind etwas Großartiges. Ich mag ihn sehr. Was mich angeht, so arbeite ich an nichts, ich kann nicht. Heute habe ich den ganzen Morgen Pascal gelesen. Tanja hat mich wieder auf ihn gebracht. Auf einen Band, den seine Schwester herausgegeben hat. Da gibt es gewisse ›Gedanken‹ und davor verschiedene Überlegungen, und vieles ist sehr interessant. Aus allem spricht so viel Klugheit. Er stellt Überlegungen an, wie man einen Beweis führen muss – ich kann das schlecht wiedergeben –, wie es zunächst darum geht, zu bestimmen, was zu beweisen ist und welche Wahrheiten allen Menschen gemeinsam sind und keiner Beweisführung bedürfen, auf diesen Grundwahrheiten ist dann die gesamte Beweisführung aufzubauen. Er sagt, dass die Anwendung jedes Wortes auf einer genauen Bedeutungsbestimmung beruhen müsse, an die man sich zu halten habe. Anfangs hatte ich ein Vorurteil gegen ihn wegen seines Katholizismus. Jetzt bin ich zu der Überzeugung gelangt, dass es in der durch den Katholizismus Einschränkungen unterworfenen und überhaupt in der kirchlichen Religion doch viel Wichtiges, Wahrhaftiges gibt. Das würde ich gern Wladimir Grigorjewitsch Mutter sagen, es müsste sie freuen. Pascal stellt die sehr richtige Überlegung an, dass der Mensch, wenn er nach etwas strebt, diesem Prozess des Ringens, des Wechsels von Hoffnungen und Enttäuschungen wesentlich mehr Wert zumisst als dem Ziel selbst. Er sagt, wenn man einem passionierten Kartenspieler anböte, jeden Morgen die Summe in Empfang zu nehmen, die er am Abend gewinnen könne, würde er das ablehnen, ohne Geld aber würde er auch nicht spielen wollen.«

Lew Nikolajewitsch ging nach oben und ich mit ihm durch sein Zimmer.

Ich sagte ihm, ich werde zeitig aufbrechen. Er kam dann bald ins Speisezimmer hinüber, nahm Platz zum Teetrinken und erkundigte sich: »Ist Alexander Borissowitsch schon weg?«

Da ich am alten Klavier stand und das unten geführte Gespräch notierte, hörte ich es und meldete mich: Ich sei noch hier und ob er mich brauche.

»Nein, ich freue mich einfach, Sie zu sehen.«

Beim Tee erzählte er mir: »Ich habe einen Brief aus dem Kaukasus von einer gewissen Unkowskaja erhalten. Sie schreibt, sie habe einen Perser kennengelernt und ihn, als sie bei ihm ein Bild von mir sah, gefragt: ›Woher haben Sie denn das?‹ Der Perser habe geantwortet: ›Bei Ihnen meint man, Tolstoi glaube nicht an Gott, wir aber kennen und achten ihn.‹«

Wir kamen auf Automobile zu sprechen und darauf, wie Pferde vor ihnen scheuen. Alexandra Lwowna erzählte in dem Zusammenhang von dem bekannten Tulaer Kaufmann Platonow, dessen Pferde bei Rennen in Tula und Moskau Preise gewinnen. Als seine Frau nach Moskau gefahren sei, um Ärzte zu konsultieren, habe man ihr eine Kutsche und Pferde nachgeschickt, damit sie nicht mit fremden fahren musste.

»Das ist noch gar nichts!«, sagte Lew Nikolajewitsch. »In Orjol gibt es einen Mann, der bis nach Moskau zu reiten pflegt und sagt: ›Ich bin doch kein Hund, der auf einen Pfiff losrennt.‹«

Dann fügte er hinzu: »Leider besteht für die meisten das höchste Glück darin, reich zu werden. Das sehe ich an den Briefen.«

Als ich mich verabschiedete, sagte Lew Nikolajewitsch: »Danke, dass Sie trotzdem gekommen sind. Ich habe in diesem Jahr noch keinen einzigen Besuch bei Ihnen gemacht. Sagen Sie Ihren Damen, das liege nicht daran, dass ich nicht möchte, es ergibt sich einfach nicht. Wenn ich am Leben bleibe, komme ich ganz bestimmt.«

18. Juli. Heute gegen fünf Uhr nachmittags suchte Alexandra Lwowna Tschertkows auf. Ich wurde dazugebeten, da sie ein Testament entsprechend dem Murawjow'schen Muster verfasst hatte, nach dem sie alles, was ihr nach dem Tod des Vaters zufällt, Tatjana Lwowna vererbt. Als Zeugen waren außer mir Sergejenko und Mischa Saizew zugegen.

Alexandra Lwowna berichtete, von Nikitin sei ein Telegramm gekommen, in dem er sein morgiges Eintreffen zusammen mit dem Psychiater Rossolimo ankündigt.

Bei Tschertkow sind der Kreispolizeichef und der zuständige Polizeihauptmann erschienen (S. hatte der Vizegouverneur einen Besuch abgestattet – ihre angeblich auf Bitte von <...> geschriebene Anzeige zeigt erste Folgen). Tschertkows Mutter ist gestern nach Patotschnaja zu ihrer Verwandten, Fürstin Gagarina, abgereist, wo sie bis Montag bleiben wird, und in ihrer Abwesenheit sind sie also aufgekreuzt. Sie wollten von Tschertkow wissen, wer bei ihm wohne und wer sich womit befasse. Er verweigerte ihnen jegliche Auskunft. Die ihnen vorgewiesenen Pässe haben sie anscheinend fast alle mitgenommen. Sie sollen außerordentlich höflich gewesen sein, gleichwohl ist das alles höchst unangenehm. Tschertkow gab den beiden einen Fahnenabzug seiner Erinnerungen, um ihre Verdächtigung, er würde der Polizei gegenüber feindselige Gefühle hegen, zu entkräften. Anschließend erkundigte sich der Polizeihauptmann beim Starosten von Teljatinki, ob Tschertkow dieses Buch nicht etwa bei ihnen verteilt habe.

Ich hatte Alexandra Lwowna erzählt, ich sei nicht ganz auf dem Posten, woraufhin sie nach Jasnaja Poljana die Kunde brachte, mit mir sei heute nicht zu rechnen. Dass ich dann doch erschien, erregte allgemeine Verwunderung.

Lew Nikolajewitsch war auf seinem Balkon. Auf dem Weg zu ihm begegnete ich Sofja Andrejewna, die gerade aus seinem Zimmer herauskam.

»Sie können zu ihm hineingehen«, sagte sie zu mir. »Er wollte sich ausruhen und Pascal lesen. Es wird ihn freuen,

Sie zu sehen, aber wenn Sie spüren, dass er Ruhe braucht, dann lassen Sie ihn allein.«

Ich sagte, das verstehe ich, und betrat Lew Nikolajewitschs Zimmer. Sofja Andrejewna erschien gleich wieder auf der Bildfläche.

»Ich habe mich gefreut, Ihre wohlklingende Stimme zu hören«, sagte Lew Nikolajewitsch zu mir. »Was macht die Gesundheit? Hier, sehen Sie mal, Sie können doch Französisch?« Und er las mir einen brillanten Ausspruch Pascals über Krankheiten vor und über ihre wohltuende Wirkung. Zweimal stockte er beim Vorlesen des Ausspruchs, weil ihm die Tränen kamen.

Dann gingen wir in den Salon Schach spielen.

»Ihr allabendliches Hiersein ist mir schon so zur angenehmen Gewohnheit, ja zum Bedürfnis geworden ...«, sagte Lew Nikolajewitsch. »Haben Sie Alexander Dunajew gesehen, der für einen Tag nach Jasnaja Poljana gekommen ist?«

»Ja, Lew Nikolajewitsch, habe ich.«

Kaum hatten wir unsere Partie begonnen, war Sofja Andrejewna wieder zur Stelle und bot Lew Nikolajewitsch ein Getränk aus Wasser mit Konfitüre an. Er mochte nicht und lehnte ab. Sie ging bald wieder.

Ich fragte Lew Nikolajewitsch, wie er sich fühle.

»Nicht so gut; krank bin ich eigentlich nicht, aber sehr schwach, unfähig zu arbeiten. Wäre ich Schriftsteller und jung, würde ich ein schönes Buch schreiben, ein psychologisches, ein richtiges Kunstwerk. Ich habe heute gründlich darüber nachgedacht.«

Das Geklapper der Remington war zu hören.

»Was wird denn geschrieben, wenn Sie an nichts gearbeitet haben?«, fragte ich.

»Briefe. Ich habe zwei ziemlich lange verfasst, einen an Leonid Semjonow.«

Lew Nikolajewitsch erkundigte sich, ob ich etwas Genaueres wisse über den Besuch des Kreispolizeichefs bei Tschertkow. Ich erzählte ihm, was ich erfahren hatte.

Dann fragte er, was meine Frau, mein Bruder und meine Schwägerin machten.

»Und Sie sind immer noch mit Korrekturlesen beschäftigt? Spielen Sie auch?«

»Sehr wenig: abends bin ich bei Ihnen, tagsüber das Korrekturlesen, dazwischen gehe ich bei Tschertkows vorbei oder jemand von ihnen kommt zu uns herüber – fürs Klavierspielen bleibt da keine Zeit.«

Als wir unsere Partie beendet hatten, setzte sich Lew Nikolajewitsch auf das Liegesofa und fragte: »Wo ist denn Dunajew?«

Er sei unten, sagte ich.

»Er ist immer noch der Alte«, meinte Lew Nikolajewitsch, »erzählt alles ganz ausführlich und lässt sich nicht unterbrechen.«

Die Treppe herauf kam Jelisaweta Obolenskaja.

»Lisanka, bist du's?«

»Ja, ich.«

»Wo seid ihr denn alle?«

»Unten ist Tee serviert worden.«

»Unten? Dann gehen wir hinunter«, sagte Lew Nikolajewitsch zu mir. Auf der Treppe machte er eine wegwerfende Bewegung mit beiden Händen und sagte: »Sofja Andrejewna geht es nach wie vor schlecht! Morgen erwarten wir zwei Ärzte«, fügte er leise hinzu.

Vorher schon hatte er mich gefragt, ob Tschertkow komme, und ich hatte erwidert, er habe es selbst noch nicht gewusst.

Jetzt, auf der Treppe, sagte er: »Was ist denn mit Tschertkow? Ich brauche ihn, möchte wissen, wie es bei ihnen steht, und außerdem habe ich ein Telegramm aus Stockholm erhalten. Sie bitten, ihnen etwas zu schicken. Wenn das Alte so nicht den Wünschen entspricht, hätte ich etwas dazu zu sagen. Ich möchte mich mit ihm beraten.«

Auf dem Balkon angekommen, setzten wir uns an den Teetisch.

»Heute Vormittag, auf dem Rückweg vom Spaziergang, sehe ich einen stattlichen, jugendlich wirkenden Mann näher kommen, der mich grüßt«, sagte Lew Nikolajewitsch. »Ich überlege: Wer mag der junge Mann sein? Nun, es war mein lieber alter Freund Alexander Dunajew.«

Zu seinem Brief an Leonid Semjonow sagte Lew Nikolajewitsch: »Ich habe für ihn dies hier gezeichnet:

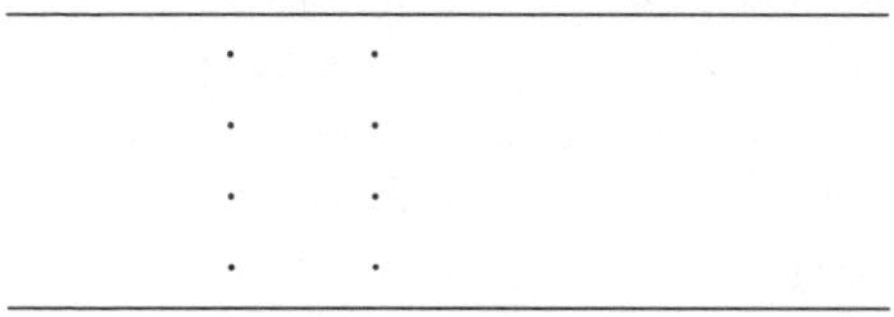

Zwei Parallelen, die sich in der Unendlichkeit treffen, in Gott – das ist mein und Semjonows Leben. Dieses Sichvereinigen in dem unendlich fernen Gott bringt uns einander nahe, während die durch die Punktierung bezeichneten nahen Verbindungen – Kommunikation in diesem zeitweiligen materiellen Leben – sehr angenehm, aber von verhältnismäßig geringer Bedeutung sind, belanglos.«

Ich sagte, Semjonow sei ein Dobroljubow-Jünger.

»Ja, aber er ist ein starker, guter, bedeutender Mann«, bemerkte Lew Nikolajewitsch.

Er erzählte Dunajew über Semjonow. Dessen vor ein paar Jahren im »Westnik Jewropy« (»Europäischer Bote«) veröffentlichte Erzählung zu erwähnen, vergaß er dabei.

Dann hörte er sich mit rührender Aufmerksamkeit N.s langen, ermüdenden – mit endlosen Abschweifungen und einleitenden Episoden – Bericht über eine vegetarische Speisewirtschaft an. (Lew Nikolajewitsch hatte dorthin geschrieben und ihnen jene Potapenko vermittelt, die eine Weile hier bei Tschertkows gewohnt hatte.)

»Ist Matsutaro Konishi [der Japaner] bei Ihnen gewesen?«, fragte Dunajew. »Er ist noch ganz der Alte.«

»Ja. So viele Japaner ich auch gesehen habe, sie sind immer so praktisch, geschäftig veranlagt; in ihnen und bei ihnen ist alles, wie es sich für einen zivilisierten Menschen gehört:

Aeroplane, Telegraphen. Die Religion – er spricht auch davon. Aber in die Tiefe geht das alles nicht.«

In dem Moment traf Tschertkow ein. Es war zehn Uhr.

»Für alle wird es Zeit, schlafen zu gehen«, sagte Sofja Andrejewna, »und da kommt er daher. Du, Ljowotschka, hast heute am Tag überhaupt nicht geschlafen.«

»Wenn sich Dunajew auf den Weg macht, gehen wir auseinander. Ich bleibe immer bis elf auf.«

»Gestern hast du dich halb elf hingelegt.«

Tschertkow berichtete ganz ruhig von seiner neuerlichen Auseinandersetzung mit der Polizei.

»Ich verstehe nicht, was an der Polizei so unangenehm sein soll«, sagte Sofja Andrejewna plötzlich in schroffem, erregtem Ton. »Es gibt widerwärtige Leute, die ich am liebsten gar nicht zu Gesicht bekäme, aber man kommt ja nicht umhin, sie zu empfangen!«

Peinliche Stille trat ein. Keiner wusste, wohin mit den Augen. Lew Nikolajewitsch bot einen mitleiderregenden Anblick. Selbst Sofja Andrejewna merkte, dass sie mit ihrer Schroffheit zu weit gegangen war, und fügte nach einer kurzen Pause hinzu: »Ich weiß oft gar nicht, wer sie sind. Nehmen wir diesen S., der ist tausendmal schlechter als jeder Polizist.«

Ich erinnere mich nicht, in welchem Zusammenhang die Rede auf das Abnehmen der Mützen unterm Erlösertor in Moskau kam. Dunajew ereiferte sich deswegen. Dann wechselte das Gespräch zum nächtlichen Erwarten der Ikone der Iberischen Gottesmutter auf dem Platz an der Kapelle*. Tschertkow sagte, dort spielten sich bisweilen höchst anrührende Szenen ab und unter den Wartenden seien oft tiefgläubige Menschen, die mit ihrer ganzen leidgeprüften Seele Anteil nähmen.

* Die Kapelle der Ikone der Iberischen Gottesmutter im Auferstehungstor am Roten Platz wurde 1930 zusammen mit dem Tor abgerissen. 1996 erfolgte die Überführung einer Kopie der Ikone aus dem georgischen Kloster Iviron auf dem Athos in Griechenland.

Lew Nikolajewitsch kam wieder auf Pascal und seine Verteidigung des kirchlichen Glaubens zu sprechen: »Bei Pascal gibt es in den ›Pensées‹ neben schwachen Gedanken auch solche von erstaunlicher Tiefe und Stärke. Er gehörte dem Orden der Jansenisten* an und polemisierte ständig mit den Jesuiten, durch ihn hat das Wort Jesuit eine negative Wertung im Sinne von Heuchler erhalten.«

Lew Nikolajewitsch erkundigte sich bei Tschertkow nach dem Studenten des landwirtschaftlichen Instituts, den er heute zu ihm geschickt hatte. Der war erst nach neun Uhr abends bei Tschertkows erschienen; da er keinen guten Eindruck machte, hatte Tschertkow ihm nicht angeboten zu bleiben. Lew Nikolajewitsch erzählte wieder, dass dieser Student ihm seine Schriften gezeigt habe: »Binsenweisheiten, die schon tausendfach ausgesprochen worden sind. Ich habe ihm das gesagt. Er ging davon, und da ich befürchtete, ihn möglicherweise gekränkt zu haben, eilte ich ihm nach, sprach noch einmal mit ihm und schickte ihn zu Ihnen.«

»Er hat, scheint mir, von Ihnen alles erhalten, was er wollte«, sagte Tschertkow.

Über den Amerikaner, der gestern abgereist ist, hatte Lew Nikolajewitsch zuvor gesagt: »Er ist ein uninteressanter, beschränkter, aber offenbar guter Mensch, der in Puerto Rico lebt und in der Schule Kinder – Weiße, Neger und Indianer – unterrichtet. Von dort ist er extra hergekommen, um mich kennenzulernen.«

In Bezug auf den Friedenskongress in Stockholm sagte er, er werde zu seinem alten Vortrag etwas dazuschreiben und ihn hinschicken. Tschertkow hat ihm den abgeschriebenen neuen Schluss des »Gesprächs mit dem Bauern« mitgebracht, Lew Nikolajewitsch will ihn durchsehen und ihm zurückgeben, damit er ihn als Korrektur den Zeitungen schickt, die das »Gespräch« abgedruckt haben.

* Jansenismus: romfeindliche, auf Augustin zurückgreifende katholisch-theologische Richtung des 17./18. Jh.s in Frankreich.

Dunajew verabschiedete sich, und sobald er weg war, rief Sofja Andrejewna: »Ilja Wassiljewitsch, räumen Sie ab, Tee getrunken wird nicht mehr. Zeit, schlafen zu gehen!«

»Aber, Mama! Ich habe noch keinen Tee getrunken«, sagte Alexandra Lwowna.

Doch alle hatten sich schon verlegen erhoben. Tschertkow und ich begannen uns zu verabschieden. Lew Nikolajewitsch sagte, er habe vor, zu der zweiten Erzählung noch etwas aus »Kinderweisheit« hinzuzufügen.

Es ist bedrückend, mit anzusehen, wie sehr diese ganzen Geschichten Lew Nikolajewitsch körperlich geschwächt haben, er könnte noch stark sein und arbeiten.

19. Juli. Als ich am Abend in Jasnaja Poljana eintraf, saßen im Garten Sofja Andrejewna, Lew Nikolajewitsch, Rossolimo, Nikitin, Makovický und Lew Lwowitsch um den Esstisch.

Sofja Andrejewna begrüßte mich mit den Worten: »Die Ärzte sind hergekommen, um mich, eine Gesunde, zu kurieren.«

Jelisaweta Obolenskaja, die ich auf der Vortreppe traf, sagte mir, sie wisse nicht, wie sie <…> wegbekommen könne, der die ganze Zeit dasitze und nur die Ärzte störe.

Ich ging ins Remingtonzimmer zu Alexandra Lwowna. Sie gab mir den heute von Lew Nikolajewitsch geschriebenen Zusatz zum Vortrag für Stockholm. Sie hat die Ärzte von der Eisenbahnstation abgeholt und mit ihnen gesprochen. Nikitin hatte, nachdem er Tatjana Lwownas Brief erhalten hatte, bereits mit Rossolimo gesprochen, so dass dieser einigermaßen im Bilde war.

Jelisaweta Obolenskaja erzählt, <…> habe ihr gesagt, das »letzte Wort« gegenüber Rossolimo behalte *er* sich vor. »Unsere Mutter zu kurieren, dazu hätten Sie nicht herkommen müssen – sie ist völlig gesund, Vater hingegen hat den Verstand verloren und braucht Behandlung [d.h., er ist für geistesgestört zu erklären].«

Ich war gerade im Begriff, mir Lew Nikolajewitschs

Zusatz für Stockholm vorzunehmen, als er mit Nikitin hereinkam und sagte, solange der Arzt Sofja Andrejewna untersuche, würde er gern mit mir eine Partie Schach spielen.

Er brauchte noch fünf Minuten, um im Salon etwas mit Nikitin zu besprechen, dann rief er mich. »Es freut mich, dass Sie wesentlich besser aussehen als gestern«, sagte er.

Während wir spielten, vertraute er mir an: »Die Ärzte empfehlen uns Trennung.«

»Sie sollten zu Tatjana Lwowna nach Kotschety fahren«, riet ich.

»Ach, das wäre so schön, dass ich gar nicht davon zu träumen wage. Ehrlich gesagt, ich bin sehr erschöpft. Heute geht es ja mit Sofja Andrejewna, gestern Abend aber – sind Sie da noch hier gewesen? Sie war wieder schrecklich ... Ich habe einen Zusatz für den Stockholmer Kongress geschrieben, er ist bloß zu schroff, fürchte ich. Lesen Sie ihn, es interessiert mich, wie Sie ihn finden.«

Sidorkow kam herein, um Bescheid zu sagen, dass das Bad für Lew Nikolajewitsch bereitet sei. Nachdem unsere Partie beendet war, ging Lew Nikolajewitsch baden und ich ins Remingtonzimmer, um den Vortrag weiterzulesen. Bulgakow, Alexandra Lwowna und Warwara Feokritowa unterhielten sich die ganze Zeit, was mich sehr störte. Mühsam, jeden Satz dreimal lesend, kämpfte ich mich durch den Text. Im Grunde gefiel er mir, war jedoch tatsächlich zu zornig geraten, und wenn man ihn hinschickte, schien es angezeigt, die Schroffheit und den ironischen Ton zu mildern.

Schon nach kurzer Zeit erschien Sofja Andrejewna, um zu verkünden: »Nikitin hat festgestellt, dass mein Herz schrecklich erweitert ist. Als er mich abzuhören begann, entfuhr ihm ein Seufzer. Ist ja auch kein Wunder – bei den Aufregungen!« (In Wirklichkeit hatte Nikitin eine *geringfügige* Herzerweiterung festgestellt.)

»Kommt dieser Klotz heute?«, wollte Sofja Andrejewna von mir wissen.

Ich begriff, dass von Tschertkow die Rede war, und sagte,

er hole seine Mutter von der Bahnstation ab und werde deshalb nicht kommen.

»Du [Lew Nikolajewitsch wurde von allen seinen Kindern mit Du angeredet, während Sofja Andrejewna nur die jüngeren Kinder duzten, die ältern siezten sie], Mama«, bemerkte Alexandra Lwowna, »solltest von Wladimir Grigorjewitsch nicht so abfällig reden, denn hier mögen ihn alle.«

»Ja, ich mag ihn sehr«, bestätigte ich.

»Ich weiß«, sagte Sofja Andrejewna, »ihr alle hier habt es darauf abgesehen, mich umzubringen.«

»Sie haben von mir nie etwas anderes als Zuneigung erfahren, Sofja Andrejewna«, sagte ich zu ihr, »so dass ich Ihre Äußerung nicht verstehe.«

»Sie meine ich ja nicht«, erklärte sie, »aber Sascha und die anderen.«

Dann erkundigte sie sich nach Lew Nikolajewitschs Erzählung »Gespräch mit einem Fremden«, die sie für die von ihr besorgte Herausgabe seiner gesammelten Werke brauche. Alexandra Lwowna, Warwara Feokritowa und Bulgakow hätten vergeblich nach ihr gesucht. Sofja Andrejewna erboste sich und sagte wieder, dass »Tschertkow alle Manuskripte an sich gebracht« habe und dergleichen mehr.

»Haben Sie den Brief gelesen, den ich Tschertkow wegen der Tagebücher geschrieben habe?«, fragte sie mich.

Da ich nicht wusste, welchen Brief sie meinte, verneinte ich.

»Kommen Sie mit in mein Zimmer, ich lese ihn Ihnen vor.«

Ich folgte ihr. Sie las mir einen Brief vor, den ich bereits kannte, und Auszüge aus dem Brief Lew Nikolajewitschs an sie, die Stelle, an der er davon spricht, dass er bereit sei, von Treffen mit Tschertkow Abstand zu nehmen, wenn sie es wünsche. Sie ließ die Worte »im Moment« weg, so dass herauskam, Lew Nikolajewitsch sei bereit, ihn gar nicht mehr zu sehen. Lew Nikolajewitschs Brief hatte sie, schrecklich zerknüllt und mit Kleister beschmiert, in ihr Aufzeichnungsheft eingeklebt. Einige Stellen waren sorgfältig getilgt.

Nur gut, dass Alexandra Lwowna ihn noch hatte abschreiben können.

Während unseres Gesprächs bemerkte ich, dass sich die Zimmertür leise öffnete. Wie ich dann erfuhr, hatte Lew Nikolajewitsch hereingespäht, weil ihn unsere Aussprache beunruhigte. Sofja Andrejewna ritt eine neue Attacke gegen Tschertkow, ihre Feindseligkeit begründete sie mit mir großenteils aus eigenem Erleben bekannten Äußerungen und Geschehnissen, die sie samt und sonders völlig verdrehte, überdies fielen sie in eine Zeit lange nach Beginn ihrer Feindseligkeit und konnten deshalb diese in keiner Weise ausgelöst haben.

Unter anderem behauptete sie, Tschertkow habe sich Lew Nikolajewitsch gefügig gemacht, der fürchte ihn und würde sich gern seiner entledigen, doch Tschertkow habe ihn fest in der Hand. Ich bemühte mich, ihre Worte mit Argumenten zu entkräften und ihr zu einem wohlmeinenderen Verhältnis zu Tschertkow zu verhelfen, erreichte aber natürlich überhaupt nichts. Logische Argumente verfingen bei ihr nicht.

Zum Schluss vertraute Sofja Andrejewna mir an: »Ich schreibe alles auf; ich werde es versiegeln und sicher verwahren. Mag man es lesen, wenn keiner von den Tolstoianern mehr am Leben ist und mich niemand widerlegen kann. Dann sollen alle die Wahrheit erfahren!«

Sie ging mit mir nach unten. Lew Nikolajewitsch saß mit den Ärzten im »Gewölbezimmer«. Auf dem Balkon wurde Tee getrunken. Sofja Andrejewna setzte sich dazu und sagte plötzlich – was sie dazu veranlasst haben könnte, weiß ich nicht mehr: »Ich tue Tschertkow auch jetzt nichts Übles an. Gestern war ich sehr liebenswürdig zu ihm.«

»Aber Sonja, gestern hast du, auf ihn gemünzt, gesagt, wie schwer es dir fällt, unangenehme Besucher zu empfangen«, entfuhr es Jelisaweta Obolenskaja.

»Ich verstehe nicht, warum das alle auf ihn bezogen. Ich habe das gleich gemerkt und davon gesprochen, dass ich diese Leute oft überhaupt nicht kenne, und dann S. genannt.

Oder diesen Chochlow, oder jenen Schweden, der anfing, sich vor Tanja auszuziehen.«

Zuvor, noch oben, hatte sie zu mir über Tschertkow gesagt: »Er droht, mir das Leben sauer zu machen, dabei brauchte ich, wenn ich wollte – von allen höre ich das –, Stolypin nur ein Wort zu schreiben, und binnen vierundzwanzig Stunden wäre er hier verschwunden. Doch das tue ich nicht.«

Ich bat Sidorkow, nachzusehen, wo Lew Nikolajewitsch mit den Ärzten sei.

Sie saßen im »Gewölbezimmer«, und schon nach kurzer Zeit verließ es Lew Nikolajewitsch mit Nikitin, der Sofja Andrejewna zu einem Gespräch mit den Ärzten hereinbat. Sie folgte ihnen, während er bei uns blieb. Mein Pferd stand schon bereit, doch da Lew Nikolajewitsch mich nicht wegließ, wurde es angebunden.

Wir setzten uns auf die Bank auf der Vortreppe.

»Was hat sie Ihnen erzählt?«, wollte er wissen. »Ich habe zweimal einen Blick in das Zimmer geworfen und gesehen, dass sie Ihnen etwas vorlas.«

Ich gab ihm den Inhalt unseres Gesprächs wieder.

»War es für Sie sehr schwer zu ertragen?«

»Es ging; angenehm konnte es natürlich nicht sein.«

»Was haben Sie ihr gesagt?«

»Ich habe versucht, sie auf die Möglichkeit eines wohlmeinenderen Verhältnisses hinzuweisen, aber es war natürlich vergebens.«

»Ja, ja.«

Ich fragte Lew Nikolajewitsch, was die Ärzte festgestellt hätten.

»Sie haben Hysterie festgestellt. Und meinen, dass dieser schwere Zustand vorübergehender Natur sei, dass er sich ganz bestimmt geben und sie dann eine gewöhnliche alte Frau sein werde.«

Alexandra Lwowna, die mit Warwara Feokritowa dazugekommen war, bemerkte, sie werde wohl kaum jemals so eine alte Frau sein.

»Aber wieso denn nicht? Nach einer gewissen Zeit, denke ich, werden diese Erscheinungen an Schärfe nachlassen.«

Und Lew Nikolajewitsch fügte hinzu: »Ich habe festgestellt, dass der Grund ihrer Erregung niemals abzusehen ist. Am häufigsten passiert es früh oder nachts. Einmal saß sie hier mit Sonetschka auf der Bank und erklärte ihr das Einmaleins an den Fingern. Sie tat es so wirr, so gereizt, ihre Stimme war so merkwürdig – ich wusste, dass etwas passieren würde. Und tatsächlich kam dann diese schreckliche Nacht.«

Vom Balkon her gesellte sich Lew Lwowitsch zu uns und hörte zu.

»Hat sie dich in jener Nacht nur das eine Mal geweckt, oder ist sie danach wiedergekommen?«, wollte Alexandra Lwowna wissen.

»Sie kommt immer mal. Ich wache ja häufig von allein auf. Sie hört, dass ich huste, und kommt herein. Warum fragst du?«

»Bloß so.«

»Die Ärzte empfehlen verschiedene Maßnahmen«, sagte Lew Nikolajewitsch, »Bäder, Spaziergänge, zeitiges Zubettgehen.«

»Weiß der Himmel, was das ist«, griff Lew Lwowitsch in das Gespräch ein, »Mama schläft nachts nicht, erregt sich, isst nichts.«

Ich machte erneut Anstalten aufzubrechen, doch Lew Nikolajewitsch hielt mich zurück. »Nein, bleiben Sie noch.«

»Morgen komme ich wahrscheinlich nicht«, sagte ich.

»Warum das?«

»Mein Bruder ist nach Moskau gefahren, und ich möchte meine Leutchen nicht allein lassen, sonst langweiligen sie sich. Und Sie alle haben mich gewiss auch schon über, da ich Tag für Tag hier bin.«

»Nein, wir haben uns so an Ihre angenehme Gesellschaft gewöhnt, dass es ohne Sie merkwürdig wäre.«

Wir traten auf den Balkon. Lew Nikolajewitsch rief sich zusammen mit Jelisaweta Obolenskaja Erinnerungen an

Pokrowskoje ins Gedächtnis, ihr Gut, auf dem er seit vielen Jahren nicht mehr gewesen ist. Er dachte zurück an das alte graue Haus, von dem längst keine Spur mehr geblieben ist, an seine Tante Jelisaweta Jergolskaja, die Schwester von Tatjana Jergolskaja, die Pjotr Tolstoi, Jelisaweta Obolenskajas Großvater, zur Frau genommen hatte.

Lew Lwowitsch entfernte sich zu Sofja Andrejewna und den Ärzten.

Lew Nikolajewitsch erkundigte sich bei Alexandra Lwowna, wie Makovický den Besuch der Ärzte aufgenommen habe.

»Ich habe ihn gefragt. Er überlegte und sagte: ›Ist mir einerlei.‹«

Alle lachten.

»Schlaues Köpfchen!«, meinte Lew Nikolajewitsch.

»Dann fügte er noch hinzu: ›Letzten Endes ist es gut so, weil man sich dann auf sie berufen kann.‹«

»Ja, das ist sehr gut«, bestätigte Lew Nikolajewitsch. »Außerdem warst du es ja wohl, Sascha, die meinte, es sei unnötig, ihr auf alles eine Antwort zu geben? Ganz recht. Man muss ihr sagen: ›Dazu möchte ich mich nicht äußern.‹ Sonst hakt sie sich, wenn man ihr etwas klargemacht hat, an etwas Neuem fest, und die Sache nimmt kein Ende.«

»Das stammt nicht von mir, sondern von einem klügeren Kopf.«

»Von wem denn?«

»Von Wladimir Grirorjewitsch. Außerdem, Papa, hat Tanja völlig zu Recht gesagt, dass man nichts versprechen sollte.«

»Ja, ja …«

Sofja Andrejewna hatte gestern erst ihr rotes Büchlein gesucht, in das sie beachtenswerte Aussprüche einträgt. Sie fragte Lew Nikolajewitsch, ob sie bei ihm nachsehen dürfe. Das war ein Vorwand, nach seinem Tagebuch zu suchen, weiß sie doch nicht, wo er es zurzeit aufbewahrt. Lew Nikolajewitsch sagte »bitte sehr«, brachte sein Büchlein in Alexandra Lwownas Zimmer und versteckte es in einer Wäschekommode. Dass es die von Warwara Feokritowa war, sagte er Alexandra Lwowna. Als wir jetzt auf dem Balkon saßen, fragte sie ihn, ob sie ihm sein Tagebuch bringen solle.

»Ja, ich schreibe immer vor dem Schlafengehen«, sagte er.

»Stell dir vor, Papa, Mamas Büchlein steckte an derselben Stelle!«

Alle lachten, und Lew Nikolajewitsch sagte: »Dort haben sie miteinander Bekanntschaft geschlossen.«

Gesprächsgegenstand war der schlimme Zustand Sofja Andrejewnas, die Ärzte hätten bei ihr allerdings keine Geisteskrankheit, sondern lediglich Hysterie diagnostiziert. Alexandra Lwowna und Jelisaweta Obolenskaja sagten, Sofja Andrejewna habe bisweilen furchterregende Augen (ich habe es auch viele Male bemerkt), huschend und gläsern. Lew Nikolajewitsch meinte, ihm sei das nicht aufgefallen, er wolle darauf achten.

Auf dem Weg zur Vortreppe hielt er an der Balkontür inne und sagte: »Lasst Goldenweiser nicht weg!«

»Wie Papa Sie doch ins Herz geschlossen hat, dass Ihnen das nur nicht zu Kopf steigt«, sagte Alexandra Lwowna.

Ich durfte nicht fort, obwohl inzwischen elf Uhr vorbei war. Vorher schon hatte jemand dafür gesorgt, dass die Pferde weggeschickt wurden, mit dem Bescheid, Rossolimo bleibe über Nacht.

Mit Sofja Andrejewna wurde Rossolimos Honorar besprochen, und sie bat Alexandra Lwowna, sich bei Nikitin zu erkundigen. Etwas später kamen alle von oben herunter zum Teetrinken.

»Ich bin noch da«, sagte ich zu Sofja Andrejewna.

»Ja, Lew Nikolajewitsch hat mir gesagt, dass er Sie zurückgehalten hat. Er ist ganz vernarrt in Sie.«

Als Lew Nikolajewitsch sich anschickte, schlafen zu gehen, kam auch ich endlich weg. Er verabschiedete mich auf der Vortreppe und sagte: »Vielleicht geben Sie Ihrem Herzen einen Stoß und kommen morgen doch?«

Beim Verlassen des Balkons hatte ich gehört, wie Sofja Andrejewna sagte: »Mag er fahren, wohin er will, ich fahre nirgendshin. Das sind alles Winkelzüge. Er wird sich dort mit Tschertkow treffen. Das ist mir klar.«

20. Juli. Nikitin und Rossolimo kamen am Vormittag in Teljatinki vorbei, und Tschertkow fuhr mit ihnen nach Schtschokino. Ich habe ihn noch nicht gesehen und weiß nichts. Bulgakow sagt, am Morgen habe er in Jasnaja Poljana gehört, Sofja Andrejewna werde mit Lew Nikolajewitsch nach Kotschety fahren.

Vor dem Abend sah ich dann noch Tschertkow. Rossolimos Diagnose von Sofja Andrejewnas Krankheit lautet: »Zweifache degenerative Konstitution: paranoid und hysterisch, mit Vorherrschen der ersteren. Momentan episodische Verschärfung.«

Am Abend bekamen wir Besuch von Alexandra Lwowna und Warwara Feokritowa, unterdessen hatte ich mich doch noch entschlossen, nach Jasnaja Poljana zu reiten. Ich wollte mich gerade auf den Weg machen, als sie eintrafen. Alexandra Lwowna sagte, Lew Nikolajewitsch habe es bedauert, dass ich heute ausbleibe, und werde sich freuen, mich zu sehen.

Als ich in Jasnaja Poljana ankam, saßen auf dem Balkon Jelisaweta Obolenskaja und Sofja Andrejewna, die mir sagte, Lew Nikolajewitsch sei auf seinem Balkon. Ich ging hinauf. Er döste vor sich hin, bei der Lektüre des »Westnik Jewropy« sei er eingenickt.

Ich erkundigte mich, ob er den Aufsatz über die »Todeskandidaten« gelesen habe. Er verneinte es, diesen, den interessantesten Aufsatz, habe er sich als Nachtisch aufgehoben.

»Sofja Andrejewna fühlt sich heute wesentlich besser«, sagte er. »Ich dagegen bin sehr schwach. Ganz und gar schwach.«

Sofja Andrejewna kam herein und sagte: »Ljowotschka, ihr solltet herunterkommen auf den Balkon, hier ist es sehr stickig. Dort sitze ich allein und lese Korrektur. Ich störe euch nicht, ich werde mich still verhalten.«

Sie lässt Lew Nikolajewitsch nicht einen Moment lang in

Ruhe. Wir gingen nach unten und spielten eine Partie Schach, bevor wir Tee tranken. Sofja Andrejewna erklärte mir, sie habe zu niemandem etwas über Tschertkow gesagt und ihm nicht verboten zu kommen. Oben noch, im Salon, hatte sie mich gefragt: »Hat Lew Nikolajewitsch im Gespräch mit Ihnen möglicherweise über seine Gesundheit geklagt?«

»Nein, nur dass er sich schwach fühle.«

»Nun, wir werden ihn schon gesund pflegen.«

Ich enthielt mich einer Bemerkung.

»Er ist schwach, muss aber dauernd seine Ausritte machen. Heute war er mit Filipp zweieinhalb Stunden unterwegs«, sagte sie.

Lew Nikolajewitsch, der dazukam, sagte: »Das tut mir sehr gut. Ich habe zwar erst immer Mühe, auf das Pferd hinaufzukommen, aber dann fühle ich mich allmählich besser und besser.«

Zu mir gewandt, fügte er hinzu: »Sie sind jetzt ein richtiger Kavallerist geworden, wir sollten bald mal wieder zusammen ausreiten.«

Lew Nikolajewitsch war matt und hüllte sich fast die ganze Zeit, die wir für unsere Partie brauchten, in Schweigen.

»Im Winter sollten wir unsere Schachpartien brieflich bestreiten«, schlug Lew Nikolajewitsch vor. »So spielt es sich wesentlich besser. Haben Sie das schon mal ausprobiert? Ich noch nie.«

»Ja, ein paarmal«, sagte ich. Ich trank eine Tasse Tee und verabschiedete mich.

»Reiten Sie durch die Allee?«, wollte Lew Nikolajewitsch wissen.

Nachdem wir uns getrennt hatten, stieg er in den Garten hinunter. Ich dachte, er wolle noch mit mir sprechen. Stattdessen ging er am Balkon entlang in Richtung Allee. Lew Lwowitsch verließ ebenfalls den Balkon und beobachtete, welche Richtung Lew Nikolajewitsch einschlug.

Da dieser das offenbar bemerkte, bog er scharf ab und nahm den Weg zum Anbau. Ich hatte mich schon ein Stück vom Haus entfernt, überlegte mir aber, dass Lew Nikolajewitsch möglicherweise ein Anliegen hatte, und machte kehrt.

»Warum kommen Sie zurück?«, rief mir Sofja Andrejewna vom Balkon zu.

Ich sagte, ich wolle am Pferdestall vorbeireiten, bog jedoch nicht zur Fahrstraße ab, sondern schlug den Weg zum Anbau ein, wo ich Lew Nikolajewitsch, wie erhofft, einholte.

»Sie kommen hier nicht durch«, bedeutete er mir leise.

»Ich nahm an, Sie wollten mir etwas sagen, was ich Tschertkow ausrichten soll.«

»Reiten Sie weiter, ich öffne Ihnen die Pforte.«

Ich ritt langsam, und Lew Nikolajewitsch ging neben mir her.

»Bestellen Sie ihm, er möchte morgen herkommen, sie habe selbst gesagt, dass sie keine Einwände gegen seinen Besuch erhebe. Hat er sich nicht zu meinem Stockholmer Zusatz und dem Nachtrag zur Erzählung geäußert?«

»Nein.«

Wir hatten die Pforte erreicht. Ich saß ab, damit sich Lew Nikolajewitsch nicht hindurchzwängen musste.

»Wozu sind Sie abgestiegen? Ich hätte Ihnen aufgemacht. Nun, leben Sie wohl. Ich bin müde, sehr müde von alldem«, fügte er hinzu.

Es bedrückte mich, ihn so zermürbt zu sehen und mir sagen zu müssen, dass ich machtlos war und keine Möglichkeit hatte, ihn von dieser Lage zu erlösen.

Rossolimo hat zu Alexandra Lwowna gesagt, dass er betroffen sei von der »Geistesschwäche« Sofja Andrejewnas. Er konnte sich gar nicht beruhigen und wiederholte ein ums andere Mal: »Bei einem so großen Mann so eine Frau!«

21. Juli. Heute Vormittag kam die liebe Maria Schmidt in Teljatinki vorbei; wahrscheinlich wird sie hier bald vorübergehend wohnen. Kurz darauf trafen Alexandra Lwowna und Warwara Feokritowa ein, um sie nach Jasnaja Poljana mitzunehmen. Sie sagten, dort gehe es vergleichsweise ruhig zu, obwohl Sofja Andrejewna in schlechterer Verfassung als gestern sei.

Gegen Abend erschien der völlig verzweifelte Tschertkow. Wie sich herausstellte, hatte Sergejenko, sein Sekretär, verwechselt, was die Zeugen zu Papier zu bringen sollten (wir hatten zu bestätigen, dass Lew Nikolajewitsch bei klarem Verstand und sein Erinnerungsvermögen unbeeinträchtigt sei – das war ja das Allerwichtigste), obwohl ihm der mit der Unterschrift der Zeugen zu versehende Text von Murawjow ganz präzise vorgegeben worden war. Sergejenko hatte auf einem extra Blatt alles Nötige festgehalten, damit uns Zeugen in der Eile keine Fehler unterliefen, aus Zerstreutheit jedoch weggelassen, was wir bezeugen mussten: dass Lew Nikolajewitsch »bei klarem Verstand und sein Erinnerungsvermögen unbeeinträchtigt« sei; damit war das ganze Testament ungültig.

Wir beschlossen, dass ich morgen mit Lew Nikolajewitsch ausreiten und ihn heute noch bitten sollte, dass er sich bereit erklärte, morgen nach Teljatinki zu kommen und alles noch einmal zu erledigen. Das ist sehr belastend und schwierig.

Jasnaja Poljana erreichte ich erst spät.

»Warum so spät?«, fragte Lew Nikolajewitsch, der in seinem Zimmer saß.

Ich sagte, ich hätte mich nicht wohl gefühlt.

»Dabei machen Sie einen guten Eindruck. Ich lese über die ›Todeskandidaten‹ – viel Interessantes, aber manches ist auch übertrieben. Nehmen Sie das Heft mit, lesen Sie den Aufsatz. Hier ist es schön, lassen sie uns hier auf dem oberen Balkon spielen.«

Ich brachte das Schachspiel und einen Stuhl für mich herbei, Lew Nikolajewitsch ein Tischchen. Während ich die Figuren aufstellte, sagte er: »Bei Sofja Andrejewna sieht es heute wieder schlechter aus. Sie ist schon vor einer ganzen Weile in den Garten gegangen; wo sie sich jetzt befindet, weiß ich nicht.«

Als ich hörte, dass Sofja Andrejewna nicht da sei, erzählte ich Lew Nikolajewitsch, was passiert war. Er erklärte sich bereit, morgen mit mir nach Teljatinki zu reiten und das Nötige zu erledigen.

Bei unserer Partie, die ziemlich lange dauerte, sprachen wir kaum ein Wort. Alexandra Lwowna kam vorbei und sagte, Sofja Andrejewna gehe mit Maria Schmidt spazieren. Es wurde dunkel, und ich brachte aus dem Arbeitszimmer eine Lampe.

Schließlich traf Tschertkow mit seinem Sohn ein, und beide gesellten sich zu uns auf dem Balkon. Lew Nikolajewitsch erkundigte sich nach dem Zusatz für Stockholm. Tschertkow meinte, die Ironie sei überflüssig, es genüge, das zu ändern, alles Übrige sei gut so.

Lew Nikolajewitsch sagte, er habe beschlossen, neben dem bereits übersandten alten Text überhaupt nichts mehr zu schicken.

»Haben Sie diese Herren gesehen?«, wollte er von Tschertkow wissen.

»Welche, Lew Nikolajewitsch?«

»Die Ärzte von gestern.«

»Ja, gewiss.«

»Ich saß gestern gerade über einem Brief an Sie, als sie hier ankamen. Sie sind sonderbar, diese Psychiater – ewig in ihre Wissenschaft versunken. Ich habe Ihnen doch wohl erzählt, dass sie die psychische Tätigkeit des Menschen in elf Abschnitte unterteilen?«, fragte er mich.

Ich bestätigte es, und Tschertkow sagte: »Dieser Rossolimo bezeichnet sich als Positivisten, ist aber ein sehr angenehmer Mensch.«

»Ja, ja … Ich muss ständig an Sie denken – an das, was ich Ihnen geschrieben habe: dass Ihnen dauernd am Zeuge geflickt wird. Und das tut mir Ihretwegen sehr weh.«

»Wozu mich bedauern? Ich bin ja so glücklich mit meinem Familienleben. So viele Menschen mögen mich, das ist so erfreulich, und dass …«

»Heute sah ich bei Sofja Andrejewna einen Brief liegen«,

unterbrach ihn Lew Nikolajewitsch, »ich wollte ihn eigentlich nicht lesen, aber er lag offen da, und da konnte ich mich nicht enthalten, hineinzugucken – ein Brief von Menschikow, er schreibt …«

»Über Ihre letzte Erzählung?«

»Ja … Sie werden in die Pfanne gehauen, und auch ich kriege natürlich mein Fett ab.«

»Was führt er denn gegen Sie ins Feld?«

»Ich habe es nicht durchgelesen, bloß seine Behauptung ist mir aufgefallen, das mit den Bändchen, die wir unters Volk bringen, sei alles Verlogenheit. Und an Ihnen lässt er kein gutes Haar! Da hat er einen Sündenbock gefunden.«

»Fahren Sie nun nach Kotschety?«, erkundigte sich Tschertkow.

»Nein.«

»Warum?«

»Sofja Andrejewna will nicht.«

»Aber A. kommt doch.«

»Nun, ich bin es ja gewohnt, den Sündenbock zu spielen. Im Übrigen muss ich sagen, dass ich nicht die Ruhe bewahren und gelassen reagieren kann, dem Ausspruch Franz' von Assisi von der ›vollkommenen Freude‹ entsprechend. Das ward mir offensichtlich nicht gegeben …« Seine Stimme zitterte, er schien den Tränen nahe und erhob sich.

»Nein, Lew Nikolajewitsch, manchmal können Sie es schon«, meinte Tschertkow.

»Nun, gehen wir nach unten Tee trinken«, schlug Lew Nikolajewitsch vor.

Als wir durch den Salon kamen, sagte er zu Tschertkow: »Maude hat mir seine Biographie [das Manuskript der Tolstoi-Biographie, an der Maude zu der Zeit arbeitete] geschickt, und Sofja Andrejewna zeigte mir erfreut, dass er darüber schreibt, was für ein schlechtes Verhältnis Sie zu Mascha [Maria Lwowna] gehabt hätten. Ich muss Tanja sagen, sie möchte ihm schreiben, dass er das streicht.«

»Umso mehr als es zwischen uns nur vorübergehend ein

Missverständnis gab, danach war unser Verhältnis das bestmögliche«, bemerkte Tschertkow.

Unten saßen schon Alexandra Lwowna, Warwara Feokritowa, Lew Lwowitsch und Maria Schmidt zusammen. Nur Sofja Andrejewna fehlte beim Teetrinken. Alexandra Lwowna sagte mir, sie sei schrecklich erregt, weine und laufe im Garten umher.

»Wieso gibt es bisher kein schönes Bild von Maria Alexandrowna?«, fragte Lew Nikolajewitsch. »Machen Sie doch eins, Wladimir Grigorjewitsch.«

»Mit Vergnügen werde ich es machen, wenn Maria Alexandrowna es erlaubt.«

Warwara Feokritowa sagte, es gebe ein schönes Photo, auf dem Maria Schmidt zusammen mit Lew Nikolajewitsch zu sehen sei.

Ich erinnerte daran, dass Maria Maklakowa dieses Photo gemacht habe.

Alexandra Lwowna fand, dass Maria Schmidt noch einmal mit Lew Nikolajewitsch aufgenommen werden sollte.

»Nein, von mir gibt es schon zu viele Photos«, sagte Lew Nikolajewitsch. »Ich hätte gern ein Bild von Maria Alexandrowna!« Und zu Tschertkow gewandt, fügte er hinzu: »Ich schulde Chirjakow [der wegen der angeblichen Herausgabe einer Zeitung im Gefängnis sitzt] noch einen Brief. Ich hatte mich schon darangemacht, ihm zu schreiben, war dabei jedoch missgestimmt, und wie bei dem Zusatz für Stockholm schlich sich ein ironischer Ton ein. Aus dem, wie er schreibt, wird man wie immer nicht recht klug, ob er scherzt oder es ernst meint; er zitiert Sokrates, setzt einen Ausspruch von Mjatlews Madame Kurdjukowa dagegen und sagt, sie habe eher recht als Sokrates. Was ich zu seiner Ironie bemerkte, erschien mir doch zu schroff.«

Zum Aufsatz über die »Todeskandidaten« stellte Lew Nikolajewitsch wieder fest: »Interessant geschrieben, ganz offenkundig sind viele Züge der Wirklichkeit entnommen, aber man spürt die Übertreibung, und das beeinträchtigt die Wirkung. Diese Zeitschrift [der »Westnik Jewropy«]

wird gut gemacht«, setzte er hinzu. »Ich denke ständig an ›Lesekreis‹ und notiere Aussprüche, die ich gern darin aufnehmen möchte. Das zu diesem Aufsatz [über die »Todeskandidaten«] gewählte Motto ist ein recht guter Ausspruch – von Ihering, einem deutschen Juristen und Schriftsteller –, er handelt davon, dass die gesamte Geschichte der Bestrafungen eine Geschichte der allmählichen Abschaffung der Bestrafung ist.«

Weiter sagte er: »In letzter Zeit kann ich keine belletristischen Werke in der alten Form, mit Naturschilderungen, ohne ein peinliches Gefühl lesen und schreiben. Eine neue Form muss gefunden werden. Ich habe über eine Arbeit nachgedacht und mich dann selbst gefragt: Was ist das eigentlich? Weder eine Erzählung noch ein Gedicht noch ein Roman. Was ist das? Nun, genau das, was gebraucht wird. Wenn ich am Leben bleibe und die Kraft dazu habe, werde ich mich auf jeden Fall bemühen, das zu schreiben.«

Tschertkow bemerkte, es wäre gut, zu schreiben, ohne auf einen ausgefeilten Text aus zu sein, der zu viel Zeit und Mühe beanspruche.

»Das gehört nun mal dazu«, widersprach Lew Nikolajewitsch. »Alle sagen, dass Inspiration ein banales, abgedroschenes Wort sei, gleichwohl geht es nicht ohne sie. Der Unterschied zwischen dieser Linie en haut et en bas ist gewaltig. Wie Puschkin sagte: ›Solang den Dichter [den Menschen allgemein] nicht Apoll / Zum Weiheopfer ruft …‹ Tagelang steht man weit über sich, dem Gewöhnlichen, und dann wieder weit darunter. Das ist überall so.«

Besonders stark treffe das für die Belange der Sittlichkeit zu, sagte ich.

»Ich habe die Erfahrung gemacht, dass dieser Unterschied besonders groß bei Menschen ist, die sich mit Kunst befassen«, fügte Lew Nikolajewitsch hinzu.

Sofja Andrejewna kam schrecklich erregt herein, Tschertkow reichte sie kaum zwei Finger. Er habe die von der Zensur vorgenommenen Streichungen in der »Macht der Finsternis«, um die sie ihn gebeten habe, mitgebracht, sagte er zu ihr.

»Jetzt ist es zu spät dafür!«, sagte sie brüsk. »Ich hatte Sie auch um die Telegramme [Glückwünsche aus dem Ausland zum achtzigsten Geburtstag] gebeten, die Sie sich schon vor zwei Jahren von mir haben geben lassen. Sie versprachen, dass ich sie in drei Monaten zurückbekomme! Sein Wort muss man schon halten!«

Tschertkow sagte, sie würden übersetzt und er werde sie ihr bald zukommen lassen. Sofja Andrejewna wiederholte immerzu ein und dasselbe und war einem hysterischen Anfall sehr nahe.

Lew Lwowitsch versuchte sie mit den Worten zu besänftigen: »Regen Sie sich nicht auf, Mama. Setzen Sie sich und trinken Sie Tee.«

Das machte sie noch gereizter. »Ist gut, Ljowa, hör auf!«, sagte Lew Nikolajewitsch leise zu Lew Lwowitsch.

Alle waren sehr bedrückt. Tschertkows Sohn weinte fast. Bulgakow hatte vergessen, Lew Nikolajewitsch das Grußtelegramm aus Stockholm zu übergeben. Als die Rede darauf kam, merkte Sofja Andrejewna argwöhnisch auf. Sie konnte lange nicht begreifen, worum es ging, und blieb überzeugt davon, dass sie es auch hier mit einer Verschwörung gegen ihre Person zu tun hatte.

Wir schickten uns an aufzubrechen. Sofja Andrejewna hatte bereits am Vormittag Olga Tolstaja mit der Finnin und den Kindern für morgen eingeladen und ihr durch Bulgakow Bescheid geben lassen, sie werde dafür sorgen, dass sie abgeholt werde. Auf jemandes Frage danach reagierte sie schroff: »Ich habe nichts gehört und weiß nichts.«

Beim Abschied sagte Lew Nikolajewitsch zu mir: »Morgen erwarte ich Sie also.«

Sofja Andrejewna ergriff wieder Erregung. Als ihr erklärt wurde, Lew Nikolajewitsch beabsichtige, mit mir auszureiten, ließ sie sich darüber aus, dass es ein Unding sei, bei Hitze Ausritte zu machen.

Wir traten den Heimweg an, und ich bin überzeugt, dass es, nachdem wir fort waren, wieder eine Szene gegeben hat.

22. Juli. Am Vormittag bereiteten Sergejenko und ich alles für das Testament vor. Olga Tolstaja war noch nicht abgeholt worden. Wir befürchteten, dass die Lage in Jasnaja Poljana schlecht sei und es nicht gelingen werde, Lew Nikolajewitsch nach Teljatinki zu bringen.

Als ich dort eintraf, zeigte sich Lew Nikolajewitsch sehr verwundert, dass ich das Papier nicht bei mir hatte. Er war der Annahme gewesen, dass ich den Text mitbringen, er das Testament im Wald schreiben und die Zeugen später ihre Unterschrift daruntersetzen würden.

»Ich habe sogar eine Pappe [als Schreibunterlage] bereitgelegt«, sagte er mir.

Ich erklärte ihm, dass das Aufsetzen des Testaments nur im Beisein von Zeugen möglich sei.

Zu Tschertkows zu reiten, lehnte Lew Nikolajewitsch kategorisch ab. Schweren Herzens beschlossen wir, die Sache auf einen günstigeren Zeitpunkt zu verschieben.

Ich ging Sofja Andrejewna, die an einem Tisch im Garten saß, guten Tag sagen. Sie klagte über ihr schlechtes Befinden, sie leide unter Hitzewallungen im Kopf, heute Morgen seien ihr Blutegel angesetzt worden. Gestern habe sie sich nicht in der Gewalt gehabt und das Vorgefallene sei ihr sehr unangenehm.

Ich war höchst erstaunt und erfreut über ihre Worte, die offenbar von einer milden Gefühlslage herrührten.

Alexandra Lwowna ist ins »Gewölbezimmer« umgezogen. Ich beglückwünschte sie dazu. Eine Kutsche wurde losgeschickt, die Olga Tolstaja abholen sollte (ich hatte Alexandra Lwownas »Spinne« abfahrbereit auf dem Pferdehof stehen sehen).

Wir brachen auf, Lew Nikolajewitsch auf Delir, ich auf Einauge. Shutschka (die Stute aus Teljatinki, auf der ich sonst immer reite) ist zu langsam, sie kann mit Delir nicht Schritt halten, so dass auf ihr zu reiten sehr unerquicklich ist.

Gleich hinter dem Haus, im Apfelgarten, zügelte ich mein Pferd und folgte dem vorausreitenden Lew Nikolajewitsch in einigem Abstand. Kaum hatten wir den Tschepysh erreicht, rief er mir zu: »Reiten Sie näher heran!«

Als ich ihn erreicht hatte, sagte er: »Ich habe mir Folgendes gedacht: Reiten Sie in vollem Galopp nach Teljatinki, um sie zu holen. Ich nehme inzwischen den Weg über den Sakas-Wald nach Grumond und werde dort an der Brücke auf Sie warten. Kennen Sie sich in der Gegend aus?«

Ich bejahte die Frage, ließ Lew Nikolajewitsch allein und beeilte mich, nach Teljatinki zu kommen.

Bei Tschertkows wurden wir erwartet. Ich erklärte rasch, wie die Dinge lagen. Zunächst wollten sie mit einer Kutsche losfahren, verwarfen das aber gleich wieder als zu auffällig. Wir machten uns zu Pferd auf – Sergejenko und Radynski als Zeugen. Tschertkow beschloss, lieber nicht mitzukommen. Er hatte noch ein Papier vorbereitet, das den Kindern den Zweck eines formellen Testaments erläuterte. Dieses Papier bat er Lew Nikolajewitsch zu zeigen, damit er, wenn er den Inhalt billige, dies darauf vermerke.

Wir nahmen alles mit, den Text des Testaments, Papier, eine Pappe als Schreibunterlage und was sonst noch gebraucht wurde, und ritten los. Lew Nikolajewitsch wartete auf einem Hügel unweit der Grumonder Brücke. Zunächst konnten wir ihn nicht ausmachen und wurden unruhig, doch oben auf dem Hügel angekommen, sahen wir ihn in seiner weißen Bluse mit dem wehenden grauen Bart auf Delir sitzen. Er wartete schon ziemlich lange auf uns.

Wir überquerten ein abgeerntetes Roggenfeld und ritten in die Sasseka hinein. Lew Nikolajewitsch dankte mir, erkundigte sich besorgt, ob ich nicht ermüdet sei, und fragte dann: »Das ist fatal, aber haben Sie sich eine Ausrede überlegt, falls herauskommt, dass Sie sich von mir getrennt haben?«

Ich sagte, ich brauche mir gar nichts auszudenken, da ich eine Magenverstimmung habe.

»Ausgezeichnet, das ist eine Ausrede, über die man nicht gern spricht, da kann sich keiner wundern, dass wir die Sache verschwiegen haben.«

Im Wald ritten wir auf einem Pfad weiter.

»Ich fürchte, dieser Pfad führt uns in die Schluchten«, sagte Lew Nikolajewitsch, »er ist eigentlich nur zu Fuß benutzbar.«

Wir ritten ein Stück durch den Wald, bevor wir haltmachten und absaßen. Ich band mein Pferd an, während Radynski, der den Inhalt des Testaments nicht kannte, die anderen am Zügel hielt.

Ganz in der Nähe entdeckte ich inmitten einer Baumgruppe einen Stumpf, auf dem man sehr bequem sitzen konnte. Wir gingen dorthin. Lew Nikolajewitsch setzte sich und begann den Text seines am 17. Juli verfassten Testaments neu zu schreiben. Um es leichter zu haben, bat er mich, ihm zu diktieren. Als er fertig war, überprüften wir den Text. Ein Schreibfehler war Lew Nikolajewitsch unterlaufen: »zwamzig«. Er wollte ihn korrigieren, doch ich empfahl, damit das Schriftbild sauber blieb, darauf zu verzichten.

»Soll man ruhig sagen, dass ich nicht fehlerlos schreiben konnte«, meinte Lew Nikolajewitsch lachend.

Wir riefen Radynski herbei. Lew Nikolajewitsch stellte fest, dieses Papier sei seinem Wunsch entsprechend abgefasst und von ihm selbst geschrieben, und setzte im Beisein der Zeugen seine Unterschrift darunter. Wir unterschrieben ebenfalls: ich, Sergejenko und Radynski.

»Wie lästig diese ganzen Formalitäten sind«, sagte Lew Nikolajewitsch.

Dann las er das andere Papier durch und erklärte: »Das alles [die erste Seite und der Anfang der zweiten] ist sehr gut, aber hier bin ich mit einigen Stellen nicht einverstanden.«

Bezüglich des Passus, in dem es heißt, es sei sein Wunsch, dass alle Manuskripte Tschertkow übergeben würden, damit er nach seinem Ermessen entscheide, was zu veröffentlichen sei und was nicht, befand er: »Es muss eingefügt werden: ›auf derselben Grundlage, auf der er das gegenwärtig besorgt‹. Sonst werden die Feinde Wladimir Grigorjewitschs behaupten, er habe alle ausgeschaltet und alles an sich gerissen.«

Das Zweite, womit Lew Nikolajewitsch nicht einverstanden war, betraf die Erwähnung (im Winter hatte er bereits Alexandra Lwowna darauf hingewiesen), dass alles, was er bis 1881 geschrieben hat (bis auf die »Fibel« der Volkserzählungen und die Zeitschrift »Jasnaja Poljana«), in der lebenslangen Verfügungsgewalt Sofja Andrejewnas bleiben soll.

»Wozu das? Das ist unnötig. Sascha weiß selbst, wie damit zu verfahren ist, das hier festzuhalten ist völlig überflüssig«, sagte er.

Dieses Papier unterschrieb Lew Nikolajewitsch vorläufig nicht, zumal es damit keine Eile hat, das kann noch überdacht werden.

Lew Nikolajewitsch verabschiedete sich von Sergejenko und Radynski, dankte ihnen, und wir trennten uns: Sergejenko und Radynski kehrten nach Hause zurück, während Lew Nikolajewitsch und ich unseren Weg durch die Sasseka fortsetzten.

Wir ritten auf einem schönen, fast zugewachsenen alten Waldpfad. Lange ritten wir schweigend, äußerten nur hin und wieder unser Entzücken über die Schönheit des Waldes. Schließlich erreichten wir einen breiten Forstweg, der von der Station Rwy zum Flussbad von Jasnaja Poljana führte. Hier passierten wir an einer Furt die Woronka, um durch Birken- und Fichtenanpflanzungen zum Haus zu gelangen.

»Ich genieße jedes Mal den Anblick dieser jungen Fichten«, sagte Lew Nikolajewitsch, »das ist meine Lieblingsstelle, und für gewöhnlich komme ich bei meinen morgendlichen Spaziergängen hier vorbei. Manchmal setze ich mich auf die Bank und schreibe.«

»Hat Wladimir Grigorjewitsch Ihnen meinen Brief gezeigt?«, fragte er mich dann.

»Welchen? Den mit Bleistift geschriebenen?«

»Ja, ja.«

»Den habe ich gelesen.«

Zum Inhalt des Briefes sagte Lew Nikolajewitsch: »Genauso ist es: Mich hassen viele, doch schützt mich meine Bekanntheit als Schriftsteller, während Wladimir Grigorjewitsch diesen Schutz nicht genießt, und da er es wagt, offen Dinge auszusprechen, die den Überzeugungen und Lebenshaltungen der Leute widersprechen, ergießt sich ihr ganzer Hass über ihn. Der irgendeines Menschikow oder Maude, ganz zu schweigen …« – Lew Nikolajewitsch machte eine Pause – »von meinen Angehörigen.«

Über Maude äußerte er das Gleiche wie gestern im Gespräch mit Tschertkow, das er in meinem Beisein geführt hatte: »Dass ich ihm schreibe, ist unbedingt notwendig. Mir tut die Sache sehr weh. Zumal man einer Toten alles Mögliche nachsagen kann. Auch wenn es zwischen Mascha und Wladimir Grigorjewitsch gewisse Missverständnisse gegeben hat, in den letzten Jahren hat sie ihn sehr gemocht. Und überhaupt hat sie mich zu sehr geliebt, um sich gegen den mir am nächsten stehenden Menschen feindselig zu verhalten.«

Kurz vor dem Haus sagte mir Lew Nikolajewitsch wieder, wie gern er Maria Schmidt von Tschertkow photographiert sähe. »Abgesehen davon, dass ich sie mag und dass es für mich eine Freude sein wird, ihr Bild zu besitzen, hat sie ein so bemerkenswertes Gesicht, dass sie unbedingt photographiert werden muss.«

Ich ließ ihn wissen, dass Maria Schmidt bald nach Teljatinki zu kommen beabsichtige, bei der Gelegenheit ließe sich das leicht bewerkstelligen.

In Jasnaja Poljana trafen wir niemanden zu Hause an. Alle waren auf Pilzsuche, und Lew Lwowitsch holte Michail Lwowitsch ab. Ob Sofja Andrejewna zu Hause oder mit in den Wald gefahren war, weiß ich nicht.

Lew Nikolajewitsch verabschiedete sich von mir und ging in sein Zimmer, während ich mich auf mein Pferd schwang und nach Hause zurückkehrte. Am Abend ritt ich nicht nach Jasnaja Poljana, im Unterschied zu Tschertkow, der auf dem Rückweg bei uns vorbeikam, ohne etwas Besonderes zu vermelden zu haben.

23. Juli. Ich war am Abend gerade im Begriff, nach Jasnaja Poljana aufzubrechen, als Alexandra Lwowna zusammen mit Makovický erschien und mich zu Tschertkows mitzukommen bat. Sie machte dort ihr Testament (zugunsten Tatjana Lwownas), das ich, Sergejenko und Radynski als Zeugen unterschrieben.

Alexandra Lwowna berichtete, Michail Lwowitsch sei mit Frau und ihren zwei Kindern in Jasnaja Poljana eingetroffen. Abgeholt hat sie Lew Lwowitsch, anscheinend soll Familienrat gehalten werden. Olga Tolstaja berichtete mir am Abend (sie war in Jasnaja Poljana gewesen), Alexandra Tolstaja, die Ehefrau von Michail Lwowitsch, die eher dazu neigt, die Ansichten ihres Mannes zu teilen, habe ihr gesagt, dass »<…> im Beisein aller lauthals schreckliche Sachen erzählt« habe.

Lew Nikolajewitsch ist seit heute früh krank: die Galle, die Leber, Magenbeschwerden; das um elf Uhr vormittags eingenommene Rizinusöl zeigt bis jetzt keine Wirkung. Den ganzen Tag hat er nichts gegessen. Er diktierte Alexandra Lwowna Briefe, unter anderem einen an Maude.

Lew Nikolajewitsch erklärte Alexandra Lwowna, dass er am liebsten sterben würde, das sei sein einziger Wunsch. »Weißt du, Sascha, was ich mir überlegt habe?«, sagte er dann zu ihr. »Wir sollten zusammen fortgehen!«

»Wozu sagst du mir das? Ich denke an nichts anderes!«

»Ich bedaure, dass ich dir das gesagt habe, es wird deine unguten Gefühle verstärken«, fügte er dann hinzu.

Alexandra Lwowna versicherte ihm, nichts könne die bei ihr verstärken, deswegen mache er sich unnötigerweise Sorgen.

Später erzählte mir Olga Tolstaja in Jasnaja Poljana, Lew Nikolajewitsch habe zu ihr gesagt: »Mein einziger Trost ist, dass bald Schluss sein wird.«

Nach dem, was ich von Alexandra Lwowna hörte, vertrat Michail Lwowitsch die Auffassung, dass sich alles leicht einrenken lasse, und war schon drauf und dran, sich mit ihr zusammen auf den Weg zu Tschertkow zu machen. Sie konnte ihn nur mit Mühe davon abbringen, da sie wegen des Testaments dorthin wollte.

Ich ritt mit Alexandra Lwowna nach Jasnaja Poljana voraus, Tschertkow sollte mit Makovický folgen. In der Diele eilte uns Sofja Andrejewna entgegen.

»Kommen Sie allein?«, wollte sie von mir wissen.

»Mit Alexandra Lwowna.«

»Und Tschertkow?«

»Er ist mit Makovický auf dem Weg hierher.«

Sie fasste sich an den Kopf und brach in Tränen aus. Als die eintretende Alexandra Lwowna das sah, spuckte sie aus und ließ im Vorbeigehen fallen: »Wie ich diese Komödie satt habe!«

»Was für eine Dreistigkeit!«, sagte Sofja Andrejewna, »zu wissen, dass die Hausherrin ihn verabscheut, und trotzdem ständig hier aufzukreuzen!«

Sie hatte wahrscheinlich vergessen, dass sie erst gestern an Tschertkow geschrieben, sich entschuldigt und ihn um sein Herkommen gebeten hatte.

Ich sagte zu ihr, Lew Nikolajewitsch sei krank und es könne ihr doch nichts ausmachen, wenn Tschertkow ihn für eine halbe Stunde besuche, ich verstehe nicht, was sie so besorgt stimme.

»Sie bringen mich noch um! Lew Nikolajewitsch ist krank, hat nichts gegessen, er braucht ein Klistier, und dieser Klotz wird ihn anstarren ... Nein, keinen Schritt entferne ich mich von ihm!«

Ich ging zu Lew Nikolajewitsch hinein, der im Schlafrock in seinem Zimmer auf dem Ledersofa lag. Er bekam Lust, eine Partie Schach zu spielen. Ich brachte Brett und Figuren, und wir begannen zu spielen. Sofja Andrejewna leistete uns Gesellschaft. Michail Lwowitsch kam häufig herein und schien leicht erregt. Die Frauen saßen völlig verstört im Remingtonzimmer zusammen, allein <…> hockte im Salon auf dem Korbdiwan und klimperte eifrig auf der Balalaika.

Tschertkow, der inzwischen eingetroffen war, legte Lew Nikolajewitsch die Briefe vor, die er in seinem Auftrag geschrieben hatte.

Im Salon wurde das Grammophon angestellt. Sofja Andrejewna sprang immerfort auf und lief hinüber, um zu beanstanden, dass sie unpassende Musik aufgelegt hätten oder sie zu schnell abspielten; überhaupt ertrage sie keine Grammophonmusik. Offensichtlich argwöhnte sie, dass Tschertkow anstelle englischsprachiger Briefe Lew Nikolajewitsch etwas anderes unterschiebe, doch der las aus jedem Brief ein paar englische Sätze vor, und sie beruhigte sich. Dann sah sich Lew Nikolajewitsch die von Lempi Karlowna besorgte russische Übersetzung eines an ihn gerichteten schwedischen Briefes an.

Sofja Andrejewna konnte nicht an sich halten und sagte: »Alexander Borissowitsch, lesen Sie ihn.«

Ich las den naiven Brief eines jungen Mannes über den Militärdienst vor.

Lew Nikolajewitsch hält Gedanken in einem Notizbuch mit herausnehmbaren Blättern fest, und diese Blätter schickt er hin und wieder Tschertkow. Der übergab ihm auf ein Blatt Briefpapier übertragene Gedanken aus diesem Notizbuch. Als Sofja Andrejewna das Zimmer verließ, sagte Tschertkow: »Lesen Sie das später, Lew Nikolajewitsch.«

Lew Nikolajewitsch bekam seinen Rat nicht richtig mit und begann das Papier zu lesen. Unterdessen kehrte Sofja Andrejewna zurück, merkte jedoch nichts und ging bald wieder hinaus.

»Die Mühe haben Sie sich umsonst gemacht«, sagte Lew Nikolajewitsch, »das lohnt überhaupt nicht.«

»Wir legen es auf Ihren Tisch«, empfahl Tschertkow.

»Tun Sie es in die Mappe, ich lege es dann ins Tagebuch.«

Kaum war das Papier weggepackt, betrat Sofja Andrejewna abermals das Zimmer.

Lew Nikolajewitsch stand auf und ging in sein Schlafzimmer. Als er zurückkam, begannen wir uns zu verabschieden. Lew Nikolajewitsch bat uns, zum Tee zu bleiben, aber Tschertkow lehnte ab und sagte: »Ich habe Sie gesehen und bin froh, dass Sie noch am Leben sind.«

Lew Nikolajewitsch ging in den Salon.

Als Tschertkow sich von Sofja Andrejewna verabschiedete, sagte sie zu ihm: »Ich habe ihn also noch nicht totgequält?«

Tschertkow ließ ihre Bemerkung unerwidert und ging hinaus.

Ich sagte zu Sofja Andrejewna, es sei nicht recht von ihr, seinen Worten einen solchen Sinn zu unterstellen. Wir hätten gewusst, dass Lew Nikolajewitsch krank sei, und deshalb habe Tschertkow sich so geäußert. Doch Argumente verfangen bei ihr nicht.

Unter Hinweis darauf, dass Tschertkow und ich nur ein Pferd zur Verfügung hätten, verabschiedete ich mich gleichfalls.

In Jasnaja Poljana war an diesem Tag auch Gorbunow gewesen, der zuvor mit Lew Nikolajewitsch über dessen Bändchenreihe (»Weg des Lebens«) gesprochen hatte. Lew Nikolajewitsch bereitet sie immer wieder große Freude.

In der Diele und im Hof unterhielten wir uns noch eine Weile mit Alexandra Lwowna, Warwara Feokritowa und Olga Tolstaja. Tschertkow beschloss, Tatjana Lwowna ein Telegramm zu schicken (Alexandra Lwowna hat ihr bereits geschrieben), da mit der Anreise Andrej Lwowitschs (am 25.) Lew Nikolajewitschs Situation noch wesentlich schwieriger werden dürfte. Ein Glück, dass wenigstens <...> morgen abreist.

Auf dem Heimweg erzählte mir Tschertkow, Lew Lwowitsch habe ihm einen Brief geschrieben, in dem er ihm rate, von Besuchen in Jasnaja Poljana Abstand zu nehmen oder sich mit Sofja Andrejewna auszusprechen. Der Brief sei in ziemlich ruhigem Ton gehalten, was ihn freue, denn das gebe ihm das Recht, Lew Lwowitsch über das Verhältnis zwischen ihm und seinem Vater zu schreiben, sonst hätte er nicht gewusst, auf welche Weise er antworten solle. Tschertkow hat auch vor, einen Brief an Sofja Andrejewna zu schreiben, einstweilen beabsichtigt er anscheinend, auf Besuche in Jasnaja Poljana zu verzichten, vorher will er jedoch Lew Nikolajewitsch fragen, was am besten zu tun sei.

24. Juli. Den ganzen Tag hatten wir keine Nachrichten aus Jasnaja Poljana. Bei meinem abendlichen Eintreffen gab mir Alexandra Lwowna einen heute an sie geschriebenen Brief Sofja Andrejewnas und ihre Antwort zu lesen.

Als ich Alexandra Lwowna sagte, ihr Brief sei sehr gut geschrieben, das Ausspucken allerdings hätte sie besser unterlassen, erzählte sie mir, Lew Nikolajewitsch habe ihren Brief auch gebilligt, auf jeden Fall sei es gut, habe er gemeint, dass sich alles geklärt habe.

Sofja Andrejewna verhalte sich heute ruhig, ließ sie mich noch wissen. Ich ging zu Lew Nikolajewitsch, wo ich Sofja Andrejewna und Olga Tolstaja antraf. Lew Nikolajewitsch saß im Schlafrock im Sessel, vor ihm auf dem Ausziehtischchen waren die Schachfiguren aufgestellt, und er analysierte das Muzio-Gambit. Statt den Bauern e6 zu schlagen, zog er die Dame von f6 auf f5 zurück. Wir spielten eine sehr lebhafte Partie, die er gewann. Ich sagte ihm, das sei unsere 599. Partie. Er wunderte sich darüber, dass ich sie notiere, und hatte nicht erwartet, dass wir schon so viele gespielt haben.

Lew Nikolajewitsch fühlt sich etwas besser, hat aber schon den zweiten Tag nichts gegessen. Er erkundigte sich nach meiner Gesundheit und bedauerte es, dass ich wieder nicht auf dem Posten bin. Beim Schachspiel sagte er, dass er jetzt vielleicht eine Kleinigkeit vertragen könnte. Alexandra Lwowna veranlasste, dass sein Mittagessen aufgewärmt wurde. Er ging in den Salon und aß. Sofja Andrejewna, die danach erschien und ihn bewegen wollte, etwas zu sich zu nehmen, reagierte äußerst ungehalten, als sie erfuhr, dass Alexandra Lwowna schon für ihn gesorgt hatte.

Beim Tee erzählte Lew Nikolajewitsch, er habe einen hochinteressanten Brief erhalten (von Owetschkin aus dem

Gouvernement Nishni Nowgorod), bat, ihn zu holen, und las ihn vor.

»Das ist einer, von dem man ein gutes Russisch lernen kann«, sagte er, zu Makovický gewandt.

Es handelte sich um den Brief eines alten Mannes, der nach einem Glauben sucht und bezweifelt, dass es gerecht und möglich sein kann, jenseits des Todes ewigen Qualen ausgesetzt zu werden. Er schreibt, dass er die »Birshewyje wedomosti« (»Börsenmitteilungen«) beziehe, und bittet Lew Nikolajewitsch, in der Zeitung zu antworten, seine Adresse gibt er nicht an. Lew Nikolajewitsch bedauerte das sehr, da er ihm gern geantwortet hätte. Ich riet, an die Redaktion der »Birshewyje wedomosti« zu schreiben, denn seine Anschrift als Abonnent müsse dort bekannt sein.

»Da sieht man mal, was es heißt, ein guter Schachspieler zu sein!«, sagte Lew Nikolajewitsch.

Während er vorlas, traf Tschertkow ein, mit dem an diesem Tag eigentlich nicht zu rechnen gewesen war. Er machte Sofja Andrejewna seine Reverenz und setzte sich am Teetisch Lew Nikolajewitsch gegenüber, der ihn zunächst nicht bemerkte. Mit dem Vorlesen fertig geworden, gab er Erläuterungen zu dem Brief, und plötzlich fiel sein Blick auf Tschertkow.

»Ach, wo kommen Sie denn plötzlich her?«

Sofja Andrejewna zuckte zusammen.

Lew Nikolajewitsch fragte Tschertkow, ob er den Brief mit angehört habe. Nur die zweite Hälfte, erwiderte der.

Zu mir gewandt, fügte Lew Nikolajewitsch hinzu: »Wie oft erlebt man es, dass bei religiös suchenden Menschen Belohnung oder Bestrafung jenseits des Todes nicht Teil ihres Glaubens ist.«

Sofja Andrejewna hielt dagegen, dass der Glaube an die geistigen Anlagen des Menschen nichts anderes als Glaube an das Leben nach dem Tode sei.

»Dieser Tage war ein Diakon bei mir«, sagte Lew Nikolajewitsch, »ein noch junger, anscheinend erst kürzlich geweihter, der sich die Sporen verdienen will und deshalb herkam, um mich zu bekehren. Damit haben es schon viele bei mir versucht, und für solche Ermahner habe ich die Antwort parat. Zuvörderst sage ich ihnen, dass ich nicht beabsichtige, sie zu bekehren, und sie bitte auch mich damit verschonen möchten – ich bestehe ganz und gar nicht darauf, dass mein Glaube der einzig wahre sei, aber es sei nun einmal so, etwas anderes könne ich nicht glauben, und ich hoffe, mit diesem Glauben zu sterben.«

Weiter sagte er: »Wenn man krank ist, verfliegt die Zeit ungewöhnlich schnell. Ich lag krank danieder und las im ›Westnik Jewropy‹ einen Aufsatz über Darwin.

Jene, die davon sprechen, dass die Welt in sechs Tagen erschaffen worden sei, sind der Wahrheit weitaus näher als die Darwinisten, die von der Entstehung der Arten und vom Existenzkampf sprechen. Sie gestehen zumindest ein, dass es etwas gibt, was sich unserer Erkenntnis entzieht, während die Darwinisten glauben, mit ihrer ›Entstehung der Arten‹ das Wesen des Lebens erklären zu können. Mag sein, dass ihre Beschäftigungen sehr unterhaltsam und nett sind – so wie wir beide Schach spielen –, doch den Sinn des Lebens können sie in keiner Weise erklären.«

Ich bot an, Klavier zu spielen. Erfreut ging Lew Nikolajewitsch darauf ein: »Ich wollte Sie schon darum bitten, aber Sie sagten, Sie seien nicht auf dem Posten, und da habe ich mich nicht getraut.«

Ich spielte das Prélude Fis-Dur und die Ballade As-Dur von Chopin. Danach blieben wir nicht mehr lange zusammen. Lew Nikolajewitsch fragte Tschertkow unbedachterweise: »Sind Sie einverstanden mit dem, was ich bezüglich jenes Papiers gesagt habe?«

»Ja, selbstverständlich«, erwiderte Tschertkow, »ich gebe Ihnen völlig recht.«

Sofja Andrejewna war sofort bei ihnen und bekam allem Anschein nach einen Teil ihres Gesprächs mit.

Lew Nikolajewitsch erkundigte sich noch nach Tschertkows Ansicht zu seinem Brief an Maude wegen Maria Lwowna, was er auch besser nicht getan hätte.

Auf dem Heimweg waren wir beide uns einig, dass das Ungemach unausbleiblich sei.

25. Juli. Heute, als ich mich nach dem Mittagessen hingelegt hatte, erschien aus Jasnaja Poljana unverhofft Olga Tolstaja und sagte, sie müsse mich dringend sprechen. Meine Frau führte sie herein. Olga Tolstaja berichtete erstaunliche Dinge: Nachdem wir gestern fort waren, hatte Sofja Andrejewna natürlich Auskunft verlangt, worüber Lew Nikolajewitsch mit Tschertkow gesprochen habe. Er sagte, er könne ihr nicht immer alles erzählen, er habe das Recht und den Wunsch, mit Tschertkow offen zu sprechen, und es sei doch merkwürdig, dass sie von ihm Rechenschaft über jedes Wort verlange.

Sofja Andrejewna ging und schloss sich in ihrem Zimmer ein. Alexandra Lwowna und Warwara Feokritowa legten sich schlafen. Olga Tolstaja war mit ihren Kindern oben, gleich neben Sofja Andrejewna, untergebracht. Sie lauschte ein paarmal, doch aus dem Nebenzimmer war nichts zu hören. Mitten in der Nacht kam ein Telegramm, in dem Andrej Lwowitsch seine Ankunftszeit mitteilte. Auf das Klopfen an ihrer Tür reagierte Sofja Andrejewna nicht. Gegen vier Uhr nachts hörte Olga Tolstaja ihre Schritte. Sie warf einen Blick in ihr Schlafzimmer, doch da war sie nicht, sondern stand mit Nachtjacke unten an der Haustür. Olga Tolstaja rief sie an und fragte, wohin sie gehe. Nirgendwohin, sagte sie, sie wolle bloß nach dem Wetter sehen.

Nur mit Mühe gelang es Olga Tolstaja, sie zu überreden, dass sie ins Schlafzimmer zurückkehrte, wo sie ihr bis sechs Uhr grässliche Dinge über Lew Nikolajewitsch und Tschertkow erzählte und irgendwelche Jugendaufzeichnungen Lew Nikolajewitschs vorzulesen anbot.

Jelisaweta Obolenskaja sei entsetzt gewesen, als sie ihr das vorgelesen habe. Olga Tolstaja weigerte sich, Lew Nikolajewitsch sei für sie wie ein Vater, erklärte sie, und sie halte sich nicht für berechtigt, so etwas anzuhören. (Sofja Andrejewna erzähle Sachen, die sie auf keinen Fall wiedergeben könne, sagte sie zu uns.)

Als Sofja Andrejewna schließlich im Sitzen einzudösen begann, verließ Olga Tolstaja sie. Gegen acht Uhr weckte sie Alexandra Lwowna und Warwara Feokritowa. (Seit gestern Abend war es ihr gelungen, Sofja Andrejewnas Erregungszustand vor Alexandra Lwowna zu verbergen.) Alexandra Lwowna zog sich rasch an und lief zu ihrem Vater.

Sofja Andrejewna begann Lew Nikolajewitsch erneut mit ihrem Gerede von gestern zuzusetzen; dann wiederholte sie die Scheußlichkeiten, die sie Olga Tolstaja über ihn erzählt hatte.

Sie verkündete, sie gehe weg, von ihrem Mann sei sie aus dem Haus geekelt, von der Tochter herabgewürdigt worden – und so weiter und so fort. Sie packte ihren Koffer, segnete Olga Tolstajas Kinder, bat Alexandra Lwowna um Verzeihung und fuhr mit den Pferden davon, mit denen Andrej Lwowitsch aus Tula abgeholt werden sollte.

Schon im Losfahren fiel ihr ein, dass sie etwas vergessen hatte, sie lief in ihr Zimmer hinauf und kam, ein Glas mit Opium in der Hand, mit den Worten zurück: »Hier ist meine Rettung!« Außerdem nahm sie aus völlig unerfindlichen Gründen eine Schreckschusspistole mit.

Während all das geschah, bildhauerte Lew Lwowitsch unten in der Bibliothek ruhig weiter, bis er gerufen wurde. Er wollte mit Sofja Andrejewna mitfahren, doch als er seinen Mantel holen ging, rief sie dem Kutscher zu »Los! Noch bin ich hier die Hausherrin!« und fuhr davon.

Olga Tolstaja hat Lew Nikolajewitsch ebenso wie Alexandra Lwowna empfohlen, unverzüglich mit dem Schnellzug nach Kotschety abzureisen, doch das lehnte er ab. Das Vorgefallene hat ihn sehr irritiert, er macht sich Sorgen, Sofja Andrejewna könnte sich etwas antun. Außerdem leidet er unter Herzbeklemmung und ist sehr schwach. Er sagte, heute werde sich alles klären und morgen früh könnten sie fahren.

Nachdem ich das Ganze von Olga Tolstaja erfahren hatte, ging ich auf einen Sprung zu Tschertkows hinüber, sprach anschließend mit meiner Frau ab, dass ich möglicherweise in Jasnaja Poljana bleiben würde, da es seit gestern Nacht fast unaufhörlich goss, und machte mich auf den Weg.

Ich ritt bei strömendem Regen. Als ich ankam, stieß ich in der Diele auf einen Wachtmeister der Landpolizei und den zuständigen Polizeihauptmann, die erschienen waren, um Lew Lwowitsch festzunehmen oder eine Kaution von fünfhundert Rubel einzufordern, weil er Lew Nikolajewitschs Broschüre »Die Wiederherstellung der Hölle« veröffentlicht hatte. Lew Lwowitsch lief zu Alexandra Lwowna, um sich das Geld zu borgen, doch die gab ihm einen Korb. Mit den Worten »Mama hätte es mir bestimmt gegeben« verlangte er Sofja Andrejewnas Schlüssel.

Alexandra Lwowna sagte, sie habe keine Ahnung, wo sie seien. Daraufhin beschloss er, ein Telegramm nach Petersburg zu schicken, um sich von seinem Konto telegraphisch fünfhundert Rubel überweisen zu lassen. Damit gaben sich die Vertreter der Polizei zufrieden und ritten davon.

Lew Lwowitsch bat mich zu sich und wollte wissen, was mich denn zu so ungewohnter Stunde hergeführt habe. Ich sagte, ich habe von den Geschehnissen hier erfahren und sei deshalb hergeeilt. Er setzte mir auseinander, dass Lew Nikolajewitsch mit Sofja Andrejewna sehr schlecht umgehe, sie grausam behandele, dass sie krank sei – und so weiter. Ich sagte ihm, dass sie mir natürlich leidtue, doch wer hier im Recht sei, das könne man auch anders sehen, und darüber möchte ich nicht mit ihm streiten, da das für uns beide eine Überzeugungs- und Gewissensfrage sei, habe das auch gar keinen Sinn. Unter diesem Zustand, der die Gesundheit und das Leben Lew Nikolajewitschs bedrohe und Sofja Andrejewnas Gesundheit ebenso abträglich sei, litten alle und es sei notwendig, einen Ausweg aus dieser Lage zu finden, in Frage komme meiner Ansicht nach nur eines: dass Lew Nikolajewitsch vorübergehend nach Kotschety fahre, unter Umständen könne Sofja Andrejewna mitfahren, Hauptsache, dieses alptraumhafte Geschehen in Jasnaja Poljana nehme ein Ende.

Lew Lwowitsch erzählte mir, wie er seinem Vater vor Augen geführt habe, dass er der Mutter gegenüber ungerecht sei. Ich gab ihm zu bedenken, dass sein Vater es nicht nötig habe, von ihm belehrt zu werden.

»Gut, dass Andrej kommt«, sagte er noch, »ich bin sehr froh darüber.«

Als ich ihm auf seine Frage, wohin ich jetzt gehe, antwortete, ins Büro zu Alexandra Lwowna, folgte er mir.

Alexandra Lwowna und Warwara Feokritowa waren mit ihren Aufzeichnungen beschäftigt.

»Ich hatte es mir schon gedacht, dass Sie kommen würden«, sagte Alexandra Lwowna.

Solange Lew Lwowitsch dabeisaß, drehte sich das Gespräch um seine Beinahe-Festnahme und verschiedene belanglose Themen. Er blieb eine ganze Weile, bis er es offenbar überbekam und ging.

Als er das Zimmer verlassen hatte, berichteten mir Alexandra Lwowna und Warwara Feokritowa über das Vorgefallene das Gleiche wie schon Olga Tolstaja. Wir unterhielten uns ziemlich lange, äußerten unterschiedliche Vermutungen und bedauerten, dass es nicht gelungen war, Lew Nikolajewitsch zur Abreise zu bewegen. Wir alle waren überzeugt, dass Sofja Andrejewna mit Andrej Lwowitsch zurückkehren werde.

Es klingelte. Alexandra Lwowna lief zu Lew Nikolajewitsch. Als sie zurückkam, bestellte sie mir, er bitte mich zu sich – um sich mit mir zu beraten. Im äußersten Fall beabsichtige er, Sofja Andrejewna zu sagen, er habe ein Papier verfasst, mit dem er die Entscheidungsbefugnis über die Herausgabe und die Auswahl dessen, was nach seinem Tod veröffentlicht werden solle, Tschertkow übertrage.

Alexandra Lwowna war entsetzt über diesen Gedanken und bat mich, ihm das möglichst auszureden.

Ich ging zu Lew Nikolajewitsch, der in seinem Arbeitszimmer im Schlafrock an dem an der Wand stehenden Tisch saß und eine Patience legte. Er machte einen zerquälten Eindruck. Wir beredeten das Vorgefallene.

»Hat Sascha mit Ihnen über die Sache gesprochen?«, fragte er.

»Ja, Lew Nikolajewitsch.«

»Und was meinen Sie dazu?«

»Ich weiß nicht, Lew Nikolajewitsch, ob ich befugt bin, Ihnen Ratschläge zu erteilen, aber ich würde es auf keinen Fall tun.«

»Weshalb?«

»Aus zwei Gründen: Erstens wissen wir aus Erfahrung, dass das Erfüllen einer Forderung seinen Zweck verfehlt, da sofort neue gestellt werden und es endlos so weitergeht. Und zweitens, was Sie sich unmöglich wünschen können: Ihm, Wladimir Grigorjewitsch, droht schrecklicher Schaden, da sich der Hass gegen ihn nicht nur verstärken wird, sondern vor allem als real begründet erscheinen kann.«

»Damit haben Sie völlig recht, ich habe mir das auch nur als Möglichkeit für den äußersten Fall überlegt. Ich würde es niemals tun, ohne vorher mit Wladimir Grigorjewitsch Rücksprache zu nehmen.«

Ich sagte wieder, dass ich mir Sofja Andrejewnas Verhalten allein mit Krankheit erklären könne.

»Sie kennen meine Ansichten«, erwiderte Lew Nikolajewitsch. »Ich glaube, es rührt von keiner Krankheit her, sondern vom Fehlen moralischer Prinzipien. Solche Leute sind nicht als krank zu betrachten.«

»Sie als krank, als unzurechnungsfähig zu betrachten, bedeutet, sich der Verurteilung zu enthalten«, befand ich. »Und überhaupt können wir nur uns selbst als zurechnungsfähig ansehen, bei einem anderen hingegen sollten wir davon ausgehen, dass es nicht in seiner Hand liegt, sich zu ändern, ihn so nehmen, wie er ist, und uns bemühen, das Gute zu sehen, das in ihm ist.«

Lew Nikolajewitsch pflichtete mir bei. »Seltsam ist das. Sofja Andrejewna entbehrt jeder religiösen und moralischen Grundlage; ihr fehlt selbst ein einfacher Aberglaube, der Glaube an irgendeine Ikone. Seit ich begonnen habe, über religiöse Fragen nachzudenken, und das ist schon dreißig

Jahre her, wird die Gegensätzlichkeit unserer Ansichten immer augenfälliger, und nun ist es so weit gekommen ... In ihr ist jetzt weder Wahrhaftigkeit noch Scham noch Mitgefühl ... nichts als eitle Furcht, über sie könnte schlecht geredet werden. Sie merkt das nicht, das geringste liebenswürdige oder schmeichlerische Wort aber macht sie zufrieden, sie bildet sich ein, alle würden sie loben.«

Ich äußerte mein Bedauern, dass er nicht abgereist sei.

»Nein, ich kann nicht. Ich will wissen, wie das alles endet. Gott behüte, dass sie sich etwas antut ... wenn Andrej hier ist, wird sich alles klären, und morgen kann ich dann fahren.«

Lew Nikolajewitsch schwieg eine Weile, bevor er fragte: »Wie ich höre, wollte man Lew festnehmen?«

Ich erzählte ihm, wie die Sache abgelaufen war.

Alexandra Lwowna kam herein, und Lew Nikolajewitsch sagte zu ihr: »Wir sollten ans Mittagessen denken. Es ist schon spät.«

Als sie hinausgegangen war, fragte er mich: »Wie haben Sie das nur bisher überstanden?« (Er meinte, wie es komme, dass Sofja Andrejewna mich toleriere.)

Lachend erwiderte ich, darüber wundere ich mich selbst.

Lew Nikolajewitsch gab mir eine Ausgabe von »Shisn dlja wsech« (»Leben für alle«) und sagte, sie enthalte einen interessanten Brief an die Redaktion wegen seines Aufsatzes »Über die Wissenschaft«; als Antwort auf diesen Brief könne sein später geschriebener Nachtrag zu dem Aufsatz dienen. Er hat in dieser Angelegenheit an Posse (den Chefredakteur der Zeitschrift) geschrieben und bat mich, diesen Nachtrag und seinen Brief Tschertkow zu übergeben, der beides an »Shisn dlja wsech« und, sofern er es für nötig halte, auch an andere Zeitungen schicken sollte. Letzteres erscheint Lew Nikolajewitsch wünschenswert, da es diesem Nachtrag größeres Gewicht verleiht.

Wir gingen essen. Es herrschte eine beklommene Stimmung. Sieben Uhr war bereits vorbei. Wir rechneten jeden

Augenblick mit dem Eintreffen Sofja Andrejewnas und Andrej Lwowitschs und befürchteten, dass es zu irgendwelchen Szenen kommen könnte. Beim Dessert wurde Schellengeläut vernehmbar, und vor dem Haus fuhr jemand vor. Es war Jekaterina Tolstaja, Andrej Lwowitschs zweite Frau, mit ihrer kleinen Tochter. Sie berichtete, unterwegs hätten sie einen Radbruch gehabt, der in Kossaja Gora behoben werden musste und zu der Verspätung geführt habe. Sofja Andrejewna und Andrej Lwowitsch kämen mit gemieteten Tulaer Pferden nach. Zehn Minuten später trafen sie tatsächlich ein. Lew Nikolajewitsch ging nach unten und mit Sofja Andrejewna in ihr Zimmer, wo sie fünfzehn bis zwanzig Minuten allein blieben. Dann brachte er sie untergehakt ins Speisezimmer. Ihre Miene drückte Zerquältheit und Beschämung aus.

Lew Nikolajewitsch ging zu Alexandra Lwowna und sagte ihr: »Sie ist eine so bedauernswerte alte Frau; sie hat geweint und gelacht.«

Alexandra Lwowna konnte nicht an sich halten und sagte schroff, das alles sei Heuchelei, reine Komödie, Sofja Andrejewna sei Andrej Lwowitsch entgegengefahren, sie (Alexandra Lwowna) habe nicht daran gezweifelt, dass sie zusammen hier erscheinen würden.

Anschließend kam Lew Nikolajewitsch in den Salon. Wir schafften es immerhin, zwei Partien Schach zu spielen. Sofja Andrejewna saß dabei und vergrub immer wieder das Gesicht in beiden Händen.

»Ich bin froh, die Fahrt unternommen zu haben«, sagte sie beiläufig, »ich konnte in Ruhe nachdenken und habe frische Luft geschnappt. Das Wetter war bloß scheußlich.«

Es war ein bedrückender Abend. L. N. schwieg fast die ganze Zeit. Er ist offensichtlich völlig zermürbt.

Sofja Andrejewna zog sich zeitig zum Schlafen zurück. Ihr Gang war unnatürlich schwankend. Als sie an mir vorbeikam, sagte sie: »Wie schwach ich doch geworden bin!«

Sobald sie das Speisezimmer hinter sich gelassen hatte und den Empfangsraum betrat, ging sie mit ihrem gewöhnlichen Gang weiter. Erschöpft aber war sie zweifellos. Wir alle blieben auch nicht mehr lange zusammen.

Beim Abschied sagte Lew Nikolajewitsch zu mir: »Sofja Andrejewna ist sehr bedauernswert. Anscheinend quält sie Scham. Ich habe sie heute lieber nicht darauf angesprochen, so dass an eine morgige Abreise nicht zu denken ist. Mal sehen, vielleicht fahren wir übermorgen.«

Ich übernachtete in Makovickýs Zimmer, er im Empfangsraum. Da ich lange nicht einschlafen konnte, schrieb und las ich.

26. Juli. Am Morgen lag ich noch im Bett, als Makovický mir einen Brief Lew Nikolajewitschs an Tschertkow brachte.

Ich stand auf und trat auf den Balkon. Lew Lwowitsch war schon da. Er sagte, er habe beschlossen, noch einmal mit seinem Vater zu sprechen, wie ungerecht er gegen seine Söhne sei. Ich erwiderte darauf, seine Sache sei es, darüber nachzudenken, wie *er* sich seinem Vater gegenüber verhalten sollte, und die seines Vaters zu wissen, wie er seine Söhne zu behandeln habe; seinen Vater zu belehren sei indessen ganz und gar nicht seine Sache. Er nahm das wortlos hin, dann bekam ich jedoch völlig unerwartet (möglicherweise weil ihm das Gegenteil durch den Sinn gegangen war) zu hören: »Wie gut, dass Sie hier sind: einer, der meinem Vater nahesteht.«

Sidorkow erschien, um mir auszurichten, dass Lew Nikolajewitsch nach mir gefragt habe. Ich ging nach oben, traf ihn aber nicht an. Als ich wieder herunterkam, wollte Lew Lwowitsch von mir wissen: »Warum hat er nach Ihnen verlangt?«

Ich antwortete, Sidorkow habe sich geirrt, wahrscheinlich habe sich Lew Nikolajewitsch lediglich erkundigt, ob ich schon weg sei.

Lew Lwowitsch ging, und ich blieb lesend allein, bis Lew Nikolajewitsch den Balkon betrat und fragte: »Ist mein Brief an Wladimir Grigorjewitsch bei Ihnen?«

»Ja, Lew Nikolajewitsch.«

»Haben Sie ihn gelesen?«

»Nein.«

»Weshalb nicht? Lesen Sie ihn und geben Sie ihn mir zurück. Ich habe noch einen zweiten geschrieben, in dem ich über nichts weiter berichte und ihn wissen lasse, das würden Sie tun.«

Ich las den Brief, in dem Lew Nikolajewitsch einiges von dem Vorgefallenen mitteilt und sagt, es sei besser, wenn sie sich nicht sähen. (Da ich mich sehr beeilte, hat sich mir der Inhalt schlecht eingeprägt.) Der neue Brief hatte etwa den gleichen Inhalt, war aber in ruhigerem Ton gehalten. Er lautet:

»Ich denke, ich brauche Ihnen nicht zu sagen, wie mich die Einstellung unserer persönlichen Kommunikation Ihret- wie meinetwegen schmerzt, gleichwohl ist sie notwendig. Ebenso wenig, denke ich, brauche ich Ihnen zu sagen, dass mir dies von dem abverlangt wird, wofür wir beide leben. Ich tröste mich – nicht umsonst, möchte ich meinen – damit, dass es sich um eine zeitweilige Einstellung handelt, dass der schmerzliche Zustand nicht von langer Dauer sein wird. Einstweilen bleiben wir im Briefkontakt. Ich werde um meine und Ihre Briefe kein Geheimnis machen, wenn man sie zu sehen wünscht. Der liebenswürdige Alexander Borissowitsch wird Sie über alle Einzelheiten des gestrigen Tages unterrichten. Gestern habe ich mich den ganzen Abend sehr gut gefühlt. Ich gedenke, mich heute zu entscheiden und meine Abreise zu Tanja vorzubereiten. Um meine Gesundheit steht es besser.

Grüßen Sie herzlich Ihre Frau. Es widerstrebt mir, an Sie zu schreiben, womit man für gewöhnlich Briefe abschließt, und deshalb setze ich einfach meine Unterschrift darunter, L. T.«

Als Lew Nikolajewitsch sich zu einem ziemlich langen Spaziergang aufmachte, sagte er: »Heute fühle ich mich wesentlich besser.«

Alexandra Lwowna hat einen Brief von Tatjana Lwowna

erhalten, die ihr mit knappen Worten mitteilt, sie sei an Ruhr erkrankt, und sie bittet, den beigefügten Brief an Andrej Lwowitsch zu lesen und ihm zu übergeben. In diesem Brief beschwört sie ihn, die Mutter nicht gegen Tschertkow aufzubringen, spricht davon, wie sie selbst ihre Mutter liebe und bedauere, bittet ihn jedoch, er möge auch an den Vater denken und die Mutter nicht dazu ermuntern, seinen Besuch bei ihr in Kotschety zu verhindern. Ein sehr guter Brief.

Andrej Lwowitsch kam herein, öffnete Tatjana Lwownas Brief an die Mutter, las ihn bis zu der Stelle vor, an der sie von ihrer Ruhrerkrankung schreibt, und brachte ihn, ohne jemandem den Rest zu verraten, zur Mutter.

Nachdem Lew Nikolajewitsch zurückgekehrt war, verabschiedete ich mich von ihm und ritt davon. Er bat mich, am Abend unbedingt wiederzukommen. Als ich mich auf mein Pferd schwang, erkundigte er sich nach meinem Alter. Ich hörte dann von Alexandra Lwowna, er habe sich verwundert gezeigt, dass ich schon so alt sei.

Im Laufe des Tages suchten Alexandra Lwowna und Warwara Feokritowa uns in Teljatinki auf und berichteten mir, Andrej Lwowitsch habe über Tatjana Lwownas Brief gesagt, das sei ein sehr dummer Schrieb, außerdem werde Lew Nikolajewitsch gar nicht fahren, weil er ihn »nicht weglasse«. Als Warwara Feokritowa auf den Rat der Ärzte verwies, meinte er: »Bestimmt hat Goldenweiser diesen Jidden Rossolimo empfohlen, den kein Mensch kennt!«

Warwara Feokritowa entgegnete darauf, erstens sei Rossolimo kein Jidde, zweitens habe ihn Nikitin mitgebracht und empfohlen und drittens sei Rossolimo ein sehr bekannter Arzt.

Alexandra Lwowna berichtete weiter, Sofja Andrejewna habe beim Tee erzählt, dass Tatjana Lwowna an Ruhr erkrankt sei, und da es sich nach Makovickýs Worten um eine sehr ansteckende Krankheit handele, könnten sie nicht zu ihr fahren. Dabei sei von Makovický nichts dergleichen zu hören gewesen. Sofja Andrejewna beschimpfe ihn hinter seinem Rücken als »Idioten«, doch wenn es ihr zupasskomme, berufe sie sich auf seine Autorität.

Auf Alexandra Lwownas Frage, zu welchem Entschluss er denn nun gekommen sei, habe Lew Nikolajewitsch geantwortet, es bleibe bei seiner Absicht zu fahren. Sofja Andrejewna warf Alexandra Lwowna vor, sie könne nichts weiter, als »der Mutter ins Gesicht zu spucken«, und anderes mehr. Schließlich habe Lew Nikolajewitsch zu ihr gesagt: »Nun lass es gut sein, Sonja, darf sie mich etwa nicht fragen, ob ich fahre?«

Alexandra Lwowna und Warwara Feokritowa sind beide sehr irritiert und erregt.

Alexandra Lwowna erzählte mir, Andrej Lwowitsch habe zu ihr gesagt, die hysterischen Anfälle ihrer Mutter seien das einzige Mittel gegen Lew Nikolajewitsch und sie tue sehr gut daran, es anzuwenden – auf diese Weise sei es ihr stets gelungen, zu erreichen, was sie bezweckte.

Am Abend waren wir Pilze sammeln, und deswegen traf ich erst spät in Jasnaja Poljana ein. Sofja Andrejewna und Nadeshda Iwanowa, eine Tulaer Bekannte der Tolstois, spielten Musik von Weber zu vier Händen. Ich vermied es, sie zu stören, und ging gleich zum Remingtonzimmer, doch da war ebenso wenig jemand wie im »Gewölbezimmer«. Daraufhin beschloss ich, bei Lew Nikolajewitsch vorbeizusehen, aber meine Schritte drangen an das Ohr der Musizierenden, und sie hörten auf zu spielen. Ich sagte ihnen guten Abend und setzte meinen Weg fort.

In Lew Nikolajewitschs Zimmer saßen auch Alexandra Lwowna und Maria Schmidt. Bei meinem Anblick sagte Lew Nikolajewitsch: »Was für eine gute Gesellschaft bei mir zusammengekommen ist! Maria Alexandrowna hat uns gerade ihr ganzes Leben erzählt. Sehr interessant. Ich kannte es bruchstückhaft, so zusammenhängend höre ich es zum ersten Mal.«

»Was soll daran interessant sein?«, meinte Maria Schmidt. »Ein ganz gewöhnliches Leben.«

In dem Moment betrat Sofja Andrejewna das Zimmer und sagte: »Ach, wie schade, dass ich es nicht auch hören konnte! Nadeshda und ich haben zweieinhalb Stunden lang vierhändig gespielt, und da ich das nicht gewohnt bin, hat es mich sehr ermüdet.«

Lew Nikolajewitsch bot mir an, Schach zu spielen. Wir gingen ins Speisezimmer und spielten zwei Partien. Lew Nikolajewitsch wollte wissen, wie sich Tschertkow zu seinem Brief an Posse und seinem Nachtrag zum Aufsatz über die Wissenschaft gestellt habe. Ich sagte, er teile seine Ansicht und werde den Nachtrag wie gewünscht abschicken.

»Hat Ihnen Sascha das mit Andrej gesagt?«, erkundigte er sich dann.

»Was genauer?«, fragte ich.

»Das, was er über die hysterischen Anfälle Sofja Andrejewnas geäußert und was Katja über ihn erzählt hat.«

»Ja, hat sie.«

»Das ist entsetzlich!« Lew Nikolajewitsch seufzte tief auf.

Nachdem wir unsere Partie zu Ende gespielt hatten, verzichtete ich angesichts der Dunkelheit auf den Tee und machte mich auf den Heimweg.

27. Juli. Heute gegen drei Uhr erschien Alexandra Lwowna mit Maria Schmidt bei uns, bat mich und meine Frau, mit zu Tschertkows zu kommen, und berichtete Folgendes:

Bevor Bulgakow gestern nach Hause ging, hatte er bei Lew Nikolajewitsch vorbeigesehen, um ihm die in seinem Auftrag geschriebenen Briefe zu zeigen. Lew Nikolajewitsch hatte sie gutgeheißen und bei allen »sehr gut« vermerkt.

Bulgakow verließ das Zimmer sehr zufrieden und sagte: »Ich habe sein Plazet erhalten, Lew Nikolajewitsch hat es eigenhändig draufgeschrieben.«

Sofja Andrejewna bekam diese Worte mit und schloss daraus, dass Lew Nikolajewitsch ein neues Testament gemacht und Bulgakow als Zeuge unterschrieben habe. Furchtbar erregt, hinterbrachte sie das ihren Söhnen und konnte, wie sie erzählte, die ganze Nacht nicht schlafen.

Am Morgen sagte Andrej Lwowitsch zu Alexandra Lwowna, er müsse mit ihr reden. Lew Lwowitsch wollte das ebenfalls und fügte hinzu, man könne das Gespräch auch zu dritt führen. Andrej Lwowitsch wurde aus irgendeinem Grund ärgerlich und sagte, er habe als Erster darum gebeten. Das hinderte Alexandra Lwowna nicht, zunächst mit Lew mitzugehen.

Er wollte Auskunft darüber haben, ob der Vater irgendein Papier verfasst habe. Alexandra Lwowna sagte, sie wünsche nicht, darüber zu sprechen, und halte es überhaupt für unschicklich, die materiellen Konsequenzen des Todes ihres Vaters zu bereden. Der hinzugekommene Andrej Lwowitsch bedrängte sie mit derselben Frage und bekam dieselbe Antwort. Sie ließen nicht locker – sag wenigstens, dass es kein derartiges Papier gibt.

Sie machte ihnen deutlich, dass sie nichts weiter zu hören bekommen würden und dass sie nicht darüber sprechen möchte. Daraufhin erklärte Lew Lwowitsch: »Du kannst nicht sagen, dass es kein derartiges Papier gibt, also gibt es eins.«

Die Brüder und Sofja Andrejewna beratschlagten ausgiebig untereinander. Danach erkundigte auch sie sich bei Alexandra Lwowna und versicherte, sie wolle gar nicht erfahren, was in dem Papier drinstehe, sondern bitte, ihr lediglich zu sagen, ob es das Papier gebe oder nicht.

Alexandra Lwowna hielt Sofja Andrejewna vor Augen, dass sie, als sie ein Testament aufgesetzt und angeboten habe, ihr zu zeigen, was sie ihr vermache, nichts davon habe hören wollen, mit der Begründung, sie wünsche ihr nicht den Tod und möchte gar nicht wissen, was sie ihr vererben werde. Genauso denke sie auch jetzt, und deshalb sei das Gespräch für sie beendet.

Sofja Andrejewna machte einen Spaziergang. Alexandra Lwowna lief zu Lew Nikolajewitsch, und nachdem sie sich vergewissert hatte, dass niemand an der Tür stand, erzählte sie ihm den ganzen Vorfall. Aufstöhnend fragte Lew Nikolajewitsch: »Du meinst doch nicht etwa, dass Ilja mit ihnen an einem Strang zieht?«

Alexandra Lwowna ließ die Frage unbeantwortet – ihr habe, wie sie sagte, der Mut gefehlt, ihm zu gestehen, dass sie das sehr wohl meine.

Mitten in ihrem Gespräch glaubte Alexandra Lwowna zu hören, wie sich leise die Tür vom Treppenabsatz zum Empfangsraum öffnete. Sie ging nachsehen.

»Du scheinst mir zu übertreiben, Sascha!«, sagte Lew Nikolajewitsch.

Kaum hatte er ausgesprochen, machte Alexandra Lwowna die Tür zum Empfangsraum auf und entdeckte Andrej Lwowitsch dahinter.

Als Lew Nikolajewitsch das sah, sank er stumm in seinen Sessel zurück.

Andrej Lwowitsch trat ein und sagte: »Ich muss mit dir reden, Papa, aber nicht in Saschas Beisein.«

Alexandra Lwowna blieb sitzen. »Sprich in ihrem Beisein«, sagte Lew Nikolajewitsch, »ich habe vor ihr keine Geheimnisse.«

Andrej Lwowitsch wollte wissen, ob er eine schriftliche Verfügung für den Fall seines Todes getroffen habe.

Lew Nikolajewitsch sagte, darüber wolle und werde er nicht mit ihm sprechen.

»Du sagst es also nicht?!« Damit ging Andrej Lwowitsch hinaus und schlug die Tür hinter sich zu.

Als Alexandra Lwowna Lew Nikolajewitschs Zimmer verließ, trat ihr Andrej Lwowitsch mit der Frage in den Weg: »Zu welchem Zweck hast du da mit deinem verrückten Greis von Vater zusammengehockt?!«

»Das ist meine Sache«, erwiderte sie.

Nach alldem entschieden wir, dass Lew Nikolajewitsch unbedingt nach Kotschety fahren müsse.

Ich schlug vor, es so zu arrangieren, dass Lew Nikolajewitsch einen Morgenspaziergang nutzte, um mit Alexandra Lwowna nach Koslowka und von dort nach Kotschety zu fahren. Alexandra Lwowna wollte Sofja Stachowitsch entgegenfahren, die für morgen früh erwartet wird, um sie ins Bild zu setzen, und dann auf Lew Nikolajewitsch warten.

Wir alle hielten es für das Beste, dass Tschertkow in diesem Sinne einen Brief an Lew Nikolajewitsch schrieb. Er war derselben Meinung und machte sich sofort ans Schreiben, während wir zu unserem Haus hinübergingen, wo ich ebenfalls an Lew Nikolajewitsch schrieb, um ihn dazu zu bewegen, unverzüglich zu Tatjana Lwowna nach Kotschety zu fahren.

Alexandra Lwowna hatte mir noch von Andrej Lwowitsch erzählt, der ihr erklärt habe, Tschertkows irrten sich, wenn sie glaubten, solange Tschertkows Mutter hier sei, könne es bei ihnen keine Haussuchung geben. Aus Angst vor einer möglichen Durchsuchung beschlossen wir, unverzüglich sämtliche Lew Nikolajewitsch betreffenden Interna nach Moskau zu schicken. Am Abend fahren Olga Tolstaja und Sergejenko dorthin. Ich gebe ihnen alle meine alten Aufzeichnung mit, denn es wäre schlimm, wenn sie in grobe Polizistenhände fielen.

Am Abend ritt ich nur kurz nach Jasnaja Poljana, um vor Olga Tolstajas Aufbruch zurück zu sein, denn ich wollte Alexandra Lwownas Tagebuch aus Jasnaja Poljana holen und ebenfalls nach Moskau mitnehmen lassen.

Als ich mich der Vortreppe näherte, sah ich Sergej Lwowitsch mit einer Droschke aus Tula vorfahren.

Alexandra Lwowna trat in die Diele, um Sergej Lwowitsch zu begrüßen. Mir gab sie unsere Briefe zurück und flüsterte rasch: »Lew Nikolajewitsch teilt Ihre Auffassung nicht, er findet, dass Sie beide alles übertrieben haben.«

Ich ging nach oben und geradewegs zu Lew Nikolajewitsch. Er saß lesend in seinem Zimmer.

»Ich habe Ihre Briefe gelesen und kann Ihre Auffassung absolut nicht teilen«, sagte er. »Sie übertreiben alles. Was in einem Moment der Gereiztheit ausgesprochen wird, erklären Sie zu einem durchdachten Plan. Sollte sich herausstellen, dass Sie recht haben, umso besser: Dann bekäme ich freie Hand.«

Ich setzte Lew Nikolajewitsch von Sergej Lwowitschs Ankunft in Kenntnis. Er ging zu Sofja Andrejewna, um ihr Bescheid zu sagen. Ich hörte, wie sie fragte, von wem er das habe.

»Goldenweiser war gerade bei mir und hat es mir gesagt«, antwortete er.

Sie reagierte aus irgendeinem Grund erregt und sagte: »Goldenweiser ist da, und ich weiß es nicht.« Möglicherweise war sie erschrocken, nicht bemerkt zu haben, wie ich Lew Nikolajewitschs Zimmer betreten hatte.

Sie ging an mir vorbei, sah mich scheel an und erwiderte meinen Gruß kühl.

Wir begaben uns in den Salon. Nachdem Sofja Andrejewna Sergej Lwowitsch begrüßt hatte, begann sie ihn argwöhnisch auszufragen, woher er komme und wie er hergelangt sei. (Offenbar vermutet sie, dass man ihn hergeholt haben könnte.) Als alle ihrer Freude über seinen Besuch Ausdruck verliehen, bemerkte sie: »Wie sich alle freuen, dich zu sehen, Serjosha. Du musst sehr zufrieden sein.«

Lew Nikolajewitsch und ich nahmen Platz, um Schach zu spielen. Sofja Andrejewna saß dabei und unterhielt sich mit Sergej Lwowitsch über Korrekturarbeiten. Plötzlich schweifte sie ab und kam mit Bedauern darauf zu sprechen, dass ihr ein Leipziger Verleger eine Million für die Berechtigung zur Herausgabe der Werke Lew Nikolajewitschs geboten habe, dass es darum gehe, sich die Rechte zu sichern, dass sie jetzt mit der Werkausgabe befasst sei – da sie einmal damit begonnen habe, werde sie die Sache nicht aufgeben, doch sei es ungeheuer schwer. Während sie all das erzählte, sprang sie wie immer ohne jeden logischen Zusammenhang zwischen den Themen hin und her.

Bevor ich mich nach dem Ende unserer Partie auf den Heimweg machte, ging ich noch zu Alexandra Lwowna. Sie saß bei Makovický und klebte einige Briefe in ihr Tagebuch ein. Ich wartete, bis sie damit fertig war, dann ließ ich es mir geben und ritt los.

Aus dem Tagebuch Lew Nikolajewitschs:

»Der Mensch begreift sich als Gott, und er hat recht damit, denn Gott ist in ihm. Er begreift sich als Schwein, und er hat auch damit recht, denn das Schwein ist in ihm. Doch irrt er schwer, wenn er das Schwein in sich als Gott begreift.«

28. Juli. Heute zwischen vier und halb fünf Uhr nachmittags erschienen Alexandra Lwowna und Sergej Lwowitsch bei uns in Teljatinki. Er wollte eine Partie Schach mit mir spielen, während sie nach Jasnaja Poljana ritt.

Nachdem wir zwei Partien gespielt hatten, brach ich zusammen mit Sergej Lwowitsch nach Jasnaja Poljana auf, wo wir zur Zeit des Mittagessens eintrafen. Lew Nikolajewitsch erkundigte sich nach meiner Gesundheit. Ich sagte, es gehe mir leidlich.

In Jasnaja Poljana ist Sofja Stachowitsch zu Besuch. Von der Mittagsrunde gibt es nichts sonderlich Interessantes zu berichten. Stachowitsch und Lew Lwowitsch unterhielten sich über das Hochwasser in Paris.

Nach dem Essen las Sofja Stachowitsch auf Lew Nikolajewitschs Bitte Milles Erzählung »Le repos hebdomadaire« vor. Er sagte: »Das ist die beste Erzählung im ganzen Buch – ein kleines Glanzstück.« Sie fand, die Russen schrieben schlechter. Lew Nikolajewitsch verwies auf Kuprin, dem er einen wesentlich höheren Rang einräumt als Mille.

»Ich arbeite jetzt nicht, manchmal greife ich zu seinem Buch, und wo ich es auch aufschlage, alles ist gut. Bei Mille sind diese beiden Erzählungen (die zweite ist »La biche écrasée«) gut, bei allem anderen spürt man das Gewollte und sieht, wie er darauf bedacht ist, sich etwas Außergewöhnliches auszudenken.«

Stachowitsch begann eine zweite Erzählung von Mille vorzulesen, während ich mit Sergej Lwowitsch nach oben ging, weil ich ihm meine Meinung zu seiner neuen Arbeit über schottische Lieder sagen wollte.

Sofja Andrejewna, die nicht wusste, wohin wir gingen

und zu welchem Zweck, sah uns argwöhnisch nach und zögerte nicht, uns in den Salon zu folgen; doch als sie feststellte, dass wir uns mit Musik befassten, setzte sie sich an den runden Tisch, um zu lesen. Etwas später warf Lew Nikolajewitsch einen Blick in das Zimmer und ging gleich wieder. Als wir das letzte Lied spielten, kam er wieder herein und fragte: »Ist das ein russisches Lied?«

Er war erstaunt zu hören, dass es ein schottisches Lied war – es habe so große Ähnlichkeit mit den russischen. Er bat, ihm noch eins vorzuspielen. Ich wählte ein Lied in A-Dur, das ihm sehr gut gefiel.

Dann spielten wir beide Schach. Sofja Andrejewna setzte sich zu uns. »Ich habe neulich Wladimir Grigorjewitsch gebeten, sich bei dem Verleger Sytin wegen ›Lesekreis‹ zu erkundigen«, sagte Lew Nikolajewitsch zu mir, »und jetzt hat er von ihm ein Telegramm bekommen, das Buch befinde sich nach wie vor in der Herstellung und im Druck, ein Teil liege bei der Zensur.«

Sofja Andrejewna nutzte die Gelegenheit, Tschertkow zu tadeln. »Da hat man den Richtigen gefunden! Sascha und ich hatten angeboten, die Drucklegung selbst zu veranlassen, und das hätten wir längst erledigt!«

Dann wollte Sofja Andrejewna von Lew Nikolajewitsch Genaueres zu den Bändchen aus »Weg des Lebens« wissen und konnte den Zusammenhang zwischen ihnen und dem Buch »Für jeden Tag« nicht begreifen.

Unsere Partie zog sich in die Länge. Sofja Andrejewna stand auf und ging hinaus. Kaum dass sie weg war, kam Lew Lwowitsch herein. Sie schienen sich abgesprochen zu haben, Lew Nikolajewitsch möglichst mit keinem von uns allein zu lassen.

Als wir unser Spiel beendet hatten, bat ich, mein Pferd zu bringen, und sagte, da ich mit dem Kabriolett da sei, wolle ich zeitig losfahren, bevor es völlig dunkel geworden sei.

»Mal sehen, was sich am Himmel tut«, sagte Lew Nikolajewitsch.

Ich folgte ihm zu seinem Zimmer hinauf, und wir traten

auf den Balkon. Es war wolkenlos und der Himmel mit Sternen übersät.

»Wie fühlen Sie sich?«, erkundigte ich mich.

»Schlecht: Die Leberschmerzen halten an, dazu die Schwäche, vor allem die geistige, arbeiten kann ich überhaupt nicht.«

»Bedrückt Sie die Situation sehr?«

»Heute ist es besser bei uns. Wladimir Grigorjewitsch haben Sie nicht gesehen?«

»Nein.«

»Er hat von Tanja einen Brief bekommen. Sie rät ihm wegzufahren. Damit bin ich gar nicht einverstanden.«

»Sie haben mir meinen gestrigen Brief doch nicht übelgenommen?«, fragte ich.

»Nicht im Geringsten, ich bitte Sie. Bloß haben Sie beide aus Liebe zu mir übertrieben. Ich denke, dass alles nicht so schlimm ist, wie Sie glauben. Und wenn es sich so verhält, bin ich sogar froh, obwohl dieses Joch sehr übel und nicht frei von Egoismus ist – das heißt, es freut mich, wenn sie so dumm dastehen, jedenfalls bin ich dann mit meinem Gewissen völlig im Reinen. Ich bin jedoch überzeugt, dass Sie aus Sorge um mich alles übertrieben haben.«

»Geb's Gott, dass Sie recht behalten«, bemerkte ich skeptisch.

»Eines hat mich gestern betroffen gemacht«, sagte Lew Nikolajewitsch, »haben Sie mitbekommen, wie sie von einer Million sprach, die ihr ein Verleger geboten habe? Dieser Gedanke hat sich offensichtlich in ihr festgehakt.«

Ich blieb noch eine Weile im Salon. Lew Nikolajewitsch saß auf dem Liegesofa. Ich weiß nicht mehr, was bei ihm zu der Überlegung führte: »Dass bisher keiner die Kunst der Gerüche erfunden hat?«

»Versuche hat es bereits gegeben«, sagte ich.

»Bei den Tieren ist der Geruchssinn am stärksten entwickelt«, meinte Lew Nikolajewitsch. Und fügte hinzu: »Was die Menschen sich in ihrem Übermut nicht alles einfallen lassen!«

Da Lew Nikolajewitsch wissen wollte, wo Sofja Stachowitsch sei, machte ich mich auf die Suche und fand sie zusammen mit Sofja Andrejewna, Maria Schmidt und Warwara Feokritowa in der Bibliothek. Während Stachowitsch in den Salon ging, hielt mich Sofja Andrejewna auf dem Treppenabsatz zurück. Plötzlich klappte unten die Tür. Sie fuhr zusammen und sagte: »Jedes Mal wenn die Tür aufgeht, überlege ich, dass es Tschertkow sein könnte. Kommt er heute nicht?«

Soweit mir bekannt sei, habe er sich in Anbetracht dessen, wie seine Besuche auf sie wirkten, entschlossen, nicht nach Jasnaja Poljana zu kommen, sagte ich. Wieder zog sie über ihn her. Mir fiel es sehr schwer, all das über mich ergehen lassen zu müssen; alle meine Einwände waren völlig vergebens und fruchtlos. Dass Tschertkow sich Lew Nikolajewitsch gefügig gemacht habe, dass er ein Teufel und Bösewicht sei, dass sie und ihre Söhne ihn hassten und so weiter und so fort – alle diese schon gehörten Auslassungen aufzuschreiben lohnt nicht: ich habe das über, und es ist völlig unnütz.

Unter anderem äußerte Sofja Andrejewna den Verdacht, dass Lew Nikolajewitsch Tschertkow heimlich besuche oder dass sie sich bei seinen Ausritten irgendwo träfen. »Dann sollte er schon besser herkommen«, meinte sie.

Ich widersprach ihr, sie seien schließlich keine kleinen Jungen mehr, und wenn sie sich träfen, würden sie kein Geheimnis daraus machen.

Ich halte nur noch das Wichtigste fest.

»Wissen Sie vielleicht, ob sie bald wieder abreisen?«, fragte Sofja Andrejewna.

»Wahrscheinlich ja, da Tschertkows Mutter ihren Aufenthalt bald beenden wird. Aber fest steht das nicht, möglicherweise erhält Tschertkow die Erlaubnis zu bleiben.«

»Na, dass der von hier verschwindet, das garantiere ich Ihnen! Und wenn er in Teljatinki bleiben sollte, dann kann ich hier nicht sein. Ich bin schon einmal weggegangen … Wäre nicht Andrjuscha gewesen, der sagte, er würde mir überallhin folgen, und der mir leidtat, ich wäre um keinen Preis zurückgekommen ... Sie hätten hören sollen, wie Lew Nikolajewitsch geweint hat, als ich wieder da war. Er küsste mich, meine Hände, sagte, dass er ohne mich verloren sei, dass er ohne mich nicht leben könne, dankte mir, dass ich zurückgekommen war. Ha, dieser Tschertkow wird sich noch umgucken! [Sie schnalzte sogar mit den Fingern.] Hier bleibt der jedenfalls nicht! Ich habe schon viel dafür getan, und wenn es sein muss, fahre ich zu Stolypin – zum Zaren höchstpersönlich, aber mein Ziel, das werde ich erreichen! Dass ich nicht erreicht hätte, was ich wollte, das hat es noch nie gegeben. Ich werde sie schon auseinanderbringen. Sie werden sich nie, nie mehr wiedersehen. Die öffentliche Meinung ist jedenfalls auf meiner Seite. Sie hätten sehen sollen, wie bei Michail Stachowitschs Vorlesung, als er auf mich wies, mir der ganze Saal wie ein Mann applaudierte!«

Sofja Andrejewna klatschte in die Hände, um mir zu demonstrieren, wie man ihr applaudiert hatte.

Ich ging in den Salon. Lew Nikolajewitsch ruhte auf dem Liegesofa. Gleich sollte das Teetrinken beginnen.

»Sie hatten versprochen, heute etwas zu spielen, Alexander Borissowitsch«, sagte Maria Schmidt.

»Nein, ich habe das Spielen ganz verlernt, es wird auch Zeit, dass ich nach Hause komme, ist ja schon dunkel.«

Zu Lew Nikolajewitsch tretend, sagte ich: »Ich bin immer noch in schlechter Verfassung und kann nicht spielen.«

»Ich bin froh, dass es wenigstens um Ihre Gesundheit leidlich bestellt ist. Bis morgen, hoffe ich«, erwiderte Lew Nikolajewitsch.

Bevor ich mich auf den Weg machte, ging ich noch bei Alexandra Lwowna vorbei, um sie über mein Gespräch mit Sofja Andrejewna zu informieren.

29. Juli. Nach Jasnaja Poljana kam ich ziemlich spät. Vor meinem Aufbruch war Tschertkow bei mir, dem ich ausführlich über mein Gespräch mit Sofja Andrejewna berichtete. Die Sache nimmt ihn schwer mit, und er tut mir unsäglich leid.

In Jasnaja Poljana fand ich alle im Salon versammelt. Lew Nikolajewitsch erkundigte sich nach meiner Gesundheit und sagte: »Sergej Dmitrijewitsch [Nikolajew, der neben ihm saß] und ich haben ein sehr interessantes Gespräch geführt. Er hat mir sogar vorgelesen, was er zu Papier gebracht hat.«

»Über Gerechtigkeit?«

»Ja, aber mir scheint, dass wir einander heute besser verstanden haben.«

Ich äußerte mein Bedauern, bei dem Gespräch nicht dabei gewesen zu sein. Nikolajew versprach, morgen zu mir zu kommen, um mir seine Abhandlung vorzulesen und darüber zu reden.

Lew Nikolajewitsch erkundigte sich nach der Übersetzung von Georges letzter Arbeit über politische Ökonomie, die, durch dessen Tod unvollendet geblieben, als sehr originell und interessant galt. Er bedaure es, dass er von diesem Werk nicht eher erfahren und darüber nicht mit Georges Sohn gesprochen habe, als der in Jasnaja Poljana gewesen sei.

Zu mir sagte Lew Nikolajewitsch: »Heute spielen wir zusammen nicht Schach, sondern Wint.«

Der Tisch wurde ausgezogen. Sofja Andrejewna bot sich zum Mitspielen an (sie spielt sehr schlecht). Alexandra Lwowna verließ das Zimmer – sie klinke sich aus. Ich hatte auch keine Lust zu spielen und setzte mich neben Lew Nikolajewitsch. Nach dem ersten Spiel ging ich zu Alexandra Lwowna ins Büro. Die Stimmung der Spielenden (Lew Nikolajewitsch, Sofja Andrejewna, Sofja Stachowitsch und Warwara Feokritowa) war gedrückt.

Alexandra Lwowna sagte mir, sie habe Sofja Stachowitsch *alles* erzählt und die sei über Sofja Andrejewnas Verhalten empört.

Andrej Lwowitsch und seine Frau kamen herein und richteten mir aus, die Spieler erwarteten mich. Als ich wieder dazukam, sagte Sofja Andrejewna zu mir: »Lew Nikolajewitsch behauptet, ich könne überhaupt nicht spielen, dabei haben wir beide kein Spiel verloren und einen Großschlemm ohne Trümpfe geholt.«

Mit den Worten »Ljowotschka, ich setze mich neben dich« nahm sie bei Lew Nikolajewitsch Platz.

Unser Spiel begann. Sofja Andrejewna ging bald hinaus, um einen Brief an Tatjana Lwowna zu schreiben.

Neben Lew Nikolajewitsch setzte sich Jekaterina Tolstaja. Die unterdessen zurückgekommene Alexandra Lwowna machte auch mit. Wir spielten zwei Robber.

Lew Nikolajewitsch fragte mich leise, ob Tschertkow seinen Brief erhalten habe. Ich sagte, noch nicht, weil der Brief bei Bulgakow liege. Tschertkow sei bei mir gewesen und habe gebeten zu bestellen, dass er auf den Brief warte. Unterdessen erschien Sofja Andrejewna wieder. Nachdem wir das Spiel beendet hatten, trank ich eine Tasse Tee und machte mich mit Bulgakow auf den Heimweg.

Alexandra Lwowna hat (als wir im Remingtonzimmer zusammensaßen) gebeten, Tschertkow auszurichten, er möge (auf Lew Nikolajewitschs Bitte) baldigst ein von ihm zu unterzeichnendes Begleitschreiben zum Testament aufsetzen. Sie meinte, dieses Papier lasse sich ohne Erwähnung des Testaments verfassen, so dass es nötigenfalls Sofja Andrejewna gezeigt werden könne.

30. Juli. Heute Vormittag war ich bei Tschertkow. Er zeigte mir den Brief Lew Nikolajewitschs, in dem er davon spricht, dass er sich schlecht fühle und unfähig sei zu arbeiten – bisweilen überlege er, dass es auch nicht mehr sein müsse, dann wiederum hoffe er, das werde sich geben. Er schreibt, wir hätten alles übertrieben und er sei mit sich im Reinen. Wenn sie sich nicht sehen könnten, werde er mit Tschertkow Briefe wechseln.

Tschertkow gab mir das gewünschte Begleitschreiben zu lesen, das er heute Lew Nikolajewitsch zukommen lässt. Ich machte ein paar Bemerkungen. Das Schreiben dient dazu, Tatjana Lwowna und den anderen Kindern Motiv und

Zweck des rechtskräftig gemachten Testaments zu verdeutlichen.

Es war schon ziemlich spät, als ich nach Jasnaja Poljana kam, wo sich zur Zeit Tolstois Biograph Pawel Birjukow mit seiner Familie aufhält. Sofja Andrejewna fand ich mit seinen Kindern am runden Tisch im Salon. Lew Nikolajewitsch war nirgends zu sehen. Ich suchte lange nach ihm, bis mir Warwara Feokritowa sagte, er unterhalte sich in Makovickýs Zimmer mit Pjotr Kartuschin. Leider bekam ich nur das Ende ihres Gesprächs mit.

Ich fragte, ob ich nicht störe.

»Nein, nein, bitte«, sagte Lew Nikolajewitsch.

Kartuschin sprach über den Kampf gegen fleischliche Begierden.

»Fahren Sie fort«, sagte Lew Nikolajewitsch zu ihm, »im Beisein von Alexander Borissowitsch können Sie das.«

Kartuschin schilderte die Schwierigkeiten dieses Kampfes und wie hilfreich dabei die Veränderung der äußerlichen Bedingungen sein könne.

»Mich in meinem Alter berührt das natürlich nicht mehr«, sagte Lew Nikolajewitsch, »doch als ich jung war, habe ich diesen Kampf geführt und weiß, dass es dabei des religiösen Gefühls bedarf, das einen über die Wollust erhebt.«

»Ja, auch das hilft«, bemerkte Kartuschin.

»Nicht *auch das* – es ist das einzige Mittel. Ich habe heute einen urkomischen Brief erhalten: Der Absender schreibt, ich hätte irgendwo gesagt, das einzige Mittel im Kampf gegen die Trunksucht sei das religiöse Gefühl – wie komme es dann, dass alle Popen Trinker seien? Er glaubt naiverweise, Popen und Religion seien ein und dasselbe. Fleischliche Begierden lassen sich nicht bekämpfen. Möglich ist stattdessen, sich aus dieser in eine höhere, geistige Sphäre emporzuschwingen, die uns völlig jeglicher leiblicher Bedürfnisse enthebt, über sie erhaben macht – dann erledigen sich die sinnlichen Begierden von selbst. Für das individuelle Bekämpfen der Schwäche gelten die Gebote: ›du sollst nicht töten‹, ›du sollst nicht stehlen‹, ›du sollst nicht ehebrechen‹ – das sind direkte Hinweise, was zu tun ist. Im Leben geht es oftmals weit schwieriger zu – du sollst und du sollst nicht …

Wenn man wie Leonid [Semjonow-Tjanschanski] lebt, gibt es diese schwierigen Verhältnisse nicht, lebt man jedoch unter Menschen, kann man sich dem nicht entziehen. In eine Einsiedelei können zwei, drei Menschen gehen, das Leben als solches spielt sich indessen hier, unter hiesigen Bedingungen ab, und ich denke, das ist das eigentliche Leben.«

Weiter sagte Lew Nikolajewitsch zu Kartuschin: »Wenn Sie Eigentum besitzen, sind Sie bereits unfrei.«

»Wenn man es abgeben wollte, wüsste man gar nicht, wie und an wen«, widersprach der.

»Genau das ist es. Und dann die Familienverhältnisse! Sie haben eine Mutter. Sie hat Sie geboren, ernährt, erzogen, sie liebt Sie, sie erhebt gewisse Ansprüche, die im Widerspruch zu Ihren grundlegenden Ansprüchen vor Gott stehen. Wie soll man verfahren? Der Liebe zur Mutter oder dem, was Vorrang hat, zuwiderhandeln? Einen gangbaren Weg gibt es immer, nur sehen wir ihn in unserer Schwäche nicht.«

Lew Nikolajewitsch schwieg eine Weile, bevor er Kartuschin vorschlug: »Vielleicht gehen wir nach oben?«

Der mochte nicht. Lew Nikolajewitsch dankte ihm für seinen Besuch. Kartuschin sagte, dass ihn die Möglichkeit, mit ihm zu sprechen, glücklich gemacht habe. Zum Abschied küssten sie sich.

Unterwegs nach oben übergab ich Lew Nikolajewitsch einen Brief von Sergejenko, was ihn sehr wunderte. (Sergejenko schreibt, dass Tschertkow und seine Frau es als große Härte empfinden, Lew Nikolajewitsch nicht sehen zu können, und dass dieser Entschluss, den unguten Gefühlen Sofja Andrejewnas zuliebe darauf zu verzichten, wohl kaum den Erfordernissen einer höheren Wahrheit geschuldet sei.)

»Und von Wladimir Grigorjewitsch gibt es keinen Brief?«, wollte Lew Nikolajewitsch wissen.

In dem Moment holte uns Andrej Lwowitsch ein.

»Nein, nichts«, sagte ich absichtlich laut.

»Eigentlich hatte ich heute mit einem Brief von ihm gerechnet«, bemerkte Lew Nikolajewitsch ebenfalls laut.

Oben wurde ich mit der Erwartung konfrontiert, heute etwas zu spielen. Ich sagte, ich sei dazu bereit, obwohl ich im Moment überhaupt nicht arbeite, und fragte Lew Nikolajewitsch, ob er Schach spielen möchte.

»Spielen wir, falls Sie mich noch nicht als Gegner verschmähen«, erwiderte er.

Während unserer Partie erzählte er mir von einem sehr bewegenden Brief, den er von einem Priester erhalten habe.

»Das Übliche: Nach Absolvierung des Priesterseminars wurde er umgehend verheiratet und bekam eine Kirchengemeinde zugeteilt, doch plötzlich stellte sich bei ihm das Gefühl ein, dass er mit diesem Betrug nicht weitermachen könne.«

Lew Nikolajewitsch antwortete ihm. Später bekam ich beide Briefe zu lesen.

»Ich möchte mit Sofja Stachowitsch einen Robber spielen«, sagte Lew Nikolajewitsch mitten in unserer Partie.

Sergejenkos Brief gab er Alexandra Lwowna, ohne darüber ein Wort zu verlieren.

Lew Nikolajewitsch, Sofja Stachowitsch, Alexandra Lwowna und Warwara Feokritowa setzten sich zusammen, um Wint zu spielen. Sofja Andrejewna, die neben Lew Nikolajewitsch Platz genommen hatte, stand plötzlich brüsk auf, um das Zimmer zu verlassen.

»Sonja, wo willst du hin?«, rief ihr Lew Nikolajewitsch nach.

Sie gab keine Antwort und ging hinaus.

Als das Spiel beendet war, sagte Jekaterina Tolstaja, Sofja Andrejewna habe gebeten, sie zu rufen, wenn ich Klavier spielen werde. Aus früheren Gesprächen mit ihr wusste ich, dass sie gern Musik hörte. Jekaterina Tolstaja ging sie holen, kam aber nach einer Weile allein zurück.

»Nun, lieber Alexander Borissowitsch, was werden Sie uns spielen?«, wollte Lew Nikolajewitsch wissen.

Ich begann mit Chopins Etüde c-Moll op. 25. Lew Nikolajewitsch stand gleich zu Beginn auf und ging hinaus – offenbar um Sofja Andrejewna zu holen. Als ich mit der Etüde schon fast fertig war, kam er ohne sie zurück. Ich spielte noch ein paar Stücke. Nachdem ich meine Darbietung beendet hatte, trat ich zu Lew Nikolajewitsch, der in einem Sessel neben dem Klavier saß, und fragte ihn, ob er heute in Owsjannikowo gewesen sei. (Neben der ständig in Owsjannikowo wohnenden Maria Schmidt pflegte dort Gorbunow-Possadow mit seiner Familie den Sommer zu verbringen.) Er sagte, er sei nicht bis dort gekommen, da er unterwegs Gorbunow getroffen habe, der nach Jasnaja Poljana wollte; als er jedoch erfuhr, dass dort so viele Leute versammelt seien, verschob er seinen Besuch auf morgen.

Zunächst gesellte sich Birjukow zu uns, dann auch Maria Schmidt.

»Ein erstaunlicher Mensch, dieser Kartuschin!«, sagte Lew Nikolajewitsch. »Er ist ganz erfüllt von seinem Mystizismus: Erweckung Gottes in sich, Selbstkasteiung, Geburt in Gott und dergleichen.«

»Sie sprechen sich immer mit Bruder und Schwester an: Bruder Leonid, Schwester Maria!«, sagte Birjukow. »Eine Art Vergöttlichung der Person.«

»Demut geht über Hoffart, heißt es im Sprichwort«, sagte Lew Nikolajewitsch. »Diese beiden Begriffe werden leicht umgekehrt, und oft ist es schwer, zu entscheiden, wo die Demut aufhört und die Hoffart anfängt. Alexander Borissowitsch und ich haben vorhin über den Glauben gesprochen. Häufig hat der Aberglaube im Leben eine weit stärkere Wirkung als der Glaube – das Erkennen des eigenen göttlichen Wesens.«

»Was folgt daraus?«, fragte Birjukow.

»Das ist einfach meine Beobachtung. Daraus folgt, dass es unangebracht ist, über die Ergebnisse zu sprechen. Sie sagen: An ihren Früchten sollt ihr sie erkennen – die Früchte aber können ganz verschieden sein: sowohl ein Apfel als auch etwas völlig anderes.«

»Die Scheiterhaufen der Ketzer sind auch Früchte des Glaubens.«

»Wozu vor allem anderen seinen Glauben predigen? Die Franzosen sagen: ›Vivre et laisser vivre‹ [Leben und leben lassen], ich aber würde sagen: ›Croire et laisser croire‹ [Glauben und glauben lassen]. Gleichwohl verurteile ich sie – die Dobroljubow-Jünger – selbstverständlich in keiner Weise; im Gegenteil, die Erhabenheit ihres Lebens rührt mich.«

Etwas später sagte Lew Nikolajewitsch leise zu mir: »Sofja Andrejewna ist wieder einmal erregt. Sie hat es übelgenommen, dass sie nicht gebeten wurde, beim Kartenspiel mitzumachen, und als Sie Klavier spielten, wollte sie nicht kommen.«

Als Sofja Stachowitsch schon im Aufbruch war, verließ Sofja Andrejewna – seufzend, das Gesicht rotfleckig – ihr Zimmer. Sie verabschiedete sie im Hof und wiederholte ein ums andere Mal, sie sei eine treue Freundin.

Ihrer Bemerkung, alle feindeten sie an, widersprach Sofja Stachowitsch: »Nein, Sofja Andrejewna, ich habe es selbst beobachtet – niemand feindet Sie an.«

Beim Abschied sagte ich Lew Nikolajewitsch, ich hätte begonnen, die Es-Dur-Sonate und die Sonate »quasi una fantasia« von Beethoven einzustudieren, und sobald ich sie beherrsche, wolle ich gern beide vorspielen.

»Ja, das habe ich mir erträumt«, sagte Lew Nikolajewitsch. »Spielen Sie zuerst die Es-Dur-Sonate und dann die andere.«

31. Juli. Am Vormittag war Maria Schmidt in Teljatinki. Ich sah sie nur flüchtig. Sie erzählte mir, Sofja Andrejewna sei gestern sehr erregt gewesen und habe in der Nacht nicht geschlafen, sich dann aber beruhigt. Gegen drei Uhr suchte uns die sehr missgestimmte Alexandra Lwowna auf. Lew Nikolajewitsch hatte ihr erzählt, Sofja Andrejewna sei zu ihm gekommen, habe davon gesprochen, dass sie das gestern Vorgefallene bedauere und sich schäme. Der Anblick, den sie bot, sei mitleiderregend und rührend gewesen.

Alexandra Lwowna glaubt nicht an ihre Aufrichtigkeit und leidet ihres Vaters wegen.

Tschertkow hat Lew Nikolajewitsch ein Papier geschickt, das den Zweck des rechtskräftig gemachten Testaments erläutert.

Makovický ritt mit Lew Nikolajewitsch aus, der das Papier lesen und, falls er nicht wieder einen Grund zur Beanstandung fand, mit seiner Unterschrift bestätigen wollte, dass er mit dem Inhalt einverstanden und dass es auf seine Bitte hin verfasst worden sei.

Alexandra Lwowna blieb eine Weile bei uns, bevor sie zu Tschertkows hinüberging, zu denen sie die ganze Familie Birjukow gebracht hat.

Um halb fünf erschien Nikolajew. Wir gingen zusammen zu Tschertkows, wo ich das von Alexandra Lwowna abgeschriebene letzte Tagebuch Lew Nikolajewitschs las, und kehrten bald wieder zu uns zurück. Nikolajew las mir seine Betrachtung über das Eigentum vor, die er in Form eines Briefes an Lew Nikolajewitsch geschrieben hat.

Wir unterhielten und stritten uns vielleicht zwei Stunden, wonach ich mich auf den Weg nach Jasnaja Poljana machte.

Hier waren aus Bassowo stammende Nachbarn zu Besuch – das Ehepaar Lodyshenski mit einem als russischer Konsul in Indien tätigen Verwandten oder guten Bekannten von ihnen. Lodyshenski selbst ist ein sehr lauter und gesprächiger Mann von etwa fünfundfünfzig Jahren. Er war in Indien und Japan und befasst sich mit dem vergleichenden Studium von Hinduismus und christlicher Religion. Was er zu berichten weiß, ist nicht uninteressant.

Als er auf Japan und dessen Sieg über Russland* zu sprechen kam, bemerkte er, dass es jetzt in Russland keine Menschen mehr gebe, die, wie seinerzeit bei Sewastopol, bedenkenlos in den Tod für die Heimat gingen. In Japan hingegen sei jeder bereit, den Tod auf sich zu nehmen, und das mache die Überlegenheit dieses Landes aus.

* Im Russisch-Japanischen Krieg von 1904/05.

»Dem Volk fehlt der einstige Patriotismus, er hat sich überlebt«, sagte Lew Nikolajewitsch.

Als ich, nachdem ich eine ganze Weile bei Alexandra Lwowna verbracht hatte, in den Salon zurückkam, saßen alle beim Tee. Lodyshenski erzählte Lew Nikolajewitsch über die »psychische Kraft«, von der in der indischen Yoga-Lehre die Rede sei.

»Für mich ist das unnütz«, sagte Lew Nikolajewitsch, »es ist nebulös und verschwommen und zeugt von einer für den Menschen unnützen und ihm unzugänglichen Sphäre.«

»Deshalb sage ich ja, dass das Christentum höhersteht«, stellte Lodyshenski fest.

»Christus – das war später. Es ist eine stark vereinfachende Vorstellung, dass das Ältere besser sei. Ganz im Gegenteil. Die Menschheit schreitet voran.«

Lodyshenski wandte ein, egal ob diese psychische Kraft zu etwas nütze sei oder nicht, könne ihre Existenz nicht geleugnet werden, zum Beispiel manifestiere sie sich im Hypnotismus. Er erzählte, wie seine Frau von einem Hypnotiseur in Trance versetzt worden sei und alles gemacht habe, was von ihr verlangt wurde.

Lew Nikolajewitsch nahm diese Darstellung skeptisch auf. »Für mich ist das unnütz«, sagte er. »Das bringt die Abfolge der Vorgänge durcheinander, bei der jede Erscheinung ihre Ursache hat.«

»Vieles ist uns unbekannt.«

»Das ist unnütz.«

»Mit der Entdeckung des Radiums, das alles über den Haufen warf, musste die physikalische Theorie Lavoisiers aufgegeben werden.«

»Das ist eine Sphäre, die zu nichts nütze ist«, sagte Lew Nikolajewitsch.

»Sie sprechen vom moralischen Standpunkt aus, vom Standpunkt des Herzens, bei mir gibt es indessen noch den Verstand, der wissen will, und je mehr wir wissen, desto mehr verlangt es uns zu wissen.«

»Ich glaube nicht, dass wir so wissensdurstig sind, ich

denke, wir haben es mit müßigen Leuten zu tun, die von den Werken anderer leben und aus Überdruss Dinge erfinden.«

»Ich kann mir das Interesse an diesem Wissen nicht versagen.«

»Das bleibt außer Reichweite«, sagte Lew Nikolajewitsch. »Der Mensch hat unablässig zu tun: angefangen damit, dass möglichst viel Kartoffeln da sein möchten, bis zu dem Verlangen nach einem besseren Leben. Und dafür, meine ich, ist es ohne Belang, welcher Stern sich um Sirius oder um welchen Stern sich Sirius dreht.«

»Sie haben recht, aber ich bin so verdorben, dass ich zum Beispiel nicht ohne die Eisenbahn leben kann. Eine Umkehr ist nicht möglich.«

»Warum nicht? – Wie steht es mit dem Opium dort?«, unterbrach sich Lew Nikolajewitsch selbst, um eine Frage an den Konsul zu richten.

»Das Opiumrauchen geht zurück. Dort ist es allerdings ohnehin nicht sehr verbreitet«, erwiderte der Konsul.

»Entschuldigen Sie, vom Standpunkt ...«, setzte Lodyshenski wieder an.

»Sie haben Ihre – ich weiß nicht – zwanzig Jahre, ich meine zwanzig Tage noch zu leben, und man sollte darauf bedacht sein, nichts Übles zu tun, und dazu muss man viel nachdenken. Das Radium rangiert dabei ganz weit hinten, es geht auch ohne; genauso steht es mit der psychischen Kraft.«

»Das ganze Yoga baut auf der psychischen Kraft auf.«

»Sehr schade«, entgegnete Lew Nikolajewitsch.

»Deshalb gebe ich auch dem Christentum den Vorzug. Zugleich bin ich jedoch bereit, in die Haut des Teufels zu schlüpfen. Ich möchte alles wissen, mir in alles einen Einblick verschaffen.« Nach einer kleinen Pause fügte Lodyshenski hinzu: »Entschuldigen Sie – ich bin in Fahrt gekommen. Sie sind so gut ...«

»Nicht doch, mich interessiert sehr, wie Sie das sehen.« Lew Nikolajewitsch schwieg ebenfalls kurz, bevor er sagte:

»Nein, die psychische Kraft taugt zu nichts, das ist dasselbe wie mit der Theosophie.«

»Möglich, dass sie zu nichts taugt, doch gibt es sie. Alle Erscheinungen des Hypnotismus, des Somnambulismus beweisen das.«

»Wir hatten da eine Einladung … Sonja, wohin hatte man uns eingeladen?«

»Zu Rik, dem Hypnotiseur«, antwortete Sofja Andrejewna.

»Alle sollten etwas tun. Heraus kam gar nichts. Es war lächerlich und peinlich«, sagte Lew Nikolajewitsch.

»Er holte ein Mädchen nach vorn, das er als Medium bezeichnete«, erzählte Sofja Andrejewna weiter. »Er schläferte sie ein und sagte: ›Sammeln Sie Beeren‹ – sie beugte sich hinunter, als sammle sie Beeren; ›Essen Sie sie‹ – sie tat, als würde sie sie essen; er fragte: ›Nicht wahr, sie sind sauer?‹ – sie zog eine Grimasse. Ich wurde ärgerlich und sagte: ›Ich erkläre vor Zeugen: Ich gebe tausend Rubel, wenn Sie mich in den Dämmerzustand versetzen.‹ Keiner schaffte es.«

»Ich bin kein Verfechter der psychischen Kraft«, bemerkte Lodyshenski. »Das ist etwas für nervenkranke Leute. Gleichwohl ist ihre Existenz wissenschaftlich nachgewiesen.«

»Ich muss Ihnen sagen«, unterbrach ihn Lew Nikolajewitsch, »dass das Wort ›wissenschaftlich‹ für mich eine andere Bedeutung besitzt: wenn etwas wissenschaftlich ist, dann ist es dumm.«

»Aber das sind Tatsachen. Jemand wird in Trance versetzt. Bei Menschen mit kranken Nerven oder einem kranken Gehirn lässt sich das leicht machen. Sie werden in Trance versetzt und bekommen dabei etwas suggeriert, was sie anschließend zu tun haben; sie wachen auf und machen, ohne es zu wissen, was ihnen während des Trancezustands suggeriert wurde.«

»Ich persönlich habe ein objektives Verhältnis zur Theosophie.«

»Das alles ist überflüssig, unnütz«, sagte Lew Nikolajewitsch.

»Ja, Akim*, ›die Seele ist vonnöten‹! Wie wunderbar hat Michailow den Akim in Petersburg gespielt!« (Peinliche Stille trat ein.)

»In der Theosophie wie auch in anderen religiösen Lehren macht man den Fehler, Beziehungen herzustellen und über Gegenstände zu urteilen, die sich unserem Begriffsvermögen entziehen. Sehr klug handelt, wer an der Grenze einhält, über die das Urteil nicht hinausgehen sollte. Gerade diesen Fehler machen die Brahmanen – in ihren Urteilen überschreiten sie diese Grenze; sobald sie überschritten ist, nimmt der Unfug kein Ende. Und die Klugheit besteht nicht darin, das zu wissen, was man gar nicht wissen kann, sondern darin, dort einzuhalten, wo es notwendig ist.«

»Man kann doch nicht umhin, über das zukünftige Leben nachzudenken.«

»Die Worte ›zukünftiges Leben‹ sind widersprüchlich«, sagte Lew Nikolajewitsch. »Wenn wir von dem außerhalb der Zeit liegenden Leben sprechen, ist das Wort ›zukünftig‹ nicht verwendbar. Die Worte ›zukünftiges Leben‹ sind widersprüchlich und unsinnig.«

»Ich verstehe unter dem zukünftigen Leben das nach meinem Tod fortdauernde Bewusstsein. Nun, lassen Sie uns von dem Leben jenseits des Todes sprechen.«

»Was meinen Sie damit?«

»Das sind Tatsachen. Ich kann mich dem Interesse an ihnen nicht entziehen: wie am Radium, das früher keiner kannte. Dem Bedürfnis, diese Erscheinungen zu studieren, kann ich mich nicht entziehen, und ich verbringe mein Leben damit, diesen Tatsachen und ihren Ursachen auf den Grund zu gehen. Die Theosophie irrt sich, weil sie von Dingen spricht, die außerhalb unserer Erfahrung liegen. Doch bei der Erforschung des Radiums sind die Menschen zur Erkenntnis des planetarischen Atoms gelangt.«

»Ein unglaublicher Unsinn ist entstanden! Entschuldigen Sie, ich bin ein schlechter Wissenschaftler.«

* Gestalt aus Tolstois Drama »Die Macht der Finsternis«.

»Was bin ich denn für ein Wissenschaftler? Ein Vizegouverneur i. R., ein Grundbesitzer aus der Nachbarschaft, der sich aus Langeweile mit Wissenschaft befasst – ein Musterbeispiel des russischen Charakters.«

»Im Gegenteil, alles, was Sie sagen, ist sehr interessant. Und was den Psychismus betrifft – von dem reden seit Urzeiten alle alten Weiber. Millionen geben das einander weiter – das ist ja die Erfahrung ganzer Jahrhunderte, und dennoch kann ich es nicht leugnen: Es widerspricht meinem Bewusstsein. All das ist zu gar nichts nütze und meiner Fähigkeit, Überlegungen anzustellen, zuwider. Ich spreche mit meinem Nachbarn, und er hört zu und versteht mich; plötzlich krähe ich los wie ein Hahn, und er hebt ein Bein und kräht ebenfalls. Dem Psychismus folgend, muss ich all das für möglich ansehen.«

»Was ist denn Sympathie?«, wollte Lodyshenski wissen.

»Wenn es nur einer Andeutung bedarf, wenn der Gesichtsausdruck eines anderen ausreicht, ihn zu verstehen, dann ist das Sympathie. Andererseits kommt es ja vor, dass der andere uninteressant findet, was man ihm erzählt, weil es einem selbst wichtig ist, spricht man aber von Belanglosem, dann zeigt er Interesse.«

»Gewisse unerklärliche Besonderheiten besitzt schließlich jeder.«

»Ich sage ja: Ich sehe Sie zum ersten Mal – und solange ich nicht mit Ihnen gesprochen habe, kenne ich Sie nicht. Nach dem Äußeren kann man nicht urteilen.«

»Es ist immerhin etwas dran.«

»Sie sind für das Geheimnisvolle«, bemerkte Lew Nikolajewitsch.

»Sie zum Beispiel haben einen ungewöhnlichen Sinn für Musik. Und ihre Wirkung?«

»Ja, ich liebe die Musik.«

»Was ist sie? Worin besteht ihr Zauber?«

»Sie ist angenehm, sie zu hören bereitet Freude«, meinte Lew Nikolajewitsch.

»Ich fühle mich dabei wie entkorkt!«

»Da sitzt der Korkenzieher und schreibt alles auf«, sagte Lew Lwowitsch und wies auf mich.

Alle lachten.

Die Besucher fuhren bald ab. Ich machte ebenfalls Anstalten, den Heimweg anzutreten, doch Lew Nikolajewitsch hielt mich zurück. Als die anderen das Haus verließen, fragte er mich: »Haben Sie mir nichts zu sagen?«

»Nein, Lew Nikolajewitsch, nichts Besonderes.«

»Nun, dann lassen Sie uns eine Partie spielen.«

Beim Schach fragte ich ihn leise nach dem Papier, ob er es unterschrieben habe.

»Es ist alles bestens«, erwiderte er. »So wie es sein sollte. Ich habe es unterschrieben. Wie gut, dass das alles jetzt erledigt ist.«

Dann erkundigte er sich nach meiner Musik. Sofja Andrejewna hatte inzwischen schon wieder ihren Posten neben uns bezogen. Ich sagte, heute sei ich wieder nicht zum Spielen gekommen: früh habe ich Korrektur gelesen, danach Tschertkows aufgesucht und ein über zweieinhalbstündiges Gespräch mit Nikolajew geführt; dann sei Olga Klodt sich verabschieden gekommen, bevor ich nach Jasnaja Poljana losritt – wann hätte ich Klavier spielen sollen?

»Drei Stunden lang reden! Wozu soll das gut sein?«, bemerkte Sofja Andrejewna.

Ich entgegnete, das Gespräch sei durchaus lohnend gewesen, vielleicht lohnender, als Klavier zu spielen.

Lew Nikolajewitsch sagte, was ihm Nikolajew vorgelesen habe, hätte ihm sehr gefallen, da sei viel Richtiges, obwohl er ihm in der Grundanlage nicht zustimmen könne.

Ich verabschiedete mich und ritt davon.

1. August. In Jasnaja Poljana bin ich nicht gewesen: Ich fühlte mich nicht wohl, das Wetter war scheußlich, und ein Pferd hatte ich auch nicht. Neuigkeiten gab es keine von dort.

2. August. Am Vormittag erfuhr ich bei Tschertkows, dass Bulgakow gestern bis zum späten Abend in Jasnaja Poljana gewesen sei. Nach dem, was er erzählte, hat Sofja Andrejewna wieder Gott weiß was zusammengeredet.

Am Nachmittag fuhr Birjukow mit seiner ganzen Familie in einem Pferdewagen an unserem Haus vorbei zu Tschertkows. Eine Stunde später, zwischen vier und halb fünf, trafen Warwara Feokritowa und Alexandra Lwowna ein und berichteten Folgendes:

Gestern Abend war Birjukow in Lew Nikolajewitschs Arbeitszimmer erschienen (Sofja Andrejewna mag Birjukow und störte nicht, als sie sich fast den ganzen Abend unter vier Augen unterhielten) und hatte ihm erklärt, statt ein Testament zu machen, hätte er den Kindern alles offen sagen müssen. Dieses Gespräch verunsicherte Lew Nikolajewitsch sehr (er neigt dazu, alle Anschuldigungen und Vorwürfe gegen seine Person gelten zu lassen).

In seinem Notizbuch vermerkte er:

»Gestern habe ich mit Birjukow gesprochen, und er hat mir zu Recht gesagt, dass ich mit dem heimlichen Aufsetzen des Testaments einen Fehler gemacht habe. Entweder hätte ich das offen tun, die davon Betroffenen in Kenntnis setzen oder alles so *lassen* sollen, wie es war – gar nichts tun. Damit hat er völlig recht: Ich habe schlecht gehandelt und muss jetzt dafür büßen. Schlecht war es von mir, ein Geheimnis daraus zu machen, weil ich meinen Erben üble Absichten unterstellte, und zweifellos war es vor allem schlecht, dass ich mich einer Institution der von mir abgelehnten Regierung bediente, als ich ein der festgelegten Form entsprechendes Testament aufsetzte. Jetzt ist für mich klar erkennbar, dass an allem, was nun geschieht, allein ich selbst die Schuld trage. Es wäre besser gewesen, alles so zu lassen, wie es war, und gar nichts zu tun. Die Verbreitung meiner Schriften wird das Misstrauen gegen sie, das mein inkonsequentes Handeln erregen muss, kaum aufwiegen können.

Ich muss mir eingestehen, dass meine schlechte Verfassung allein ich verschuldet habe. Gleichwohl denke ich, dass es einstweilen das Beste sein wird, nichts zu unternehmen. Obwohl mir das schwerfällt.«

Birjukow sagt, Lew Nikolajewitsch habe davon gesprochen, dass Tschertkow ihn »in die Irre geführt« habe. Das hat uns alle betroffen gemacht und in höchstem Maße verwirrt, so unglaublich erschien es.

Dabei hatte vor einem Jahr niemand anders als Birjukow Alexandra Lwowna auseinandergesetzt, dass ein Testament gemacht werden müsse, und sogar über Einzelheiten gesprochen, bis hin zu den Namen der Zeugen. Bei einem weiteren Besuch hatte er bei ihr nachgefragt, und sie hatte ihn beruhigt, vieles sei schon erledigt.

Ohne im Detail informiert zu sein, hatte er nun während seines letzten Besuchs bei Tschertkows dessen Frau gegenüber das *Testament* zur Sprache gebracht. In der Annahme, dass er über alles im Bilde sei, hatte sie ganz offen mit ihm geredet, er aber wusste nichts Besseres zu tun, als dem ohnehin zermürbten Lew Nikolajewitsch mit Vorhaltungen zu kommen.

Im Gespräch mit Birjukow vergaß Lew Nikolajewitsch offenbar völlig, dass einige seiner Söhne erklärt hatten, sie dächten gar nicht daran, nach seinem Tod auf ihre aus seinen Werken resultierenden Besitzansprüche zu verzichten, X. zum Beispiel hatte Rechnungen angestellt, wie viel sich für ihn »aus so einem kleinen gefälschten Kupon herausholen« lasse, und erklärt, »hunderttausend in bar« seien drin. All das vergaß Lew Nikolajewitsch, als er Birjukows Vorwurf hinnahm, er habe sich nicht dazu entschlossen, sein Testament offen darzulegen. Dabei war es gar nicht an dem, dass er sich nicht dazu entschlossen hatte – er handelte so, weil er gar nicht anders konnte.

Tschertkow schrieb Lew Nikolajewitsch einen Brief, um kurz seine Ansicht hierzu darzulegen, und beschloss, einen schon früher abgefassten Brief mitzuschicken, den zu übergeben er gezögert hatte: er betraf Lew Nikolajewitschs Verhältnis zu ihm und enthielt die Feststellung, es könne kaum »gottgefällig« sein, sich dem bösen Willen eines Menschen

(Sofja Andrejewnas) zu unterwerfen. Alexandra Lwowna brachte beide Briefe nach Jasnaja Poljana.

Als ich am Abend dort ankam, traf ich auf dem Treppenabsatz Lew Nikolajewitsch, der mich in sein Arbeitszimmer bat. Tschertkows Briefe hatte er noch nicht gelesen.

»Ist Wladimir Grigorjewitsch sehr betrübt?«, wollte er wissen.

Ich beschrieb die Gefühle, die uns alle bewegten; für Tschertkow sei das keine persönliche Angelegenheit, sondern eine von großer allgemeinmenschlicher Bedeutung.

»Ich würde mich niemals dazu entschließen, etwas ohne ihn zu tun oder zu ändern«, sagte Lew Nikolajewitsch, »ich denke nur, dass es sich auf andere Weise hätte machen lassen. Aber jetzt ist die Sache erledigt, und ich habe weder den Wunsch noch die Absicht, irgendetwas zu ändern. Bestellen Sie ihm das. Ich fürchte nur, dass er wegen alldem auf Birjukow ärgerlich ist.«

Ich sagte, Birjukow sei nicht gut beraten gewesen, sich mit keinem zu bereden und sich keine Klarheit zu verschaffen, bevor er mit ihm sprach.

Auf Bitte Tschertkows erkundigte ich mich, welchen Eindruck Sergejenkos Brief auf ihn gemacht habe.

»Dazu kann ich sagen: Ich verstehe, dass er sich von seiner Liebe zu Wladimir Grigorjewitsch und zu mir hat leiten lassen«, erwiderte Lew Nikolajewitsch, »aber alles, was er schreibt, habe ich längst viele Male durchdacht und vor allem durchempfunden.«

Er erzählte mir, heute sei er allein ausgeritten (weder Makovický noch Bulgakow waren da), bis nach Kolpna (einem neun bis zehn Werst von Jasnaja Poljana entfernt liegenden Dorf), und habe zu Hause Bescheid gesagt, wohin er reite. Für Sofja Andrejewna habe festgestanden, dass er sich mit Tschertkow treffen wollte, und sie sei ihm entgegenfahren.

»Ich bin auf dem Rückweg, da sehe ich sie plötzlich kommen. ›Ich habe mich zu einer kleinen Ausfahrt entschlossen‹, sagte sie, ganz rot und erregt. Zu Hause bekam ich zu hören: ›Ich habe dich vor einer Verfehlung bewahrt; ich will es dir erklären.‹ Ich erwiderte, dass es besser sei, wenn sie gar nichts sage. Ich halte mich jetzt daran, alles schweigend über mich ergehen zu lassen, egal was sie von sich gibt. Und das ist besser so.«

Auf meine Frage nach seiner Gesundheit erwiderte Lew Nikolajewitsch: »Ich bin geistig schwach und unfähig zu arbeiten, das Einzige, was ich mache, ist Korrekturlesen: die Bändchen für Gorbunow-Possadow, das ist eine sehr angenehme Arbeit.«

Wir gingen in den Salon und spielten zwei Partien. Sofja Andrejewna hatte starke Kopfschmerzen, sie legte ein Senfpflaster auf und schlief den ganzen Abend.

Nach dem Schachspiel ging Lew Nikolajewitsch zu Alexandra Lwowna. Nach einem ziemlich langen Gespräch über alles, was zu dem vorliegenden Testament geführt hatte, übergab sie ihm die Briefe Tschertkows.

Ich betrat Lew Nikolajewitschs Arbeitszimmer, als er mit dem Lesen der Briefe fast fertig war.

»Ihm einen Brief zu schreiben, dazu reicht die Zeit nicht, und es wird auch besser sein, wenn Sie ihm berichten. Bestellen Sie ihm, ich hätte es mir schon gedacht, dass er all das sagen würde. Möglich, dass er mit allem recht hat, ja ich bin davon überzeugt; hätte ich am Anfang mehr Festigkeit und Entschlossenheit bewiesen, sähe wahrscheinlich alles anders aus. Doch was tun« – die Tränen hinderten ihn am Sprechen –, »ich gebe zu, ich bin schwach. Aber ich kann nicht; wenn sie ihre hysterischen Anfälle kriegt und in dieser schrecklichen Verfassung ist, komme ich nicht umhin, mit ihr Mitleid zu empfinden. Sie ist offenbar krank, und ich bin gezwungen, Zugeständnisse zu machen.«

Ich sagte, Tschertkow habe oft den Eindruck, dass es sich bei alldem um einen wohldurchdachten Plan handle.

»Nein.« Lew Nikolajewitsch lächelte bitter. »Ihr fehlt einfach jedes sittliche Gefühl, das als Hemmschwelle dienen könnte, und man weiß nie, wann sie sich verstellt und wann sie aufrichtig ist. Nichtsdestoweniger tut sie mir leid.

Richten Sie ihm aus: Glaubt er wirklich, dass mir das Groteske der Situation nicht bewusst sei? Wir leben so nahe beieinander und sehen uns nicht, obwohl er sich für diesen Wohnsitz doch ausschließlich deswegen entschieden hat, weil er mir möglichst nahe sein wollte. Zumal man ihn unter Umständen nicht lange hier wohnen lassen wird.«

»Sofja Andrejewna hat mir gesagt, sie habe schon *viel* dafür getan, dass Wladimir Grigorjewitsch von hier verschwinde.«

»Wie schrecklich, dass die Möglichkeit besteht, einen Menschen einer böswilligen Frau zuliebe aus seinem Haus zu verweisen. Wie absurd!«

Dann fügte Lew Nikolajewitsch hinzu: »Wie nahe Sie uns stehen und wie froh und dankbar ich Ihnen bin. Ich fürchte nur immerzu um Sie – dass Sie sich hier noch halten können?«

»Ich wundere mich selbst darüber. Bisher behandelt mich Sofja Andrejewna recht gut.«

Im Remingtonzimmer traf ich Warwara Feokritowa und Jekaterina Tolstaja an. Letztere sagte: »Ich weiß, warum Mama heute krank ist. Alexandra Lwowna und Warwara Feokritowa wollten unbedingt herauskriegen, worauf sie anspielte.«

Ich ging wieder zu Lew Nikolajewitsch. Er brachte gerade einen Brief an Tschertkows Frau zu Ende und bat mich, ihn für sie mitzunehmen.

Während ich bei ihm saß, kam Alexandra Lwowna herein und fragte: »Papa, wo ist dein Tagebuch?«

»Im mittleren Tischkasten, glaube ich. Warum?«

»Bloß so.« Damit ging sie wieder.

Als ich Lew Nikolajewitschs Zimmer verließ, empfing mich auf dem Treppenabsatz die hochgradig erregte Warwara Feokritowa und bat mich, auf der Stelle bei Alexandra Lwowna vorbeizugehen. Die war völlig aufgelöst, da Jekaterina Tolstaja ihnen berichtet hatte, Sofja Andrejewna habe ihr gestanden, sich *alle* Schlüssel verschafft und aus dem mittleren Kasten das Tagebuch herausgeholt zu haben (deshalb war Alexandra Lwowna es nachprüfen gegangen), um es abzuschreiben. In diesem Tagebuch stehe vieles über Lew Nikolajewitschs Kampf mit seinen unguten Gefühlen gegen Sofja Andrejewna und seine Söhne; diese Lektüre habe sie völlig aufgewühlt.

Ich sagte zu Alexandra Lwowna, das Ganze sei nicht so schlimm, Lew Nikolajewitsch müsse jedoch Bescheid wissen; daraufhin ging sie zu ihm, um ihn über alles ins Bild zu setzen.

Von Lew Nikolajewitsch erfuhr ich dann, sie hätten beschlossen, das Tagebuch wieder an seiner alten Stelle zu verwahren (irgendwo im Regal zwischen den Büchern).

Als ich mit Lew Nikolajewitsch über meine gestrige Unterhaltung mit Birjukow sprach, hatte ich ihm unter anderem gesagt, das Testament habe er doch deswegen gemacht, weil er zu der Überzeugung gelangt sei, dass seine Angehörigen seine Schriften niemals der Allgemeinheit zur Nutzung überlassen würden.

»Ja«, sagte Lew Nikolajewitsch, »vor ein paar Tagen kreuzte Andrej hier auf und fragte ungeniert: ›Sag mir bitte, gibt es irgendein Papier?‹ Ich entgegnete ihm, ich wünschte nicht, seine Fragen zu beantworten, und hätte überhaupt nicht die Absicht, mit ihm darüber zu sprechen.«

Auf dem Weg zum Remingtonzimmer begegneten wir Lew Lwowitsch, der zu der nach wie vor schlafenden Sofja Andrejewna wollte, von Lew Nikolajewitsch jedoch mit der Frage zurückgehalten wurde: »Wohin willst du?«

»Zu Mama, mich verabschieden.«

»Geh nicht, sie schläft, wir alle achten darauf, sie nicht zu stören.«

Lew Lwowitsch machte kehrt.

Ich verabredete mit Lew Nikolajewitsch für morgen einen gemeinsamen Ausritt und brach kurz nach zehn Uhr mit Bulgakow nach Hause auf.

Ich wollte noch zu Tschertkow hinübergehen, traf ihn und Sergejenko jedoch auf dem Weg zwischen unserem und seinem Haus, und sie kamen mit zu uns. Ich erzählte, wie der gestrige Abend verlaufen war. Tschertkow las Lew Nikolajewitschs Brief an seine Frau und gab ihn mir. Ich las ihn vor. Er lautet folgendermaßen:

»Liebe Anna Konstantinowna, ich schreibe Ihnen und nicht Dima, weil ich ihm vieles berichten müsste, und das schaffe ich im Moment nicht. Ich hoffe, dass unser treuer Freund Goldenweiser ihm meine Gefühle und Gedanken übermitteln wird. Und außerdem fällt es mir leichter, zu Ihnen über den Kummer zu sprechen, den ich ihm bereite und den ich bedaure, ohne vorläufig daran etwas ändern und für Linderung sorgen zu können. Was ich ihm geschrieben habe, soll ihn nicht irritieren und betrüben. Unter den gegenwärtigen schweren Bedingungen spüre ich mehr denn je die Weisheit und Heilsamkeit des *Nichttuns*, und ich werde auch weiterhin nichts unternehmen, weder handeln noch mich äußern werde ich. Ich bin bemüht, möglichst wenig zu reden und zu hören, und empfinde das als sehr wohltuend.

Verzeihen Sie mir, liebe Freunde, dass ich Ihnen weh tue. Seien Sie nachsichtig mit mir, Sie sollen wissen, dass ich keineswegs der Ansicht bin, was Sie angeht, das Recht auf meiner Seite zu haben, ich weiß, dass ich schlecht und schwach bin, doch kann ich nicht anders. Ich möchte auch Sie bitten, zu mir und zu ihr nachsichtig zu sein. Sie ist zweifellos krank, und man kann unter ihr leiden, aber das verbietet sich für mich, oder ich komme nicht umhin, sie zu bemitleiden.

Ich küsse Sie beide, liebe Freunde, und bitte, in Ihrer Liebe zu mir nicht nachzulassen. Sie ist mir sehr teuer, und ich bedarf ihrer. L. T.«

3. August. Am Vormittag kam Maria Schmidt kurz bei uns vorbei und sagte, in Jasnaja Poljana habe sie heute früh niemanden zu Gesicht bekommen, ausgenommen Alexandra Lwowna, die krank im Bett liege (Schnupfen und Halsschmerzen) und ihr gesagt habe, die Stimmung bei ihnen in Jasnaja Poljana sei sehr gedrückt.

Tschertkow hatte mich wissen lassen, dass er mir einen Brief an Lew Nikolajewitsch mitgeben möchte. Ich holte ihn bei ihm ab und ritt gegen zwei Uhr nach Jasnaja Poljana los. In diesem Brief äußert sich Tschertkow zunächst befremdet und betrübt über die Birjukow zufolge von Lew Nikolajewitsch getane Äußerung, er habe ihn »in die Irre geführt«, dann erinnert er Lew Nikolajewitsch an die Überlegungen, die ihn (Lew Nikolajewitsch) veranlasst hätten, ein formelles Testament aufzusetzen, und schlägt vor, wenn Lew Nikolajewitsch es wünsche, den ganzen Hergang mit dem Testament im Detail darzulegen. Auch werde er sich, sollte Lew Nikolajewitsch bei seiner Einschätzung vom 2. August bleiben, von dieser Angelegenheit völlig zurückziehen, denn wichtig sei für ihn nicht das Papier, sondern Lew Nikolajewitschs erklärter Wille.

In Jasnaja Poljana traf ich Lew Nikolajewitsch in seinem Zimmer an, er war gerade im Begriff, frühstücken zu gehen. Ich fragte ihn, ob es bei unserem Ausritt bleibe.

»Ja, ja«, sagte Lew Nikolajewitsch, »ich warte auf Sie, wir reiten nach Kolpna.«

Maude hat Lew Nikolajewitsch vierhundert Rubel – einen Teil der Einnahmen von seiner Übersetzung des Romans »Auferstehung« ins Englische – für wohltätige Zwecke geschickt. Davon will er sechshundert Pud Roggen kaufen, um es als Saatgut an die Bauern von Jasnaja Poljana zu verteilen.

»Sofja Andrejewna ist nach wie vor in dieser schrecklichen Verfassung«, sagte er. »Seit gestern befleißige ich mich einer neuen Verhaltensweise, einer Art Selbstschutz – ich schweige und überhöre geflissentlich, was sie redet.«

Nachdem Lew Nikolajewitsch gefrühstückt hatte (Haferbrei mit einem darin verrührten Ei), stand er auf und sagte: »Ich muss noch zu Sascha.«

Ich ging ins Büro, wo ich Warwara Feokritowa antraf. Sie sagte mir, Sofja Andrejewna habe heute einen Brief von Maude mit beigefügter Abschrift seines Briefes an Lew Nikolajewitsch erhalten. Er schreibe, wenn Lew Nikolajewitsch es wünsche, werde er aus der Biographie seine Worte über Maria Lwowna streichen, wobei er sich die Gelegenheit nicht entgehen lasse, an die Adresse von Tschertkow ein paar mehr oder weniger ungerechte Vorwürfe zu richten. Er verstehe Lew Nikolajewitschs »Neigung« für Tschertkow nicht, aber wenn Lew Nikolajewitsch es wünsche, werde er diese Stelle streichen.

Sofja Andrejewna erzählte Warwara Feokritowa, sie habe an Maude einen Antwortbrief geschrieben in dem Sinne, dass auf Lew Nikolajewitschs Äußerungen nichts zu geben sei, er habe »endgültig den Verstand verloren«, ihr jedenfalls gehe es vor allem um die Wahrheit; sie lege ihm auch ihren derzeitigen Standpunkt zum Verhältnis zwischen Lew Nikolajewitsch und Tschertkow dar. Mit Lew Nikolajewitsch hat Sofja Andrejewna noch nicht über Maudes Brief gesprochen.

Im Speisezimmer stimmte Jekaterina Tolstaja ein Klagelied über Sofja Andrejewna an, die völlig unmöglich sei, es gelte, Maßnahmen zu ergreifen, ihre Kinder müssten das unterbinden. Vor allen, selbst vor kleinen Kindern, lasse sie sich lauthals in gänzlich unanständiger Weise über Lew Nikolajewitsch aus.

Sofja Andrejewna hat in Lew Nikolajewitschs Tagebuchaufzeichnungen von vor zweiundzwanzig Jahren eine Stelle gefunden, an der er vermutlich über seinen Jugendfreund Dmitri Djakow sagt, er sei verliebt in ihn, könnte ihm die Füße küssen. Am Ende dieser Passage steht der Zusatz, er habe nie einen Mann begehrt, ein solcher verderbter Sexualtrieb sei ihm völlig fremd. Aus alldem hat Sofja Andrejewna den Schluss gezogen, dass er ihm absolut nicht fremd sei, und dieses Blatt mit ihren Kommentaren verziert, in denen sie behauptet, zwischen Lew Nikolajewitsch und Tschertkow bestehe ein Verhältnis dieser Art, deshalb leide sie und sei unglücklich. Es ist schwer nachzuvollziehen, wie sie auf diesen grotesken, widerlichen Gedanken verfallen ist.

Als Lew Nikolajewitsch von Alexandra Lwowna zurückkam, sagte er: »Sofja Andrejewna hat einen Brief von Maude bekommen und ist wieder außer sich.«

Wir ritten los. Im Pferdehof bekam Adrian Pawlow (der Kutscher in Jasnaja Poljana) von Lew Nikolajewitsch die Anweisung, uns in Kolpna mit dem Kabriolett abzuholen.

Unterwegs erzählte mir Lew Nikolajewitsch zunächst von dem Roggenkauf: »Ich habe mich fürs Erste an Taras Fokanytschew und zwei weitere Bauern mit der Bitte gewandt, einen Vorschlag für die Verteilung des Roggens zu machen. Sie berieten sich mehrfach, sonderten die Wohlhabenden aus, beschlossen am Ende jedoch, allen den gleichen Anteil zu geben, um Feindseligkeiten zu vermeiden. Ich fand es sehr rührend, dass sie den auszusondernden Wohlhabenden auch sich selbst zuordneten, obwohl sie nicht gerade zu den reichsten Bauern gehören.«

Dann stellte Lew Nikolajewitsch fest: »Bei Sofja Andrejewna ist das jetzt zu einem Teufelskreis geworden: Erregung, zu deren Rechtfertigung sie sich einen Anlass ausdenkt, und dieser Anlass verursacht neue Erregung. Als ich vorhin zu Sascha kam, fand ich sie bei ihr. Sascha sagt zu mir: ›Wir haben uns überlegt, dass wir alle zusammen auf die Krim fahren sollten.‹ Ich darauf: ›Nun, das ist eine sehr gute Idee‹, während Sofja Andrejewna in meinem Beisein erklärt: ›Um nichts in der Welt fährt er von Tschertkow weg.‹ Und schon wieder ist sie hochgradig erregt.«

Kurz vor Worobjowka (einem kleinen Dorf zwischen Jasnaja Poljana und Teljatinki) bat mich Lew Nikolajewitsch um Tschertkows Brief, er wolle ihn im Reiten lesen.

Bei den ersten Worten stöhnte er auf: »Wie kommt er auf den Ausdruck ›in die Irre geführt‹!«

Ich sagte, so habe es ihm Birjukow erzählt.

»Das zu lesen tut weh. Ich kann das nicht so gesagt haben. Selbst wenn ich zu der Überzeugung gelangt wäre, dass das eine üble Sache ist, weiß ich, dass ich es selbst gewollt habe: wie hätte ich das denn sagen können?«

Lew Nikolajewitsch kam noch etliche Male darauf zurück und konnte sich einfach nicht entsinnen, diese Worte benutzt zu haben.

Nach der Lektüre des Briefs sagte er: »Sascha hat mich schon an vieles erinnert; mag er trotzdem aufschreiben, worum es ihm gegangen ist – ich möchte mir das alles gern ins Gedächtnis rufen. Diese Details vergesse ich deshalb, weil ich meinen Schriften und dem, was nach meinem Tod mit ihnen geschieht, keine so große Bedeutung beimessen kann. Jedenfalls will und werde ich nichts ändern. Mir täte es nur leid, sollte er Birjukow verurteilen.«

»Wir finden einfach, dass Birjukow nicht gut daran getan hat, Sie darauf anzusprechen, ohne sich vorher mit jemandem von denen zu beraten, die Ihnen nahestehen und über das Ganze im Bilde sind.«

Lew Nikolajewitsch staunte immer wieder über die Schwalben, die mit ungemeiner Gewandtheit und Schnelligkeit ihre Kreise um unsere Pferde beschrieben. Jemand hatte ihm gesagt, sie fingen dabei im Flug Schnaken, die die Pferde zu umschwirren pflegen.

Ich erzählte Lew Nikolajewitsch von dem grässlichen Gerede Sofja Andrejewnas und dass sie darüber an Maude geschrieben habe. Er seufzte, nahm sich das aber offenbar nicht allzu sehr zu Herzen. Er beweist einen erstaunlichen Gleichmut gegenüber den schlimmen Dingen, die über ihn verbreitet werden!

Als wir die Chaussee erreichten, fragte er mich: »Wissen Sie, was mir in den Sinn gekommen ist: Kennen Sie F.?« (F. ist ein Bauer aus dem Gouvernement Tula, der den Militärdienst verweigert hat.)

Ich sagte, ich hätte von ihm gehört.

»Er sprach davon, dass er mit fünf, sechs weiteren Männern aus seinem Dorf, die auch den Militärdienst verweigern wollen, hierherkommen werde. Ich habe mir überlegt: eine seltsame Angelegenheit – sie werden während der Arbeitszeit herkommen, einen ganzen Tag dadurch verlieren. Ist das womöglich eine Provokation? Bestellen Sie Wladimir Grigorjewitsch, er soll sie auf keinen Fall empfangen, sondern zu mir schicken.« (Sie erschienen dann doch nicht.)

An der Chaussee bei Jassenki holte uns Adrian Pawlow ein. Lew Nikolajewitsch schickte ihn mit einigen Anweisungen für den Roggenkauf voraus.

»Ich fühle mich besser«, sagte er zu mir. »Heute hat es sich gut gearbeitet, ich habe Korrektur gelesen und drei Bändchen durchgesehen und einige neue Gedanken hinzugefügt, unter anderem einen von Pascal. Erinnern Sie mich, ich zeige sie Ihnen. Ganz vortreffliche Gedanken!«

In Kolpna gelang es nicht, die Angelegenheit zu regeln, da nirgends die nötige zusätzliche Roggenmenge verfügbar ist. Die Regenfälle behindern Drusch und Transport. Lew Nikolajewitsch erhielt die Zusage, man werde ihm in etwa fünf Tagen Bescheid geben.

Zurück fuhren wir im Kabriolett mit einem neuen dunkelgrauen jungen Hengst, dessen flotter Trab den auf dem Bock sitzenden Lew Nikolajewitsch in Staunen versetzte. Wieder umschwärmten Schwalben das Pferd.

»›Als ich noch jung war und mich eben des Lebens mächt'ger Ruf erst traf ...*‹ – jetzt, im Alter, erlebe ich das aufs Neue und mit besonderer Stärke«, bemerkte Lew Nikolajewitsch. »Da ich vieles vergessen habe, stellt es sich mir als neu dar, und das macht mich froh.«

Mehrfach wiederholte er: »Versuchen Sie Wladimir Grigorjewitsch zu trösten.«

Ich sagte ihm, Tschertkow vertrete die Auffassung, dass die Behauptung, Lew Nikolajewitsch greife auf die Unterstützung der Regierung zurück, völlig haltlos sei, denn das Ganze wurde eher dazu gemacht, eine Intervention von Regierungsseite *auszuschließen*. Wenn Lew Nikolajewitschs Freunde nach seinem Tod für die Veröffentlichung der Werke sorgen wollten, könnten seine Erben sie mit Hilfe des Gerichts daran hindern; seine Freunde hingegen kämen

* Aus dem 1823 entstandenen Gedicht Alexander Puschkins »Der Dämon«. (Deutsch von Josi von Koskull.)

nicht auf die Idee, einen Prozess anzustrengen, und wenn sie es täten, würden sie ihn verlieren. Außerdem betone Tschertkow, dass in diesem Papier nichts stehe, was nicht dem erklärten Willen Lew Nikolajewitschs entspräche. Zweifel erregen könnten allein die Worte »übergebe ich vollständig in den Besitz«, doch werde im Begleitschreiben eindeutig gesagt, in welchem Sinne diese Worte verwendet wurden.

»Das ist völlig richtig«, bestätigte Lew Nikolajewitsch. »Ich bin froh, dass Sie das so sehen. Das ist eine sehr wichtige Überlegung.« Nach einer kleinen Pause fügte er hinzu: »Ich gelange immer mehr zu der Überzeugung, dass der Mensch nie, in keiner Angelegenheit völlig frei von Makel sein kann. Immer gibt es irgendeinen Aspekt, der ihn ins Unrecht setzt.«

Ich äußerte die Ansicht, dass es für seine Kinder besser sei, wenn sie seinen Willen erst nach seinem Tod erführen, da hinterlassene Worte für gewöhnlich leidenschaftsloser und unvoreingenommener aufgenommen würden.

»Unmittelbar vor dem Tod ausgesprochene Worte sind besonders wichtig«, widersprach Lew Nikolajewitsch, »doch das Sterben beginnt nicht erst, wenn man im Bett liegt und es zu Ende geht, das gesamte Alter ist Sterben, deshalb sind die Worte eines alten Mannes immer bedeutungsvoll, und sie hört man sich aufmerksamer an.«

Dabei erklären Ihre Söhne und Sofja Andrejewna, dass auf Ihre Äußerungen nichts zu geben sei, Sie hätten den Verstand verloren, hätte ich ihm sagen können, aber natürlich tat ich es nicht.

Ich erkundigte mich, ob X. nicht bald abzureisen gedenke.

»Nein, danach sieht es nicht aus«, sagte Lew Nikolajewitsch seufzend, »ach, wie belastend es mit ihm ist!«

Nach Jasnaja Poljana zurückgekehrt, sahen wir Sofja Andrejewna unten in der Bibliothek bei Lew Lwowitsch sitzen, der sie modelliert. Wir gingen zu ihnen hinein, und Lew Nikolajewitsch sagte, wo wir gewesen seien. Als ich in die Diele trat, richtete Warwara Feokritowa mir aus, Alexandra

Lwowna möchte mich sprechen. In ihrem Zimmer, wo ich auch Maria Schmidt antraf, blieb ich diesseits der Trennwand, weil sie krank und unbekleidet im Bett lag. Zur gleichen Zeit kam von der gegenüberliegenden Seite Lew Nikolajewitsch herein und fragte: »Wer ist da?«

Wir meldeten uns und wollten gehen, doch er bat uns zu bleiben.

»Ich habe eine Prüfung gut bestanden«, sagte Alexandra Lwowna zu ihm, »Mama saß eine ganze Stunde bei mir und hat solche scheußlichen Dinge erzählt! Aber ich gab mir alle Mühe, die Ruhe zu bewahren, und als sie ging, sagte sie: ›Ich freue mich, dass du mir nicht böse bist.‹«

Später war von Alexandra Lwowna zu hören, Sofja Andrejewna habe ihr abermals ihre Kommentare zu Lew Nikolajewitschs altem Tagebuch gezeigt und Abscheulichkeiten von sich gegeben, die sie sich nicht hätte träumen lassen, so dass sie es nicht ausgehalten und ihr gesagt habe: »Hör auf, du vergisst, dass du meine Mutter bist und es mich nicht im Geringsten danach verlangt, von dir diesen ganzen Graus zu erfahren.«

Lew Nikolajewitsch wiederholte Alexandra Lwowna gegenüber, was er bereits mir gesagt hatte: »Schon den zweiten Tag befleißige ich mich zum Selbstschutz einer neuen Verhaltensweise – zu schweigen und nicht auf das zu hören, was sie redet. Doch büße ich mehr und mehr die Fähigkeit ein, meine unguten Gefühle zu unterdrücken.«

Nachdem Lew Nikolajewitsch gegangen war, erzählte uns Alexandra Lwowna Einzelheiten ihres Gesprächs mit Sofja Andrejewna, dann griff sie nach dem heutigen Brief Tschertkows an Lew Nikolajewitsch, um ihn zu lesen.

Unverhofft kehrte Lew Nikolajewitsch zurück und fragte: »Sind sie noch hier?«

Wir dachten, er möchte mit Alexandra Lwowna unter vier Augen sprechen, und wollten uns entfernen, doch er hatte Pascals Ausspruch mitgebracht, von dem er mir während unseres Ausritts erzählt hatte, um ihn uns zu zeigen.

Er wollte ihn selbst vorlesen, doch die Tränen hinderten

ihn daran, und er übergab ihn mir. Der Ausspruch ist tatsächlich wundervoll. Der Sinn besteht darin, dass wir nicht umhinkönnten, uns selbst zu hassen, da wir voller übler Begierden seien; indessen müsse der Mensch etwas lieben, lieben könne man indessen nur sich selbst, und deshalb müssten wir jenes ewige Prinzip – Gott, der in uns wohne – lieben, das aber nicht mit uns identisch sei.

Lew Nikolajewitsch ging wieder hinaus.

»Statt die kurze Zeit, die Lew Nikolajewitsch noch bei uns ist, zu schätzen«, entrüstete sich Maria Schmidt, »kommen alle möglichen Leute hierher, nicht um von ihm zu lernen, sondern um *ihn* zu belehren und zu bezichtigen. Mit welchem Recht?!«

Bevor ich mich auf den Heimweg machte, ging ich in Lew Lwowitschs Zimmer vorbei, um mich von Sofja Andrejewna zu verabschieden.

Sie erkundigte sich, wie ich nach Jasnaja Poljana zurückgekommen sei. Ich sagte, mit Lew Nikolajewitsch im Kabriolett.

»Und wer hat es gelenkt?«

»Lew Nikolajewitsch.«

Beim Hinausgehen hörte ich, wie sie zu Lew Lwowitsch sagte: »Gestern wollte er sich nicht mit mir hineinsetzen, ist lieber geritten, und heute hat er selbst angeordnet, dass ihm das Kabriolett hingeschickt wird.«

Tschertkows Mutter hat Sofja Andrejewna einen Brief geschrieben, den diese beantwortete. Hier sind diese Briefe, beide vom 3. August:

Brief von Tschertkows Mutter:

»Gräfin, ich kann nicht von hier abreisen, ohne angesichts der niederträchtigen Anschuldigungen, die Sie gegen meinen Sohn verbreiten, meiner Verwunderung und Entrüstung Ausdruck zu verleihen.

Nie hätte ich es für möglich gehalten, derartige Verleumdungen aus Ihrem Munde zu hören. Ich bin auch verwundert darüber, dass Ihre Söhne Sie nicht darauf hingewiesen haben, wie beleidigend für Ihre ganze Familie Sie handeln, wenn Sie gleichzeitig ihren Vater mit Schmutz bewerfen.

Was meinen Sohn anbelangt, so weiß ich nur zu gut, dass nichts dergleichen ihn treffen noch beschädigen kann. Alle, die ihn kennen, wissen um seinen hochsinnigen Charakter, seine Aufrichtigkeit, seine Wahrhaftigkeit, seine Selbstlosigkeit, seine makellose Sittlichkeit und seine absolute Lauterkeit. Ohne auch nur den geringsten Schatten auf seinen ehrlichen Namen zu werfen, können derartige Verleumdungen lediglich auf die zurückfallen, die sie sich ausdenken und verbreiten.

Ich verstehe weder Ihre Beweggründe noch die Zwecke, die Sie verfolgen, Gräfin. Ich kann es nicht glauben, dass diese feindseligen Gefühle von unwürdiger Eifersucht angesichts der langjährigen Freundschaft und Treue meines Sohnes zu Lew Nikolajewitsch – einer Freundschaft, die Sie so viele Jahre mit Wohlwollen betrachtet haben – herrühren. Sollten Sie sich womöglich von der Angst vor einem vermeintlichen Einfluss meines Sohnes auf Lew Nikolajewitsch, aus dem Ihren materiellen Interessen Schaden erwachsen könnte – sollten Sie sich von einer Angst solch niederer Art leiten lassen?

Was immer Ihre Beweggründe sein mögen, Ihr Verhalten gegenüber meinem Sohn ist in jedem Fall so ungerecht, grausam und bösartig, dass ich als seine Mutter nicht umhinkonnte, an Ihr Herz und Ihr Gewissen zu appellieren und Sie zu bitten, sich zu besinnen. Reißen Sie es aus Ihrer Seele, Gräfin, dieses böse, aberwitzig-ungeheuerliche Gefühl, das nicht nur meinem Sohn und Ihrem Mann, sondern allen, die Sie umgeben und mit Ihnen in Berührung kommen, so viel Leid zufügt. Doch obwohl dieses böse Gefühl vielen Leid zufügt, schadet es Ihnen ganz allein, da es alles erstickt und besudelt, was zweifellos an Schönem und Gutem in Ihnen sein muss wie in jedem Menschen.

Im Namen Gottes beschwöre ich Sie, lassen Sie Ihr Gewissen nicht endgültig verstummen – in einen Tiefschlaf fallen, der allein zum Tode führt, aus dem Sie niemand und nichts mehr erwecken kann, dem Christus, unser Heiland Sie in seiner grenzenlosen Liebe jedoch nicht anheimgeben wollen wird.«

Brief Sofja Andrejewnas:

»Sehr geehrte Jelisaweta Iwanowna!

Ihre mütterliche Entrüstung und Bekümmernis teile ich vollkommen. Doch was ich in dieser Zeit durchleiden musste, damit kann sich kein menschlicher Gram messen.

Niederträchtige Anschuldigen gegen Ihren Sohn konnte ich nirgends verbreiten, da ich niemanden sehe, kaum mein Zimmer verlasse und die ganze Zeit krank bin. Ich weiß nicht, wem es Vergnügen bereitet, sich mit Klatsch zu befassen und meinen Worten einen willkürlichen Sinn zu verleihen.

Was ich Ihnen bei unserer Zusammenkunft sagte, das wiederhole ich: Ihr Sohn hat seinen Einfluss auf meinen durch die Jahre geschwächten alten Mann in dermaßen despotischer Weise verstärkt, dass er ihn mir allmählich, besonders seit seinem letzten Aufenthalt bei ihm, entfremdet und gegen mich eingestellt hat.

Sie sprechen von meinen niederen Interessen. Alle, die mich kennen, wissen über mein uneigennütziges Verhältnis zu jeglichem Besitz bestens Bescheid. Es gab eine Zeit, in der Lew Nikolajewitsch mir alles, die Autorenrechte eingeschlossen, überlassen wollte. Und ich habe unter Tränen auf alles verzichtet.

Für viele, auch die gesamte Familie Lew Nikolajewitschs, ist es jedoch unverständlich und betrüblich, dass nicht allein seine Gedanken Tschertkow teuer sind, sondern auch die Manuskripte, die er ebenso wie die Photos sammelt und ihm unter Ausnutzung seiner Zuneigung abluchst. Und dies lässt sich nicht als Lauterkeit und Uneigennützigkeit Wladimir Grigorjewitschs werten. Für Handschriften gibt es Museen, wo sie in Sicherheit und zugleich den Menschen zugänglich sind.

Indes, einen Mann empfangen oder auch nur sehen zu

wollen, der verkündet hat, dass es in meinem ganzen Haus zu hören war, er habe ›kein Verständnis für eine Frau, die ihr ganzes Leben damit befasst ist, ihren Mann umzubringen‹, dazu bin ich nicht in der Lage. Diese Auffassung Wladimir Grigorjewitschs kann mich ihm niemals wieder gewogen machen. Er hat sich nach unserem 48-jährigen Eheleben zwischen uns gestellt, und ich bin gänzlich außerstande, seine Gegenwart zu ertragen, wiewohl ich mich bemüht habe.

Ja, ich bin wahnsinnig eifersüchtig und werde Lew Nikolajewitsch nicht hergeben, sollte es mich auch das Leben kosten, und die Einflussnahme Ihres Sohnes auf unser ganzes Leben betrachte ich als verderblich.

Sich in die Beziehungen zwischen Mann und Frau einzumischen, hat niemand das Recht. Wie der winzige Kreis von Tolstoianern über mich urteilen wird, dass ist mir wahrlich völlig gleichgültig. Hinter mir liegen 48 Jahre eines makellosen Lebens und hingebungsvoller Liebe zu meinem Mann, den ich ohne jede Einmischung Außenstehender behütet, den ich unterstützt, mit dem ich ein Leben in Eintracht geführt habe.

Ebenso wenig kann es in das Verhältnis jedes Menschen zu Gott eine Einmischung anderer geben.

Verzeihen Sie mir, wenn ich Ihnen eine Unannehmlichkeit bereitet habe; ich kann mich nur mit einem rechtfertigen – meinen schweren Leiden.

Hochachtungsvoll, Sofja Tolstaja«

4. August. Heute erfuhr ich bei Tschertkows, dass Bulgakow gestern den ganzen Abend in Jasnaja Poljana gewesen ist und Folgendes berichtet hat (ich ergänze seinen Bericht durch das, was mir am Abend in Jasnaja Poljana Alexandra Lwowna erzählte).

Sofja Andrejewna hatte es sich einfallen lassen, die bewusste Tagebuchseite mit ihren Kommentaren Lew Nikolajewitsch vorzulesen. Mittendrin stand er auf, um, die Hände hinter den Gürtel gesteckt, mit den Worten »Wie scheußlich, was für ein Schmutz!« das Speisezimmer raschen

Schritts zu verlassen und sich über den Treppenabsatz durch die kleine Tür in sein Zimmer zu begeben. Sofja Andrejewna ihm nach. Lew Nikolajewitsch schloss die Tür ab. Sie stürzte zur anderen Seite, doch auch diese Tür konnte er noch rechtzeitig abschließen. Sie rannte auf den Balkon und rief ihm durch die Gittertür zu: »Verzeih mir, Ljowotschka, ich bin verrückt.«

Lew Nikolajewitsch erwiderte kein Wort, lief aber nach einer Weile, schrecklich bleich, zu Alexandra Lwowna und ließ sich in einen Sessel fallen. Sie fühlte ihm den Puls – über hundert und sehr unregelmäßig.

Als Makovický hereinkam, trug Lew Nikolajewitsch ihm auf: »Bestellen Sie ihr, wenn sie mich umbringen will, so wird sie dieses Ziel bald erreichen.«

Er sagte Alexandra Lwowna, dass er am liebsten sofort zu Fuß nach Koslowka aufbrechen würde, um nach Moskau zu fahren und sich seine Sachen nachschicken zu lassen.

»Weshalb nach Moskau?«, entgegnete sie, »fahren wir doch zu Tanja.«

»C'est une idée«, meinte Lew Nikolajewitsch.

Die kranke Alexandra Lwowna zog sich an und ging nach oben. Lew Nikolajewitsch führte in seinem Zimmer ein ziemlich langes Gespräch mit Birjukow.

Alexandra Lwowna hat Lew Nikolajewitsch meinen Plan nahegebracht, nach dem sie morgens zu Tatjana Lwowna losfahren und Sofja Andrejewna einen freundlichen Brief hinterlassen sollten. In Jasnaja Poljana bleiben würden Jekaterina Tolstaja, Warwara Feokritowa und Makovický, die versprechen, darauf zu achten, dass Sofja Andrejewna sich nichts antut.

Heute früh sagte Lew Nikolajewitsch zu Alexandra Lwowna: »Da hast du mich aber vor eine Aufgabe gestellt!«

Zu guter Letzt entschlossen sie sich, sofort die Fahrt anzutreten, sollte sich eine solche Szene noch einmal wiederholen.

Als ich am Abend nach Jasnaja Poljana kam, las Sofja Andrejewna gerade den Kindern und der Frau Birjukows von ihr selbst geschriebene Erzählungen vor.

Lew Nikolajewitsch fand ich in seinem Zimmer mit einem Buch in der Hand. »Störe ich Sie?«, fragte ich.

»Nein, ich freue mich sehr, Sie zu sehen. Eigentlich wollte ich lesen, aber jetzt werde ich mich lieber mit Ihnen unterhalten. Was haben Sie heute gemacht? Möchten Sie uns nicht etwas vorspielen?«

»Nein, Lew Nikolajewitsch, ich fühle mich immer noch schlecht. Heute habe ich ziemlich lange Korrektur gelesen und vorhin noch ein Dreiviertelstündchen gespielt.«

»Ich bestehe nicht darauf, es war nur eine Frage. Wie steht es mit Tschertkow, ist er immer noch verstimmt?«

Ich sagte, ich hätte ihn heute kaum zu Gesicht bekommen, doch schien er mir besserer Stimmung zu sein.

»Na, Gott sei Dank!«

»Und wie sieht es bei Ihnen aus?«

»Gestern ging es mir schrecklich schlecht, heute aber bin ich völlig wohlauf. Sascha war in Tula; heute ist sie ganz und gar gesund. Der Schnupfen hat sich gegeben. Sie hat, wie ich bemerkt habe, alle zwei Tage eine Art Fieberanfall.

Das Schachspielen mit Ihnen finde ich langweilig: zu leicht gewinnen Sie gegen mich. Na ja, ich lege erst mal eine Patience, und dann spielen wir eine Partie. Ich werde zusehen, dass ich meinen Mann stehe.

Heute waren ständig Besucher bei mir. Vor dem Abendessen ein Student und seine Frau, sie sind mit dem Fahrrad hergekommen. Seit eins hielten sie sich hier auf. Wollten mich nur sehen und warteten den ganzen Tag; als ich dann mit ihnen sprach, stellte ich fest, dass sie tatsächlich keine Wünsche an mich hatten. Seine Frau ist ungewöhnlich hübsch. So ein lächelnder Typ, wissen Sie. Sie ist sich ihrer Schönheit dermaßen bewusst, dass sie das eigentlich nicht nötig hat, aber sie lächelt, und das wirkt. Dem konnte ich mich nicht entziehen. Dann, als sie weg waren, fragte ich mich, weshalb sie wohl immerzu gelächelt hat. Sie ist Französischlehrerin in einer Realschule.

Dann war noch ein Mann hier, der während unseres Gesprächs in Tränen ausbrach; doch helfen konnte ich ihm nicht ... Sehr bedrückend, diese Besuche! Ich habe gelesen, dass Knut Hamsun niemanden empfängt. Ich kann das nicht.

Wer war noch da? Perper, Chefredakteur von ›Vegetarianskoje obosrenije‹, ein sehr netter Mann. Mit seiner Zeitschrift läuft es schlecht – 250 Abonnenten und überhaupt keine Anzeigen. Er hat in Moskau mit Sonow (einem Mitarbeiter von Posrednik) und noch mit einem gesprochen und trägt sich mit der Absicht, ihnen die Zeitschrift abzutreten, aber irgendwie können sie sich nicht einigen. Er erzählte, bei ihm seien Schulden in Höhe von annähernd achthundert Rubel aufgelaufen, die sein Vater, ein Kaufmann, beglichen habe, darauf würde er nicht gern wieder zurückgreifen, doch die Zeitschrift trage sich nicht.

Ich habe ein Telegramm von Korolenko erhalten. Er möchte herkommen. Ich habe natürlich geantwortet, dass ich mich sehr freuen werde. Wahrscheinlich ist morgen mit ihm zu rechnen. Außerdem hat sich ein Engländer angekündigt.«

Als wir in den Salon hinübergingen, las Sofja Andrejewna immer noch. Im Remingtonzimmer saß Birjukow, sah verschiedene Werke Lew Nikolajewitschs durch und merkte für Sofja Andrejewna an, was publiziert werden kann und was nicht und was gestrichen werden sollte.

Birjukow sagte mir, Sofja Andrejewna habe einen recht freundlichen Brief an Tschertkows Mutter geschrieben. Mir war ihr Brief nicht gerade »freundlich« erschienen.

Heute Nacht reisen Birjukows ab.

Der ins Zimmer tretende Lew Nikolajewitsch fragte Birjukow, was er lese. Den Aufsatz »Eines ist not«, sagte der, rief ihm den Inhalt in Erinnerung und wies auf die Einschätzung der russischen Zaren am Anfang des Aufsatzes hin.

Lew Nikolajewitsch las diese Stelle laut und sagte: »Wahrhaftig, wie können sie es nur nicht sehen, die jetzigen Stolypins und Nikolai, dass sie mit diesen Hinrichtungen nur den Hass gegen sich schüren. Haben Sie mitbekommen«, fragte er Birjukow, »wie einer zu Sofja Andrejewna sagte: ›Seinerzeit gab es Nikolai Palkin und jetzt haben wir Nikolai Werjowkin*‹? Diese Tausende von Gehenkten – wie viel Empörung und Hass haben sie bei den ihnen nahestehenden Menschen erregt! Was für eine Blindheit!«

Birjukow erkundigte sich (im Beisein Lew Nikolajewitschs) bei mir, ob ihm Tschertkow sehr böse sei. Ich sagte, Tschertkow sei ihm überhaupt nicht böse, vertrete aber natürlich eine völlig andere Auffassung.

»Haben Sie Wladimir Grigorjewitsch von F. erzählt?«, wollte Lew Nikolajewitsch von mir wissen.

»Ja, sicher. Er wusste gar nicht, dass sie zusammen herkommen wollten. Er gibt Ihnen völlig recht – sechs Mann auf einmal, das ist sowohl gefährlich als auch gänzlich unnötig. Er bat, Ihnen seinen herzlichen Dank auszurichten, und sagte, er werde ihnen Bescheid geben, dass sie von ihrem Besuch Abstand nehmen sollen.«

»Na, wunderbar! Ich bin die ganze Zeit schwach und arbeite nicht. Dabei gehen mir verschiedene Gedanken durch den Kopf, und mir scheint immerzu, ich könnte so schöne Sachen schreiben, es zuckt mir regelrecht in den Händen. Aber wenn ich zur Feder greife, kommt nur dummes Zeug heraus. Schade um das Papier.«

Wir nahmen aus dem Speisezimmer Brett und Figuren mit und setzten uns in den Empfangsraum, um Schach zu spielen.

»Ich werde mir größte Mühe geben«, sagte Lew Nikolajewitsch, und nachdem er die Partie gewonnen hatte: »Ich bin außerordentlich stolz!«

Die zweite ging remis aus. Lew Nikolajewitsch war sehr zufrieden.

Er erzählte mir, in »Retsch« (»Sprache«) habe er Schachaufgaben gesehen, suchte die Zeitung heraus und meinte, solche Aufgaben habe er noch nie gelöst, weshalb er sich das

* Von (russ.) »palka« (Stock) und (russ.) »werjowka« (Strick).

gern einmal ansehen würde. Ich stellte die Figuren auf und demonstrierte ihm eine Lösung in zwei Zügen.

Als Alexandra Lwowna hereinkam, sagte Lew Nikolajewitsch zu ihr: »Ich habe gemerkt, dass <…> gern dableiben würde. Er habe Korolenko noch nie gesehen, meinte er, und möchte ihn gern kennenlernen, aber ich habe nicht darauf reagiert. Es würde mich freuen, ihn egal wie oft zu sehen, aber ihn <…> – ich fühle, das könnte belastend werden, und habe deshalb nicht reagiert.«

Alexandra Lwowna enthielt sich der Erwiderung. Es widerstrebte ihr, vor Lew Nikolajewitsch ihre Abneigung gegen <…> zu erklären.

»Ich bin rausgegangen«, sagte sie, »bei uns unten sitzt <…> und redet ein Zeug zusammen, dass man es nicht mit anhören kann. Er würde sich über die Gelegenheit freuen, irgendeinen Milliardär auszunehmen, erzählt er – Hauptsache reich werden.«

»Ich ging heute in seinem Beisein im Gespräch mit jemandem, ich glaube, es war Birjukow, auf die Frage der Gewalt ein, und er erklärte: ›Nicht jede Gewalt ist schlecht, vernünftige Gewalt ist sehr nützlich.‹ Geradezu <…>!«

Beim Tee erzählte Lew Nikolajewitsch: »Heute sprach mich ein hünenhafter Passant an. Ich gab ihm ein Almosen, und dann beschlich mich das peinliche Gefühl, dass ich ihn hatte loswerden wollen, ich eilte ihm nach und fragte, woher er sei. Von der Insel Sachalin, erfuhr ich, und wir kamen ins Gespräch. Ich hatte gelesen, und er bestätigte es mir, dass man dort, wenn man als Goldgräber nicht sein Pensum schafft, mit zwanzig Rutenhieben bestraft wird. Ihm sei das etliche Male passiert.«

Zu mir sagte Lew Nikolajewitsch: »Ich habe heute einen Brief von Dima Tschertkow bekommen und mich sehr gewundert. Er fragte mich nach zwei Stellen aus ›Lesekreis‹. Die erste: Wenn ein Stein auf einen Krug fällt, ist es um den Krug geschehen, nicht anders, wenn ein Krug auf einen Stein fällt. Und die zweite: Wir können nur lieben, was wir nicht kennen – Gott. Wie verstehen Sie die erste?«

Ich wusste nicht, was ich darauf antworten sollte, da mir nicht klar war, worin Dimas Zweifel bestanden.

»Ich verstehe diesen Ausspruch so«, sagte Lew Nikolajewitsch, »dass die materielle grobe Kraft in den äußeren Erscheinungen über die empfindlichere geistige die Oberhand erhält.«

Lew Nikolajewitsch erzählte von seinem heute zusammen mit Makovický gemachten Besuch bei Lodyshenski – mir hatte er schon in seinem Arbeitszimmer davon berichtet:

»Er gab sich die ganze Zeit – seine Frau war nicht zu Hause, außer ihm nur noch sein beau-frère [Schwager] – sehr geschäftig, lief, geräuschvoll atmend, hin und her. Das japanische Album – dreihundertfünfzig Karten mit Ansichten Japans – ist wirklich sehr interessant. Filigran gearbeitet, brillant! Und jede aquarellierte Karte kostet ganze zehn Kopeken. Er hat uns noch einen Schirm gezeigt. Dušan Petrowitsch, wie viel kostet er?«

»Einen Rubel.«

»Ein herrlicher Schirm. Seinen beau-frère behandelt er erstaunlich ungeniert. Schickte ihn den Schirm holen.«

»Er wohnt doch bei ihm?«, warf Sofja Andrejewna ein.

»Ja, ja.«

»Ist er jünger als er?«, wollte ich wissen.

»Nein, das glaube ich nicht, er dürfte gleichaltrig sein. Er hat ihn angehalten, Stolz auf meinen Besuch zu zeigen, und der beau-frère gehorchte«, sagte Lew Nikolajewitsch lachend.

Ich verabschiedete mich. Bevor ich losritt, sprach ich unten noch mit Alexandra Lwowna.

5. August. Es gab nichts Besonderes. Nach Jasnaja Poljana kam ich ziemlich spät. Sofja Andrejewna saß in der Bibliothek und las einen Aufsatz Korolenkos über die Todesstrafe.

Lew Nikolajewitsch traf ich in seinem Zimmer allein an.

»Ich war gerade dabei, mich in meine Lektüre zu vertiefen«, sagte er und legte ein französisches Buch beiseite.

Wir gingen in den Salon und spielten zwei Partien Schach – beide endeten remis.

»Schon darauf bin ich stolz«, sagte Lew Nikolajewitsch.

Zum Klavierspielen hatte ich gar keine Lust, da ich aber sah, dass es Lew Nikolajewitsch sehr danach verlangte, tat ich ihm den Gefallen und spielte Chopins Sonate b-Moll.

Wie erwartet, brachte Sofja Andrejewna vor, was sie immer sagt, wenn ich diese Sonate spiele: dass hier ein ganzes Menschenleben erzählt werde, dass sich die Stachowitsch-Schwestern bis heute erinnerten, wie ich sie seinerzeit gespielt habe, dass das Finale wie ein »Lüftchen« auf dem Grab sei, dass Hoffmann (ein berühmter Pianist) es von Anfang bis Ende pianissimo spiele und dergleichen mehr.

Ich machte mich bald auf den Weg. Lew Nikolajewitsch hatte die Musik sehr angerührt.

Lew Nikolajewitsch hat einen Brief an den Priester Renski verfasst, der ihm mehrfach geschrieben hatte, um ihn in den Schoß der Kirche zurückzuholen. Doch offenbar hat er sich entschieden, den Brief nicht abzuschicken, da er ihm zu schroff erscheint. Er lautet:

»›Ihr Lieben, lasset uns untereinander liebhaben; denn die Liebe ist von Gott, und wer liebhat, der ist von Gott geboren und kennt Gott. <…> denn Gott ist die Liebe. <…> Niemand hat Gott jemals gesehen. Wie wir uns untereinander lieben, so bleibt Gott in uns, und seine Liebe ist völlig in uns. <…> Gott ist Liebe; und wer in der Liebe bleibt, der bleibt in Gott und Gott in ihm.‹ (1. Joh. 4, 7.8.12.16)

Und gerade weil ich an den Gott glaube, an den zu glauben uns Jesus Christus gelehrt hat und dessen Wesen so klar in diesen Versen wie im gesamten Evangelium bestimmt ist, kann ich Ihrem Rat nicht folgen und zur Lehre jener schädlichen Sekte zurückkehren, die sich orthodoxe Kirche nennt und für die Sie mich gewinnen wollen. Ich kann es auch deshalb nicht, weil diese Sekte den wahren christlichen Gott der Liebe verleugnet und an seine Stelle ein bösartiges vernunftloses Wesen setzt, das angeblich den Menschen für die Erfüllung oder Nichterfüllung der sonderbarsten, vernunftwidrigsten und oftmals unmoralischsten Forderungen entweder ewige Glückseligkeit oder ewige Pein verheißt (ewige Pein und der Gott der Liebe!). Ich kann nicht zurückkehren – nicht nur das, ich kann nicht umhin, diese schädliche Sekte überdies abzulehnen, weil sie im Bunde mit der Regierung, d.h. Leuten, die die Macht an sich gerissen haben und alle nur möglichen Missetaten begehen, bemüht ist, zu deren Rechtfertigung das unwissende Volk und die jungen Generationen zu verderben, indem sie ihnen falsche Vorstellungen von Gott und seinem Gesetz suggeriert.

Verzeihen Sie mir bitte, dass ich offen ausspreche, was ich für die Wahrheit halte, dazu haben mich Ihre Briefe herausgefordert. Was wäre natürlicher, als dass Sie, zutiefst überzeugt von der Wahrheit dessen, was Sie propagieren, mich verknöcherten Sünder in meiner Verirrung zugrunde gehen ließen? Zumal Sie nichts Neues zu sagen haben, nichts, was ich nicht kenne und Tausende, ja Abertausende Male von all den Leuten zu hören bekommen habe, die gerade deshalb, weil sie im Grunde ihres Herzens selbst nicht an das glauben, was sie propagieren, sich ins Zeug legen, um alle zu ihrem Aberglauben zu bekehren. Damit ihr Aberglaube ihnen unerschütterlich erscheinen kann, benötigen sie die Gewissheit, dass die Mehrheit der Menschen an das glaubt, woran sie glauben.

Gestatten Sie mir zum Abschluss einen ebensolchen Rat, wie Sie ihn mir geben, und zwar dass Sie in einem schönen lichten Moment Ihr Priesteramt und die anderen Menschen, die Sie bekehren und retten zu müssen glauben, zeitweilig vergessen und sich ernsthaft und aufrichtig Gedanken machen nicht über jenen Gott, der die Menschen mit ewiger Pein bestrafte und zum Himmel fuhr und dergleichen, sondern über den alleinigen, wahren, gütigen Gott der Liebe, der auch in Ihrer Seele wohnt und dessen Sie sich bewusst sein müssen, sich Gedanken machen über Ihre Person und

Ihre Seele, um Ihre Verirrung zu erkennen und zu tun, was sich auf ganz natürliche Weise aus diesem Bewusstsein ableitet.

Ihr Bruder Lew Tolstoi«

6. August. Heute suchten uns Alexandra Lwowna und Warwara Feokritowa in Teljatinki auf, und wir alle einschließlich Olga Tolstajas und ihrer Kinder unternahmen einen Ausflug zu den Prowaly – so heißt ein sehr hübsches Gelände in der Sasseka, in dem sich vor vielen Jahren tiefe trichterförmige, mit Wasser gefüllte Senken gebildet haben, die wie kleine runde Seen aussehen.

Auf dem Rückweg regnete es die ganze Zeit in Strömen, und wir kamen abends um sieben durchnässt zu Hause an, so dass ich auf einen Besuch in Jasnaja Poljana verzichten wollte.

Gegen halb neun erschien von dort Adrian mit dem Kabriolett und übergab mir eine Botschaft von Alexandra Lwowna. Ich erschrak, war doch mein erster Gedanke, dass bei ihnen etwas passiert sei, aber mir wurde lediglich die Ankunft Korolenkos mitgeteilt, und in der richtigen Annahme, dass das für mich von Interesse sei, ließ man mich holen. Natürlich brach ich sofort auf.

In Jasnaja Poljana traf ich im Salon Sofja Andrejewna mit Korolenko und Jekaterina Tolstaja an. Sofja Andrejewna stellte mich wie stets als »Professor« vor, offenbar meinte sie, mir damit eine Freude zu machen.

Im Remingtonzimmer erfuhr ich, dass es während des Mittagessens sehr schöne Gespräche gegeben habe; jetzt sei Sofja Andrejewna dabei, Korolenko gegen Tschertkow aufzubringen. Ich begab mich zu Lew Nikolajewitsch und klopfte bei ihm an.

»Herein«, sagte er, »ich höre schon Ihre Stimme.«

Er saß am runden Tisch und legte eine Patience.

»Die Gespräche haben mich ermüdet. Korolenko ist sehr angenehm und klug, aber diese allgemeinen Gespräche sind sehr anstrengend. Wenn ich mit meiner Patience fertig bin, lassen Sie uns Schach spielen gehen. Ich denke, er wird es nicht übelnehmen … Was gibt es von Wladimir Grigorjewitsch zu berichten?«

Ich sagte, ich hätte nichts Besonderes zu bestellen.

»Es ist so schade und einfach peinlich, dass wir so nahe beieinander wohnen und uns nicht sehen, aber eine andere Lösung gibt es nicht für mich … Hat er Ihnen nichts von dem Inder gesagt?«

»Nein, nichts.«

(Es geht um den Inder, von dem ich bereits schrieb: Er lässt nicht davon ab, um eine Besuchserlaubnis zu bitten. Dafür hat er tausend Franc zur Verfügung; zur Zeit befindet er sich in Belgien.)

»Nun, gehen wir.«

Auf dem Weg zum Salon erzählte mir Lew Nikolajewitsch: »Ich habe heute verschiedene belletristische Entwürfe durchgesehen.«

Ich fragte, ob er an etwas gearbeitet habe.

»Nein, ich habe sie nur durchgesehen, gearbeitet habe ich nicht.«

Korolenko gestand, er sei ein schlechter Schachspieler, wolle aber gern zusehen. Wir begannen mit unserer Partie.

»Er ist ein starker Spieler und schlägt mich ständig«, sagte Lew Nikolajewitsch von mir.

Korolenko erzählte Lew Nikolajewitsch, dass er jährlich bis zu sechshundert belletristische Manuskripte durchzusehen habe.

»Das ist gar nicht so viel«, fand Lew Nikolajewitsch, »ich dachte, es seien noch mehr.«

Korolenko klagte über gelegentliche Schlaflosigkeit.

»Lesen Sie in solchen Fällen keine Romane?«, erkundigte sich Lew Nikolajewitsch.

»Nein, Lew Nikolajewitsch, in solchen Fällen lese ich, nebenbei bemerkt, Tolstoi. Vor der Nachtruhe kann ich nur das Allerbeste lesen, schlechte Bücher regen mich so auf, dass ich überhaupt keinen Schlaf finde.«

»Wenn Sofja Andrejewna in schlechter nervlicher Verfassung ist, rate ich ihr immer, sich mit einem guten Buch hinzulegen und zu lesen, aber sie will nicht auf mich hören.«

»Wie ist es bei Ihnen mit den Augen, sind sie nicht schwächer geworden?«, wollte Lew Nikolajewitsch wissen.

»Bis jetzt geht es.«

»Er [Lew Nikolajewitsch] liest bis jetzt ohne Brille«, warf Sofja Andrejewna ein.

»Ich bin mein Leben lang kurzsichtig, kann aber bis heute die kleinste Schrift lesen und habe nie eine Brille getragen«, sagte Lew Nikolajewitsch. »Als ich Student in Kasan war, begegnete ich einmal am Sujumbek-Turm einem Tataren, der mir anbot: ›Kauf Brille, Herr.‹ Ich sagte, ich brauche keine. Er darauf: ›Jetzt jeder gute Herr trägt Brille.‹ Ich habe trotzdem abgelehnt und komme bis heute ohne Brille aus.«

Lew Lwowitsch befragte Korolenko nach Melschin (dem Schriftsteller, der die Katorga* auf Sachalin beschrieben hat). Lew Nikolajewitsch konnte sich seiner nicht entsinnen. Korolenko, der sich sehr lobend über Melschin äußerte, rief ihn Lew Nikolajewitsch ins Gedächtnis zurück und auch, dass er in der Katorga gewesen ist.

»Jetzt macht jeder anständige Mann mit dem Gefängnis Bekanntschaft«, sagte Lew Nikolajewitsch lächelnd.

Sofja Andrejewna ließ Korolenko nicht länger beim Schachspielen zusehen und sich mit Lew Nikolajewitsch unterhalten. Es begann der übliche Vortrag, den sie den Besuchern zu halten pflegt: »meine Aufzeichnungen«, das Historische Museum, die Kopien von Porträts und Gemälden Iwan Pochitonows, Photos und so weiter und so fort. Sie wechselte mit Korolenko in den Empfangsraum hinüber und bot ihm an, morgen ihre Aufzeichnungen zu lesen.

Beim Teetrinken war Sofja Andrejewna <…>, doch dann entfernte sie sich für längere Zeit. Noch in ihrem Beisein bemerkte Korolenko, dass Lew Nikolajewitsch sehr gut aussehe. (Er hatte ihn zuletzt schwerkrank auf der Krim ge-

* Mit schwerster körperlicher Arbeit verbundene Deportation in entlegene Landesteile.

sehen.) Sofja Andrejewna, die neben mir saß, flüsterte mir zu: »Sagen Sie es Tschertkow, er behauptet, ich sei damit befasst, ihn umzubringen – wie gut hat es ihm getan, von ihm befreit zu sein!«

Ich sagte ihr, Lew Nikolajewitsch sei es früher wesentlich besser gegangen als in letzter Zeit.

»Nein, er hatte bei seiner Rückkehr von Tschertkow eine stark vergrößerte Leber.«

Korolenko erzählte Lew Nikolajewitsch von dem in »Russkoje Slowo« (»Russisches Wort«) abgedruckten Aufsatz »Folter in spanischen Klöstern«.

»Darüber habe ich schon von jemandem gehört«, sagte Lew Nikolajewitsch.

Ich erinnerte ihn daran, dass ich gestern davon gesprochen hätte. Korolenko stellte fest, dass die Folter in Russland eine starke Verbreitung gefunden habe, und nannte einige Beispiele; dann berichtete er von dem Prozess gegen die des Opferns von Menschen angeklagten Multaner Wotjaken*, in dem er (1896) als Verteidiger aufgetreten sei. Seine Schilderung war sehr interessant. Er versteht es, schlicht, ohne Längen, aber mit den prägnanten Details eines echten Künstlers zu erzählen.

»Hier lebt mein Freund Tschertkow«, sagte Lew Nikolajewitsch zu ihm. »Er würde Sie sehr gern sehen.«

»Es wäre mir eine Freude gewesen, aber morgen muss ich abreisen, da ich aus Krankheitsgründen Zeit verloren habe und inzwischen der Erscheinungstermin der Zeitschrift vor der Tür steht.«

Ich sagte ihm, es sei ganz nahe und die ganze Fahrt werde nicht mehr als anderthalb Stunden in Anspruch nehmen. Es wurde entschieden, dass Alexandra Lwowna ihn morgen vor dem Frühstück nach Teljatinki bringen soll.

Das Gespräch kam auf die Gegenwartsliteratur. Korolenko berichtete Lew Nikolajewitsch von den Almanachen,

* Frühere Bezeichnung der Udmurten, eines Volkes mit finno-ugrischer Sprache im mittleren Wolgaraum.

die neuerdings Belletristik veröffentlichten, die en vogue sei. Lew Nikolajewitsch wies ihn auf die Erzählungen Milles hin – einige seien gut, und eine finde er sehr gut. Korolenko notierte sich die Titel.

»Gibt es gegenwärtig überhaupt Schriftsteller wie damals, als ich jung war, solche wie Dickens, Thackeray, Victor Hugo? Alexander Borissowitsch, gibt es solche?«, wollte Lew Nikolajewitsch wissen.

»Nein, Lew Nikolajewitsch, solche sind mir nicht bekannt.«

»Ich befürchte immer, dass ich in meinem Alter manches nicht mitbekomme.«

»Der Grund für das Fehlen großer Schriftsteller ist darin zu suchen, dass wir in einer Übergangszeit leben, in der alles in Bewegung, ja ins Schlingern geraten ist«, meinte Korolenko. »Es gibt nichts Beständiges, und deshalb ist es schwer, etwas als typbildend festzumachen. Wie viel Zeit hat es gebraucht, damit ein Typ wie der Gogol'sche Petuch* Gestalt annahm. Er gewann ja nach und nach Form wie ein Kürbis!«

»Nein, ich denke, das stimmt nicht; die menschlichen Charaktere sind immer in Bewegung, die gewöhnlichen Leute nehmen ihre Differenzierung nur nicht wahr, während der Künstler die typischen Wesenszüge zu erfassen weiß und uns hilft, die menschlichen Charaktere zu unterscheiden. Das macht die große Bedeutung der Belletristik aus.«

»Unlängst«, bemerkte Korolenko, »befand ein junger Kritiker, in Ihren Werken gebe es keine Typen, Sie hätten keine solche Typen geschaffen wie Gogol oder Dickens, worin er einen Ihrer Vorzüge sieht. Das dürfte kaum zutreffen. Typen gibt es bei Ihnen. Etwas ist an seiner Ansicht freilich schon dran. Sie verstehen sich darauf, dieses in der menschlichen Natur in Bewegung Befindliche zu erfassen und wiederzugeben, und das ist am schwierigsten.«

* Aus »Tote Seelen«.

»Das mag sein, aber ich denke, Bewegung kann nicht schaden: wie im Schach die unendliche Vielfalt der Kombinationen, so auch im Leben; und Sache des Künstlers ist es, das Typische zu erfassen. Wenn ich ein junger Schriftsteller wäre, würde ich diese Typen jetzt darstellen. Da ich weiß, dass es dazu nicht mehr kommen wird, erscheint mir das besonders klar, und deshalb brauche ich mich dieser ungeheuren Schwierigkeit, meine Absichten zu verwirklichen, nicht zu unterziehen, zu träumen aber ist so leicht.«

»Wieso denn, Lew Nikolajewitsch? Es gibt Leute, die hundertzwanzig werden.«

»Einem alten Mann wurde angeboten, ein Bad zu nehmen. Er sagte: ›Ich habe schon ausgebadet.‹ So ist es auch bei mir. Ich habe schon ausgebadet.«

»Wer will das wissen? Mir hat einmal ein alter Mann eine Legende erzählt: Christus wandelt mit seinen Jüngern über die Erde. Sie treten in das Haus eines alten Mannes, um zu übernachten. Es regnet, sein Dach aber ist undicht. Sie sagen zu dem Alten: ›Warum setzt du dein Dach nicht instand?‹ Er antwortet ihnen: ›Wozu soll ich es instand setzen, da ich doch in zwei Tagen sterben werde?‹ Seitdem hat Gott es so eingerichtet, dass die Menschen die Stunde ihres Todes nicht kennen. Genauso ist es bei Ihnen, Lew Nikolajewitsch – Tod hin, Tod her, das Dach jedenfalls muss gedeckt werden.«

»Ja, das ist wahr«, räumte Lew Nikolajewitsch lächelnd ein. »Wissen Sie, ich stelle Bändchen mit Aussprüchen zusammen – ›Lesekreis‹, ›Für jeden Tag‹ –, heute habe ich einen Ausspruch von Carpenter festgehalten – es geht darum, dass der Mensch sein Werk tun soll, ohne über die Folgen nachzudenken. Das passt hierher.«

Damit erhob sich Lew Nikolajewitsch und sagte: »Elf Uhr, Zeit, schlafen zu gehen.«

Alle begannen, sich voneinander zu verabschieden.

7. August. Am Vormittag bekamen Tschertkows Besuch von Alexandra Lwowna und Korolenko. Ich ging mit hinüber zu ihnen. Alexandra Lwowna berichtete, Sofja Andrejewna habe so auf Korolenko eingewirkt, dass er anfangs nicht fahren wollte, als dann aber das Pferd zur Abfahrt bereitstand, sei es ihr, Alexandra Lwowna, gelungen, ihn zu überreden. Sie kamen gerade noch weg, denn Sofja Andrejewna war schon drauf und dran, vors Haus zu treten, und wenn das geschehen wäre, dann hätte sie sie zurückgehalten.

Bei Tschertkows wurde zunächst ein ziemlich belangloses Gespräch allgemeiner Art geführt. Korolenko sagte, er sei am Morgen eine ganze Stunde mit Lew Nikolajewitsch spazieren gegangen und habe von ihrer Unterhaltung einen ganz wundervollen Eindruck: »Ich hatte gehört, Lew Nikolajewitsch sei gegenüber den Ansichten anderer intolerant, doch aus unserem Gespräch habe ich die Überzeugung gewonnen, dass das nicht der Wahrheit entspricht.«

Er glaubt, dass Lew Nikolajewitschs Brief dem Erfolg und der Verbreitung seines Aufsatzes über die Todesstrafe sehr dienlich gewesen sei, auch die Übersetzung in zahlreiche Sprachen habe er befördert und sogar den Anstoß dazu gegeben, dass in Deutschland eine Gesellschaft für den Kampf gegen die Todesstrafe gegründet wurde.

Ohne sich mit seiner Bescheidenheit spreizen zu wollen, sagte Korolenko noch einmal: »Das alles ist natürlich Lew Nikolajewitschs Brief zu verdanken.«

Tschertkow ging mit Korolenko nach oben, um für ihn Photos von Lew Nikolajewitsch herauszusuchen, danach setzten Tschertkow und ich ihn in groben Zügen über das in Jasnaja Poljana Vorsichgehende ins Bild, damit er die Wahrheit über diese Geschichte kennt. Er war zutiefst betroffen von dem, was er zu hören bekam.

Am Abend fand ich in Jasnaja Poljana Lew Nikolajewitsch in seinem Zimmer vor. Er saß im Sessel, die ausgestreckten Beine auf einen Stuhl gelegt, und las. Ich erkundigte mich nach seinem Befinden.

»Nicht gut.«

»Tut etwas weh?«

»Nein, einfach so: Ich bin sehr schwach. Wahrscheinlich ist auch etwas mit der Leber. Wie sieht es bei Wladimir Grigorjewitsch aus?«

Ich berichtete ihm kurz.

»Korolenko hat mir sehr gefallen. Er hat eine sehr einnehmende Art und ist ein kluger Mensch. Ich habe mit ihm über Religionsfragen gesprochen. Er vertritt einen wissenschaftlichen Standpunkt, kennt sich aber in vielem aus.

Ich lese eine allem Anschein nach der Sicht der Schwarzhunderter entsprechende Pogrombeschreibung. Eine gewisse Krachotskowa hat mir zwei Büchlein geschickt: Schilderung des Pogroms und des Prozesses. Gucken Sie mal in das hier rein, ich lese inzwischen noch ein bisschen weiter – es interessiert mich von einem gewissen Standpunkt aus –, und in zehn Minuten komme ich zu Ihnen Schach spielen.«

Ich nahm das eine Bändchen an mich und verließ das Zimmer. Die Titel lauteten »Der Pogrom« (Erlebtes) und »Revolutionszeiten in Russland« (Prozess gegen die Bauern nach dem Pogrom). Ersteres hat die Autorin mit der Widmung »Für den genialen Schriftsteller« usw. versehen, bei dem zweiten lautet sie »Für den Saratower Gouverneur und genialen Premierminister«. Offenbar war eines der für Lew Nikolajewitsch bestimmten Bücher an Stolypin gegangen und umgekehrt – ein lustiges Quiproquo.

Die Prozessbeschreibung ist grässlich: eine totale Karikatur und Verdrehung der Tatsachen. Für gewöhnlich lässt man bei solchen Verhandlungen die Verteidigung nicht zu Wort kommen, während sich hier ein völlig gegensätzliches Bild ergibt.

Ich setzte mich zum Lesen in den Salon. Bald erschienen auch Sofja Andrejewna und Lew Lwowitsch. Sofja Andrejewna zeigte mir die Empfangsbestätigung der Bauern, die von Maude Geld erhalten hatten (sie hatten sich für Geldzahlungen entschieden, 5,20 Rubel pro Hof). Sie verbreitete sich darüber, dass Reichtum sehr gut sei, da Reiche den Armen helfen könnten. Lew Lwowitsch bemerkte, dass solche Hilfe auch ihnen möglich wäre, wenn Lew Nikolajewitsch nicht diese »Dummheit« begangen und seine Werke allen möglichen Verlegern überlassen hätte. Das Gespräch setzte sich in diesem Tenor fort.

Als ich auf eine Bemerkung Sofja Andrejewnas zu wirtschaftlichen Fragen etwas einwandte, rief Lew Lwowitsch aus: »Hören Sie nicht auf ihn, Mama, Sie sind klüger als sie alle!«

»Sieh an, was er mir für Komplimente macht!«, sagte Sofja Andrejewna errötend.

Sie schilderte mir, wie die Bauern von Owsjannikowo das von Tatjana Lwowna erworbene Land dazu genutzt hätten, jemandem ein Torfmoor für zweitausend Rubel zu verkaufen; dabei sei dieses Moor nach Aussage von Boulangers Bruder, einem Agronomen, mindestens dreißigtausend wert. Als ich feststellte, damit habe der Käufer die Bauern doch ausgeplündert, meinte Sofja Andrejewna, er sei einfach klüger als sie, und zur Illustration dessen, wie es sich in solchen Fällen für »kluge« Leute zu verfahren empfiehlt, erzählte sie mir Folgendes:

»Irgendwann vor langer Zeit fand eine Bauersfrau aus Jasnaja Poljana eine Perle im Wert von fünfzig Rubel. Vera Kusminskaja [ihre Nichte, die Tochter ihrer Schwester Tatjana] gab ihr für die Perle drei Rubel, und ich habe sie ihr für zehn Rubel abgekauft. Bis heute ist sie in meinem Besitz.«

Als ich Sofja Andrejewna zu bedenken gab, dass die richtigere Entscheidung gewesen wäre, der Frau diese Perle abzunehmen, um sie bei Gelegenheit in Tula zu verkaufen und ihr das ganze Geld zu übergeben, reagierte sie mit naiver Verwunderung.

Zu Lew Nikolajewitsch, der zum Schachspielen in den Salon kam, sagte ich, dass die Prozessbeschreibung abscheulich sei. Das Bändchen, das er gelesen hatte (Schilderung des Pogroms), fand er interessant, da sich anscheinend alles so zugetragen habe, wie es dargestellt werde. Lachend fügte er hinzu: »Bei ihrer Empörung über den Pogrom unterläuft der Autorin die naive Bemerkung, die Bauern hätten nicht erkannt, dass sie eine nützliche Einrichtung zerstörten – die Schnapsbrennerei.«

Dann begannen wir zu spielen. Bei mir lief es recht gut, ich gewann rasch beide Partien.

»Sie sind heute bestens aufgelegt«, sagte Lew Nikolajewitsch.

Während wir spielten, erschien Alexandra Lwowna, um ihrem Vater gute Nacht zu sagen; sie werde nicht noch einmal kommen, da sie ein Bad nehmen wolle. Sie bat mich, vor meinem Aufbruch bei ihnen vorbeizusehen.

Nach dem Schachspiel blieb ich nur noch kurz sitzen, bevor ich mich von Lew Nikolajewitsch verabschiedete und in das »Gewölbezimmer« ging. Alexandra Lwowna befand sich hinter der Trennwand. Warwara Feokritowa übergab mir den Brief, den Alexandra Lwowna an Maude geschrieben hatte. Sie teilt ihm mit, dass ihre Mutter nervenkrank sei, weswegen sie eine extreme Aversion gegen Tschertkow hege, und dass sie (Alexandra Lwowna) ihn ihrerseits bitte, aus der Biographie die von Lew Nikolajewitsch gewünschte Stelle zu streichen.

Während ich den Brief las, kam Lew Nikolajewitsch herein. Er brachte Alexandra Lwowna sein Notizbuch, damit sie bestimmte Gedanken herausschreiben konnte.

Vor ein paar Tagen hatte er Bulgakow damit beauftragt, was sie so sehr verdross, dass sie den völlig schuldlosen Mann schroff behandelte, allerdings gab sie mir dann ein kurzes Entschuldigungsschreiben an ihn mit.

Lew Nikolajewitsch erkundigte sich, was ich lese, und sagte, er habe Korolenko nichts über das Verhältnis zwischen Sofja Andrejewna und Tschertkow erzählt.

»Diese Frage habe ich in unserem Gespräch gänzlich ausgespart; ich hatte das Gefühl, dass es so besser sei. Er war feinfühlig genug, keine Anspielungen zu machen, und ich kam auch nicht darauf zu sprechen. Aus einigen seiner Worte hörte ich heraus, dass ihm alles klar war.«

Ich erzählte Lew Nikolajewitsch, was Tschertkow von dem Besuchswunsch des Inders hielt. Er glaube, dass er Lew

Nikolajewitsch kaum etwas Neues zu sagen habe, und da er offenbar darauf bedacht sei, ihn zu belehren, könne sein Besuch zu einer großen Belastung werden. Dem pflichtete Lew Nikolajewitsch bei.

Da sie möglicherweise bald abreisen würden, bemerkte Alexandra Lwowna, sei es besser, sich durch nichts zu binden.

»Ja, ja, jetzt weiß ich immer mehr die wohltuende Wirkung des ›Nichttuns‹ zu schätzen, auch hier heißt es, möglichst wenig zu unternehmen. Nun, lebt wohl, meine Freunde.«

Ich sagte ihm gleichfalls Lebewohl und brach auf.

8. August. Am Morgen suchten uns in Teljatinki Alexandra Lwowna und Warwara Feokritowa auf und berichteten, was sie aus dem Munde Jekaterina Tolstajas über die Äußerungen ihres Mannes und Sofja Andrejewnas erfahren hatten: Beide behaupteten, es gebe einen oder zwei Spione, die, im Hause Tschertkows wohnend, alles bei ihnen beobachteten. Tschertkow nahm diese Neuigkeit völlig gelassen auf. Er glaubt, dass eher von den beiden verdächtigen Subjekten die Rede sein dürfte, die seit einiger Zeit in Teljatinki ansässig sind und von ihnen schon lange für Spione gehalten werden.

Weiter war von ihnen zu hören, dass Sofja Andrejewna in der letzten Nacht wieder nicht geschlafen habe und sich in einem Zustand hochgradiger Erregung befinde. Am Morgen sei sie bei Lew Nikolajewitsch erschienen und habe davon gesprochen, dass es besser sei, wenn Tschertkow wieder herkomme, da Lew Nikolajewitsch sie sonst noch hassen werde, und so weiter und so fort.

Lew Nikolajewitsch habe ihr gesagt, er wolle das nicht und Tschertkows Anwesenheit werde ihren Erregungszustand nur noch verschlimmern.

Sofja Andrejewna habe sich in den Wald aufgemacht und gehe dort schon zwei Stunden spazieren; bei ihrem Aufbruch sei sie noch nicht wieder zurück gewesen.

In der Nacht zum Zehnten wird Tatjana Lwowna erwartet. Lew Nikolajewitsch will Sofja Andrejewna sagen, dass er vorhat, zu ihr zu fahren. Wenn sie dem nicht zustimmt, wird er die Fahrt wahrscheinlich heimlich antreten müssen.

Als ich am Abend in Jasnaja Poljana eintraf, befand sich Lew Nikolajewitsch in seinem Zimmer. Alexandra Lwowna war bei ihm. »Treten Sie ein«, sagte er, als ich bei ihm anklopfte. »Wie pünktlich Sie stets zu Ihrer Zeit kommen!«

Sie unterhielten sich gerade darüber, ob Sofja Andrejewna krank sei. Alexandra Lwowna verließ bald das Zimmer. Lew Nikolajewitsch las ein französisches Buch von Foà über den Kongo. Da er das Größenverhältnis von Afrika und Europa herausfinden wollte, sahen wir im Marx'schen Taschenatlas und im Brockhaus nach.

»Sofja Andrejewna war heute früh wieder schrecklich. Hat Ihnen Sascha davon erzählt?«

»Ja.«

»Sie hat mir erneut angeboten, Tschertkow herkommen zu lassen, aber ich habe ihr natürlich gesagt, dass das unmöglich sei, dass sie sich nur noch mehr erregen werde. Die Möglichkeit, dass wir uns anderswo treffen, habe ich gar nicht erwähnt. Da wäre sie völlig außer sich geraten.«

Ich erkundigte mich, ob er mit Sofja Andrejewna über seine beabsichtigte Reise nach Kotschety gesprochen habe.

»Ja, gewiss.«

»Und?«

»Sie hat es ziemlich ruhig aufgenommen. Wir haben entschieden, dass ich nach Kotschety fahre und sie zu Maslows [Freunden der Familie Tolstoi, sie leben auf ihrem Gut im Gouvernement Orjol].«

Alexandra Lwowna kam wieder herein und riet uns zur Vorsicht, da Sofja Andrejewna anscheinend im Empfangsraum (also nebenan) sei. Diese Befürchtung erwies sich jedoch als gegenstandslos: Sofja Andrejewna schlief in ihrem Zimmer.

Alexandra Lwowna knüpfte an das Gespräch an, das sie mit ihrem Vater bei meinem Eintreffen geführt hatte, und erläuterte die charakteristischen Merkmale der Gemütskrankheit: »Dušan Petrowitsch meint, bei einer solchen Krankheit gehe das Gefühl für Gut und Böse verloren.«

»Nein, das stimmt nicht. So ein Gefühl gibt es überhaupt nicht. Es gibt nur das Bewusstsein. Sonderbar, diese Psychiater! Rossolimo sagt mir: ›Vieles wissen wir bereits, aber was das Bewusstsein ist, wissen wir *noch* nicht.‹ Über eine Lappalie wissen sie nicht Bescheid, das Bewusstsein! Das Bewusstsein – das ist doch alles. Das ist genauso, wie wenn man sagen wollte: Das Feuer kann ich packen, bloß die Flamme nicht berühren.«

Ich erzählte den Witz mit der Dame, die, nachdem sie erklärt bekommen hat, wie eine Lokomotive konstruiert ist, meint, sie habe alles begriffen, nur nicht, wie denn da die Pferde eingespannt werden.

Lew Nikolajewitsch lachte. Dann fügte er hinzu: »Das Bewusstsein ist eine unerschöpfliche, unveränderliche, ewige, göttliche Anlage, die in uns lebt. Es ist unwandelbar. Wie man, um etwas zu messen, ein feststehendes Maß braucht, so braucht man auch auf geistigem Gebiet etwas Unwandelbares. Und dieses Unwandelbare ist unser Bewusstsein. Daran messen wir unser ganzes Tun.

Du bist jung, Sie sind älter, und ich bin überhaupt ein alter Mann – sagt mir, kommt es vor, dass ihr an euer Tun den Maßstab dieses inneren Bewusstseins legt?«

Ich sagte, ich glaube, das hin und wieder zu machen.

»Und wie ist es bei dir?«

»Ich denke, ich auch, Papa. Es gibt Menschen, die diesen Maßstab ständig anlegen, in allen Situationen, andere weniger oft, und das unterscheidet sie voneinander. Krankheiten, das ist lediglich eine ›manière de parler‹ [eine Ausdrucksweise] – kalt und heiß, wie wir es nennen, dabei gibt es weder kalt noch heiß, sondern nur verschiedene Wärmegrade. Gleichwohl sage ich, wenn ich Glas anfasse, es sei kalt, und wenn ich eine Lampe berühre, sie sei heiß. So ist es auch mit den Krankheiten.«

»Ich wusste gar nicht, dass du dich für solche Fragen interessierst. Ich nahm an, du denkst bloß an süße Leckereien«, sagte Lew Nikolajewitsch zu Alexandra Lwowna und lächelte.

»Ich rede nur nicht gern über meine Gedanken, mache mir aber ständig welche.«

»Ich weiß, das war bloß ein Scherz. Nun, gehen wir spielen!« Damit erhob sich Lew Nikolajewitsch.

»Ich habe über Paranoia nachgelesen – eine erstaunliche Sache!«, sagte Alexandra Lwowna.

»Kennen Sie das hier nicht?«, fragte mich Lew Nikolajewitsch. »Sehen Sie sich es mal an – das ist in der Tat eine verblüffende Sache.«

Er griff nach einem Buch des Psychiaters Korsakow, schlug die Ausführungen zu Paranoia auf und zeigte sie mir. Ich las den Abschnitt – haargenau auf Sofja Andrejewna zutreffend.

Alexandra Lwowna brachte das Gespräch auf <…>, wie er sich über den Protest gegen die Todesstrafe empört habe und wie er an nichts anderes als an Geld denke. Er habe wieder von dem amerikanischen Milliardär geredet.

»Meint er das wirklich ernst?«

»Völlig.«

»Die genaue Kopie seiner Mutter! Ganz die künftige Sofja Andrejewna! In ihrer Vollendung!«

Beim Verlassen des Zimmers trat Lew Nikolajewitsch plötzlich auf Alexandra Lwowna zu und drückte ihr lange und fest die Hand.

Im Salon, in den wir hinüberwechselten, saßen Lew Lwowitsch und Larissa Nikolajewa. Bald kam auch Makovický hinzu.

»Von Abnehmen kann man bei Ihnen ja nicht gerade reden«, sagte Lew Nikolajewitsch zu Nikolajewa.

Anscheinend gekränkt, widersprach sie, so füllig sei sie doch gar nicht.

»Doch, doch, Sie sind füllig. Dazu tragen Sie noch weiße Kleider, und alle Frauen in Weiß wirken füllig.«

Nikolajewa erzählte von einer Freundin aus Simbirsk, die

bei ihnen zu Besuch sei, von Sergej Popow und anderen. Lew Nikolajewitsch ließ sich dadurch ablenken und machte ein paar schlechte Schachzüge. Wir stellten die Figuren in die Ausgangsstellung (Muzio-Gambit) zurück, und er sagte: »Nun, Larissa Dmitrijewna, jetzt lesen Sie mal [sie las im »Westnik Jewropy« den Aufsatz »Todeskandidaten«] und schweigen. Wir werden auch schweigen. Ich möchte mich ganz auf das Schach konzentrieren und besser spielen.«

Alle lachten, und wir begannen unsere Partie von vorn. Lew Lwowitsch versuchte Larissa Nikolajewa zu zeichnen, aber es kam nichts Rechtes dabei heraus.

Wir spielten drei Partien, von denen ich zwei verlor. Ich zeigte Lew Nikolajewitsch die meiner Ansicht nach beste Verteidigung gegen besagtes Gambit, auf die ich selbst noch keine befriedigende Antwort gefunden hätte. Allerdings wollte ich weitersuchen und glaubte, für die Fortsetzung des Angriffs ein Mittel finden zu können.

»Gegen einen so schwachen Spieler wie mich sicherlich.«

Nach dem Schachspiel nahm Lew Nikolajewitsch auf dem Liegesofa Platz. Nikolajewa setzte sich zu ihm. »Nun, erzählen Sie mal von Ihrer Freundin«, sagte er. »Wie sie mit Ihrem Mann über religiöse Fragen streitet.«

Ich ging zu Alexandra Lwowna hinunter, die mit Warwara Feokritowa in ihrem Zimmer saß.

Sie hatte alle Äußerungen Korolenkos mitstenographiert. Jetzt waren schon sechzehn Seiten gefüllt, und sie meinte, sie habe bisher nicht mehr als ein Drittel ins Reine geschrieben.

Sie erzählte mir, in irgendeinem Zusammenhang habe Lew Nikolajewitsch bemerkt: »Es ist nicht schön, was ich sage, aber ich sage es trotzdem: Erstaunlich, wie sich größtes Feingefühl und größte Dreistigkeit miteinander verbunden haben. [Er und Sofja Andrejewna.]«

Der Wunsch von Tschertkows Frau, ihn zu sehen, den er abgelehnt hatte, weil er befürchtete, Sofja Andrejewna könnte wieder in einen schlimmen Erregungszustand geraten, rief Lew Nikolajewitsch die Sache mit dem Krug und dem Stein in Erinnerung, er bezog sie auf das Vorsichgehende und sah in dem Ganzen einen Sieg des Steins über den Krug.

Ich kehrte nach oben zurück. Lew Nikolajewitsch und Nikolajewa sprachen über Perper. Dann äußerte sie, sie habe die Zeitung »Russkoje Slowo« abonniert und seitdem die Ruhe verloren: Pest, Cholera, Selbstmorde!

Lew Nikolajewitsch wollte Genaueres über die Selbstmorde und ihre Statistik für die letzten Jahre in Russland wissen.

»Frauen benutzen die Ankündigung ihres Selbstmords häufig als Druckmittel, ohne ihre Drohung wahrzumachen«, sagte er. »Fast täglich erhalte ich zwei, drei Briefe mit Bitten und der Erklärung, dass man sich im Falle der Ablehnung umbringen werde. Solche Leute sind nicht gefährdet. Ich denke, von ihnen wird sich keine jemals das Leben nehmen. Am wenigsten verständlich sind mir Selbstmorde von alten Menschen. Wozu die Übereile mit dem, was ohnehin schon bald geschehen wird?«

Lew Nikolajewitsch trank Kefir. Ihn fröstelte, und er begann schnellen Schritts im Salon auf und ab zu gehen. Sofja Andrejewna schlief immer noch. Zweimal sah er nach ihr, doch sie wachte nicht auf. Er befürchtete, dass sie wieder die ganze Nacht nicht schlafen werde, und sagte: »Sie ist allein, schläft nicht, diese Stille und Einsamkeit: auch einen gesunden Menschen zermürbt das. Und wie sonderbar: Morgens, wenn sich jeder besonders erfrischt fühlt, ist sie nach so einer Nacht besonders missgelaunt. Heute war sie schrecklich ruhelos und geneigt, sich wegen jeder Kleinigkeit aufzuregen und genervt zu reagieren – wie bemitleidenswert!«

Im Zimmer auf und ab gehend, griff er vom Tisch ein englisches Buch, zeigte es mir und sagte: »Dušan Petrowitsch ist darauf aufmerksam geworden. Ein Buddhist, der ein Anhänger des Nichtwiderstehens ist und mit mir sympathisiert, hat es mir geschickt. Er hatte meinen Brief an den Inder gelesen, in dem ich ausführe, dass das einzige Mittel ihrer Befreiung die Nichtbeteiligung an der Selbstversklavung ist. Ein sehr interessantes Buch.«

Nach einer kurzen Pause fügte er hinzu: »Wie froh ich bin, dass ich alles vergessen habe! Wirklich, das ist so schön.«

»In der Hinsicht bist du in diesem Jahr wesentlich besser«, fand Lew Lwowitsch.

»Nein, nein, ich habe alles vergessen; und das ist so schön! Wenn ich mir vorstelle, dass sich jemand an alles erinnert – wer mit wem verheiratet ist und wie sie mit Vor- und Vatersnamen heißen –, denke ich: Der Arme, womit sein Kopf gefüllt ist!«

Lew Nikolajewitsch machte wieder eine kleine Pause, bevor er lachend erklärte: »Ich denke ernsthaft daran, Tolstoi wiederzulesen: Ich habe alles vergessen. Anna Karenina – was hat sie eigentlich getan? Ich erinnere mich an nichts. Nur an irgendwelche ›Unanständigkeiten‹, doch an nichts Genaues.«

Ich sagte, es komme häufig vor, dass Schriftsteller keinerlei Erinnerung an ihre Werke haben und dass die Menschen im Alter das Gedächtnis verlieren; bei vielen sehe es damit weit schlimmer aus, bei ihm falle das nur deshalb so auf, weil er früher ein außergewöhnlich gutes Gedächtnis gehabt habe.

»Ja«, meinte Lew Nikolajewitsch, »ich denke, das verträgt sich nicht mit dem Alter, mit Überlegungen über das Allerwichtigste, über das Geistige, die für das Alter so kennzeichnend sind. Mag sein, dass ich mich irre, aber diesen Eindruck habe ich.«

»Ich bedaure so oft, dass ich nach dem Typhus so vergesslich geworden bin: Ständig vergesse ich alles«, klagte Nikolajewa.

»Ich gratuliere Ihnen!«, sagte Lew Nikolajewitsch. »Das ist so schön. Doch an vieles erinnere ich mich, und zwar an das Wichtigste, denke ich.«

Er erkundigte sich bei mir nach Olga Tolstaja. Ich sagte, sie sei in Teljatinki.

»Warum kommt sie nicht mal her?«

»Wie kann sie das, da hier Jekaterina Wassiljewna ist?«

»Ach, du lieber Gott!« Lew Nikolajewitsch fasste sich an den Kopf. »Das hatte ich ganz vergessen!«

Alexandra Lwowna sagte, Olga Tolstaja habe mit dem Gedanken gespielt, irgendwann herzukommen, um ein bisschen mit ihnen im »Gewölbezimmer« zusammenzusitzen, und von Jekaterina Wassiljewna sei zu hören: »Warum sollte sie nicht herkommen?«

Lew Lwowitsch versetzte darauf: »Meine Frau würde so etwas nie sagen. Das ist Fischblut!«

Jekaterina Wassiljewna habe sogar davon gesprochen, dass auch die Kinder herkommen und Maschenka (Andrej Lwowitschs Tochter aus zweiter Ehe) kennenlernen könnten, was natürlich unmöglich ist.

»Sie sind beide so lieb. Wie leid sie mir tun. Und die Kinder – das ist schrecklich!«, sagte Lew Nikolajewitsch.

Ich machte Anstalten aufzubrechen, mein Pferd stand schon bereit.

»Uns etwas vorspielen wollten Sie nicht?«, fragte Lew Nikolajewitsch.

Ich sagte, das könnte ich tun, aber Sofja Andrejewna schlafe. Lew Nikolajewitsch und Alexandra Lwowna meinten, davon werde sie nicht aufwachen. Es wurde beschlossen, sie nicht zu wecken, da Makovický gesagt habe, je mehr sie schlafe, desto besser für sie.

»Was hätten Sie denn für uns?«, wollte Lew Nikolajewitsch wissen.

»Beethovens ›Appassionata‹ könnte ich anbieten«, erwiderte ich.

»Wie schön! Ich habe sie lange nicht mehr gehört. Das ist eines der besten Werke Beethovens. Ich bin sehr froh, sie anhören zu dürfen.«

Ich spielte besser als irgendwann in diesem Sommer.

»Der erste Satz ist sehr schön«, fand Lew Nikolajewitsch, »aber ein Gedanke wird viele Male wiederholt. Ich weiß nicht, vielleicht irre ich mich, ich sage einfach, was ich fühle. Beim Anhören des zweiten Satzes habe ich gedacht, dass es nichts Besseres geben kann, doch das Finale ist noch besser. Mit diesen beiden Sätzen haben Sie mich überwältigt. Das wird in mir lange fortklingen. Sehr schön, nicht wahr, Sascha?«, fragte er die ins Zimmer getretene Alexandra Lwowna.

Als Sofja Andrejewna hereinkam, drückte sie ihr Bedauern aus, die Musik verpasst zu haben. Sie bot einen zerquälten, bemitleidenswerten Anblick.

Alexandra Lwowna begann, sich mit noch jemandem am runden Tisch Zeichnungen von Lew Lwowitsch anzusehen. Lew Nikolajewitsch saß im Sessel am Klavier, ich stand neben ihm. Alexandra Lwowna lachte fröhlich.

»Wie schön Sascha lacht!«, sagte Lew Nikolajewitsch zu mir. »Die beste Musik ist das Lachen eines geliebten Menschen.«

Seine Augen füllten sich mit Tränen. Er liebt sie sehr.

Ich trat zum runden Tisch und griff nach den mir gestern gezeigten Büchern über die Pogrome, um mir die Titel aufzuschreiben. Lew Nikolajewitsch bemerkte wieder: »Dieses Buch über die Pogrome ist sehr interessant. Die Autorin beschreibt allem Anschein nach Tatsachen, und zwar sehr naiv. Zum Beispiel heißt es da: Sie begreifen nicht, dass sie eine so notwendige Einrichtung wie die Schnapsbrennerei in Flammen aufgehen lassen.«

Ich sagte, die Beschreibung des Prozesses sei sehr schlecht.

»Ja. Das hat sie sich offensichtlich alles ausgedacht.«

Ich spielte noch einen Walzer und eine Mazurka von Chopin. Lew Nikolajewitsch saß auf dem Liegesofa. Als ich fertig war, trat ich zu ihm. Er lobte mein Spiel sehr, und als ich mich schließlich verabschiedete, dankte er mir mehrmals. Mir war es nicht so peinlich, wie es im Allgemeinen in solchen Fällen zu sein pflegt, da ich besser als für gewöhnlich gespielt hatte.

9. August. Heute Vormittag gab es keine Neuigkeiten aus Jasnaja Poljana. Am Abend wollte ich mit meiner Frau dort einen Besuch machen. Bevor wir losritten, sahen wir bei

Tschertkows vorbei. Ich bekam einen Brief Lew Nikolajewitschs an Tschertkows Frau zu lesen. Er lautet:

»Liebe, teure Galja, vielen Dank dafür, dass Sie mir geschrieben haben. Das Gefühl, Sie beide zu besitzen, bedeutet mir so viel. Gestern habe ich die ganze Zeit darüber nachgedacht, wie gern ich Ihre für mich spürbare, sehr verständliche, aber mich wie auch Sie sehr bedrückende Verärgerung dämpfen würde. Und heute entnehme ich Ihrer Nachricht, dass Sie sich ihrer bewusst sind und gegen sie ankämpfen. Da Sie sich ihrer bewusst sind und gegen sie ankämpfen, werden Sie sie auch bezwingen. Gerade das bedeutet mir so viel an Ihnen. Stehe Ihnen Gott bei. Sie schreiben von zwei Bitten. Erfüllen konnte ich weder die eine noch die andere [mit Korolenko zu sprechen und sich mit ihr, Anna Tschertkowa, zu treffen]. Und ich glaube, das ist gut so. Ich mache mir keine falschen Hoffnungen, ich möchte nur, soweit möglich, mit allen ein gutes Verhältnis haben. In dem Maße, wie mir das gelingt, ist es gut.

Je näher der Tod rückt, zumindest je lebhafter man sich seiner erinnert (und sich seiner erinnern bedeutet, an sein wahres, vom Tod unabhängiges Leben denken), desto bedeutungsvoller wird diese einzig notwendige Angelegenheit des Lebens und desto klarer erkennt man, dass es, will man sich die Liebe aller und zu allen erhalten, darum geht, statt etwas zu unternehmen, lediglich beim *Nichttun* zu bleiben. Mit diesem *Nichttun* habe ich Ihnen und Ihrem Gatten Schmerz bereitet, aber Sie und er haben mir verziehen und werden mir weiter verzeihen. – Doch ich will mit Ihnen keine überflüssigen Betrachtungen anstellen. Wir kennen und vertrauen uns, und wir sollten zueinander stehen, wie wir es immer getan haben. Das Verhältnis zu Ihnen beiden ist für mich durch all das nur noch enger geworden. Verzeihen Sie mir einstweilen alle: Wladimir Grigorjewitsch, Sie, Olga, Jelisaweta Iwanowna, ja, verzeihen Sie mir. Ich weiß, dass ich schlecht bin, und bedarf der Verzeihung.

Ich küsse sie. L. T.«

Als wir in Jasnaja Poljana eintrafen, hörten wir Klänge eines sehr stümperhaft zu vier Händen gespielten Mozart-Quintetts. Meine Frau begab sich ins Remingtonzimmer und ich – um die Musizierenden nicht aufzustören – durch den Empfangsraum zu Lew Nikolajewitsch. An der Tür ertappte ich Sofja Andrejewna, wie sie Lew Nikolajewitschs Gespräch mit Alexandra Lwowna belauschte.

Ich trat bei ihm ein und sagte, ich sei mit meiner Frau hier.

»Ich wollte Sie schon die ganze Zeit fragen: Sie sind fast täglich bei uns, wieso bringen Sie sie nie mit?«

Sofja Andrejewna kam gleich nach mir herein, verlegen und mit erregter Stimme brachte sie hervor: »Ich wollte nur sagen, wer spielt, das bin nicht ich, sondern Ljowa und Ferre [Nachbar und Bekannter der Tolstois], sei mir also nicht böse, Ljowotschka. Das bin nicht ich.«

Sie hatte sich offensichtlich einen Vorwand ausgedacht, um zu erklären, weshalb sie im Empfangsraum an der Tür gestanden hatte.

Alexandra Lwowna ging zu meiner Frau.

»Ich mag Ihre Frau sehr«, sagte Sofja Andrejewna, »ich sehe mal nach ihr.« Damit verließ sie ebenfalls den Raum.

Ich erkundigte mich nach Lew Nikolajewitschs Befinden.

»Schlecht ist es. Schwäche und vor allem geistige Mattheit ... nein, ich habe mich falsch ausgedrückt: nicht Schwäche, sondern Ernst. Man fühlt den Ernst des Lebens, und deshalb nimmt einen dieses Getriebe und vor allem diese Verlogenheit so mit.

Tanja ist auf dem Weg hierher. Sascha wollte sie abholen. Ich mache mir ihretwegen Sorgen: nachts, ganz allein dort, und wenn sie nicht kommt, bis drei Uhr früh auf dem Bahnhof sitzen, mit ihrem Husten.«

Lew Nikolajewitsch zeigte mir in dem Kongo-Buch von Foà, das ihm Metschnikow geschickt hat, die abgedruckten Lieder und sagte: »Sehen Sie sich mal hier die kongolesischen Lieder an; eins scheint sehr hübsch zu sein, ein Tanzlied. Übrigens habe ich mich gestern geirrt, als ich die Einwohnerzahl Afrikas mit vierzig Millionen bezifferte. Dabei sind die europäischen Kolonisten nicht berücksichtigt. Insgesamt beläuft sie sich wohl auf hundertsechzig Millionen. Wir hatten uns ja auch gewundert, dass es so wenig sein sollten ... Nun, lassen Sie uns Schach spielen. Gehen wir zu ihnen hinüber, ich möchte Ihrer Frau guten Abend sagen, und dort werden wir auch spielen.«

»Wir müssen bloß irgendwie da das Schachspiel herausholen, ich möchte die Musizierenden nicht gern stören.«

Wir gingen ins Remingtonzimmer. Lew Nikolajewitsch begrüßte meine Frau sehr liebevoll und sagte: »Sie werden immer jünger!« Er bedauerte, sie so lange nicht gesehen zu haben.

Alexandra Lwowna brachte das Schachspiel. Lew Lwowitsch und Ferre musizierten wie gehabt – der eine hü, der andere hott.

Während Lew Nikolajewitsch und ich spielten, nahmen Alexandra Lwowna und Warwara Feokritowa meine Frau mit, um ihr zu zeigen, wie sie sich im »Gewölbezimmer« eingerichtet hatten, denn seitdem war sie kein einziges Mal hier gewesen. Sofja Andrejewna ging ebenfalls hinaus und durch die Ecktür in ihr Zimmer. Fünf Minuten später war sie wieder da, offensichtlich wollte sie uns nicht allein lassen. Obwohl sie sich weder im Salon noch überhaupt in dem anderen Teil des Hauses aufgehalten hatte, glaubte sie, eine Erklärung liefern zu müssen, weshalb sie zu uns kam. »Sie hämmern so auf dem Klavier, die beiden«, sagte sie, »dass ich dort nicht bleiben konnte und zu euch gekommen bin.«

Lew Nikolajewitsch erwiderte nichts.

Lew Lwowitsch und Ferre spielten zunächst die »Pastorale« und dann die Fünfte Sinfonie von Beethoven. Als das Finale begann, wurden im ersten Thema statt Achtel- Viertelnoten gespielt. Ich fragte Sofja Andrejewna, wer denn da spiele. Ferre, sagte sie. Ich bemerkte, dass er falsch zähle.

»Nein, ich hatte es vergessen, den Diskant spielt Ljowa«, korrigierte sich Sofja Andrejewna.

»Bestimmt wird er sagen, dass Beethoven schuld sei«, meinte Lew Nikolajewitsch lächelnd.

Ich lachte.

Sofja Andrejewna wurde ärgerlich und versetzte: »Na, so etwas Dummes wird er niemals sagen! Er ist nicht so dumm.«

Filipp kam herein und richtete Sofja Andrejewna aus, der Verwalter und noch jemand wollten sie sprechen.

»Wie satt ich das habe!«, sagte sie. »Ob ich es wohl jemals erleben werde, dass mich niemand irgendwohin wegholt!«

»Wie schwer das ist!«, seufzte Lew Nikolajewitsch, als sie hinausgegangen war. »Heute behauptete sie, ich hätte Sascha gesagt, wir würden für einen Monat wegfahren. Ich erklärte ihr, mich auf keine Zeit festgelegt zu haben; sie ging zu Sascha, und es kam zu einem scharfen Wortwechsel. Sie streitet ab, was sie eben noch von sich gegeben hat. Schrecklich! Kaum war Ferre heute angekommen, da hat sie angefangen, vor ihm, einem Außenstehenden, alles auszubreiten, was sie über Wladimir Grigorjewitsch erzählt. Es fällt schwer, die Beherrschung nicht zu verlieren, und ich fühle mich elend.«

Ich sagte, bei meinem Eintreffen heute hätte sie an seiner Zimmertür gelauscht.

»Ja, das macht sie ständig; kramt in Papieren, durchwühlt den Tischkasten ...«

»Haben Sie vielleicht etwas Verfängliches mit Alexandra Lwowna besprochen?«

»Wir sprachen über Tschertkows Mutter. Sie hängt dem Glauben der Paschkowzen* an. Früher hat sie mich nicht gemocht und mit allen Mitteln versucht, mich ihrem Sohn zu entfremden. Jetzt versucht sie, uns umgekehrt nach Kräften zu helfen. Merkwürdig ist das ... Wie sieht es bei Wladimir Grigorjewitsch aus?«

»Er scheint mir sehr gealtert zu sein.«

»Korolenko fand auch, dass er gealtert ist, aber er hatte ihn sehr lange nicht gesehen. Sie meinen, dass er in dieser Zeit gealtert ist?«

* Von Wassili Alexandrowitsch Paschkow gegründete, den Baptisten nahestehende protestantische Sekte.

»Ja, Lew Nikolajewitsch.«

»Wie mich das schmerzt! Ich habe heute an seine Frau geschrieben.«

»Ich habe Ihren Brief gelesen.«

»Ich bin darauf eingegangen, aber bestellen Sie ihnen trotzdem: Ich kann mir jetzt nur eines wünschen und nur an eines denken: so zu handeln, wie ich es vor Gott und meinem Gewissen verantworten kann. Etwas anderes ist und war nie möglich. Bisweilen hat man das Gefühl, entschlossen handeln zu müssen, so wie jetzt mit der Reise. Ich habe ihr mit aller Entschiedenheit gesagt, dass ich fahren werde. Zunächst protestierte sie, dann schien sie sich damit abgefunden zu haben. Eines tut mir weh: dort von Wladimir Grigorjewitsch weiter weg zu sein. Ich will nicht die Hoffnung aufgeben, dass sich das irgendwie ändern wird.«

Ich gab zu bedenken, dass Begegnungen mit Tschertkow bei Tatjana Lwowna die Lage mehr verschlimmern würden, als wenn es hier geschehe.

»Dort will ich das auf keinen Fall. Sie werden übrigens bis ersten September noch hier sein. Seine Mutter hat beschlossen zu bleiben. Ich denke, der Zeitpunkt wird kommen, dass mir mein Gefühl gebietet, ebenso wie in Bezug auf meine Reise, mit aller Entschiedenheit zu sagen, dass Wladimir Grigorjewitsch mein bester Freund ist und dass es für mich absolut notwendig ist, ihn zu sehen.«

Ich sagte, heute hätte ich Tschertkow kaum zu Gesicht bekommen, er schreibe an einem langen Brief, der die Umstände darlege, die zu dem Testament geführt haben, er habe ihn mir vorlesen wollen, aber nicht mehr die Zeit gefunden, da es schon spät gewesen sei und ich es eilig hatte, nach Jasnaja Poljana zu kommen.

Wir spielten zwei Schachpartien. Unterdessen kam Sofja Andrejewna zurück.

Lew Lwowitsch und Ferre hörten auf zu spielen. Lew Nikolajewitsch ging in den Salon und ich hinunter zu den Damen. Bald darauf begaben wir uns alle nach oben. Lew

Nikolajewitsch und Ferre spielten Schach. Ferre ist ein schwacher Spieler, und Lew Nikolajewitsch brauchte nicht lange, um ihn zu besiegen. Beim Tee unterhielt sich Ferre mit Sofja Andrejewna über die Duma. Lew Nikolajewitsch hüllte sich in Schweigen.

Als er sich an den Teetisch setzte, sprang Sofja Andrejewna vom anderen Ende des Tisches auf und setzte sich neben ihn. Platz war hier nicht für sie, und so quetschte sie sich zwischen Lew Lwowitsch und Lew Nikolajewitsch. Lew Lwowitsch erhob sich.

»Wo willst du hin, Ljowa? Papa rückt ein bisschen«, sagte Sofja Andrejewna zu ihm.

Lew Nikolajewitsch blieb reglos sitzen.

Jemand befragte ihn nach dem Ungarn, der heute bei ihm gewesen war.

»Wenig interessant«, sagte Lew Nikolajewitsch. »Er befasst sich mit Landwirtschaft, aber als ich nach George fragte, sagte er, George Eliot sei ihm bekannt, von Henry George hingegen habe er nicht gehört. Das, würde ich meinen, ist bezeichnend genug.«

Ferre bat mich, mit ihm eine Partie Schach zu spielen. Ich zerschlug gleich anfangs seine Stellung, doch Lew Nikolajewitsch setzte sich zu ihm, gab ihm Ratschläge und zögerte seine Niederlage ein wenig hinaus. Als wir fertig waren, bekam Lew Nikolajewitsch Lust, noch eine Partie gegen mich zu spielen. Ich machte grobe Schnitzer und verlor. Obwohl Lew Nikolajewitsch mir schwere Fehler zugestand, war er sichtlich froh, gewonnen zu haben.

Während wir spielten, setzte sich Sofja Andrejewna zu meiner Frau, um ihr von ihrer Ausgabe zu erzählen, davon, dass sie einige Werke Lew Nikolajewitschs verabscheue. Sie nannte »Die Kreutzersonate«, »Das Göttliche und das Menschliche« und »Die Zerstörung der Hölle und ihre Wiederherstellung«. Zu Letzterem sagte sie: »Ich kann Teufel nicht ausstehen!«

All das hatte ich mir zigmal von ihr anhören müssen, Lew Nikolajewitsch wahrscheinlich Hunderte Male.

Den ganzen Abend wie überhaupt in letzter Zeit schwieg er größtenteils.

Als wir uns anschickten aufzubrechen und Lew Nikolajewitsch sich von uns und allen anderen verabschiedete, da er schlafen gehen wollte, sagte er wieder, dass er sich um Alexandra Lwowna Sorgen mache.

»Ich fahre nicht zum Bahnhof«, eröffnete sie ihm.

»Wie froh ich bin! Da hast du mich aber überrascht.«

»Das nicht, ich habe mir bloß sagen lassen, dass du deswegen beunruhigt seist, also fahre ich nicht.«

Wir machten uns auf den Weg. Der heutige Abend war nicht ganz so bedrückend gewesen, und meine Frau hatte das gute Gefühl, in Jasnaja Poljana gewesen zu sein und Lew Nikolajewitsch in relativ passabler Verfassung gesehen zu haben.

10. August. Heute waren Tatjana Lwowna und Alexandra Lwowna bei Tschertkows und kamen auf einen Sprung bei uns vorbei. Tatjana Lwowna ist hier von großem Nutzen, und man kann nur hoffen, dass sie Lew Nikolajewitsch nach Kotschety mitnehmen wird.

In einem Brief hatte sie Tschertkows Frau vorgeworfen, zu sehr gegen Sofja Andrejewna eingestellt zu sein. Jetzt kam es zu einer überaus herzlichen und freundschaftlichen Begegnung zwischen ihnen. Tatjana Lwowna erzählt, <…> habe ihr geschrieben, besonders feindselig verhielten sich in Jasnaja Poljana Lew Lwowitsch und Alexandra Lwowna. Bei Ersterem richte sich der Hass gegen den Vater, bei Letzterer gegen die Mutter.

Jedes Mal in fremdem Leid herumzuwühlen und sich Gründe für seine Erklärung auszudenken … Wäre nicht Alexandra Lwowna, würde Lew Nikolajewitsch kaum all das aushalten, was hier vor sich geht.

Am Abend traf ich in Jasnaja Poljana Sofja Andrejewna am runden Tisch im Salon. Nachdem sie mich begrüßt hatte, erzählte sie mir, heute sei sie ohnmächtig geworden; Lew

Lwowitsch, dem sie Modell gesessen habe, sei aus irgendeinem Grund weggegangen, und als sie ans Fenster trat, habe sie plötzlich einen Schwindelanfall bekommen und sei zu Boden gestürzt, wobei sie an einem Stuhl hängenblieb und sich das Bein aufschürfte.

Neben ihr lag ein Stock; sie sagte, sie habe Eis auf das Bein gelegt und könne kaum gehen. Doch im nächsten Moment sprang sie, in Eifer geraten, auf und spielte mir die Szene ihres Sturzes vor.

Ich ging weiter zu Lew Nikolajewitsch, der in seinem Zimmer saß und las. Er ist heiser, fühlt sich alles in allem jedoch ganz leidlich.

»Ich muss mich neulich erkältet haben, als Sie hier waren und ich kalten Kefir trank und einfach nicht warm wurde«, sagte er.

Er zeigte mir die geometrische Aufgabe, die Tatjana Lwowna mitgebracht hat. Gespräche von besonderem Belang wurden nicht geführt. Wir gingen in den Salon Schach spielen.

Bei Jasnaja Poljana hat heute ein Regiment Soldaten sein Lager aufgeschlagen, und am Abend kamen (trotz strengsten Verbots) etliche zu Lew Nikolajewitsch gelaufen. Er unterhielt sich mit ihnen. Diese Soldaten – darunter einige Juden – waren für ihn von geringem Interesse. Lew Nikolajewitsch gab ihnen Bücher. Auch ein Offizier suchte ihn zusammen mit einem Herrn auf, um etwas zur Erinnerung zu erbitten. Sie bekamen »Für jeden Tag« von ihm. Die Soldaten erzählten Lew Nikolajewitsch von der ungewöhnlich strengen Disziplin, die beim Militär herrsche. Zum Beispiel werde unerlaubtes Entfernen nach Sonnenuntergang mit zwei, drei Monaten Gefängnis bestraft.

Ich trat den Heimweg zeitig an. Beim Tee hatte Lew Nikolajewitsch fast die ganze Zeit geschwiegen. Wieder mühte man sich mit der geometrischen Aufgabe ab. Tatjana Lwowna schlug eine ziemlich seltsame Lösung vor, und ich bot meine Erklärung an.

11. August. Heute schickte mir Tschertkow seine Darstellung, wie es zu Lew Nikolajewitschs Testament gekommen ist. All das hat er in Form eines Briefes an Lew Nikolajewitsch niedergeschrieben. Am Abend nahm ich ihn mit nach Jasnaja Poljana. Der Brief lautet:

»Lieber Lew Nikolajewitsch!

Angesichts Ihrer Bitte, Sie an alle Umstände zu erinnern, die Sie bewogen, eine gewisse Verfügung bezüglich Ihrer Schriften für die Zeit nach Ihrem Ableben zu verfassen, lege ich im Folgenden den gesamten Hergang dieser Angelegenheit dar.

Ich weiß nicht genau, wann Sie zum ersten Mal beschlossen haben, kein Entgelt für Ihre Schriften zu nehmen und sie der Allgemeinheit zur Nutzung zu überlassen. Das geschah, bevor wir uns kennenlernten, wahrscheinlich zu der Zeit, als Sie Sofja Andrejewna die Vollmacht zur Herausgabe Ihrer bis 1881 erschienenen Werke erteilten. Ich weiß nur: Als ich im Jahre 1883 Ihre Bekanntschaft machte, wurden Ihre sämtlichen neuen Schriften bereits als Gemeingut betrachtet, und diesbezüglich war keine Rede von irgendjemandes Eigentumsrechten.

Von verschiedenen Seiten mit schriftlichen Bitten bedrängt, den Abdruck oder die Übersetzung dieses oder jenes in der zweiten Schaffensperiode, also nach 1881, entstandenen Werkes zu genehmigen, veröffentlichten Sie 1891 in den Zeitungen einen Brief, in dem Sie erklärten, dass Sie sich keinen Besitzanspruch im Hinblick auf Ihre seit 1881 geschriebenen Werke vorbehalten und allen die Möglichkeit einräumen, sie kostenlos zu nutzen.

In der Folgezeit verwiesen Sie bei der Beantwortung von Bitten, die Sie weiterhin erreichten, wiederholt auf diesen Brief und platzierten gleichlautende Erklärungen in der Auslandspresse, und soweit ich mich erinnere, wiederholten Sie sie auch in russischen Zeitungen.

In der ersten Zeit unserer Bekanntschaft akzeptierte Sofja Andrejewna in vollem Umfang die unverletzliche Gültigkeit Ihres gedruckt vorliegenden Eigentumsverzichts auf die neuen Schriften. Diese tastete sie nicht mehr an, und sie hinderte Sie auch nicht daran, über sie nach eigenem Ermessen zu verfügen; die Rohschriften der Manuskripte übergaben Sie mir zur weisungsgemäßen Nutzung und Verwahrung. Sie selbst befasste sich ausschließlich mit der Herausgabe der sie interessierenden Werke aus Ihrer ›ersten Schaffensperiode‹.

Da allgemein bekannt geworden war, dass Sie sich Ihre neuen Schriften nicht bezahlen lassen, gingen Ihnen immer mehr Bittschreiben zu, eines Ihrer neuen Werke zur Erstveröffentlichung für diesen oder jenen wohltätigen Zweck, für ein Periodikum oder eine Privatperson, die der materiellen Unterstützung bedurfte, zur Verfügung zu stellen. Da es Ihnen schwerfiel, zu entscheiden, wem in diesen Fällen der Vorrang gebührte, und da Sie wussten, dass derartige Bitten nicht die förderungswürdigsten, sondern die umtriebigsten und entschlossensten Institutionen und Personen an Sie richteten, entschieden Sie bald ein für alle Mal, den Vorzug der Erstveröffentlichung Ihrer Schriften dem soeben von uns gemeinsam gegründeten Volksverlag Posrednik einzuräumen, der für seine Entwicklung finanzieller Mittel bedurfte. Seitdem legten sie alle zur Publikation vorgesehenen neuen Texte in meine Hände, damit ich sie nach meinem Ermessen im Interesse von Posrednik veröffentlichte, und verwiesen alle, die sich an Sie wandten, um eine literarische Zusammenarbeit anzubahnen, an mich.

Im Einvernehmen mit Ihnen ging ich dazu über, Ihre Schriften folgendermaßen zu verwerten: Der materielle Ertrag ihrer Erstveröffentlichung, d.h. das Entgelt für die Einräumung des Publikationsrechts (sofern die Erstveröffentlichung nicht unmittelbar durch Posrednik erfolgte), floss dem Verlag zu. In der Folgezeit wurden diese Einnahmen dazu verwendet, einen gewissen – sehr geringfügigen – Teil der überaus hohen Kosten der Verbreitung Ihrer in Russland nicht zugelassenen Schriften in einer für unvermögende Leute möglichst erschwinglichen Form zu decken.

In der ersten Zeit lief das ohne Komplikationen. Doch als

Sie Erzählungen wie ›Herr und Knecht‹, ›Hadshi Murat‹, ›Vater Sergius‹, ›Nach dem Ball‹, ›Der gefälschte Kupon‹ u. ä. zu schreiben begannen, verfiel Sofja Andrejewna darauf, zu ihrem persönlichen Nutzen die Verfügungsgewalt über diese Werke zu erlangen, da sie, zu ihrem ausschließlichen Privatbesitz gemacht, einen ganz beträchtlichen finanziellen Wert darstellten. Ihre Ansinnen und der Druck, den sie auf Sie ausübte, je mehr sich die Arbeit an jedem einzelnen Ihrer Werke dem Ende näherte, wurden für Sie schließlich so unerträglich, dass Ihnen oftmals gänzlich die Lust genommen wurde, Belletristik zu schreiben, und Sie sich letzten Endes veranlasst sahen, auf die Veröffentlichung der meisten dieser Werke zu Ihren Lebzeiten gänzlich zu verzichten.

Diese Ihre seelische Ruhe einigermaßen gewährleistende Entscheidung, die Sie selbstverständlich in dem Sinne verstanden, dass die betreffenden Werke nach Ihrem Tod zusammen mit allen Ihren übrigen noch nicht publizierten Schriften Gemeingut werden sollten, sagte auch Sofja Andrejewna zu, aber auf völlig gegensätzliche Weise. Nachdem sie zu der Erkenntnis gelangt war, dass es ihr zu Ihren Lebzeiten nicht gelingen konnte, diese Schriften an sich zu bringen, tröstete sie sich damit, dass sie einstweilen unangetastet blieben und nach Ihrem Tod auf der Grundlage der staatlichen Erbschaftsgesetze zum ausschließlichen Eigentum Ihrer Familie würden.

Sofja Andrejewna dachte deshalb so, weil sie zu diesem Zeitpunkt ihr Verhältnis zu Ihrem Eigentumsverzicht bezüglich der Schriften aus der zweiten Schaffensperiode bereits geändert hatte. Je größer von Jahr zu Jahr die Zahl dieser Schriften wurde, desto schwerer fiel es ihr, sich mit dem Gedanken abzufinden, dass sich daraus kein Nutzen für ihre Familie ziehen ließ. Letztendlich entschloss sie sich, nach Ihrem Tod Ihren Willen zu negieren und ihren Besitzanspruch auf ausnahmslos alle Ihre Schriften anzumelden, da ihre bei Juristen (darunter K.) eingeholten Erkundigungen besagten, dass Ihr in der Presse erklärter Verzicht keinen Bestand haben könne, wenn die Familie nach Ihrem Tod ihre juristischen Erbschaftsansprüche auf Ihre gesamten Schriften geltend mache.

Anfangs vermied es Sofja Andrejewna, diese Absicht offen auszusprechen, hin und wieder nur entschlüpfte ihr eine unbedachte Äußerung. Doch mit der Zeit, nachdem sie sich der Unterstützung Ihrer Söhne Lew, Andrej und Michail Lwowitsch vergewissert hatte, erlaubte sie sich in dieser Hinsicht größere Freimütigkeit, sie ging sogar so weit, nicht mehr nur für ihre eigene Person, sondern für die gesamte Familie offen – selbst Ihre Gegenwart konnte sie nicht davon abhalten – kundzutun, dass Ihre Erklärung in der Presse der Rechtskraft entbehre, dass nach Ihrem Ableben alle Schriften aus Ihrer zweiten Schaffensperiode in den Besitz Ihrer Familie übergingen und das Publikationsrecht denen, die sie zu Ihren Lebzeiten herausgebracht hätten, unverzüglich entzogen würde.

Ihre genannten Söhne gaben sich ihrerseits keine Mühe zu verhehlen, mit welchen Einkünften sie aus den Werken rechnen, die Sie der Allgemeinheit zur Nutzung überlassen haben; nur durch eine Wand von Ihnen getrennt sitzend, sagte <…>, das Manuskript Ihrer unvollendeten Erzählung ›Der gefälschte Kupon‹ in der Hand: ›Für diese Erzählung bekommen wir hunderttausend in bar!‹ <…> fragte bei Denissenko an, ob es nicht möglich sei, zu Ihren Lebzeiten, an Ihnen vorbei, irgendeinem Unternehmer Ihre sämtlichen Schriften im Voraus zu verkaufen. <…> unterstützte Sofja Andrejewna in ihrer Weigerung, Semstwos* die Genehmigung zu erteilen, 1908 Jubiläumsgeschenkausgaben für Kinder mit Auszügen aus Ihren Schriften herauszubringen, und bei ihrem Versuch, dem Verlag Posrednik das Recht zu entziehen, einige Ihrer Volkserzählungen zu veröffentlichen.

Ohne sich darüber Rechenschaft abzulegen, in welchem Maße Sofja Andrejewna und einige Ihrer Kinder Ihre er-

* Semstwo: 1864 eingeführte Einrichtung begrenzter ständischer Selbstverwaltung.

klärten Wünsche im Hinblick auf Ihre Schriften missachteten, fuhren Sie unterdessen fort, von Zeit zu Zeit diesbezügliche Verfügungen zu Papier zu bringen.

So hielten Sie zum Beispiel bereits vor vielen Jahren in Ihrem Tagebuch Ihren Wunsch fest, dass nach Ihrem Ableben ich und Sofja Andrejewna gemeinsam alle Ihre unveröffentlichten Schriften sichteten, um auszuwählen, was publikationswürdig sei. Wenngleich ich bereits zu diesem Zeitpunkt wusste, welche Intentionen Sofja Andrejewna hinsichtlich dieser Schriften verfolgte, und deshalb eine solche Zusammenarbeit mit ihr als völlig ausgeschlossen ansehen musste, hielt ich es für ungebührlich, zu versuchen, Ihnen Ihre mich rührenden Illusionen in Bezug auf ihre Person zu nehmen.

Bei einem Spaziergang wurde Ihnen so schlecht, dass Ihre Tochter Maria Lwowna Sie nur mit Müh und Not nach Hause bringen konnte. In der Annahme, Ihr letztes Stündlein habe geschlagen, diktierten Sie ihr ein Testament, in dem sie annähernd die Aussage Ihrer Erklärung in der Presse und Ihres erwähnten Tagebuchvermerks wiederholten. Mit der Verwahrung dieses Testaments beauftragten Sie Maria Lwowna. Doch Sofja Andrejewna, die bald davon erfuhr, redete Ihnen ein, dieses Testament bei Maria Lwowna zu wissen verursache ihr eine unbezähmbare Abneigung gegen sie, die sich nur legen könne, wenn Sie das Papier ihr, Sofja Andrejewna, zur Aufbewahrung übergäben. Maria Lwowna, die Sofja Andrejewnas Verhalten völlig durchschaute, war aufs höchste betrübt, als Sie dem Folge leisteten. Das Verhältnis zwischen beiden besserte sich danach keinen Deut, Ihr Testament jedoch wurde offenbar von Sofja Andrejewna vernichtet. Jedenfalls sprach sie nach Maria Lwownas Tod in der Annahme, niemand habe Kenntnis von ihm, mir und anderen gegenüber davon, dass es außer Ihrer seinerzeit in der Presse veröffentlichten Erklärung, die keine Rechtskraft besitze, keinerlei weitere von Ihnen erlassenen Verfügungen bezüglich Ihrer Schriften gebe.

Sie setzten in Ihrem Tagebuch noch ein-, zweimal eine

Art kurzes Testament für Ihre Familie auf, wobei Sie stets erwähnten, dass die Schriften aus Ihrer zweiten Schaffensperiode auch nach Ihrem Ableben Gemeingut bleiben müssten. Sofja Andrejewna ihrerseits ließ nicht davon ab, zu behaupten, dass diese Schriften Besitztum der Familie würden. Es kam schließlich dazu, dass Sofja Andrejewna sich nicht mehr damit begnügte, auch in Ihrem Beisein offen von der Ungültigkeit Ihrer Verfügungen hinsichtlich Ihrer Schriften zu sprechen, sondern nicht einmal davor zurückschreckte, sich mit Ihnen auf Dispute einzulassen, als ginge es ihr darum, dass Sie Bescheid wüssten, wie die Dinge lagen, und dadurch, dass Sie sich des Einschreitens enthielten, ihr Verhalten gewissermaßen sanktionierten.

In meinem Tagebuch ist eine solcher Szenen, zu der es zufällig in meiner Gegenwart kam, wörtlich festgehalten. Ich zitiere:

›4. Dezember 1908. … An Lew Nikolajewitsch gewandt, behauptet Sofja Andrejewna gereizt, alle seine irgendwann verfassten unveröffentlichten Werken gehörten der Familie. Lew Nikolajewitsch widerspricht. Sie läuft in ihr Zimmer, bringt ihr Taschentagebuch herbei und liest ihre Eintragung vor, der zufolge Lew Nikolajewitsch lediglich diejenigen seiner Schriften zum Gemeingut gemacht habe, die nach 1881 *erschienen* sind, nicht jedoch jene, die zwar nach 1881 geschrieben, zu seinen Lebzeiten aber nicht veröffentlicht wurden. Lew Nikolajewitsch widerspricht wieder. Sie überschreit ihn. Endlich verschafft er sich mit entschiedenem autoritärem Ton Gehör. (Sie hatte gerade davon gesprochen, dass es ihr nicht um sich selbst gehe, dass die Kinder aber ihre Rechte geltend machen könnten.)

„Du bildest dir ein, dass unsere Kinder irgendwelche Spitzbuben seien und dazu fähig, mir in dem, was mir am teuersten ist, zuwiderzuhandeln“, sagte Lew Nikolajewitsch.

„Na, was die Spitzbuben anbelangt, so weiß ich ja nicht, aber …“

„Nein, lass mich ausreden. Aus deinen Worten geht hervor, dass die größte Gemeinheit, die man mir überhaupt antun kann, meine Kinder verüben werden. Eine größere Gemeinheit kann mir keiner antun. Du weißt, dass ich meine Gründe hatte, auf diese Rechte zu verzichten – Gründe meines Glaubens. Willst du etwa, dass diese Gründe geheuchelt erscheinen? Ich habe euch mein Vermögen überlassen, meine früheren Werke habe ich euch überlassen – nun soll ich euch also auch noch mein Leben überlassen, das, was mein Leben ausmacht. Ich bekomme ohnehin täglich Briefe, in denen ich gerügt, der Heuchelei bezichtigt werde. Du aber willst, dass ich tatsächlich zum Heuchler und Schuft werde ... Erstaunlich, wie du dich ohne Not selbst quälst."

Damit verließ er den Salon, machte die Tür energisch hinter sich zu und ging in sein Zimmer.‹

Danach vereinbarten Sofja Andrejewna und Ihre genannten Söhne vorsorglich, sobald Sie gestorben sind, ihre gesetzlichen Erbschaftsansprüche auf Ihre sämtlichen unveröffentlichten Schriften und Papiere geltend zu machen; nötigenfalls wollten sie sich direkt an den Zaren wenden, um Unterstützung gegen jene ›Tolstoianer‹ zu erbitten, die sie ihres ›Familienbesitzes‹ zu berauben trachteten.

Die Lage stellte sich so dar: Sie hatten längst vor aller Welt bekundet, dass Ihre nach 1881 entstandenen Werke sämtlich der ganzen Menschheit gehören. Abschriften all dessen, was Sie in dieser Zeit verfassten, sowohl belletristischer als auch nichtbelletristischer Art, übergaben Sie wohlweislich mir zur Verwahrung, damit ich nach Ihrem Ableben für ihre Veröffentlichung sorgen konnte. Danach hatte ich oder, sollte auch ich nicht mehr am Leben sein, mein Stellvertreter in Erfüllung Ihres Willens unverzüglich eine Erklärung in der Presse abzugeben, dass auf Grund Ihres Eigentumsverzichts im Hinblick auf die Schriften aus einer gewissen Schaffensperiode Ihre Freunde deren Publikation in allen Sprachen in die Wege leiten.

Darauf würde Sofja Andrejewna gemeinsam mit einigen Ihrer Söhne umgehend, ebenfalls in der Presse, antworten, dass unsere Erklärung die Usurpation ihrer Erbschaftsrechte bedeute, denn Sie hätten kein formelles Testament hinterlassen, und sollte es jemand in Russland oder im Ausland wagen, irgendeine Ihrer Schriften abzudrucken, werde gerichtlich gegen ihn vorgegangen.

Für den Fall, dass Ihre Freunde dies missachteten und, wie es ihre Aufgabe war, die Publikation des Materials, das ich von Ihnen erhalten hatte und in England verwahrte, in die Wege leiteten, hatten sie beziehungsweise ihre Verleger die sofortige Erhebung von Zivilklagen und die Einleitung von Gerichtsverfahren zu gewärtigen, mit der zwangsläufigen Folge, dass sie zu hohen Geldstrafen und möglicherweise sogar zu Gefängnishaft verurteilt wurden, weil sie es als ihre Pflicht angesehen hatten, Ihren Willen in vollem Umfang zu erfüllen.

Nicht genug damit, dass sich Ihre nächsten und ergebensten Freunde belangt sähen, käme es um Ihre Schriften, die Liebe und Eintracht propagieren, zu einem in der Geschichte der Literatur nie gekannten Skandal; und vor allem hieße das, Zwietracht zu säen, würden Feindschaft und Auseinandersetzungen zwischen Menschen entbrennen, die Ihnen in der einen oder anderen Weise am engsten verbunden sind.

Und all dies wäre allein darauf zurückzuführen, dass Sie kein Testament von einer Entschiedenheit und Unumstößlichkeit hinterlassen hätten, das nicht einmal formal auch nur die geringste Handhabe für eine Anfechtung böte.

Mit einem entsprechenden Testament hingegen könnten Sie all dies Ungemach und Leid verhüten. Rechtlich wäre es ausgeschlossen, einem solchen Testament die Gültigkeit abzusprechen; und deshalb hätten Sie alles in Ihren Kräften Stehende getan, um jeglichen Rechtsstreitigkeiten und Klagen im Zusammenhang mit Ihren Schriften vorzubeugen.

Es ist völlig verständlich, dass Sie sich angesichts dieser beiden Lösungsvarianten für die entschieden, die mit größerer Sicherheit zum Ziel führte, die Lage Ihrer Freunde erleichterte und die Gegner Ihres Willens von falschen Schritten abhielt.

In Krjokschino unterzeichneten Sie im Herbst 1909 ein

selbst aufgesetztes Testament, dem zufolge Sie die Verfügung über alle Ihre Schriften aus der zweiten Schaffensperiode mir übertrugen. Mit unterschrieben wurde es von mehreren Zeugen aus Ihrem engsten Freundeskreis. Die Prüfung dieses Papiers durch einen Sachverständigen ergab jedoch, dass es nicht der festgelegten Form entsprach, so dass es, statt der Wahrscheinlichkeit einer gerichtlichen Klage vorzubeugen, diese geradezu herausforderte.

Daraufhin beschlossen Sie, ein eigenhändig geschriebenes unanfechtbares Testament aufzusetzen. Und Sie stellten es auf den Namen Ihrer Tochter Alexandra Lwowna aus, denn damit sich Ihre Angehörigen nicht gekränkt fühlten, erschien es wünschenswert, diese Angelegenheit jemandem von Ihren Kindern anzuvertrauen. Eine Zusatzverfügung sah vor, dass Alexandra Lwowna die ihr vererbten Schriften mir übergab, damit sie redigiert, veröffentlicht und zum Gemeingut gemacht würden.

Da Sie zu diesem Zeitpunkt bereits um die eigennützigen Absichten, die einige Ihrer Angehörigen hinsichtlich Ihrer hinterlassenen Schriften verfolgten, wussten, beschlossen Sie diesmal, nachdem Sie in dieser Frage mit Ihrem Gewissen zu Rate gegangen waren, keinen Unterschied zwischen Ihrer ersten und zweiten Schaffensperiode zu machen und für die Zeit nach Ihrem Ableben sämtliche Schriften der Allgemeinheit zur Nutzung zu überlassen, mit dem Vorbehalt, dass Sofja Andrejewna lebenslang das Recht der Herausgabe Ihrer Schriften aus der ersten Schaffensperiode eingeräumt blieb.

Später, und zwar im Sommer dieses Jahres, beschlossen Sie, Ihre Schriften nicht nur Alexandra Lwowna, sondern für den Fall, dass sie *zu Ihren Lebzeiten* starb, auch Tatjana Lwowna zu vererben, und verfassten ein neues Testament entsprechenden Inhalts. Dies taten Sie nicht nur deshalb, weil Alexandra Lwowna tatsächlich vor Ihnen sterben konnte, sondern hauptsächlich zu dem Zweck, ihr ihre Position in der Familie nach Ihrem Ableben zu erleichtern, denn wenn sie in Ihrem Testament allein genannt würde, räumten Sie ihr eine Ausnahmestellung unter allen Angehörigen ein, und einige von ihnen würden deswegen ihr gegenüber die übelsten Gefühle hegen.

Dieses neue Testament auf die Namen Ihrer beiden Töchter mussten Sie nach einigen Tagen wegen eines geringfügigen Formfehlers in der Textabfassung noch einmal schreiben. Obwohl allein das zuletzt entstandene Testament Gültigkeit besitzt, können auf diese Weise die zwei vorangegangenen, die, inhaltlich gleichlautend, von Ihnen eigenhändig geschrieben sind, zu gegebener Zeit als Bestätigung dafür dienen, dass Ihr Testament keiner plötzlichen und womöglich vorübergehenden Eingebung entsprang, sondern im Gegenteil wohlbedacht und mit beharrlicher Intention betrieben wurde, wenn Sie sich der Mühe unterzogen, an verschiedenen Tagen innerhalb eines längeren Zeitabschnitts dreimal eigenhändig ein und dieselbe Verfügung zu Papier zu bringen.

Wir alle, Ihre in die Details dieser Angelegenheit eingeweihten engsten Freunde und Gleichgesinnten, waren hocherfreut über ihren glücklichen Abschluss. Und es ist völlig verständlich, dass uns allen ein Stein vom Herzen fiel.

Da wir der Bedeutung Ihrer Schriften, mit denen Sie nicht Ihre persönliche, sondern die göttliche, allgemeinmenschliche Weisheit vermitteln, sowohl für die einzelnen Menschen als auch für die gesamte weitere Entwicklung des menschlichen Bewusstseins einen weitaus höheren Stellenwert zumaßen als Sie selbst, mussten wir einerseits uns zwangsläufig wünschen, dass diese Schriften, Gemeingut geworden, eine größtmögliche Verbreitung und allgemeine Zugänglichkeit erfahren, wobei Sie dies nur persönlich sicherstellen konnten und nur auf die Art und Weise, wie Sie es schließlich zu tun beschlossen.

Andererseits erfüllte uns auch Freude für Sie selbst, denn hinterließen Sie ein solches Testament nicht, so setzten Sie sich dem Vorwurf aus, Schwäche gezeigt und den niedersten Instinkten Ihrer Angehörigen nachgegeben zu haben. Man würde Sie beschuldigen, und nicht einmal zu Unrecht, Sie hätten zwar öffentlich Ihre Absicht bekundet, Ihre bekannten Schriften allen Menschen zur freien Nutzung zur Verfügung zu stellen, es jedoch, obwohl Sie wussten, dass einige Ihrer Angehörigen entschlossen waren, diese Schriften in Besitz zu nehmen, um persönlichen Nutzen daraus zu ziehen, unterlassen, den einzig richtigen und gar nicht so schwierigen Schritt zu tun, der allein den Menschen die Erfüllung Ihres Wunsches zu gewährleisten vermochte.

Letzten Endes war Ihr Entschluss in noch einer Hinsicht dazu angetan, Ihren Freunden nichts als Freude zu bereiten. Damit, dass Sie sie beauftragten, nach Ihrem Ableben mit Ihren Schriften Ihren Weisungen gemäß zu verfahren, übertrugen Sie ihnen notwendigerweise eine überaus schwierige Aufgabe, deren Erfüllung sie natürlich als ihre heilige Pflicht vor Gott, vor Ihnen und vor den Menschen betrachten werden. Doch hätten Sie dabei nicht darauf abgezielt, sie mittels eines formellen Testaments, soweit es von Ihnen abhing, vor den oben erwähnten Komplikationen und Anfeindungen zu beschützen, würden Sie ihre Aufgabe tausendfach erschwert und sie in Bedrängnisse gebracht haben, die sie angesichts ihres Bestrebens, Ihren Willen zu erfüllen, natürlich nicht verdienen. Auch unter diesem Aspekt ist Ihr formelles Testament also ein Akt herzlichen Feingefühls gegenüber Ihren Freunden, die Sie in dieser Sache unterstützen.

Aus diesem Feingefühl heraus wie auch im wahren Interesse der Gegner Ihres Willens haben Sie es für erforderlich erachtet, Ihr Testament nicht vor Ihrem Ableben bekanntzugeben.

Ihre als Ihr Letzter Wille und unter dem unmittelbaren Eindruck Ihres eingetretenen Todes kundgemachte nachgelassene Verfügung wird von allen, selbst von denen, für die sie persönlich von Nachteil ist, zumindest mit der Ehrerbietung und Ergebenheit aufgenommen werden, die man in solchen Fällen der ›aus dem Jenseits kommenden Stimme‹ eines Nahestehenden entgegenzubringen pflegt. Auf diese Weise zum unabänderlichen ›fait accompli‹ geworden, kann sie nicht mehr jene leidenschaftliche Erregung, Feindseligkeit und Polemik, jene verbissenen Ansinnen auslösen, die ohne jeden Zweifel im Falle ihrer Bekanntmachung zu Ihren Lebzeiten die Folge wären. Nicht auszudenken, wie die ohnedies alles andere als liebevolle Atmosphäre Ihres Familienlebens von Neid und Feindschaft vergiftet würde, wenn Ihre am stärksten von Eigennutz und Egoismus beherrschten Angehörigen vorzeitig von Ihrem Letzten Willen Kenntnis erlangten. Und das weniger aus dem Grund, dass Sie im Hinblick auf Ihre Schriften so und nicht anders entschieden haben, als deshalb, weil Ihre Angehörigen, wenn ihnen Ihr Testament vor Ihrem Ableben bekannt würde, sich noch Hoffnungen machen könnten, durch unablässigen, vor nichts zurückschreckenden Druck auf Sie zu erreichen, dass Sie, und sei es im Moment äußerster körperlicher Schwäche und Hilflosigkeit, im äußersten Fall auf dem Todeslager, zurücknähmen, was die Aussage dieses Ihres Testaments ist.

In einer solchen Atmosphäre würde das Leben Ihrer Tochter Alexandra Lwowna zur veritablen Hölle, und ihr ohnehin nicht eben robuster Organismus könnte in dieser Situation der Hilflosigkeit den sich gegen sie selbst richtenden Hass ebenso wenig ertragen wie die Ihnen vor ihren Augen angetane geistige Gewalt. Jedenfalls wäre es zu grausam von Ihnen, sie dieser Pein auszusetzen, da doch die Möglichkeit bestand, dies zu vermeiden.

Alle diese Gründe zusammengenommen erklären die freudige Erleichterung, die wir empfanden, als Sie mit Ihrem zuletzt aufgesetzten Testament diese langwierige Angelegenheit so wohlüberlegt und umsichtig im wahren Interesse aller, die in der einen oder anderen Weise davon betroffen waren, zum glücklichen Abschluss brachten. Daher können Sie sich unseren Kummer und unser Befremden vorstellen, als Sie plötzlich nach wenigen Tagen, wenn auch nicht de facto, so doch prinzipiell, alles zurücknahmen, was Sie unter unserer Mitwirkung getan hatten.

Dieser unerwartete und, wie ich aus tiefstem Herzen hoffe, vorübergehende Sinneswandel scheint mir auf einem

Missverständnis zu beruhen. Pawel Iwanowitsch Birjukow, der sich nicht die Mühe machte, uns nach den wirklichen Gründen Ihres Handelns zu fragen, und die Angelegenheit unter einem extrem verengten Blickwinkel betrachtete, hatte offenbar den Eindruck, die Form des posthumen Testaments rühre von Ihrem persönlichen Kleinmut her. Er bildete sich ein, Ihres persönlichen Seelenfriedens wegen hätten Sie nicht gewollt, dass Ihren Angehörigen der Inhalt Ihres Testaments zu Ihren Lebzeiten bekannt würde. Das war natürlich ein totaler Irrtum Birjukows. Sie hatten mitnichten im eigenen Interesse so gehandelt, sondern, wie ich Ihnen oben ins Gedächtnis rief, aus Wohlwollen sowohl Ihren Freunden, denen Sie ihre Situation zu erleichtern trachteten, als auch Ihren Angehörigen gegenüber, die Sie nach Möglichkeit vor Fehlverhalten bewahren wollten. Doch als Birjukow, der die Angelegenheit ausschließlich vom Standpunkt Ihrer Persönlichkeit aus betrachtete und Sie des Kleinmuts verdächtigte, Sie fragte, weshalb Sie Ihr Testament geheim hielten, vergaßen Sie vorübergehend die tatsächlichen Gründe und gaben ihm sofort recht, Sie hätten in dem Wunsch gehandelt, persönliche Unannehmlichkeiten zu vermeiden. Und als Birjukow Ihnen dann zu bedenken gab, dass es, wie die Dinge lagen, besser gewesen wäre, überhaupt kein Testament zu machen, beeilten Sie sich, wiederum die tatsächlichen Motive vergessend, von denen Sie sich hatten leiten lassen, ihm auch darin recht zu geben. Und in diesem Geist der Selbstanklage schrieben sie mir Ihren für uns alle so betrüblichen ›reumütigen‹ Brief – eine Reumütigkeit, die uns allen verfehlt erschien.

In diesem Brief werfen Sie sich unter anderem vor, Sie hätten Ihren Erben böse Absichten *unterstellt*. In Wirklichkeit haben Sie ihnen gar nichts unterstellt, sondern *wussten* aus deren eigenen Äußerungen zweifelsfrei, dass sie beabsichtigten, entgegen Ihrem Willen persönlich in ihren Besitz zu bringen, was Sie der Allgemeinheit zur Nutzung überlassen haben.

Sie sagen in Ihrem Brief, Sie hätten schlecht gehandelt,

den Inhalt Ihres Testaments nicht zu Ihren Lebzeiten bekanntzumachen. Aber – ich wies bereits darauf hin – Sie haben ja nicht in Ihrem eigenen Interesse so gehandelt, sondern aus Liebe und Aufmerksamkeit anderen gegenüber. Außerdem existiert kein moralisches Prinzip, das gebieten würde, gewissen Verfügungen nicht die Form eines nachgelassenen Willens zu geben, wenn der Erblasser aus bestimmten Gründen meint, dass es für die Menschen besser ist, wenn er gerade so verfährt. Nicht umsonst werden in der Praxis die meisten Testamente erst nach dem Tod des Erblassers bekannt.

Schließlich sprechen Sie in Ihrem Brief davon, es sei schlecht, dass Sie sich einer Institution der von Ihnen abgelehnten Regierung bedient hätten, als Sie ein der festgelegten Form entsprechendes Testament aufsetzten. In Wirklichkeit haben Sie sich keinerlei Regierungsinstitution bedient. Ihr Testament wurde aus eigenen Kräften erstellt und nicht einmal notariell beglaubigt. Sofern Sie unter ›regierungsnahe Institution‹ die äußere, offizielle Form des Abfassens Ihres Testaments verstanden, so haben Sie ja keineswegs dazu gegriffen, damit unsere Vertrauenspersonen mittels dieses Papiers Klagen und Verfahren anstrengen konnten, sondern um im Gegenteil Klagen und Verfahren jedweder Art vorzubeugen. Was die Bedeutung, die die von Ihnen im Testament verwendeten offiziellen Ausdrücke tatsächlich für Sie besitzen, anbelangt, so kann es nicht das geringste Missverständnis geben, da in Ihrer dem Testament beigefügten Erklärung Ihre Verfügungen mit einer Klarheit erläutert werden, die nichts zu wünschen übriglässt.

So enthält dieses Ihr ›Begleitschreiben‹ zum Beispiel die eindeutige Aussage, dass Sie mit dem ›formellen‹ Testament nicht den Zweck verfolgen, irgendjemandem das Eigentum an Ihren Schriften zuzugestehen, sondern im Gegenteil die Möglichkeit auszuschließen, dass sie nach Ihrem Tod zu jemandes Privateigentum gemacht werden.

Hinsichtlich Ihrer Bemerkung in besagtem Brief: ›der Grad der Verbreitung meiner Schriften wird das Misstrauen gegen sie, das mein inkonsequentes Handeln erregen muss, kaum aufwiegen können‹ – wobei Sie das von Ihnen aufgesetzte formelle Testament im Sinn haben –, gestatte ich mir, offen meiner tiefen Überzeugung Ausdruck zu verleihen, dass Sie sich hier völlig irren. Die Feinde der Sache, der Sie dienen, werden natürlich immer etwas an Ihrem Handeln zu bemängeln finden, nüchtern denkende Menschen aber werden Sie Ihres Testaments wegen nicht nur nicht verurteilen, sondern sie würden es im Gegenteil zweifellos bedauern, wenn Sie zu Ihren Lebzeiten nicht alles in Ihren Kräften Stehende täten, um die üblen Kontroversen zu verhindern, zu denen es um Ihre Schriften unausbleiblich kommen würde, wenn Sie kein vollauf autoritatives und für alle unanfechtbares Testament hinterließen.

Im Übrigen weiß ich, dass Urteile anderer über Ihr Tun und Lassen für Sie gänzlich ohne Belang sind. Was jedoch am wichtigsten ist: Wie ich Ihnen mit meiner Darlegung in Erinnerung zu rufen versuchte, haben Sie sich in der ganzen Angelegenheit nicht davon leiten lassen, was für Sie angenehm oder bequem ist, nicht von persönlichen Vorlieben und Abneigungen, nicht davon, Ihre Ruhe haben zu wollen, sondern einzig und allein von dem, was Ihnen Ihr Gewissen gebietet. Sie nahmen auf sich zu tun, was Sie als Ihre Pflicht vor Gott und den Menschen ansehen, und Sie trachteten, sich ihrer zu entledigen, so gut es Ihnen möglich war.

Für uns, Ihre Freunde, die Sie bei der Klärung dieser Angelegenheit unterstützten und deren Aufgabe es ist, sie nach Ihrem Ableben in die Tat umzusetzen, haben sich die Gegebenheiten nicht geändert; und wir alle sind bereit, sollten wir Sie überleben, bei dieser beglückenden Aufgabe, an deren unbestreitbarer Richtigkeit wir weiterhin keinerlei Zweifel haben, ohne uns zu schonen, Ihren Willen pflichtbewusst zu erfüllen. Doch damit wir festen Boden unter den Füßen spüren, brauchen wir die Gewissheit, dass wir tatsächlich Ihrem Willen entsprechend, *im Einvernehmen* mit Ihnen handeln.

In Ihrem für uns betrüblichen Brief äußern Sie sich indessen in dem Sinne, dass Sie Ihr Vorgehen zwar prinzipiell nicht gutheißen können, es jedoch nicht für notwendig halten, Ihr Testament zu widerrufen. Zwar sprachen Sie Alexandra Lwowna gegenüber, die Sie an gewisse Umstände der Angelegenheit erinnerte, in der Zwischenzeit davon, dass sie Ihnen tatsächlich nicht gegenwärtig gewesen seien, als Sie besagten Brief schrieben, aber letzten Endes hat sich für uns ein zu unbestimmtes Bild Ihres Verhältnisses zu dieser Frage ergeben.

Deshalb möchte ich Sie, lieber Lew Nikolajewitsch, nicht nur in meinem eigenen, sondern auch im Namen aller übrigen von dieser Angelegenheit betroffenen Freunde bitten, nach Lektüre meines Briefes, in dem ich mich bemüht habe, Ihnen den ganzen Hergang der Sache ins Gedächtnis zurückzurufen, Ihren definitiven Wunsch dezidiert zum Ausdruck zu bringen.

Es erübrigt sich, Ihnen zu sagen, wie sehr es uns freuen und beruhigen wird, wenn Sie, having reconsidered the whole matter [nach Überdenken der ganzen Angelegenheit], es für möglich erachten, der Einschätzung zuzustimmen, dass das Bestmögliche getan worden ist, und wenn Sie, vollständig davon überzeugt, bekräftigen, was Sie im Hinblick auf Ihre Schriften für die Zeit nach Ihrem Ableben verfügt haben. W. Tschertkow«

Bei meinem Eintreffen in Jasnaja Poljana erfuhr ich von Alexandra Lwowna, dass es Lew Nikolajewitsch schlechter gehe, den ganzen Tag habe er das Haus nicht verlassen. Ich begab mich zu ihm. Die Beine auf einen Stuhl ausgestreckt, saß er in seinem Sessel und las.

»Wie bin ich Ihnen dankbar, dass Sie es nicht versäumen, jeden Abend bei uns zu sein. Übrigens habe ich Ihnen gestern hohes Lob gespendet: Sehr klug haben Sie diese Aufgabe gelöst.«

Lew Nikolajewitsch wies auf das Kongo-Buch und sagte: »Ich habe es ausgelesen – hochinteressant.«

Makovický kam herein und übergab Lew Nikolajewitsch

einen auf Portugiesisch geschriebenen Brief (er ist damit klargekommen, da er seinerzeit Spanisch gelernt hat – er kennt sich in allem aus!), den ein Portugiese aus Afrika geschickt hat, um ihm seine Zuneigung zu bekunden.

»Das interessiert mich, weil ich mich jetzt mit Afrika beschäftige«, meinte Lew Nikolajewitsch.

Makovický ging wieder hinaus.

Ich sagte Lew Nikolajewitsch, ich hätte ihm einen Brief von Tschertkow mitgebracht.

»Den habe ich erwartet.«

»In dem Zusammenhang würde ich gern etwas zu bedenken geben«, fügte ich hinzu.

Lew Nikolajewitsch spürte, dass ich nicht recht wusste, wie ich anfangen sollte. »Sprechen Sie ruhig alles aus.«

Zwar schreibe Tschertkow nicht darüber, aber dass Lew Nikolajewitsch Birjukow gegenüber bemerkt haben solle, er sei von ihm, Tschertkow, »in die Irre geführt« worden, müsse ihn zwangsläufig bedrücken, und es sei wichtig, das irgendwie zu klären. Da Birjukow an einer Biographie Lew Nikolajewitschs arbeite, finde sich darin womöglich diese Aussage wieder, die einen Schatten auf Tschertkow werfe.

»Ich habe Birjukow deutlich gemacht, dass ich mich an diese Worte nicht erinnern könne, und er räumte ein, dass ich mich möglicherweise anders ausgedrückt habe. Ich verstehe, dass das Wladimir Grigorjewitsch bedrückt, und werde tun, was zu tun ist. Geben Sie mir den Brief, ich lese ihn gleich mal.«

Ich äußerte die Befürchtung, Sofja Andrejewna könne hereinkommen.

»Macht nichts, ich erkläre ihr, das sei ein Brief von Wladimir Grigorjewitsch, ohne ihn ihr zu zeigen.«

Ich sagte, ich käme in einer Viertelstunde wieder, und verließ das Zimmer.

Während ich mich im Salon mit Makovický unterhielt, wurde ich gewahr, dass Lew Nikolajewitsch auf den Treppenabsatz hinausgetreten war. Er wirkte sehr erregt.

»Das wühlt mich schrecklich auf!«, brachte er mit Tränen in den Augen hervor. »Für mich ist das alles so neu; diese Szene mit Sofja Andrejewna … Sie haben den Brief natürlich gelesen?«

»Ja, Lew Nikolajewitsch.«

»Ich kann ihn dort nicht lesen, ich gehe zu Sascha.« Und er stieg die Treppe hinunter.

»Vergessen Sie nicht, dass Tatjana Lwowna nicht im Bilde ist«, schickte ich ihm nach.

»Ja, ja.«

Unten waren Tatjana Lwowna und Warwara Feokritowa, die die Tür zum Korridor abschloss.

»Wozu das?«, fragte Tatjana Lwowna.

»Mag sie sie zuschließen, so kann ich ruhiger lesen«, meinte Lew Nikolajewitsch. Zwanzig Minuten später kam er wieder nach oben, bat mich in sein Zimmer und sagte: »All das erregt mich sehr. Das ist so schwer, so schrecklich!« Vor Tränen konnte er kaum sprechen. »Richten Sie Wladimir Grigorjewitsch aus, dass ich ihm in allem recht gebe und ihm morgen schreiben werde. Mir war nicht klar, warum ihn das so bewegt. Erst jetzt ist mir das Ganze aufgegangen. Sagen Sie ihm, dass ich es bedaure, ihm so weh getan zu haben. Natürlich irrt sich Birjukow völlig.«

Etwas später gingen wir ins Speisezimmer Schach spielen. Sofja Andrejewna war die ganze Zeit in ihrem Zimmer.

Alexandra Lwowna kam herein und sagte zu Lew Nikolajewitsch: »Mir kann es nur lieb sein, wenn du Tanja Bescheid sagst.«

»Und wie steht Wladimir Grigorjewitsch dazu?«, wollte Lew Nikolajewitsch wissen.

Wir sagten, Tschertkow sei schon lange der Ansicht, dass Tatjana Lwowna über alles ins Bild gesetzt werden müsse.

»Dann ist es gut.«

»Bloß solltest du es selbst tun und nicht jemand von uns. Oder ist es vielleicht besser, sie einfach diesen Brief Wladimir Grigorjewitschs lesen zu lassen?«

»Nein, nein! Ich sage es ihr selbst. Sie steht mir so nahe.

Es kann mir nur eine Freude sein, mit ihr über das Ganze zu sprechen.«

Ich weiß nicht mehr, in welchem Zusammenhang Lew Nikolajewitsch sagte: »Der Autor dieses Kongo-Buches spricht sehr scharfsinnig davon, dass der Kannibalismus der höchste Ausdruck der Philanthropie sei. Erstaunliche Einzelheiten werden da beschrieben: welche Körperteile als die schmackhaftesten gelten, dass Frauen besser schmecken sollen als Männer. Grässlich! Am wohlschmeckendsten seien natürlich Kinder. Er erzählt, dass der Freund eines Forschungsreisenden, der in Afrika den Tod gefunden hatte, dorthin kam und einen der Eingeborenen bat, ihm sein Grab zu zeigen; der wies auf seinen Bauch und sagte: ›Hier ist sein Grab.‹«

Lew Nikolajewitsch bekam Lust, Wint zu spielen. Es wurde beschlossen, Sofja Andrejewna dazuzubitten. Jekaterina Tolstaja ging sie holen und sagte, sie käme etwas später. Einstweilen begannen wir zu viert: Lew Nikolajewitsch, Tatjana Lwowna, die sich inzwischen zu uns gesellt hatte, Alexandra Lwowna und ich. Wir spielten »mit Umsteigen«. Nach vier Spielen erschien Sofja Andrejewna und löste Alexandra Lwowna ab.

Ich teilte sehr schnell aus und bestimmte auch gleich die Farbe.

»Da sieht man mal, was es heißt, ein Pianist zu sein: was für wendige Hände«, bemerkte Tatjana Lwowna.

»Mehr noch als die Hände ist sein Verstand wendig«, meinte Lew Nikolajewitsch.

Ich erkundigte mich, wie spät es sei, da ich bald aufbrechen wollte.

»Wenn es zehn Minuten vor elf ist, lasse ich Sie weg«, sagte Lew Nikolajewitsch.

Als ich mich auf den Weg machte, war es zehn nach elf.

Beim Abschied bat mich Lew Nikolajewitsch noch einmal, Tschertkow alles zu bestellen, was er mir nach der Lektüre des Briefes gesagt hatte.

12. August. Heute brachten Alexandra Lwowna und Warwara Feokritowa einen kurzen Brief Lew Nikolajewitschs an Tschertkow folgenden Inhalts nach Teljatinki:

»Ich schreibe auf einem Zettel, weil ich das beim Spazierengehen im Wald erledige. Seit gestern Abend und den heutigen Morgen über beschäftigt mich Ihr gestriger Brief. Zwei Hauptgefühle hat er in mir ausgelöst: Widerwillen gegen die Ausdrucksformen von grober Selbstsucht und Gefühllosigkeit, die ich entweder nicht wahrgenommen oder aber wahrgenommen und vergessen habe, und Verdruss und Reue, Ihnen weh getan zu haben mit meinem Brief, in dem ich das Getane bedauerte. Die Schlussfolgerung, die ich aus Ihrem Brief gezogen habe, ist, dass Birjukow nicht recht hatte und es falsch von mir war, ihm beizupflichten; während ich Ihr Wirken vollkommen gutheiße, bin ich mit dem meinigen sehr unzufrieden: Ich fühle, dass ich besser hätte handeln können, ohne allerdings zu wissen, wie. Jetzt bedauere ich nicht mehr, das Testament so verfasst zu haben, wie es ist, und ich kann Ihnen nur dankbar sein für Ihre Anteilnahme an dieser Angelegenheit.

Heute noch werde ich Tanja alles sagen, und das wird für mich eine große Freude sein. Lew Tolstoi. 12. August 1910«

Alexandra Lwowna sagt, Lew Nikolajewitsch habe Tatjana Lwowna über alles unterrichtet.

»Kannst du vor deinem Mann ein Geheimnis bewahren?«, habe er sie gefragt.

Nachdem er ihr alles erzählt hatte, fügte er hinzu, das sei ein Scherz gewesen, Suchotins sei er sich völlig sicher. Tatjana Lwowna versprach, ihrem Mann trotzdem nichts zu verraten. Sie nahm alles sehr gut auf, ließ anschließend im Gespräch mit Alexandra Lwowna kein Gekränktsein erkennen, im Testament nicht an erster Stelle zu stehen, und empfahl der Schwester, ein Testament auf ihren (Tatjana Lwownas) Namen aufzusetzen, woraufhin sie von dieser erfuhr, das sei bereits geschehen. Alexandra Lwowna hatte den gestrigen Brief Wladimir Tschertkows an sich genommen, um ihn Tatjana Lwowna vorzulesen.

Lew Nikolajewitsch fühlt sich heute besser und konnte einen Spaziergang machen, so dass sie am Sonnabend nach Kotschety zu fahren beabsichtigen. Sofja Andrejewna sagte, sie werde sie von Sasseka bis Schtschokino begleiten. Offenbar argwöhnt sie, dass in Schtschokino Tschertkow zusteigen könnte.

Als ich am Abend in Jasnaja Poljana eintraf, saßen alle noch am Esstisch und unterhielten sich. Nikolajew und Gay waren auch da.

Lew Nikolajewitsch spielte anschließend mit mir Schach. Sofja Andrejewna und Nikolajew blieben am Tisch sitzen. Ihre Unterhaltung drehte sich um die Revolutionäre.

»Ich hasse die Revolutionäre«, erklärte Sofja Andrejewna, »mir ist alles zuwider, was heimlich gemacht wird. Sokrates und Christus predigten öffentlich. Sie wurden deswegen hingerichtet, dafür aber nach ihrem Tod zu Göttern gemacht [?!]; nichts kann schlimmer sein, als etwas heimlich zu tun … Wozu muss ich etwas heimlich tun, wenn ich überzeugt bin, dass ich recht habe? Was heimlich geschieht, das ist verwerflich.« Sie sagte all das im Ton hochgradiger Gereiztheit.

»Hören Sie das?«, flüsterte Lew Nikolajewitsch mir zu, »sie ist ganz und gar krank, ein schrecklicher Erregungszustand.«

Gay gesellte sich zu uns, sah zu und sagte, er tue das gern, Bulygin spiele auch Schach, und zwar mit Salomon (dem Neffen des oben erwähnten Salomon).

»Bei Ihnen hier soll es ein Manöver gegeben haben?«, erkundigte sich Gay bei Lew Nikolajewitsch. »Wurde Jasnaja Poljana genommen?«

Lew Nikolajewitsch erzählte ihm von den Soldaten, die bei ihm gewesen waren. »Möglich, dass sie mir etwas Angenehmes sagen wollten, doch sie sprachen bloß davon, dass sie alle ihren Dienst hassten und niemand glaube, dass ihre Sache gut sei.«

Jemand bemerkte, das sei schon immer so gewesen.

»Nein«, widersprach Lew Nikolajewitsch, »früher war das nicht so: Die Soldaten hatten das Bewusstsein, dem Zaren zu dienen, jetzt scheint das nicht mehr so zu sein.«

Gay erzählte, in der Schweiz müssten den Militärdienst alle ableisten, aber nur 65 Tage lang; außerdem brauche ein Wehrpflichtiger, der sich in einem anderen Kanton aufhalte, den Militärdienst nicht anzutreten, wenn sich aber jemand der Wehrpflicht entziehe, habe er sieben Franken Strafe zu zahlen.

Gay wusste viel über die Schweiz zu berichten. Ich hörte nicht die ganze Zeit zu, den Teil des Gesprächs, bei dem ich zugegen war, schrieb ich aber sofort auf.

Halb auf dem Liegesofa ausgestreckt, sagte Lew Nikolajewitsch: »Ich habe dort gelebt und schon damals meine Freude an ihren Verhältnissen gehabt. Jetzt ist mir alles entfallen. Eine bemerkenswerte Sache: je kleiner der Staat, desto leichter lässt sich in ihm für Freiheit sorgen.«

»Die Schweiz ist das einzige Land, in dem es kein Grundeigentum gibt«, meinte Gay.

»Ach ja? Gibt es dort wirklich keine Grundbesitzer?«, wollte Lew Nikolajewitsch wissen.

»Hundert Dessjatinen*, mehr hat kaum einer«, bemerkte Tatjana Lwowna.

»Hundert Dessjatinen – das ist in der Schweiz schon ein großes Gut.«

»Ein Gut in der Schweiz ist eine verlustbringende Angelegenheit«, sagte Gay.

»Wieso das?«

»Weil der Mindestlohn für Arbeiter dort fünf Franken pro Tag beträgt, während ein Gärtner 80–90 Centime pro Stunde bekommt.«

»Wodurch wird eine so hohe Bezahlung möglich?«

»Durch die Nähe der Städte. Dort leidet auch keiner Not.«

* Dessjatine – altes russisches Flächenmaß, entspricht ungefähr einem Hektar.

»Danach frage ich ja – wie erreicht man das?«

»Wer will das wissen?«

»Er pirscht sich an Sie heran«, sagte Lew Nikolajewitsch zu Nikolajew. »Welche Rolle spielt hier denn der Grundbesitz?«

»Die ganze Schweiz lebt von den Ausländern«, warf Tatjana Lwowna ein.

»Das stimmt nicht. In keinem anderen Land ist das Volk so produktiv wie in der Schweiz«, widersprach Gay.

»Und das Volk dort ist überaus redlich.«

»Industrie gab es da schon immer. Und die Ausländer – die Bewohner der Hotels – sind wie Schorf, der nicht in das Land hineinwächst. Ihre Bedeutung ist minimal.«

»Nikolai Obolenski wohnte in einem großen Mietshaus«, sagte Tatjana Lwowna. »Die Bewohner aller Stockwerke stellten zur Nacht Krüge auf den Gehweg und legten eine entsprechende Münze drauf. Morgens kam die Milchfrau, sammelte das Geld ein und füllte die Krüge mit Milch. Was für eine Erleichterung! Bei uns bringt die Bauersfrau Milch mit Wasser auf den Markt und steckt sich noch einen Fünfer zu viel ein.«

»Einmal vergaß ich irgendwo meinen Regenschirm«, erzählte Gay. »Ich ging auf die Post – dort gibt es in jedem Dorf eine Post –, um nach Zürich an das zentrale Fundbüro zu schreiben, nach einer Woche brachte mir der Postbote den Schirm, und ich bezahlte für die Zustellung ganze 60 Centime.«

»Arbeitslose gibt es dort nicht?«, erkundigte sich Lew Nikolajewitsch.

»Nein.«

»Kaum möglich.«

»Wie sollte es anders sein, wenn die Gemeinde dort für jeden Mittellosen verantwortlich ist, und damit es keine gibt, bekommt jeder Bürger über 57 zwanzig Franken pro Monat. Bei Leuten mit schlechtem Lebenswandel wird ziemlich hart durchgegriffen. Wenn so ein Rentner trinkt, wird er öffentlich ausgestellt und versteigert. In Onex gab es so einen Fall. Wer sich bereit erklärt, ihn für zwanzig Franken zu versorgen, dem geben sie ihn in die Hörigkeit. Wenn er sich gut führt, kann er die Selbständigkeit wiedererlangen. Die Gemeinde kümmert sich um alle ihre Mitglieder.«

»Das ist ganz hervorragend«, sagte Lew Nikolajewitsch. Und fügte nach einer kleinen Pause hinzu: »Ich denke, Sie haben nicht recht, dass die Zuwanderung von Ausländern keine Bedeutung hat.«

»Die hat sie nur im Landesinneren, in den Bergen fällt sie überhaupt nicht auf.«

»Nun, davon wissen wir wenig. Und wie steht es dort mit der Aufteilung von Grund und Boden?«

»Es gibt nur sehr kleine Schläge. Weinberge von der Größe dieses Zimmers.«

»In China soll es genauso sein«, sagte Lew Nikolajewitsch.

»In die Schweiz zieht es Leute von überall her, doch die Schweizer mögen es gar nicht, wenn man sich ihnen aufdrängt – sie befürchten verderbliche Einflüsse. Die ständig bei ihnen lebenden Ausländer sind ihr wunder Punkt. Ihr Bevölkerungsanteil beträgt im Landesdurchschnitt 12 %, während in Genf zum Beispiel 98000 Ausländer und nur 50000 Schweizer ansässig sind. Jetzt leben viele dort, ohne Schweizer Bürger zu werden, sie kommen einfach und bleiben. Verwundern kann das nicht. Ich zahle jährlich dreißig Franken für mein Stückchen Land, während ich in Frankreich dafür 250 Franc zahlen würde.«

»Und die indirekten Abgaben für den Unterhalt des Staates?«

»Auch die indirekten Steuern sind dort nicht hoch. Während in Frankreich das Pfund Zucker einen Franc zwanzig Centime kostet, sind es in Genf fünfzig Centime. Der Alkohol ist völlig zollfrei, die Zigarren ebenfalls. Ich rauche nicht, und wenn ich nach Paris fahre, nehme ich Salomon jedes Mal hundert Stück mit, da ich das Recht habe, zollfrei hundert Zigarren einzuführen, und zwar solche, für die er in Paris ohnehin wesentlich mehr bezahlen müsste.«

»Womit ist das zu erklären?«

»Damit, dass es in der Schweiz keine Streitkräfte und nicht dieses Heer von Beamten gibt.«

»Sagen Sie, und wie hält man es dort mit gerichtlichen Strafen?«

»In einigen Kantonen gibt es sogar die Todesstrafe. In Genf wurde die Todesstrafe praktisch seit dem Jahre 48 nicht mehr verhängt, und seit 71 ist sie gesetzlich abgeschafft. Ab 71 sollten alle monarchistischen Kantone republikanisch werden.«

»Und die Gefängnisse?«

»Die Zahl der Häftlinge ist gering. In Genf gibt es häufig gar keine. Wenn über dem Gefängnis die Fahne gehisst ist, bedeutet das, dass niemand einsitzt. Und das kommt oft vor.«

»Das ist sehr gut«, sagte Lew Nikolajewitsch.

»Bei uns in Kotschety veranstaltet ein Lehrer Lesungen«, sagte Tatjana Lwowna, »und einmal las er den Bauern über die Schweiz vor. Einer von ihnen meinte, nachdem er sich das angehört hatte: ›Ist ja nicht verwunderlich, dass sie gut leben, wo es dort keine Herren gibt.‹«

»Damit hat er recht.«

»Jeder Schweizer, der in einem beliebigen Zeitraum 50000 Stimmen zusammenbekommt«, fuhr Gay fort, »hat das Recht, seinen Vorschlag an den Bund zu schicken; und sie sind verpflichtet, diesen Vorschlag an alle Wähler zu versenden und binnen drei Monaten über ihn abstimmen zu lassen. Er kann alles vorschlagen, bis hin zur Abschaffung der Verfassung.«

»Zensurfreiheit gibt es dort, aber wegen Beschimpfung des Katholizismus wird man doch vor Gericht gestellt?«, erkundigte sich Lew Nikolajewitsch.

»Ja, so einen Fall gab es: Einer wagte es, auf die Katholiken zu schimpfen, und wurde deswegen abgeurteilt.«

Bulgakow fragte Gay, ob es stimme, dass er französischer Staatsbürger sei.

»Ja, ich bin französischer Staatsbürger.«

»Wie kommt es, dass Sie französischer Staatsbürger sind?«, wollte Lew Nikolajewitsch wissen.

»So ist es günstiger, es erleichtert mir manches, ich fühle mich freier. Aber leicht zu bewerkstelligen ist das nicht: Dort misstraut man denen, die eingebürgert werden möchten, glaubt, sie seien Revolutionäre, die sich der Strafverfolgung entziehen wollen. Ich hatte Freunde – Salomon, Boyer –, die mir beim Arrangieren der Angelegenheit geholfen haben.«

»Und wie gehen sie mit der Pressefreiheit um, moderat?«, fragte Lew Nikolajewitsch.

»Während meines Aufenthalts im vergangenen Jahr habe ich einen einzigen Prozess erlebt – die Anklage lautete auf Verbreitung amoralischer Broschüren. Nach dem Gesetz steht auf den Versand unbestellter amoralischer Werke an Minderjährige eine bestimmte Strafhöhe; erfolgt er auf Bestellung, fällt die Strafe geringer aus. Hat der Betreffende solche Schriften einem Erwachsenen zugeschickt, wird ihm der Prozess nur dann gemacht, wenn der Adressat klagt, andernfalls geht er straffrei aus. Häufig werden dort als wissenschaftliche Literatur ausgegebene amoralische Broschüren vertrieben; sehr verbreitet sind neomalthusianische* Broschüren.«

»Die die Geburtenbeschränkung thematisieren?«

»Ja ... Dort gibt es unglaublich viele alte Jungfern. Während meiner Anwesenheit besuchte ein Frauenwerber der Mormonen das Land. Ich wunderte mich, weshalb gerade die Schweiz, und bekam gesagt: ›Na, bei uns gibt es doch 90000 alte Jungfern.‹«

»Schade«, sagte Lew Nikolajewitsch, »dass Sascha nicht alles aufgeschrieben hat, was Sie uns berichtet haben [Alexandra Lwowna beherrscht Stenographie]. Sie hat mitgeschrieben, als Korolenko bei uns war, und das liest sich sehr

* Neomalthusianismus: Auf den englischen Nationalökonomen Thomas Robert Malthus (1766–1834) zurückgehende Lehre, die Geburtenbeschränkung durch Anwendung empfängnisverhütender Methoden propagierte und unter Umständen selbst Fruchtabtreibung und Sterilisierung billigte.

lebendig … In der Literatur gibt es bei ihnen wohl nichts Herausragendes?«

»Die Schweiz ist ein Land der Bauern; dort interessiert man sich weder für Kunst noch für Literatur, und überhaupt träumt man nicht. Sie leben halt. Hinzuzufügen wäre: Das liegt weniger daran, dass sie talentlos wären, als dass so viele begabte Leute aus der Schweiz weggegangen sind.«

»Bis auf Rousseau haben sie niemanden. Von den Alten zumindest kenne ich keinen«, sagte Lew Nikolajewitsch.

»Maler haben sie auch keine. Der Einzige ist dieser berühmte … wie hieß er gleich noch? Er hat ›Die Toteninsel‹ gemalt.«

Ich rief ihm den Namen Böcklins in Erinnerung.

»Ja, das ist sehr interessant«, sagte Lew Nikolajewitsch. »Das ist das Land, das sich der anarchischen Ordnung am meisten annähert. Die Schweiz zeigt, dass staatliche Organisation überhaupt nicht nötig ist.«

Lew Nikolajewitsch wusste nicht, dass ich dieses Gespräch mitschrieb. Gay ging packen, da er nach Petersburg fährt, während ich mich verabschiedete und losritt.

13. August. Die ganze Nacht, den ganzen Tag und den ganzen Abend goss es in Strömen. Am Vormittag kam Makovický bei uns vorbei – mit Bulgakow, den er aus Jasnaja Poljana zu Tschertkows brachte. Sie meinten, Lew Nikolajewitsch werde morgen nach Kotschety abfahren.

Trotz des abendlichen Gewitters mit Sturzregen beschloss ich, mich auf den Weg nach Jasnaja Poljana zu machen, um dort zu übernachten und die Abreisenden nach Schtschokino zu begleiten.

Von Sergejenko, der mir einen Brief Tschertkows an Lew Nikolajewitsch brachte, erfuhren wir, dass Lew Nikolajewitsch erst übermorgen fährt; Bulgakow hatte sich geirrt, als er von morgen sprach.

Makovický berichtete, dass Lew Nikolajewitsch morgen Tschertkow aufsuchen will, um sich zu verabschieden. Der rät ihm von diesem Besuch ab, da sein Wegkommen jetzt das

Wichtigste sei und deshalb nichts getan werden sollte, was Sofja Andrejewnas Erregungszustand verschlimmern und seine Abreise verhindern könnte.

Da sie also nicht morgen fuhren, sagte ich zu Sergejenko, dass ich von meinem heutigen Besuch in Jasnaja Poljana Abstand nehme und morgen früh Alexandra Lwowna einen Brief schicken werde. Doch als er weg war, nutzte ich eine kurze Regenpause, um doch noch loszureiten. Auf halbem Weg setzte der Regen wieder ein. In Jasnaja Poljana nahm man an, dass er mich von meinem Kommen abhalten werde.

Als ich eintraf, spielten Lew Nikolajewitsch, Sofja Andrejewna, Tatjana Lwowna und Boulanger Wint. Auch Maria Schmidt hielt sich in Jasnaja Poljana auf. Ich sah den vieren eine Weile zu. Sofja Andrejewna erinnerte mich an mein Versprechen, sie heute mit Klaviermusik zu erfreuen. Ich sagte, es sei besser, wenn ich ihnen morgen etwas mehr darbiete, ein bisschen könne ich aber auch heute spielen.

Während sie einen Robber zu Ende brachten, ging ich zu Alexandra Lwowna und ließ mir den von Chirjakow vor seiner Entlassung aus dem Gefängnis geschriebenen Brief geben. Lew Nikolajewitsch hatte gesagt, er sei sehr interessant, und mir empfohlen, ihn zu lesen.

Anschließend kehrte ich in den Salon zurück. Lew Nikolajewitsch hatte Lust bekommen, noch mit Alexandra Lwowna, Warwara Feokritowa und mir zu spielen. Wir absolvierten ein paar Runden »mit Umsteigen«.

Sofja Andrejewna setzte sich zu uns und erklärte: »Alle behaupten, ich könne nicht spielen, dabei habe ich alle geschlagen.«

»Du, Sonja, kannst überhaupt nicht spielen«, sagte Lew Nikolajewitsch darauf. »So schlecht ich auch spiele, dass du gar keine Ahnung vom Spielen hast, steht für mich außer Frage. Wenn du öfter spielst, wirst du es lernen, vorläufig kannst du es einfach nicht.«

Sofja Andrejewna widersprach entschieden und suchte nachzuweisen, dass sie gar nicht schlecht spiele. Lew Nikolajewitsch konnte nicht an sich halten und sagte: »Damit beweist du nur, dass du von diesem Spiel rein gar nichts verstehst: du merkst nicht einmal, wie schlecht du spielst.«

Nach dem Kartenspiel suchte Lew Nikolajewitsch sein Zimmer auf. Ich folgte ihm und sagte, ich hätte einen Brief von Tschertkow bei mir. Kaum hatte ich ihn übergeben und er ihn in die Tasche gesteckt, betrat Sofja Andrejewna das Zimmer. Ich ging hinaus. Lew Nikolajewitsch kam gleich darauf in den Salon nach. Ich erzählte ihm, was für einen starken Eindruck Chirjakows Brief auf mich gemacht habe.

»Ja, das ist sehr stark. Wesentlich stärker als irgendeine Erzählung Andrejews von den ›Sieben Gehenkten‹. Hier hat man es mit Erlebtem zu tun, deshalb die starke Wirkung, während man dort spürt, dass alles ausgedacht ist.«

Als ich mich anschickte, Klavier zu spielen, setzte sich Lew Nikolajewitsch wie gewohnt in seinen Sessel neben dem Klavier. Ich trat zu ihm und erkundigte mich nach dem Brief Tschertkows, da ich ihn wieder an mich nehmen wollte. (Ich bringe alle Briefe Tschertkows zu Lew Nikolajewitsch und wieder zurück.)

»Ich bin noch nicht zum Lesen gekommen, morgen schicke ich ihn hin.«

»Wie fühlen Sie sich?«

»Nicht gut. Es geht einfach nicht mit dem Arbeiten. Aber das ist so in Ordnung: Ich habe schon ausgebadet!«

Ich begann zu spielen. Zunächst die Barkarole von Arenski und eine Mazurka von Skrjabin. Die Barkarole gefiel Lew Nikolajewitsch sehr, und er sagte: »Spielen Sie sie zwischen den anderen Stücken noch einmal.«

Die Mazurka von Skrjabin (Fis-Dur op. 40) mag er sehr und bat, sie sofort zu wiederholen. Ich spielte noch die kleine Romanze B-Dur von Schumann (op. 124), die Lew Nikolajewitsch und den anderen nicht gefiel. Ich brach ziemlich energisch für sie eine Lanze und sagte Lew Nikolajewitsch, diese Romanze sei nach meinem Dafürhalten der Gipfel von Schlichtheit und Eleganz.

Um meinen Zuhörern Schumann näherzubringen, spielte

ich »Des Abends«, ein Stück, das Lew Nikolajewitsch sehr mag.

Als ich fertig war, sagte Lew Lwowitsch laut: »Wie langweilig!«, zog über Schumann her und ließ sich dazu hinreißen, ihn als widerwärtigen deutschen Burshui zu bezeichnen.

Ich widersprach ihm mit der Bemerkung, er sollte nicht über Dinge urteilen, mit denen er sich nicht auskenne – Schumann sei einer der untadeligsten Musiker gewesen. Ich war in Zorn geraten und redete ziemlich schroff, schließlich stand ich auf und machte mich wenige Minuten später auf den Weg. Als ich mich von Lew Nikolajewitsch verabschiedete, drückte er mir zweimal kräftig die Hand. Mir war meine Unbeherrschtheit peinlich.

14. August. Heute bekamen wir Besuch von Tatjana Lwowna und Alexandra Lwowna (ich war in der Zeit bei Tschertkows). Sie brachten einen Brief von Lew Nikolajewitsch, seine Antwort auf den gestrigen Brief Tschertkows. Er lautet:

»Vielen Dank für Ihren Brief, lieber Freund. Ihre Sorge allein um mich bewegt und rührt mich. Beim heutigen Spaziergang überlegte ich mir, statt mit Sofja Andrejewna zu sprechen, ihr lieber einen kurzen Brief mit der Ankündigung meines Abschiedsbesuchs bei Ihnen zu schreiben, doch als ich nach Hause kam, traf ich sie in einer so erbarmenswerten, erregten, aber eindeutig kranken, leidenden Verfassung an, dass ich beschloss, Ihrem Rat zu folgen und nicht zu versuchen, ihre Zustimmung zu meinem Besuch bei Ihnen zu erlangen. Selbst dass ich allein fahre (wenn schon fahren, dann, wie Tanja vorschlägt, zusammen mit Sofja Andrejewna), ist jetzt wenig wahrscheinlich.

Ich weiß, dass ihre derzeit besonders krankhafte Verfassung simuliert, vorsätzlich herbeigeführt erscheinen kann (partiell ist sie das auch), dennoch ist sie hauptsächlich eine Krankheit, eine ganz offenkundige Krankheit, die sie ihres Willens und ihrer Selbstbeherrschung beraubt. Will man ihr die Schuld geben an diesem Sichgehenlassen, diesem ungehemmten Egoismus, dessen Beginn lange zurückliegt, so handelt es sich um eine uralte Schuld, zurzeit ist sie gänzlich unzurechnungsfähig, deshalb kann man für sie nichts als Mitgefühl empfinden, und es ist unmöglich, für mich jedenfalls völlig unmöglich, ihr entgegenzutreten und damit ihr Leiden offenkundig zu verstärken. Dass das entschiedene Verfechten meiner ihren Wünschen zuwiderlaufenden Entscheidungen für sie von Nutzen sein könnte, glaube ich nicht, und selbst wenn ich es glaubte, brächte ich es nicht fertig. Abgesehen davon, dass ich glaube, so handeln zu müssen, weiß ich vor allem aus Erfahrung, dass es mich quält, wenn ich auf etwas beharre, wenn ich dagegen nachgebe, empfinde ich Erleichterung, ja sogar Freude.

Für mich ist das alles weniger schwer zu ertragen, weil sie mir gegenüber immerhin bemüht ist, sich zu bezähmen, doch die junge und hitzige arme Sascha, über die sie ständig gnadenlos, mit der für Menschen in solcher Situation typischen Erbitterung herfällt, hat es oft nicht leicht. Sie fühlt sich gekränkt, vergilt es ihr und hat es deshalb besonders schwer.

Mir tut es sehr, sehr leid, dass ich Sie vorläufig ebenso wenig sehen kann wie Ihre Frau und Ihre Mutter, die ich besonders gern gesehen hätte, zumal diese Möglichkeit wahrscheinlich die letzte ist. Richten Sie ihr meine Dankbarkeit aus für ihr gutes Verhältnis zu mir und den Meinen.

In den letzten Tagen war ich unwohl, doch heute geht es mir wesentlich besser. Und das freut mich besonders, denn wenn man sich körperlich frisch fühlt, ist die Wahrscheinlichkeit, etwas Schlechtes zu tun oder zu sagen, geringer.

Ich mache die ganze Zeit nichts bis auf die Korrespondenz, verspüre aber sehr, sehr große Lust zu schreiben, und zwar Belletristik. Und wenn ich daran denke, habe ich auch deswegen Lust dazu, weil ich weiß, dass Sie das freuen wird. Vielleicht kommt dabei ja auch etwas heraus, was Hand und Fuß hat, und wenn es bloßes Gefasel wird – nun, was soll man tun?

Ich war gerade im Begriff, Ihrer lieben Frau zu schreiben, dass ich in ihrem Brief leider Anzeichen einer an ihr fremden Gereiztheit gefunden habe, als mir meine Töchter berichteten, wie sie sie bezwungen habe. Bestellen Sie ihr meine liebevollen Gefühle. L. T., 14. Aug., morgens.

Wir beide werden des Öfteren Briefe wechseln.«

Morgen fahren Tolstois weg und baten, dass meine Frau heute auch kommen möge. Bei Tschertkows ist der soeben aus dem Gefängnis entlassene Chirjakow [A. M. Chirjakow ist angeblich Chefredakteur einer Petersburger Zeitung gewesen und wurde wegen ihres »schädlichen« Publikationsprofils ins Gefängnis gesteckt] zu Besuch gekommen. Ihn und meine Frau wird Tschertkows Sohn Dima nach Jasnaja Poljana bringen, ich werde hinreiten und dort nächtigen, um Lew Nikolajewitsch bei seiner Abreise ein Stück zu begleiten.

In Jasnaja Poljana trafen wir am Abend Maria Schmidt und Larissa Nikolajewa mit einer Bekannten, der Arzthelferin Jasykowa, an.

Meine Frau ging in das »Gewölbezimmer« zu Alexandra Lwowna und ich nach oben, wo ich mit Lew Nikolajewitsch Schach spielte.

Tschertkow hat Alexandra Lwowna noch einen Brief an Lew Nikolajewitsch mitgegeben, in dem er schreibt, Lew Nikolajewitsch brauche nicht zu meinen, dass er bei Sofja Andrejewna im Wort stehe, ein freier Mensch habe nicht das Recht, sich Versprechen abnehmen zu lassen, ihm sei es völlig verständlich, aus welchem Antrieb heraus Lew Nikolajewitsch beschlossen habe, Sofja Andrejewna nachzugeben und sich nicht mit ihm zu treffen, glaube aber, dass er sich in diesem Fall geirrt habe und dass man solche Zugeständnisse nicht machen dürfe, da sie dem gesunden Menschenverstand widersprächen, und so weiter.

Als Dima sich zu uns setzte, sagte Lew Nikolajewitsch zu ihm: »Ich werde möglicherweise deinem Vater schreiben, sag ihm einstweilen, dass ich mit ihm übereinstimme, in einem allerdings hat er nicht recht: Es ist absolut nicht so, dass ich mich durch irgendein Versprechen gebunden fühle. Ich habe ihr das Versprechen gegeben, wie man einem unverständigen Kind etwas verspricht, und zwar nur aus einer momentanen Situation heraus, dieses Versprechen bindet mich nicht im Geringsten. Was mich bindet, ist mein Mitgefühl für sie. Mag sein, dass ich nicht recht habe, aber im Moment kann ich nicht anders. Ich allein weiß, wie bedauernswert sie ist. Und je schlechter es ihr geht, desto leichter fällt es mir trotz meiner Bedrücktheit, sie zu bemitleiden ... Ich habe heute schon einen Brief an deinen Vater geschrieben. Hat er ihn bekommen? Als ich schrieb, habe ich immerzu an die liebe Olga gedacht; alle habe ich in meinem Brief berücksichtigt, bloß sie nicht. Ich weiß, dass ihr das weh getan hat. Bestell ihr, dass ich sie liebe und immer an sie denke.«

Ich sagte Lew Nikolajewitsch, dass Olga Tolstaja mich gebeten habe, ihm einen Gruß auszurichten.

Lew Nikolajewitschs Antwort auf Tschertkows letzten Brief lautet:

»Ich habe Ihren langen Brief gelesen und gebe Ihnen in allem recht, abgesehen davon, was sie über die Selbsteinschränkung meiner Freiheit denken und sagen, die ich mir angeblich mit meinem Versprechen auferlegt habe. Ich stimme Ihnen zu, dass man niemandem und besonders keinem Menschen, der sich in einer solchen Situation wie sie zur Zeit befindet, ein Versprechen geben sollte, doch was mich bindet, ist keineswegs das Versprechen (ich fühle mich auch nicht vor ihr und meinem Gewissen verpflichtet, es einzulösen), sondern einfach Mitempfinden, Mitleid, wie es mich heute mit besonderer Stärke überkam und worüber ich Ihnen schrieb.

Ihre Lage ist sehr schwer. Niemand kann das so deutlich erkennen und so sehr mitfühlen.

Ich bin froh für Sie alle.

Als ich mich heute früh anschickte, Ihnen zu schreiben, dachte ich an die liebe Olja und die Kinder, dann aber ist es mir entfallen. Sagen Sie es ihr.

Bemühen wir uns also, wieder zueinanderzufinden. Wir dürfen auch gar nicht voneinander getrennt sein, selbst wenn wir es wollten. L. T. 14. August (abends).«

Während wir Schach spielten, saßen auf der anderen Seite des Zimmers am kleinen runden Tisch Sofja Andrejewna, Larissa Nikolajewa und Jasykowa. Sie waren etwas später gekommen, so dass das oben wiedergegebene Gespräch nicht in ihrem Beisein geführt wurde.

Nikolajewa brachte die Rede darauf, wie sehr sie es bedauere, dass Lew Nikolajewitsch und Sofja Andrejewna diese Reise unternähmen, sie könne nicht verstehen, wozu das gut sein solle. Sofja Andrejewna war ohnedies schrecklich erregt, und damit goss sie noch Öl ins Feuer.

Sobald wir unsere Partie beendet hatten, eilte ich ins »Gewölbezimmer« und sagte den dort Sitzenden, sie möchten irgendwie dafür sorgen, dass dieses Gerede aufhöre. Sie liefen nach oben. Das Thema wurde gewechselt.

Lew Nikolajewitsch begann mit Chirjakow Schach zu spielen. Chirjakow gewann eine Figur (er ist ein guter Spieler), und Lew Nikolajewitschs Situation war hoffnungslos, doch als Chirjakow dann einen Fehler machte, gelang es ihm, die Figur zurückzuholen und eine günstige Entwicklung der Partie zu erreichen. Er gewann sie dann auch (ich stand daneben und nahm zweimal eine kurze Analyse ihres Standes vor) und freute sich sehr darüber.

»Jetzt werde ich nicht mehr gegen Sie spielen«, sagte er zu Chirjakow.

Während der Partie hatte er ihn wissen lassen: »Ihr Brief hat auf mich einen starken Eindruck gemacht, und auf Alexander Borissowitsch auch. Sicherlich haben Sie viel Material, Sie können das ausbauen und sollten es unbedingt veröffentlichen.«

Chirjakow sagte, er hätte gern noch vieles hinzugefügt, aber befürchtet, damit das Ganze weniger interessant zu machen.

»Im Gegenteil, es ist sehr interessant, und selbst wenn Sie

nichts hinzufügen, sollten Sie es veröffentlichen. Besonders schrecklich ist gegenwärtig diese Kombination von kultureller Verfeinerung und archaischer Grobheit. Wenn man sich überlegt: einerseits Photographie, elektrisches Licht, und andererseits malträtiert man Menschen mit Stricken. Das ist entsetzlich … Ich habe mir schon lange geschworen, mich zurückzuhalten und nicht die Regierung anzugreifen, kann aber einfach nicht schweigen. Wissen Sie, wie viel von allen möglichen Beamten unterschlagen worden ist, was Revisionen so zutage fördern? Achtundzwanzig Millionen.«

Nach dem Schachspiel trat Lew Nikolajewitsch aus dem Salon auf den oberen Treppenabsatz. Ich folgte ihm.

»Sie ist fürchterlich«, sagte er zu mir. »Heute früh hat sie mir Sachen erzählt, die sich überhaupt nicht wiedergeben lassen. Sie ist ganz und gar krank. Ich allein kenne mich in vollem Umfang damit aus. [Tatjana Lwowna hatte berichtet, am Morgen, als sie sein Zimmer betrat, habe er am Tisch gesessen und, den Kopf auf die Arme gesenkt, heftig geweint. Auf ihre Frage, was mit ihm sei, habe er geantwortet: »Du kannst dir nicht vorstellen, womit sie mir soeben zugesetzt hat!« Und er erzählte ihr, Sofja Andrejewna habe von ihm verlangt, woran zu denken sie in ihrem Alter besser längst aufgehört hätte.] Und ich glaube, das Schlimmste kommt erst noch. In Bezug auf unsere Reise bekomme ich von ihr zu hören: ›Wozu fahren? Hier bin ich zu Hause, und dort werde ich mich gehemmt fühlen.‹ – ›Das kann nur gut sein, wenn du dich dort zurückhältst.‹ Ich sage mir jetzt ständig: Nimm dein Kreuz auf dich jeden Tag. Ja, jeden Tag. Sich für die Zukunft etwas wünschen oder vornehmen, das geht nicht. Da muss man mit dem Schlimmsten rechnen.«

Vor dem Teetrinken fragte mich Sofja Andrejewna, was ich denn da aufschreibe (am Klavier stehend, machte ich mir Notizen auf einem Blatt Papier). Ich sagte ihr, ich schriebe Lew Nikolajewitschs Worte mit.

»Ich weiß schon, was Sie mitschreiben.« Gereizt fügte sie hinzu: »Jetzt wird von allen mitgeschrieben! Vor allem muss man die Wahrheit schreiben. Was man über mich auch sagen mag – ich habe viele Fehler –, ich schreibe nur die Wahrheit. Möglich, dass ich mich manchmal irre, jedenfalls schreibe ich immer aufrichtig und was ich für die Wahrheit halte.«

Ich reagierte nicht darauf.

Später beim Tee sagte Sofja Andrejewna zu mir und noch jemandem, der dabeisaß, dass sie eigentlich keine Zeit und überhaupt keine Lust habe, nach Kotschety zu fahren.

»Warum fahren Sie dann?«, wollte ich wissen.

»Mein Despot fährt und ich mit ihm, ohne ihn bleibe ich nicht hier: Ich habe gesagt, dass ich ihn nie mehr allein lasse, und daran halte ich mich!«

Tatjana Lwowna erzählte, Sofja Andrejewna habe zu ihr gesagt, Lew Nikolajewitsch werde im Park von Kotschety hübschen Mädchen hinterherlaufen.

Über Lew Nikolajewitschs Verhältnis zu Tschertkow soll sie geäußert haben: »Das ist eine sabberige Greisenliebe.«

Alexandra Lwowna ist sehr aufgebracht, weil Sofja Andrejewna gesagt haben soll, es war wohl zu Jekaterina Tolstaja, sie brauche Warwara Feokritowa nicht und werde sich eine andere Abschreiberin suchen.

Alexandra Lwowna sprach davon (wir saßen im Empfangsraum), dass sie ohne Warwara Feokritowa nicht in Jasnaja Poljana bleiben werde. Sie sagte das in sehr erregtem Ton zu Lew Nikolajewitsch, der sie mit dem Hinweis zu beruhigen suchte: »Noch ist es dazu nicht gekommen, und sollte es geschehen, dann entscheidest du, was zu tun ist, einstweilen musst du dich nicht unnötig aufregen …« Zu mir gewandt, sagte Lew Nikolajewitsch: »Wovon ich schon vorhin gesprochen habe, das wiederhole ich jetzt: ›Es ist genug, dass ein jeglicher Tag seine eigene Plage habe.‹ Und ›Nimm dein Kreuz auf dich jeden Tag.‹ Wir wissen nicht, was uns erwartet. Nikitin meint, zu erwarten sei das Schlimmste, und ich glaube, er hat recht.«

Am Ende des Gesprächs sagte Lew Nikolajewitsch zu Tatjana Lwowna: »Mama nachgeben kann ich nur bis zu einer gewissen Grenze, die ich nicht überschreiten werde; wenn die Forderungen über diese Grenze hinausgehen, kann ich hier nicht bleiben. Sascha und ich hatten vor, wegzugehen, ohne es ihr zu sagen, und das wäre besser gewesen.«

Lew Nikolajewitsch hatte Lust, Musik zu hören. Ich spielte Beethovens Sonate cis-Moll und Schumanns »Carnaval«.

Von »Carnaval« gefällt Lew Nikolajewitsch nicht alles. Überhaupt rührt ihn Schumann selten an. Nach »Carnaval« spielte ich noch zwei, drei Stücke von Chopin, die ihn immer mitreißen.

Als ich geendet hatte, fragte Lew Nikolajewitsch meine Frau: »Sie nehmen es doch nicht übel, dass wir Ihren Mann ausbeuten?«

Sie erwiderte, sie freue sich immer, wenn ich für ihn spiele. Lew Nikolajewitsch sagte noch zu ihr, ich hätte heute mit großem »entrain« (Schwung) gespielt. Und zu mir: »Unsere Fahrt nach Kotschety hat jetzt [da Sofja Andrejewna mitfährt] jeden Sinn verloren. Ich weiß nicht, wozu wir hinfahren.«

Ich gab zu bedenken, es bestehe immerhin die Hoffnung, dass es dort für alle leichter sein werde.

Ungeachtet der belasteten Atmosphäre war dieser Abend dank Lew Nikolajewitsch mit einer Art sanftem Licht erfüllt, das von ihm auszugehen schien und alles ringsum erhellte.

Gegen elf Uhr machte sich meine Frau mit Chirjakow und Tschertkows Sohn auf den Heimweg. (Meine Frau sollte Lew Nikolajewitsch nicht mehr lebend sehen.)

Ich nächtigte im kleinen Empfangsraum. Als ich mich dorthin zurückzog, saßen Tatjana Lwowna und Lew Lwowitsch noch im Salon. Lew Nikolajewitsch war schon in seinem Zimmer und bereitete sich für die Nachtruhe vor. Sofja Andrejewna trat gewohnt geräuschvoll bei ihm ein und fragte: »Was ist nun, soll ich morgen mitkommen oder nicht?«

»Wie du möchtest«, sagte Lew Nikolajewitsch, »wenn du Lust hast, dann komm mit.«

Sie richtete diese Frage noch zwei-, dreimal an ihn, doch er gab ihr jedes Mal dieselbe Antwort.

Sofja Andrejewna verließ sein Zimmer eiligen Schritts, rannte fast hinaus, betrat den Salon und sagte mit erregter Stimme zu Tatjana Lwowna und Lew Lwowitsch: »Na bitte, ihr sagt, ich solle nicht mitfahren, während er mir gerade die ganze Zeit *zugeredet* hat mitzukommen. Wie kann ich also hierbleiben?«

»Fahren Sie mit, Mama«, sagte Tatjana Lwowna, »aber ich weise Sie im Voraus darauf hin: Wenn Sie ihm dort Ärger machen, dann werde ich Kotschety verlassen, denn das Haus ist voller Leute, und ich müsste mich einfach Ihrer schämen.«

Da ich mich zwischen Arbeitszimmer und Salon befand, bekam ich ungewollt beide Gespräche mit.

Ich legte mich hin und las bis gegen zwei Uhr Alexandra Lwownas Aufzeichnungen, die sie mir gegeben hatte. Sie enthalten viel Interessantes, und der Ton ist maßvoll, abgesehen davon, dass sie sich stellenweise zu sehr über Sofja Andrejewna erbost.

15. August. Am Morgen standen alle gegen sechs Uhr auf. Lew Nikolajewitsch fühlte sich sehr schwach. Wieder sagte er zu seinen Töchtern und zu mir, dass es für ihn besser wäre, nicht zu fahren, er sei schwach und ihm falle das Ganze sehr schwer.

Im Gespräch mit mir wiederholte er, was er schon Tatjana Lwowna erzählt hatte – was Sofja Andrejewna gestern von ihm verlangt habe.

Sie eilte betriebsam hin und her, ohne immer verbergen zu können, dass ihr nicht wohl in ihrer Haut und durchaus bewusst war, wie sehr es alle belastete, dass sie mitfuhr.

Da sie Alexandra Lwowna keinen Kutscher gab und ihr Mitkommen so ganz offensichtlich zu verhindern trachtete, musste die einen im Dorf dingen, eigene Pferde hatte sie nicht.

Als Erste fuhren Alexandra Lwowna und Warwara Feokritowa los, dahinter kamen Lew Nikolajewitsch mit Sofja

Andrejewna, Tatjana Lwowna mit Makovický und ich auf Shutschka. Maria Schmidt, die nach Hause wollte, folgte mir, konnte unser Tempo jedoch nicht mithalten.

In Koslowka lobte Lew Nikolajewitsch mein Kavalleristenkönnen, was meiner Eigenliebe sehr schmeichelte, bin ich doch ein ziemlich schlechter Reiter.

Auf dem Bahnhof mussten wir 35 bis 40 Minuten warten. Lew Nikolajewitsch wirkte sehr geschwächt. In dem kalten Wind fror er und setzte sich deshalb in das Bahnhofsgebäude.

Aus Owsjannikowo erschienen Pawel Boulanger und Jelena Gorbunowa mit ihrer Schwester und den Kindern. Sie erwarteten mit demselben Zug aus Moskau Iwan Gorbunow. Etwas später erreichte auch Maria Schmidt den Bahnhof. Die Stimmung war bei allen gedrückt, die Lew Nikolajewitschs ungewohnt düster. Wohl noch nie hatte ich ihn so gesehen. Der Zug fuhr ein. Lew Nikolajewitsch konnte nur wenige Worte mit Gorbunow wechseln, bevor wir alle den Wagen zweiter Klasse bestiegen. Die Damen und Makovický belegten ein Abteil, Lew Nikolajewitsch bekam ein zweites – das ganze. Als sich alle eingerichtet hatten, wurde Lew Nikolajewitsch die Post gebracht, und wir ließen ihn allein. Er bat mich, vor Schtschokino von ihm Abschied nehmen zu kommen.

Da Sofja Andrejewna nicht zu ihm hineinging, blieb er ungestört. Tatjana Lwowna hat zweifellos Einfluss auf sie.

Kurz vor Schtschokino betrat ich Lew Nikolajewitschs Abteil. Unverändert schwach, sagte er zu mir: »Bestellen Sie Wladimir Grigorjewitsch, dass ich völlig niedergeschlagen bin.« Nach einer kurzen Pause fügte er hinzu: »Ich fühle, dass das nicht so weitergehen kann; ich glaube, das muss mit einer Katastrophe enden, und zwar sehr bald.«

Ich sagte, ich sei zwar froh, dass er diese Reise unternehme, denn dort werde er es sicherlich besser haben, doch für mich werde es traurig sein, ihn vorläufig nicht zu sehen.

»Ich habe mich auch so an Sie gewöhnt«, erwiderte Lew Nikolajewitsch »Ihre Anwesenheit ist gewissermaßen zu einem notwendigen Attribut unseres Lebens geworden. Nun, leben sie wohl, haben Sie Dank.«

Ich küsste ihm die Hand, und wir umarmten uns. Mir war sehr schwer ums Herz. Als besonders beängstigend empfand ich seine überaus schlechte körperliche Verfassung.

Alexandra Lwowna sagte mir, Lew Nikolajewitsch habe Sachen einpacken lassen, die er normalerweise nicht mitnehme, wenn er verreise. Offenbar hat er die Möglichkeit im Auge, sehr lange zu bleiben oder gar nicht mehr zurückzukehren.

Nach Lew Nikolajewitschs Abreise erreichten uns bis zum dreißigsten August nur briefliche Nachrichten von ihm, die ich in chronologischer Reihenfolge wiedergebe.

1. Brief an mich vom *16. August.*

»Sehen Sie, wie rasch ich mein Versprechen einlöse. Wir sind gestern wohlbehalten angekommen, obwohl Lew Nikolajewitsch sehr, sehr erschöpft war. Heute aber ist er ein wenig munterer. Sofja Andrejewna war unterwegs erträglich, hier ist sie einstweilen sanft und friedlich. Gestern nahm sie es Lew Nikolajewitsch übel, dass er sich von mir sein Tagebuch holte – sie bekam das mit –, aber Tanja versteht es ganz fabelhaft, sie zu zügeln. Grüßen sie Ihre Frau.«

2. Brief an Tschertkow vom selben Tag.

»Lieber Freund, bei uns steht es weder gut noch schlecht, aber weitaus besser als in Jasnaja Poljana. Sofja Andrejewna verhält sich still und fügsam, behandelt Sascha sehr freundlich, lässt Lew Nikolajewitsch wie schon unterwegs unbehelligt, geht ihm sogar aus dem Weg. Zu Verdruss und Verstimmung kam es, als sie am Abend mitbekam, wie Lew Nikolajewitsch sich bei Sascha sein Tagebuch holte. Und heute hat sie ihm deswegen geschrieben. Doch dann befolgte sie meine Bitte, nicht darüber zu reden, und versprach, sich zusammenzunehmen. Sie ist dabei, sich kundig zu machen, wie sie am besten zu Maslows gelangt, aber ich denke, sie wird nicht fahren.

Während der Zugfahrt sprach sie davon, wie es sie quäle, einen Feind zu haben, nie zuvor habe sie Feinde gehabt, worauf ich ihr zu bedenken gab, dass sich das sehr leicht ändern lasse, sie brauche Ihnen nur die Hand zu reichen. Aber dann stellte sie sich vor, wie schwer es ihr fallen würde, Ihre Anwesenheit zu ertragen, und sagte, wenn Sie ihre Bedingung annähmen, einen Besuch pro Woche in Jasnaja Poljana zu machen, könne sie dem gern zustimmen. Darauf entgegnete ich ihr, dass Sie meiner Meinung nach keinerlei *Bedingungen* akzeptieren könnten, doch wenn sie Ihnen sagte, dass sie sich noch nicht genügend in der Gewalt habe, dass es ihr schwerfallen werde, Sie öfter zu sehen, dürfte es Ihnen aus Mitgefühl mit ihr möglich sein, sich zu bemühen, weniger häufig zu kommen.

Ich glaube, wenn Sie ihr schrieben, dass die Hindernisse für Ihren Aufenthalt in Teljatinki aus dem Weg geräumt sind, ihr sagten, dass es Sie freuen würde, wenn sie Ihnen ihr Wohlwollen wiederschenkte, und vielleicht noch hinzufügten, dass es Ihnen leid tue, falls Sie sie mit irgendwelchen Worten gekränkt haben sollten, dann wäre sie froh über die Möglichkeit, sich mit Ihnen auszusöhnen.

Verzeihen Sie mir, dass ich mir erlaube, Ihnen Ratschläge zu erteilen. Alles, was ich Ihnen schreibe, habe ich Lew Nikolajewitsch erläutert, und er hat meine Absicht, Ihnen das hier Dargelegte zu schreiben, wärmstens befürwortet.

Ich denke, dass die Wogen des Konflikts mit Ihnen sich jetzt allmählich glätten werden, bedenken Sie, welches Glück es für Sie und für Lew Nikolajewitsch bedeuten wird, sich wieder in Ruhe treffen zu können. Ich glaube keine Minute lang, dass Sofja Andrejewna gesund geworden ist und dass sich der Charakter ihrer Krankheit ändern wird, aber für eine gewisse Zeit müsste jetzt Frieden einkehren können, und für einen neuen Ausbruch wird es einen anderen Vorwand geben als Ihre Person. Möglich, dass ich mich irre, jedenfalls habe ich diesen Eindruck, und zum Teil wird es bei Ihnen liegen, ihrem krankhaften Argwohn Rechnung zu tragen und in der ersten Zeit bei Ihren Besuchen darauf zu achten, von allen gesehen zu werden, damit sie keine Intrigen argwöhnen kann. Ich bin mir darüber im Klaren, dass ich Ihnen etwas vorschlage, was für einen fremden Menschen sehr schwer zu leisten ist, doch um Lew Nikolajewitschs willen sollten Sie das können, und es wird Ihnen Erleichterung bringen. Auf Wiedersehen. Für Ihre gesamte liebe Familie herzliche Grüße und alle erdenklichen Zärtlichkeiten.«

3. Aus einem Brief an Tschertkow vom *16. August.*

»<…> Wir sind wohlbehalten angekommen, obwohl Lew Nikolajewitsch erschöpft war. Heute geht es ihm besser, ganz gut freilich nicht.«

4. Brief an Tschertkow vom *21. August.*

»Ihren Brief, lieber Freund, habe ich soeben erhalten, und da sich die Möglichkeit bietet, antworte ich ungesäumt. Haben Sie Dank für diesen Brief wie auch für die Bekundung Ihrer Geneigtheit, die Freude schenkt und beflügelt.

Wenn Sie jetzt Sofja Andrejewna sähen, könnten sie nicht anders, als Sie zu bemitleiden. Heute früh erschien sie am ganzen Leibe zitternd und puterrot, weil sie in der Nacht keinen Schlaf finden konnte, nachdem sie Sie gestern zusammen mit Lew Nikolajewitsch auf einem Photo gesehen hatte. Sie sagte heute, jetzt habe sie erkannt, dass das Wahnsinn sei, und sie hoffe, ihn zu überwinden, noch aber habe sie sich nicht in der Gewalt. Ich riet ihr, sich mit Ihnen zu treffen, wenn sie allein in Jasnaja Poljana sein wird, doch sie meinte, dazu fühle sie sich noch nicht in der Lage. Dann sagte ich ihr, wenn sie bei diesem Standpunkt bliebe, würden wir ihr alle helfen, aber da gingen die irren Reden schon wieder los: ›Wozu diese körperliche Nähe … Mir sind die Augen aufgegangen …‹ und so weiter und so fort. Was für eigennütziges Herangehen will sie hier erkennen?! Nichts als Irrsinn und Leiden.

Soeben beginnt der Aufbruch zur Station. Ich schreibe morgen wieder. Tapsel [den englischen Photographen] brauchen Sie gar nicht herzuschicken. Lew Nikolajewitsch wird das unangenehm sein, weil sie das ebenfalls sehr quält und gereizt macht. Leben Sie wohl. Sofja Andrejewna beabsichtigt, am 30. abzureisen und zurückzukehren.«

5. Brief an mich vom *23. August.*

»Sie baten mich, Ihnen zu schreiben, Alexander Borissowitsch, aber eigentlich gibt es nichts Berichtenswertes. Lew Nikolajewitsch arbeitet an nichts, heute hat er ein bisschen Korrektur gelesen, interessante Briefe sind keine gekommen. Vorgestern war ein alter Skopze da, er erzählte seine Biographie, die ich mitstenographieren konnte, sie liest sich ganz interessant. Gestern hatten wir hier vier Bauern, die über den Glauben sprachen. Alle bis auf einen sind überzeugte Orthodoxe. Ohne Lew Nikolajewitsch Gehör zu schenken, redeten sie über das, was sie bewegt: Wunder, Reliquien, Feste. Es war ein unerfreuliches Gespräch, gleichwohl habe ich es mitgeschrieben.

Sofja Andrejewna ist zwar, wie ich schon schrieb, erregt und jeden Moment fähig, aus der Rolle zu fallen, beherrscht sich aber dank der fremden Atmosphäre und des fremden Lebensrhythmus. Lew Nikolajewitsch wird von ihr wenig gestört und behelligt, wenn er jedoch ausreitet, setzt sie die Durchsuchung seines Zimmers fort. Nun, auf Wiedersehen, schreiben Sie mir bitte. Einen herzlich Gruß an Ihre Frau und all die Ihrigen.«

Am *23. August* fuhr ich nach Moskau zu den Prüfungen am Konservatorium und schrieb unterwegs aus Tula einen Brief an Lew Nikolajewitsch:

»Lieber Lew Nikolajewitsch, ich schreibe Ihnen aus Tula. Ich fahre nach Moskau zu den Aufnahmeprüfungen am Konservatorium und werde drei Tage bleiben.

Mir ist, als wären Sie schon lange fort und ich hätte Sie eine Ewigkeit nicht gesehen. Der Verlauf dieses Sommers hat in den Herzen aller, die Ihnen nahestehen, eine schwere Spur hinterlassen, doch ist er mir allein schon dadurch teuer, dass ich mich Ihnen nie zuvor so nahe gefühlt habe wie in dieser ganzen Zeit.

In den letzten Tagen habe ich mich sehr schlecht gefühlt; zum Klavierspielen komme ich überhaupt nicht, das Korrekturlesen beansprucht ziemlich viel Zeit. Wladimir Grigorjewitsch sehe ich täglich mehrmals. Er macht einen betrübten und körperlich angegriffenen Eindruck, obwohl ihm im Grunde nichts fehlt. Seine Frau hatte Verdauungsbeschwerden, jetzt geht es ihr aber besser. Seine Mutter reist morgen ab, und er will sie nach Moskau begleiten. Olga Tolstaja ist auch in Teljatinki.

Ich denke ständig und viel an Sie, und es tut weh, zu wissen, in welcher Bedrängnis Sie sind und wie schwierig es ist, aus dieser Lage einen Ausweg zu finden.

Tagtäglich erfährt man immer Neues von der schrecklichen Drangsal, die Sie auf sich nehmen müssen, und oft ist nicht definitiv herauszufinden, was hier überwiegt – Krankheit oder böser Wille.

Mehr und länger als alle vertrat ich die Ansicht, dass man bis zu einer denkbaren Grenze nachgiebig sein sollte, doch jetzt sehe ich immer häufiger, dass dies lediglich bedeutet, dem Bösen Vorschub zu leisten. Verzeihen Sie, dass ich das ausspreche; ich habe eine zu große Nähe gewonnen zu allem, was um Sie herum vor sich geht, und mir fällt es schwer, mich herauszuhalten, umso mehr, als ich mich in letzter Zeit daran gewöhnt habe, über alles mit Ihnen völlig frei und offen zu sprechen.

Sie schreiben an Wladimir Grigorjewitsch, dass Sie die ganze Zeit nicht arbeiten. Gebe Gott Ihnen die Kraft, diesen schlimmen Zustand zu überwinden. Sie sprechen immer wieder davon, dass Sie ›ausgebadet‹ hätten. Das kann man nicht von sich wissen, und deshalb sollte es ungesagt bleiben. Wer Sie näher kennt, der kann das auch kaum glauben.

Wie ich hörte, war Olsufjew in Kotschety; sicherlich spielen Sie mit Ihm und mit Suchotin Schach, und das macht mich neidisch. Ich habe hier einige Partien mit Chirjakow gespielt und insgesamt eine mehr gewonnen, worauf ich sehr stolz bin.

Entschuldigen Sie meinen langen Brief, und wenn es möglich ist, vergessen Sie den Sie heiß liebenden A. Goldenweiser nicht.«

6. Brief an Tschertkow vom *24. August.*

»Lieber Wladimir Grigorjewitsch, ich schreibe Ihnen ganz kurz, um Sie nicht ohne Nachricht zu lassen.

Bei uns ist alles ruhig. Obwohl sich an Sofja Andrejewnas boshafter Ungerechtigkeit nichts geändert hat, offenbart sich das kaum, und wenn doch, dann in ruhiger Form. Lew Nikolajewitsch hat es hier weniger schwer mit ihr, sie vermeidet es, in seinem Zimmer zu erscheinen, und sagt: ›Ich werde beweisen, dass ich ihm nicht zur Last falle.‹ Wahrscheinlich wird sie nach dem 28. nach Jasnaja Poljana und weiter nach Moskau fahren. Unser Abreisetermin steht noch nicht fest.«

7. Brief Lew Nikolajewitschs an Tschertkow vom *24. August.*

»Ich hatte einen langen Brief an Sie vor, aber als ich eben in Saschas Zimmer kam, stellte ich fest, dass sie Ihnen schreibt, und so werde ich wenigstens etwas hinzufügen. Mein Wunsch wäre, dass es Ihnen und Ihrer Frau genauso gut geht wie mir (viel, viel besser als in Jasnaja Poljana). Schreiben Sie mir öfter. Ich werde mich auch bemühen. Zu tun gibt es in Hülle und Fülle. Ich liebe Sie sehr wie immer. Lew Nikolajewitsch«

8. Brief an Tschertkow vom *25. August.*

»Abrikossows [Chrissanf Nikolajewitsch Abrikossow und seine Frau Natalja, Großnichte Lew Nikolajewitschs] und die jungen Suchotins [Stiefsöhne Tatjana Lwownas] danken Ihnen sehr für die Photos, lieber Freund. Die wunderschönen Aufnahmen von Menschen, denen Sie zugeneigt sind, haben allen große Freude bereitet.

Mit jeder Post erhoffe ich mir einen Brief von Ihnen an Sofja Andrejewna, aber offenbar sind Sie noch nicht so weit. Zu der Nachricht, die ich Ihnen das letzte Mal auf die Schnelle schrieb, möchte ich hinzufügen, dass Sie die Worte zurücknehmen könnten, die sie (nach ihrer Aussage) von Ihnen zu hören bekommen hat: Sie würden sich erschießen, wenn Sie so eine Frau hätten. Diese Worte zitiert sie besonders häufig, und die Erinnerung daran regt sie auf.

Gestern gestand sie mir, dass sie argwöhnt, Lew Nikolajewitsch treffe sich irgendwo hier mit Ihnen, und als ich das ärgerlich zurückwies, sagte sie, ich solle ihr nicht böse sein, das Aussprechen dieses Verdachts habe sie erleichtert.

Goldenweiser schreibt mir, ich möge mich an Stolypin wenden, um ihm Sofja Andrejewnas Schreiben zu erläutern (angeblich soll sie an Stolypin die Bitte gerichtet haben, Sie aus dem Gouvernement auszuweisen). Doch sie hat keinen Brief an ihn abgeschickt. Als sie erfuhr, dass Sie in Teljatinki bleiben, erbleichte sie und sagte: ›Nun, das ist mein Todesurteil!‹ Danach war sie den ganzen Tag schrecklich erregt, redete irres Zeug zusammen, entwarf einen Brief an Stolypin und las ihn jedem vor, der bereit war, ihn sich anzuhören. Tags darauf war sie ruhiger und sagte mir, sie habe inzwischen erkannt, dass ihr Verhältnis zu Ihnen Wahnsinn ist. Gestern hat sie die ganze Nacht durchgeweint und -gebetet.

Ich schrieb Ihnen, dass ich glaube, sie habe keine materiellen Pläne. Das glaube ich nach wie vor, möchte Ihnen aber erläutern, wie ich das verstehe. Mir scheint, da ihr viele geistigen Seiten des Lebens fremd sind, kann sie das *menschliche Heil* in nichts anderem als im materiellen Wohlstand sehen. Wenn die Gereiztheit in ihr hochsteigt, beginnt sie sofort alle zu bezichtigen, dass man sie irgendwelcher materieller Vorteile berauben will, und sie kämpft für sie.

Ich versuche ihr klarzumachen, dass sie hier mit keinen Zugeständnissen mehr zu rechnen hat, und rate ihr, nichts zu inszenieren. Aber wer weiß, wie lange ihre Selbstbeherrschung anhält.

Wie man hört, sind Sie nicht wohlauf. Das macht uns alle sehr traurig. Ich hoffe, es geht vorüber.

Herzliche Grüße an all die Ihrigen.«

9. Brief Lew Nikolajewitschs an Tschertkow vom *25. August*.

»Heute habe ich aus dem Brief Warwara Feokritowas an Sascha erfahren, dass Sie krank sind, und das hat mich betrübt, besonders weil dazu sicherlich all die Unannehmlichkeiten beigetragen haben, deren ungewollte Ursache ich bin. Wir wollen uns ermannen, lieber Freund, und uns nicht den körperlichen Einflüssen ergeben. Mir wird immer klarer, dass das möglich ist. Und manchmal gelingt es mir auch. Heute habe ich einen Brief von Alexander Borissowitsch erhalten, er schreibt, dass Sie schlecht aussehen, sagt aber nichts über Ihre Gesundheit. Schreiben Sie mir bitte häufiger, nicht unbedingt inhaltsvoll, sondern einfach so, was Ihnen in den Sinn kommt. Genauso wie Sie sicherlich von mir wenigstens das Wichtigste wissen möchten, in welcher geistigen Verfassung ich bin, woran ich arbeite, was ich denke und fühle, so möchte ich auch mehr über Sie erfahren.

Von mir kann ich sagen, dass ich mich hier sehr wohl fühle. Selbst mit der Gesundheit, auf die sich ständige geistige Beunruhigung auswirkte, steht es wesentlich besser. Im Umgang mit Sofja Andrejewna bin ich um größtmögliche Sanftheit und Festigkeit bemüht, und anscheinend erreiche ich mehr oder weniger mein Ziel, sie zu besänftigen, wenngleich der Hauptpunkt, das Verhältnis zu Ihnen, unverändert bleibt. Mir gegenüber äußert sie sich dazu nicht. Ich weiß, dass Sie das sonderbar anmutet, aber sie tut mir oft schrecklich leid. Wenn ich daran denke, was sie durchmacht in ihren einsamen Nächten, die sie großenteils schlaflos verbringt, mit dem getrübten, krankhaften Bewusstsein, dass sie nicht geliebt wird und für alle bis auf die Kinder eine Last ist, kann ich nicht anders, als sie zu bemitleiden.

Neues schreibe ich nicht. In meinem Tagebuch halte ich Gedanken und selbst Pläne für belletristische Arbeiten fest, die ich ins Auge gefasst habe, doch vergehen alle Vormittage mit Korrespondenz und in letzter Zeit mit der Durchsicht der Korrekturen von Gorbunow. Einige Bändchen gefallen mir sehr.

Meine Töchter lieben mich und ich sie mit einer guten, etwas ausgefallenen Liebe, aber nicht übertrieben, und ich habe große Freude an ihnen.

Zu schaffen macht mir wie immer, und besonders hier, mein luxuriöses Leben inmitten des armen Volkes. Die hiesigen Bauern sagen: ›Im Himmel ist das Reich Gottes und auf der Erde das Reich der Herren.‹ Hier ist der Luxus noch besonders groß, diese Redensart hat sich in meinem Hirn festgesetzt und verstärkt das Bewusstsein der Schändlichkeit meines Lebens.

So viel über mich. Schöne Grüße an Ihre Frau, Dima und all die Ihrigen, unsere Freunde. L. T.«

10. Brief Lew Nikolajewitschs an mich vom *26. August*.

»Vielen Dank für Ihren schönen Brief, lieber Alexander Borissowitsch. Danke für Ihre Freundschaft zu mir und zu meinem besten Freund Wladimir Grigorjewitsch, doch malen Sie ein zu düsteres Bild meiner Lage. Ohne zu übertreiben und zu prahlen, will ich die Wahrheit sagen: Mir geht es nicht nur gar nicht übel, sondern oft sogar sehr, sehr gut. Was für eine wunderbare Sache ist es, das Leben als etwas Geistiges begreifen zu können. Wie durch den fabelhaftesten Zauberer wird so alles Böse in Segen und das Allerböseste in den größten Segen verwandelt. Ich will nicht behaupten, dass ich über diese Fähigkeit verfüge, aber ich habe das Glück, diese Möglichkeit zu erkennen und vorauszufühlen. Es kann sein, dass wir hier noch lange bleiben. Möchten Sie nicht auch herkommen? Dass sich alle freuen würden, Sie hier zu wissen (nicht allein Ihrer Musik wegen, versteht sich), brauche ich nicht zu betonen. Gestern habe ich an Wladimir Grigorjewitsch einen inhaltsleeren Brief geschrieben. Wenigstens irgendwie möchte ich mit ihm kommunizieren. Schreiben Sie mir ausführlicher über seine Gesundheit. Einen freundschaftlichen Gruß an Ihre liebe Frau. Auf Wiedersehen, hoffe ich. Lew Tolstoi.

Ich schreibe im Park, wo ich jeden Tag spazieren gehe und etwas aufschreibe. Heute habe ich mich lebhaft an Sie erinnert, und so schreibe ich denn.«

11. Brief an Tschertkow vom *27. August.*

»Lieber Wladimir Grigorjewitsch, gestern hat Lew Nikolajewitsch vergessen, Ihnen zu schreiben, dass Sie Sytin wegen ›Lesekreis‹ zur Eile drängen möchten, und er bat mich, Ihnen das mitzuteilen.

Lew Nikolajewitsch ist gesund, macht Ausritte und geht viel spazieren. Heute Abend war hier der alte Skopze, der uns in Stolbowaja besucht hat. Wie er seine Biographie schilderte, war sehr interessant, ich habe mitstenographiert.

Sofja Andrejewna befindet sich in fast demselben Erregungszustand wie in Jasnaja Poljana.

Es ist sehr schwer, hier aber immerhin besser als in Jasnaja Poljana. Schöne Grüße an alle in Teljatinki.«

12. Aus einem Brief an Tschertkow vom *27. August.*

»Eine sonderbare Frau ist Sofja Andrejewna! Gestern Abend bot sie an, mir in ihrem Tagebuch die Stelle zu zeigen, an der sie erklärt, nach dem Tod Lew Nikolajewitschs auf die Rechte an seinen Werken zu verzichten.«

30. August. Alexandra Lwowna und Sofja Andrejewna sind in Jasnaja Poljana eingetroffen. Gleich heute suchte Alexandra Lwowna in Teljatinki Tschertkows und uns auf und berichtete, Lew Nikolajewitsch sei gesund, arbeite jedoch (abgesehen von Korrekturlesen) nicht. Am 28. erzählte er den Kindern – Tanetschka Suchotina und dem Sohn von Lew Suchotin – ein Märchen. Alexandra Lwowna stenographierte mit, las Lew Nikolajewitsch den Text vor, und er korrigierte ihn. Der Junge begriff die Moral nicht und fragte, warum denn die Kinder die Milch nicht trinken wollten, während Tanetschka alles verstand.

Sofja Andrejewna verhielt sich bei Suchotins etwas besser, ließ aber nicht davon ab, in Lew Nikolajewitschs Zimmer nach dem Tagebuch zu suchen. Sie entdeckte es in einem Stiefelschaft, in dem er es verborgen hielt.

Als sie erfuhr, dass Tschertkow gestattet worden ist, in Teljatinki zu leben, schrieb sie einen Brief an Stolypin, hat ihn aber anscheinend bisher nicht abgesandt. Wahrscheinlich wird sie ihn jetzt aus Jasnaja Poljana losschicken.

Lew Nikolajewitsch führt neben dem großen Tagebuch noch ein kleines, intimes, von dem Sofja Andrejewna nichts ahnte. Sie überwachte den Briefeingang, aber Tatjana Lwowna schloss die Tasche weg, so dass sie nicht an sie herankam. Wenn Karten gespielt wurde, versäumte sie nicht, sich dazuzusetzen, sie verlangte, dass Lew Nikolajewitsch sie zum Essen geleitete und so weiter.

Als Tatjana Lwowna und Alexandra Lwowna mit ihr zur Nachbarin, der Fürstin Golizyna, fuhren und sich die Pferde ansehen gingen, nutzte sie ihre Abwesenheit, um der Fürstin, einer Außenstehenden, all die schrecklichen Dinge zu erzählen, die sie über Lew Nikolajewitsch und Tschertkow verbreitet.

Beim Abschiednehmen in Kotschety weinte Sofja Andrejewna und bat Lew Nikolajewitsch, Tatjana Lwowna und deren Mann um Verzeihung. Lew Nikolajewitsch nahm ihr das als aufrichtig ab, doch Alexandra Lwowna sagt, bereits unterwegs hätte alles wieder von vorn angefangen.

1. September. Heute erhielt Anna Tschertkowa von Lew Nikolajewitsch einen Brief folgenden Inhalts:

»Vielen Dank, liebe Freundin, für die Übersendung der Briefe. Der von Platonow [Bauer, wurde wegen Militärdienstverweigerung abgeurteilt] hat mich besonders angerührt. Ich habe ihm geantwortet und 10 Rubel geschickt. Wenn noch etwas zu tun ist, an jemanden geschrieben werden muss, soll Wladimir Grigorjewitsch mir mitteilen: an wen und was zu schreiben ist.

Sofja Andrejewna ist gestern von hier abgereist und hat sich sehr rührend von mir, Tanja und ihrem Mann verabschiedet und offensichtlich aufrichtig und unter Tränen um Verzeihung gebeten. Sie ist unendlich bemitleidenswert.

Was weiter kommt, davon habe ich keine Vorstellung. Tu, was vor deinem Gewissen und vor Gott deine Pflicht ist, und was sein wird, das wird sein, sage ich mir und bemühe mich, danach zu handeln.

Was macht Ihre und Wladimir Grigorjewitschs Gesundheit? Warwara Feokritowa hat mir mit ihrem Brief an Sascha seinetwegen Angst eingejagt. Hoffentlich umsonst. Ich danke ihm, wie immer, für alles, und erkläre mich, wie immer, einverstanden. Im Augenblick möchte ich ihm aber nicht schreiben, weil man sich die Dinge in Erinnerung rufen und klarmachen muss, und dazu fehlt mir jetzt die Zeit.

Leben Sie wohl, liebe Freundin und alle unsere Freunde. Ich gebe die Hoffnung nicht auf und bin sogar überzeugt: Wenn wir nicht bald sterben, dann auf Wiedersehen.«

2. September. Am Abend kam Alexandra Lwowna nach Teljatinki und berichtete, Sofja Andrejewna sei in einer grässlichen Verfassung. Gestern waren Maria Schmidt und Nadeshda Iwanowa in Jasnaja Poljana gewesen. Alexandra Lwowna war zusammen mit ihnen den ganzen Tag darauf bedacht, Sofja Andrejewna aus dem Weg zu gehen, da diese nicht aufhörte, ihre schrecklichen Äußerungen über Lew Nikolajewitsch und Tschertkow zu wiederholen. Als Alexandra Lwowna das nicht länger aushielt, sagte sie: »Siehst du denn nicht, dass wir uns dir den ganzen Tag zu entziehen suchen und das nicht hören wollen?«

»Maria Alexandrowna erzähle ich das zum ersten Mal«, widersprach Sofja Andrejewna.

Schließlich nahm das Gespräch eine schroffe Form an.

»Ich schmeiße dich aus dem Haus, wie ich Tschertkow rausgeschmissen habe!«, hatte Sofja Andrejewna geschrien.

Heute tat sie, als wäre nichts geschehen. »Wirst du mich wieder anschreien?«, sagte sie zu Alexandra Lwowna.

»Wenn du wieder anfängst, solche Scheußlichkeiten über Papa von dir zu geben, ja«, entgegnete diese.

Als eine Bekannte, Alexander Zingers Schwester, nach Jasnaja Poljana kam, konnte sich Sofja Andrejewna wieder nicht enthalten, ihr alles zu erzählen.

Sie schloss sich in Lew Nikolajewitschs Zimmer ein, nahm alle Photos, auf denen Tschertkow zu sehen ist, von den Wänden und erklärte, sie verbrennen zu wollen.

Dann holte sie einen Geistlichen ins Haus und ließ in ihrem Zimmer einen Bittgottesdienst mit Wasserweihe abhalten; der Priester beträufelte auch alle anderen Zimmer mit dem Weihwasser. Ihm erzählte sie ebenfalls alles, was sie über Lew Nikolajewitsch redet. Sie will jetzt erreichen, dass Lew Nikolajewitsch und Tschertkow auch noch ihren Briefwechsel einstellen.

»Vielleicht sollte man ihnen erlauben, sich einmal in der Woche zu sehen«, sagte Sofja Andrejewna zu Alexandra Lwowna, »um mit dieser Korrespondenz Schluss zu machen? So bekommt Tschertkow ja zu viele Dokumente in die Hand.«

Sie meint, Lew Nikolajewitsch werde bald nach Jasnaja Poljana zurückkehren. Er hat keinen Termin genannt, aber von einer baldigen Rückkehr gesprochen. Das wäre alles andere als wünschenswert.

Brief von mir an Lew Nikolajewitsch vom *2. September.*

»Lieber Lew Nikolajewitsch, gerade hatte ich einen zweiten Brief an Sie abgeschickt [der erste ist nicht erhalten geblieben], als ich den Ihren bekam. Ich möchte Ihnen dafür danken, dass Sie an mich denken und mir mit Ihren Zeilen solche Freude gemacht haben.

Sie laden mich nach Kotschety ein. Ich würde gern für ein, zwei Tage kommen, doch daraus kann kaum etwas werden. Erstens weiß ich nicht, inwieweit mein Besuch den Gegebenheiten entspräche, da in Kotschety auch ohne mich schon zu viele Leute sind; zweitens sind meine Frau und ich jetzt in Teljatinki nur zu zweit, und sie allein zurücklassen möchte ich nicht; außerdem habe ich viel eilige Arbeit. Wenn die Aussicht bestünde, dass Sie noch lange in Kotschety bleiben, könnte ich vielleicht von Moskau aus hinkommen, wohin wir am 8. September reisen. Traurig ist es, so lange fern von Ihnen zu sein, und ich weiß nicht, wie sich dem abhelfen lässt.

Sofja Andrejewna habe ich hier nicht gesehen, da ich nicht in Jasnaja Poljana war. Alexandra Lwowna ist einmal bei uns gewesen und hat wohl vor, heute wieder herzukommen.

Wladimir Grigorjewitsch ist gesund (Sie machen sich Sorgen um seine Gesundheit) und gestern nach Moskau gefahren, um seine Mutter zu sehen, die heute von dort abreist, ins Ausland, glaube ich. Er wird morgen früh zurückkommen. An einem Brief an Sofja Andrejewna schreibt er noch, wahrscheinlich wird er ihn nach Kotschety schicken. Er hält das auch für besser, baut er doch auf den heilsamen Einfluss Tatjana Lwownas auf Sofja Andrejewna.

Wenn Sie etwas über unser Leben erfahren möchten, so kann ich sagen, dass es uns gutgeht. Ich arbeite viel: Korrekturlesen, Klavierspielen, Lektüre. Meine Frau hilft mir viel beim Korrekturlesen. Mit großem Interesse hat sie das Kongo-Buch von Foà gelesen, das Sie ihr gegeben haben.

Sie schreiben, dass es Ihnen sehr gut geht. Sie können natürlich von innen heraus angesichts der Vorgänge ›vollkommene Freude‹ empfinden, doch uns, die wir Sie lieben, muss es allein schon um Ihre *körperlichen Kräfte* leid tun, die durch das, was um sie herum vor sich geht, vergeudet werden. Der Liebe zu sich selbst – seinem körperlichen Ich – zu entsagen ist schwer, aber noch möglich, doch der Liebe zu einem anderen lebenden Menschen zu entsagen, nicht nur zu dessen geistigem Ich, sondern seinem Gesicht, seiner ganzen Gestalt, das ist kaum möglich. Ich zumindest kann mir das nicht vorstellen. Wenn ich an einer Krankheit leide, muss ich mir sagen – hin und wieder kann ich das auch, jedenfalls bemühe ich mich darum –, dass es ein Segen ist, sehe ich indessen das Leiden eines anderen, kann ich nicht anders, als ihn zu bedauern. Das ist auch verständlich: *von innen heraus* kenne ich allein mich.

Verzeihen Sie mein Geschwätz, noch einmal vielen, vielen Dank dafür, dass Sie unverdientermaßen an mich denken und mir Ihre Aufmerksamkeit schenken.

Ihr Sie liebender A. Goldenweiser.«

3. September. Heute Morgen ist Alexandra Lwowna nach Kotschety abgefahren. Sofja Andrejewna will am 5. nachreisen.

5. September. Heute war Warwara Feokritowa bei uns und erzählte noch ein paar Einzelheiten über Sofja Andrejewna. Als sie am Morgen abgefahren sei, habe sie gesagt, sie komme mit Lew Nikolajewitsch am 8. zurück, und habe angeordnet, Pferde zu schicken. Sie sei im Haus umhergegangen und habe Lew Nikolajewitschs Bändchen »Merkblatt für den Soldaten«, »Nikolai Palkin« und andere zerrissen mit den Worten, sie sei die Herrin hier und nicht bereit, in ihrem Haus »so etwas Schandbares« zu dulden.

Zu Warwara Feokritowa habe sie gesagt, sie werde selbst eine Haussuchung veranlassen, damit alles Illegale entfernt werde, »sonst muss man sich noch dafür verantworten!«.

Sofja Andrejewna habe mit Bulgakow gesprochen und ihn zu bewegen versucht, Lew Nikolajewitschs Briefe an Tschertkow und dessen Briefe an ihn nicht zu übergeben; außerdem habe sie erklärt, dass es nicht gut sei, den Spion zu spielen, das würde »zu Goldenweiser passen«.

Ihr Unmut gegen Alexandra Lwowna geht so weit, dass sie Warwara Feokritowa verriet, manchmal nehme sie lieber den Umweg über den Hof, um ihr nicht im Haus zu begegnen.

Bei ihrer Abreise hat Alexandra Lwowna in Jasnaja Poljana zwei Fläschchen vergessen – mit Arznei und Eau de Cologne. Warwara Feokritowa steckte sie in Sofja Andrejewnas Koffer, doch die nahm sie wieder heraus und weigerte sich, sie mitzunehmen. Dann erklärte sie sich bereit, die Arznei mitzunehmen, das Eau de Cologne lehnte sie ab, weil das Spielerei und völlig unnütz sei. Warwara Feokritowa wickelte beides in Papier ein und steckte es wieder in ihren Koffer, aber sie wickelte beide Fläschchen aus, tat das Eau de Cologne weg und nahm nur die Arznei mit.

7. September. Heute erhielt ich folgenden Brief Tatjana Lwownas vom *5. September*:

»Ich habe Ihnen zum Teil deshalb nicht geantwortet, lieber Alexander Borissowitsch, weil Papa Ihnen schrieb, was für Sie von Interesse sein konnte, und zwar wesentlich farbiger und besser, als ich es vermocht hätte, und außerdem wollte ich definitiv wissen, wann er abreisen wird, um Sie herzubitten, falls er länger bleibt.

Heute traf Mutter ein und will ihn unbedingt mitnehmen, doch er möchte gar nicht gern abreisen. Wie das ausgeht, ist ungewiss.

Sie haben recht, dass wir ihm beistehen müssen, obwohl mir die Sorge um seinen Ruf, ehrlich gesagt, ziemlich fremd ist. Für ihn dagegen – das beobachte ich die ganze Zeit – ist es am leichtesten, sich zu fügen, sie zu bemitleiden und für unzurechnungsfähig zu halten und deshalb nachzugeben. Wenn er das tut, ist er ruhig und froh, sobald wir ihn aber dazu bewegen wollen, zu kämpfen und nicht nachzugeben, bedrückt ihn das. Jetzt achte ich noch stärker darauf, zu tun, was ich von Anfang an getan habe: ihm nichts als Tröstliches zu sagen, ihm Hoffnung auf Besserung in der Zukunft zu geben, ihr dagegen mit offenen, harschen, ungeschminkten Worten die Meinung zu sagen. Das habe ich heute getan, und es hat gewirkt; ich habe ihr gesagt, ihm in Jasnaja Poljana ein schweres, erniedrigendes Leben zu bereiten und ihn dorthin zu schleppen, das sei ungeheuerlich, und natürlich werde er es überall besser haben als dort. Sie wurde verlegen und fragte: »Was soll ich also tun?« Die Antwort darauf war leicht zu geben, und sie verstummte.

Wie wollen wir nun mit Ihrem Besuch verbleiben? Wenn

Sie möchten, schicke ich Ihnen ein Telegramm, sobald feststeht, wann die Eltern abreisen. Mutter hat angeordnet, am 8. Pferde zu schicken, doch an diesem Tag können wir ihnen von hier keine Pferde geben, deshalb denke ich, dass sie frühestens am 9. abfahren. Auf Wiedersehen. Grüßen Sie ihre liebe Frau. Ihre T. S.«

Gestern hat Tschertkow an Sofja Andrejewna einen langen Brief folgenden Inhalts geschrieben:

»Sehr geehrte Sofja Andrejewna!

Tatjana Lwowna erwähnte in ihrem Brief an mich Ihre dieser Tage getane Äußerung, nie zuvor hätten Sie Feinde gehabt und es sei schwer für Sie, zu der Erkenntnis zu gelangen, dass Sie es jetzt in meiner Person mit einem Feind zu tun haben; und außerdem sei die Nachricht, dass ich die Möglichkeit erhalten hätte, mit meiner Familie in Teljatinki zu bleiben, für Sie ein harter Schlag gewesen.

Mir leuchtet völlig ein, dass eine solche Animosität gegen mich für Sie tatsächlich eine sehr belastende Erfahrung sein muss. Und ich möchte gern alles tun, zumindest soweit es von mir abhängt, um dazu beizutragen, dass diese Last von Ihrer Seele genommen wird.

Nach Ihrem derzeitigen Verhältnis zu mir zu urteilen, sind Sie offensichtlich der Ansicht, dass ich an Ihnen schuldig geworden sei. Ich bin bereit und willens, meine Schuld zu bekennen und zu bereuen, sofern ich mich, nachdem ich mir, was gewesen ist, vergegenwärtigt und vor Gott abgewogen habe, tatsächlich schuldig bekennen kann.

Was meinen Umgang mit Ihnen in den 25 Jahren unserer Bekanntschaft betrifft, will ich nicht leugnen, dass ich Sie in der Vergangenheit oft beurteilt und verurteilt habe, womit ich mich in Widerspruch zu meiner eigenen Überzeugung brachte, dass der Mensch allein sich selbst zu verurteilen berechtigt ist. Das kann ich jetzt ganz offen bekennen und Sie deswegen um Verzeihung bitten.

In den letzten Jahren jedoch spürte ich auf dem Grund meiner Seele immer weniger Verurteilung Ihrer Person, zum

Teil deswegen, weil ich andere überhaupt weniger zu beurteilen begann, in größerem Maße aber zweifellos auch deswegen, weil ich Ihre wohlwollende Einstellung zu mir sah. Dazu rechne ich zum Beispiel Ihre Zuneigung zu meinem Sohn und meiner Frau; Ihr hochsinniges Eintreten für mich in der Presse bei meiner Ausweisung aus dem Gouvernement Tula; Ihre warmherzigen Besuche bei uns in Krjokschino im vergangenen Jahr und Ihre noch vor kurzem in Kotschety ausgesprochenen Worte, dass Sie gern nach Meschtscherskoje kämen, wenn Lew Nikolajewitsch bei uns zu Gast sein werde. Überhaupt haben Sie mir mit Ihrer toleranten und wohlmeinenden Einstellung, jedes Mal wenn sie deutlich zutage trat, geholfen zu erkennen, was in meinem Verhältnis zu Ihnen nicht so ganz recht war. Und dafür bin ich Ihnen zutiefst dankbar.

Bezüglich Ihrer erst kürzlich, seit Lew Nikolajewitschs Aufenthalt in Meschtscherskoje, aufgekommenen erbitterten Feindschaft gegen mich bin ich gezwungen, Ihnen wahrheitsgemäß zu sagen, dass ich, ohne heucheln zu wollen, mir daran keine Schuld geben kann.

Jedoch bin ich der Überzeugung, dass diese plötzliche, einschneidende Veränderung Ihrer Einstellung zu mir nicht Ihren persönlichen Intentionen entsprungen sein kann. Mir scheint, dass sie einerseits durch gewisse zwischen uns nicht im Ansatz geklärte höchst bedauerliche Missverständnisse und andererseits durch daher rührende üble Nachrede, die Dritte – von deren feindseliger Einstellung Sie sich anstecken ließen – über mich verbreiteten, verursacht wurde.

Hinsichtlich der zwischen uns ungeklärten Missverständnisse möchte ich, dass Sie wissen: Es wird mir stets eine Freude sein, Ihnen im Zusammenhang mit den Schriften Lew Nikolajewitschs mein gesamtes Handeln, dem Sie, ohne die wahren Gegebenheiten zu kennen, unlautere Motive unterstellen, ganz freimütig zu erläutern. (Falls Sie irgendwann eine diesbezügliche Klärung wünschen, sollte das nach meinem Dafürhalten am besten schriftlich erfolgen, sowohl der größten Eindeutigkeit und Bestimmtheit meiner

Antworten wegen als auch damit Sie sich dazu auf keine persönliche Begegnung mit mir einlassen müssen, solange Ihnen das unangenehm ist.) Es versteht sich, dass ich auf Ihre Fragen in demselben Geiste antworten würde, in dem ich jetzt schreibe, d.h. ohne mich zu schonen, aber auch unvoreingenommen und völlig aufrichtig. Wann die Zeit dafür kommt und ob sie überhaupt kommt, hängt allein von Ihnen ab. Ich bin jedenfalls überzeugt, dass Sie mit einer solchen Klärung der angehäuften Missverständnisse Ihre Seelenlast sogleich wesentlich verringern könnten.

Was indessen die Personen betrifft, die dazu beigetragen haben, Sie gegen mich aufzubringen, kann ich es nur als zutiefst betrüblich bezeichnen, dass Sie der von Seiten Dritter über mich verbreiteten üblen Nachrede den Vorzug gegeben haben gegenüber dem, was Ihnen Ihr Herz und Ihr Verstand geboten. Sollte es möglich sein, Sofja Andrejewna, dass Ihre langjährige Bekanntschaft mit mir, meine ebenso lange währende Freundschaft mit Ihrem Mann, Ihr seinerzeit sicheres Gespür in Bezug auf mich, das vor zwei Jahren bei Ihrem Familienjubiläum in Jasnaja Poljana seinen Ausdruck fand in Ihren für mich so rührenden Worten, dass ich der ›beste Freund Ihrer Familie‹ sei – sollte es möglich sein, dass all das Gute, das zwischen uns war, gut besonders dadurch, dass wir uns ungeachtet der Verschiedenheit unserer persönlichen Ansichten durch unsere unterschiedlich motivierte Nähe zu Lew Nikolajewitsch einander seelisch verbunden fühlten – sollte es möglich sein, dass all das, was uns teuer und heilig ist, zunichte gemacht wird durch irgendwelche ungeklärten Missverständnisse und leichtfertige üble Nachrede von Seiten zweier, dreier Personen, die mich genauso wenig verstehen, wie sie mir feindlich gesinnt sind?!

Wenn ich Revue passieren lasse, welche Anlässe ich meinerseits für Ihren Unwillen gegen mich gegeben haben mag, fällt mir Ihre Entrüstung ein wegen eines Ausdrucks, den ich mir unlängst in einem Gespräch mit Ihnen zu verwenden erlaubte. Das Schlimme in diesem Fall ist jedoch, dass bei Unterhaltungen, die nicht ruhig genug geführt werden, der Sinn des Gesagten in der Schnelle des Wortwechsels oft falsch aufgefasst wird. So war es auch hier. Sie verstanden den Ausdruck »das Leben sauer machen« in einem für mich nachteiligen und für Sie beleidigenden Sinn, obwohl er, so wie ich ihn benutzte, nichts Ehrenrühriges hatte und zudem nicht auf Sie, sondern auf mich selbst bezogen war. Nicht nur diesen Ausdruck, sondern meinen ganzen Satz missverstanden Sie und argwöhnten eine Drohung, wo es nur darum ging, Ihre Bedenken zu zerstreuen – in meinem dazu geschriebenen erläuternden Brief beeilte ich mich, Ihnen das klarzumachen. (Ich erwähne das hier nur deshalb, weil Sie mir, wie ich hörte, selbst nach meinem Brief dieser Worte wegen weiterzürnten; seinen Inhalt hatten Sie vermutlich vergessen. Für alle Fälle füge ich eine Abschrift dieses Briefes bei.)

Andererseits will ich keineswegs leugnen, dass mir, wenn ich das seelische Gleichgewicht verliere, mitunter in der Hitze des Gefechts deplatzierte Worte entschlüpfen, die ich dann oft selbst mehr bedauere als der, an den sie gerichtet waren. Solche Worte nehme ich stets mit Freuden zurück, wenn ich auf sie hingewiesen werde; als Beweis dafür kann zumindest die Tatsache dienen, dass ich, als Sie mich noch am selben Tag daran erinnerten, Ihnen gesagt zu haben, ich würde mir das Leben nehmen, wenn Sie meine Frau wären, auf der Stelle eingestand, dass dies unehrerbietige und herabwürdigende Worte waren, sie zurücknahm und mich bei Ihnen entschuldigte.

Gleichwohl ist uns beiden natürlich klar, dass der Hauptgrund unseres jetzigen Zerwürfnisses nicht darin liegen kann, dass ich im Gespräch mit Ihnen ein-, zweimal die eine oder andere Formulierung nicht ruhig und genau genug abgewogen habe. Der Grund Ihrer plötzlichen Feindseligkeit gegen mich muss weit tiefer liegen.

Ich kann ihn auch nicht darin suchen, dass das zwischen Lew Nikolajewitsch und mir bestehende Verhältnis Sie, wie Sie in letzter Zeit wiederholt erklärten, eifersüchtig macht.

Dass Frauen auf enge Freundschaften ihrer Ehemänner mit einer gewissen Feindseligkeit oder Eifersucht reagieren, kommt leider vor. (Mit ›Eifersucht‹ bezeichne ich natürlich nur das, was im allgemeinen Sprachgebrauch üblicherweise unter diesem Wort verstanden wird, und in keiner Weise Ihre mich und Lew Nikolajewitsch betreffenden abnormen und unaussprechlichen Verdächtigungen, die Sie in letzter Zeit peinigten. Je weniger man angesichts ihrer Ungeheuerlichkeit an sie denkt und darüber spricht, desto besser. Und ich kann Ihnen nur aus tiefstem Herzen wünschen, mit Gottes Hilfe schnellstmöglich von diesem entsetzlichen und für Sie qualvollen Seelenzustand befreit zu werden.) Wenn dieses Gefühl eifersüchtiger Feindseligkeit gegen die Freunde Ihres Mannes in Ihnen ist, so musste es seit Beginn meiner geistigen und freundschaftlichen Annäherung an Lew Nikolajewitsch zwangsläufig zutage treten. Und so kam es auch. In den zurückliegenden Jahren hielten Sie es jedoch für notwendig, dieses Gefühl zu unterdrücken, und mehr oder weniger gelang es Ihnen, es zu zügeln, um Ihre Achtung vor sich selbst und vor Ihrem Mann bewahren zu können. Was führte nun dazu, dass Sie in diesem Sommer Ihr Verhältnis zu solcher Neigung, die schon immer in Ihnen gewesen ist, plötzlich völlig änderten – so sehr änderten, dass Sie, statt sich zu bemühen, dieses eifersüchtige Gefühl zu bezähmen, wie Sie es früher getan hatten, sich auf einmal dafür entschieden, ihm völlig hemmungslos freien Lauf zu lassen und vor aller Welt zu verkünden, dass Sie die Freundschaft zwischen Lew Nikolajewitsch und mir eifersüchtig macht? Eine solche Wendung zu vollziehen, müssen Sie ganz offensichtlich einen ernsthaften Grund gehabt haben.

Nach Ihren eigenen Äußerungen und Ihrem Verhalten in der letzten Zeit zu urteilen, dürfte der Hauptgrund Ihres gegenwärtigen Hasses gegen mich in nichts anderem liegen als Ihrer Furcht, ich könnte mich der Schriften Lew Nikolajewitschs bemächtigen und nach meinem Gutdünken darüber verfügen. Darauf vor allem scheint mir das Missverständnis zu beruhen, das Sie daran hindert, mich zu verstehen, und

Sie dazu bringt, mir Absichten zu unterstellen, die mir völlig fremd sind.

Wenn Sie nur einen Augenblick lang versuchen wollten, sich in meine Lage zu versetzen, würde Ihnen Ihr Irrtum sofort aufgehen. Halten Sie sich vor Augen: Nach seinem inneren geistigen Umbruch, bei dem ihm seine Frau nicht zu folgen vermochte, entschließt sich ein Schriftsteller, ihr die Verfügung über seine bisherigen Werke zu übertragen und seine weiteren Schriften, auf jegliche Bezahlung verzichtend, der Allgemeinheit zur unentgeltlichen Nutzung zu überlassen. Was kann für so einen Mann natürlicher sein, als einen seiner nächsten Freunde und Gleichgesinnten zu beauftragen, für die Herausgabe und Verbreitung dieser seiner neu geschaffenen Schriften zu sorgen? Und wenn dieser Schriftsteller Unterstützung bei der Ordnung, Verwahrung und Redaktion seiner Papiere vor ihrer vollständigen Verwertung für den Druck benötigt, dann kann wiederum nichts plausibler sein, als dass er mit dieser Arbeit ebendiesen Freund betraut, der sich mit der Herausgabe seiner Werke befasst. Solche hilfreichen Freunde hatten viele Schriftsteller, und deren Frauen betrachteten ihr Wirken nicht als deplatziert, sondern sahen im Gegenteil in diesen Stützen ihrer Männer nahe und vertraute Freunde der Familie.

Dieser und allein dieser Art war die ganze Zeit meine Rolle gegenüber Lew Nikolajewitsch als Schriftsteller, und allein dieser Art kann sie auch in Zukunft sein. Meine Rolle als reine Erfüllungshilfe ist sehr bescheiden zu nennen. Zugleich jedoch ist sie in höchstem Maße verantwortungsvoll, denn mir obliegt es, dafür zu sorgen, dass Lew Nikolajewitschs Wille in Bezug auf seine Schriften strikt erfüllt wird. Und diese Verantwortung obliegt mir nicht nur Lew Nikolajewitsch selbst, sondern auch der gesamten Menschheit gegenüber, zu deren Gunsten er auf sein literarisches Eigentum verzichtet hat. Wie kann ich, da sich die Dinge so verhalten, meine Pflichten nicht als eine der heiligsten Aufgaben meines Lebens betrachten? Meine mit den Schriften Lew Nikolajewitschs verbundene Tätigkeit verschafft mir ja weder irgendwelche persönlichen Vorteile noch Bequemlichkeiten. Im Gegenteil, ich muss permanente Scherereien und große Aufregungen (ganz zu schweigen von erheblichen Kosten) und in letzter Zeit auch durch ihre Feindseligkeit extrem belastende Anschuldigungen seitens einiger Kinder Lew Nikolajewitschs in Kauf nehmen, denen zu meinem noch größeren Leidwesen nun auch Sie sich angeschlossen haben. Stellen Sie sich vor, Sofja Andrejewna, Sie befänden sich unter diesen schwierigen, belastenden, ja oft bedrückenden Bedingungen in meiner Lage, und Sie werden verstehen, dass ich für diese Unterstützung, die ich Lew Nikolajewitsch zu leisten bemüht bin, in keiner Weise Missgunst und Verurteilung, Feindschaft und Hass verdiene, all das, was ich von Seiten wenn nicht der meisten, so doch einiger der nächsten Angehörigen Lew Nikolajewitschs erfahre.

In jedem Fall besteht für niemanden von Ihnen auch nur die geringste Veranlassung, *Befürchtungen zu hegen* wegen meines Einflusses auf Lew Nikolajewitsch, denn meine Rolle, ich wiederhole es, ist lediglich die der Erfüllungshilfe: Ich mache nichts anderes, als Lew Nikolajewitschs Wünsche und Verfügungen bezüglich seiner Schriften strikt auszuführen, und wenn ich mir dabei hin und wieder erlaube, ihm Ratschläge zu geben, so ausschließlich im Hinblick darauf, mit welchen praktischen Schritten sich diese *seine* Wünsche am günstigsten und zweckmäßigsten realisieren lassen. Wenn Sie mein Verhältnis zu Lew Nikolajewitsch und seinen Schriften von diesem einzig richtigen Standpunkt aus betrachten wollten, würden Sie sich von den Aufregungen und all den Befürchtungen befreien, unter denen Sie leiden, da Sie völlig zu Unrecht annehmen, dass Lew Nikolajewitsch nicht seinen Intentionen und seinem eigenen Willen entsprechend so und nicht anders über seine Schriften verfügt, sondern – lächerlich, es auszusprechen – von mir beeinflusst oder unter meinem Druck.

Mit dieser Darstellung, Sofja Andrejewna, habe ich mich nach Kräften bemüht, Ihnen klarzumachen, was mich zutiefst bewegt. Ich habe vor Ihnen bereut, wessen ich mich reinen Herzens schuldig bekennen kann; ich habe Ihnen das Grundsätzliche meines Verhaltens erläutert, das Sie offenbar irritiert hat; ich habe meine volle Bereitschaft erklärt, Ihnen, falls Sie es wünschen, weitere Erläuterungen zu geben. Wie Sie diesen meinen Brief aufnehmen werden, weiß ich nicht. Ich weiß nur, dass ich ihn ganz aufrichtig geschrieben habe und, wie eingangs festgestellt, einzig aus dem Antrieb heraus, dazu beizutragen, die Bedrückung, die Sie angesichts des in Ihrer Seele entbrannten Hasses gegen mich notwendigerweise empfinden müssen, wenigstens etwas zu dämpfen. Ich persönlich verlange nichts von Ihnen, und ich erbitte auch nichts für mich selbst. Mir tut es lediglich leid um Sie und Lew Nikolajewitsch und um alle uns gemeinsam umgebenden und uns nahestehenden Menschen, denen Ihre Erbitterung gegen mich so viel Aufregung und Leid verursacht.

Erinnern Sie sich, Sofja Andrejewna, dass Sie mich in der Vergangenheit schon einmal in gleicher Weise verdächtigt haben, Ihnen das größte Übel antun zu wollen, das man Ihnen überhaupt antun könnte – Lew Nikolajewitsch und Sie auseinanderzubringen. Das veranlasste Sie dazu, sich seinerzeit ebenso wie heute einzubilden, ich würde mich zwischen Sie und Ihren Mann stellen, Sie entwickelten ebensolchen Hass und zogen gegen mich zu Felde. Damals erkannten Sie jedoch Ihren Irrtum und gestanden ihn offen ein. Gebe es Gott, dass sich das feindselige Gefühl, das jetzt Macht über Sie gewonnen hat, ebenso verflüchtigt, wenn Sie die Augen auftun für das, was wirklich und nicht in Ihrer überhitzten Phantasie um Sie herum geschieht.

Jedenfalls bin ich meinerseits nicht fähig, Ihr Feind zu sein, was immer Sie gegen mich sagen, im Sinn haben oder tun. Und das nicht meiner Tugendhaftigkeit wegen, sondern einfach deshalb, weil ich Lew Nikolajewitsch zu treu ergeben bin, ihn zu sehr liebe im tiefsten, heiligen Sinne dieses Wortes, als dass es mir möglich wäre, einem ihm so nahestehenden Menschen wie seiner Frau gegenüber eine feindselige Haltung einzunehmen.

Nicht in meinem persönlichen Interesse, sondern um Lew Nikolajewitschs willen, den alles, was geschehen ist, völlig erschöpft hat, und um Ihrer eigenen Seele willen beschwöre ich Sie, Sofja Andrejewna, all dem Guten, das es so viele Jahre lang im Umgang zwischen Ihnen und mir gab, wieder Geltung zu verschaffen. Damit würden Sie nicht nur Ihre eigene zermarterte Seele erleichtern, nicht nur umgehend jener inneren Freude teilhaftig werden, deren Sie sich mit der Aufrechterhaltung Ihrer Feindschaft gegen mich selbst berauben, sondern auch Lew Nikolajewitsch, der ungleich mehr leidet, als Sie es sich offenbar vorstellen können, zu der Erleichterung und Freude verhelfen, deren er so sehr bedarf und die er sich, da er den Glauben an Ihre Seele nicht aufgibt, auf so rührende Weise von Ihnen erhofft.

Im Namen Gottes bitte ich Sie, Sofja Andrejewna, werfen Sie sie ab, diese Sie niederdrückende und andere quälende Bürde der Feindschaft und des Hasses gegen mich, könnte es zwischen uns doch ganz offensichtlich wenn nicht volle Übereinstimmung in allen Überzeugungen, so doch gegenseitige Achtung und Wohlwollen geben.

Ihr mit Hochachtung erfüllter und Ihnen trotz allem aufrichtig ergebener W. Tschertkow.«

Brief Makovickýs an Tschertkow. *8. September 1910.*

»Lieber Wladimir Grigorjewitsch,

Lew Nikolajewitsch unternahm am Sonntag einen Ausritt zu Andrej Grigorjew [dem Skopzen, von dem oben die Rede war], 9–10 Werst hin, 7–8 zurück bei Unwetter: Regen, sehr scharfer Wind, + 4°. Die ganze Zeit ging es über offenes Feld. Die Temperatur sank auf den Gefrierpunkt. Bei Grigorjew kamen wir ganz durchfroren an. In der Nacht setzten bei Lew Nikolajewitsch Schmerzen in einem Zeh am rechten Fuß ein, die ihm den Schlaf raubten, am Morgen war der Zeh (zweites Glied) schmerzhaft entzündet und geschwollen, hinzu kamen Sodbrennen und allgemeine Bedrücktheit. Lew Nikolajewitsch lag bzw. saß den ganzen Tag, ohne etwas zu trinken und zu essen. Gegen Abend nahm die Schwellung zu. Doch am folgenden Tag, gestern früh, begann sie zurückzugehen, und bis zum Abend wurde es wesentlich besser.

Heute – es ist jetzt sieben Uhr früh – besteht die Aussicht, dass sie ganz abklingen wird.

Sofja Andrejewna will morgen abreisen. Lew Nikolajewitsch hat sich bisher nicht geäußert, bis wann er hierbleiben wird, ich nehme an, noch eine Woche. Gruß, Dušan.«

Brief Lew Nikolajewitschs an Tschertkow vom *9. September.*

»Gestern habe ich Ihre Botschaft erhalten, lieber Freund, zusammen mit dem Brief an Sofja Andrejewna. Ihre unterwegs mit Bleistift geschriebene Botschaft hat mich vor Tagen ebenfalls erreicht, und ich habe mich sehr über sie und Ihre gute und muntere Stimmung gefreut. Dafür, dass ich lange nicht geschrieben habe, bitte ich um Entschuldigung. Wie Sie richtig vermuten, bin ich auch beschäftigt gewesen, und zwar auf schöne Weise; doch die heitere Stimmung hielt nicht lange an. Die letzten zwei Tage war ich unwohl. Heute geht es mir besser, sogar ganz und gar gut. Ihren Brief hat mir Sofja Andrejewna nicht gezeigt, jetzt schreibt sie an ihrer Antwort. Ich befürchte, wie Sie schon vermuten, dass mit keinem erfreulichen Resultat zu rechnen ist. Sie ist sehr gereizt, nein, nicht gereizt, ce n'est pas le mot [das ist nicht das richtige Wort], sondern *krankhaft* – ich betone dieses Wort – erregt. Sie leidet und schafft es nicht, sich zu bezähmen. Soeben habe ich mit ihr gesprochen. Sie ist in der Annahme hergekommen, dass ich zusammen mit ihr von hier abreisen würde, doch ich habe nein gesagt, ohne mich auf einen Abreisetag festzulegen. Und das hat sie sehr verstimmt. Was ich weiter tun werde, weiß ich nicht, ich bemühe mich, täglich mein Kreuz auf mich zu nehmen. Es wäre sehr interessant, zu erfahren, was Sie sich vorgenommen haben. Mein Kummer ist, dass ich mir viel vornehme und nichts in die Tat umsetze. Aber auch das ist gut. Schöne Grüße an Sie, Ihre Frau, Ihren Sohn, all die Ihrigen. L. T.«

Brief Sofja Andrejewnas an Tschertkow vom *9. September.*

»Wladimir Grigorjewitsch,

Ihren Brief habe ich erhalten, und ich werde Ihnen ausführlich antworten, sobald ich gesund bin und mein Kopf klarer ist.

Meine Antwort erhalten Sie aus Jasnaja Poljana, wenn ich mit Lew Nikolajewitsch zurückgekehrt bin.

S. Tolstaja«

Aus Makovickýs Brief vom *10. September.*

»<…> Sofja Andrejewna gebärdet sich hier wie toll.«

Brief Sergejenkos an mich vom *14. September.*

»Vorgestern, am 12. nachts, traf Sofja Andrejewna in Jasnaja Poljana ein. Sie verließ den Zug in Schtschokino. Dima war gerade dort, als sie ankam, er brachte Gäste zum selben Zug und erzählt, sie sei mit dem Tscherkessen und mit Fackel abgeholt worden.

Ich füge meine Aufzeichnung eines mündlichen Berichts von B. bei, aus dem Sie Einzelheiten über Sofja Andrejewna erfahren.

Bei uns steht alles zum Guten. Wladimir Grigorjewitsch ist in prächtiger Verfassung. Wir haben Sehnsucht nach Ihnen, es ist traurig, an Ihrem leeren Häuschen vorbeizugehen.

Alles Gute,

Ihr Sie liebender A. Sergejenko«

Bericht von B.:

»Gestern fuhr ich nach Jasnaja Poljana, um die von Alexandra Lwowna aufgelisteten Bücher abzuschicken. Aus verschiedenen Gründen blieb ich bis zum späten Abend dort. Vorher schon hatte ich von Warwara Feokritowa erfahren, dass um zwölf Uhr Sofja Andrejewna aus Kotschety zurückerwartet wurde.

Nach ihrer Rückkehr konnten Warwara Feokritowa und ich eine wesentliche Veränderung bei ihr nicht übersehen. Sie war ruhig, nicht hysterisch wie die ganze letzte Zeit, obwohl sie bedrückt aussah und sich heftig über Lew Nikolajewitsch beschwerte. Hauptsächlich verübelte sie ihm seine hartnäckige Weigerung, ihr den Tag seiner Abreise aus Kotschety zu nennen. Und er habe sie nach ihrer Aussage ›so angeschrien‹, dass die Wände gewackelt hätten.

Zu seiner Abreise aus Kotschety habe er gesagt, er könne genauso gut am nächsten Tag wie in drei Monaten zurückkommen.

Sofja Andrejewna erzählte auch, dass Lew Nikolajewitsch sich in Kotschety ›wie ein Epikureer aufführe‹, Wint spiele und außerdem vor der ganzen Welt posiere – er habe sich beim Holzsägen filmen lassen.

Heute las ich in ›Russkoje Slowo‹, wie das gewesen ist:

Am Morgen des 9., als Lew Nikolajewitsch seinen gewohnten Spaziergang machte, kam er unterwegs mit Bauern ins Gespräch, die Holzbalken sägten. Einer von ihnen bat ihn um ein paar seiner Bändchen. Lew Nikolajewitsch sagte ihm, sie befänden sich beim Arzt, Dušan Makovický.

›Geh zu ihm und bitte ihn darum‹, habe ihm Lew Nikolajewitsch angeboten.

›Ich würde ja gehen‹, sagte der Bauer, ›aber ich traue mich nicht, meine Arbeit liegenzulassen: Der Verwalter wird mich tadeln.‹

›Nicht so schlimm, geh, ich springe für dich ein‹, erwiderte Lew Nikolajewitsch.

Der Bauer ging, und bis er zurückkam, griff Lew Nikolajewitsch zur Säge und sägte vielleicht zwanzig Minuten Holz. Gut möglich, dass der sich gerade bei Suchotins aufhaltende Filmer, als der Bauer zu ihnen kam und erzählte, Lew Nikolajewitsch sei beim Sägen für ihn eingesprungen, dorthin eilte und den sägenden Lew Nikolajewitsch filmte.

Beim Frühstück, Sofja Andrejewna war noch nicht erschienen, warnte mich Warwara Feokritowa vor ihrer Absicht, mir eine Stelle aus Lew Nikolajewitschs Tagebuch zu zeigen, aus der sie ihre grotesken Verdächtigungen bezüglich der Art des Verhältnisses zwischen Lew Nikolajewitsch und Tschertkow ableitet. Darauf vorbereitet, beschloss ich, mich nicht auf Sofja Andrejewnas Angebot einzulassen. Tatsächlich bat sie mich dann in ihr Zimmer.

›Ich möchte Ihnen eine Stelle aus Lew Nikolajewitschs Tagebuch zu lesen geben, aus der Sie entnehmen werden, worauf das, was ich über Tschertkow gesagt habe, beruht. Mag wenigstens jemand von den jungen Leuten erfahren, dass es nicht einfach an meiner Verrücktheit lag, als ich davon sprach, sondern meine Gründe dafür hatte.‹

Außerdem erklärte sie, wenn mir schon nicht unbekannt bleibe, was in ihrem Haus vor sich gehe, sei es besser, wenn ich es ›aus erster Hand‹ erfahre. Ich war mir sicher, dass Sofja Andrejewna meinte, ich hätte von ihren aberwitzigen Mutmaßungen über ein angebliches besonderes Verhältnis zwischen Lew Nikolajewitsch und Tschertkow nichts gehört. Ich schließe das daraus, dass sie sich bisher versagte, mir davon zu erzählen, während sie mit allen im Haus darüber gesprochen hatte.

Ich sagte ihr, ich könne mir denken, worum es ihr gehe, da ich von anderen darüber gehört hätte; diese Stelle aus Lew Nikolajewitschs Tagebuch zu lesen sei mir nicht möglich, das würde mich zu sehr belasten. Sofja Andrejewna beharrte keineswegs auf ihrer Bitte und entfernte sich sogleich.

Sie sah heute völlig gesund und munter aus. Für Warwara Feokritowa hatte sie zur Abschrift auf der Remington die Rohfassung ihrer Antwort an Tschertkow auf seinen Brief mitgebracht, den sie in Kotschety erhalten hatte. Ich verzichte darauf, den Inhalt ihrer Antwort wiederzugeben, da Tschertkow ihn sicherlich heute oder morgen erhalten wird. Übrigens hat Sofja Andrejewna heute in Lew Nikolajewitschs Arbeitszimmer Tschertkows Bild wieder aufgehängt, aber nicht wie bisher am Schreibtisch, sondern an einer anderen, sehr unauffälligen Stelle.

›Sonst wird er wohl ärgerlich reagieren‹, meinte sie.

Warwara Feokritowa gegenüber sprach sie davon, dass sie es akzeptieren könne, wenn Lew Nikolajewitsch Besuche bei Tschertkow in Teljatinki mache, sollte der aber nach Jasnaja Poljana kommen, werde sie sich von Lew Nikolajewitsch scheiden lassen und weggehen.

Was den Stimmungswandel bei Lew Nikolajewitsch anbelangt, so haben, wie Alexandra Lwowna schreibt, anscheinend die von Goldenweiser geschickten Auszüge aus dem Tagebuch Warwara Feokritowas, die eines ihrer freimütigen Gespräche mit Sofja Andrejewna beschreibt, ihre Wirkung getan.

Suchotin, erzählte Sofja Andrejewna, habe sie unberechenbar genannt.

›Ich und unberechenbar?!‹, habe sie verwundert geäußert.«

Aus Tschertkows Brief an Lew Nikolajewitsch vom *14. September.*

»<…> Ich denke oft daran, auf wie erstaunliche Weise ein leidenschaftlicher Wunsch von Ihnen in Erfüllung gegangen ist, den Sie nicht bezähmen konnten, doch erfüllte er sich für Sie unmerklich und in völlig unvorhergesehener Form. Sie wünschten sich so viele Jahre von ganzem Herzen, die Möglichkeit zu haben, durch ihr Werk, durch Ihr Leben zu bezeugen, woran Sie glauben und was Sie so hingebungsvoll propagieren. Und Sie hatten den Eindruck, die einzige Ihnen verbleibende Form einer solchen Bezeugung Ihres Glaubens sei das Gefängnis, seien überhaupt Leid und Verfolgung seitens der von Ihnen angeklagten ›Mächtigen dieser Welt‹. Um dessentwillen erlagen Sie sogar bisweilen der Versuchung, ganz bewusst besonders scharf anzuklagen, damit man Sie nicht länger auf freiem Fuß belassen könne. Dennoch blieb diese Tür für Sie verschlossen. Unmerklich für Sie selbst gerieten Sie in eine andere, völlig unerwartete Lage, in der Sie die Möglichkeit einer wesentlich stärkeren und weitergehenden Zeugenschaft haben, als hätte man sie ins Gefängnis gesteckt. Um das aus Ihrer propagierten Lebensauffassung resultierende Verhalten und das brüderliche Verhältnis zu den Mitmenschen sinnfällig zu machen, und zwar unter Umständen, wie sie schwieriger nicht sein könnten, hätte sich nichts Besseres, Zweckmäßigeres ersinnen lassen als die familiäre Situation, in der Sie sich gegenwärtig befinden. Kreuze, Scheiterhaufen, Hinrichtungen, äußerliche Qualen – all das ist da gewesen, auf diesem Gebiet kann es nichts Neues geben. Zudem geschieht all das wie auf einer Bühne, vor aller Augen, unter gerührtem Verneigen Ihrer Freunde und Gleichgesinnten. Sie hingegen haben sich Ihrer Aufgabe unter Verhältnissen zu stellen, die nicht nur jeder Festlichkeit und Lobpreisung entbehren, sondern im Gegenteil von den meisten als für Sie beschämend, als Resultat Ihres Versagens angesehen werden. Und wie man Christus schmähte, ihn verspottete mit den Worten ›Bist du Gottes Sohn, so steig herab vom Kreuz!‹, so schmäht man jetzt auch Sie, sieht die Lage, in der Sie sich befinden, als selbst verschuldet an. Ihre Lage ist jedoch noch auf ganz besondere Weise schwierig, und Ihre ›Zeugenschaft‹ hat auch unter einem anderen Aspekt eine ganz besondere Bedeutung. Einfach für die Treue zu seinem Glauben leiden und sterben zu müssen ist eine Sache. Das ist einfach und klar. Aber für seinen Glauben leiden und sterben zu müssen und zudem nicht im Voraus genau zu wissen, was man zu tun, wie man sich zu verhalten hat, über alles andere hinaus ständig an einem richtigen Verhältnis zwischen der Liebe zu Gott und der Liebe zu seinem Nächsten zu arbeiten, das heißt, über der Liebe, die man seinem Nächsten entgegenbringt, seine Liebe zu Gott nicht zu beschädigen, das heißt, sich nicht aus Schwäche oder um der eigenen inneren Befriedigung willen in etwas zu Vermeidendes hineinziehen zu lassen, ist eine ganz andere, weitaus schwierigere Sache. Das ist es, was Ihnen abverlangt wird. Und Gott helfe Ihnen, sich dieser Aufgabe immer besser und besser zu entledigen. Was Sie in dieser Richtung bereits getan haben, diente uns allen, Ihren Freunden, die für Sie Verständnis aufbringen, als Lehre und Bestätigung Ihrer Lebensauffassung – etwas, was Sie uns unter anderen Umständen nicht hätten vermitteln können.«

Brief Lew Nikolajewitschs an Tschertkow vom *16. September.*

»Ich schreibe Ihnen, lieber Freund, um zu sagen, dass ich nach wie vor, körperlich wie geistig, in durchschnittlicher Verfassung bin. Ich bemühe mich, mein schwieriges Verhältnis zu Sofja Andrejewna als Prüfung zu betrachten, die ich nötig habe und aus der etwas Segenreiches zu machen bei mir liegt, schaffe das jedoch nur selten. Eines möchte ich sagen: In letzter Zeit habe ich ›nicht mit dem Verstand, sondern mit dem Leib‹, wie die Bauern sagen, erkennen müssen, welcher Unterschied besteht zwischen Widerstehen als Vergelten von Bösem mit Bösem und Widerstehen als Nichtnachlassen in der Tätigkeit, die man als Pflicht vor seinem Gewissen und vor Gott ansieht. Danach will ich trachten.

In diesen vier Tagen habe ich mich gut erholt und nachgedacht über meine Handlungsweise nach meiner Rückkehr, die ich nicht länger hinausschieben will und kann. Wahrscheinlich kommen wir um den Zwanzigsten, eher später als früher.

Ich habe hier nichts Ordentliches gemacht. Gestern und heute war ich mit dem Brief an Grot, den Bruder des Philosophen, der in seinen Sammelband über Nikolai Grot aufgenommen werden soll, beschäftigt. Der Brief ist belanglos, es geht um den Unterschied zwischen der religiösen und der sogenannten philosophischen Lebensauffassung. Bei Grot konnte von einer religiösen Auffassung keine Rede sein.

Schon lange erwähne ich in Briefen an Sie immer wieder, dass es mich zu schreiben verlangt, ohne dass ich die ganze Zeit etwas zustande bringe, so dass es besser wäre, nicht mehr darüber zu schreiben und mich mit dieser Untätigkeit abzufinden. Aber ich kann nicht, es verlangt mich einfach danach.

Ich möchte Sie auch sehr gern sehen, und obwohl ich nicht weiß, wie, gedenke ich, das zu bewerkstelligen, wenn ich wieder zu Hause bin. Und das natürlich die wissen zu lassen, denen das missfällt.

Hier fühle ich mich sehr wohl, dennoch wird es Zeit,

zurückzufahren, und Sascha möchte es auch gern. Trotz ihrer Korpulenz ist sie die ganze Zeit nicht auf dem Posten.

Nun, leben Sie einstweilen wohl, ich küsse Sie, Ihre Frau, Ihren Sohn und alle Freunde. L. T.«

Brief Lew Nikolajewitschs an Tschertkow vom *17. September.*

»Heute früh erhielt ich Ihre Briefe, lieber Freund, und überflog sie vor dem Spazierengehen, jetzt am Abend habe ich alles bis auf das von Ihnen Eingetroffene gründlich gelesen, nun nehme ich mir noch einmal das Ihrige vor und möchte nach Punkten antworten:

[Die ersten vier Punkte sind geschäftliche Aufträge zu englisch geschriebenen Briefen und dergleichen.]

5. Was Sie darüber schreiben, wie ich mich gegenüber Sofja Andrejewna verhalten sollte, stimmt völlig mit dem überein, wozu ich, wie Sie aus meinem gestrigen Brief ersehen können, selbst gelangt bin und was mir alle raten, die mir nahestehen und mich lieben. Zu allem muss man jedoch selbst gelangen, in meiner Selbsterkenntnis bin ich das auch, und irgendwie wird es mir gelingen, das Nötige zu tun. Obwohl ich mich nicht gern zeitlich festlege, gedenke ich, am 22. nach Jasnaja Poljana zurückzukehren.

6. Was Sie am Ende Ihres Briefes darüber schreiben, was mir abverlangt wird, zeigt, dass Sie sich in meine Lage versetzen und mich aufrichtig lieben, ja dass Sie mich zu sehr lieben, billigen Sie mir doch etwas zu, dem zu entsprechen mir noch sehr viel zu tun bleibt. Aber ich bin dankbar, denn eine solche Freundschaft wie die Ihrige ist eine so schöne, reine Freude.

Bis zur Abreise sind es noch vier Tage, vielleicht bekomme ich ja noch eine Nachricht von Ihnen. Leben Sie wohl, auf Wiedersehen. L. T.«

Aus Alexandra Lwownas Brief an B. vom *17. September.*

»Was soll ich Ihnen von uns mitteilen? Wir leben still und friedlich, aber bei dem Gedanken, was uns erwartet, krampft sich einem das Herz zusammen. In dieser Zeit ist jedoch eine Veränderung eingetreten, und zwar eine meiner Meinung nach sehr wichtige Veränderung bei Lew Nikolajewitsch selbst. Von sich aus und zum Teil auch unter dem Einfluss von Briefen guter Freunde hat er erkannt, dass es nicht angeht, weiterhin zum Schaden seines Gewissens und seiner Sache den Buckel hinzuhalten und damit – so sonderbar es auch erscheinen mag – nicht zu besänftigen und liebevolle Gefühle zu wecken, wie es sein sollte, sondern stattdessen Hass und boshaftem Verhalten Vorschub zu leisten.

Und solange Lew Nikolajewitsch festbleibt in seiner Absicht, keine Konzessionen zu machen und sich an seine Linie zu halten, gebe ihm Gott die Kraft, darin fortzufahren. *Das ist das einzige Mittel*, für ein mögliches Zusammenleben zwischen ihm und Sofja Andrejewna zu sorgen.

Gestern hat Lew Nikolajewitsch Tschertkow nicht ganz zutreffend mitgeteilt, dass ich gern zurückfahren möchte. Ich möchte gern, dass er Sofja Andrejewna gegenüber hart bleibt und tut, was für ihn richtig und am besten ist. Vor ihrer Abreise fragte er sie: ›Wann hättest du gern, dass ich komme?‹ – ›Morgen‹, sagte sie. ›Nein, das ist unmöglich.‹ – ›Na, dann am 17.‹ – ›Auch das ist zu früh.‹ – ›Na, dann, wie du willst.‹ Daraufhin sagte Lew Nikolajewitsch: ›Ich komme am 23. [ihrem Hochzeitstag].‹ Wenn wir also nicht am 23. losfahren, wird es Krach, Hysterie und was nicht alles geben, und das hält Lew Nikolajewitsch womöglich nicht aus. Verstehen Sie, es ist besser für ihn, die Entscheidung *selbst* zu treffen, als von ihr nach Hause geholt zu werden. <…>«

Brief Sofja Andrejewnas an Tschertkow.

11.–18. September. Kotschety – Jasnaja Poljana.

»Wladimir Grigorjewitsch,

die Veränderung meines Verhältnisses zu Ihnen hat zwar tiefreichende Wurzeln, doch derzeit geht sie tatsächlich auf Lew Nikolajewitschs Aufenthalt bei Ihnen zurück. Der erste Grund ist, dass Sie ihn beeinflusst und wegen des geigenden Zigeuners in Kotschety festgehalten haben, als ich, erkrankt, ihn *anflehte*, zurückzukommen, er aber zusammen mit Ihnen telegraphierte, es sei *günstiger*, später zu kommen. Aus dem Wort *günstiger* habe ich Ihren Stil und Ihren Einfluss herausgelesen, denn Lew Nikolajewitsch sagte im Nachhinein: ›Ich habe gefühlt, dass ich gleich am nächsten Morgen hätte fahren müssen.‹ Meine Vorhaltungen beantwortete er mit der Versicherung, dass er für mich die besten und liebevollsten Gefühle hege und mir in seinem Tagebuch zeigen wolle, wie schön er über mich geschrieben habe. Er langte nach seinen Tagebüchern, fand sie aber nicht und wurde verlegen, weil er wahrscheinlich vergessen hatte, dass sie weggeschafft worden waren. Daraufhin ging er mit mir zu Sascha, um sich zu erkundigen, ob sie nicht wisse, wo sie seien. Sascha log, und Lew Nikolajewitsch musste zugeben, dass sie bei Ihnen waren. Sie sahen, wie mich das irritierte und verdross. Meinen Mann, mit dem ich fast ein halbes Jahrhundert zusammengelebt habe, von mir loslösen kann ich nicht. Seine Tagebücher sind das Allerheiligste seines Lebens, folglich auch meines Lebens mit ihm, sie sind das Spiegelbild seiner Seele, die ich zu spüren und zu lieben gewohnt bin, und gehören nicht in die Hände eines Fremden. Nichtsdestoweniger wurden sie heimlich durch von Ihnen ausgeschickte Leute fortgebracht und befanden sich bei Ihnen in einem Holzhaus unter Brand- oder Durchsuchungsgefahr, und zwar so lange, dass es in dieser Zeit möglich gewesen wäre, nicht nur diverse Dinge damit anzustellen, sondern sie auch zehnmal abzuschreiben. Als ich Sie in einem gutmeinenden und leidenschaftlichen Brief bat, sie zurückzugeben, lehnten Sie das brüsk ab und unterstellten mir unlautere Motive – ich würde befürchten, Sie könnten mich und meine Kinder mittels der Tagebücher *bloßstellen*; Sie fügten boshaft hinzu: ›<…> wenn ich es wollte, hätte ich längst die Möglichkeit gehabt, Ihnen und Ihren Kindern *das Leben sauer zu machen*, wenn ich das nicht getan habe, so nur aus Liebe zu Lew Nikolajewitsch.‹

Diese Worte waren überhaupt nicht misszuverstehen, wie

Sie behaupten, alles ist völlig klar, und so dumm bin ich wirklich nicht! Alle vorherigen Tagebücher habe ich im Museum hinterlegt, und mein Wunsch, auch die letzten zu erhalten, war ganz natürlich. Doch sie verweigerten sie mir bösartig und halsstarrig, und Lew Nikolajewitsch mit seinem schwachen Willen fügte sich Ihnen. Zu guter Letzt erklärten Sie, vor einer solchen Frau würden Sie nach Amerika davonlaufen oder sich erschießen. Dann sagten Sie noch, die Treppe hinuntersteigend, so dass alle es hören konnten, zu meinem Sohn Lew: ›Ich verstehe so eine Frau nicht, die ihr ganzes Leben damit befasst ist, ihren Mann umzubringen!‹

Was haben Sie es jetzt also nötig, die Kommunikation mit einer Mörderin zu suchen? Sie nahmen mit mir den Kampf um die Tagebücher auf, mussten erkennen, dass das ein ungleicher Kampf ist, und gerieten in Harnisch. Da stellte ich die Frage ganz aufrichtig so: Entweder es kostet mich das Leben, oder die Tagebücher werden mir übergeben. Lew Nikolajewitsch begriff, dass ich meine Drohung zweifellos wahr machen würde, und versprach sie mir, bekam jedoch Angst vor Ihnen und deponierte sie, statt sein Versprechen zu erfüllen, bei der Bank. Wenn Sie ein redlicher Mann sein wollen, dann können Sie nicht überhört haben, wie er, nachdem Sie die Quittung über die Rückgabe der Tagebücher erhalten hatten, auf meine Bitte um eine *schriftliche* Bestätigung seines Versprechens, sie mir zu übergeben, erklärte: ›Wozu Bestätigungen für die eigene Frau, ich habe es versprochen und übergebe sie.‹ Doch statt sie mir zu geben, ließ er sie Tanja bei der Bank deponieren.

Zwei Wochen Kampf um die Tagebücher verschlimmerten meine prekäre nervliche Verfassung. Hätten Sie sich nicht von Anfang an so boshaft versteift, wäre nichts Schwerwiegendes passiert und alles wäre beim Alten. (So hat Ihr *Nichtwiderstehen* gleich mal Schiffbruch erlitten!)

Hätten Sie Lew Nikolajewitsch die Tagebücher wenigstens sofort ausgehändigt, um sich jeweils ein Heft für die Arbeit geben zu lassen und es nach ihrem Abschluss zurückzubringen – ich würde mich beruhigt haben.

Merkwürdig und höchst unredlich sind Ihre Vermutungen, irgendwelche mystischen Personen hätten einen schädlichen Einfluss auf mein Verhältnis zu Ihnen gehabt. Freilich habe ich selten jemanden getroffen, der Sie ganz uneigennützig gemocht hätte. Doch ich bin schon alt und habe einen zu unabhängigen Charakter, um mich der Meinung und dem Einfluss anderer zu unterwerfen. Der Ausdruck ›üble Nachrede‹ erinnert an den Klatsch von Höflingen und Gesinde. In Ihrem Brief umgehen Sie alle Hauptfragen, die ich klar und wahrheitsgemäß stelle, und sprechen fortwährend von *Missverständnissen*. So verhalten sich Pharisäer. Missverständnisse bedürfen ehrlicher Klärung. Sie schreiben, Sie seien jederzeit dazu bereit. Aber vergegenwärtigen Sie sich zum Beispiel, wie oft ich Sie bat, mir zu sagen, welche Anordnungen Sie für den Umgang mit den Papieren und Manuskripten Lew Nikolajewitschs nach Ihrem Tod getroffen hätten, und wie Sie das jedes Mal boshaft zurückwiesen. Wahrheit und Klarheit mögen Sie nicht. Doch ist es etwa nicht natürlich, dass die Ehefrau darüber im Bilde sein möchte? Nicht zu ihrem Eigennutz, wie Sie oft argwöhnten, was mich aufs höchste empörte, da Sie mich natürlich überleben werden, sondern einfach aus Liebe zu meinem Mann – ich bin es gewohnt, mich für sein geistiges Leben und Werk zu interessieren.

Die Erbitterung meiner Söhne, sofern es sie denn gibt, ist gleichen Ursprungs. Sie haben Werke Lew Nikolajewitschs *veröffentlicht* und sich damit verdient gemacht. Doch weshalb bringen Sie ständig seine *Manuskripte* an sich? Das ist ein Beleg für das eigennützige Denken, das Sie mir unterstellen. Sie werden sagen, dass er sie selbst weggibt. Ebendarin und in vielem anderen musste ich Ihren ständig wachsenden Einfluss auf einen alten Mann erkennen, dessen Wille immer schwächer wird und der sich kaum noch für irdische Dinge interessiert. Sie haben ihn geknechtet mit Ihrem despotischen Charakter (darin, in Bezug auf Ihren Despotismus, hat mir auch Ihre Mutter recht gegeben).

Ihr übler und belastender Einfluss und die extreme Zuneigung meines Mannes zu Ihnen haben ihn mir entfremdet. Sie haben sich zwischen uns gestellt. Wäre es früher passiert, dass jemand in seiner Gegenwart seine Frau so gekränkt hätte, wie Sie mich gekränkt haben (eine christlich wie freundschaftlich wahrheitsgemäße Feststellung), er würde so einem ungehobelten Menschen ganz bestimmt energisch einen Denkzettel verpasst haben. Nicht, dass Sie so unerzogen sind, sich dermaßen zu vergessen, hat mich aufs äußerste empört, sondern wie sich Lew Nikolajewitsch dazu stellte. Aus Furcht vor Ihnen fuhr er fort, sich mit Ihnen zweimal täglich zu treffen und Sie dabei freundlich zu begrüßen und zu umarmen. Das fand ich unerträglich, und wie Sie bemerken konnten, war ich, nachdem ich das hatte mit ansehen müssen und mir dieses von Schwäche herrührende anhängliche Verhältnis zu einem Fremden aufgegangen war, nicht mehr in der Lage, Ihren Anblick zu ertragen, und entwickelte Hass gegen Sie. Stolz kam in mir auf, Stolz nicht auf meine Person, zu sehr verabscheue ich solch niedere Affekte, sondern auf die Frau Tolstois, auf meine Stellung als rechtschaffene Frau, als Großmutter von 25 Enkeln. Und vor allem begriff ich plötzlich, warum Lew Nikolajewitsch mich ohne Güte, kühl und nüchtern, wie eine Fremde behandelt, was er bisher nie getan hat und was mich umbringt. Sie *suggerieren* ihm, dass man entweder von einer solchen Frau weglaufen oder sich erschießen müsse. Sie sind *der Erste* in meinem Leben, der sich diese Ungerechtigkeit herausgenommen hat.

Von was für *abnormen* Verdächtigungen Sie sprechen, weiß ich nicht und will es weder wissen noch verstehen. Ich habe Ihnen gegenüber nie etwas Derartiges geäußert, und wenn es Leute mit schmutziger Phantasie gibt, die meine Gedanken und Gefühle auf ihre Weise interpretieren, bin ich dafür nicht verantwortlich.

Verdacht stieg in mir allein deswegen auf, weil in letzter Zeit *alles* vor mir verborgen wurde: Gespräche, Treffen, Tagebücher, Briefe, die heimliche Übergabe von Papieren durch meine Tochter Sascha und Ihre diversen Sekretäre, was es bisher in den langen Jahren meiner Ehe *nie* gegeben hatte. Wenn mit so peinlicher Sorgfalt alles vor mir verborgen wird, dann gibt es etwas zu verbergen, und das erregt zwangsläufig Besorgnis und Verdacht.

Was ich in dieser Zeit von fast drei Monaten durchgemacht habe, ist mit keinem Leid während meines ganzen Lebens zu vergleichen. Über Wanetschkas Tod bin ich leichter hinweggekommen, weil darin *Gottes Wille* lag. Dass mir indes die Liebe Lew Nikolajewitschs genommen wurde und sich ein Fremder in unser von Liebe geprägtes Eheleben drängte, empfinde ich als *bösen Willen*. Sie schreiben selbst, ich hätte das früher schon so gesehen. Zwischen uns hat niemals *irgendjemand* gestanden, und so wird es auch künftig sein. Ich habe Lew Nikolajewitsch kategorisch vor die Wahl gestellt: entweder Sie oder ich. Vorläufig hat er sich für Letzteres entschieden und mir versprochen: 1. sich nicht mit Ihnen zu treffen, 2. Ihnen seine Tagebücher nicht zu übergeben und 3. sich nicht photographieren zu lassen.

Meine Verzweiflung hat einen Grad erreicht, dass ich mir nur deshalb nicht das Leben genommen habe, weil ich Ihnen damit meinen Mann überlassen würde, und das will ich nicht. Mag er Ihnen seine Papiere schicken, die Sie ihm so begierig abnehmen, das ist seine Sache. Doch sollte er seine Versprechen nicht einhalten, dann werde ich von ihm weggehen, das steht fest. Ich *kann nicht* länger mit solchem Leid leben, wie ich es in der ganzen letzten Zeit durchgemacht habe, und Sie haben nicht das Recht, es uns anzutun.

Das Ziel Ihres angeblich wohlwollenden Briefes ist mir allzu klar und sehr naiv: Sie möchten Ihren persönlichen Verkehr mit Lew Nikolajewitsch wiederaufnehmen. Jegliche Gewogenheit von Menschen schmeichelt, umso mehr die eines solchen Mannes. Doch von Ihnen befreit, hat er jetzt in Kotschety fröhlich und ruhig gelebt, gelacht und gescherzt, täglich fast bis zwölf Uhr nachts Schach und Wint gespielt und überhaupt nicht den Eindruck gemacht, dass er *leidet*, wie Sie schreiben, er sah im Gegenteil viel froher aus als unter Ihrem Joch. Warum sollte es nicht auch in Jasnaja

Poljana so sein, wie es immer war, vor Ihrer Zeit? Nicht lange bleibt uns noch auf dieser Welt zu leben, und es wäre gut, wenn wir die letzten Tage unseres Lebens in gleichem Miteinander ohne fremde Einflussnahme zu Ende bringen könnten, wie wir unser junges Eheleben begonnen haben.

Wie kann ich mich ändern, wenn die Ursachen meines Leidens unverändert bleiben? Wenn Sie die Fähigkeit besitzen, gerecht zu sein, müssen Sie eingestehen, dass ich Ihnen persönlich nie auch nur ein unehrerbietiges Wort gesagt und mir nie erlaubt habe, mich in Ihre ehelichen und persönlichen Dinge einzumischen, dass ich weder Ihnen noch Ihrer Frau jemals suggerierte, so einen Ehepartner zu besitzen sei ein Grund, sich zu erschießen.

Auch diesen Brief haben Sie verursacht. Ich hatte zwischen uns alles für immer beendet und Sie in unserem Leben für völlig überflüssig gehalten.

Entschuldigen Sie meine offenherzige und wahrheitsgetreue Antwort. Eine andere konnte ich nicht geben: alles andere wäre Lüge, und die hasse ich.

Ich weiß nicht, was ich denken, fühlen und tun werde, wenn einige Zeit vergangen ist. Vorläufig jedoch bin ich noch krank und seelisch und körperlich zermürbt von allem Durchgemachten, dessen Ursache Sie und zum Teil auch mein Mann sind. Bis Sie sich in meine Familie hineindrängten, hat es nichts von der Art, wie es jetzt geschehen ist, in meinem Leben gegeben, und wenn Sie aus den persönlichen Beziehungen meines Mannes entfernt sind, wird es das hoffentlich auch nicht mehr geben. Das wäre alles.

Sofja Tolstaja«

Brief Alexandra Lwownas an uns vom *20. September.*

»Liebe Freunde Anna Alexejewna und Alexander Borissowitsch, verzeihen Sie mir, dass ich so lange nicht geschrieben und Ihnen nichts über Lew Nikolajewitsch mitgeteilt habe. In letzter Zeit hat er Sofja Andrejewna nicht nachgegeben. Zum Beispiel ist er trotz ihrer Hysterie und aller Szenen nicht mit ihr nach Jasnaja Poljana zurückgefahren, und jetzt spricht er oft davon, dass es nicht länger angehe, sich ihr zu fügen. Gebe es Gott. Wie ich Ihnen schon sagte, halte ich es nicht nur nicht für gut, ihr nachzugeben, für mich bedeutet es, falsche Nachsicht zu üben und mitzutun bei einer üblen Sache.

Lew Nikolajewitsch ist gesund; übermorgen wollen wir nach Jasnaja Poljana abfahren. Was wird wohl weiter werden?

Bis auf Briefe schreibt Lew Nikolajewitsch fast nichts, und er ist ziemlich matt. Das wäre alles. Entschuldigen Sie die Kürze des Briefes. Ich bin schon ein paar Tage stark erkältet, und Arbeit gibt es viel – ich ermüde schnell.«

Brief Lew Nikolajewitschs an mich vom *21. September.*

»Sie nehmen zu Unrecht an, lieber Alexander Borissowitsch, dass Ihre Mitteilung mir unangenehm gewesen sei. So schwer mich das Wissen um all das und das Bewusstsein dessen, dass so viele fremde Leute davon Kenntnis haben, auch ankommt, es ist doch nützlich für mich. In dem, was Warwara Michailowna [Feokritowa] schreibt und Sie darüber denken, ist allerdings festzustellen, dass die schlechte Seite zu sehr übertrieben und nicht eingeräumt wird, dass es sich auch um einen krankhaften Zustand handelt und sich gute und ungute Gefühle mischen.

Wissen Sie vielleicht, wie Iwan Klimenkos Buch über Tschaikowski zu mir gelangt ist, das ich bei mir gefunden habe? Ich habe es mit Interesse gelesen.

Morgen fahren wir ab. Ich möchte nichts anderes sagen als ›auf Wiedersehen‹. L. T.«

Aus Sergejenkos Brief an mich vom 24. *September.*

»<...>Lew Nikolajewitsch ist am 22. eingetroffen. Er fühlt sich recht gut. Sofja Andrejewna kehrte unmittelbar vor seiner Ankunft aus Moskau zurück. Gestern begann sie sich seit früh krank zu präsentieren, sie ächzte und stöhnte und sagte, sie fühle voraus, dass ihr Leiden wieder beginnen, dass Lew Nikolajewitsch es wieder darauf anlegen werde, ihr einen Treff mit Tschertkow ›abzunötigen‹ (so berichtete es mir Alexandra Lwowna). Lew Nikolajewitsch trug sich in der Tat mit der Absicht, ihr zu verkünden, dass er im Laufe des Tages (gestern) zu Tschertkow reiten werde, doch als er ihre hysterische Verfassung sah, beschloss er, von seinem Vorhaben Abstand zu nehmen.

Gestern suchte uns Alexandra Lwowna zusammen mit Warwara Feokritowa auf. Das veränderte Verhältnis Lew Nikolajewitschs zu ihr betrübt sie. Neuerdings zeigt er sich abgeneigt, Ratschläge von ihr anzunehmen. Als sie ihm einmal etwas riet, sagte er: ›Ja, ja, ja. Du übertreibst, Sascha.‹ Ein andermal, es war, als sie Kotschety verließen, riet sie ihm zu einem Versteck für sein Tagebuch. Er wollte das selbst entscheiden und sagte, ihr Argwohn sei übertrieben, versteckte das Tagebuch dann aber so, dass er es nur mit Mühe wiederfand.

Sofja Andrejewna hat vom Verlag Prosweschtschenije (Bildung) ein Angebot von einer Million Rubel für die Werke Lew Nikolajewitschs erhalten.«

1. Oktober 1910. Jasnaja Poljana, 11 Uhr nachts.

Für den ersten und zweiten Oktober fuhr ich nach Jasnaja Poljana. Als ich heute früh in Tula im Bahnhofsgebäude Tee getrunken hatte und in den Zug zurückkehrte, fand ich darin Nadeshda Iwanowa vor, die zu Alexandra Lwowna fuhr. Sie erzählte mir unerwartete Dinge.

Da ich im Laufe des Tages von mehreren Seiten Einzelheiten des Vorgefallenen zu hören bekam, halte ich den ganzen Hergang so fest, wie er sich mir jetzt darstellt.

In der letzten Woche waren Alexandra Lwowna und Warwara Feokritowa zu Olga Tolstaja nach Toptykowo gefahren. In Jasnaja Poljana blieb Maria Schmidt zurück, die Alexandra Lwowna versprach, sie sofort zu benachrichtigen, falls etwas passieren sollte.

Ich erwähnte bereits, dass Sofja Andrejewna in Lew Nikolajewitschs Abwesenheit in seinem Arbeitszimmer die Bilder Tschertkows und Alexandra Lwownas abgehängt hatte. Das Bild des Ersteren wollte sie zunächst vernichten. Doch da sie offenbar befürchtete, Lew Nikolajewitsch zu erzürnen, hängte sie die Bilder vor seiner Ankunft wieder auf, allerdings an anderen Stellen.

Nach Jasnaja Poljana zurückgekehrt, bemerkte Lew Nikolajewitsch diese Veränderung nicht gleich, als sie ihm dann auffiel, erkundigte er sich bei Sidorkow, wo denn die Bilder seien, und als er sie woanders aufgehängt fand, hängte er sie zurück.

Am Sonntag entdeckte Sofja Andrejewna beim Betreten seines Zimmers das Bild Tschertkows an seiner alten Stelle und fuhr aus der Haut.

Auf ihre Frage, weshalb er das gemacht habe, sagte Lew Nikolajewitsch, er bitte sie, ihm in seinem Zimmer seine Freiheit zu lassen.

Sofja Andrejewna geriet immer mehr in Rage und zerfetzte letzten Endes Tschertkows Bild.

Als Lew Nikolajewitsch am selben Tag mit Makovický ausritt, hörte Maria Schmidt einen Schuss und stürzte entsetzt in Sofja Andrejewnas Zimmer. Die hatte, wie sich herausstellte, mit einer Schreckschusspistole hantiert, sagte aber zu ihr, sie besitze auch einen richtigen Revolver und habe sich nur im Schießen üben wollen.

Die erschrockene Maria Schmidt schickte einen berittenen Boten nach Toptykowo mit einer schriftlichen Nachricht für Alexandra Lwowna, dass Sofja Andrejewna schieße.

Als Lew Nikolajewitsch heimkam und sich hinlegte, schoss Sofja Andrejewna noch einmal, er hörte es zwar, konnte sich jedoch denken, dass das nur Komödie war, und blieb in seinem Zimmer. Makovický beruhigte ihn dann damit, dass Sofja Andrejewna mit einer Schreckschusspistole geschossen habe.

Etwas später ging Sofja Andrejewna in den Garten und legte sich, obwohl sie kaum mehr als ihr Kleid anhatte, auf die kalte feuchte Erde. Maria Schmidt, Makovický und Bulgakow mussten lange auf sie einreden, damit sie ins Haus zurückkehrte.

Lew Nikolajewitsch war die ganze Zeit in seinem Zimmer.

Maria Schmidt führte, wie sie mir selbst erzählte, ein langes Gespräch mit Sofja Andrejewna und setzte ihr auseinander, dass sie selbst schuld an allem sei, Lew Nikolajewitsch hindere sie zum Beispiel nicht daran, in ihrem Schlafzimmer Bilder von sonst wem aufzuhängen.

Sofja Andrejewna nahm alles unwidersprochen hin, beruhigte sich, und der Abend verlief verhältnismäßig friedlich.

Gegen elf Uhr ging Lew Nikolajewitsch wie gewohnt zu Bett; Maria Schmidt legte sich ebenfalls hin. Sofja Andrejewna schlief noch nicht.

Um zwölf Uhr trafen Alexandra Lwowna und Warwara Feokritowa ein. Nach der bedrückenden Atmosphäre in Jasnaja Poljana hatten sie bei Olga Tolstaja sehr angenehme erholsame Tage verbracht, und die Nachricht Maria Schmidts war bei ihnen eingeschlagen wie der Blitz.

Sie hatten in aller Eile gepackt und schrecklich beunruhigt die Heimfahrt angetreten. Es war bereits Abend, scheußliches Wetter und zudem ungewöhnlich finster, so dass sie keine Feldwege nehmen konnten, sondern über Tula fahren und so mindestens fünfundzwanzig Werst zurücklegen mussten.

Als sie, zerschlagen und aufgewühlt, um zwölf Uhr nachts ankamen, war die Haupttür verschlossen. Sie gingen zum Hintereingang, wo zu allem Unglück Sofja Andrejewna sie hörte und ihnen aufmachte. Sie empfing die beiden mit den Worten: »Was kommt ihr hier angeschneit, ihr Verrückten?«

An die dem folgende Szene erinnert sich die arme Maria Schmidt nicht ohne Entsetzen. Sie sagt, ihr Leben lang habe sie nichts Derartiges erlebt. Völlig außer sich, schrie Sofja Andrejewna, sie werde die beiden hinauswerfen, Warwara Feokritowa solle keine Minute länger in ihrem Haus bleiben, und so weiter und so fort.

Alexandra Lwowna und Warwara Feokritowa, beide ziemlich unbeherrscht, redeten viel Überflüssiges zusammen. Was sie vorbrachten, war im Grunde berechtigt, durch ihre Gereiztheit taten sie es jedoch in so schroffer Form, dass Maria Schmidt nicht aufhörte, sich über das, was sie mit anhören musste, zu entsetzen.

Sofja Andrejewna fuhr auch sie an mit den Worten: »Was für ein Recht haben fremde Leute, sich in mein Leben einzumischen?!«

Maria Schmidt war völlig verzweifelt.

Alexandra Lwowna ging zu ihrem Vater hinauf und teilte ihm mit, sie habe beschlossen, nach Teljatinki wegzugehen. Lew Nikolajewitsch versuchte sie nicht daran zu hindern, billigte im Gegenteil ihren Entschluss.

Als Sofja Andrejewna am Morgen aufstand – und sie steht neuerdings ziemlich früh auf –, waren sie schon fort.

Jetzt kommt Alexandra Lwowna täglich am Vormittag nach Jasnaja Poljana und bleibt bis zum Frühstück.

Sofja Andrejewna ist nach dem Weggang der beiden wesentlich ruhiger geworden, und alles Vorgefallene macht sie sichtlich verlegen.

Bei meiner Ankunft in Jasnaja Poljana fand ich unten Makovický und Bulgakow vor, der nun wieder in Jasnaja Poljana lebt. Lachend sagte er zu mir, sein Umzug nach Jasnaja Poljana zeuge immer davon, dass etwas geschehen sei.

Nachdem ich mit ihnen gesprochen und mir die Hände gewaschen hatte, ging ich nach oben. Lew Nikolajewitsch war schon vor meinem Eintreffen zu einem Spaziergang aufgebrochen. Während ich mit Bulgakow Tee trank, gesellte sich Sofja Andrejewna zu uns. Sie kam auf die Vorgänge der letzten Tage zu sprechen (sie zeigt sich mir wieder gewogener, was ich bereits auf dem Bahnhof beim Anblick des Zweispänners, der zu meiner Abholung bereitstand, empfunden hatte – eine von besonderer Gunst zeugende Geste). Entgegen dem, was ich in letzter Zeit von ihr gewohnt war, hielt sie sich einigermaßen an die Wahrheit. Sie redet nur davon, in Lew Nikolajewitschs Abwesenheit geschossen zu haben, dass sie ein zweites Mal geschossen hat, als er zu Hause war, verschweigt sie.

Alexandra Lwownas Weggang scheint sie sehr zu beunruhigen, und sie würde ihn gern irgendwie rückgängig machen.

Während unseres Gesprächs kam Lew Nikolajewitsch von seinem Spaziergang zurück. Er freute sich, mich zu sehen, und sagte: »Sie haben mir Angst gemacht, dass Sie lange nicht kämen, wie schön, dass Sie nun doch da sind.«

Er befragte mich, wie es mir so gehe, und zog sich dann in sein Zimmer zurück.

Nachdem ich mich noch eine Weile mit Sofja Andrejewna unterhalten hatte, ging ich ins Büro, um die Abschriften der letzten Briefe Lew Nikolajewitschs zu lesen.

Bald wurde unten Alexandra Lwownas Stimme vernehmbar, die nach Alexej rief, der ihr Pferd in den Stall bringen sollte. Ich stand auf und ging ihr entgegen.

Als Sofja Andrejewna mich sah (sie trank im Speisezimmer Kaffee), sprang sie auf, hielt mich auf dem Treppenabsatz zurück, um mich beiseitezunehmen und unter Tränen zu bitten, auf Alexandra Lwowna einzuwirken und mitzuhelfen, dass sie nach Jasnaja Poljana zurückkehre.

Sie tat mir aufrichtig leid; und da ich es selbst für besser halte, wenn Alexandra Lwowna zurückkommt, sagte ich ihr, ich werde in unserer Unterhaltung alles offen ansprechen, was ich dazu denke, vermied es jedoch, genauer darauf einzugehen.

Alexandra Lwowna erzählte mir, wie es zu ihrem Umzug gekommen war. In Teljatinki fühlt sie sich wohl, aber mit ihrem Seelenzustand ist es natürlich nicht so einfach. Sie sagt, Lew Nikolajewitsch habe gemeint, er halte es für gut, dass sie weggegangen sei, und empfinde deswegen »egoistische« Freude. Auf ihre Frage, was das heiße, habe er geantwortet: »Es bringt die Entscheidung näher.«

Gestern habe er ihr gesagt: »Bleib fest, bleib fest ...«

Nichtsdestoweniger fühle ich, dass das alles Lew Nikolajewitsch sehr bedrückt. Und obwohl er es nicht ausspricht, habe ich den Eindruck, im Grunde seines Herzens schmerzt es ihn, dass sich die Liebe zu ihm nicht als stärker erwiesen hat denn alle Kränkungen.

In seinem Verhältnis zu Sofja Andrejewna ist er fester und sehr gelassen geworden. Meist schweigt er. Überhaupt redet er wenig, sehr wenig. Wenn man in seinem Beisein etwas anspricht oder ihm etwas zu erzählen beginnt, spürt man, selbst wenn es sich um ein interessantes Ereignis handelt, dass es ihn nicht erreicht, dass er sich nur aus taktvoller Höflichkeit zuzuhören bemüht und hin und wieder Fragen stellt, in Wirklichkeit kümmert es ihn nicht. Diese seine Stimmung erinnert mich an die von ihm so großartig beschriebene Verfassung des im Sterben liegenden Fürsten Andrej in »Krieg und Frieden«.

Alexandra Lwowna machte sich vor dem Frühstück auf den Rückweg nach Teljatinki. In ihrer Gegenwart hatte Lew Nikolajewitsch sein Zimmer verlassen. Ich sagte ihm, ich wolle anschließend Tschertkows aufsuchen, und erfuhr von ihm, dass er einen Ausritt mit Bulgakow vorhabe. Das Wetter war schlecht: seit früh fiel herbstlicher Nieselregen, doch er schreckte ihn nicht ab. Zum Ende des Frühstücks erschien er wieder und aß mit uns.

Auf Lew Nikolajewitschs Rat hin hat Fürst Dolgorukow (Pawel Dmitrijewitsch, der bekannte Moskauer Politiker) für die Volksbibliothek von Jasnaja Poljana etliche Hundert Bändchen zu ein bis zehn Kopeken geschickt; nur ein paar sind teurer. Nach dem Frühstück gingen wir (Lew Nikolajewitsch, Maria Schmidt, Bulgakow, Makovický und ich) ins Büro, um sie durchzusehen.

Lew Nikolajewitsch freute sich sehr über die Bücher. Über ein Gedichtbändchen, das wir darunter fanden, sagte er allerdings: »Das ist überflüssig. Von so etwas halte ich nichts.«

Kurz zuvor war ihm Tjutschews für »Lesekreis« wiedergelesenes Gedicht »Silentium!« eingefallen, und er hatte geäußert: »Welch wundervolle Lyrik! Ich kenne kein besseres Gedicht.«

Zu dem von Dolgorukow mitgeschickten Bändchen des Priesters Grigori Petrow bemerkte er: »Die Schriften dieses Petrow mag ich nicht. Irgendwann heißt es die Sache abrunden, bei ihm aber will der Redefluss einfach kein Ende nehmen.«

Als er ein Bändchen über einen autodidaktischen Erfinder entdeckte, meinte er: »Diese Erfinder bei uns erinnern mich immer an einen Bauern, der mir Briefe über das von ihm erfundene Perpetuum mobile schrieb. Er drängte sich allen auf, um ihnen zu erzählen, dass seine Maschine von allein arbeite – ›man kommt gar nicht mit dem Schmieren nach!‹«

Lew Nikolajewitsch ging in sein Zimmer, erschien aber bald wieder und bat Bulgakow, den von ihm am Morgen geschriebenen Brief an die tschechischen Sozialisten vorzulesen. Dieser hochinteressante Brief ist noch nicht fertig, bricht irgendwie ab.

In letzter Zeit habe er viele sozialistische Schriftsteller wiedergelesen, sagte Lew Nikolajewitsch. Zum Verhältnis zwischen religiöser und sozialistischer Weltsicht stellte er fest: »Der Sozialismus steht in diametralem Gegensatz zur religiösen Lebensauffassung und ist deshalb mit ihr unvereinbar.«

Und zu mir gewandt, fragte er: »Teilen Sie diese Ansicht, Alexander Borissowitsch?«

»Ja, weil der Sozialismus die Wirkung – die ökonomische Seite des Lebens – als Ursache betrachtet«, sagte ich.

»Haben Sie das mit Saschas Freundin [Annuschka aus Teljatinki, die bei Alexandra Lwowna im Dienst stand, bevor Sidorkows Frau Praskowja Afanassjewna aus Jasnaja Poljana als Hausangestellte hinkam] gehört?«, erkundigte sich Lew Nikolajewitsch. »Eine wunderbare Geschichte! Sascha sitzt da und langweilt sich. Da tritt Annuschka an sie heran und sagt: ›Statt sich zu langweilen, sollten Sie besser Mark Aurel lesen.‹ Und sie erzählt der erstaunten Sascha, bei ihnen hätten die jungen Leute abends Mark Aurel gelesen, und das sei sehr gut! Wie sie das wohl begriffen haben mögen?! Stellen Sie sich vor – eine Bauersfrau und Mark Aurel!«

Lew Nikolajewitsch ging in sein Zimmer, und ich blieb mit Maria Schmidt allein.

Sie sprach davon, wie bedrückt sie sei. »Ich dumme alte Gans habe mich eingemischt! Wusste ich denn nicht, mit wem ich es zu tun habe – dass Sascha wie ein Pulverfass ist? Das werde ich mir nie verzeihen. Ich bin an allem schuld.« Sie weinte und bat mich, auf Alexandra Lwowna einzuwirken, damit sie zurückkehre.

Lew Nikolajewitsch ritt aus, und ich machte mich auf den Weg nach Teljatinki. Dort sah ich zu Alexandra Lwowna hinein, und wir (sie, Warwara Feokritowa, Nadeshda Iwanowa und ich) gingen zusammen zu Tschertkows hinüber.

Hier wurde viel geredet. Tschertkow setzte Alexandra Lwowna des Langen und Breiten auseinander, dass bei ihr der Unmut über die Mutter die Oberhand über ihre Liebe zum Vater gewonnen habe.

Sofja Andrejewna hat Warwara Feokritowa einen Brief geschickt, in dem sie schreibt, diese habe Alexandra Lwowna gegen sie aufgebracht, dabei sind ihr einige sachliche Ungenauigkeiten unterlaufen, doch alles in allem ist der Brief in recht wohlmeinendem Ton gehalten, und vor allem bittet sie Warwara Feokritowa um Verzeihung. Ich denke, wenn sie ihn in gleichem Ton beantwortet, wird sich die Sache einrenken.

Bei Tschertkows saßen wir ziemlich lange und besprachen das Vorgefallene. Bei Alexandra Lwowna ging ich dann nur noch ganz kurz vorbei, da es Zeit war, nach Jasnaja Poljana aufzubrechen, wenn ich nicht zu spät zum Mittagessen kommen wollte.

Gegen halb sieben war ich wieder in Jasnaja Poljana. Hier hatte man sich noch nicht zum Essen versammelt.

Lew Nikolajewitsch hatte Besuch von dem Petersburger Schriftsteller Wolny und führte ein Gespräch mit ihm. Ich ging mir die Hände waschen und sah sie dort sitzen. Ich entschuldigte mich, trat hinter die Trennwand, wusch mir die Hände und verließ wieder das Zimmer.

Beim Händewaschen hörte ich Lew Nikolajewitsch sagen: »Die Schriftstellerei sollte man nicht zum Handwerk machen. Man kann pflügen oder Stiefel anfertigen oder sich von sonst einer Arbeit ernähren, aber schreiben sollte man nur, wenn man von einem unwiderstehlichen Drang ergriffen ist. Dann wird man, egal wie sehr einen die Arbeit beansprucht, die Zeit finden und schreiben, wonach es einen verlangt – man kann gar nicht anders.«

Sonderlich belangvolle Gespräche gab es während des Essens nicht. Lew Nikolajewitsch erzählte von dem Buch Klimenkos über Tschaikowski, das er gelesen und interessant gefunden hatte.

Nach dem Essen spielten wir zwei Partien Schach, beide gewann Lew Nikolajewitsch. Die erste nahm einen sehr spannenden Verlauf. Lew Nikolajewitsch bot eine starke Leistung. Die zweite verlor ich, auf Gewinn stehend, durch einen groben Fehler, das war also eine uninteressante Angelegenheit.

Nach dem Schachspiel suchte Lew Nikolajewitsch sein Zimmer auf, um die von Dolgorukow geschickten Bändchen weiter durchzusehen.

Beim Teetrinken bemerkte Sofja Andrejewna einigermaßen gleichmütig: »Wenn diese <…> nicht weggegangen wären, könnte Lew Nikolajewitsch jetzt Wint spielen. Nun sitzt Warwara Feokritowa mit ihren Hunden in Teljatinki. Sie ist doch eine völlig <…>«

Lew Nikolajewitsch erschien erst gegen zehn Uhr wieder.

Er hat unter anderem Puschkins »Schneesturm« wiedergelesen und äußerte sich begeistert darüber: »Vor allem diese schlichte und dichte Schreibweise, die ihn auszeichnet: nie etwas Überflüssiges.«

Außerordentlich gut gefallen hat ihm Maupassants Erzählung »Die Familie« (in der eine verstorbene Großmutter zum Leben wiedererwacht). Er gab mit gewohnter Meisterschaft den Inhalt wieder und schwärmte von der Schönheit und dem Humor dieser Erzählung.

Lew Nikolajewitsch bat Makovický, für ihn alles zusammenzutragen, was sie von Maupassant haben, und will es wiederlesen. »Das wird mir großes Vergnügen bereiten«, meinte er. Zur Nachtruhe verabschiedete er sich dann mit den Worten: »Wie mich alle diese Erzählungen reizen, Belletristik zu schreiben!«

Zu mir sagte er noch: »Ich habe heute von Ihrem Besuch allzu wenig Gebrauch gemacht. Wenn wir noch am Leben sind, reden wir morgen.«

2. Oktober.

Ich stand nach acht Uhr auf. Als ich die Treppe hinaufstieg zum Teetrinken, traf ich Lew Nikolajewitsch, der zu seinem Spaziergang aufbrach. Ich erkundigte mich nach seinem Befinden, da er gestern geklagt hatte, er fühle sich nicht gut.

»Schlecht ist es«, sagte er.

Und als er bereits die Treppe hinunterging, fügte er hinzu: »Ach, es geht schon … Alles bestens …«

Sofja Andrejewna war auch bereits aufgestanden. Ein wenig später erschien, zu Fuß von der Station Koslowka kommend, der unverhofft angereiste Birjukow. Er glaubte in dem alten Mann, der ihm unterwegs im Kabriolett begegnet war, Lew Nikolajewitsch erkannt zu haben.

Das genügte Sofja Andrejewna, völlig außer sich zu geraten und erregt alle zu befragen, bis sie sich überzeugt hatte, dass es sich um einen Irrtum handelte und Lew Nikolajewitsch sich einfach zu seinem üblichen Morgenspaziergang aufgemacht hatte.

Zurückgekehrt, freute er sich sehr, Birjukow zu sehen. »Wie Sie gealtert sind!«, sagte er zu ihm.

»Nun, auch Sie, Lew Nikolajewitsch, werden nicht jünger«, erwiderte Birjukow.

Lew Nikolajewitsch zog sich bald in sein Zimmer zurück. Als dann Alexandra Lwowna eintraf, brach ich fast sofort mit ihrem Pferd nach Teljatinki auf.

Tschertkow ist gestern Nacht für einen Tag nach Moskau gefahren. Ich ließ mir von Sergejenko Abschriften der letzten Tagebücher Lew Nikolajewitschs und den Beginn eines belletristischen Werkes geben, das er im Tagebuch »Allen das Gleiche« nennt und von dem er vorher schon unter dem Titel »Es gibt keine Schuldigen in der Welt« gesprochen hat.

Der Beginn ist von so typisch Tolstoi'scher Art, dass es höchst betrüblich ist, zu wissen, dass er, wäre nicht der ganze Alptraum der letzten Monate gewesen, dieses Werk wahrscheinlich geschrieben hätte.

In Teljatinki blieb ich nicht lange. Nachdem ich alles von Sergejenko Erhaltene durchgelesen hatte, saß ich noch ein Weilchen mit Tschertkows Frau zusammen.

Ich beeilte mich, nach Jasnaja Poljana zurückzukommen, um mich nicht zum Frühstück zu verspäten, denn anschließend wollte Lew Nikolajewitsch mit mir ausreiten.

Er erschien zum Ende des Frühstücks und wollte sich danach hinlegen, da er in der Nacht schlecht geschlafen habe und müde sei.

»Ich bekomme immerzu Briefe mit Fragen nach dem Sinn des Lebens«, sagte er zu mir. »Meine Antworten sind schwach, einfach so auf die Schnelle hingeschrieben. Dazu sollte man sich präziser äußern, aber ich kann mich nicht dazu aufraffen.«

Lew Nikolajewitsch ging sich hinlegen. Sofja Andrejewna saß am runden Tisch und las Korrektur, während ich mir ebenfalls einen Platz im Speisezimmer suchte, um den zugesandten Probeabzug von Briefen Lew Nikolajewitschs an Grot durchzusehen.

Es dauerte nicht lange, und Sofja Andrejewna verwickelte mich wieder in ein Gespräch über Tschertkow und sie selbst. Sie erkundigte sich, ob ich mit Alexandra Lwowna gesprochen hätte, und sagte, sie habe gehört, dass auch Tschertkow deren Weggang verurteile.

Ich erwiderte, ich hätte Alexandra Lwowna offen meine Meinung auseinandergesetzt.

»Birjukow hat mir erzählt, er habe einen Brief von Tschertkows Frau erhalten. Sie wäscht ihm den Kopf, weil er meine Partei ergriffen hätte. Dass er meine Partei ergriffen hat, stimmt überhaupt nicht, er ist einfach ein Mensch mit Gerechtigkeitsgefühl.«

Abermals kam Sofja Andrejewna auf ihre Aufzeichnungen zu sprechen, in denen sie die »ganze Wahrheit« schreibe.

»Und natürlich wird man mir, der Frau Tolstois, Glauben schenken und nicht dem, was diese Köter zusammenkläffen!«

Sie schwieg eine Weile, und da ihr offenbar aufging, dass ich diese »Köter« auch auf mich beziehen könnte, fügte sie hinzu:

»Sascha und die anderen ...«

Der zu uns gestoßene Birjukow gab zu bedenken, dass an schlechten menschlichen Beziehungen *stets* beide Seiten schuld seien.

Ich widersprach ihm, zwar sei es tatsächlich oft so, doch dürfe man das zu keiner unumstößlichen Regel erheben. Häufig sei es im Gegenteil so, dass der Mensch umso ärgerlicher werde, je *gütiger* man ihn behandle.

Sofja Andrejewna gefiel dieser Gedanke sehr, und sie führte als Beleg dafür allerlei Beispiele an, nur eines, das augenfälligste, vergaß sie dabei: ihr Verhältnis zu Lew Nikolajewitsch.

Alexandra Lwownas Weggang nimmt sie übrigens auch deshalb so mit, weil sie befürchtet, Lew Nikolajewitsch könnte anfangen, Besuche bei ihr zu machen und sich dabei mit Tschertkow zu treffen.

Er habe erklärt, dass er bereit sei, sich nicht mit Tschertkow zu treffen, wenn sie dadurch ein ruhiges Leben hätten. Und was sei das nun für eine Ruhe?, habe Lew Nikolajewitsch gestern zu ihr gesagt. »Wieso soll das keine Ruhe sein?«, befand sie. »Ich genieße in diesen Tagen die Stille. Nur um eines bitte ich: dass alle Lew Nikolajewitsch und mich in Ruhe lassen.«

Beim Tee, um den Birjukow und ich gebeten hatten, sagte Sofja Andrejewna: »Gestern [als ich im Begriff war, zu Tschertkows aufzubrechen] bin ich zu Lew Nikolajewitsch gegangen und habe ihm gesagt: ›Du möchtest sicherlich Tschertkows besuchen. Reite mit Goldenweiser hin.‹ Er antwortete darauf: ›Das habe ich schon lange von dir erwartet.‹ Nun, ich bekam wieder einen hysterischen Anfall, und er ritt mit Makovický aus.«

Zum Ende des Teetrinkens erschien Lew Nikolajewitsch wieder. In dem sich entspinnenden Gespräch ging es um den indischen Philosophen Vivekananda. Makovický erzählte, die Engländer hätten ihn wiederholt mit Stockhieben bestraft.

Lew Nikolajewitsch bat Bulgakow, den Brief zu holen und vorzulesen, den er von einem einfachen Mann erhalten hatte, der sich ernsthaft für religiöse Fragen interessiert, und sagte: »Die Anrede ist übertrieben, der Brief selbst aber wunderschön.«

Birjukow erzählte von dem schwindsüchtigen Militärdienstverweigerer Platonow, der große Entbehrungen erdulde. Er sitzt im Gefängnis in Jaroslawl.

»Ich weiß besser über ihn Bescheid als Sie«, sagte Lew Nikolajewitsch. »Ich kann es Ihnen erzählen. In Jaroslawl ist Tatischtschew Gouverneur. Tanja kannte ihn von diversen öffentlichen Anlässen und übernahm es, ihm wegen Platonow zu schreiben. Die Antwort, die sie von ihm erhielt: Erstens sei der Inhaftierte völlig gesund (trotz vorliegenden Antrags, Platonow ärztlich untersuchen zu lassen, da er an der Schwindsucht leide, und in eine andere Stadt zu verlegen, wo Verwandte von ihm wohnen). Zweitens verbreite er schädliche Ideen. Drittens koste die Verlegung Geld, und die Regierung müsse ohnehin schon viel Geld für die Gefängnisse aufwenden. Wortwörtlich. Tanja hat mich davon abgehalten, diese Sache in die Zeitung zu bringen. Was für Schufte!«

»Dabei gilt Tatischtschew als liberal«, sagte Birjukow.

»Ja, vergleichsweise«, sagte Lew Nikolajewitsch, »das ist wie … ach, unwichtig!

Heute ist noch ein bemerkenswerter Brief von einem Bauern aus Wladimir gekommen. Schrecklich fehlerhaft, ein typischer Bauernbrief, die Gedanken aber sehr gehaltvoll. Er schreibt, bei ihnen gebe es Sozialisten; man redet mit ihnen, und sie widersprechen: ›Im Kampf erlangst du dein Recht …‹«

Jemand von den Anwesenden meinte, im Ausland dürften die Sozialisten eine noch größere Distanz zur religiösen Lebenseinstellung haben als bei uns.

»Sie sagen – im Ausland«, entgegnete Lew Nikolajewitsch. »Das ist wie bei diesem Briefpartner Bulgakows. Sie betrachten es als beschämend, den Rücken hinzuhalten.«

Lew Nikolajewitsch hatte einen Brief bekommen von einem jungen sozialdemokratischen Studenten, der dann mit Bulgakow in Briefwechsel trat. Dieser Student, nach seinen Briefen zu urteilen, sympathisch und klug, teilt die religiösen Ansichten Lew Nikolajewitschs nicht, er entrüstete sich über Bulgakows Absicht, den Militärdienst zu verweigern, und schrieb, es sei beschämend, den Rücken hinzuhalten. Er schickte Bulgakow ein Photo von sich – ein sehr nettes Gesicht – und bat ihn um seines. Bulgakow hatte uns das Bild des Studenten gezeigt, deshalb war er Lew Nikolajewitsch wieder eingefallen.

»Wie schade«, sagte er, »dass ich in Kotschety nicht daran gedacht habe: In Brjansk sitzt Kurtysch [abgeurteilt wegen Militärdienstverweigerung], ich hätte hinfahren können. Vielleicht wäre ich zu ihm gelassen worden. In dem Zusammenhang kommt mir das wundersame Wiedersehen Molotschnikows mit Smirnow und Solowjow in den Sinn: Sie waren aus dem Gefängnis als Zeugen im Prozess gegen ihn herbeigeholt worden. Als sie hereingeführt wurden, trat Molotschnikow auf sie zu, aber Smirnow sagte zu ihm: ›Kommen Sie nicht zu nahe heran, sonst fangen Sie sich Läuse ein.‹«

Lew Nikolajewitschs Stimme erbebte, er verstummte und hatte Mühe, die Tränen zurückzuhalten.

Während des Mittagessens wurde nichts Besonderes besprochen. Sergej Lwowitsch ist zu Besuch gekommen. Nach dem Essen spielte ich Schach, zunächst mit Lew Nikolajewitsch (zwei Partien, die er beide verlor) und danach mit Sergej Lwowitsch.

Nach dem Schachspiel ging ich zu Lew Nikolajewitsch.

Er saß in seinem Zimmer mit Birjukow zusammen und erzählte ihm von seinem Streit mit Nikolajew über Recht und Eigentum. Obwohl er Nikolajews Ansichten grundsätzlich ablehnt, räumt er ein, dass sie gründlich durchdacht sind, und viele Einzelgedanken findet er richtig.

»Auch wenn Nikolajew nicht ganz ohne Grund davon spricht, dass der Mensch das ›Eigentumsrecht‹ an den Produkten seiner Arbeit habe«, sagte er, »so ist das auf geistigem Gebiet ein furchtbarer Irrtum. Produkte des Denkens oder des künstlerischen Schöpfertums dürfen und können nicht materielles Eigentum sein. Dieser Tage bin ich in der Zeitung auf ein Feuilleton Boborykins gestoßen. Was er da zusammenschreibt! Grauenhaft! Und wie gekonnt er sich über alles Mögliche auslässt. Nun, ist ja klar: Er braucht Geld zum Leben, da schreibt er eben. Und das ist das Grässliche!«

Lew Nikolajewitsch kam wieder auf das Buch von Klimenko über Tschaikowski zu sprechen: »Dieses Buch fand ich sehr interessant. Die Persönlichkeit Tschaikowskis hat meine volle Sympathie gewonnen; doch dieses Leben ohne geistigen Inhalt, in dem es nur um Konzerte, das Komponieren und die Aufführung seiner Werke ging, war einfach schrecklich!«

Bevor wir uns zum Teetrinken begaben, blieb ich mit Lew Nikolajewitsch allein. Er befragte mich nach meinem Ergehen und den Gründen, die mich veranlassen, so viele Stunden zu geben und verhältnismäßig viel Geld zu verdienen.

Mir tat ein Finger weh, trotzdem wollte ich Lew Nikolajewitsch gern mit etwas erfreuen. Ich werde ein paar kleine Stücke spielen, sagte ich und begann mit der Barkarole von Arenski.

»Was für eine Freude Sie mir bereitet haben!«, sagte Lew Nikolajewitsch.

Dann spielte ich die Etüden As-Dur op. 25 und E-Dur op. 10, das Prélude Fis-Dur und die Mazurka c-Moll von Chopin.

Lew Nikolajewitsch war sehr gerührt von der Musik und

mir sehr dankbar. (Es war das letzte Mal, dass ich für ihn spielte und überhaupt das letzte Mal, dass er professionell gespielte Musik hörte.) Mir ist aufgefallen, wenn Lew Nikolajewitsch lange keine Musik gehört hat, dann wirkt sie besonders stark auf ihn.

»Sind Sie ein guter Pädagoge?«, wollte Lew Nikolajewitsch wissen. »Sagen Sie es mir offen.«

»Warum?«, fragte ich verlegen.

»Da ich Sie kenne, glaube ich, dass Sie ein sehr guter Pädagoge sein müssen.«

Sofja Andrejewna lobte meine pädagogischen Fähigkeiten auf so übertriebene Weise, dass es mir peinlich wurde.

Es war an der Zeit für mich aufzubrechen. Die Pferde standen schon bereit. Ich äußerte den Wunsch, noch etwas mit Lew Nikolajewitsch zu besprechen. Er ging mit mir in sein Zimmer und sagte: »Ich ahne, was Sie bewegt, ich wollte Sie schon von mir aus deswegen ansprechen. Ich war Ihnen kein bisschen böse wegen Ihres Briefs. Im Gegenteil, ich fand ihn sehr nützlich und notwendig.«

Am wenigsten sei es meine Absicht gewesen, Sofja Andrejewna zu nahe zu treten, sie tue mir zutiefst leid, betonte ich. Lew Nikolajewitsch zuckte zusammen und flüsterte, mit einem Blick zu seinem dunklen Schlafzimmer: »Ist sie nicht womöglich hier?« Und als Antwort auf meine Worte: »Ja, ja, ich weiß und verstehe Sie.«

Ich möchte ihm noch sagen, fuhr ich fort, dass ich so lebe, wie es sich füge und nicht mit der Vorstellung, dass dieses Leben für mich sonderlich erstrebenswert sei …

»Wozu öffnen Sie mir Ihre Seele?«, unterbrach mich Lew Nikolajewitsch. »Ich kenne Sie auch so durch und durch.« Seufzend fügte er hinzu: »Was tun? Niemand von uns Freunden lebt so, wie er gern möchte und wie es nötig wäre. Nun, adieu, danke, dass Sie gekommen sind. Kommen Sie bald wieder.«

Ich konnte die Tränen kaum zurückhalten, als ich seine Hand küsste. Wir umarmten uns. In seinen Augen standen mir so teure Tränen.

»Sind Sie warm genug angezogen?«, fragte Lew Nikolajewitsch. »Nehmen Sie doch meine Mütze, sonst werden Sie am Kopf frieren.«

Er brachte mir seine warme Mütze, mit der ich bis zur Bahnstation fuhr.

Brief Anna Tschertkowas an uns vom *4. Oktober.*

»Liebe Freunde!

Ich schreibe nachts. Am Abend erreichte uns aus Jasnaja Poljana (von Sascha T.) die Nachricht: ›Lew Nikolajewitsch geht es sehr schlecht ... Ohnmachtsanfälle ...‹ Mein Mann ritt hin und blieb von 7 bis 1 Uhr nachts in Makovickýs Zimmer. Jetzt ist er zurückgekehrt: Lew Nikolajewitsch geht es besser, der Puls hat sich normalisiert, er ist eingeschlafen. Sehen konnte er ihn jedoch nicht: Er ist schwach, die ganze Zeit im Dämmerzustand ... Am Morgen soll es zu einer schweren Auseinandersetzung zwischen ihm und Sofja Andrejewna wegen des Weggangs der Tochter und ihres Briefes an Warwara Feokritowa gekommen sein. Geb's Gott, dass diese Krankheit Sofja Andrejewnas Gewissen wachrüttelt und ihr eine Lehre für die Zukunft ist.

›Was bringt er uns, der nächste Tag?‹* Man muss auf alles vorbereitet sein ... Die letzte Zeit ist für den armen Lew Nikolajewitsch kein Leben, sondern eine Qual ... Geb's Gott, dass er eine Erleichterung *hier* oder *dort* erfährt. Letzteres ist – leider! – wahrscheinlicher ...

Nun, was Gott immer geben mag, ich werde mich bemühen, es Euch wissen zu lassen.

Mit Liebe Anna Tschertkowa

PS Entschuldigt, dass Ihr keinen von mir eigenhändig geschriebenen Brief, sondern eine Abschrift bekommt: Es war zu unleserlich, was ich in der Nacht zu Papier gebracht hatte. Außerdem schicke ich, um mich nicht zu wiederholen, gleiche Abschriften an einige weitere Freunde, denen

* Abgewandeltes Zitat aus Alexander Puschkins Roman in Versen »Jewgeni Onegin«.

etwas über Lew Nikolajewitsch zu erfahren viel bedeutet. Jetzt ist es Morgen, aber Neuigkeiten gibt es noch nicht – also steht es besser.«

Aus Anna Tschertkowas Brief an uns vom *5. Oktober.*

»Liebe Freunde!

Bei jedem Unglück ist auch ein Glück (obwohl es manchmal teuer erkauft werden muss). Gestern hatte ich gerade meinen Brief über Lew Nikolajewitschs Krankheit abgeschickt, als wir am Abend erfuhren, dass Sofja Andrejewna, verängstigt durch seine Krankheit als offenkundige Folge ihres Verhaltens und von Tanja und Sergej mit harschen Worten getadelt, Sascha unter Tränen um Verzeihung gebeten und beschworen habe, zusammen mit Warwara Feokritowa zurückzukehren. Heute zieht Sascha wieder nach Jasnaja Poljana um. Es heißt, Sofja Andrejewna sei selbst meinem Mann gegenüber milder gestimmt und spreche gelassen davon, dass Lew Nikolajewitsch seine Treffen mit ihm wiederaufzunehmen beabsichtige. Geb's Gott! Es fehlen einem die Worte, um auszudrücken, wie uns dieser drei Monate lange Alptraum zermürbt hat. Sergejenko wird Euch ausführlich schreiben, einstweilen schicke ich diese kurze Nachricht, um Euch nach dem gestrigen Brief zu beruhigen.«

Brief Anna Tschertkowas an uns vom *8. Oktober.*

»Liebe Freunde Alexander Borissowitsch und Anna Alexejewna! Nun endlich – auf Einladung Lew Nikolajewitschs – ist mein Mann in Jasnaja Poljana gewesen, das erste Mal nach zweieinhalb Monaten der Trennung von ihm. Sie trafen sich in seinem Arbeitszimmer. Sofja Andrejewna zeigte sich nicht, war aber, wie die Töchter berichteten, stark erregt. Ihr Verhältnis zu meinem Mann bleibt so, wie es die ganze Zeit gewesen ist – feindselig, doch hat sie nachgegeben oder Lew Nikolajewitsch selbst den Vorschlag gemacht, seiner Krankheit wegen oder um ihre Schuld ihm gegenüber ein wenig abzutragen.

Lew Nikolajewitsch ist noch schwach, unternimmt allerdings bereits Ausritte und wollte eigentlich zuerst zu uns kommen, doch sie verlangte, dass mein Mann als Erster nach Jasnaja Poljana kommen müsse, sonst werde sie wieder Sturm laufen und Lew Nikolajewitsch nicht zu uns lassen. Dieses Verlangen entbehrt der Logik wie der Gerechtigkeit. Außerdem gab es einige weitere erniedrigende Bedingungen, die mein Mann nicht akzeptieren wollte, und deshalb sagte er zunächst ab. Als er jedoch erfuhr, dass seine Absage Lew Nikolajewitsch betrübt habe, entschloss er sich gestern zu dem Besuch in Jasnaja Poljana. Der arme Lew Nikolajewitsch freute sich sehr, dankte ihm herzlich für sein Kommen und versprach, seinen Besuch bald zu erwidern.

Wie wir erfuhren, waren seine Ohnmachtsanfälle (von denen ich schrieb) mit schrecklichen Krämpfen, besonders in den Beinen, verbunden, die von Gefäßverschlüssen durch Kreislaufstillstand herrührten und nach Aussage des Arztes aus Tula zu plötzlichem Bluterguss und Tod oder Paralyse hätten führen können. Es heißt, die schrecklich anzusehenden Anfälle hätten sich zwischen 6 und 12 Uhr nachts fünfmal wiederholt.

Mit häufigen und unbehinderten Treffen wie früher rechnen wir allerdings nicht mehr: wahrscheinlich werden wir uns nur hin und wieder sehen können.

Ich hoffe, ich bin Euch mit dieser freimütigen Darstellung dessen, was einem in diesen Tagen das Herz beschwert, nicht lästig gefallen. Alles Gute. Anna Tschertkowa«

Gespräch Sofja Andrejewnas mit F. *13. Oktober.*

»So weiterleben kann ich nicht, sich zu vergiften ist gar nicht so schwierig. Leichter, als ständig Gefahr zu laufen, auf Geheiß Tschertkows für verrückt erklärt zu werden; auf dessen Geheiß hat Lew Nikolajewitsch mir ja seine Tagebücher und seine Werkrechte abgenommen und jetzt ein endgültiges Testament aufgesetzt. Das weiß ich ganz sicher«, setzte mir Sofja Andrejewna erregt und aufgewühlt auseinander.

»Wer hat Ihnen denn so etwas gesagt? Wozu hören Sie

sich das an? Was erzählt man Ihnen nicht alles und irritiert Sie bloß damit.«

»Nein, so ist es nicht, vieles habe ich nicht von anderen erfahren, sondern aus Lew Nikolajewitschs Büchlein, das ich in seinem Stiefel fand – ich ordnete die Wäsche, wie ich es immer tue, und dabei fiel etwas auf die Stiefel. Als ich es aufhob, bemerkte ich das Büchlein, und da habe ich natürlich danach gegriffen und es gelesen. Diese Lobeshymnen auf Tschertkow und das Geschimpfe auf mich. Auch um das Testament geht es darin. Von dem wusste ich allerdings schon durch andere. Es hieß, Lew Nikolajewitsch habe zunächst vorgehabt, die Familie zusammenzurufen und ihr seine Absicht zu verkünden, aber wahrscheinlich hat er es sich unter dem Druck Tschertkows anders überlegt und verheimlicht jetzt die Existenz dieses Testaments vor mir. So zu leben ist unmöglich. Über mir schwebt ständig das Damoklesschwert. Deshalb will ich die Werkausgabe möglichst schnell abschließen und in den Verkauf bringen; dann kann sie mir niemand mehr wegnehmen. Lew Nikolajewitsch kann es aber so machen, dass er alle Rechte Tschertkow vererbt und stirbt, und dann ist meine Ausgabe blockiert. Die Bosheit, die mich nach seinem Tod erwartet, überlebe ich nicht. Natürlich werden wir die Oberhand behalten, die Ohnmachtsanfälle und seine Geistesschwäche nachweisen, und natürlich werden den Sieg die Entrechteten davontragen, doch was es bedeutet, diese Streitigkeiten, diese Prozesse durchzustehen! Wie kann er nur die Kinder so übergehen? Von mir rede ich ja gar nicht. Ich kann das Haus wenn nicht verkaufen, so doch verpfänden und habe wieder Geld. Sascha interessiert das nicht, sie hat hunderttausend, ihr reicht das.«

»Ihr geht es nicht um ihren Eigennutz.«

»Und mir, geht es mir vielleicht darum? Ich selbst brauche nichts. Ja, und dann hat es Tanja im Gespräch mit mir ausgeplaudert. Ungewollt natürlich. Wie kann ich unter dem Damoklesschwert leben? Diese Frage bohrt die ganze Zeit in mir. Doch sie ihm stellen kann ich nicht. Heute habe ich ihn daraufhin angesprochen – er schweigt bloß, bestreitet es aber nicht. Wenn ich ihn frage, ob er mir die Rechte für meine Ausgabe zu lassen gedenkt, wird er mir bestimmt sagen, dass er nichts versprechen kann. Was soll ich ihn also fragen? Wozu das Reden! Opium ist mehr als genug da, für dreißig Vergiftungen reicht es; ich werde es niemandem sagen und mich einfach vergiften. Das ist alles Tschertkows Einfluss; von sich aus hätte er das niemals getan.«

14. Oktober. Aus Sergejenkos Brief an mich.

»<…> Sofja Andrejewna gebärdet sich wieder wie toll. Lew Nikolajewitsch ist erneut schwach. Alexandra Lwowna, die heute bei uns war, sagte, dass mit einem neuerlichen Anfall zu rechnen sei <…>

Tschertkow hat heute Lew Nikolajewitsch einen Brief geschrieben und ihn darin beschworen, nach Kotschety wegzugehen. Alexandra Lwowna hat Lew Nikolajewitsch zweimal daraufhin angesprochen. Er hat weder ja noch nein gesagt, scheint aber entschlossen, Jasnaja Poljana zu verlassen. Zu einem Brief, den er von Sofja Andrejewna erhielt, sagte er ihr: ›Bei einem Mann kann es Dinge geben, in die seine Frau einzuweihen er für unmöglich hält‹, und deshalb wird er ihr nicht antworten.

Tschertkow ist sehr ruhiger und ernster Stimmung.

Das ist vorläufig alles, was ich Ihnen mitteilen kann.

Sollte sich die Lage weiter verschlechtern, werde ich Ihnen täglich Nachrichten zukommen lassen <…>«

Brief Lew Nikolajewitschs an Tschertkow vom *17. Oktober.*

»Ich habe das Bedürfnis, lieber Freund, ganz freimütig mit Ihnen zu reden. Bei niemandem fällt es mir so leicht, alles auszusprechen, wie bei Ihnen – ich weiß, dass kein anderer es so gut verstehen wird, so unklar, so vage auch sein mag, was ich sagen will.

Gestern war ein sehr ernster Tag. Über die sachlichen Einzelheiten wird man Ihnen berichten, ich möchte auf das eingehen, was mich im Innersten bewegt.

Ich bedaure sie zutiefst und freue mich, dass ich sie hin

und wieder liebe, ohne mich dazu zwingen zu müssen. So war es auch gestern Nacht, als sie reuevoll zu mir kam, um dafür zu sorgen, dass mein Zimmer warm wurde, sich ungeachtet ihrer Zerquältheit und Schwäche mit den Läden abmühte, die Fenster verhängte, eifrig Sorge trug für meine <…> körperliche Ruhe. Was tun, wenn es Menschen gibt, denen sich (vorerst, glaube ich) die Realität des geistigen Lebens verschließt? Ich war gestern Abend nahe daran, nach Kotschety wegzugehen, doch jetzt bin ich froh, es nicht getan zu haben. Heute fühle ich mich körperlich schwach, aber ums Herz ist mir sehr wohl. Und deshalb möchte ich Ihnen sagen, was ich denke und vor allem fühle.

Bis zum gestrigen Tag habe ich wenig, ja überhaupt nicht über meine Anfälle nachgedacht, doch gestern stand mir klar und lebhaft vor Augen, wie ich bei einem dieser Anfälle sterben werde. Und ich habe erkannt, dass ein solcher Tod, wenngleich er im körperlichen Sinne sehr gut ist, nämlich ganz ohne körperliche Leiden, mich im geistigen Sinne der kostbaren Sterbeminuten beraubt, die so wunderschön sein können. Das brachte mich auf den Gedanken, dass es, wenn ich dieser letzten bewussten Minuten beraubt bin, doch in meiner Macht steht, sie auf alle Stunden, Tage, ja möglicherweise Monate und Jahre (dies kaum), die meinem Tod vorausgehen, auszudehnen und zu diesen Tagen und Monaten ein genauso ernsthaftes, feierliches Verhältnis (nicht äußerlich, sondern mit meinem inneren Bewusstsein) zu haben wie zu den letzten Minuten meines bewusst eintretenden Todes. Dieser Gedanke, ja dieses Gefühl, das ich gestern hatte und heute habe und das ich bis zu meinem Tod zu bewahren trachte, freut mich besonders, und es ist mein Wunsch, es Ihnen zu vermitteln.

Im Grunde ist das alles sehr alt, mir hat es sich jedoch von einer neuen Seite offenbart. Dieses Gefühl erleuchtet mir in meiner Lage meinen Weg, und aus dem, was es Schweres gab und geben konnte, macht es Freude.

Über meine literarischen Angelegenheiten möchte ich nichts schreiben – dazu später.

Sie sollten mir Ihrerseits Ihr Herz öffnen.

Ich spare es mir, Ihnen zu sagen: Verzeihen Sie, weil ich weiß, dass Sie nicht einmal lesen möchten, was mir zu verzeihen wäre, und spreche einfach aus, was ich fühle: Ich danke Ihnen für Ihre Liebe.

Ich habe mir erlaubt, in Sentimentalität zu verfallen, Sie aber sollten meinem Beispiel nicht folgen.

Leid tut mir nur, dass ich Ihre Frau die ganze Zeit nicht sehen konnte. Sie bitte ich, mir zu verzeihen. Und sicherlich wird sie meine Bitte erfüllen.«

Aus Olga Tolstajas Brief an mich vom *17. Oktober.*

»<...> Gestern erhielt ich (aus Jasnaja Poljana) sehr traurige und unangenehme Kunde. Sofja Andrejewna ist wieder in einer schrecklichen Verfassung, und mit der Gesundheit Lew Nikolajewitschs steht es auf des Messers Schneide <...>

<...> Sofja Andrejewna hat das geheime Notizbuch Lew Nikolajewitschs an sich gebracht und vieles daraus entnommen, außerdem heißt es, jemand habe sich ihr gegenüber verplappert <...>«

Aus Sergejenkos Brief an mich vom *18. Oktober.*

»Lew Nikolajewitsch ist völlig gesund, abgesehen von einer gewissen kleinen Schwäche, die ihn gestern befiel. Vorgestern hatte er eigentlich die feste Absicht, einen Besuch bei uns zu machen, fand es dann aber besser, ihn noch ein paar Tage hinauszuschieben.

Indessen trieb es Sofja Andrejewna bis dicht vor Teljatinki, wo sie nach Lew Nikolajewitsch ausspähte, ob er nicht etwa auf dem Weg zu uns war. Zu dem, wovon ich in meinem letzten Brief schrieb, hat er ihr keine Antwort gegeben, und sie bedrängt ihn nicht mehr. Er hat ihr gesagt, dass er alle seine Versprechungen zurücknehme. Sie ist mehr oder weniger ruhig.

Das wäre vorläufig das Allerwichtigste.«

Aus den Aufzeichnungen Sergejenkos.

»Gesundheitlich geht es Lew Nikolajewitsch gut. Makovický berichtete, am 14., dem Tag, an dem Sofja Andrejewna Lew Nikolajewitsch ihren Brief schrieb, habe er am Abend bei ihm mit einem neuerlichen Anfall gerechnet. Lew Nikolajewitsch war seit früh schwach, die Stimme matt, wenn er sprach, bewegten sich die Lippen nur leicht, und der Mund öffnete sich kaum. All das, vor allem dass sich die Lippen nur leicht bewegten, war für Makovický ein schlechtes Zeichen. Doch ungeachtet seiner Schwäche beschloss Lew Nikolajewitsch, nach dem Frühstück auszureiten. Makovický versuchte es ihm auszureden und schlug eine Kutschfahrt vor, aber Lew Nikolajewitsch sagte, er wolle sachte reiten und fühle, dass ihm der Ausritt guttun werde. Makovický gab seine Überredungsversuche auf, und sie ritten los.

Sie ritten im Schritttempo, Lew Nikolajewitsch voran. Makovický machte sich Sorgen um ihn: Er war gar zu schwach. Doch als sie ein Wegstück zurückgelegt hatten, setzte Lew Nikolajewitsch sein Pferd in Trab, dann brachte er es zum Stehen und rief Makovický heran. Der traute seinen Augen nicht. Das war ein ganz anderer Lew Nikolajewitsch als vor einer Viertelstunde. Das Gesicht belebt, frisch, die Stimme laut und die Lippen richtig lebendig. Sie ritten lange, und Lew Nikolajewitsch wählte, wie gewöhnlich, die schwierigsten Geländepartien. Besonders verblüffte er Makovický damit, wie er eine tiefe Schlucht durchritt. Es ging so steil hinab und drüben wieder hinauf, dass Makovický absaß und das Pferd am Zügel führte; Lew Nikolajewitsch hingegen ritt, der starken Hinterbeine Delirs völlig sicher, wie er sagte, hangabwärts und nahm den Anstieg so schwungvoll, so leicht und geschickt, dass Makovický das selbst für ihn erstaunlich fand. Über dieser Schlucht, so meinte er, sollte man ein Schild aufstellen mit der Aufschrift ›Diese Hänge nahm mit seinem Pferd Lew Tolstoi‹.

Makovický ist am 16. vormittags bei Tschertkows Frau gewesen, die unter starker Augenneuralgie und Kopfschmerzen litt. Dabei erfuhr sie, dass in Jasnaja Poljana alles mehr oder weniger ruhig sei: ›Sofja Andrejewna setzt Lew Nikolajewitsch zu, aber nicht allzu arg. Mit seinem Besuch bei Ihnen ist täglich zu rechnen, das steht fest.‹

Am 16. gegen drei Uhr war ich unterwegs zu Alexandra Lwownas Teich. Auf meinem von jungen Fichten gesäumten Pfad konnte ich erkennen, wie ein Bauer aus unserem Dorf den nach Jasnaja Poljana führenden Weg mit einem Fass entlangfuhr. Aus der Gegenrichtung kam eine Dame – dunkel gekleidet, dunkler Hut – mit einem kleinen Jungen und mehreren Hunden. Ihre hektischen Kopfdrehungen bald nach der einen, bald nach der anderen Seite ließen mich vermuten, dass es Sofja Andrejewna sein könnte. Als die Dame und der Bauer zusammentrafen, richtete sie hastig eine Frage an ihn, und nachdem sie eine Antwort erhalten hatte, schritt sie energisch und rasch aus und bog auf den Weg ab, der zum Anwesen Alexandra Lwownas führt. Wie ich später erfuhr, hatte die Dame von dem Mann wissen wollen: ›Ist der Graf vielleicht noch bei euch?‹ – ›Nein.‹ – ›Wollte er heute bei euch sein?‹ – ›Weiß ich nicht, habe ich nicht gehört.‹

Nach Hause zurückgekehrt, erkundigte ich mich, ob nicht eine Dame bei uns gewesen sei. Sie war gesehen worden, als sie am Rand unseres Wäldchens auf Worobjowka zustrebte. ›Da sitzt sie ja, am Graben.‹ Ja, jene von Jasnaja Poljana hergekommene dunkel gekleidete Dame saß jetzt auf der Böschung vor dem Wäldchen. Ich ging auf sie zu. Die Dame bemerkte mich schon von weitem, stand auf, stieg durch den Graben und wandte sich ein Stück zurück in Richtung Jasnaja Poljana. Der Junge war nicht mehr bei ihr, nur die Hunde. Ich näherte mich ihr bis auf ein paar Sashen* und stellte fest, dass es tatsächlich Sofja Andrejewna war.

Wie schuldbewusst und einschmeichelnd sagte sie rasch als Erste: ›Guten Tag!‹ Ich erwiderte ihren Gruß. ›Eigentlich wollte ich zum Friedhof und habe versehentlich diesen Weg genommen. Was ist denn das für ein Junge?‹, erkundigte sie

* Altes russisches Längenmaß, 1 Sashen = 2,133 m.

sich. Bei mir war unser Hütejunge. Plötzlich tauchten in der Ferne auf freiem Feld Leute auf, die es eilig zu haben schienen. Sofja Andrejewna griff zum Fernglas, um minutenlang nach ihnen Ausschau zu halten. Es war klar, dass sie befürchtete, Lew Nikolajewitsch könnte zu uns unterwegs sein. Als sie das Fernglas absetzte, sagte sie: ›Wie schön es hier ist. Ich bin noch nie hier gewesen.‹ Und korrigierte sich sogleich: ›Das heißt, ich habe diesen Ort hier noch nie zu dieser Jahreszeit gesehen. Sehr schön ... Ich bin kurzsichtig, kann nichts erkennen, deshalb muss ich das Fernglas benutzen.‹

Dann erklärte sie wieder: ›Ich hatte in Teljatinki zu tun und bin hier entlanggekommen ... Ist eigentlich Olga Konstantinowna bei Ihnen?‹ – ›Nein.‹ – ›Kommt sie morgen?‹ – ›Weiß ich nicht.‹ – ›Ich dachte, sie sei bei Ihnen. Ich wollte bei ihr vorbeisehen ... Sie hat wohl vor, morgen zu kommen. Wissen Sie etwas davon?‹ – ›Nein, weiß ich nicht.‹

Damit ging Sofja Andrejewna weiter, sehr langsam, als gelte es, etwas abzupassen. Lange hielt sie sich in Alexandra Lwownas Garten auf, bemüht, vom Weg aus nicht bemerkt zu werden, bevor sie ihre Schritte nach Jasnaja Poljana lenkte.

Am 17. Oktober war Alexandra Lwowna bei uns und berichtete, am 16. habe Lew Nikolajewitsch beim Frühstück Makovický nach Tschertkows befragt. Makovický sprach von der Augenneuralgie und den Kopfschmerzen von Tschertkows Frau.

›Das ist alles vorgetäuscht, sie will bloß Lew Nikolajewitschs Mitleid erregen, damit er zu ihnen kommt‹, sagte Sofja Andrejewna.

›Warum vorgetäuscht? Das kann nicht sein, dass sie mein Mitleid zu erregen versucht. Aber einen Besuch bei ihnen habe ich schon die ganze Zeit vor. Eigentlich wollte ich ihn heute machen.‹

Sofja Andrejewna wurde feuerrot und lief aus dem Zimmer. Sie kam sehr erregt zurück und sagte: ›Gerade habe ich begonnen, mich zu beruhigen, wieder gesund zu werden, aber du willst mich aufs Neue quälen.‹

Sie beschwor ihn, ihr zu versprechen, dass er Tschertkows nicht besuchen werde. Doch Lew Nikolajewitsch sagte, er werde ihr gar nichts versprechen.

›Du hast es mir bereits versprochen‹, sagte sie.

›Ich nehme alle meine Versprechen zurück, weil du nicht eine der Bedingungen erfüllt hast. Und künftig werde ich dir keinerlei Versprechen mehr geben.‹

Lew Nikolajewitsch bat, ihm sein Pferd zu bringen, und schickte sich an auszureiten. Sofja Andrejewna zog sich eilig um und ging bis kurz vor Teljatinki, wo ich sie gesehen habe. Lew Nikolajewitsch nahm dann Abstand von seinem Besuch, weil er sich schwach fühlte, vielleicht hatte er aber auch noch andere Gründe.

Sofja Andrejewna war überzeugt davon, dass er zu uns nach Teljatinki reiten werde. Sie blieb lange aus. Der beunruhigte Lew Nikolajewitsch bat Makovický, sich auf die Suche nach ihr zu begeben. Er fand sie im Gesträuch liegend und überredete sie, ins Haus zu kommen. Merkwürdigerweise wunderte sie sich, dass Lew Nikolajewitsch nicht bei uns gewesen war, sie hatte geglaubt, ihn verpasst zu haben. Ebenso merkwürdig war, dass sie ziemlich ruhig darüber sprach. Sie sagte, sie sei in Teljatinki gewesen, habe mich gesehen und mir Lew Nikolajewitschs Besuch bei uns angekündigt.

<…> Am Abend war Sofja Andrejewna sehr sanft und lieb zu allen und umhegte Lew Nikolajewitsch. So fand sie, dass es in seinem Schlafzimmer zu kalt sei, und verhängte seine Fenster, damit es im Zimmer warm wurde. Alexandra Lwowna meinte, diese Gemütslage Sofja Andrejewnas sei ihr gespielt erschienen, doch Lew Nikolajewitsch rührte ihre Fürsorge, und sie tat ihm sehr leid. In seinem heutigen Brief an Tschertkow brachte er das auch zum Ausdruck. Am 17. Oktober abends war Gorbunow bei uns, der zwei Tage in Jasnaja Poljana verbracht und ein langes Gespräch mit Sofja Andrejewna geführt hat. Sie wollte ihm diese ganze Geschichte erzählen, er versuchte ihr Einhalt zu gebieten, sie widersprach ihm, da fuhr er ihr in die Parade, redete sich

immer mehr in Rage und warf ihr mit erhobener Stimme Dinge an den Kopf, die Alexandra Lwowna und Warwara Feokritowa Schlimmes befürchten ließen. Er sprach in einem Tonfall und so schroff, dass zu erwarten stand, Sofja Andrejewna würde sich gekränkt fühlen, ihn anschreien und hinauswerfen – doch sie nahm alles stumm hin.

19. Oktober, 10 Uhr abends. Heute war Alexandra Lwowna bei uns und berichtete, am 24. Oktober werde jene Frau Almedingen erwartet, die bereits im September bei Sofja Andrejewna gewesen sei, um über den Erwerb der Werke Lew Nikolajewitschs durch den Verlag Prosweschtschenije zum Kaufpreis von einer Million Rubel zu verhandeln. Wahrscheinlich kommt sie jetzt in derselben Angelegenheit. Sofja Andrejewna macht aus ihrem Besuch vor allen ein Geheimnis, nur in einem Gespräch mit Warwara Feokritowa hat sie ihn ausgeplaudert, am strengsten hält sie die Sache vor Lew Nikolajewitsch geheim. Doch Alexandra Lwowna, die Bescheid weiß, hat mehrfach Andeutungen gemacht und ihn gestern oder heute über alles ausführlich ins Bild gesetzt. Er reagierte schrecklich betroffen, wurde blass und rief immer wieder aus: ›Aber das kann doch nicht sein!‹ Angesichts seiner extremen Erregung bedauerte Alexandra Lwowna, es ihm erzählt zu haben. Er sagte jedoch, es sei schon gut so, denn wenn er tatsächlich feststellen sollte, dass hinter allem Eigennutz stehe, befreie ihn das von jeglichen Verpflichtungen gegenüber Sofja Andrejewna; dann werde er die ihr gegebene Vollmacht zurückziehen, jegliche Beziehungen abbrechen und nach Kotschety weggehen.

›Du bleibst hier‹, sagte Lew Nikolajewitsch zu Alexandra Lwowna, ›ich schreibe einen Brief, in dem ich ihr mitteile, dass sie nicht zu mir kommen soll, und wenn sie sich nicht daran hält, schickst du mir ein Telegramm, und ich fahre noch weiter weg.‹

<…> Alexandra Lwowna berichtete außerdem, gestern Abend sei Sofja Andrejewna in Lew Nikolajewitschs Zimmer gekommen und habe die Aktenmappe betastet, in der er

sein Tagebuch aufbewahrt. Sie war abgeschlossen und das Tagebuch nicht drin. Sofja Andrejewna erschien am späten Abend bei Lew Nikolajewitsch, und da er wohl schon schlief, weckte sie ihn wahrscheinlich und wollte wissen, wo das Tagebuch sei.

›Mach dir keine Sorgen, es ist bei Sascha‹, antwortete er.

<…> Alexandra Lwowna sagte heute zu Lew Nikolajewitsch, sie habe das Gefühl, dass sie beide sich völlig falsch verhielten, als hätten sie Angst vor Sofja Andrejewna; es sei doch wohl nichts Schlechtes daran, wenn Lew Nikolajewitsch ihr, Alexandra Lwowna, sein Tagebuch gebe und sie es abschreibe, sie erfülle lediglich den Willen ihres Vaters; indes verstecke sie sich, wenn sie das tue, schließe alle Türen ab und fühle sich geradezu wie eine Missetäterin. Nach ihrem Dafürhalten sei das nicht in Ordnung, es gehe nicht an und sei überhaupt nicht gut, so auf Sofja Andrejewna Rücksicht zu nehmen und sich ihrem Willen zu unterwerfen. Doch Lew Nikolajewitsch sagte: ›Nein, das ist nicht so wichtig.‹

›Ich halte das aber für sehr wichtig, weil man auf diese Weise gezwungen ist, sich selbst der Freiheit zu berauben und alles so zu machen, wie Sofja Andrejewna es will‹, widersprach Alexandra Lwowna.

›Nein, das ist unwichtig‹, wiederholte Lew Nikolajewitsch.

<…> Am Abend schrieb Tschertkow eine Erklärung, die er seiner Frau und mir vorlas, damit wir uns dazu äußerten. Doch wir fanden nichts zu bemerken, uns erschien die Erklärung so präzise, umsichtig und umfassend formuliert, dass nicht ein Wort hinzuzufügen oder zu streichen war. Sie lautet folgendermaßen:

›Brief an die Redaktion.

Angesichts der von Zeit zu Zeit von verschiedenen Seiten immer wieder unterbreiteten Projekte und Vorschläge, das Verlagsrecht für die Herausgabe meiner Werke zu erwerben, erachte ich es für notwendig, in der Presse zu erklären, dass die Rechte für die Herausgabe meiner Werke nicht zum Verkauf stehen.

Eine zeitweilige Verfügung über die Herausgabe meiner vor 1881 veröffentlichten Werke (mit Ausnahme derer, die ich der Allgemeinheit zur Nutzung überlassen habe oder noch überlassen kann) habe ich personengebunden meiner Ehefrau, Sofja Andrejewna Tolstaja, eingeräumt – davon ausgenommen ist die Berechtigung zur Weitergabe dieser Vollmacht an Dritte.

Hingegen wurde alles nach dem 1. Januar 1881 von mir Geschriebene (beziehungsweise vor diesem Termin Geschriebene, aber nicht Veröffentlichte) – sofern es der Publikation unterliegt –, wie ich bereits wiederholt in der Presse erklärt habe, der Allgemeinheit zur Nutzung überlassen, d.h., nach der Erstveröffentlichung dieser Schriften durch Verleger, die nach meinem Ermessen dazu ermächtigt wurden, ist jedermann in Russland wie im Ausland berechtigt, diese Werke frei und unentgeltlich nachzudrucken und zu übersetzen, ohne dafür eine spezielle Genehmigung einholen zu müssen.

Somit sind alle Vorschläge, das exklusive, ständige oder zeitweilige Recht zur Herausgabe meiner Schriften erwerben zu wollen, egal ob sie bereits veröffentlicht vorliegen oder nicht und ob sie vor oder nach 1881 entstanden sind, das Resultat eines völligen Missverständnisses, da es hierfür meine Zustimmung weder gab noch gibt.‹«

Brief Tschertkows an Christo Dossew (dieser Brief an einen Gleichgesinnten Lew Nikolajewitschs wird hier in der Erstfassung abgedruckt, die gegenüber der von Tschertkow in seinem Buch »Der Weggang Tolstois« veröffentlichten gewisse Unterschiede aufweist):

19. Oktober.

»Lieber Dossew, auf Grund Deines letzten Briefes an meine Frau ist es mir ein Bedürfnis, Dir erstens von ganzem Herzen für Dein gutes Verhältnis zu uns zu danken und Dir zweitens in dem, was Du über Lew Nikolajewitsch sagst, zu widersprechen.

Du sagst über ihn unter anderem Folgendes: ›Nichts Schlimmeres gibt es als Knechtschaft. Noch schlimmer ist es, in die Knechtschaft eines verwöhnten Kindes zu geraten, das man selbst verwöhnt hat. Das Allerschlimmste auf der Welt ist nach meiner Kenntnis jedoch, sich in der Knechtschaft eines dummen, ungeschliffenen Weibes zu befinden, das überzeugt ist, sein knechtischer Mann werde, was es verlangt, schon tun. Ist Sofja Andrejewna nicht so eine, und befindet sich Lew Nikolajewitsch nicht in ihrer Knechtschaft? Seine Fügsamkeit betrachte ich nicht als Tugend, sondern als Schwäche. Er macht ihr Zugeständnisse aus Furcht, seiner Liebe untreu zu werden. Wird er damit aber nicht durch eigenes Verschulden seiner großen Liebe untreu? Sie entfremdet ihn ja seinen Freunden, dem Volk, der Menschheit, sie zwingt ihn, das Leben eines reichen Gutsbesitzers zu führen, das ihm zuwider ist. Ich mache Lew Nikolajewitsch keine Vorwürfe, verurteile ihn nicht – dazu liebe und verehre ich ihn zu sehr. Aber er tut mir leid. Es tut mir leid um sein Leben und die große Lehre, die für ihn selbst und die ihm Nahestehenden nicht fruchtlos geblieben ist, es jedoch bleiben wird für das Volk, für die Menschheit, da das Äußerliche seines Lebens in den Augen der Leute den Sinn und die Bedeutung seiner Worte und Gedanken gänzlich entwertet.‹

Du schließt: ›Lasst Euch durch meine Worte nicht betrüben. Ich wiederhole – sie bedeuten keine Verurteilung, aus ihnen spricht der Schmerz eines liebenden Menschen. Und deshalb: Sollte ich etwas nicht ganz richtig sehen, verzeiht mir – Du, ihr alle und Lew Nikolajewitsch. Die beste Freude meines Lebens ist meine Liebe zu ihm, zu euch, meinen geistigen Freunden.‹

Weil ich an die Aufrichtigkeit Deiner Liebe zu Lew Nikolajewitsch glaube und weiß, wie er Dich seinerseits liebt, drängt es mich, Dir, lieber Freund Dossew, zu sagen, dass Du in der Tat etwas ›nicht ganz richtig siehst‹, dass Du Dich irrst, wenn Du bei Lew Nikolajewitsch einen knechtischen Geist und Inkonsequenz dort vermutest, wo er im Gegenteil größte Freiheit beweist – Freiheit von der Besorgnis um die Meinung seiner Mitmenschen – und allergrößte Konsequenz: die Entschlossenheit, nicht seinen, sondern Gottes Willen zu erfüllen, insoweit er ihn versteht und seine Kräfte es ihm erlauben, welche persönlichen Leiden und welche Verurteilung und Schmähung durch seine Mitmenschen das für ihn auch nach sich ziehen mag.

Du irrst Dich, wenn Du annimmst, dass Lew Nikolajewitsch sich in der Knechtschaft Sofja Andrejewnas befindet und alles tut, was sie nur will. Nein, den Zugeständnissen, die er ihr macht, sind Grenzen gesetzt. Zu keinen Zugeständnissen ist er bereit, wenn sie von ihm etwas verlangt, was ganz eindeutig gegen sein Gewissen zu handeln bedeutet. Und weil er nicht in allem nachgibt, sondern diese Grenze einhält, ebendeshalb hat er so viel durch Sofja Andrejewna zu erdulden, die ihn weder am Tag noch in der Nacht in Ruhe lässt.

Von seiner Frau wegzugehen, daran hat Lew Nikolajewitsch in den letzten Jahrzehnten oft gedacht, und nicht nur einmal war er drauf und dran, diesen Schritt zu tun. Durchaus möglich, dass er sich doch noch dazu entschließt, wenn er zu der Überzeugung gelangt, dass das Zusammensein mit Sofja Andrejewna nicht seinen Zweck erfüllt, sondern sie nur noch mehr aufbringt und in ihren Ansinnen und ihrem Despotismus bestärkt. Dazu ist jedoch notwendig, dass er, mit sich Rat haltend, klar und eindeutig erkennt, dass er sie tatsächlich verlassen *sollte*. Wenn er das bisher noch nicht getan hat, so keineswegs, weil es für ihn so bequemer wäre oder Gottes Willen zu erfüllen hieße. Für ihn persönlich wäre es so viel bequemer, beruhigender und in jeder Hinsicht vorteilhafter zu gehen, dass er befürchtet, egoistisch zu handeln, das zu tun, was für ihn selbst leichter ist, und sich kleinmütig der Prüfung zu entziehen, die ihm bestimmt ist.

Wenn er aus dem Haus in Jasnaja Poljana fortginge, könnte er ja in seinem vorgerückten Alter und angesichts seiner Greisenkrankheiten nicht mehr von körperlicher Arbeit leben. Er könnte auch nicht, den Stock in der Hand, hinausgehen in die Welt, um krank zu werden und irgendwo unterwegs oder als daherkommender Pilger in einem fremden Haus zu sterben. So verlockend ein solches Lebensende für ihn selbst auch sein könnte und so theatralisch brillant es jener Menge erscheinen würde, die ihn gegenwärtig verurteilt, er wäre nicht imstande, so zu handeln, einfach aus Liebe zu den Menschen, die ihn lieben: seinen Töchtern und seinen ihm seelisch und geistig nahestehenden Freunden. Ohne hartherzig zu werden, könnte er ihnen nicht die angebotene Aufnahme irgendwo in einem kleinen Haus verweigern, wo sie sich selbst, ohne Dienerschaft, um seinen schlichten Haushalt kümmern, ihm die in seinem Alter nötige herzliche Fürsorge zuteilwerden lassen und ihm die Möglichkeit erleichtern würden, ungehinderten Umgang mit dem arbeitenden Volk zu pflegen, von dem er, ihm in Liebe verbunden, zur Zeit völlig isoliert ist. So ein stilles und freies Leben wäre im Vergleich zu der Hölle, in der er jetzt leben muss, für ihn ein wahres Paradies. Warum also, fragt man sich, nutzt er nicht die günstige äußere Situation, obwohl seine Frau ihm gewiss seit langem genügend Anlass bietet, ihr Haus zu verlassen? Warum wirft er nicht wenigstens jetzt, da sich sein Leben neigt, das schwere Joch ab, das er in Gestalt Sofja Andrejewnas schon dreißig Jahre auf seinen Schultern trägt und unter dessen Last seine Kräfte ihm zeitweise fast völlig versagen? Wenn er es nicht tut, so ganz offensichtlich nicht aus Schwäche, Kleinmut oder Egoismus, sondern aus Pflichtgefühl, aus dem mutigen Entschluss heraus, bis zum Schluss auf seinem Posten auszuharren, bereit, seine Vorlieben, sein persönliches Glück zu opfern, um das zu erfüllen, was er für sich als höheren Willen betrachtet.

Im Juli 1908 machte Lew Nikolajewitsch eine der von Sofja Andrejewna verursachten qualvollen seelischen Krisen durch, die bei ihm fast immer mit ernsten Krankheiten enden. So auch diesmal: Unmittelbar danach erkrankte er und war eine Zeitlang dem Tode nahe.

Ich zitiere einige Stellen aus seinem Tagebuch, die er an den Tagen vor seiner Krankheit niederschrieb:

›Würde ich über mich reden hören, einen Menschen, der im Luxus lebt, die Bauern ausnimmt, wie er nur kann, sie hinter Gitter bringt, der sich zum Christentum bekennt und es predigt, kümmerliche Almosen verteilt und sich mit seinen Schandtaten hinter dem Rücken seiner lieben Frau versteckt, ich stünde nicht an, ihn einen Schuft zu nennen! Das ist es, was ich brauche, um mich von meiner Ruhmsucht zu befreien und im Einklang mit meiner Seele zu leben <…>‹

›<…> Alles ist unverändert qualvoll. Das Leben hier, in Jasnaja Poljana, ist völlig vergiftet. Wohin ich auch gehe – Scham und Leiden. <…>‹

›<…> Eines wird immer qualvoller: die Verlogenheit eines Wahnsinnsluxus inmitten einer Armut, die es nicht geben dürfte, von Not, die mich umgibt. Alles wird immer schlechter und schlechter, schwerer und schwerer. Ich kann es nicht vergessen, nicht übersehen <…>‹

›<…> Mir kamen Zweifel, ob ich richtig daran tue, zu schweigen, und sogar, ob es nicht besser für mich wäre, wegzugehen, unterzutauchen. Ich tue es vor allem deshalb nicht, weil es *für mich selbst* wäre, damit ich mich des von allen Seiten vergifteten Lebens entledigte. Ich glaube, dass es für mich gerade darum geht, dieses Leben zu ertragen <…>‹

›<…> Ich ertrage das nicht länger, ich muss mich einfach von dieser qualvollen Lage befreien. So kann man nicht leben. Ich zumindest kann es nicht, ich kann und werde es nicht. <…>‹

›<…> Hilf mir, Herr. Es zieht mich wieder weg. Und ich kann mich nicht entscheiden. Aber ich schließe es auch nicht aus. Die Hauptsache ist: Tue ich es für mich selbst, wenn ich weggehe? Dass ich es nicht für mich selbst tue, wenn ich bleibe, das weiß ich <…>‹

Ich erinnere mich, wie Lew Nikolajewitsch mich an einem dieser Tage, von einem seiner einsamen Waldspaziergänge zurückkehrend – aus seinem Gesicht sprachen, wie so oft in den letzten Jahren, Freude und Begeisterung –, mit den Worten begrüßte: ›Ich habe viel und gründlich nachgedacht. Und mir ist völlig klargeworden: Wenn man am

Scheideweg steht und nicht weiterweiß, dann empfiehlt es sich stets, der Entscheidung den Vorzug zu geben, die mit der größten Selbstverleugnung verbunden ist.‹

Aus alldem ist ersichtlich, wie sehr sich Lew Nikolajewitsch seiner Lage bewusst ist, wie leidenschaftlich er zeitweise den Wunsch verspürt, sein Joch abzuwerfen, und wie aufrichtig und aufopferungsvoll er zugleich nicht nach Erleichterung für sich sucht, sondern lediglich nach Klärung dessen, wie er zu handeln hat, um es vor seinem Gewissen, vor ›seinem Gott‹ verantworten zu können, dem nicht nur mit dem Wort, sondern mit seinem Werk zu dienen er sein ganzes Leben geweiht hat.

Wie kurzsichtig, wie ungerecht und herzlos klingen angesichts dessen – insbesondere aus dem Munde eines Freundes Lew Nikolajewitschs wie Dir, der ihn so liebt und so sehr von ihm geliebt wird – Äußerungen, denen zufolge seine ›Fügsamkeit nicht als Tugend, sondern als Schwäche‹ zu betrachten ist. Wir können vermuten, dass wir an Lew Nikolajewitschs Stelle anders verfahren würden, obwohl es für uns schwer zu sagen ist, ob das hieße, besser oder schlechter zu handeln als er. Es ist nicht einfach für uns, alles zu verstehen, was in seiner Seele vor sich geht, und deshalb können wir befremdet sein, wie er manchmal handelt. Doch ich zumindest komme nicht umhin, größte Hochachtung vor den reinen, selbstlosen Beweggründen zu haben, von denen er sich leiten lässt; ich komme nicht umhin, ihm mit vollem Vertrauen zu begegnen in dem Sinne, dass dieser Mensch, der alle seine persönlichen Bedürfnisse und Vorlieben opfert und ungeachtet aller seiner Leiden und Entbehrungen unbeirrt danach strebt, seinem Gewissen zu folgen, und alles tut, was von einem menschlichen Wesen erwartet werden kann – und deshalb ist niemand berechtigt, ihn zu verurteilen, oder genötigt, sich seinetwegen Sorgen zu machen.

Denn für uns, die wir auf Lew Nikolajewitschs Leben die Sicht des Außenstehenden haben, stellt es sich als Schauspiel dar, das wir je nach Stimmungslage betrachten können: mal ruhig und nachsichtig, mal gereizt und vorwurfsvoll; bald persönlich verärgert, bald schulmeisterhaft und unduldsam, bald einfach leichtsinnig, ohne das Wesentliche zu erfassen und ohne alle Umstände zu kennen und in Erwägung zu ziehen – kurz gesagt, wir können es so oder anders betrachten, doch fast immer bleiben wir auf einem geistigen Niveau, das weit unter dem liegt, auf dem sich Lew Nikolajewitsch derzeit größtenteils befindet.

Über Lew Nikolajewitsch und seine Lebensweise erlauben wir uns zu befinden und zu urteilen, als wäre sie für uns fassbarer und verständlicher als für ihn selbst. ›Man sieht wohl den Splitter im fremden Auge, aber nicht den Balken im eigenen.‹ Wir vergessen, dass dies für uns bloß eine Frage ist, zu der wir uns die eine oder andere Meinung bilden, über die wir bei sich bietender Gelegenheit pro und contra streiten können, was für Lew Nikolajewitsch eine Sache des Gewissens, die Quintessenz seines Lebens selbst ist, in die er sein ganzes seelisches Vermögen, seine ganze Verstandeskraft einbringt. Wie kommen wir, wohl wissend, dass wir Lew Nikolajewitsch geistig weit unterlegen sind, dazu, uns als außenstehende Betrachter einzubilden, sein Leben besser überblicken und verantwortungsvoller für ihn entscheiden zu können, wie er zu handeln habe, als es ihm, der Tag und Nacht im Gebet zu Gott nach einer Richtschnur seines Verhaltens sucht, selbst möglich ist? Werden wir etwa so leicht und fehlerfrei mit allen Schwierigkeiten und Komplikationen unseres eigenen Lebens fertig, dass uns Zeit, Kraft und Lust bleiben, in ein fremdes Leben einzudringen und über das Verborgene der Seele nicht irgendeines anderen, sondern eines Menschen wie Lew Nikolajewitsch zu verfügen, der von Tag zu Tag im Angesicht des Todes lebt und die ganze Kraft seines unermesslich tiefen und durchgeistigten Bewusstseins anspannt, um Fehler und Irrtümer zu vermeiden, um zu begreifen und zu erfüllen, was Gott von ihm verlangt?!

Mir scheint, lieber Dossew, wir könnten genügend Vertrauen zum Verantwortungsbewusstsein und zur Lauterkeit der Intentionen unseres Freundes haben, um zu glauben, dass er alles tut, was er kann und so gut er es kann, und dass er besser als wir weiß, wie er zu handeln hat.

Mögen seine Feinde auch Schadenfreude empfinden angesichts seiner vermeintlich erniedrigenden Lage, mögen ihn engherzige und kurzsichtige ›Tolstoianer‹ ohne Einfühlungsvermögen und Scharfsinn verurteilen oder gönnerhaft bedauern – uns, seinen wahren Freunden, die wir eines Geistes mit ihm sind und verstehen, was sein Leben ausmacht, und seine Bestrebungen teilen, gebührt es, ihm mehr zu glauben und zu vertrauen.

Wie Dir bekannt ist, leidet von Lew Nikolajewitschs Freunden niemand stärker als ich und meine Frau unter dem Verhältnis zwischen ihm und Sofja Andrejewna, das uns einer der größten Freuden unseres Lebens beraubt hat – des persönlichen Umgangs mit Lew Nikolajewitsch, der vor allem uns dazu bewogen hat, hier ansässig zu werden. Ich gestehe Dir ehrlich, dass bisweilen auch ich nicht ganz nachvollziehen kann, warum er sich in dieser Hinsicht so und nicht anders verhält, und in Augenblicken seelischer Schwäche sogar geneigt bin, weniger mich als die schwache und kranke Anna, die diese unnatürliche Trennung so sehr deprimiert, ungerecht behandelt und gekränkt zu fühlen. In solchen Augenblicken schmerzt es mich sehr, erkennen zu müssen, dass über den persönlichen Verkehr zwischen Lew Nikolajewitsch und uns, seinen engsten, ihm grenzenlos ergebenen Freunden, gewissermaßen der zügellose Wille einer Frau gebietet, die ihn nicht liebt und seine Seele hasst, die sich vor Egoismus, Bosheit und eigennützigem Denken wie toll gebärdet. Derartige Gefühle und Gedanken überkommen mich jedoch ausschließlich in eindeutigen Schwächephasen meines seelischen Lebens. Bin ich hingegen in guter seelischer Verfassung, dann tritt all das Schwere und Betrübliche hinter meinem Vertrauen zu Lew Nikolajewitsch, meiner durch nichts zu erschütternden Überzeugung zurück, dass er, ohne für sich persönlich etwas zu erstreben, unter Aufbietung aller Kräfte allein danach trachtet, in jeder ihm gegebenen Minute zu erfüllen, was Gott ihm abverlangt. Wenn ihm dabei hin und wieder Fehler unterlaufen, wie sie jedem menschlichen Wesen passieren, so rühren sie nicht daher, dass er etwas für sich erstrebte, sondern dass er im Gegenteil zuweilen zu große Opfer bringt – darin findet er Befriedigung und bemerkt nicht, dass er sich selbst Schaden zufügt und seinen Freunden mitunter weh tut. Doch wer wollte sich erdreisten, einen Menschen wegen Fehlern zu verurteilen, die aus übermäßiger Selbstlosigkeit resultieren!

Einige der Lew Nikolajewitsch treu ergebenen Angehörigen betrübt es, dass er sich auf die für sie ganz offenkundige Komödie einlässt, die Sofja Andrejewna ihm so oft vorspielt, um ihre Ziele zu erreichen – ihn bald in Unruhe versetzt mit simulierten Anfällen von Verzweiflung und Geistesverwirrung, bald sein Herz betört mit noch weniger aufrichtigen und wenn schon mitunter halb aufrichtigen, so doch flüchtigen Erscheinungen von Reue, Demut und Sorge um sein Wohlergehen. Aber obwohl Lew Nikolajewitsch bei der erstaunlichen Lauterkeit seines Herzens, statt Sofja Andrejewna so sehen zu können, wie sie wirklich ist, mit herzbewegender Vertrauensseligkeit jede Gelegenheit beim Schopfe packt, bei ihr auch nur die geringsten Anzeichen von erwachendem Gewissen zu erkennen – mögen wir auch wissen, dass sie ihn betrügt –, erscheinen mir die Rührung und Freude, die er dabei empfindet, völlig einleuchtend, da sie von seiner großen Liebe herrühren und seiner Bereitschaft, alles zu verzeihen. Ob für Sofja Andrejewna selbst ein für sie so verführerischer Erfolg ihrer Verstellungskünste gut ist, darf bezweifelt werden. Aber wer weiß – möglich, dass dieser verwunderliche, durch nichts zu erschütternde Glaube Lew Nikolajewitschs an ihre Seele, diese seine ständige Erwartung, ja diese verfrühte, bange Vorfreude auf jene geistige Belebung, die er sich so sehnlich von ihr erhofft, diese Einstellung eines Menschen, den sie so viele Jahre gnadenlos gequält hat und der sie dennoch als Einziger von allen aufrichtig liebte und ihr seine Liebe unbeirrbar bewahrt – möglich, dass die Erinnerung daran irgendwann, zum Beispiel angesichts des Todes, wenn sich alle ihre weltlichen Pläne, Ziele und Wünsche mehr und mehr in nichts auflösen, den göttlichen Funken in ihr wiederzuerwecken vermag, den man keinem menschlichen Wesen absprechen kann.

Und wenn diese Möglichkeit besteht, was sollte daran verwunderlich sein, dass Lew Nikolajewitsch, der sich ganz in den Dienst der göttlichen Liebe gestellt hat, unermüdlich bedacht ist, das Herz der Freundin seines Lebens, die er seinerzeit selbst in seinen Bann gezogen, mit der er sein vergangenes sündiges Leben geteilt hat und mit der zusammen er sein Seelenheil erlangen möchte, durch Liebe zu erweichen?

Und wenn Lew Nikolajewitsch es vorzieht, sich unverdrossen, bis zur Erschöpfung seiner Kräfte, weiter auf diese Weise abzumühen, statt seiner nächstliegenden Aufgabe zu entfliehen und, sich einer reizvolleren und volksnahen Lebensweise hingebend, der Menschheit Sand in die Augen zu streuen, so hat er das allein mit seinem Gewissen auszumachen.

Nein, Dossew, ich bin zutiefst überzeugt, dass keiner von uns das Recht hat, für einen anderen zu entscheiden, was er zu tun und zu lassen hat und im Hinblick auf dessen Verhalten zu bestimmen, was als seine Tugend und was als seine Schwäche zu gelten hat. ›So wird nun ein jeglicher für sich selbst Gott Rechenschaft geben‹, heißt es in der Heiligen Schrift. Nicht unsere, der Menschen, Sache ist es, sich in diese verborgene Welt einer fremden Seele mit unseren kurzsichtigen Auffassungen, leichtsinnigen Urteilen und fehlerhaften Bemitleidungen hineinzudrängen.

Unabhängig davon, wie Lew Nikolajewitsch im Weiteren verfahren wird – ob er bis zum Schluss bei seiner Frau bleibt oder es irgendwann auch für ihr Wohl nötig finden sollte, sie zu verlassen –, bin ich von einem überzeugt: dass er in dieser Angelegenheit allein so entscheiden wird, wie es ihm sein Gewissen gebietet, und deshalb das Richtige tut.

Denn nehmen wir einmal an, Lew Nikolajewitschs Frau

wäre am Ertrinken und er würde sich ins Wasser stürzen, um sie zu retten, und ertränke dabei selbst – niemand käme doch auf die Idee, ihm den Vorwurf zu machen, er habe aus übertriebener ehelicher Treue seine Freunde und die Menschheit geopfert. Umso weniger ist ihm ein Vorwurf daraus zu machen, dass er sein Leben der Erfüllung des göttlichen Willens weiht, dessen Freuden und seine Ruhe opfert und sein Leben womöglich ganz darangibt, um seine Frau vor dem Verderb ihrer Seele zu bewahren. Dabei, das dürfen wir nicht übersehen, lässt er nie darin nach, in der aufmerksamsten und feinfühligsten Weise auf alle wesentlichen Bedürfnisse – geistiger wie materieller Art – seines Volkes und der gesamten Menschheit zu reagieren, seine gesamte Arbeitszeit angespanntem geistigem Wirken im Interesse der arbeitenden Massen und überhaupt der gesamten unter dem äußeren wie inneren Übel leidenden Menschheit zu widmen.

Mit Deiner Ansicht, für dieses Volk, für diese Menschheit werde sein ganzes Leben und seine Lehre ›fruchtlos‹ bleiben, ›da das Äußerliche seines Lebens in den Augen der Leute den Sinn und die Bedeutung seiner Worte und Gedanken gänzlich entwertet‹, irrst Du Dich sehr.

Dass sein Wort für die Menschheit fruchtlos bliebe, ist allein schon deswegen *nicht möglich*, weil er nichts Ichbezogenes äußert, dem nur die zustimmen können, für die er das Leitbild ist, sondern das Beste, das im Herzen eines jeden Menschen wohnt. Und deshalb findet, was Tolstoi in seinen Schriften sagt, völlig unabhängig von dem Äußerlichen seines Lebens, einen unmittelbaren lebendigen Widerhall in den Herzen und dem Bewusstsein aller Menschen, deren Gewissen nicht abgestumpft ist. Und im Laufe der Zeit kann dieser Widerhall nur immer klarer und lauter werden.

Wenn erst die wahren Bedingungen des ehelichen und häuslichen Lebens Lew Nikolajewitschs allgemeine Bekanntheit erlangen, wird zur unmittelbaren Überzeugungskraft seiner Worte die Großtat seines Lebens hinzukommen, in der umgesetzt ist, was er in Worten ausdrückte.

Ins-Volk-Gehen, Inhaftierung, Folter, Hinrichtungen … all das gab es bereits. Und so groß die Hochachtung ist, die jene verdienen, die ihrer Gesinnung wegen diesen Weg beschreiten – für unser heutiges Leben bedurften wir eines Vorbildes anderer Art.

Selbst um den Nächsten von einer Bombe zerfetzt zu sehen, nimmt man den Gang zum Galgen freiwillig in Kauf. Oder man riskiert es, für den Rest seines Lebens zum Krüppel zu werden, stürzt sich gar in den Tod, um mit dem Aeroplan einen Rekord zu brechen. All das ist effektvoll und aufsehenerregend, vermag aber niemandem mehr große Bewunderung abzunötigen. Indessen jahrzehntelang mit einer Frau wie Sofja Andrejewna zusammenzuleben, ohne das Weite zu suchen, ihr in seinem Herzen Mitgefühl und Liebe zu bewahren und damit nicht verstummende Schmähungen der Feinde und laut bekundetes Unverstandnis und Verurteilung von Seiten der meisten Freunde in Kauf zu nehmen – so zu leben tagaus, tagein, von Jahr zu Jahr, ohne sich eine andere Erlösung als den Tod erhoffen zu können, dabei all das zu ertragen, was Lew Nikolajewitsch derzeit ertragen muss, dadurch immer wieder zu erkranken und fast zu sterben … und im Grunde seines Herzens gegen diese Frau nicht nur keinerlei bitteren oder verurteilenden Gefühle zu hegen, sondern sich im Gegenteil noch ständig vorzuwerfen, nicht genügend Geduld und Liebe aufzubringen – das ist wahrlich ein Beweis höchster Konsequenz, der Wahrhaftigkeit von Lew Nikolajewitschs Lebensauffassung, wie man ihn sich deutlicher und markanter nicht ausdenken könnte! Ein solches Vorbild benötigt die Menschheit in unserer Zeit; und dieses Vorbild liefert uns Lew Nikolajewitsch mit seinem Leben.

Betrachtet man die Sache aus diesem Blickwinkel, wird ganz offensichtlich, weshalb Lew Nikolajewitsch gerade so einer Frau bedurfte, wie er sie hat. ›Großes Schiff gehört auf große Fahrt.‹ Er, der das Gebot der Liebe in seinem einzig wahren, uneingeschränkten Sinn propagierte, musste in seinem Leben die Möglichkeit haben, den Nachweis zu erbringen, dass eine solche uneingeschränkte, durch nichts beeinträchtigte Liebe möglich ist. Und hierzu brauchte er den unerbittlich grausamen Kerkermeister, mit dem in Gestalt Sofja Andrejewnas sein ganzes Leben verbunden ist.

Und die Menschen werden zu gegebener Zeit, wenn Lew Nikolajewitschs intimes Leben allgemein bekannt geworden ist, unendlich dankbar sein für diese ermutigende Bekräftigung der Möglichkeit, sich an die göttliche Lebensauffassung zu halten, der er mit seinen Schriften Ausdruck verleiht.

Ich wäre unsäglich froh, lieber Freund, wenn Dich das, was ich hier zu erläutern versucht habe, anregen könnte, die schwierige Lage, in der sich Lew Nikolajewitsch befindet, und die Art und Weise, wie er seine schwere Aufgabe bewältigt, mit etwas anderen Augen zu betrachten, als Du es anscheinend bisher getan hast.

Denke auf jeden Fall bitte nicht, dass ich Lew Nikolajewitsch idealisiere oder seine Lage verkläre. Abgesehen davon, dass es nicht meine Art ist, Menschen zu idealisieren, leide ich unter der überdeutlich ausgeprägten Neigung, Fehler und Schwächen selbst bei denen zu sehen, die mir am nächsten stehen und die ich liebe. Auch Lew Nikolajewitsch, glaube mir, bildet in dieser Hinsicht für mich keine Ausnahme. Das Anliegen dieses Briefs an Dich bestand jedoch allein darin, für einen Freund einzutreten und ihn gegen zweifellos ungerechte Anwürfe in Schutz zu nehmen; mich in diesem Zusammenhang mit negativen oder schwachen Seiten seines Charakters auseinanderzusetzen, die nichts mit der Sache zu tun haben, wäre völlig unangebracht gewesen.

Dein Dich liebender W. Tschertkow.«

Aus Sergejenkos Brief an mich vom *22. Oktober.*

»<…> In Jasnaja Poljana geht es jetzt ruhig zu. Um die Geschichte, von der Sie aus den zugesandten Abschriften erfahren haben, ist es vorläufig völlig still, sie bleibt unangesprochen. In den letzten drei Tagen hat es nichts sonderlich Übles und Schweres gegeben <...>«

Aus Sergejenkos Brief an mich vom *25. Oktober.*

»<...> Über die Erklärung, die ich in den Aufzeichnungen zitiere, natürlich vorläufig zu keinem ein Wort. Lew Nikolajewitsch hat sie unterschrieben, aber beschlossen, mit ihrer Veröffentlichung bis zu einem Ereignis zu warten, das ihn zwingt, diesen Schritt zu tun. Er ist wohlauf. Sofja Andrejewna verhält sich mehr oder weniger ruhig. In Jasnaja Poljana befindet sich seit gestern Natalja Almedingen. Alexandra Lwowna und Warwara Feokritowa gelang es nicht, aus ihr herauszubekommen, was der Anlass ihres Hierseins ist. Mit Sofja Andrejewna führt sie die ganze Zeit irgendwelche Verhandlungen. Sie verschließen sorgfältig alle Türen, wenn sie im Zimmer miteinander reden, und gestern Abend sind sie drei Werst weit spazieren gegangen, um über etwas zu beratschlagen. Weiß der Himmel, was sie zu beratschlagen haben, der Charakter ihrer Beziehungen legt allerdings die Vermutung nahe, dass es um den Verkauf der Werke geht.«

29. Oktober. Als ich zwischen vier und fünf Uhr einer Schülerin Unterricht erteilte, erhielt ich von Anna Tschertkowa einen Brief vom *28. Oktober*:

»Meine Freunde!

In Jasnaja Poljana ist Folgendes passiert: Soeben haben wir von Alexandra Lwowna eine Nachricht erhalten, die uns kurz davon in Kenntnis setzt, dass Lew Nikolajewitsch um 5 Uhr früh in Begleitung von Makovický das Haus mit unbekanntem Ziel verlassen hat.

Jetzt haben wir schon 12 Uhr, ohne dass er zurückgekehrt wäre. Offenbar ist er *ganz* fortgegangen. Das war längst zu erwarten, mehrfach hat er gesagt: ›Ich gehe weg, ich gehe weg.‹ Trotzdem war es nicht recht vorstellbar, dass er sich jemals dazu entschließen würde, und da es nun geschehen ist, wird man seine Aufregung und die Angst um ihn nicht los, deshalb bin ich vorläufig nicht in der Lage, noch etwas hinzuzufügen. Sollten wir bis zum Abend etwas Neues erfahren, werde ich mich bemühen, es diesem Brief noch hinzuzufügen, doch mit der Abendpost möchte er abgehen. Anna Tschertkowa.

Gebt bitte Berkenheim und Murawjow Bescheid.

Zusatz von 5 Uhr abends: Bulgakow teilt aus Jasnaja Poljana mit: ›Lew Nikolajewitsch hat Sofja Andrejewna und Sascha Abschiedsbriefe hinterlassen und gebeten, nicht nach ihm zu suchen. Sofja Andrejewna geriet in Erregung und unternahm verschiedene Selbstmordversuche. Es wurde nach einem Tulaer Psychiater geschickt und natürlich an die Söhne und an Suchotins telegraphiert.‹

Das ist vorläufig alles, was wir wissen. A. Tsch.«

31. Oktober. Heute erhielt ich von Alexandra Lwowna einen unterwegs mit Bleistift geschriebenen Brief vom *30. Oktober.*

»Liebe Freunde Anna Alexejewna und Alexander Borissowitsch, ich schreibe im Zug, wir fahren mit unbekanntem Ziel, höchstwahrscheinlich nach Süden. Vater ist schwach, aber gesund; wir werden Tschertkow per Telegramm auf dem Laufenden halten und möglicherweise darum bitten müssen, uns Sachen nachzuschicken, auch kann es sein, dass wir gezwungen sind, Euch zu telegraphieren mit der Bitte, Tschertkow oder die Verwandten zu verständigen. Für alle Fälle teile ich Euch die Namen mit, unter denen wir Euch Nachrichten zukommen lassen wollen. Vater: T. Nikolajew, ich: Frolowa, Tschertkow: Semjonow.

Wenn Ihr also ein Telegramm merkwürdigen Inhalts bekommt, wisst Ihr, dass es von uns ist. Leitet es bitte an den entsprechenden Adressaten weiter.

Vater ist natürlich bedrückt, er bangt um Sofja Andrejewna, bleibt aber entschlossen, wenigstens zeitweilig an seinem Weggang festzuhalten. Sofja Andrejewna war schrecklich. Was weiter wird, weiß ich nicht. Alles Gute.

Eure aufrichtig ergebene und Euch liebende A. T.«

Aus Briefen Olga Tolstajas vom *30. Oktober*:

»Es heißt, Sofja Andrejewna sei in einer schrecklich verzweifelten Verfassung. Sie hat versucht, sich das Leben zu nehmen, allerdings ging sie auf ziemlich unnatürliche Weise ins Wasser. Sascha hat sie aus dem Teich herausgeholt. Die ganze Familie ist versammelt.«

1. November. Heute erfuhren wir in Moskau aus der Zeitung, dass Lew Nikolajewitsch erkrankt ist und seine Reise auf der Station Astapowo an der Eisenbahnlinie Rjasansk – Ural unterbrochen hat.

2. November. Die in Moskau eingegangenen Telegramme über Lew Nikolajewitschs Krankheit sind so ernst, dass ich beschlossen habe, mich in der Nacht auf den Weg nach Astapowo zu machen. Mit demselben Zug fährt, per Telegramm dorthin gebeten, der Arzt Dmitri Nikitin. Mir hat sich Gorbunow angeschlossen.

Bevor ich über das in Astapowo Erlebte berichte, hier Briefe, die Lew Nikolajewitsch in diesen Tagen geschrieben und erhalten hat und von denen ich Abschriften besitze.

Brief Lew Nikolajewitschs an Sofja Andrejewna, abgeschickt aus Schamordino am *29. Oktober*:

»Dass wir uns sehen, und erst recht, dass ich zurückkomme, ist *derzeit* völlig ausgeschlossen. Für Dich wäre es, wie alle sagen, in höchstem Maße schädlich und für mich grauenhaft, da meine Lage jetzt infolge Deiner Erregung, Gereiztheit und krankhaften Verfassung, sofern das überhaupt möglich ist, noch schlimmer würde. Ich rate Dir, Dich mit dem, was geschehen ist, abzufinden, Dich auf Deine zunächst neue Situation einzustellen und vor allem in Behandlung zu begeben.

Sofern Du mich, ohne unbedingt zu lieben, zumindest nicht hasst, solltest Du Dich wenigstens etwas in meine Lage hineinversetzen können. Wenn Du das tust, wirst Du mich nicht nur nicht verurteilen, sondern Dich bemühen, mir durch Selbstüberwindung zu helfen, dass ich die nötige Ruhe und die Möglichkeit eines menschlichen Lebens finde, und du wirst es selbst nicht wünschen, dass ich jetzt zurückkomme. Dein gegenwärtiger Zustand, Dein Verlangen und Deine Versuche, Dir das Leben zu nehmen, die mehr als alles andere zeigen, wie sehr Du die Kontrolle über dich selbst verloren hast, machen meine Rückkehr zur Zeit undenkbar. Alle Dir Nahestehenden, mich und vor allem Dich selbst von den durchgemachten Leiden befreien kannst nur Du allein. Bemühe dich, Deine ganze Energie nicht darauf zu richten, alles zu erlangen, was Du Dir wünschst – im Moment meine Rückkehr –, sondern darauf, Dich selbst, Deine Seele zu besänftigen, und Du wirst bekommen, was Du Dir wünschst.

Ich habe zwei Tage in Schamordino und Optina verbracht und fahre jetzt weiter. Diesen Brief schicke ich unterwegs ab. Wohin ich fahre, sage ich nicht, da ich die Trennung sowohl für Dich wie auch für mich als notwendig erachte. Du musst nicht denken, ich sei weggegangen, weil ich Dich nicht liebe. Ich liebe und bemitleide Dich von ganzem Herzen, aber ich kann nicht anders handeln, als ich es tue. Ich weiß, dass Dein Brief aufrichtig ist, doch steht es nicht in Deiner Macht, Dich an das zu halten, was Du gern tun würdest. Und dabei geht es nicht um die Erfüllung irgendwelcher Wünsche und Forderungen von mir, sondern allein darum, dass Du Dein Gleichgewicht wiedergewinnst, ein ruhiges, vernünftiges Verhältnis zum Leben findest. Solange diese Voraussetzung fehlt, ist ein Zusammenleben mit Dir für mich undenkbar.

Zu Dir zurückzukehren, solange Du in einer solchen Verfassung bist, würde für mich Lebensverzicht bedeuten. Dazu aber halte ich mich nicht für berechtigt. Leb wohl, liebe Sonja, Gott stehe Dir bei. Das Leben ist kein Scherz, und es aus freien Stücken wegzuwerfen, haben wir kein Recht. Es an der Zeitlänge zu messen ist ebenfalls unvernünftig. Möglicherweise sind die Monate, die wir noch zu leben haben, wichtiger als alle hinter uns liegenden Jahre, und es heißt, sie auf gute Weise zu leben. L. T.«

Brief Lew Nikolajewitschs an Alexandra Lwowna aus Schamordino:

»Sergejenko wird Dir über alles berichten, liebe Freundin Sascha. Schwer ist es. Ich kann nicht umhin, eine große Last zu spüren. Am allerwichtigsten ist es, nicht zu sündigen, das kostet Anstrengung. Natürlich habe ich gesündigt und werde es weiter tun, aber zumindest weniger sollte es sein.

Dieses, das Allerwichtigste, wünsche ich vor allem Dir, umso mehr als ich weiß, dass Dir eine schreckliche, Deine jugendlichen Kräfte überfordernde Aufgabe zugefallen ist. Ich habe nichts entschieden und will es auch nicht. Ich bin bestrebt, nur zu tun, was nicht zu umgehen ist, und von allem anderen zu lassen.

Dem Brief an Tschertkow wirst Du weniger meine Überlegungen als meine Empfindungen entnehmen.

Ich hoffe sehr auf den wohltuenden Einfluss Tanjas und Serjoshas. Am wichtigsten ist es, dass sie die Notwendigkeit erkennen und ihr begreiflich zu machen suchen, dass dieses Belauern und Belauschen, die ständigen Vorhaltungen, das Über-mich-Verfügen, wie es ihr beliebt, das ewige Kontrollieren, der zur Schau getragene Hass gegen den Mann, der mir *am nächsten* steht und den ich brauche, dieser offenkundige Hass gegen mich und die vorgespiegelte Liebe – dass so ein Leben mir nicht nur zuwider, sondern einfach unmöglich ist, dass, sofern jemand Grund hat, sich zu ertränken, das keineswegs sie ist, sondern ich, dass ich mir nur eines wünsche – befreit zu sein von ihr, von dieser Lüge, Heuchelei und Bosheit, von der ihr ganzes Wesen durchdrungen ist.

Ihr das begreiflich zu machen, werden sie natürlich nicht schaffen, doch sollte es ihnen möglich sein, ihr vor Augen zu führen, dass ihr ganzes Handeln mir gegenüber nicht nur von keiner Liebe zeugt, sondern das offenkundige Ziel zu verfolgen scheint, mich umzubringen, was sie auch erreichen wird, da ich hoffe, mit dem dritten Anfall, der mir droht, sie wie mich von dieser schrecklichen Lage, in der wir gelebt haben und in die ich nicht zurückkehren will, zu befreien.

Du siehst, meine Liebe, wie schlecht ich bin. Ich mache Dir nichts vor. Dich bestelle ich noch nicht her, aber ich werde es tun, sowie es möglich ist, und zwar sehr bald. Schreib mir, was Deine Gesundheit macht.

Ich küsse Dich. L. T.«

Lew Nikolajewitsch erhielt in Schamordino Briefe von seinen Söhnen und vermerkte im Tagebuch am *30. Oktober*: »Briefe von den Söhnen. Nur der von Sergej ist schön, sachlich, kurz und voll Güte.«

Über den von Güte geprägten Brief Sergej Lwowitschs freute er sich sehr. Die übrigen bedrückten ihn zutiefst.

Zusatz des Arztes R. zum Brief Tatjana Lwownas an Lew Nikolajewitsch:

»Auf Bitte Tatjana Lwownas halte ich es für meine Pflicht, festzustellen, dass die generell instabile nervlich-psychische Befindlichkeit Sofja Andrejewnas auf Grund ihres Alters und der jüngsten Geschehnisse gegenwärtig von einer krankhaften Symptomatik gekennzeichnet ist, die einer längeren und ernsthaften Behandlung bedürfte. Das schwerste Symptom ist die Nahrungsverweigerung; zwar handelt es sich um keine vollständige Verweigerung (Sofja Andrejewna trinkt Wasser), da sie jedoch bereits vier Tage anhält, droht sie den Organismus dermaßen zu schwächen, dass der geringfügigste schädliche Einfluss eine ernstliche Erkrankung hervorrufen kann. Psychopathologische Züge, die auf eine seelische Krankheit schließen ließen, sind mir weder durch meine Beobachtungen noch bei Gesprächen mit Sofja Andrejewna aufgefallen.

Arzt R. 1. November 1910«

Brief Sofja Andrejewnas an Lew Nikolajewitsch vom *1. November*:

»Deinen Brief habe ich erhalten, Du brauchst nicht zu befürchten, dass ich mich jetzt gleich auf die Suche nach Dir mache: ich bin so schwach, dass ich mich kaum bewegen kann, und ich möchte auch keinerlei Druck ausüben; tu, was für Dich das Beste ist. Dieses schreckliche Unglück ist eine solche Lehre für mich, dass ich, sollte ich am Leben bleiben und solltest Du zu mir zurückfinden, alles auf der Welt für Dein Wohlergehen nutzbar machen werde. Doch irgendwie scheint mir, dass es für uns kein Wiedersehen gibt. Ljowotschka, Liebster, ich schreibe Dir das in voller Klarheit und Aufrichtigkeit und werde mich ohne jeden Zweifel an das Gesagte halten. Gestern habe ich mich mit Tschertkow versöhnt, heute werde ich die Sünde des Selbstmords beichten, mit dem ich meinem Leiden ein Ende setzen wollte. Ich weiß nicht, was ich Dir schreiben soll, ich weiß nicht, was weiter wird. Deine Worte, dass das Wiedersehen mit mir für Dich *grauenhaft* wäre, haben mich davon überzeugt, dass es unmöglich ist. Doch wie sanftmütig, dankbar und freudig würde ich Dich empfangen! Liebster, erbarme Dich meiner und der Kinder, sorge dafür, dass mein Leiden ein Ende nimmt.

Serjosha ist abgefahren, während Andrjuscha noch bleibt und Mischa gerade erst eingetroffen ist. Tanja hat ihr Hiersein so erschöpft, dass sie heute abzureisen beabsichtigt. Ljowotschka, erwecke die Liebe in Dir, und Du wirst sehen, wie viel Liebe Du in mir findest.

Ich kann nicht mehr schreiben, gar zu schwach bin ich. Ich küsse Dich, mein teurer alter Freund, der mich dereinst geliebt hat.

Dass etwas Neues in mir seinen Anfang nimmt, steht nicht zu erwarten, in meinem Herzen ist schon jetzt so viel Liebe, so viel Sanftmut und der Wunsch, Dich glücklich und froh zu wissen, dass die Zeit nichts Neues bringen wird. Nun, Gott beschütze Dich, achte auf Deine Gesundheit. Sonja.«

Tschertkow erhielt am *1. November* zwei Telegramme aus Astapowo. Das erste war von Lew Nikolajewitsch:

»Gestern erkrankt. Fahrgäste sahen mich geschwächt den Zug verlassen. Befürchte Bekanntwerden. Heute besser. Fahren weiter. Bitte Maßnahmen ergreifen und benachrichtigen. Nikolajew [mir von Alexandra Lwowna mitgeteiltes Pseudonym].«

Das zweite Telegramm kam bereits von Alexandra Lwowna:

»Gestern in Astapowo ausgestiegen. Starkes Fieber, Bewusstlosigkeit; am Morgen Temperatur normal, jetzt wieder Schüttelfrost. Weiterfahrt ausgeschlossen. Äußerte Wunsch, Sie zu sehen. Frolowa [gleichfalls Pseudonym].«

Nach Erhalt dieser Telegramme machte sich Tschertkow auf den Weg nach Astapowo, wo er am Morgen des zweiten Novembers eintraf.

Lew Nikolajewitsch befragte Tschertkow nach Sofja Andrejewna. Er sprach über die Briefe der Kinder, lobte den von Sergej Lwowitsch. Was seine Freunde betrifft, erkundigte er sich nach Gorbunow und mir. Über Gorbunows Arbeit an den »Bändchen« (»Weg des Lebens«) wollte er Genaueres wissen.

Zusammen mit Tschertkow traf Sergejenko in Astapowo ein.

Lew Nikolajewitsch war im Häuschen des Bahnhofsvorstehers Iwan Osolin untergekommen, der zunächst einen Teil seiner Wohnung abtrat und dann Frau und Kinder anderswo unterbrachte, um für den Kranken und die Personen, die sich um ihn kümmerten, sein ganzes Haus zur Verfügung zu stellen.

Bei Lew Nikolajewitsch war neben Makovický von Anfang an ein Eisenbahnarzt, den bald Semjonowski – ein sehr liebenswerter und anscheinend guter Arzt – aus Dankow ablöste.

Am 2. *November* wurde per Telegramm Dmitri Nikitin aus Swenigorod nach Astapowo gebeten. Ein Telegramm ging auch an Sergej Lwowitsch.

Lew Nikolajewitsch hatte 39,6° Fieber, Blut im Auswurf, und er nahm nichts zu sich.

Gegen acht Uhr abends traf Sergej Lwowitsch ein. Bei seinem Anblick geriet Lew Nikolajewitsch in heftige Erregung, freute sich aber, ihn zu sehen. Sergej Lwowitsch küsste ihm die Hand. Solche Zärtlichkeit von seinen Söhnen nicht gewohnt, war Lew Nikolajewitsch so gerührt, dass er es unter Tränen Alexandra Lwowna erzählte.

Zusammen mit Lew Nikolajewitsch waren in dem Haus Alexandra Lwowna, Warwara Feokritowa, Tschertkow, Makovický und Sergejenko untergebracht. Letzterer hatte ständig alle möglichen Angelegenheiten und Aufträge zu erledigen und sah nur selten nach Lew Nikolajewitsch.

Am späten Abend erschien Osolin mit der Nachricht, ein Sonderzug sei nach Astapowo unterwegs. Alle begriffen, was das bedeutete. Tatsächlich fuhr einige Zeit später ein Zug mit Sofja Andrejewna, Tatjana Lwowna, Andrej und Michail Lwowitsch, einem Arzt aus Tula und Sofja Andrejewnas Arzthelferin ein. Ihnen allen bot der auf einem Abstellgleis stehende Zug Unterkunft.

Die Ärzte untersagten kategorisch, dass sich Sofja Andrejewna oder jemand aus ihrer Begleitung Lew Nikolajewitsch zeigte, denn das könnte für ihn lebensgefährlich sein. Der Kranke äußerte wiederholt die Befürchtung (und phantasierte davon im Fieber), dass Sofja Andrejewna hier auftauchen könnte.

Wie bereits gesagt, trat ich zusammen mit Gorbunow und Nikitin in der Nacht vom 2. auf den 3. November von Moskau aus die Fahrt an. Im selben Wagen dieses Zuges, der direkt nach Astapowo fuhr, saß eine Schar von Korrespondenten verschiedener Moskauer und Petersburger Zeitungen, bereit, wie die Geier über ihre Beute herzufallen. Mit ihrem lauten Geschwätz waren sie eine Plage. Zum Glück stiegen sie in Kaschira aus, um sich zu stärken, und verpassten die Weiterfahrt des Zuges, so dass sie auf den nächsten warten mussten und wir unsere Ruhe hatten.

Bei unserer Ankunft am frühen Morgen fiel uns sofort der Zug Sofja Andrejewnas und ihrer Söhne auf. Auf mich machte er einen höchst beklemmenden Eindruck.

Wir gingen geradewegs zu dem Häuschen, in dem Lew Nikolajewitsch lag und wo wir Alexandra Lwowna, Tschertkow und die anderen vorfanden. Der nette Osolin quartierte Gorbunow und mich beim Fahrdienstleiter Ustinow ein. Sein Häuschen steht am Rand der ziemlich ausgedehnten Bahnhofssiedlung. Seine Frau ist verreist. Mit ihm zusammen wohnt seine alte Mutter. Freundliche, herzliche Leute, die uns recht bequem und schön unterbrachten.

Die Lage stellt sich sehr schwierig dar: Bei Lew Nikolajewitsch ist der ganze linke und wohl auch ein beträchtlicher Teil des rechten Lungenflügels entzündet. Das Fieber hielt sich zwei Tage lang bei bis zu 40°. Gestern begann es langsam auf 36,8° zurückzugehen. Nikitin beurteilt die Situation düster. Das Herz ist sehr schwach, der Herzrhythmus häufig unregelmäßig. Dass Lew Nikolajewitsch kein Fieber mehr hat, wird eher als schlechtes Zeichen gewertet. Es könnte auf eine nur schwache Abwehrreaktion des Organismus gegen die Krankheit hindeuten. Gleichwohl hält Nikitin die Lage noch nicht für hoffnungslos.

Rührend sind die allgemeine Aufmerksamkeit und Fürsorge, die Lew Nikolajewitschs ganzer Umgebung zuteil wird – von ihm selbst ganz zu schweigen. Jeder von uns spürt deutlich das aufrichtige Bestreben aller, irgendwie zu helfen oder gefällig zu sein. Wir kommen mittelbar in den Genuss der Liebe, die Lew Nikolajewitsch von Menschen entgegengebracht wird, die ihn nie gesehen haben und denen sein Verhältnis zum Leben ziemlich fremd sein dürfte. Unter ihnen gibt es viele gänzlich »Unintelligente«.

Um auszuschließen, dass Sofja Andrejewna unvermutet das Haus betritt, wurde an der Tür im Flur eine Wache eingerichtet. Größtenteils übernimmt sie Sergejenko.

Alexandra Lwowna suchte am Morgen Sofja Andrejewna in ihrem Wagen auf. Dieser Gang fiel ihr sehr schwer, da in Sofja Andrejewnas Seele kein Friede eingekehrt war und sie sich über Lew Nikolajewitsch, Tschertkow und andere wie üblich äußerte.

Irgendwann im Laufe des Tages gab Makovický Lew Nikolajewitsch ein kleines aus Jasnaja Poljana mitgebrachtes Kissen. Der erkannte es sofort und wollte ganz aufgeregt wissen, wie es hierhergekommen sei.

Makovický sagte ihm, Tatjana Lwowna habe es mitgebracht. Als er auf diese Weise von ihrem Hiersein erfuhr, wollte er sie sehen und befragte sie dann sehr aufgeregt über Sofja Andrejewna – wer bei ihr geblieben sei, ob sie esse und dergleichen. Tatjana Lwownas Lage war äußerst schwierig. Einerseits musste sie Lew Nikolajewitsch vorenthalten, dass Sofja Andrejewna sich in Astapowo befand, andererseits wollte sie ihn nicht belügen. Sie sagte, er dürfe sich nicht aufregen, weshalb es besser sei, jetzt nicht darüber zu reden. Er widersprach ihr unter Tränen: »Aber du wirst doch verstehen, dass ich das für meinen Seelenfrieden wissen *muss*!«

Den Wunsch, Sofja Andrejewna zu sehen, äußerte Lew Nikolajewitsch jedoch nicht, und deshalb konnte ihm unmöglich gesagt werden, dass sie hier war. Tatjana Lwowna beeilte sich, bei der ersten sich bietenden Gelegenheit von Lew Nikolajewitsch wegzukommen, da sich nichts Besseres anbot, mit der heiklen Situation fertig zu werden.

Wird es noch lange gelingen, Sofja Andrejewnas Anwesenheit vor Lew Nikolajewitsch zu verbergen? Bei günstigem Verlauf kann sich die Krankheit nach Ansicht der Ärzte zwei bis sechs Wochen hinziehen ... Die Lage ist schwer und ausweglos, wenn man einen nur zu leicht möglichen und simplen Ausgang ausschließt – ein grässlicher Gedanke.

Nachdem Tatjana Lwowna gegangen war, sagte Lew Nikolajewitsch zu Tschertkow, bei ihm auf dem Tisch liege ein intimes Notizbüchlein mit eingelegten Seiten, und bat ihn, diese Seiten herauszunehmen und zu verstecken. Dann ließ er sich sein großes Tagebuch geben und trug etwas ein. (Das war sein letzter Vermerk und überhaupt das Letzte, was er schrieb.)

Diese Notiz lautet:

»Ich hielt mich eine Weile in Scharapowo [ein Versehen, er meint Schamordino] auf, Sascha und ... wir befürchteten, sie könnten uns einholen, und fuhren deshalb weiter. In Koselsk stieß Sascha zu uns. Wir setzten uns in den Zug und fuhren los. Die Fahrt verlief gut, doch nach 4 Uhr begann es mich zu frösteln, wir maßen die Temperatur – 40 Grad, wir unterbrachen die Fahrt in Astapowo. Der liebenswürdige Stationsvorst[eher] überließ uns zwei wunderschöne [Zimmer]. Hatte eine schwere Nacht. Lag zwei Tage im Fieber. Am 2. kam Tschertkow. Es heißt, Sofja Andrejewna ... In der Nacht traf Serjosha ein. Ihn zu sehen rührte mich sehr. Heute, am 3., Nikitin, Tanja, dann Goldenweiser und Gorbunow. So sieht es nun aus mit meinem Plan. Fais ce que dois, adv ... Und alles ist zum Segen für die anderen und hauptsächlich für mich.« (Ich zitiere nach der Abschrift Alexandra Lwownas. Der französische Satz – tu, was sein muss, und mag sein, was sein wird – ist im Original unvollständig.)

Gegen fünf Uhr sagte Lew Nikolajewitsch zu Tschertkow, ihn beunruhige, dass Sofja Andrejewna, wenn sie von seiner Krankheit erfahre, nach Astapowo kommen könnte. Er bat, ein Telegramm nach Jasnaja Poljana an die Kinder zu schicken, und diktierte sogar den Text:

»Zustand besser, aber außergewöhnliche Schwäche. Wiedersehen mit Mama wäre verderblich.«

Zu Warwara Feokritowa sagte Lew Nikolajewitsch, ihm machten Tschertkows Geldausgaben für die Telegramme Sorgen, er habe ein paar Rubel in seiner Geldbörse und 50 Rubel in seinem Notizbüchlein und bitte, die Ausgaben davon zu bestreiten. (Sein Geld wurde natürlich nicht angerührt, es blieb in seinem Notizbüchlein.)

In Astapowo gibt es einen sehr guten Buffetier, einen grauhaarigen robusten alten Mann nahe sechzig, der alle ausgezeichnet verpflegt und vegetarische Gerichte für die zahlreich versammelten Vegetarier zubereitet.

Auf der Bahnstation und im Buffet begegnet man zwangsläufig Mitgliedern der Tolstoi-Familie. <...> Sofja Andrejewna habe ich bisher nicht zu Gesicht bekommen.

Ich hatte befürchtet, Gorbunows und mein Erscheinen könnte von Lew Nikolajewitschs Umgebung als befremdlich oder störend empfunden werden. Doch man freute sich, uns zu sehen, und fand es völlig natürlich, das wir hier auftauchten. Die Lage ist bedrückend, aber ich bin froh, dass ich hergekommen bin und mich in Lew Nikolajewitschs Nähe befinde.

Heute zeigte Lew Nikolajewitsch noch Interesse für das Leben draußen: Er bat, ihm aus der Zeitung vorzulesen, wollte aber keine Meldungen über sich selbst hören, sondern Nachrichten über politische und sonstige Ereignisse. Interessiert reagierte er unter anderem auf die Meldung über die Selbstmorde von Tarassow und Gribowa*. Auch in seiner Abwesenheit eingegangene und nach Astapowo mitgebrachte Briefe wurden ihm vorgelesen.

Gegen Abend schrieben Gorbunow und ich Briefe und machten uns auf zum Bahnhof, um sie einzuwerfen. Am Häuschen des Bahnhofsvorstehers kamen wir ins Gespräch mit Tatjana Lwowna und Michail Lwowitsch, die davorstanden, und gingen zusammen zum Bahnhof. Hier holte uns jemand ein und sagte, Lew Nikolajewitsch habe erfahren, dass wir uns in Astapowo befänden, und möchte uns sehen. Wir eilten zurück.

Im Flur des Häuschens geht es rechts in die Küche, geradeaus ist eine zugehängte Glastür zu dem Zimmer, in dem Lew Nikolajewitsch liegt; aus der Küche führt eine Tür in einen Raum, der jetzt als Esszimmer dient und in dem alle sich um ihn kümmernden Verwandten und Freunde zusammenkommen. Aus ihm gelangt man geradeaus in eines der beiden Zimmer Lew Nikolajewitschs. In das erste wird er gebracht, wenn in dem anderen aufgeräumt werden muss. Größtenteils befindet er sich in dem dahinterliegenden.

* Begingen Selbstmord in einem Dreieckskonflikt.

Nach Betreten des Häuschens legten wir die Mäntel ab und wärmten uns auf. Es ist eng hier, ziemlich schmutzig, Ungeziefer … Das Zimmer allerdings, in dem Lew Nikolajewitsch liegt, ist sauberer und recht geräumig.

Ich wurde als Erster hineingerufen. Halbdunkel. Lew Nikolajewitschs Gesicht konnte ich zunächst nur mit Mühe erkennen. Ich trat heran, beugte mich hinunter und küsste seine große, noch kräftige, mir so vertraute Hand.

Lew Nikolajewitsch schwieg. Er war sichtlich aufgeregt. Dann fragte er mit schwacher, kaum hörbarer, stockender Stimme: »Wie kommt es, dass Sie hier sind?«

»Ich habe von Ihrer Erkrankung erfahren und bin hergekommen.«

»Wie erfahren?«

»Aus der Zeitung. Über Sie, Lew Nikolajewitsch, schreiben alle. Ich bin zusammen mit Nikitin hergekommen.«

»Ah! Das wusste ich nicht.«

Eine Weile schwiegen wir.

»Warum haben Sie das Konzert ausfallen lassen?« (Am 4. November sollte ich in Moskau ein Konzert geben, das ich bei der Abfahrt nach Astapowo abgesagt hatte. Jemand hatte Lew Nikolajewitsch davon erzählt.)

»Ich bin zu Ihnen gekommen, Lew Nikolajewitsch.«

»Wenn ein Bauer seinen Acker pflügt, verlässt er ihn nicht, selbst wenn sein Vater im Sterben liegt. Für Sie ist Ihr Konzert Ihr Acker: Sie müssen ihn pflügen. Wann sollte das Konzert denn sein?«

»Morgen.«

»Nun, dann haben Sie die Brücken hinter sich abgebrochen.«

Lew Nikolajewitsch schwieg wieder eine Weile, dann flüsterte er unter Tränen: »Ich danke Ihnen … für die Liebe …«

Er rief nach Warwara Feokritowa und bat um Wein.

»Ich werde gehen«, sagte ich, »um Sie nicht zu ermüden.«

»Nein, bleiben Sie … Vielleicht …«

Lew Nikolajewitsch verstummte. Ich begriff seinen nicht zu Ende gesprochenen Gedanken.

»Seien Sie ihm nicht böse«, sagte Lew Nikolajewitsch, auf mich gemünzt, zu dem hereinkommenden Nikitin.

»Nein, ich weiß, dass Alexander Borissowitsch darauf achtet, Sie nicht zu ermüden.«

Lew Nikolajewitsch reichte Nikitin das Glas mit der Weinneige und sagte: »Sie hat mir zu viel gegeben.«

Nikitin ging hinaus.

Wir blieben zu zweit. Lew Nikolajewitsch sagte zu mir: »Schon lange bin ich nicht mehr so krank gewesen. Das ist wahrscheinlich eine ernste ...«

»Wer will das wissen, Lew Nikolajewitsch?«

Erneut schwieg er eine Weile, bevor er erregt sagte: »Ich befürchte, dass Sofja Andrejewna, schwach, wie sie ist, herkommen wird. Ich baue nur auf eines, dass die Kinder sie davon abhalten ...«

Ich stand auf. »Haben Sie in ›Lesekreis‹ gelesen, was zum 28. Oktober drinsteht?«, erkundigte sich Lew Nikolajewitsch.

»Nein.«

»Lesen Sie es mal ...« (Die in »Lesekreis« zum 28. Oktober – dem Tag von Lew Nikolajewitschs Weggang aus Jasnaja Poljana – abgedruckten Denksprüche entsprechen auf ganz erstaunliche Weise dem, was er durchgemacht hat. Noch frappierender ist, wie passend die dem Tod gewidmeten Gedanken zum 7. November sind.)

Noch einmal küsste ich seine Hand und verließ, mit Mühe die Tränen zurückhaltend, das Zimmer. Ich war überzeugt, dass das unser letztes Gespräch gewesen war.

Gorbunow ging nach mir zu Lew Nikolajewitsch und kam schon nach kurzer Zeit tränenüberströmt heraus.

Bald nachdem wir Lew Nikolajewitsch verlassen hatten, befiel ihn sehr starke, fast deliriöse Erregung: der Reihe nach verlangte er nach Alexandra Lwowna, Warwara Feokritowa, Tschertkow und Nikitin und bat alle, Sofja Andrejewna ein Telegramm zu schicken, dass sie nicht herkommen solle; wieder diktierte er dieses Telegramm. Er wurde die Vorstellung nicht los, dass sie plötzlich durch die verglaste Tür in sein Zimmer treten werde. Dieser Gedanke bedrängte ihn wie ein Alptraum. Um ihn ein wenig zu beruhigen, verhängte man die Tür mit etwas Dunklem.

In dem Telegramm bat Lew Nikolajewitsch zu schreiben, er werde Sofja Andrejewnas Anblick nicht ertragen können.

Hier in Astapowo herrscht ein schreckliches Getriebe: Das Buffet ist voll von Angereisten – Korrespondenten und allen möglichen Leuten. Sofja Andrejewna gibt lauthals grässliche Äußerungen über Lew Nikolajewitsch und seine Umgebung von sich, dass es im Buffet alle hören können. Und diese ihre Äußerungen werden von den Korrespondenten begierig aufgegriffen, um zu sensationellen Meldungen verarbeitet zu werden.

Selbst <…> sind entsetzt von ihrem Verhalten. Sie haben sich zu spät besonnen und zugelassen, dass sie <…> in den Tod treibt.

Die ganze Nacht hat Lew Nikolajewitsch nicht geschlafen. Er fühlte sich schlecht, litt unter quälendem Sodbrennen, hatte 38° Fieber. Immer wieder phantasierte er: begann irgendwelche zusammenhanglose Worte zu diktieren, bat, ihm das Diktierte vorzulesen, ärgerte sich, dass dabei nichts herauskam, sagte, dass »all das überarbeitet werden« müsse.

4. November. Am Morgen betrug die Temperatur 37,4. Lew Nikolajewitsch ist heute seit früh erheblich schwächer, im Moment extrem schwach; häufig verfällt er in einen halb bewusstlosen Zustand, fährt mit der Hand auf der Decke herum, als schreibe er etwas auf.

Nikitin hält die Lage noch nicht für hoffnungslos, doch für höchst gefährlich. Makovický sprach gestern schon, als es Lew Nikolajewitsch wesentlich besser ging, davon, dass zu 85 % mit einem letalen Ausgang zu rechnen sei.

Heute früh kam der Gouverneur nach Astapowo. Alle gerieten in helle Aufregung. Das Gerücht verbreitete sich, der Gouverneur werde bis auf die vier Leute, die Lew Nikolajewitschs Pflege besorgen, alle aus Astapowo wegschicken; der Bahnhof und das Buffet sollten angeblich für Fremde geschlossen werden.

Lew Nikolajewitschs Söhne begaben sich zu dem Gouverneur. Er sagte ihnen, die Station entziehe sich seinem Einflussbereich, trotzdem verbürge er sich dafür, dass keiner aus Lew Nikolajewitschs Umgebung etwas zu befürchten habe. Überhaupt scheint es falscher Alarm gewesen zu sein. Der Chef der Bahnlinie ordnete an, allen Angereisten das Hiersein so weit wie möglich zu erleichtern.

Auch die Korrespondenten blieben.

Per Telegramm wurde aus Moskau Grigori Berkenheim nach Astapowo gebeten.

Den ganzen Tag über fühlte sich Lew Nikolajewitsch sehr schlecht. Irgendwann rief er plötzlich: »Mascha!«

Hier werden es immer mehr Leute. Das Buffet ist zum Klub geworden. Die Korrespondenten erhalten zu bestimmten Zeiten von den Ärzten Bulletins. Alle sind außerdem bestrebt, an brandneue Informationen heranzukommen; jeder von uns wird geradezu in Stücke gerissen, sobald er sich auf dem Bahnhof zeigt.

Im Buffet herrscht zur Mittagszeit Gedränge. Man raucht, lärmt, benimmt sich ungeniert. <…> Er spaziert auf der Bahnstation herum mit seinem Schwager, den die Tolstois Waka nennen. Sie alle trinken (und zwar reichlich), futtern und schwadronieren. Dieses Menschengewühl bildet einen unerträglichen Kontrast zu dem tragischen Kampf von Leben und Tod, der sich zwei Schritt weiter in dem kleinen Haus des Bahnhofsvorstehers abspielt.

Gegend Abend erhöhte sich Lew Nikolajewitschs Temperatur allmählich auf 38,4. Den ganzen Tag über war er halb ohnmächtig. Sein Zustand ist sehr schlecht. Am Abend reiste aus Teljatinki Tschertkows Sohn Dima an.

Nach dem Abendessen gingen Gorbunow, Dima und ich in das Haus des Bahnhofsvorstehers. Wir saßen im Speisezimmer und tranken Tee. Lew Nikolajewitsch wurde ein Klistier gegeben, mit befriedigendem Ergebnis, wie uns Makovický strahlend mitteilte. Die Temperatur sank auf 37,6. Lew Nikolajewitsch wurde ruhiger. Die Ärzte und wir mit ihnen schöpften ein wenig Hoffnung.

Alexandra Lwowna berichtete uns beim Tee über die Umstände von Lew Nikolajewitschs Weggang aus Jasnaja Poljana:

Schon die ganzen letzten Tage war er drauf und dran gewesen, Jasnaja Poljana zu verlassen, schob es aber immer wieder hinaus. Einen Tag zuvor hatte er Tschertkow mitgeteilt, dass er seinen Weggang vorläufig ausgesetzt habe. Noch am Abend hatte niemand gewusst, dass er sich dazu entschließen würde, und auch er selbst trug sich offenbar nicht mit der Absicht, es in dieser Nacht zu tun.

Um halb zwölf legte sich Lew Nikolajewitsch schlafen. Nach zwei Uhr erwachte er durch Geraschel und bemerkte in seinem Arbeitszimmer Licht. Sofja Andrejewna las sein Tagebuch und kramte in seinen Papieren. Nach einer Weile, in der Annahme, Lew Nikolajewitsch habe nichts gehört, kam sie, als sie gewahr wurde, dass er nicht schlief (tags zuvor hatte sie verlangt, dass zwischen seinem Schlafraum und ihrem Zimmer alle Türen offen blieben, damit sie jede Bewegung von ihm hören konnte), herein, angeblich um sich nach seinem Befinden zu erkundigen.

Als Sofja Andrejewna gegangen war, legte Lew Nikolajewitsch sich wieder hin, spürte jedoch plötzlich, dass er das nicht mehr ertragen konnte. Er stand auf, schrieb einen Brief an Sofja Andrejewna, weckte erst Makovický und dann Alexandra Lwowna. Sie alle, Makovický, Alexandra Lwowna und Warwara Feokritowa, packten rasch die nötigsten Sachen.

Lew Nikolajewitsch ging los zum Pferdestall, kam aber in der völligen Dunkelheit von dem schmalen Gartenweg ab, stürzte und verlor seine Mütze. Er kehrte ins Haus zurück, nahm eine andere und machte sich wieder auf zum Pferdestall. Die Sachen wurden dorthin gebracht. Lew Nikolajewitsch war die ganze Zeit furchtbar aufgeregt, da er befürchtete, Sofja Andrejewna könnte aufwachen.

In Schtschokino verbrachten er und Makovický, auf Verfolgung gefasst, eine ganze Stunde in banger Erwartung des Zuges. Sie beruhigten sich erst, als dieser anfuhr. All das beschrieb Lew Nikolajewitsch in seinem Tagebuch wie folgt:

»Ging um halb 12 zu Bett. Schlief bis nach 2 Uhr. Wachte auf und hörte wieder, wie in den vorigen Nächten, das Aufgehen von Türen und Schritte. In den vorangegangenen Nächten hatte ich nicht nach meiner Tür geblickt, diesmal tat ich es und sah durch die Ritzen helles Licht im Arbeitszimmer, dazu Rascheln. Es war Sofja Andrejewna, die da nach etwas suchte und wahrscheinlich las.

Tags zuvor hatte sie gebeten, ja verlangt, dass ich meine Türen nicht abschloss. Ihre beiden Türen stehen offen, so dass ich mich nicht rühren kann, ohne dass sie es hört. Tag und Nacht muss sie um alle meine Bewegungen und Äußerungen wissen und sie überwachen können.

Wieder Schritte, behutsames Öffnen der Tür, sie verlässt das Zimmer.

Ich weiß nicht, weshalb das bei mir unbezähmbaren Abscheu und Empörung auslöste. Ich versuche wieder einzuschlafen, kann aber nicht, wälze mich eine Stunde hin und her, zünde eine Kerze an und setze mich auf.

Die Tür öffnet sich, Sofja Andrejewna kommt herein, um sich nach ›meinem Befinden‹ zu erkundigen, und äußert Verwunderung über das Licht, das sie bei mir gesehen habe.

Abscheu und Empörung wachsen. Ich ringe nach Luft, zähle meinen Puls: 97. Ich kann nicht länger liegen bleiben und entschließe mich plötzlich, endgültig wegzugehen.

Schreibe einen Brief an sie, beginne das Nötigste zusammenzupacken – nur weg von hier. Wecke Dušan, dann Sascha, sie helfen mir beim Packen. Zittere bei dem Gedanken, dass sie etwas hört, dass es eine Szene, einen hysterischen Auftritt gibt und dass ein Wegkommen ohne Szene nicht mehr möglich sein wird.

Nach fünf ist alles einigermaßen zusammengepackt. Gehe

los zum Pferdestall, um anspannen zu lassen. Dušan, Sascha und Warwara packen den Rest. Es ist stockfinstere Nacht, ich komme vom Weg zum Anbau ab, verfange und zerkratze mich im Gesträuch, pralle gegen Bäume, stürze, verliere meine Mütze, kann sie nicht finden, arbeite mich mühsam heraus, gehe ins Haus, greife mir eine andere Mütze und eine Laterne, gelange zum Pferdestall und lasse anspannen. Dann kommen Sascha, Dušan und Warwara. Zittere vor möglicher Verfolgung.

Endlich geht es los. Während wir in Schtschokino eine Stunde warten müssen, bin ich darauf gefasst, sie jeden Moment auftauchen zu sehen. Doch dann sitzen wir im Zug, er fährt an.

Die Angst vergeht, und Mitleid regt sich bei mir, doch kein Zweifel daran, getan zu haben, was getan werden musste. Vielleicht irre ich mich mit meinem Rechtfertigungsversuch, aber mir scheint, ich habe für meine Rettung gesorgt – nicht die Rettung Lew Nikolajewitschs, sondern dessen, was hin und wieder wenigstens ein bisschen in mir ist <…>«

In Gorbatschowo hieß es umsteigen. Hier wurde an einen Güterzug ein Wagen dritter Klasse angehängt. In ihm war es schrecklich eng und unerträglich stickig. Lew Nikolajewitsch ging ein paarmal hinaus und stand auf der Plattform.

Sofja Andrejewna erhob sich nach neun Uhr. Erregt erschien sie bei Alexandra Lwowna mit der Frage: »Wo ist Papa?«

»Fort.«

»Wohin fort?«

»Hier ist ein Brief.«

Sofja Andrejewna schrie auf, ließ den Brief fallen und rannte hinaus, Richtung Teich. Alexandra Lwowna eilte ihr nach und rief im Laufen Bulgakow zu Hilfe, der gleichfalls losrannte. Ihnen hinterher der Koch Semjon Rumjanzew. Sofja Andrejewna hielt auf dem Steg inne, verlor das Gleichgewicht und plumpste, ehe Alexandra Lwowna heran war, rücklings ins Wasser. Alexandra Lwowna warf ihre Strickjacke ab, sprang so, wie sie war, mit Überschuhen, ihr nach ins Wasser und stieß sie mit dem Fuß an die Oberfläche. Der herzugeeilte Bulgakow stieg ebenfalls ins Wasser, und gemeinsam zogen sie Sofja Andrejewna am Kleid aus dem Teich. Der Koch rutschte im Laufen aus und stürzte hin, so dass er den Ort des Geschehens erst erreichte, als Sofja Andrejewna schon an Land gezogen war.

Alexandra Lwowna streifte sich ihre Strickjacke über und rannte ins Haus.

Alle Hausbewohner waren am Teich zusammengelaufen. Als Sofja Andrejewna hinübergetragen wurde, sagte sie zu Warwara Feokritowa: »Mag er schriftlich mitgeteilt bekommen, dass ich ins Wasser gegangen bin!«

Plötzlich vermisste sie ihren Schildpattkamm, bat den Diener Wanja, einen Dorfjungen danach suchen zu lassen, und versprach ein Trinkgeld. »Er ist ja drei Rubel wert«, sagte sie.

Zu Hause zog sich Alexandra Lwowna um und saß mit Morgenmantel und Filzstiefeln da. Als Sofja Andrejewna wieder zum Teich rannte, schrie Alexandra Lwowna los. Sofja Andrejewna wurde unweit des Teiches, auf einer Bank sitzend, gefunden. Man brachte sie ins Haus.

Alexandra Lwowna konnte sie die ganze Zeit nicht allein lassen. Sofja Andrejewna schlug sich einen großen Briefbeschwerer gegen die Brust, stach mit einer Schere auf sich ein. Alle diese Dinge wurden ihr abgenommen. Sie ging in ihr Zimmer und sicherte die Tür mit einem Strick. Alexandra Lwowna stemmte sich gegen die Tür, und der Strick zerriss. Als sie das Zimmer wieder verlassen hatte, sperrte Sofja Andrejewna die Tür mit einem Haken ab, aber auch der hielt nicht.

Da Alexandra Lwowna wusste, dass Sofja Andrejewna ein großes Glas mit Opium besaß, beschloss sie, es ihr wegzunehmen. Als sie die Schlüssel an sich nahm, bekam Sofja Andrejewna anscheinend Angst, sie würde bei ihr Lew Nikolajewitschs intimes Tagebuch finden, das sie <...>. Sie wollte ihr die Schlüssel entreißen, doch Alexandra Lwowna sagte ihr, sie sei fünfmal so stark wie sie und Sofja Andrejewna bekomme die Schlüssel nicht, solange sie das Opium nicht herausgebe. Sie trachtete Alexandra Lwowna hinters Licht zu führen und ihr, während sie suchte, die Schlüssel zu entreißen. Schließlich gab sie ihr das Opium doch her und erhielt die Schlüssel zurück.

Den ganzen Tag quälte sich Alexandra Lwowna auf diese Weise mit Sofja Andrejewna ab. Als am Abend Tatjana Lwowna und die Brüder eintrafen, erklärte sie ihnen, sie habe ihre Aufgabe jetzt hier erfüllt, ihr Platz sei beim Vater und es sei an ihnen, sich um die Mutter zu kümmern.

In der Nacht machte sie sich, ohne jemandem Bescheid zu sagen, mit Warwara Feokritowa auf den Weg.

Das Wiedersehen Lew Nikolajewitschs mit seiner Schwester in Schamordino war in höchstem Maße rührend. Maria Tolstaja zeigte volles Verständnis für Lew Nikolajewitsch und machte ihm keine Vorhaltungen. Bei ihr ist zurzeit ihre Tochter Fürstin Jelisaweta Obolenskaja zu Besuch, die Alexandra Lwowna Einzelheiten ihres Zusammenseins erzählte.

Am Morgen erschien Sergejenko bei Lew Nikolajewitsch, der nicht sofort begriff, woher er kam, und ihm einen kleinen Artikel über die Todesstrafe für die Zeitung »Retsch« zu diktieren begann. Doch als Sergejenko auf Jasnaja Poljana zu sprechen kam, befiel ihn starke Erregung.

Die dann eintreffende Alexandra Lwowna berichtete Lew Nikolajewitsch im Einzelnen, was vor ihrer Abreise in Jasnaja Poljana geschehen war. Sie brachte ihm Briefe von den Kindern mit, die ihn mit Ausnahme des von Sergej Lwowitsch sehr betrübten.

Lew Nikolajewitsch war äußerst irritiert, beschloss jedoch, an seinem Plan festzuhalten, und beeilte sich deshalb aus Furcht vor einer möglichen Verfolgung mit der Weiterfahrt. Um drei Uhr nachts weckte er seine Gefährten und machte sich reisefertig. Er fuhr mit Makovický voraus. In Koselsk stießen Alexandra Lwowna und Warwara Feokritowa zu ihnen, die 18 Werst auf einer sehr schlechten Straße zurücklegen mussten, und das bei widrigem Wetter.

Sie lösten Fahrkarten bis Bataisk, der ersten Eisenbahnstation hinter Rostow am Don. Ihr Ziel war Nowotscherkassk, wo sie bei Denissenkos haltzumachen und Iwan Denissenko zu bitten beabsichtigten, ihnen Auslandspässe zu besorgen. Von dort wollten sie über Noworossisk nach Bulgarien fahren. Sollte Denissenko die Pässe nicht beschaffen können, würden sie die Grenze illegal passieren oder in den Kaukasus weiterreisen.

Anfangs verlief die Fahrt ganz passabel. Lew Nikolajewitsch aß etwas Haferbrei. Alexandra Lwowna schrieb den oben wiedergegebenen Brief an uns.

Doch dann begann Lew Nikolajewitsch zu klagen, ihm sei kalt, und legte sich hin. Man deckte ihn zu und maß seine Temperatur: etwas über 38°. Das deprimierte alle sehr. Lew Nikolajewitsch fühlte sich so schlecht, dass an eine Weiterreise nicht zu denken war. Sie sahen sich gezwungen, die Fahrt auf der nächsten größeren Station zu unterbrechen – es war Astapowo.

5. November. Die Nacht verlief für Lew Nikolajewitsch sehr kritisch. Sodbrennen quälte ihn, er fand keinen Schlaf, phantasierte, machte Anstalten wegzulaufen. Alexandra Lwowna, die in dieser Zeit bei ihm war, konnte ihn nur mit Mühe zurückhalten. Dann versuchte Lew Nikolajewitsch fortwährend, etwas zu diktieren. Zunächst diktierte er dem Arzt Semjonowski und ärgerte sich, dass der ihm das Diktierte nicht vorlesen konnte. Doch ließen sich seine Worte gar nicht aufschreiben, da sie zusammenhanglose Fieberphantasien waren.

Alexandra Lwowna holte Tschertkow herbei. Lew Nikolajewitsch bat auch ihn, das Diktierte vorzulesen. Als Tschertkow sagte, er sei eben erst hereingekommen und habe deshalb noch nichts aufschreiben können, hieß ihn Lew Nikolajewitsch, sich das von Semjonowski Aufgeschriebene geben zu lassen und es ihm vorzulesen, aber der hatte ja auch nichts. Lew Nikolajewitschs Erregungszustand machte die Situation schwierig.

Alexandra Lwowna kam auf die gute Idee, ihn mit Lektüre aus »Lesekreis« abzulenken. Tschertkow schlug den auf dem Tischchen neben Lew Nikolajewitsch liegenden Band auf, um die Gedanken zum fünften November vorzulesen.

Lew Nikolajewitsch beruhigte sich sofort und hörte zu, fragte hin und wieder sogar: »Von wem ist das?«

Doch sobald Tschertkow verstummte, geriet er wieder in Erregung und versuchte etwas zu diktieren.

Es dauerte ziemlich lange, bis Lew Nikolajewitsch schließlich zur Ruhe kam und still lag.

Seit früh ist er schwach, aber es geht ihm eher ein wenig besser als am Abend und besonders in der Nacht.

Lew Nikolajewitsch erkennt alle, beantwortet ihm gestellte Fragen in verständlicher Weise, versinkt aber häufig in Bewusstlosigkeit.

Am Morgen ist aus Moskau Grigori Berkenheim eingetroffen. Er sorgte für die Verbesserung von Lew Nikolajewitschs Umgebung: ließ überflüssige Sachen hinausbringen und alles ringsum säubern. Auf seine Anordnung hin werden im ganzen Haus mehrmals täglich die Fußböden gewischt. Er ordnete auch an, darauf zu achten, dass der Kranke wenigstens etwas zu sich nimmt.

Lew Nikolajewitsch trank ein wenig Milch und aß drei Löffel Haferbrei. Berkenheim riet sogar, ihm Brühe zu geben, aber darauf gingen weder Alexandra Lwowna noch jemand anders ein. Außerdem bot er ihm Kefir an.

Lew Nikolajewitsch ist ungemein rührend. Heute befindet er sich oft im Dämmerzustand; in klaren Momenten gibt er nur zärtliche Worte von sich.

Als Makovický nach ihm sehen kam, sagte er zu ihm: »Dušan, lieber Dušan!«

Zu Tatjana Lwowna sagte er ebenso: »Tanetschka, Liebe …«

Als Grigori Berkenheim eintraf und sich mit den anderen Ärzten um ihn kümmerte, sagte Lew Nikolajewitsch zunächst nichts. Später, als er in das frisch bezogene Bett hinübergetragen worden war, fragte er Alexandra Lwowna: »Wen habe ich nicht begrüßt?«

»Du hast alle begrüßt, Papa.«

»Nein, nein, einen habe ich nicht begrüßt. Wer ist alles hier?«

Alexandra Lwowna zählte alle auf.

Als die Reihe an Berkenheim kam, sagte Lew Nikolajewitsch: »Hol ihn her.«

Der Herbeigebetene trat an sein Krankenlager, und Lew Nikolajewitsch sagte: »Ich danke Ihnen, lieber Grigori Moissejewitsch.«

Berkenheim beugte sich hinunter und küsste ihm die Hand. Lew Nikolajewitsch begann zu weinen, und der Arzt eilte aus dem Zimmer.

Körperlich leidet Lew Nikolajewitsch sehr. Aus Furcht vor ihrer Verantwortung haben die Ärzte ein Telegramm nach Moskau geschickt, um sich der Unterstützung Ussows und Schtschurowskis zu vergewissern; sie werden morgen erwartet. Jetzt sind bei Lew Nikolajewitsch vier Ärzte: Nikitin, Berkenheim, Makovický und Semjonowski. Bei Sofja Andrejewna sind zwei Arzthelferinnen. Ihre seelische Verfassung ist entsetzlich.

Heute übernahm ich für einige Stunden den Dienst in dem Häuschen. Wir (Tatjana Lwowna, Alexandra Lwowna und ich) saßen in der Küche und unterhielten uns. Plötzlich sehe ich: Das Gesicht an die Fensterscheibe gedrückt, steht da Sofja Andrejewna. Ich lief hinaus, Tatjana Lwowna mir nach.

Als Sofja Andrejewna mich erblickte, sagte sie: »Ich will nicht hinein, ich will nicht hinein, nur meine liebe Sascha möchte ich sehen. Rufen Sie sie heraus.«

Sie sprach mit leiser, kläglicher Stimme. Ich ging Alexandra Lwowna holen, schloss aber sicherheitshalber die Küchentür hinter mir ab.

Als Alexandra Lwowna und ich in den Flur traten, fanden wir Sofja Andrejewna hier schon vor. Es gelang uns, sie zu überreden, das Haus zu verlassen. Durch ihr plötzliches Erscheinen waren wir zutiefst angerührt und aufgewühlt. Doch was mussten wir erleben!

In Astapowo waren Photographen irgendeines Filmunternehmens angereist und darauf aus, Sofja Andrejewna zu filmen. Beim Öffnen der Haustür sah Alexandra Lwowna einen auf die Vortreppe gerichteten Apparat und hörte das Drehgeräusch einer Kurbel; entsetzt prallte sie zurück und lief ins Haus.

Heute ist Boulanger eingetroffen und zusammen mit uns in der Wohnung der Ustinows untergekommen.

Seit heute Mittag quält Lew Nikolajewitsch ein starker Schluckauf. Tatjana Lwowna gab ihm Soda. Dabei sagte er ihr etwas, aber so undeutlich, dass sie nicht verstehen konnte, ob es »Soda« oder »Sonja« heißen sollte.

Sie ist geneigt anzunehmen, dass er zu ihr sagte: »Auf Sonja ruht eine große Last.«

»Möchtest du Sonja sehen?«, fragte Tatjana Lwowna.

Lew Nikolajewitsch gab keine Antwort und wandte sich ab.

Nikitin bot ihm gegen seinen quälenden Schluckauf ein Klistier an.

»Gott wird alles regeln«, sagte Lew Nikolajewitsch.

Am Abend gab man ihm das Klistier, wodurch sich sein Zustand wieder etwas besserte.

Nikitin fragte ihn, ob man ihn in das andere Bett hinübertragen könne.

»Ach, lassen Sie mich!«, sagte Lew Nikolajewitsch. Dann fügte er leise hinzu: »Ja, können Sie.«

Nikitin hatte nicht richtig verstanden und fragte noch einmal: »Also, können wir, Lew Nikolajewitsch?«

»Können Sie, können Sie, wenn es Ihnen Spaß macht.«

Ein Telegramm vom Petersburger Metropoliten Antoni ist eingegangen:

»Vom ersten Moment Ihres Bruchs mit der Kirche an

habe ich unentwegt gebetet und bete dafür, dass der Herr Sie zur Kirche zurückführen möge. Es kann sein, dass er Sie bald vor sein Gericht rufen wird, und ich beschwöre Sie jetzt angesichts Ihrer Krankheit: Versöhnen Sie sich mit der Kirche und dem rechtgläubigen russischen Volk. Der Herr segne und behüte Sie. Metropolit Antoni.«

6. November. Die Nacht war etwas leichter als die vorige: ohne Fieberphantasien. Am Morgen betrug die Temperatur 37,3. Lew Nikolajewitsch ist die ganze Zeit bei Bewusstsein. Schtschurowski und Ussow sind eingetroffen. Auf die Nachricht von ihrer Ankunft reagierte Lew Nikolajewitsch mit der Bemerkung: »Liebe Menschen …«

Als Ussow ihn leicht anhob und, über ihn gebeugt, im Rücken stützte, während er seine Kissen richtete, verwechselte er ihn anscheinend mit Makovický und küsste ihn.

»Noch nie habe ich so einen Kranken gesehen«, sagte Ussow leise.

Nach Alexandra Lwownas Hand griff Lew Nikolajewitsch, um sie zu drücken.

Beim Anblick Makovickýs sagte er wieder: »Lieber, lieber Dušan …«

Die ärztliche Untersuchung strengte Lew Nikolajewitsch sehr an.

Anschließend gingen die Ärzte in das ihnen zur Verfügung gestellte Zimmer und berieten ziemlich lange über die Situation. Heraus kam ein düsterer Befund: Das Herz ist sehr schwach, und die Schwäche nimmt immer mehr zu. Die Hoffnung hängt an einem dünnen Faden.

Auf Tatjana Lwownas Frage, ob es angeraten sei, ihren Mann per Telegramm herzubitten, erwiderte Schtschurowski: »Auf die lange Bank schieben sollte man es nicht.«

»Heißt das, dass vor Beginn der Nacht alles zu Ende sein kann?«

Schtschurowski wich einer direkten Antwort aus, wiederholte aber: »Sich Zeit zu lassen, würde ich nicht empfehlen.«

An Sofja Andrejewnas Verfassung hat sich nichts geändert.

Als ihr heute ein Feuilleton Menschikows über Lew Nikolajewitsch vorgelesen wurde, der ihn hemmungslos mit Dreck bewirft, erklärte sie fast schreiend, das alles sei wahr, und billigte sein Handeln. Ihre seelische Verfassung ist grässlich, trotzdem kann man nicht umhin, sie zutiefst zu bemitleiden.

Zwischen eins und halb zwei – Alexandra Lwowna, Tatjana Lwowna und wohl auch Warwara Feokritowa waren bei Lew Nikolajewitsch – sagte er leise: »Das ist das Ende … Einfach, schön …«

Dann richtete er sich leicht auf, nahm seine Kraft zusammen und sagte ziemlich laut: »Denkt daran: Auf der Welt gibt es eine Menge Leute neben Lew Tolstoi, ihr aber habt immerzu nur den einen Lew im Blick.«

Erschöpft sank er auf das Kissen zurück und sagte leise: »Wie schön, leicht … keiner stört.«

Tatjana Lwowna lief aus dem Zimmer und teilte den im Haus Befindlichen, zu denen auch ich gehörte, diese Worte Lew Nikolajewitschs mit.

Dann kam es zu einem jähen Abfall der Herzfunktion – der Kollaps.

Man spritzte Lew Nikolajewitsch Kampfer und beatmete ihn mit Sauerstoff.

»Völlig nutzlos«, sagte er, nachdem er eine Weile den Sauerstoff geatmet hatte.

Nikitin erzählte mir, der Augenblick sei schrecklich gewesen, dennoch bewahre er noch einen Funken Hoffnung, er setze darauf, dass Lew Nikolajewitschs Organismus stark genug sei.

Gegen drei Uhr wurde es ein wenig besser. Lew Nikolajewitsch leerte sogar ein kleines Glas Haferbrei mit Ei.

Vorgestern traf ein an Lew Nikolajewitsch gerichtetes Telegramm aus dem Kloster Optina pustyn von Hieromonachos* Jossif ein mit der Bitte, ihm zu gestatten, nach Astapowo zu kommen.

* Zum Priester geweihter Mönch.

Alexandra Lwowna antwortete, die Familie Lew Nikolajewitschs bitte ihn, nicht zu kommen, da er Lew Nikolajewitsch sowieso nicht sehen könne. Wie wir erfuhren, war Starez Jossif vom Synod angewiesen worden, nach Astapowo zu fahren. Da er sich gesundheitlich dazu nicht in der Lage sah, nahm er von der Reise Abstand. Daraufhin wurde der Hegumenos* entsandt.

Gestern Abend traf Hegumenos Warsonofi zusammen mit Hieromonachos Pantelejmon ein. Sie äußerten den Wunsch, Lew Nikolajewitsch zu sehen, bekamen jedoch gesagt, dem könne nicht entsprochen werden.

Heute baten sie um ein Gespräch mit Alexandra Lwowna. Sie schickte ihnen einen Brief, in dem sie schrieb, es komme für sie nicht in Frage, sich von ihrem Vater zu entfernen, auf Grund seines Gesundheitszustandes sei es ausgeschlossen, dass sie ihn sehen könnten, die Ärzte hielten es nicht für möglich, wen auch immer zu Lew Nikolajewitsch zu lassen, und vor allem sei es ausgeschlossen, dass sie ihn sehen könnten, weil das seinem Willen widerspräche, und der Wille ihres Vaters sei ihr heilig. Die Mönche wandten sich noch einmal schriftlich an Alexandra Lwowna, erhielten jedoch dieselbe Antwort. Es heißt, sie hätten gehofft, man werde sie wenigstens das Haus betreten lassen, damit sie danach sagen konnten, sie seien bei Tolstoi gewesen und hätten ihn gesegnet.

Warsonofi führte ein Gespräch mit Nikitin, der ihm im Namen der Ärzte sagte, es sei völlig unmöglich, dass sie zu Lew Nikolajewitsch könnten.

Nachdem Lew Nikolajewitsch etwas zu sich genommen hat, ist eine leichte Besserung eingetreten. Als gutes Zeichen kann gewertet werden, dass die Nieren normal funktionieren. Die Ärzte sehen die Situation etwas optimistischer. Es heißt, wenn das Herz zwei, drei Tage durchhalte, bestehe die Hoffnung, dass eine langsame Genesung einsetze.

* Abt.

Lew Nikolajewitschs Bewusstsein ist sehr klar. Als Berkenheim flüsternd von Kefir sprach, fragte Lew Nikolajewitsch plötzlich: »Wo haben Sie den Kefir bekommen? Lassen Sie mich kosten«, und er trank ein bisschen davon.

Gegen zehn Uhr abends wurde es Lew Nikolajewitsch abermals schlecht, er begann nach Atem zu ringen.

Wieder Sauerstoff und Kampfer.

Als ich das Häuschen betrat, saßen die Ärzte zusammen im Esszimmer. Alexandra Lwowna, die die Nächte kaum geschlafen hatte, war auf das hier stehende Sofa gesunken und in den bleiernen Schlaf der Verzweiflung gefallen.

Unser aller Stimmung ist schrecklich.

Nach einer Weile wurde es Lew Nikolajewitsch ein wenig besser. Nach elf Uhr gingen Gorbunow und ich zu uns hinüber, um etwas auszuruhen.

Kaum dass wir uns, nur halb ausgezogen, hingelegt hatten – ich war noch nicht eingeschlummert –, hörten wir es klopfen. Es war der Buffetier, der uns holen sollte: Lew Nikolajewitschs Zustand hatte sich stark verschlechtert. Es war wohl gegen ein Uhr nachts.

Wir betraten das Haus. Hier herrschte völlige Hoffnungslosigkeit.

Lew Nikolajewitsch bekam kaum Luft und wurde von Herzkrämpfen gepeinigt. Beinahe schon über einen Tag ließ der quälende Schluckauf nicht von ihm ab. Um dem Kranken die Leiden zu erleichtern, beschlossen die Ärzte, ihm Morphium zu geben. Danach beruhigte er sich ein wenig.

Es mag gegen zwei Uhr gewesen sein, als Berkenheim angesichts des offensichtlich aussichtslosen Zustandes Lew Nikolajewitschs zu Alexandra Lwowna sagte, dass Sofja Andrejewna hiervon in Kenntnis gesetzt und, wenn sie es wünsche, hergebracht werden sollte, damit sie von Lew Nikolajewitsch Abschied nehmen könne.

Sie aufzusuchen wurde Berkenheim übertragen. Ich ging in Lew Nikolajewitschs Zimmer. Es wurde nur leicht erhellt vom schwachen Licht einer abgeschirmten Lampe.

Lew Nikolajewitsch lag auf dem Rücken, mit dem Kopf

zum Fenster, mit den Füßen zur verhängten Glastür. Das Bett war anderthalb Arschin* von der Wand abgerückt. Zwischen Bett und Wand saß auf einem Stuhl Tschertkow, zwischen Tür und Bett, ebenfalls auf einem Stuhl, Sergej Lwowitsch.

Lew Nikolajewitschs Atemzüge gingen rasch und schwer. Ein grässliches, an Holzsägen erinnerndes Geräusch erfüllte jedes Mal das Zimmer. Todeshauch war zu spüren. Ich setzte mich links der Tür auf eine Diwanecke.

Es verging ziemlich viel Zeit. Sofja Andrejewna war schon eingetroffen und saß im Esszimmer. Da Lew Nikolajewitsch nicht auf seine Umgebung reagierte, führte man sie herein mit der Bitte, Vorsicht walten zu lassen. Falls Lew Nikolajewitsch sie erkennen sollte, war eine verhängnisvolle Reaktion nicht auszuschließen. Sein Leben hing an einem seidenen Faden.

Ussow und Schtschurowski waren es, die Sofja Andrejewna hereinführten. Ans Bett wurde ein Stuhl gestellt, auf den sie sich setzte.

Sie begann, Lew Nikolajewitsch Worte der Liebe zuzuflüstern, sie bat ihn um Verzeihung und bekreuzigte ihn. Es war ganz offenkundig, dass ihn nichts erreichte.

Sie blieb ein paar Minuten sitzen, dann überredete man sie, wieder zu gehen.

Bevor Sofja Andrejewna hereingekommen war, hatte Tschertkow das Zimmer verlassen.

Als sie aufstand und zur Tür ging, bemerkte sie mich auf dem Diwan und fragte unruhig: »Wer ist das?«

Dann trat sie näher und richtete ihre Lorgnette auf mich.

Nach Sofja Andrejewnas Weggang beschlossen die Ärzte auf Initiative Schtschurowskis, noch einen Versuch mit einer Salzlösungsinfusion zu machen. Dieser qualvolle Vorgang, bei dem Lew Nikolajewitsch schwer stöhnte, zeigte keinerlei Wirkung. Die Atmung blieb unverändert grässlich, und der Puls wurde immer schwächer. Um herauszufinden,

* Altes russisches Längenmaß, 1 Arschin = 71,1 cm.

ob Lew Nikolajewitsch bei Bewusstsein war, hielt man Licht an seine Augen. Makovický, der ihm von den Ärzten geistig am nächsten stand, schlug vor, ihn anzurufen.

Er nahm ein Glas Wasser mit Wein, trat zu Lew Nikolajewitsch und rief zweimal ziemlich laut: »Lew Nikolajewitsch! Lew Nikolajewitsch!« Und mit den Worten »Befeuchten Sie Ihre Lippen!« träufelte er ihm mit einem Löffelchen etwas Flüssigkeit in den Mund.

Lew Nikolajewitsch schluckte es hinunter. Bei Bewusstsein war er also.

Ich ging kurz hinaus und durch den Nebenraum, um einen Blick in das nächste, ganz außen liegende Zimmer zu werfen. Auf dem quer gestellten Bett saß Nikitin und schluchzte wie ein Kind. Hier fand ich auch die anderen versammelt: Alexandra Lwowna, Warwara Feokritowa, Tschertkow, Gorbunow.

Alle Hoffnungen hatten sich zerschlagen.

Ich kehrte zu Lew Nikolajewitsch und auf meinen Platz zurück. Die Atmung war fürchterlich wie zuvor. In der Brust des Kranken gluckerte und röchelte es, doch atmete er zunehmend flach.

Gegen sechs kam Makovický herein, blieb eine Weile stehen, trat dann zu mir und sagte leise: »Die Agonie …«

Etwas später traten die Übrigen ins Zimmer. Sofja Andrejewna wurde hereingeführt.

Die Atemzüge gingen immer schwerer und schwächer. Sofja Andrejewna stellte sich ans Kopfende und umfasste mit den Händen Lew Nikolajewitschs Kopf. Ich griff nach seiner noch warmen Hand. Die Atmung begann auszusetzen, riss ganz ab.

Einer der Ärzte (es war wohl Schtschurowski) sagte: »Es wird noch einen Atemzug geben.«

Und tatsächlich, Lew Nikolajewitsch machte noch einen stärkeren Atemzug, und alles war vorbei.

Ich ging ins Nebenzimmer.

Makovický fiel mir um den Hals, drückte mir fest die Hand und flüsterte: »Sag du zu mir.«

Wir tauschten einen kräftigen Kuss.

Durch das Fenster des Esszimmers sah ich im Morgendunst Ilja Lwowitsch und eine ziemlich große Menschenschar, die sich in Erwartung von Neuigkeiten vor dem Haus drängte.

Ich öffnete das Fenster und sagte: »Er ist verschieden.«

Alle nahmen die Mützen ab. Es war 6.05 Uhr.

Ich kehrte in Lew Nikolajewitschs Zimmer zurück.

Wir trugen ein zweites Bett hinein, breiteten Wachstuch darüber und legten den Toten darauf. Nikitin und Makovický begannen mit der Waschung. Dann zogen wir Lew Nikolajewitsch seinen grauen Kittel über. Den Gürtel konnten wir nicht finden. Als er sich dann doch fand, legten wir ihn dem Toten nicht mehr um. Ich erhielt ihn als Erinnerungsstück.

Anschließend trugen wir Lew Nikolajewitsch wieder zu dem Bett, in dem er verschieden war.

Während wir noch mit dem Ankleiden beschäftigt waren, begann die plötzlich in laute Sprechweise verfallende Sofja Andrejewna (wir alle redeten immer noch im Flüsterton) mit dem Einsammeln der Sachen und erklärte: »Es muss alles weggeräumt werden, sonst schleppen die Tolstoianer im Handumdrehen alles fort!«

Sie suchte nach dem Löffel, den Lew Nikolajewitsch immer benutzt hatte, wurde ganz unruhig, weil sie ihn lange nicht finden konnte, und sagte zu mir: »Sie dürfen nicht denken, dass ich nach ihm suche, weil er aus Silber ist, Alexander Borissowitsch – schließlich ist das der Löffel Lew Tolstois!«

Etwas später ging ich mit Gorbunow zu uns hinüber. Hier hatten sich inzwischen alle Freunde versammelt. Die herzensguten Ustinows kochten Tee, den wir, zermürbt, wie wir waren, gierig tranken.

Alexandra Lwowna wollte den Morgenzug (gegen zehn Uhr) nach Jasnaja Poljana nehmen. Wir beschlossen mitzufahren.

Ich ging wieder zu Lew Nikolajewitsch hinein.

Das Bett war unterdessen mit Tannenzweigen und wer weiß woher beschafften Blumen geschmückt.

Auf dem Bahnhof begegnete ich dem Geschäftsführer der Eisenbahnlinie Rjasansk – Ural Matrenizki, der mich fragte, ob er hineingehen dürfe, um sich vor dem Leichnam Lew Nikolajewitschs zu verneigen.

Nachdem ich im Haus Sofja Andrejewna ausfindig gemacht und ihr Einverständnis erhalten hatte, ging ich Matrenizki holen und brachte ihn hinein. Sofja Andrejewna, die vorhin noch die Sachen weggeräumt hatte, verblüffte mich.

Mir wurde so schwer zumute, dass ich eilig davonging.

Zum Haus strömten bereits zahlreiche Bewohner der Siedlung. Eine Schlange bildete sich.

Es wurde Zeit, dass wir uns reisefertig machten. Wir packten rasch unsere Sachen, da der Zug bald kommen musste.

Ich ging mich noch einmal vor Lew Nikolajewitschs Leichnam verneigen. Das Häuschen war voller Leute. Lew Nikolajewitsch lag mit schönem durchgeistigtem Gesicht inmitten von frischem Grün und Blumen.

Dann bestiegen wir den Zug, mit dem soeben mit verspäteter Mission der Tulaer Bischof in Astapowo eingetroffen war, um Lew Nikolajewitsch in den Schoß der Kirche zurückzuholen.

Wir fuhren zu acht: Alexandra Lwowna, Warwara Feokritowa, Tschertkow, Sergejenko, Nikitin, Berkenheim, Gorbunow und ich.

Erst als wir im Zug saßen, spürten wir, wie erschöpft wir alle waren. In besonders gedrückter Stimmung befand sich Berkenheim, den wie eine fixe Idee die Überlegung quälte, dass es ein Fehler gewesen sein könnte, Lew Nikolajewitsch Morphium zu verabreichen.

Irgendwann wurde uns bewusst, dass wir noch nichts zu uns genommen hatten. Verpflegung hatten wir bei uns. Als wir zu essen anfingen, merkte plötzlich jeder, wie hungrig er war.

Unterwegs schickte ich meiner Frau ein Telegramm (die Todesnachricht hatten wir schon aus Astapowo versandt), sie möge zusammen mit Gorbunows Frau den Nachtzug nehmen, um nach Jasnaja Poljana zu kommen.

In Schtschokino trafen wir spätabends ein. Es war eine kalte, mondhelle Nacht.

Von unserer Ankunft hatten alle betroffenen Instanzen Kenntnis, denn auf dem Bahnhof nahmen uns der Wachtmeister der Landpolizei Nikolai Iwanowitsch mit den entsprechenden Vertretern der lokalen Polizei und der Eisenbahngendarmerie in Empfang. Wir alle wurden eingehend gemustert, und Tschertkow und Alexandra Lwowna mussten Auskunft geben über jeden, den man nicht kannte.

Tschertkow und Sergejenko fuhren weiter nach Teljatinki, die Übrigen direkt nach Jasnaja Poljana.

Hier fanden wir Tatjana Kusminskaja vor, die bald nach Lew Nikolajewitschs Weggang zu ihrer Schwester Sofja Andrejewna gekommen und geblieben war, als diese nach Astapowo abfuhr. Auch Maria Schmidt hielt sich in Jasnaja Poljana auf.

Gorbunow und ich saßen lange in Lew Nikolajewitschs Arbeitszimmer, das von grellen Mondlichtstreifen erhellt wurde. Schwer fassbar und beklemmend war das Wissen, dass er hier nie mehr sein würde.

Wir schliefen unten, in der ehemaligen Bibliothek. In der Nacht erreichten Jelena Gorbunowa und meine Frau Teljatinki. Jelena Gorbunowa kam am Morgen nach Jasnaja Poljana, meine Frau mit Olga Tolstaja etwas später. Überhaupt stellten sich im Laufe des Tages immer mehr Leute in Jasnaja Poljana ein.

Am Vormittag des *8. November* erschien Taras Fokanow, Lew Nikolajewitschs Lieblingsschüler aus der Schule von Jasnaja Poljana, mit einigen anderen Bauern, um das Grab auszuheben.

Alexandra Lwowna, Gorbunow, ich und noch einer von Lew Nikolajewitschs Freunden gingen ihnen die uns wohlbekannte Stelle zeigen, an der das von seinem Bruder Nikolai vergrabene »grüne Stäbchen«* lag.

Taras und die anderen bekreuzigten sich und machten sich an die Arbeit.

Wegen der feuchten Witterung, die bisher geherrscht hatte, war der Erdboden noch nicht tief gefroren, so dass sie es nicht schwer mit dem Graben hatten. Nur die Baumwurzeln behinderten es. Die Spaten bohrten sich in die Erde, und mit einem dumpfen Geräusch fielen die Brocken zur Seite.

Alexandra Lwowna, Tschertkow, Gorbunow und ich saßen lange in Lew Nikolajewitschs Arbeitszimmer. Zwischen den hinterlassenen Papieren entdeckten wir nichts von besonderem Belang. Seine aktuellen Arbeiten hatte Lew Nikolajewitsch mitgenommen. Alles Frühere war von Sofja Andrejewna längst ins Historische Museum gebracht worden, und was sie noch nicht hatte wegbringen können, lag bei ihr versteckt.

Alexandra Lwowna übergab mir zur Erinnerung den auf Lew Nikolajewitschs Schreibtisch stehenden Bleistiftspitzer, den ich ihm zum 80. Geburtstag geschenkt hatte.

Die Nacht war wieder mondhell.

Der Zug mit den sterblichen Überresten Lew Nikolajewitschs wurde am *9. November* früh zwischen fünf und sechs Uhr erwartet, so dass wir uns zwei, drei Stunden hinlegen konnten.

Kaum waren Gorbunow und ich eingeschlafen, als der (aus Paris) eingetroffene Lew Lwowitsch erschien und sich bei uns hinter der Trennwand einrichtete.

Wir standen auf, als es noch völlig dunkel war, tranken auf die Schnelle Tee und brachen zur Bahnstation Sasseka auf,

* Mit Kindheitserinnerungen Tolstois verbundener Ort, an dem sein älterer Bruder Nikolai ein grünes Stäbchen vergraben und darauf ein Geheimnis eingeritzt haben wollte, das allen Menschen das allgemeine Glück bringen könnte, wenn sie es fänden. Tolstoi hatte testamentarisch bestimmt, an dieser Stelle beerdigt zu werden.

wo der Zug mit Lew Nikolajewitschs sterblichen Überresten ankommen sollte. Einige der Damen fuhren, die meisten gingen zu Fuß.

Auf der Station warteten Tausende von Menschen, die bereits am Abend und im Laufe der Nacht aus Moskau angereist waren, von wo man, wie es hieß, zwei Sonderzüge eingesetzt hatte. Eigentlich waren weitere Züge vorgesehen gewesen, doch die Behörden hatten im letzten Moment verboten, dass noch mehr Menschen zur Beerdigung gebracht wurden. Einige machten sich aus Moskau mit Autos auf den Weg.

Natürlich waren viele Bewohner Tulas und zahlreiche Bauern aus Jasnaja Poljana und den umliegenden Dörfern gekommen.

Der Zug sollte nicht am Bahnhofsgebäude, sondern auf dem Gleis gegenüber eintreffen, damit der Sarg nicht über den Bahndamm getragen werden musste.

Wir warteten lange. Das Wetter war trübe, es hatte leichten Nachtfrost gegeben. Stille herrschte, Beklommenheit und Düsternis. Allmählich begann es zu tagen.

Endlich lief der Zug langsam ein. Lew Nikolajewitschs Leichnam war in einem innen mit Blumen und Zweigen geschmückten Güterwaggon befördert worden. Der Eichenholzsarg wurde aus einem im Waggon verbleibenden Metallsarg herausgehoben.

Bauern nahmen den Sarg auf. Ihm vorangetragen wurde an langen Stangen eine Stoffbahn, auf der geschrieben stand: »Lew Nikolajewitsch, die Erinnerung an dein gutes Werk wird unter uns, den verwaisten Bauern von Jasnaja Poljana, niemals sterben«. Das »Ewige Gedenken« wurde angestimmt.

Lange war man unterwegs. Es ging sich schwer durch den überfrorenen Morast.

Auf halbem Weg wurde es ganz hell.

Der riesige, Tausende von Menschen zählende Trauerzug zog sich fast über die gesamte Strecke von Sasseka bis Jasnaja Poljana hin. Viele Bewacher zu Pferd und zu Fuß und

Vertreter der lokalen und Tulaer Polizei waren aufgeboten, hielten sich jedoch in ehrerbietiger Entfernung.

Der Sarg wurde ins Haus getragen und unten in der ehemaligen Bibliothek aufgestellt. Sie liegt, von der Diele aus zu betreten, genau gegenüber dem Eingang und hat eine Tür zu einer kleinen, nicht überdachten Steinterrasse, über die man in den Garten gelangt. An dieser Tür hatte man die Abdichtung für die kalte Jahreszeit entfernt, um sie zu öffnen, da beschlossen worden war, alle ins Haus zu lassen, denen es ein Bedürfnis war, sich vor Lew Nikolajewitschs sterblicher Hülle zu verneigen. So ergab sich eine sehr günstige Lösung: Man ließ die Leute durch die Diele ein und direkt in den Garten hinaus.

Der offene Sarg stand auf einem vorsorglich bereitgestellten Podest. Lew Nikolajewitsch lag wie lebendig. Nur der Bart hatte in Astapowo bei der Abnahme zweier Masken etwas gelitten.

Im Haus befanden sich zahlreiche Verwandte und Freunde. Als man den Sargdeckel abgehoben hatte, traten alle, die dem Verstorbenen nahegestanden hatten, ins Zimmer. Hier und in der Diele war es sehr eng. Plötzlich sagte jemand leise: »Maria Alexandrowna.« Ich stand dicht bei der Tür und sah mich um. Die Treppe herunter kam langsam mit schwankenden Schritten Maria Schmidt. Alle gaben ihr unwillkürlich den Weg frei.

Sie betrat leise das Zimmer, in dem der Sarg stand, und verbeugte sich vor Lew Nikolajewitsch bis zur Erde. Alle gingen hinaus, schlossen die Türen und ließen sie und Lew Nikolajewitsch ein paar Minuten allein.

Etwas später begann man alle in das Haus einzulassen. Sergej Lwowitsch hatte eine kleine Kontroverse mit einem Polizeibeamten, der bei der Totenehrung unbedingt dabei sein wollte. Doch als Sergej Lwowitsch ihn kategorisch aufforderte, sich zu entfernen, ging er.

Ich stand die ganze Zeit, während die Menge vorüberzog, am Kopfende des Sargs. Das Ganze dauerte vier, fünf Stunden ohne Unterbrechung. Einer nach dem anderen kam langsam herein und blieb stehen, manche bekreuzigten sich, viele verbeugten sich bis zur Erde, küssten dem Verstorbenen die Hand, legten Blumen nieder, sehr viele weinten. Es waren Bauern und Bäuerinnen, Damen, Studentinnen, Offiziere, Arbeiter, selbst Priester.

Der Menschenstrom schien kein Ende nehmen zu wollen. Zwischen ein und zwei Uhr kam meine Frau, um mich nach oben zu holen, damit ich etwas aß. Ich ging hinauf. Das Speisezimmer war verräuchert und voller Leute; alle aßen, tranken Alkohol, unterhielten sich laut, als wären sie zu einem fröhlichen Familienfest zusammengekommen. Ich zwang mich, ein paar Bissen zu mir zu nehmen, und eilte wieder hinunter, wo die Menschenmenge in unverändert feierlicher Stille vorbeizog und jeder innehielt, um auf das schöne Gesicht des Entschlafenen zu blicken.

Gegen drei Uhr musste die Tür geschlossen werden, da es spät wurde.

Einige der Verwandten regten an, die Beerdigung auf den nächsten Tag zu verschieben. Wir alle hegten die große Befürchtung, dass die Söhne innerhalb eines Tages in ihrer Entschlossenheit, den Willen ihres Vaters zu erfüllen, schwankend werden könnten und womöglich der Gedanke einer kirchlichen Bestattung aufkäme. Zum Glück stimmte die Mehrheit der Familienmitglieder der Verschiebung nicht zu.

Der Sargdeckel wurde hereingetragen.

Ich küsste ein letztes Mal die kalte Stirn und die Hand Lew Nikolajewitschs und stellte mich, bis der Sarg abgedeckt wurde, an die Eingangstür, um bis zur letzten Minute das mir teure Gesicht sehen zu können. Zwei Bauern hielten den Deckel bereit.

Ins Zimmer traten Sofja Andrejewna und Lew Nikolajewitschs Kinder, um Abschied zu nehmen.

Ich stand wie im Halbschlaf, als ich plötzlich den rüden und lauten Ruf Andrej Lwowitschs vernahm: »Sehen Sie, Alexander Borissowitsch, denn nicht, dass jetzt die Angehörigen Abschied nehmen und für Fremde hier kein Platz ist!«

Sergej Lwowitsch, der neben ihm stand, gebot ihm Einhalt und sagte: »Aber Andrej, ist Alexander Borissowitsch denn ein Fremder?«

Ich warf einen letzten Blick auf Lew Nikolajewitsch und ging hinaus.

Im Hof postierte ich mich mit meiner Frau unweit der Eingangstür. Überall war es schwarz von Menschen.

Sowie sich in der Tür der Sarg zeigte, sank die Menge, wie ein Mann, in die Knie.

Den Sarg trugen die Söhne und weitere Verwandte heraus, dann übernahmen ihn immer andere. Man sang das »Ewige Gedenken«. Im Wald war es still.

Am Grab angelangt, wurde der Sarg in die Erde hinuntergelassen, wobei wieder alle die Knie beugten. Die ganze Zeit über wurde das »Ewige Gedenken« gesungen.

Ganz nahe am Grab stand ein Polizeibeamter, der auch beim Hinabsenken des Sarges stehen blieb. »Polizei, auf die Knie!«, schrie man ihm zu, und gehorsam kniete er nieder. Reden gab es keine. Nur Leopold Sulershizki erklärte mit wenigen Worten, warum Lew Nikolajewitsch gerade an dieser Stelle beerdigt wurde, und jemand aus der Menge verlor noch ein paar deplatzierte Worte. Alle standen lange schweigend zusammen. Inzwischen war es fast völlig dunkel geworden …

Ich ging mit meiner Frau anschließend noch kurz in das Haus. Wir setzten uns unten ins »Gewölbezimmer«.

Bald darauf machten sich alle, die nach Teljatinki wollten, auf den Weg, teils zu Fuß, teils mit Fuhrwerken.

Tschertkow und seine Frau waren bei der Beerdigung nicht dabei gewesen.

In Teljatinki bekamen wir zu essen. Alle waren wie versteinert …

Tschertkow schlug vor, Lew Nikolajewitschs wenig bekannten Aufsatz »Das grüne Stäbchen« vorzulesen.

Der Text war nicht leicht zu verstehen und schien die Zuhörer nicht zu erreichen: alle waren zu erschöpft.

Am späten Abend fuhren meine Frau und ich zur Bahnstation Schtschokino und von dort nach Moskau.

7. Dezember. In der Nacht zum sechsten Dezember brach ich mit meiner Frau nach Teljatinki auf.

Gleich am Sechsten begaben wir uns zu Lew Nikolajewitschs Grab. Hier trafen wir Sofja Andrejewna und Tatjana Lwowna. Mit ihnen zusammen gingen wir dann zum Haus hinüber. Ich wollte gern noch einmal in Lew Nikolajewitschs Haus sein.

Sofja Andrejewna bereitete uns einen recht freundlichen Empfang. Nach den Feiertagen, die auf den 15. bis 20. Januar fallen, werde sie nach Moskau fahren, sagte sie mir, und Alexandra Lwowna alle im Historischen Museum befindlichen Manuskripte Lew Nikolajewitschs übergeben.

»Ich überlasse ihr alles. Brauche ich denn jetzt noch etwas?!«

Ich ging in Lew Nikolajewitschs Arbeitszimmer. Sofja Andrejewna folgte mir.

Alles war so geblieben, wie es gewesen war, nur dass die silbernen Kränze hier lagen, Sofja Andrejewna hatte es nicht riskieren wollen, sie unten zu lassen, wo alle übrigen Kränze aufbewahrt wurden.

Ich blieb eine Weile im Arbeitszimmer stehen, bevor ich zum Schlafzimmer weiterging. Als ich herauskam, hielt mich Sofja Andrejewna in der Tür zurück.

Nie werde ich ihr Gesicht und überhaupt ihren Anblick vergessen!

Mit bebender, stockender Stimme brachte sie hervor: »Was war bloß mit mir! Was war bloß mit mir! Wie konnte ich das tun?! Ich weiß selbst nicht, was mit mir gewesen ist. Alexander Borissowitsch, wenn Sie wüssten, was ich durchmache! Diese entsetzlichen Nächte! Wie konnte ich nur einer solchen Verblendung erliegen?! Ich habe ihn ja umgebracht!«

Sie zitterte am ganzen Körper und weinte.

Mir wurde klar, in welch grauenvoller seelischer Verfassung sie sich befand. Ich wusste, dass sie in diesem Augenblick völlig aufrichtig war, und sie tat mir zutiefst leid, sie und ihre kranke leidende Seele. Ich weiß, dass ihr ungeachtet aller grässlichen Äußerungen, die sie getan hat und zweifellos weiter tun wird, qualvoll schwer ums Herz sein muss, zumindest wenn sie mit sich allein ist.

Durch den kleinen Empfangsraum ging ich ins Büro, wo ich die Herrschaft über mich verlor und, dort einsam in einer Ecke sitzend, lange weinte.

Seitdem bin ich nicht mehr in dem Haus in Jasnaja Poljana gewesen.

Namenregister

Verzeichnis der Familie Lew Tolstois

Tolstaja, Alexandra Lwowna, Tochter Tolstois
Tolstaja, Maria Lwowna, verh. Obolenskaja, Tochter Tolstois
Tolstaja, Maria Nikolajewna, Schwester Tolstois
Tolstaja, Sofja Andrejewna, geb. Bers, Frau Tolstois
Tolstaja, Tatjana Lwowna, verh. Suchotina, Tochter Tolstois
Tolstoi, Andrej Lwowitsch, Sohn Tolstois
Tolstoi, Ilja Lwowitsch, Sohn Tolstois
Tolstoi, Iwan Lwowitsch, Sohn Tolstois
Tolstoi, Lew Lwowitsch, Sohn Tolstois
Tolstoi, Lew Nikolajewitsch
Tolstoi, Michail Iljitsch, Enkel Tolstois
Tolstoi, Michail Lwowitsch, Sohn Tolstois
Tolstoi, Nikolai Nikolajewitsch, Bruder Tolstois
Tolstoi, Sergej Lwowitsch, Sohn Tolstois
Tolstoi, Sergej Sergejewitsch, Enkel Tolstois

Gesamtpersonenverzeichnis

Alexander Borissowitsch Goldenweiser, Sofja Andrejewna Tolstaja, Alexandra Lwowna Tolstaja und Lew Nikolajewitsch Tolstoi sind im Verzeichnis nicht mit Seitenzahlen erfasst.